Weitere Titel der Autorin:

Die Pestärztin
Der Eid der Kreuzritterin
Das Geheimnis der Pilgerin

Alle Titel auch als Lübbe Audio und als E-Book

Über die Autorin:

Ricarda Jordan ist das Pseudonym einer erfolgreichen deutschen Schriftstellerin. Sie wurde 1958 in Bochum geboren, studierte Geschichte und Literaturwissenschaft und promovierte. Sie lebt als freie Autorin in Spanien. Unter dem Autorennamen **Sarah Lark** schreibt sie mitreißende Neuseeland- und Karibikschmöker, die allesamt Bestseller sind. Als Ricarda Jordan entführt sie ihre Leser ins farbenprächtige Mittelalter.

Ricarda Jordan

DAS ERBE DER PILGERIN

Historischer Roman

BASTEI LÜBBE TASCHENBUCH
Band 16 649

1. Auflage: Oktober 2012

Dieser Titel ist auch als Hörbuch und E-Book erschienen

Originalausgabe

Dieses Werk wurde vermittelt durch
die Literarische Agentur Thomas Schlück GmbH,
30827 Garbsen.

Copyright © 2012 by Bastei Lübbe GmbH & Co. KG, Köln
Lektorat: Melanie Blank-Schröder
Titelillustration: © shutterstock/Galyna Andrushko
Umschlaggestaltung: Manuela Städele
Satz: Urban SatzKonzept, Düsseldorf
Gesetzt aus der Garamond
Druck und Verarbeitung: GGP Media GmbH, Pößneck
Printed in Germany
ISBN 978-3-404-16649-7

Sie finden uns im Internet unter
www.luebbe.de
Bitte beachten Sie auch:
www.lesejury.de

Der Preis dieses Bandes versteht sich einschließlich
der gesetzlichen Mehrwertsteuer.

Das Urteil des Königs

*Paris – Al Andalus
Frühling 1203*

Kapitel 1

Er wird uns schon nicht gleich aufhängen.«

Gerlin de Loches' Worte sollten ihren Gatten aufheitern, aber sie klangen eher so, als wolle sie sich selbst Mut zusprechen. Florís' Miene, die schon während der ganzen Reise von ihrer Burg in Loches nach Paris eine Stimmung zwischen Trauer und Besorgnis ausdrückte, wandelte sich denn auch nur zu einem schwachen Grinsen.

»Da bin ich zuversichtlich«, gab der Ritter schließlich bemüht scherzhaft zurück. »Wir sind von hohem Adel. Wir haben ein Anrecht auf einen Tod durch das Schwert.«

Gerlin versuchte zu lachen. »Ach, Florís, Richards anderen Lehnsleuten hat er auch nichts getan. Im Gegenteil. Bisher wurden alle Treueschwüre huldvoll angenommen. Philipp ist doch froh, dass ihm das Land jetzt ganz ohne Krieg zufällt. Er kriegt genau das, was er wollte. Also warum sollte er dich nicht einfach in deiner Stellung bestätigen und ...«

»Mir fielen da eine ganze Menge Gründe ein«, bemerkte Florís und überprüfte wohl zum zehnten Mal den Sitz seines juwelengeschmückten Gürtels über seiner feinen, wollenen Tunika. Er trug sein Schwert, war aber sonst nicht gerüstet. An diesem Tag war er schließlich eher ein Bittsteller denn ein stolzer Ritter und Herr über die Burg von Loches. »Du erinnerst dich nicht an die Schlacht von Fréteval? Und die Sache mit dem Kind?«

»Das ist so lange her ...«, meinte Gerlin und musterte die Ausstattung ihres Sohnes.

Der fast zehnjährige Dietmar stand hinter ihnen, ähnlich gewandet wie sein Ziehvater Florís. Gerlin hatte seine Kleider aus dem gleichen edlen Wollstoff geschneidert wie die ihres Gatten, das dunkle Blau passte zu ihrer beider blondem Haar und ihren blauen Augen. Gerlin selbst hatte sich für ein möglichst unauffälliges Kleid entschieden, ein schlichtes, nicht zu weit ausgeschnittenes Gewand in Goldbraun. Ihr prächtiges kastanienfarbenes Haar verbarg sie unter einem strengen Gebende.

»Der König wird sich gar nicht mehr an uns erinnern«, behauptete sie.

Florís sah sie zweifelnd an. Er konnte sich nicht vorstellen, dass irgendjemand seine Gattin vergessen konnte, der je in ihre strahlenden aquamarinblauen Augen geblickt hatte. Und König Philipp August von Frankreich hatte sie sicher eindringlich gemustert.

»Seigneur et Madame de Loches? Seine Majestät wird Euch gleich empfangen!«

Bevor Florís noch etwas erwidern konnte, öffnete sich die Tür zu den Empfangsräumen des Königs, und ein Diener ließ Justin de Frênes, einen alten Freund und Waffengefährten Florís', in den Saal, in dem Gerlin und ihre Familie warteten. Justin wirkte deutlich erleichtert. Zumindest ihn gedachte der König wohl nicht zu hängen.

»Wie ist die Stimmung?«, erkundigte Florís sich dennoch besorgt.

Gerlin unterzog ihren Aufzug und den ihres Sohnes noch einmal einer Kontrolle. Nervös tastete sie nach ihrem Hals, an dem an diesem Tag eine schlichte Kette das Medaillon ersetzte, das sie gewöhnlich trug. Eigentlich fühlte sie sich nackt ohne das Schmuckstück, ein Geschenk der Königin Eleonore zu ihrer ersten Hochzeit. Aber zur Audienz mit dem französischen König hatte sie es lieber abgenommen. Sie musste ihm schließlich nicht auch noch Anlass geben, sich an sie zu erinnern ...

»Nun, seine Majestät ist bester Laune ...«, meinte Justin bitter, »... und äußerst huldvoll gestimmt. Er hat mich kaum auf König Richard angesprochen. Ebenso wenig auf die Umstände, unter denen ich mein Lehen erworben habe ...«

Justin war ebenfalls Herr über eine Burg bei Vendôme und hatte sein Lehen kurz nach Florís und Gerlin angetreten. Beide Burgen lagen in den Besitzungen der englischen Könige auf dem französischen Festland. Das Land war einst als Mitgift der Königin Eleonore unter die Herrschaft der Plantagenets geraten, und König Richard Löwenherz hatte es gehalten und gegen jeden Eroberungsversuch der französischen Krone verteidigt. Florís und Justin hatten in König Richards Armee gekämpft und sich dabei ausgezeichnet. Ihr Lohn war ein Lehen in den umstrittenen Gebieten – das sie jetzt seit neun Jahren hielten. Nach einer zwar nicht vernichtenden, aber äußerst peinlichen Niederlage gegen die Plantagenets im Jahre 1194 hatte der französische König keine weiteren Versuche gestartet, seinem Kernland das Vendômois und die anderen Länder einzuverleiben.

Und nun, dachte Florís bitter, überreichen wir sie ihm auf dem Präsentierteller.

»Der Ritter de Trillon ...«

Der Diener erschien erneut, dieses Mal, um Florís und seine Familie zum König zu rufen – unter Florís' Geburtsnamen, ein schlechtes Zeichen. Philipp August erinnerte sich durchaus an die Herkunft der Burgherren von Loches.

»Na, dann viel Glück!«, wünschte Justin, ein noch junger, gut aussehender Ritter in dunkelroter Tunika.

Florís und Gerlin nickten ihm einen Gruß zu. Ganz sicher würde er nicht warten, um herauszufinden, wie es für seine Freunde ausging. Er schien eindeutig hocherfreut, den Louvre verlassen zu können – und immer noch Herr über seine Burg zu sein. Wie es aussah, hatte der König seinen Treueid huldvoll angenommen.

Florís und Gerlin sowie der eingeschüchterte Dietmar folgten dem Diener in die Empfangsräume des Königs. Sie waren neu und kostbar möbliert wie alles in Philipps neuem Palast, der dem Wehrbau etwas außerhalb der Stadt Paris angeschlossen war. Philipp August hatte den Louvre bauen lassen, da die alten Wehrbauten auf der le de Îla Cité für die wachsende Hauptstadt seines Reiches nicht mehr ausreichten. Gerlin und Florís hatten das Bauwerk gebührend bewundert. Neun Jahre zuvor, als es sie erstmals herverschlagen hatte, war die Burg noch im Bau gewesen.

Natürlich umgaben den Monarchen im Audienzraum etliche Berater und Höflinge, Ritter, Knappen und Diener. Gerlin und ihre Familie durchschritten ein Spalier kostbar gekleideter Herren und weniger Damen – aber es kam ihnen eher vor wie ein Spießrutenlauf. Schließlich knieten sie nieder vor dem Thron des französischen Königs. Philipp August schien zunächst kaum an ihnen interessiert zu sein. Scheinbar angeregt plauderte er mit der Dame neben ihm. War es die Königin oder eine Mätresse? Gerlin interessierte es im Grunde wenig. Sie hätte nur gern seine Aufmerksamkeit gehabt ... oder vielleicht doch nicht zu viel davon. Ergeben senkte sie den Blick, als der König seine Besucher schließlich bat, sich zu erheben.

Florís dagegen zwang sich, seinem künftigen Herrn in die Augen zu sehen. Im Gegensatz zu Gerlin war er ihm noch nie begegnet, aber er hätte ihn sicher erkannt: Philipp August war ein hochgewachsener, gut aussehender Mann mit hellbraunem langem Haar, auf dem jetzt ein goldener Reif als Zeichen seiner Königswürde prangte. Seine Augen waren blau, vielleicht etwas stechend und etwas zu eng zusammenstehend. Sie musterten den Ritter nun prüfend. Und den Jungen, der neben ihm kniete – und Gerlin, seine Frau.

»Ich wundere mich, Euch hier zu sehen, Seigneur de Trillon – oder de Loches«, sprach der König Florís jetzt an. »Und Euch, Frau Gerlindis – ehemals von Lauenstein, wenn ich mich richtig erinnere. Solltet Ihr nicht eher nach England reisen, um den Plantagenets einen unverhofften Erben zu präsentieren?«

Gerlin errötete zutiefst.

»Majestät«, ergriff sie das Wort, noch bevor Florís antworten konnte. »Ich muss mich entschuldigen ...«

Der König grinste. »Das müsst Ihr fürwahr. Aber rekapitulieren wir doch einmal. Ihr seid zweifelsfrei die Dame, die vor Jahren an meinem Hof erschien, um mir ihr Kind als Sohn des englischen Königs vorzustellen ...«

Gerlin biss sich auf die Lippen. »Nicht ganz«, sagte sie dann. »Tatsächlich hatten Eure Truppen mich gefangen genommen ... unter ziemlich unglücklichen Umständen. Man hielt mich für eine Jüdin. Und ich wollte nicht verbrannt werden ...«

»Aber zu ... so einer Furcht bestand doch kein Anlass.«

Philipp druckste ein wenig herum, er ließ sich ungern an die damaligen Ausschreitungen gegen Pariser Juden erinnern.

»In jenen Tagen schon«, erklärte Gerlin mutig. »Jedenfalls erschien es mir als einziger Ausweg, Euch anzulügen. Was mir jetzt natürlich äußerst leidtut.«

Der König schnaubte. »So, jetzt tut es Euch also leid, während Ihr vor ein paar Monaten wahrscheinlich noch stolz darauf wart, den König von Frankreich hinters Licht geführt zu haben. Was meinte denn übrigens König Richard – Gott habe ihn selig – zu der Geschichte? Man möchte doch meinen, auch er wäre in Versuchung geraten, Euch zu verbrennen!«

Gerlin errötete erneut. »Er ... sah sich nicht genötigt, das

Kind anzuerkennen«, bemerkte sie dann, woraufhin der König schallend lachte. »Obwohl ...«

Gerlin wollte anführen, dass zwischen ihrer Familie und der des englischen Königs stets freundschaftliche Bande bestanden hatten, aber Philipp August deutete es anders.

»... obwohl ihm der hübsche kleine Sohn doch sehr gut angestanden hätte«, lachte der König. »Im Grunde hätte ihm und England nichts Besseres passieren können. Der Junge schien doch gesund und gut gewachsen.«

»Das ist er, Herr«, erklärte Gerlin und schob Dietmar vor. »Wenn ich Euch vorstellen darf, Dietmar von Ornemünde zu ... zu Loches augenblicklich, aber er ist der legitime Erbe der Ornemünder zu Lauenstein.«

Dietmar verbeugte sich brav, während es für den französischen König jetzt etwas zu schnell ging.

»Also, wie viele Väter will der junge Mann denn wohl einmal beerben?«, erkundigte er sich. »Wo Richard Plantagenet die Chance schon vertan hat, seinem missratenen Bruder einen eigenen Nachkommen vor die Nase zu setzen?«

»Nur ...« Gerlin setzte zu einer Erklärung an, aber nun nutzte Florís die Gelegenheit, das Gespräch auf sein ursprüngliches Ansinnen zu bringen.

»Verzeiht, Majestät, aber da der Name König Johanns eben fällt ... Wir sind ... ich bin ... Der Treueid ...«

König Philipp wehrte ab. »O ja, Herr Florís, ich weiß, was Euch herführt. Und ich fühle mich natürlich geehrt, dass selbst meine ältesten Feinde ...«

»Ich war ein treuer Untertan König Richards«, erklärte Florís würdevoll, »aber davon abgesehen nie Euer Feind.«

Der König lachte. »Da hattet Ihr aber eine seltsame Art, Eure Freundschaft zu zeigen«, bemerkte er. »Habt Ihr nicht das Schwert gegen mich geführt?«

»Wie alle anderen Ritter und Burgherren im Lande der Plantagenets. Lehnspflichtig dem rechtmäßigen Erben...«

Florís war damals zwar streng genommen noch ein Fahrender Ritter gewesen und niemandem lehnspflichtig. Er hatte sich König Richard hauptsächlich deshalb angeschlossen, weil er ihn als Ritter und Heerführer bewunderte. Aber das ließ er besser unerwähnt.

»Und König Johann ist nun nicht der rechtmäßige Erbe?« Die Stimme des Königs klang schneidend.

Florís biss sich auf die Lippen. Dies war die Frage, die er und all die anderen Burgherren befürchteten. Als Halter eines Lehens in den Ländern der Plantagenets war er Richards Nachfolger zur Treue verpflichtet. Und wie viele gute Gründe es auch immer dafür gab: Indem er hier war, beging er einen Verrat an seinem Herrn.

»Majestät«, sagte Florís gequält. »Ihr kennt König Johann, und ich bin nun hier, um Euch Treue zu schwören. Ich bin hier, um...«

»Ihr seid hier, um die Seiten zu wechseln!«, gab der König streng zurück. »Weil es Euch nicht gefällt, wie Euer König regiert.«

»Ihr seid unser König! Oder... oder Arthur de Bretagne...«

Florís wand sich. Tatsächlich war die Erbfolge höchst umstritten. König Richards Vasallen in seinen französischen Besitztümern hatten nach seinem überraschenden Tod zunächst seinem Nachfolger Johann die Treue geschworen – obwohl auch ein junger Prinz namens Arthur de Bretagne Erbrechte anmeldete. Dann war es allerdings zu erneuten Kämpfen zwischen Philipp und Johann gekommen, in denen der Engländer seine Leute kaum unterstützte, sondern feige nach England floh. Der größte Teil der Normandie ging damals schon an Philipp. Und kurz darauf hatte Johann dann auch noch eine aquitanische Prinzessin entführt und geheiratet, deren Familie daraufhin einen Lehnsprozess anstrengte. Nachdem Johann sich konsequent weigerte, vor Gericht zu erscheinen, verhängte dieses ein Versäumnisurteil: Offiziell ging Johann all seiner französischen Besitzungen verloren, das Land fiel an König Philipp. Allerdings waren die Vasallen der Plantagenets erst jetzt bereit, das auch anzuerkennen. Wobei wieder die Verhaftung des Prinzen Arthur de Bretagne eine Rolle spielte. Es hieß, Johann habe seinen Rivalen hinrichten lassen.

Für seine Lehnsleute auf dem Kontinent war dies der Tropfen gewesen, der das Fass zum Überlaufen brachte. So entschlossen, wie sie für Richard Löwenherz gekämpft hatten, trafen sie auch jetzt ihre Entscheidung für Philipp ohne Wenn und Aber. Johann war seines Erbes nicht würdig. Einer seiner Lehnsleute nach dem anderen erschien vor Philipp August, um ihm die Treue zu schwören. Aber nur wenige pflegte der König dabei derart zu examinieren wie Gerlin und Florís de Trillon zu Loches.

»Und woran sehe ich, dass Ihr es ernst meint?«, fragte der König nun streng. »In den Kriegen mit König Richard habt Ihr mir allerhand Unbill bereitet...«

Florís ließ den Blick sinken. Er hatte im Stillen gehofft, dass der König nicht wusste, wer für Richards spektakulären Sieg bei Fréteval verantwortlich war, aber natürlich war Philipp seine und Gerlins Rolle dabei nicht verborgen geblieben.

»...dazu kommen die Schwindeleien Eurer Gattin, die zweifelhafte Abkunft ihres Sohnes... Ihr gedenkt, Loches doch einmal an diesen Jungen zu vererben, oder?« Der König warf einen strengen Blick auf Dietmar.

Der Junge hob die Augen. »Nein, Herr!«, sagte er dann überraschend mit klarer Stimme. »Äh... Majestät, Herr...

Ich ... ich werde irgendwann mein Erbe im Fränkischen antreten.«

Der König runzelte die Stirn. »Das da nur auf Euch wartet, Dietmar von ... Ornemünde?«

Gerlin wunderte sich, dass der König sich den Namen des Jungen gemerkt hatte, aber die Ornemünder waren ein weit verzweigtes Adelsgeschlecht, das ihm zweifellos bekannt war.

»Nein, Majestät«, erklärte Dietmar gelassen. »Ich werde es erobern müssen. Es ist zurzeit von einem Usurpator besetzt. Aber mein Ziehvater, der Herr Florís, wird mich mit allen Kräften unterstützen und ...«

Der König lachte. Die Ernsthaftigkeit des Jungen rührte ihn an. »Aha«, bemerkte er dann und wandte sich wieder an Gerlin und ihren Gatten. »Wie gesagt, die Verhältnisse auf der Festung Loches sind fragwürdig und gelinde gesagt unübersichtlich. Womöglich zieht Ihr morgen die gesamte Ritterschaft ab und wendet Euch gegen eine Burg in deutschen Landen. Nach wie vor, Herr Florís: Wie weiß ich, ob ich Euch trauen kann?«

Gerlin überlegte kurz. Ihr schoss ein Gedanke durch den Kopf, aber womöglich würde sie den König noch mehr gegen sich aufbringen, wenn sie den Vorschlag äußerte. Andererseits – es war kaum möglich, noch mehr von seiner Gunst zu verlieren ...

»Majestät«, meldete sie sich zu Wort. »Wie wäre es, wenn wir eine Sicherheit stellten? Ihr nehmt unseren Treueschwur an, und wir geben Euch meinen Jungen als Geisel!«

Florís schien ob Gerlins Dreistigkeit die Luft wegzubleiben. Tatsächlich waren Arrangements wie dieses durchaus gang und gäbe – allerdings nicht zwischen einem König und einem unbedeutenden Burgherrn. Der Austausch von Geiseln fand meist zwischen gleichrangigen oder doch annähernd gleich starken Herrschern oder Adelshäusern statt. Es kam einer Art Nichtangriffspakt gleich, wenn das Kind des einen im Haushalt des anderen aufwuchs. Die Anwesenheit des eigenen Nachkommen in der Burg des anderen garantierte die Einhaltung von Verträgen und Abkommen, die man mit Gewalt nicht durchsetzen konnte. Wohingegen es für Philipp August einfach gewesen wäre, sich eines Florís de Trillon und seiner mehr oder weniger legitimen Nachkommenschaft zu entledigen: Er brauchte den Ritter nur festnehmen zu lassen und seine Familie aus der Burg zu werfen.

Der Monarch musterte Gerlin denn auch zunächst ungläubig, aber dann brach er erneut in Gelächter aus. »Ihr seid unglaublich, Gerlindis von Sonstwo zu Loches!«, stieß er zwischen zwei Lachanfällen hervor. »Warum sagt Ihr es nicht gleich: Ihr wollt in Eurer behaglichen Burg bleiben und Eurem Ritter das Bett wärmen, und ich soll derweil Euren Sohn erziehen, damit er dann erfolgreich seine Fehde im Frankenland führen kann!«

Gerlin lächelte. Sie hatte immer ein bezauberndes Lächeln gehabt. Auch Richard Löwenherz hatte sich seiner Wirkung nicht entziehen können.

»Ich bin überzeugt«, sagte sie jetzt, »mein Sohn würde Euch Ehre machen!«

Der König winkte den Jungen zu sich. »So wärest du gern Knappe an meinem Hof?«, fragte er.

Dietmar nickte. »Ich sollte an König Richards Hof erzogen werden«, erklärte er freimütig – ein Umstand, auf dessen Erwähnung Gerlin lieber verzichtet hätte. »Aber ... aber ...«

Gerlin biss sich auf die Lippen. Wenn er jetzt etwas von dem bedeutendsten Hof der Christenheit sagte, als welcher der Hof König Richards und seiner Mutter Königin Eleonore zweifellos gegolten hatte, dann war alles vergebens!

Aber Dietmar erwies sich als würdiger Sohn seines leiblichen Vaters, der kein großer Krieger gewesen war, dafür ein begabter Diplomat.

»... aber jetzt, als ich die Festung hier gesehen habe! Sie ist großartig, Majestät, diese Mauern, die Türme, der Palast ... Das ist ... das ist ... Majestät, wenn ich Euch hier dienen dürfte ... Dies ist sicher der bedeutendste Hof der Christenheit!«

Der König lächelte wohlwollend. »Ein kluger Junge, Frau Gerlindis«, bemerkte er. »Also gut, Dietmar, du wirst als Knappe bei uns bleiben. Und Ihr, Madame und Seigneur de Loches, Ihr könnt mir nun den Eid schwören und gehen. Ich bin sicher, Burg und Festung von Loches werden weiter in meinem Sinne verwaltet werden.«

Kapitel 2

Er wird uns schon nicht gleich aufhängen«, meinte Miriam.

Sie lenkte ihre rassige weiße Maultierstute neben den mit Waren beladenen Karren, den Abram lustlos durch das mit Gräsern und Gewürzpflanzen spärlich bewachsene Land zwischen Al Mariya und Granada steuerte. Es ging hier ständig bergauf, und die Pferde und Maultiere der Kaufmannskarawane, der die beiden sich angeschlossen hatten, schnauften unwillig. Auch Miriam war weit davon entfernt, den Ritt zu genießen, obwohl die Straße oft von spektakulären Felsformationen gesäumt war und die klare Luft atemberaubende Ausblicke auf die schneebedeckten Berge bot. In deren Ausläufern lag Granada, ihr Ziel, und der Palast des Emirs, der sie zu sich beordert hatte.

»Und ich hab ihr auch gar nichts Schlimmes geweissagt«, fuhr Miriam fort und spielte mit dem Schleier, der ihr Gesicht und ihren Körper fast zur Gänze verbarg. Es war heiß unter der arabischen Reisekleidung. »Das mache ich doch nie. Ich hab ihr nur geschrieben, dass ...«

»Wahrscheinlich hätte sie sich gar nicht erst mit dir in Verbindung setzen dürfen«, mutmaßte Abram. Er hatte es in seinen weiten maurischen Leinengewändern erheblich bequemer als seine Frau. Juden und Mauren kleideten sich hier gleich: eine weite Hose und ein langes darüberfallendes Gewand. Eine gelbe Leinenkappe kennzeichnete Abram als Juden, aber es gab keine Pflicht, sie zu tragen. »In so einem Harem ist wahrscheinlich alles verboten. Und womöglich ist Sterndeuterei auch noch gegen deren Glauben. Die fanatischen Christen betragen sich da ja mitunter etwas seltsam ...«

»Der Emir hat seine eigenen Sterndeuter«, wusste Miriam. »So verboten kann es also nicht sein. Und die Frauen in Moxacar können fast alle schreiben. Wenn mich eine konsultiert, dann meistens aus dem Harem heraus. Die normalen Frauen haben doch gar nicht das Geld für ein ausgiebiges Horoskop ... Überhaupt, dass diese Frau des Emirs von mir wusste ... das hat sich nicht ›herumgesprochen‹ – die Frauen aus Moxacar und Granada treffen sich nie. Also werden sie einander geschrieben haben. Nein, wenn ich es mir recht überlege, kann der Emir gar nichts gegen mich haben! Es muss mit der Reliquie zu tun haben, die du ihm verkauft hast.«

»Das war eine ganz einwandfreie Reliquie«, verteidigte sich Abram. »Ein Finger des heiligen Eulogius, mit einer Echtheitsbescheinigung aus Alexandria ... Ein Geschenk des Emirs für die christliche Gemeinde in Granada – das werden die doch nicht beanstandet haben!«

Während die beiden noch nachdachten – sie taten nichts anderes mehr, seit der Ruf des Emirs einige Tage zuvor erfolgt war –, regte sich etwas in der Vorhut der Handelskarawane. Abram und Miriam erkannten drei offenbar christliche Ritter, die der Karawane wohl entgegengekommen waren. Sie verhandelten ziemlich laut mit dem Anführer der Händler, einem jüdischen Kaufmann aus Al Mariya. Ein zum Schutz der Händler abgestellter maurischer Lanzenreiter saß daneben auf seinem Pferd, mischte sich jedoch nicht ein. Wahrscheinlich wurde das Gespräch in einer für ihn fremden Sprache geführt.

Der Rest der aus insgesamt sechs schweren Wagen mit Fahrern und Begleitreitern bestehenden Karawane wirkte über die Begegnung mit den Fremden nicht alarmiert – in Al Andalus rechnete man nicht ständig mit bewaffneten Angriffen von

Wegelagerern und Raubrittern wie in deutschen und französischen Waldgebieten. Abram und Miriam wussten nicht, ob dies damit zusammenhing, dass kein arbeitswilliger Mensch in Granada hungerte, dass die Ritter kultivierter und das Zusammenleben insgesamt besser geordnet waren oder einfach mit den drakonischen Strafen, welche die islamische Rechtsprechung auch gegenüber ranghohen Missetätern verhängte. In Kronach, wo Abram geboren war, hatte es immer Verbrechen gegeben, die letztlich nicht geahndet wurden – sei es, weil die Mörder, Plünderer und Vergewaltiger von Adel waren und die Opfer Bürger oder Bauern, sei es, weil Bürger oder Bauern ihre schlechte Laune an den weitgehend rechtlosen Juden ausließen.

In Al Andalus ging es gerechter zu. Christen und Juden zahlten mehr Steuern als die maurische Bevölkerung, aber dafür genossen sie auch den Schutz der Gesetze. Der Handel war frei, niemand sperrte Juden in spezielle Wohnviertel, die nachts abgeschlossen wurden, und es war ihnen auch nicht verboten, ein Schwert zu führen. Abram griff nun besorgt nach dem seinen. Diese Männer da vorn gefielen ihm nicht. Er trieb seine Maultiere an und schloss zu den vorderen Wagen auf.

»Gibt es Schwierigkeiten?«, erkundigte er sich bei dem etwas ratlos wirkenden jungen Lanzenreiter.

Der angesehene Kaufmann, der den ersten Wagen lenkte, war Friedensrichter in Al Mariya. Er redete in unsicherem Französisch auf die christlichen Ritter ein, die zwar nicht in voller Rüstung, aber doch in Kettenhemden und auf Streitrossen unterwegs waren. Sie wirkten, als suchten sie Ärger.

»Gut, dass du kommst, Abram«, begrüßte ihn Baruch ibn Saul fast etwas erleichtert. »Die Herren sprechen kein Arabisch und auch nur unvollkommen Kastilianisch. Und mein Französisch war nie sehr gut ...«

Abram nickte. »Ich kann gern übersetzen, Herr«, bot er sich

an, hocherfreut, dem angesehenen Handelsherrn einmal positiv aufzufallen, statt immer nur im Rahmen von Schlichtungsverhandlungen.

Abram nahm es nicht ganz ernst mit den Regeln der Kaufmannschaft. Er betrog nicht direkt, aber er neigte dazu, seinen Kunden Dinge aufzuschwatzen, die sie nicht wirklich brauchten – und ließ sie obendrein teuer dafür bezahlen. Auch sein florierender Reliquienhandel war den seriösen Kaufleuten ein Dorn im Auge – konnten sie sich doch denken, dass nicht jeder Holzsplitter, den Abram maurischen Kriegern als Glücksbringer verkaufte, wirklich von Noahs Arche stammte. Und auch in den noch teureren Amuletten für die gläubigen Ritter befand sich kaum Mähnenhaar des mythischen Pferdes oder Maultiers, das den Propheten Mohammed weiland in den Himmel entrückt hatte. Von den diversen Körperteilen christlicher Heiliger, die irgendwann im Orient den Märtyrertod gestorben waren, ganz zu schweigen.

Jetzt verbeugte sich Abram höflich vor den französischen Rittern. »Was ist Euer Begehr, edle Herren?«, fragte er freundlich, aber nicht unterwürfig.

Den unterwürfigen Tonfall gegenüber Christen hatte er sich in sieben Jahren Leben in Al Andalus abgewöhnt – ein Fehler, wie sich jetzt herausstellte.

»Du wagst es, das Wort an uns zu richten, Jude?« Der Anführer der Ritter spuckte das Wort förmlich aus.

Abram zuckte die Schultern. »Ich dachte, ein paar Worte in Eurer Sprache würden die Verständigung vereinfachen«, bemerkte er. »Aber so . . .«

Er tat so, als mache er Anstalten, seinen Wagen zu wenden – ein Manöver, das völlig aussichtslos war. Die Straße wurde auf der einen Seite von einem Abhang, auf der anderen von Felsen begrenzt. Es wäre höchst kompliziert gewesen, ein Wendemanöver durchzuführen, allenfalls hätte ein Wagen nach dem anderen, beginnend mit den hinteren Gefährten, umkehren können.

»Wenn ich den Herrn richtig verstanden habe, besteht er darauf, dass wir ihm ausweichen, damit er die Straße vor uns passieren kann«, meinte Baruch ibn Saul unglücklich auf Hebräisch. »Da er ein Ritter ist und wir nur Juden. Unseren jungen Freunden hier«, er wies auf den maurischen Ritter, dem sich jetzt ein zweiter Lanzenreiter zugesellt hatte, »habe ich das besser nicht übersetzt, ebenso wenig wie dem maurischen Handelsherrn im dritten Wagen. Keiner der drei scheint sehr langmütig.«

Abram runzelte die Stirn. »Können sie nicht einfach an uns vorbeireiten? Wenn wir die Wagen ganz nach rechts lenken und anhalten, müsste das gehen.«

Baruch ibn Saul zuckte die Achseln. »Ich schätze, sie möchten inmitten der Straße im Galopp an uns vorbei. Sie suchen Streit, Abram, aber vielleicht kannst du ja vermitteln.«

Abram nickte und versuchte es noch einmal. »Ich darf Euch im Namen von Tariq ibn Ali al Guadix und Muhammed ibn Ibrahim al Basra in ihrem Land willkommen heißen«, erklärte er und wies auf die maurischen Ritter. »Auch sie sind Angehörige des Ritterstandes, die sich freundlicherweise um die Bewachung unserer Waren kümmern.« Wie es dem Brauch entsprach, erwähnte Abram nicht, dass die Männer dafür fürstlich entlohnt wurden. »Wie es aussieht, gibt es kleine Differenzen bezüglich der Passage dieses Weges – wobei wir selbstverständlich anerkennen, dass Ihr in eiliger und wichtiger Mission unterwegs seid. Wir würden Euch gern den Vortritt lassen, aber wie Ihr unschwer erkennen könnt, wäre das nur unter größten Schwierigkeiten möglich. Wenn wir hier wenden, würde Euch das länger aufhalten, als wenn Ihr den Vorschlag des Herrn Tariq annähmet.« Der maurische Ritter hatte zwar gar keinen gemacht, aber er würde Baruchs Anweisungen zweifellos Folge leisten. »Bitte erlaubt unseren Rittern, Euch eine halbe Meile zurückzubegleiten. Ihr könntet Euch dabei über ... hm ... Eure vergangenen Ruhmestaten austauschen.« Abram ließ offen, wie das ohne gemeinsame Sprache möglich sein sollte, aber dieser Ritter wirkte nicht so, als sei er beim Prahlen auf verständige Zuhörer angewiesen. »Sobald sich die Straße verbreitert, werden wir demütig zur Seite ausweichen und Euch passieren lassen.«

Baruch nickte Abram wohlgefällig zu. Er sprach zwar schlecht Französisch, schien seiner Rede jedoch folgen zu können.

Leider waren die französischen Ritter nicht gewillt, logischen Argumenten nachzugeben.

»Jude, wir gehören zum Gefolge des Grafen von Toulouse, und wir überbringen wichtige Nachrichten!«, brüstete sich einer von ihnen. »Und ganz sicher werde ich keinem Judenbengel auch nur eine Handbreit weit weichen! Also aus dem Weg!«

Er wies auf den Abhang neben der Straße und grinste. Schon für einen Reiter wäre es schwierig gewesen, dorthin auszuweichen. Für die schweren Wagen war es unmöglich.

Abram seufzte. Dann zog er das Schwert. Für die maurischen Ritter eine Aufforderung. Die zwei fackelten nicht lange. Ihre hochblütigen leichten Stuten flogen auf die schweren Streithengste der Franzosen zu, die sich daraufhin ebenfalls in Bewegung setzten. Schwere Lanzen trafen auf leichte Rüstungen, von den Mauren geworfen, von den Christen vom Pferd aus geführt. Auf den ersten Blick hatten die französischen Ritter die besseren Aussichten, diesen Kampf zu gewinnen. Sie waren zweifellos erfahrener als die beiden sehr jungen Mauren, deren ersten Angriff sie kaltblütig abwehrten. Aber sie hatten nicht mit der Wehrhaftigkeit der Kaufleute gerechnet!

Die jüdischen und maurischen Händler dachten gar nicht

daran, sich im Falle eines Angriffs zur Wagenburg zusammenzuschließen und den Kampf den Rittern zu überlassen. Stattdessen flog den Franzosen beim zweiten Angriff ein Pfeilhagel entgegen, Steine wurde geworfen und weitere Männer schwangen ihre Schwerter. Abram stellte sich beherzt dem Kampf mit dem einzigen Ritter, den der erste Angriff vom Pferd geworfen hatte, und verblüffte ihn durch seine gekonnten Paraden.

Zum Leidwesen seiner Familie war Abram immer ein besserer Schwertkämpfer und Ringer als Kaufmann und Schriftgelehrter gewesen. Schon als junger Mann hatte er sich mitunter als Christ ausgegeben und keine Kneipenschlägerei in den Straßen von Kronach gescheut. Miriam sah dem Kampfgeschehen recht gelassen zu. Auch für sie hatte Abram sich schon mehr als einmal geschlagen. Sie verdankte seinem Mut und seiner Kampfkraft ihr Leben – und im Streit mit diesem Ritter griff obendrein das Überraschungsmoment. Ganz sicher hatte der Mann noch nie einem schwertschwingenden Juden gegenübergestanden. Abram beförderte ihn denn auch sehr schnell den Abhang hinunter – wobei er von dem Sturz sicher kaum noch etwas spürte, Abrams Klinge hatte vorher sein Herz durchbohrt.

Der junge Tariq erledigte in ritterlichem Zweikampf den zweiten Franzosen, der dritte hauchte sein Leben unter den Stockschlägen und Messerstichen der Knechte und Wagenlenker der anderen Kaufleute aus, die sich auf ihn stürzten, kaum dass er vom Pferd gestoßen worden war.

»Jetzt werden die ungemein wichtigen Briefe des Grafen von Toulouse leider noch etwas warten müssen«, bemerkte Abram und reinigte sein Schwert. »Die Herren wären besser zurückgeritten. Irgendwelche Verletzten auf unserer Seite?«

Niemand meldete sich. Die Übermacht der Händler war erdrückend gewesen – und völlig unerwartet für die Ritter.

»Dann kann's ja weitergehen«, erklärte Baruch ibn Saul, nachdem die Knechte auch die Leichname der anderen Ritter in die Schlucht geworfen hatten – natürlich nicht ohne sie vorher ihrer Rüstungen zu berauben. Abram warf einen kurzen Blick auf den einzigen Brief, der sich bei den Männern fand.

»Eine Art Liebesbrief«, beschied er die ungeduldig wartenden Kaufleute. »In keiner Weise dringlich. Es war, wie wir dachten, die Kerle suchten Streit.«

Baruch ibn Saul nickte. »Vielen Dank, Abram ibn Jakob, für deine tatkräftige Hilfe. Ich hatte gehofft, dass es bei Übersetzungsdiensten bleiben würde. Aber auch deine Fähigkeiten im Schwertkampf sind sehr beeindruckend.« Der Kaufmann holte einen Schlauch Wein unter seinem Bock hervor und winkte Abram damit zu. »Wir sollten dem Ewigen für unseren Sieg danken und anschließend einen Schluck darauf trinken, meinst du nicht auch? Komm, übergib deinen Wagen einem meiner Knechte und leiste mir ein wenig Gesellschaft.«

Abram nickte, obwohl er gern auf den Wein verzichtet hätte, wenn ihm dafür das sicher hochnotpeinliche Gespräch mit dem Kaufmann erspart geblieben wäre. Baruch ibn Saul war ein Freund seines Vaters – unzweifelhaft würde es sich also um die Vertretung seines Handelshauses in Al Andalus drehen. Und die betrieb Abram, wie er selbst wusste, nicht mit dem nötigen Ernst.

»Du bringst Seidenstoffe zum Markt von Granada?«, erkundigte sich Baruch denn auch gleich, nachdem Abram sich zu ihm gesetzt hatte, während die Wagen weiterrollten. »Lohnt sich denn das? Gibt es nicht darauf spezialisierte Händler?«

Abram zuckte die Achseln. »Ich muss in einer anderen Angelegenheit nach Granada«, meinte er ausweichend. »Und da dachte ich ... bei der Gelegenheit ...«

»Sehr gut überlegt«, lobte Baruch. »Auch wenn es vielleicht

manchen verdrießlich stimmt, dass da plötzlich neue Konkurrenz auftaucht.«

Abram seufzte. Wahrscheinlich hatte sich schon einer der anderen Händler beschwert.

»So ... ist dein Vater zufrieden mit dem Gang der Geschäfte?«, führte Baruch die Befragung fort.

Er sprach arabisch – wobei Abram sich an die hier allgemein übliche vertrauliche Anrede erst mal hatte gewöhnen müssen. Abram selbst hatte die Sprache schon als Jugendlicher gelernt, beherrschte sie aber nicht so gut wie seine Frau, die mit Feuereifer die Werke arabischer Astrologen studierte. Nun dachte er kurz daran, Verständnisprobleme vorzutäuschen.

»Nun ... wir haben unser Auskommen«, meinte er schließlich.

Das stimmte, Abram und Miriam litten nicht unter wirtschaftlicher Not. Sie bewohnten ein hübsches Haus im Judenviertel eines kleinen Dorfes bei Al Mariya – wobei die Wahl auf das winzige Moxacar nicht deshalb gefallen war, weil es geschäftlich zentral lag, sondern weil sich nur dort ein Haus mit einem Turm gefunden hatte. Ein Turm war für Miriams Sternbeobachtung unabdingbar, zumindest hatte Abram ihr einen solchen versprochen, als die beiden die Ehe eingingen. Miriam verbrachte denn auch glückliche Nächte in luftiger Höhe mit ihrem Astrolabium – und in den Armen von Abram, der sie leidenschaftlich unter dem Sternenhimmel liebte.

Fernhändler verirrten sich allerdings eher selten in das Dorf, das zwar nah der Küste lag, aber keinen eigenen Hafen besaß. Auch die nächsten Manufakturen fanden sich erst in Al Mariya, mehr als dreißig Meilen entfernt. Den idealen Standort für seine Dependance im Emirat Granada hatte Jakob von Kronach sich unzweifelhaft anders vorgestellt.

»Und wer ist nun der neue Geschäftspartner in Granada?«,

fragte Baruch weiter. »Ich gestehe, dass ich neugierig bin, aber soweit ich weiß, wickelt ein kastilianischer Fernhändler die Handelsbeziehungen zwischen Franken und Granada ab.«

Abram überlegte kurz, ob er schwindeln sollte, aber wenn er sich jetzt neue Handelsbeziehungen ausdachte, würde Baruch das sicher seinem Vater berichten. Er nahm einen langen Schluck Wein – und begann sich nach dem Treffen mit dem Emir zu sehnen. Viel schlimmer als diese Befragung konnte es da auch nicht werden.

»Oh, wir treffen uns nicht mit irgendeinem Kaufmann, wir haben eine Audienz beim Emir.«

Miriams Stimme klang sanft und weich wie Honig. Sie hatte ihr Maultier neben Baruchs Wagen gelenkt, und Abram sah an ihren Augen, dass sie lächelte. Mehr als ihre warmen nussbraunen Augen waren von ihrem Gesicht nicht zu erkennen, aber schon ihr Anblick genügte, damit er sich besser fühlte. Und auch Baruch ibn Saul betrachtete die Frau wohlgefällig. Er hatte Miriam mehr als einmal unverschleiert gesehen. Die Frauen der Juden passten sich dem Brauch der Araber zwar in der Öffentlichkeit an, aber bei privaten Einladungen unter sich oder am Sabbat in der Synagoge ließen sie zumindest ihre Gesichter sehen, wenn auch nicht immer ihr Haar. Die Schönheit von Abram ibn Jakobs junger Gattin war insofern jedem bekannt.

»Und es geht auch nicht um Seidenstoffe«, meinte Miriam sanft. »Nein, ich ... wir ... glauben, es geht um mich!«

Baruch ibn Saul warf ihr einen entsetzten Blick zu und musterte dann Abram mit dem Ausdruck eines Menschen, der seinem Gegenüber wirklich alles zutraut: »Abram ibn Jakob! Du willst deine Frau verkaufen?«

Kapitel 3

Abram und Miriam erheiterten sich noch über Baruchs fassungsloses Gesicht, als sie gegen Abend Granada erreichten, dort in einem Funduk Wohnung nahmen und schließlich getrennt voneinander die Bäder besuchten. Abram zahlte ein kleines Vermögen für abgeschiedene Räume in der Herberge, aber Miriam bestand darauf, sich in Ruhe auf die Audienz beim Emir vorbereiten zu können.

»Vielleicht lässt er ja nur dich hinrichten«, neckte sie ihren Mann, »und nimmt mich in seinen Harem.«

»Das ist nicht komisch«, murmelte Abram.

Je näher die Audienz rückte, desto stärker kehrten seine Ängste zurück. Er wusste nicht, was an den kleinen Unregelmäßigkeiten wirklich strafbar war, mit denen er seinen Geschäftsalltag würzte, aber langsam bereute er zumindest den Handel mit islamischen Reliquien. Sicher focht es den Emir nicht an, wenn er Christen übers Ohr haute. Aber die Haare des heiligen Pferdes Barak, die in Wirklichkeit aus der Mähne von Miriams Maultier Sirene stammten ...

»Komm, Abram, er wird uns schon nichts tun«, versuchte Miriam ihn zu beruhigen. Sie sah betörend schön aus, nun, da sie die schlichten Reisekleider gegen weite, mit Goldfäden durchwirkte Seidenhosen und ein passendes langes Obergewand in hellerem Grün eingetauscht hatte. In ihr dunkelblondes langes Haar hatte sie Perlenfäden geflochten, aber natürlich wurde die Pracht nur schemenhaft sichtbar unter ihrem Schleier. Das feine Gespinst verbarg auch ihr Gesicht und ließ die Klarheit ihrer Züge und ihren honigfarbenen Teint nur erahnen. Lediglich ihre Augen würde der Emir in voller Schönheit bewundern können, weshalb Miriam sie sorgfältig geschminkt hatte – ein Kajalstrich betonte ihre leicht schräge Stellung und ihr warmes Leuchten. »Wenn er dich wegen Betrugs verhaften lassen wollte und mich wegen irgendetwas anderem, konnte er einfach die Stadtwache schicken. Dann hätte man uns in Ketten nach Granada gebracht. Warte ab, so schlimm kann es gar nicht kommen. Was machst du übrigens, wenn er mich wirklich kaufen will?«

Miriam tat es fast leid, den grauen Reiseumhang wieder über ihren kostbaren Staat ziehen zu müssen, aber bis zum Albaicen, einem Hügel, auf dem der Palast des Emirs thronte, waren es noch einige Meilen zu reiten. Die Funduks, traditionelle arabische Unterkünfte für Handelsherren, lagen meist außerhalb der Stadt oder zumindest in Vororten, so passierten Miriam und Abram die Sukhs von Granada. Und wäre da nicht die Beklommenheit vor ihrem Auftritt gewesen, hätten sie sich an der Vielfalt der angebotenen Waren, dem Duft der Gewürze und den Farben der Stoffe und Keramikwaren berauschen können. So aber versuchten sie nur, den Weg rasch hinter sich zu bringen.

In Granada fanden sie sich dann allerdings in einer Schlange von anderen Bittstellern und Besuchern wieder, die auf eine Audienz beim Emir warteten. Offensichtlich hielt der Herrscher an diesem Tag Gericht, und das in aller Öffentlichkeit. Ein Diener hieß Abram und Miriam in den hinteren Reihen des bevölkerten Audienzsaals Platz nehmen. Wie die meisten maurischen Häuser war auch dies kaum möbliert. Es lagen nur Teppiche auf dem Boden, und die Ratgeber des Emirs saßen ihm zu Füßen auf weichen Kissen. Der Emir selbst thronte auf einem erhöhten, mit Kissen gepolsterten Podest, vor dem die Bittsteller sich zu seiner Huldigung niederwarfen.

Miriam und Abram warteten mit zunehmender Nervosität ab, bis er alle Besucher und Gesandte anderer Emirate willkommen geheißen, Streitigkeiten um Land und Vieh geschlichtet und strenge Verwarnungen an aufmüpfige Untertanen ausgesprochen hatte, die sich irgendwelcher Unregelmäßigkeiten schuldig gemacht hatten. Offensichtlich konnte jeder, der sich ungerecht behandelt fühlte, vor dem Emir Klage führen. Abram wurde immer mulmiger zumute – es war nicht unwahrscheinlich, dass gleich mehrere Beschwerden gegen ihn vorlagen. Miriam dagegen beruhigte sich zusehends. Bislang hatte der Emir keine wirklich schweren Delikte verhandelt und keine nennenswerten Strafen verhängt. Es war, wie sie sich schon gedacht hatte: Echte Verbrechen kamen vor den Kadi – der Emir bewies nur Wohlwollen, Weisheit und Volksnähe, indem er jeden Bürger empfing und ernst nahm, der um Rat und Hilfe nachsuchte.

Abram und Miriam waren dann die Letzten, die der Zeremonienmeister heranwinkte. Beide warfen sich dem Emir zu Füßen, wie sie es vorher gesehen hatten. Abram lag eine Begrüßungsrede auf der Zunge. Er hatte lange darüber nachgedacht, wie er dem Emir schmeicheln konnte, aber dann schwieg er doch, wie es ihm geheißen worden war. Kein Bittsteller durfte das Wort an den Emir richten, bevor er dazu aufgefordert worden war.

Der Emir wandte sich nun erst mal an den Diener neben ihm.

»Die ... Juden aus Moxacar?«, vergewisserte er sich.

Der Mann nickte.

Der Emir, ein noch junger Mann mit heller Haut, aber schwarzem Bart und Haar, machte eine huldvolle Geste, mit der er seinen Besuchern erlaubte, aus der liegenden in eine kniende Haltung zu wechseln. Miriams dunkler Reiseumhang verrutschte dabei ein wenig und gab den Blick auf den festlichen Staat frei, den sie darunter trug.

»Du bist die Sterndeuterin?«, fragte er verwundert. »Bei Allah, dich hatte ich mir anders vorgestellt! Man denkt da doch mehr an eine alte Vettel.«

Miriam hob den Blick und ließ ihn das Leuchten ihrer Augen sehen. »Es wird mich bis an mein Ende betrüben«, sagte sie, »dass mein Anblick meinen großmütigen Herrn enttäuschte.«

Der Emir lachte schallend. »Es hieße, Allahs Gnade und Großmut zu beleidigen, würde ich mich enttäuscht zeigen ob der Schönheit, mit der er dich gesegnet hat«, erklärte er dann galant. »Ich mag dein Herr und Herrscher sein, aber ich verharre in Demut vor deinem Anblick.« Miriam lächelte verschämt. »Wobei Allah dich wohl auch noch mit anderen Gaben überschüttet hat. Aber darüber...« Der Emir erhob sich. »Volk von Granada, ich werde diese Audienz jetzt beenden. Mit Allahs Hilfe habe ich versucht, all eure Fragen zu beantworten und eure Streitigkeiten zu schlichten. Am Ausgang erwartet euch ein kleines Geschenk. Ich danke euch für euer Vertrauen. Gott leite euch sicher in eure Wohnungen!« Während die Menschen im Saal applaudierten, wandte sich der Emir an Abram und Miriam. »Und ihr folgt mir bitte in meine Privaträume. Es gibt Dinge zu besprechen, die nicht jeder hören muss...«

Der Emir begab sich heraus, und der erleichterte Abram bewunderte nicht nur seine königliche Haltung, sondern besonders den kostbaren Brokat seiner Kleidung. Es musste tatsächlich lukrativ sein, diesen Hof zu beliefern, vielleicht sollte er sich doch etwas mehr um Aufträge bemühen, die auch vor den Augen seines Vaters bestehen konnten.

Der Diener verneigte sich nun sowohl vor ihm als auch vor Miriam und wies die beiden an, ihm zu folgen. Kurz darauf befanden sie sich in einem kleineren, mit Kissen und zum Sitzen einladenden Podesten versehenen Raum, dessen Wände mit kunstvoll ineinander verschlungenen Blütenranken bemalt waren. Ein Diener kredenzte Fruchtgetränke und in Honig getauchtes Gebäck. Der Emir trat eben durch eine andere Tür ein. Er hatte den schweren Brokatmantel gegen ein kaum weniger wertvolles seidenes Hausgewand eingetauscht. Miriam verstand den Wink und ließ ihren schweren Reisemantel sinken. Der Emir konnte den Blick kaum von ihr wenden, nahm sich dann aber zusammen.

»Also: Was hast du ihr gesagt?«, wandte er sich ohne weitere Vorrede an Miriam.

Die junge Frau runzelte die Stirn. »Wem ... gesagt?«

»Susana. Die nun Ayesha heißt, seit sie den Islam angenommen hat. Du hast ihr die Sterne gedeutet. Und ... du hast eine Veränderung erzielt, an die nie ... nie zu denken gewesen wäre. Was hast du ihr gesagt?« Der Emir ließ sich auf einem der Sitzkissen nieder und gestattete auch Miriam und Abram Platz zu nehmen.

Miriam errötete. »Ich ... habe ihr geschrieben, dass die Sterne ihr ein wundervolles Leben voller Sicherheit und Liebe zeigen würden. Ich meine, das stimmt doch, im ... im Harem des Emirs ...«, stotterte sie.

Miriam zumindest war nichts eingefallen, was der jungen Frau in den Frauengemächern des Palastes passieren konnte. Sicher gab es Haremsintrigen. Aber Susana war gläubige Christin und Sklavin gewesen – viel zu niedrig in der Hierarchie des Harems, dass jemand ihr nach dem Leben trachten könnte.

»Und?«, fragte der Herrscher weiter.

»Nun, dass ... ihr Leben in der letzten Zeit eine Wende

genommen habe ...« Das war nicht schwer zu erraten gewesen. Susana war bei einem Überfall der Mauren auf eine christliche Siedlung in Kastilien gefangen genommen worden. Da sie eine erlesene Schönheit war, hatte sie ihr Weg über einen Sklavenhändler zum Wesir des Statthalters von Murcia geführt, der sie dem Emir von Granada zum Geschenk machte. Miriam konnte dem Eunuchen, der ihren Brief beförderte, zwar keine näheren Umstände entlocken, aber es war offensichtlich, dass die junge Frau mit ihrem Schicksal haderte. »... aber dass die dunkelste Strecke ihrer Reise jetzt hinter ihr liege«, führte Miriam weiter aus. »In ihrer Zukunft sähe ich einen warmen, leuchtenden Stern, der über sie wache.«

Der Emir strahlte. Plötzlich wirkte er gar nicht mehr wie ein gestrenger Herrscher, sondern wie ein kleiner Junge, dem man ein lang erträumtes Geschenk gemacht hat.

»Das ist es! So nennt sie mich! Ihren warmen, leuchtenden Stern, dessen Licht sie erleuchtet bei Nacht ...«

»Dich, Herr?«, fragte Miriam überrascht.

Sie hatte da eigentlich eher an Schutzengel gedacht, oder was Christen sich sonst vorstellten, um sich über eine missliche Lage hinwegzutrösten. Susana haderte zweifellos mit ihrem Glauben, aus ihrem Brief ging hervor, dass sie fürchte, Gott habe sie verlassen.

»Warum nicht mich?«, fragte der Emir jetzt streng. »Du willst doch nicht sagen, du hast jemand anderen gesehen!«

Miriam schüttelte den Kopf. »Ich habe gar nicht so viel gesehen, Herr«, gab sie zu. »Ich bin Astronomin, ich kann den Lauf der Sterne berechnen und voraussehen, nicht den Lauf des Lebens deiner Konkubinen. Aber wenn jemand es wünscht, so kann ich auch Horoskope erstellen. Und ...«

»Und dabei hat Allah dir in diesem Fall zweifellos die Hand geführt!«, freute sich der Emir. »Um nicht zu sagen, er stattete dich mit einem bewundernswerten Gespür dafür aus, wie sich die Geschicke der Menschen zu aller Wohl lenken lassen ...«

»Nun ...« Miriam senkte verlegen den Blick. Tatsächlich hatte sie bei ihrem ehemaligen Lehrmeister, Martinus Magentius, nicht nur gelernt, die Bahn der Sterne zu bestimmen. Der Mann war auch sehr gut darin gewesen, Menschen seinen Willen aufzuzwingen. Miriam selbst war ein Opfer seiner Strategien zwischen Versprechungen und Drohungen geworden. Erst Abram hatte ihr den Weg hinaus gewiesen. »Die Sterne, Herr, sind etwas so Schönes«, sagte sie schließlich. »Wie kann ich den Menschen da Böses weissagen? Das habe ich auch deiner Geliebten versichert, Herr. Gott hat uns die Sterne geschenkt, um uns zu erfreuen. Durch sie schaut er in Liebe auf uns herab ...«

Der Emir lächelte. »Ja, auch das hat sie gesagt. Gott habe mich ihr gesandt, sie wisse es jetzt. Und durch mich erkannte sie auch die Größe Allahs. Wie gesagt, sie hat den Islam angenommen. Und ich habe sie zu meiner dritten Gattin erhoben. Nachdem sie sich mir vorher monatelang verweigerte! Sie weinte nur und betete zu ihrem Christengott – von mir und meiner Liebe wollte sie nichts wissen. Bis dein Horoskop eintraf! Ich verdanke dir mein Glück, Miriam von Moxacar – oder woher du ursprünglich kommst. Ihr seid nicht aus Al Andalus, oder?«

Miriam schüttelte den Kopf. »Nein, Herr. Ich stamme aus Wien, mein Vater war Münzmeister des Herzogs Friedrich von Österreich. Und Abram kommt aus einer Kaufmannsfamilie aus Kronach. Wir sind hergekommen, weil wir ... nun, unter deiner Herrschaft, Erhabener, können wir in Frieden leben.«

Im Stillen hoffte sie, dass dies auch auf Susana – Ayesha – im Harem des Emirs zutraf. Mit einer Eheschließung hatte

Miriam nun wirklich nicht gerechnet. Sie hätte sonst sicherlich eine Warnung vor eifersüchtigen Erst- und Zweitgattinnen in das sternglänzende Horoskop einfließen lassen.

Das Gesicht des Emirs umschattete sich ein wenig. »So kommt ihr nicht aus französischen Landen?«, fragte er.

Miriam und Abram schüttelten die Köpfe.

»Nein«, ergriff Abram schließlich das Wort. »Aber wir sprechen beide die französische Sprache. Wenn wir dir da also helfen können ...«

Der Emir lachte. »Nein, danke, als Übersetzer brauche ich euch nun wirklich nicht, ich beherrsche die Sprache selbst ausreichend, um ... nun, um meinen derzeitigen Besucher zu verstehen. Dazu gehört auch nicht viel, der Mann ist ein grober Klotz ...«

»Der Graf von Toulouse?«, rutschte es Miriam heraus. Sie hatte blitzschnell ihre Schlüsse gezogen.

Der Emir sah sie verwundert an. »Aus welchen Sternen hast du das denn jetzt gelesen? Aber wie auch immer, der Mann ist einer der Gründe, weshalb ich euch zu mir gebeten habe. Ich kann doch darauf zählen, dass ihr treue Untertanen seid?«

Abram und Miriam nickten gleichzeitig.

»Du hast keine treueren Untertanen als uns Juden!«, erklärte Abram.

Selten hatte er etwas so ehrlich gemeint. Die jüdische Bevölkerung unterstützte den Emir vorbehaltlos, auch wenn es sie mitunter teuer zu stehen kam. In Sachen Sonderbesteuerungen war der Emir kaum weniger unersättlich als christliche Herrscher. Aber Pogrome und andere Ausschreitungen gab es nie.

»Gut«, sagte der Emir. »Also werde ich offen reden. Die Christen bedrohen uns, offiziell, weil wir ihren Gott nicht anbeten – aber sicher auch aus Neid um unseren Reichtum.

Der Papst ruft einen Kreuzzug nach dem anderen aus – zurzeit geifert er gegen christliche Abtrünnige, die in Frankreich sitzen. Aber auf die Dauer geht es gegen uns, ich bin mir da sicher. Und trotz aller Hilfstruppen, oft aus Marokko oder anderen afrikanischen Ländern, die uns unterstützen, können wir nicht viel ausrichten, die Christen sind stark. Gerade, wenn sie ihre Kirche hinter sich wissen.«

»Die vergibt ihnen ja auch schon im Vorfeld alle Sünden«, meinte Abram bitter.

Der Emir nickte. »Sie sind gefährlich. Deshalb will ich mir nicht mehr Feinde unter ihnen machen, als es unbedingt nötig ist. Weshalb ich denn auch die Völlerei, Bosheit und Dummheit dieses Grafen von Toulouse unter meinem Dach dulde ...«

»Was will der Mann denn hier?«, erkundigte sich Abram vorsichtig.

Der Emir lächelte. »Er ist auf der Jagd nach einer Reliquie«, erklärte er. »Der Herr ist verliebt. Er hat vor Kurzem eine Prinzessin aus Aragón geheiratet, nachdem er vorher schon drei oder vier Frauen verstoßen hat. Der allerbeste Christ scheint er also nicht zu sein. Aber die Neue, Leonor von Aragón, ist eine glühende Verehrerin der heiligen Perpetua. Die soll man irgendwann in Karthago den Löwen vorgeworfen haben. Zur Römerzeit. Nun ja, und nun wünscht sie sich einen Körperteil der Toten für ihre Hauskapelle.«

»Und den sucht ihr Gatte in Granada?«, fragte Abram. »Wie kommt er darauf?«

»Irgendjemand hat ihm das geraten«, meinte der Emir schulterzuckend. »Und was uns angeht, so fragen wir jetzt herum. Aber entweder haben die christlichen Gemeinden in diesem Emirat keine Reliquie der Perpetua, oder sie geben es nicht zu. Die wollen ihre Heiligtümer ja auch behalten. Außerdem ... ich will gar nicht drum herumreden, erst recht nicht im Gespräch mit einem Kaufmann. Wenn sie sich davon trennen würden, so wäre es sehr teuer.«

Abram grinste. »Und nun denkst du, dass ich ...«

Der Emir zwinkerte ihm zu. »Du bist dafür berühmt, selbst das Pferd Mohammeds wieder lebendig zu machen«, bemerkte er. »Wie erklärst du nur den Verlust all dieser Mähnenhaare auf dem direkten Flug in den Himmel über Jerusalem ...? Aber zurück zur heiligen Perpetua – sie sollte doch keine Schwierigkeit für dich darstellen.«

Abram lächelte. »Ein bisschen Zeit für die Suche musst du mir schon geben. Zumal die Löwen ja wahrscheinlich nicht viel übrig gelassen haben. Fressen Katzen nicht alles bis auf die Gallenblase?«

Der Emir nickte ernst. »Ein Echtheitszertifikat sollte natürlich auch dabei sein«, meinte er. »Aber ich sehe schon, wir verstehen uns.«

Abram verbeugte sich, wurde das flaue Gefühl aber immer noch nicht los, das ihn seit der Einladung des Emirs plagte. Sollte das wirklich alles gewesen sein, weshalb man sie nach Granada beordert hatte? Ein Dankgeschenk für Miriam und die Bestellung einer Reliquie hätte sich auch mittels eines Boten organisieren lassen.

»Das zweite Anliegen, das ich an euch habe, ist sehr viel delikater.« Der Emir nahm einen Schluck von seinem Fruchtsaft, bevor er weitersprach. »Es würde euch einige Opfer abverlangen. Wobei ich euch weder zwingen kann noch will. Nach meinen Erfahrungen ist Zwang eher abträglich, wenn man auf die diplomatischen Fähigkeiten eines Untertanen angewiesen ist ...« Der Emir ließ seinen Blick von Abram zu Miriam wandern.

»Diplomatische Fähigkeiten?«, fragte die junge Frau.

Der Emir nickte. »Es ist so, dass unser Herr Graf von Toulouse ein großer Anhänger der Sterndeuterei ist. Er hatte stets einen Hofastrologen, aber mit dem augenblicklichen ist er unzufrieden. Was kein Wunder ist, der Mann ist uralt und fast blind. Der kann die Sterne kaum noch erkennen. Und nun hat man ihm in Aragón gesagt, dass niemand weiter fortgeschritten ist in der Erforschung der Sterne als die Meister in Al Andalus...«

»Das stimmt, Herr!«, sagte Miriam überzeugt. »Ich habe mir immer gewünscht, von ihnen lernen zu dürfen. Aber natürlich unterrichten sie keine Frauen – das ist hier auch nicht anders als im Abendland. Also blieben mir nur ihre Bücher.«

Der Emir lächelte. »Oh!«, bemerkte er. »Da gibt es also doch etwas, womit ich dich locken kann, die Herren Sterngucker könnte ich zwingen... Aber bleiben wir bei Graf Raymond. Der hätte gern einen maurischen Hofastrologen.«

»Astronomie und Astrologie ist nicht dasselbe«, wagte Miriam anzumerken.

Der Emir sah sie strafend an. »Halte mich nicht für dumm!«, sagte er streng. »Graf Raymond mag das nicht wissen, aber ich wurde in die Grundlagen der Sternkunde eingeführt – und ich weiß genau, welche Einwände ernsthafte Astronomen wie Hipparchos gegen die Sterndeuterei vorgebracht haben. Ich habe deshalb keinen Hofastrologen. Erst recht keinen Sklaven, den ich einfach verschenken kann. Wobei es natürlich Männer in Granada gibt, die Horoskope stellen – die Damen in meinem Harem geben alljährlich ein kleines Vermögen dafür aus, zu erfahren, ob sie mir irgendwann einen Sohn schenken werden. Und wenn das Kind dann da ist, wird ihm immer ein Horoskop gestellt – das zum Glück grundsätzlich gut ausfällt. Nun, wem sage ich das, du verdienst ja auch dein Geld damit.«

»Ungern, Herr«, gab Miriam zu. »Es ist nur so, dass niemand einem etwas dafür bezahlt, wenn man neue Sterne entdeckt und ihre Bahnen errechnet. Aber Astrolabien und Fernrohre sind teuer ...«

Der Emir lächelte. »Eigentlich wollte ich dir eine Goldkette zum Geschenk machen, aber ich merke, dass dich andere Dinge glücklicher machen. Nun, das vereinfacht die Sache. Ich könnte dir garantieren, Miriam von Wien, dass dich die besten Astronomen Granadas in ihre Künste einführen werden und dass du zeitlebens die modernsten Gerätschaften gestellt bekommst, die du brauchst, um neue Sterne zu entdecken.«

Miriam strahlte, während Abram düster dreinsah. Er ahnte, was jetzt kam.

»Ich würde den ersten nach dir benennen!«, erklärte Miriam dem Emir. »Oder nach deinem erstgeborenen Sohn.«

Der Emir lachte. »Das wäre zu einfach, Sayyida. Ein bisschen mehr musst du mir schon bieten. Kurz und gut, Miriam von Wien – ich bitte dich darum, für ein paar Jahre als Hofastrologin in die Dienste des Grafen von Toulouse zu treten – dein Gatte könnte dich natürlich begleiten. Verstehst du auch ein bisschen von Sternen, Abram von Kronach?«

»Ich verstehe vor allem etwas von christlichen Höfen«, erklärte Abram unwillig. »Ein Jude lebt da gefährlich. Wenn Miriam mal etwas Falsches weissagt ...«

Der Emir rieb sich die Schläfe. »Ich traue deiner Gattin ein Höchstmaß an Diplomatie zu«, sagte er. »Wozu natürlich eine gewisse ... Beeinflussung des Grafen im Sinne der Mauren von Al Andalus gehört ...«

»Das kann ich, Herr«, versicherte Miriam.

Was Verstellung anging, war sie immer unbekümmert gewesen. Als Abram sie kennenlernte, war sie als Christin gereist, obwohl sie nicht einmal wusste, wie man richtig das Kreuz schlägt.

»Wenn der Kerl auf Juden überhaupt hört!«, wandte Abram ein. »Ich bleibe dabei, dass die Stellung eines Juden an einem christlichen Hof, egal in welcher Position, gefährlich ist!«

Der Emir nickte. »Ich verstehe«, meinte er. »Ihr ... ihr würdet nicht vielleicht den Islam annehmen?«

Miriam und Abram schüttelten die Köpfe.

»Bei allem Respekt vor deinem Glauben, Herr ...« Abram setzte zu einer Entgegnung an.

Miriam lächelte und unterbrach ihn. »Es müsste ja keiner wissen!«, erklärte sie.

»Was wissen?«, fragte Abram unwillig.

»Dass wir keine Mauren sind«, sagte Miriam. »Wenn wir uns arabische Namen geben, merkt kein Mensch, dass wir Juden sind. Mauren sind sogar beschnitten, nicht wahr?«

Der Emir nickte. »Wenn ihr das auf euch nehmen wolltet ...«

Abram wollte erneut widersprechen, aber Miriam gebot ihm Schweigen. Dies war ihre Gelegenheit, ihre Chance! Sie würde dem Grafen ein paar Jahre Horoskope stellen, und dann stand ihr der Himmel offen. Sie hatte für eine Einweisung in die Sternkunde schon Schlimmeres getan. Und noch etwas kam hinzu: Miriam hätte es nie zugegeben, aber sosehr sie ihr Haus in Moxacar und die Sicherheit in Al Andalus liebte, sie hatte längst begonnen, sich zu langweilen. Mit den jüdischen Matronen in der Synagoge hatte sie wenig gemein – und nichts mit den maurischen Frauen, die am Brunnen ihre Wäsche wuschen und klatschten. Eine Zeitlang war das alles schön gewesen, aber Miriam fehlte die Herausforderung. Bei ihren Forschungen trat sie auf der Stelle, die Lehrer verweigerten sich ihr, und Abram machte das Handelshaus seines Vaters nicht glücklich.

»Ich werde dem Grafen gleich das erste Horoskop stellen!«,

erklärte sie jetzt entschlossen. »Und auch wenn es ihn nicht gerade erfreuen wird, zu hören, was gestern mit dreien seiner Ritter geschehen ist – er wird feststellen, dass die Sterne nicht lügen!«

Die Krönung

*Loches – Mainz
Winter 1212*

Kapitel 1

Gerlin hatte den Boten, der ihr den Brief mit dem Siegel von Lauenstein übergab, reich belohnt. Ihr Herz klopfte immer schneller, wenn sie es sah – nicht nur, weil ihr Sohn selten schrieb, sondern vor allem, weil das Siegel sie an ihr altes Leben als Gattin des Grafen von Lauenstein erinnerte. Und daran, was in nicht allzu ferner Zukunft vor ihr liegen würde. Das Kapitel Lauenstein war längst nicht beendet, und sie freute sich darüber, dass auch ihr Sohn Dietmar dies nicht vergaß.

Gerlin zog sich mit dem Schreiben aus Paris in ihre Kemenate zurück, warf aber noch einen Blick aus dem Fenster in den Burghof, bevor sie das Siegel brach.

Richard, ihr zwölfjähriger Sohn, übte sich vor der Burg mit anderen jungen Knappen im Schwertkampf. Gerlin lächelte, wenn sie seinen blonden Schopf bei einer raschen Parade aufblitzen sah. Seine Manier, das Schwert zu führen, erinnerte jetzt schon an seinen Vater Florís de Trillon. Und bald würde es Zeit werden, ihn zur Erziehung an einen anderen Hof zu geben.

Gerlin seufzte. Die Kinder wurden zu schnell groß! Aber Richard würde sie nicht gleich nach Paris schicken wie seinen älteren Halbbruder. Auch wenn der Junge von einer Ausbildung am Königshof träumte – Gerlin sah ihn lieber auf einer der benachbarten Burgen im Vendômois. Und Isabelle ...

Gerlin entdeckte ihre zehnjährige Tochter, der sie den Namen ihrer viel zu früh verstorbenen Mutter gegeben hatte, beim Hüpfspiel gemeinsam mit der Tochter der Köchin. Auch sie würde eines Tages fortgehen müssen. Dabei hätte Gerlin sie gern auf ihrer Burg behalten und ihrerseits andere Mädchen als Gespielinnen für sie aufgenommen. Aber das ging nicht, sie konnte sich nicht festlegen. Auch hier bestimmte der Schatten von Lauenstein nach wie vor ihr Leben.

Aber nun sah sie Florís, dessen großer Schimmel eben durchs Burgtor trat. Wie immer galt sein erster Blick seiner Frau – er schaute hoch zu ihrem Fenster, nachdem er sie im Burghof nicht erspäht hatte. Gerlin winkte ihm zu. Sie würde auf ihn warten, dann konnten sie Dietmars Brief gemeinsam lesen.

Florís brachte einen Krug Wein mit hinauf, als er kurze Zeit später die Tür ihrer gemeinsamen Räume öffnete. »Hier, der edelste Tropfen, um dir die Kehle zu befeuchten!«, sagte er lächelnd und küsste sie.

Gerlin erwiderte die Liebkosung. »Dietmar hat geschrieben. Der Brief ist an uns beide adressiert, wie immer«, erklärte sie.

Dietmar liebte und achtete seinen Ziehvater Florís. Der Ritter hatte stets größten Wert darauf gelegt, den Jungen zwar einerseits wie einen eigenen Sohn zu behandeln, andererseits das Andenken an Dietmars leiblichen Vater in ihm wachzuhalten. Florís de Trillon hatte Dietrich von Lauenstein bis zu seinem viel zu frühen Tod treu gedient. Der Graf hatte ihm seinen Sohn und sein Weib auf dem Sterbebett anvertraut. Wohl wissend, dass der Ritter Gerlin liebte.

»So schenke uns ein«, sagte Gerlin nun lächelnd und brach das Siegel des Briefes, während Florís Wein in zwei silberne Pokale füllte. Er konnte sich den Luxus leisten. Die Wälder und die fruchtbaren Ländereien von Loches brachten genügend Gold ein, um dem König die Abgaben zu zahlen und auch selbst sorglos zu leben.

Geliebte Mutter, geehrter Pflegevater,
 wie immer ist zu viel Zeit vergangen, seit ich das letzte Mal zur Feder gegriffen habe – ich hoffe, Ihr verzeiht es mir auch jetzt wieder. Ihr wisst, ich habe ein Schwert zu führen.

Dietmar von Ornemünde hatte drei Jahre zuvor seine Schwertleite am Hof des Königs Philipp August gefeiert und sich dabei sogar besonders ausgezeichnet. Gerlin war überaus stolz auf ihn, als er gleich an seinem ersten Tag als Ritter drei Gegner im Tjost vom Pferd holte. Nun diente er in der Garde des Königs und arbeitete weiter daran, sein Können als Ritter zu vervollkommnen, zusammen mit dem Prinzen Ludwig, der gemeinsam mit ihm zum Ritter geschlagen worden war. Der König war zögerlich mit dem Kronprinzen, der als Kind von schwacher Gesundheit gewesen war. Jetzt war Ludwig jedoch ein eifriger und geschickter Kämpfer, dem sein Vater selbstredend die besten Lehrer zur Seite stellte.

Nun mögt Ihr argwöhnen, dass mich dies kaum den ganzen Tag beschäftigen wird, und wer weiß, womöglich befürchtet Mutter schon wieder, dass ich meiner Minnedame zu viel Aufmerksamkeit widme.

Gerlin lächelte. Dietmar hatte sich bislang absolut korrekt verhalten und kein junges Ding, sondern eine Hofdame der Königin, eine verheiratete Frau in mittlerem Alter, zur Minneherrin gewählt. Francine de Maricours nahm ihr Amt denn auch ernst und lauschte gelassen den endlosen Berichten des jungen Ritters über seine bis dahin eher belanglosen Heldentaten unter ihrem Zeichen. Sie riet zu Demut, Ehre und Treue, wie es ihre Pflicht war. Aber die aufmerksame Gerlin hatte durchaus Wohlgefallen an der schönen Gestalt des jungen Ritters in ihren Augen gesehen – und neben aller Verehrung auch Begierde im Blick ihres Sohnes. Sie versuchte, nicht allzu oft darüber nachzudenken. Wenn die erfahrene Frau den Jüngling tatsächlich in die Wonnen der körperlichen Liebe einweisen wollte ...

Gerlin sah ihren Sohn zwar immer noch als zauberhaftes Kind, und es verursachte ihr Schwindel, sich ihn in den Armen einer Geliebten vorzustellen, aber im Grunde konnte ihm nichts Besseres passieren als eine sorglich geheim gehaltene Affäre mit einer höchst diskreten und erfahrenen Dame. Nicht auszudenken dagegen, wenn er sich in eine gleichaltrige junge Frau verliebte! Es würde all ihre Pläne gefährden, wenn er sich damit womöglich an eine sichere Stellung am französischen Hof band ...

Ich versichere Euch jedoch, dass ich Lanze und Schwert zurzeit kaum ablege – beim nächsten Besuch musst Du mir ein zweites Pferd mitbringen, Pflegevater, Gawain war heute schon mittags müde!

Florís runzelte die Stirn. Gawain, ein prächtiger Rappe, war eigentlich kaum zu erschöpfen.

Schuld daran ist der neue Waffenmeister des Prinzen – der sich auf wahrhaft spektakuläre Weise eingeführt hat.
Vor einigen Tagen beehrte uns der König mit der Gnade, uns

beim Waffenspiel zuzusehen, und mit ihm kam ein Ritter, der sein Visier zunächst geschlossen hielt. Er sei gekommen, erklärte er mit großer Geste, um den Herrn Ludwig, den Prinzen, auf die Probe zu stellen. Bislang habe er am Hofe des Königs Johann in England als Waffenmeister gedient, und dort glaube man, die stärksten Ritter der Christenheit zu besitzen.

Prinz Ludwig, ein Heißsporn, wie er ist, musste dem natürlich sofort widersprechen – und ich denke, dies war genau das, was der König bezweckte. Er lächelte denn auch huldvoll, als sich Herr Ludwig gleich zum Kampf stellte. Und wahrlich, ich habe den Prinzen selten so entschlossen in den Tjost reiten sehen. Allerdings habe ich auch noch niemanden so geschickt parieren sehen wie den unbekannten Ritter! Er warf Ludwig sogleich vom Pferd, aber er tat es mit Umsicht, ganz sicher beabsichtigte er nicht, ihn zu verletzen. Am Ende bat Ludwig selbst den Herrn Rüdiger um die Ehre, ihm als Waffenmeister zu dienen ...

Gerlin unterbrach die Lektüre. »Rüdiger?«, fragte sie mit einem Lächeln. »Doch nicht gar mein Bruder?«
Florís nahm ihr das Schreiben aus der Hand.

Und das kam ihn hart an, meint doch unser Prinz, nun wirklich schon alle Finten zu beherrschen und das Schwert längst gut genug zu führen, um sich im ernsthaften Kampf zu beweisen. Aber Herr Rüdiger hat ihm gleich am Abend beim Nachtmahl versichert, ihm sei es als Jüngling nicht anders gegangen. Und dann habe ich eine Menge Neues über die Schwertleite meines Oheims erfahren und über Dich, liebe Mutter, und meinen seligen Vater, damals in Lauenstein. Denn Ihr ahnt es sicher schon: Unser neuer Waffenmeister ist Rüdiger von Falkenberg, einer der trefflichsten Ritter des Abendlandes.

»Sollte der nicht endlich sein Lehen in Falkenberg übernommen haben?« Florís ließ den Brief sinken. »Als dein Vater im vorletzten Jahr starb ...«

Gerlin nickte. Ihr Blick umflorte sich ein wenig beim Gedenken an ihren Vater, dem sie stets nahegestanden hatte. Gott hatte ihn schließlich hochbetagt zu sich genommen, woraufhin Rüdiger auch tatsächlich widerwillig die Burg aufsuchte. Er war Peregrin von Falkenbergs ältester Sohn und damit sein Erbe.

»Weißt du's nicht mehr? Er hat's gerade ein halbes Jahr ausgehalten«, erinnerte sie nun ihren Mann. »Und dann hat er unserem jüngeren Bruder die Burg allein überlassen. Das Leben eines Landadligen ist nichts für Rüdiger. Der will noch ein paar Abenteuer erleben.«

»In deren Verlauf er sein Leben irgendwann lassen wird«, brummte Florís.

Er war weiland nicht nur Dietrich von Lauensteins, sondern auch Rüdigers Waffenmeister gewesen, hatte den Jungen schließlich selbst zum Ritter geschlagen und kannte sein mutwilliges Temperament. Aber Rüdiger war auch kein Dummkopf. Bislang jedenfalls häufte er eher Ruhm und Ehre in der Schlacht und im Turnier an als Blessuren.

Gerlin lächelte. »Irgendwann wird auch er sesshaft werden«, meinte sie dann. »Und sag selbst – wäre es nicht eine Beruhigung, ihn an Dietmars Seite zu sehen, wenn ...«

Florís nickte, bevor er weiterlas.

Und dann, als alle Ritter sich schon zurückgezogen hatten, gesellte sich Herr Rüdiger noch zu mir – ich konnte die Ehre kaum fassen. Aber er fragte ganz freundlich nach Euch, Mutter und Pflegevater, und meinen Geschwistern, und er verriet mir, dass er natürlich nicht aus England zurückgekommen sei, um Ludwig zu fordern. Was ich selbstverständlich auch keinen Herzschlag lang geglaubt habe ...

Florís lachte. »Manchmal meine ich, Dietrichs Stimme zu hören, wenn der junge Mann so altklug tut. Er ist ein genauso heller Kopf wie sein Vater.«

»Verfügt jedoch Gott sei Dank über einen starken Schwertarm«, fügte Gerlin hinzu. Sie hatte ihren ersten Gemahl von Herzen gerngehabt, aber über Dietrich hatte sie sich Zeit ihrer jungen Ehe nur sorgen müssen. Der Jüngling war überaus klug gewesen, aber von schwacher Gesundheit und fast erschreckend ungeschickt im Umgang mit Waffen aller Art. »Aber nun lies weiter!«

Tatsächlich ist er hier, um mir im Kampf um Lauenstein beizustehen, wenn es an der Zeit dafür ist. Wobei ich mich immer häufiger frage: Ist es nicht bald an der Zeit? Die älteren Ritter meinen, ich brauche noch mehr Erfahrung, um Herrn Roland zu fordern. Aber der Kronprinz meint, ich solle ein Heer aufstellen. Und nun Herr Rüdiger ...

Florís hielt inne, als er die Blässe in Gerlins Gesicht sah. War es an der Zeit? Solange Dietmar lebte, hatten er und Gerlin nichts anderes getan, als den Jungen auf diesen Kampf vorzubereiten. Gerlin hatte nach dem Tod seines Vaters mit dem Kleinkind aus Lauenstein fliehen müssen. Roland von Ornemünde, ein weit entfernter Verwandter, hatte die Burg usurpiert – Gerlin hatte den kleinen Dietmar nur durch eine lebensgefährliche Flucht vor ihm in Sicherheit bringen können. Ihre Odyssee war schließlich in Loches geendet – weit entfernt von den fränkischen Landen, in denen Lauenstein lag. Die Burg gehörte zum Bistum von Mainz, allerdings hatte der Bischof nie viel Interesse daran gezeigt und keinerlei Anstalten gemacht, Gerlin im Streit um ihr Land zu unterstützen. Das traf auch für den gesamten anderen fränkischen Adel zu sowie für den deutschen Kaiser. Sofern der Usurpator seine Abgaben zahlte – und das war offenbar der Fall –, schien es ihm egal zu sein, wer die Burg verwaltete.

Allerdings war Roland auch nie als Herr von Lauenstein bestätigt worden, nicht einmal, nachdem er Luitgart, die Witwe von Dietrichs Vater, zur Frau genommen hatte. Der Adel ächtete Roland von Ornemünde – aber er machte keine Anstalten, ihn aus der Burg zu werfen. Gerlin hatte lediglich Offerten erhalten, ihren Sohn an den Höfen der Würdenträger aufziehen und zu einem möglichst starken Ritter ausbilden zu lassen. Um die Rückeroberung seines Lehens sollte er sich dann selbst kümmern. Und nun war es eben so weit. Oder doch beinahe...

Gerlin rieb sich die Stirn. Gut, Dietmar hatte seine Schwertleite gefeiert. Aber er war doch fast noch ein Kind...

... Herr Rüdiger, der mich wirklich hart herannimmt, um mich für den Kampf gegen den Usurpator meiner Burg zu wappnen. Ich bin ihm dafür überaus dankbar – aber ich werde doch fast froh sein, wenn mir die Reise nach Mainz nun eine

Atempause gewährt. Wie Ihr sicher wisst, wird Friedrich der Staufer noch vor dem Christfest in Mainz zum König gekrönt. König Philipp entsendet den Kronprinzen und eine Eskorte von Rittern, um der Krönung beizuwohnen. Auch ich wurde ausgewählt, Herrn Ludwig zu begleiten, und Herr Rüdiger wird sich uns ebenfalls anschließen. Vielleicht ergibt sich dabei ja die Möglichkeit, ein wenig Urlaub zu erbitten, damit ich mir die Feste Lauenstein ansehen kann. Das jedenfalls meint Herr Rüdiger, und mich lässt natürlich allein der Gedanke keine Ruhe finden. Bitte betet für eine sichere Reise nach Mainz und eine gesunde Wiederkehr...

Gerlin hätte es nicht zugegeben, aber ihr fiel ein Stein vom Herzen. Vorerst war die Entscheidung aufgeschoben, noch brauchte sie ihren Sohn nicht in den Kampf zu schicken.

Euer Euch liebender Sohn und Pflegesohn, Dietmar von Ornemünde zu Lauenstein

Florís las den Namen voller Stolz.
»Er wird es schaffen!«, sagte er schließlich.
Gerlin nickte. Sie glaubte daran, sie wollte, musste daran glauben. Aber es war doch gut, dass bis dahin noch Zeit war.

Kapitel 2

Sophia spähte besorgt über den Burghof und zog dann rasch ihren wollenen Umhang über ihr Haar, bevor sie das Badehaus eilig verließ. Bislang schien die Luft rein zu sein, die Ritter und Knechte waren wohl schon in der Halle ihres Vaters, um zur Nacht zu essen und dann miteinander zu zechen wie jeden Tag. Nur vor Nachzüglern sollte sie sich in Acht nehmen. Behände durchquerte das junge Mädchen, immer wieder die Deckung von Nischen und Torbögen suchend, den Hof in Richtung der Frauengemächer, um seinen Weg von dort aus zu sichern. Dabei empfand es sehr wohl die Würdelosigkeit seines Tuns. Dies war Sophias Zuhause, ihre Burg! Aber jetzt, da es dämmerte, konnte sie nicht einmal frei und unbeschwert durch die öffentlich zugänglichen Bereiche der Wehranlage gehen, ohne mit dem Angriff eines verfrüht betrunkenen, zudringlichen Ritters rechnen zu müssen! Bei Nacht ging das gar nicht, und selbst tagsüber folgten ihr Spott und zotige Reden, wenn sie sich außerhalb ihrer Kemenate zeigte. Sie dachte noch mit Grausen daran, wie sie einer der Männer einmal in eine Mauerecke gezogen und unsittlich berührt hatte.

Die Vierzehnjährige fürchtete sich seitdem panisch vor den Rittern ihres Vaters – wobei es den Mägden und Köchinnen nicht anders ging. Lediglich vor Sophias Mutter zeigten die Kerle ein wenig Respekt. Tatsächlich hatte sich Luitgart von Ornemünde jedoch schon tagelang nicht mehr außerhalb ihrer Räume gezeigt. Sie überließ die Haushaltsführung mehr und mehr den Ministerialen ihres Mannes – und ihrer Tochter

Sophia, die das ja schließlich lernen musste, wie Luitgart immer wieder anführte. Sophia fragte sich nur, wie sie diese Aufgabe ohne Anleitung bewältigen sollte. Die Haushaltsbücher waren ihr ein Buch mit sieben Siegeln, was wohl auch daran liegen konnte, dass sie seit Jahren vom Truchsess geführt wurden, welcher kaum lesen und schreiben konnte. Erst vor Kurzem hatte Sophia sehr alte Aufzeichnungen entdeckt, noch aus der Zeit, als die Vorgänger ihrer Eltern die Burg leiteten. Die damalige Hausfrau schien deutlich mehr von Buchführung verstanden zu haben – und ganz sicher hatte die Herrschaft des Grafen Dietrich die Wirtschaft von Lauenstein nicht zugrunde gerichtet. Womit einer der Gründe wegfiel, die man Sophia für den Machtwechsel in den Jahren vor ihrer Geburt genannt hatte. Graf Roland habe für seinen jung verstorbenen Neffen und dessen nichtsnutzige Gemahlin die Herrschaft über das Land übernehmen müssen.

Der König hätte ihm dafür eigentlich dankbar sein müssen, aber infolge irgendwelcher Intrigen war Sophias Vater nach wie vor nicht als Lehnsherr der Grafschaft Lauenstein anerkannt. Weshalb sich denn auch selten tugendhafte Ritter auf seine Burg verirrten oder gar Troubadoure, die Sophia und ihrer Mutter das Lob der Hohen Minne sangen. Sophia wusste nur aus Handschriften und Geschichten, dass es so etwas überhaupt gab. Aus eigener Anschauung kannte sie Liebe nur als abstoßende Verschmelzung zweier keuchender Leiber im Schatten der Burgmauer. Viele Kinder der Mägde und Küchenhelferinnen auf Lauenstein kannten die Namen ihrer Väter nicht.

Sophia immerhin hatte jetzt die Sicherheit der Frauengemächer erreicht und huschte über die dunklen Flure dort. Die meisten der Räume hier waren seit Jahren verwaist. Dabei sollten sie eigentlich von Hofdamen und Mädchen bewohnt sein, die der Dame des Hauses zur Hand gingen und den Töchtern des Burgherrn Gespielinnen waren. Aber Roland und Luitgart von Ornemünde hatten nur ein einziges Kind, Sophia. Und kein Edelmann aus der Nachbarschaft hätte seine Tochter zur Erziehung an den Hof von Lauenstein gesandt – wobei Sophia selbst auch kein Kind unter die Obhut ihrer Mutter gestellt hätte ... Sie versuchte sich jetzt so unauffällig an Luitgarts Gemächern vorbeizuschleichen wie eben möglich, aber das erwies sich als erfolglos. Ihre Mutter hatte sie gehört und stieß die Tür ihrer Räumlichkeiten auf.

»Oh, Sophia! Mein wunderschönes Mädchen ...«

Luitgarts Stimme klang lallend, aber das war um diese Zeit des Tages nicht ungewöhnlich. Schon den morgendlichen Wein pflegte die Herrin der Burg nicht mit Wasser zu verdünnen. Mittags trank sie große Mengen, und am Nachmittag versüßte sie sich die endlosen Stunden der Handarbeit mit heißem, süffigem Würzwein. Jetzt, gegen Abend, war die Mutter längst betrunken, auch wenn sie sich noch aufrecht hielt und halbwegs wach wirkte. Sophia mochte ihr dann aber nicht mehr begegnen. Sie war es leid, die Klagen ihrer Mutter zu hören, ihre endlosen Vorwürfe gegen ihren ersten Mann, der es nicht geschafft hatte, einen Erben mit ihr zu zeugen, und der sie dann nicht mal als Regentin über Lauenstein eingesetzt hatte, als er die Burg seinem minderjährigen Sohn hinterließ. Sie schimpfte über den Unverstand ihrer Stiefschwiegertochter, die ihren Sohn nicht der Vormundschaft Rolands von Ornemünde überlassen wollte – und schließlich klagte sie über Sophias Vater Roland, der Luitgart letztendlich zwar geheiratet hatte, es aber nicht schaffte, ihr ein wirklich standesgemäßes Leben zu bieten. Und seiner Tochter auch nicht.

Luitgart bekümmerte sich immer wieder wortreich darüber, dass keiner der Adelshöfe, die sie angeschrieben hatte, bereit gewesen war, Sophia von Ornemünde zur Erziehung anzunehmen. Eine Burgherrin nach der anderen lehnte mehr oder weniger höflich ab – die Tochter des Usurpators von Lauenstein war nirgendwo erwünscht. Selbst das Nonnenkloster Sankt Theodor in Bamberg, in dem Sophia schließlich wenigstens lesen und schreiben gelernt hatte, bat die Lauensteiner nach nur einem Jahr, das Mädchen entweder ganz dem Kloster zu verschreiben oder zurück nach Hause zu holen. Sophia sei zwar klug und ein angenehmes Kind, aber die Eltern anderer Zöglinge hätten bei der Oberin Klage geführt. Ihre Töchter sollten nicht gemeinsam mit dem Spross eines Erbschleichers die Schulbank drücken.

»Zweifelsfrei wird es auch nicht einfach sein, Sophia eines Tages zu verheiraten«, hatte die Oberin in einem sonst freundlichen Brief angemerkt. »Weshalb Ihr vielleicht daran denken solltet, das Mädchen früh einem Orden anzuloben. Sophia ist gottesfürchtig und lernfreudig, sie könnte im Kloster schon jung zu hohen Ehren gelangen.«

Roland von Ornemünde hatte über das Schreiben der Ordensfrau allerdings nur gelacht. »Schwer zu verheiraten? Jeder Ritter, den wir nur einen Blick auf sie werfen lassen, wird sich die Finger nach ihr lecken!«

Sophia war damals erst neun Jahre alt gewesen und scheu und ängstlich nach der mehrtägigen Reise und dem Jahr in der Stille und Abgeschiedenheit des Klosters. Das Poltern und laute Gelächter ihres Vaters hatte sie erröten lassen. Aber dass sie schön sei, hatte sie auch in Bamberg bereits zu hören bekommen. Selbst die Ordensfrauen hatten ihr Haar, das wie ein Mantel von gesponnenem Gold über ihre Schultern fiel, und ihre Augen, grün wie ein Waldsee, in dem sich unzählige Geheimnisse widerspiegelten, gepriesen. Sophias Augen erschienen mal warm wie eine Frühlingswiese im Sonnenlicht, mal verträumt wie die Blätter eines Laubbaums im abendlichen

Schatten. Ihre Lippen waren voll, ihre Lider schwer, was ihren Ausdruck sinnlich machte – aller Unschuld zum Trotz. Die schmale Gestalt und die ebenmäßigen Gesichtszüge hatte das junge Mädchen von der Mutter geerbt – auch Luitgart war eine erlesene Schönheit gewesen und hätte auch jetzt noch gut ausgesehen, hätte der übermäßige Genuss von Wein ihr Gesicht und ihren Körper nicht aufgeschwemmt und ihren Blick umflort.

Bisher hatte noch kein Mann an Sophias Herz gerührt, und Gott sei Dank hatte sie dem Kerl entkommen können, der beinahe ihren Leib geschändet hätte. Sie trug seitdem stets ein Messer bei sich, fest entschlossen, ihre Jungfräulichkeit gegen jeden Ritter ihres Vaters zu verteidigen. Es war ihr egal, ob sie um ihres Namens willen schwer zu verheiraten sein würde. Wenn es sein musste, würde sie sich auch einem Leben im Kloster fügen. Aber ganz sicher wollte Sophia mit keinem der Männer vermählt werden, die nur Lüsternheit – und vielleicht die Aussicht auf ein kleines Lehen innerhalb der Gemarkung Lauenstein – in ihre Arme trieb.

Nun lauschte sie ungeduldig dem immer gleichen Sermon ihrer Mutter, die von ihrer Schönheit schwärmte und die wunderbaren Partien aufzeigte, die für Sophia möglich gewesen wären, hätte ihre Eltern kein so ungerechtes Schicksal ereilt.

»Aber nun wird sich ja vielleicht etwas ändern!«, erklärte Luitgart schließlich hoffnungsvoll.

Sophia horchte auf. Sollte ihre Mutter ihr wirklich etwas mitzuteilen haben? An sich hatte sie eher gefürchtet, gleich noch in den Weinkeller geschickt zu werden, um Luitgarts Vorräte aufzufüllen. Der auf dem Tisch ihrer ursprünglich wertvoll eingerichteten, jetzt aber etwas verwahrlost wirkenden Kemenate stehende Krug war fast leer.

»Wir werden nach Mainz reiten und dich dem König vorstellen!«, sagte Luitgart großspurig. »Dem neuen König! Nicht Otto IV., diesem alten Zauderer, der nichts um seine Edelleute gab. Nein, Friedrich dem Staufer, der in Mainz gekrönt wird. Er sei ein Schöngeist, heißt es, und ein vernunftbegabter Mann. Wenn wir ihm unseren Fall vortragen ...«

Sophia lächelte müde. »Aber Mutter, der König wird uns nicht einmal anhören. Wieso meinst du überhaupt, wir würden zu ihm vorgelassen? Er hat doch sicher anderes zu tun.«

»Wir werden zu seiner Krönung reisen!«, trumpfte Luitgart auf. »Das kann man uns nicht verwehren, Lauenstein ist ein Teil des Erzbistums. Wir sind Untertanen des Bischofs.«

»Aber er hat uns niemals als solche anerkannt, er ...«

Sophia erschrak. Der Bischof nahm die Abgaben von Lauenstein zwar stets an und quittierte sie auch ordentlich. Aber ansonsten hatte er die Briefe Rolands von Ornemünde nicht beantwortet, und er hatte den Lauensteiner auch abschlägig beschieden, als Roland ihn ehemals bat, seine Ehe zu segnen und seine Tochter zu taufen. Das hatte letztlich sein Amtsbruder aus Bamberg übernommen. Zwischen den Kirchenfürsten herrschte ständige Rivalität – Lauenstein lag näher an Bamberg, gehörte aber dennoch zu Mainz, und der Bamberger hoffte immer noch, dem eigenen Bistum die einträgliche Grafschaft irgendwann einverleiben zu können.

»Er ... er m... muss uns an ... anerkennen, schließlich kann er uns nicht aus der Kirche weisen ...«

Luitgarts Worte klangen immer verworrener. Sophia hoffte, dass ihre Mutter vielleicht einschlafen würde, bevor ihr der Mangel an weiterem Wein auffiel. Ein nächtlicher Gang in den Keller war das Letzte, was sie an diesem Abend noch zu unternehmen gedachte! Aber Sophia kam nicht umhin, den Plan ihres Vaters zu bewundern. Ihre Mutter hatte Recht, der Bischof würde keinen Eklat riskieren, vor dem König und all den geladenen Würdenträgern. Wenn er die Lauensteiner der Kirche verwies, würde er alle darauf aufmerksam machen, dass die Dinge in seinem Bistum nicht so geordnet waren, wie sie sollten. Roland würde auch sicher versuchen, die Lauensteiner Erbfrage vor den neuen König zu bringen – der mit ihrer Verhandlung zwangsläufig überfordert war. Er konnte die genauen Umstände weder kennen noch sich rasch darüber kundig machen. Wenn er nur halb so klug und gerecht war, wie man hörte, würde der König sich also des Urteils entziehen – und den Bischof dafür verantwortlich machen, dass er sich gleich um die erste Entscheidung als neuer Regent herumdrücken musste.

Nein, Bischof Siegfried von Eppstein würde in den sauren Apfel beißen müssen, die Lauensteiner zu dulden. Und wer wusste, was sich daraus noch ergab! Sophias Herz klopfte plötzlich heftig. Vielleicht würde sich ja tatsächlich etwas ändern! Vielleicht würde sie bald an den Höfen ihrer Nachbarschaft willkommen sein, würde Musik hören, Turniere besuchen – und edle Ritter als ihre Minneherren empfangen dürfen!

Sophia ging lächelnd in ihre Räume, als ihrer Mutter endlich über dem letzten Lamento der Becher Rotwein aus der Hand rutschte. Sie würde Luitgarts Kammerfrau suchen, damit sie ihre Herrin zu Bett brachte – und sie selbst würde noch ein wenig lesen.

Das junge Mädchen schlief schließlich über einem Roman des Thomas d'Angleterre ein – *Tristan und Isolde*. Ein wunderschöner Ritter, der sich in ein wunderschönes Mädchen verliebte, das einem anderen versprochen war ... Sophia von Ornemünde träumte bittersüße Träume.

»Und Ihr werdet uns nun verlassen?«, fragte Francine de Maricours lächelnd.

Sie empfing ihren jüngsten Minneherrn im Rosengarten des Louvre – einer eher kleinen Anlage, welche die verstorbene Königin ihrem Gatten abgetrotzt hatte. An sich war die Festung eher als Wehranlage ausgelegt denn als Schauplatz für einen Minnehof. Zumal König Philipp der neuen Mode der gemeinsamen Erziehung von Rittern und Edelfräulein äußerst skeptisch gegenüberstand. Die Schöpferin der Minnehöfe war schließlich Eleonore von Aquitanien, die Mutter seines alten Feindes Richard Löwenherz. Aber andererseits musste die Königsfamilie repräsentieren – und die junge Prinzessin Marie hatte angemessen aufgezogen werden müssen. Auch heute noch bevölkerten deshalb Mädchen und junge Frauen die Kemenaten des Palastes und genossen unter der Aufsicht von Damen edelsten Geblütes eine sorgfältige Erziehung. Nicht klösterlich abgesondert von den jungen Rittern und Knappen, wie früher üblich, aber doch wohlbewacht.

Eine dieser Damen war Francine de Maricours, verheiratet mit einem Ritter des Königs und ehemals Erzieherin der Prinzessin. Sie war nicht mehr ganz jung, aber immer noch beeindruckend schön mit ihrem tiefschwarzen Haar, ihren dunklen Augen und ihrem schneeweißen Teint – und durchaus streng zu ihren ritterlichen Bewunderern. Auch jetzt ließ sie den jungen Dietmar von Ornemünde vor sich knien und dachte gar nicht daran, ihn aufzufordern, sich traulich neben ihr zu platzieren. Gerlin von Loches hätte sich nicht zu sorgen brauchen – Francine de Maricours hatte eine gänzlich platonische Beziehung zu ihrem Sohn.

»Ja, Herrin!« Der junge Ritter sah stolz zu ihr auf. »Der König hat mich in die Eskorte des Kronprinzen berufen. Ich werde mit nach Mainz reiten und sicher auch im Turnier kämpfen. Selbstverständlich mit Eurem Zeichen an meiner Lanze!«

Madame de Maricours lächelte. Der Jüngling war zweifellos ein wenig verliebt, aber das konnte sich rasch ändern, wenn er ein Mädchen seines Alters kennenlernte. So junge Ritter blieben älteren Minnedamen selten lange treu.

»Das hoffe ich«, sagte sie würdevoll. »Aber Ihr gedenkt wirklich, nur im Turnier zu kämpfen?«

Dietmars Augen umwölkten sich. Wunderschöne strahlende aquamarinblaue Augen, wie Francine sich kurz gestattete zu bemerken. Dieser junge Mann hatte einen Blick, der jeden gefangen nahm – wach und aufmerksam. Man sagte, er habe das von seiner Mutter, von der ehemals schon Eleonore von Aquitanien geschwärmt hatte. Francine hatte von Gerlin de Loches gehört. Eine ungewöhnliche Frau – der Knabe würde sich anstrengen müssen, ihr Ehre zu machen.

»Ihr meint den Kampf um mein Erbe, meine Dame?«, fragte Dietmar vorsichtig und strich sich sein weizenblondes Haar aus dem Gesicht. Er trug es lang und in der Mitte gescheitelt wie die meisten Ritter, und es war üppig und kaum zu bändigen. Mit dem Bartwuchs haperte es dagegen noch ein wenig. »Wollt Ihr mir raten, mich gleich in eine Fehde zu stürzen?«

Francine de Maricours schüttelte den Kopf. Wie töricht diese Jünglinge waren! Francine sah es als eine der edelsten Pflichten ihrer Minneherrinnen an, sie vor einem frühen Tod in sinnlosen Schlachten zu bewahren.

»Im Gegenteil, mein Herr, ich will es Euch verbieten!«, sagte sie streng. »Ich hörte, der Usurpator Eurer Burg führe ein scharfes Schwert. Er sei kein sehr kultivierter Mann, aber ein erfahrener Kämpfer. Ihr dagegen seid tapfer und stark, aber jung. Ihr solltet erst Erfahrungen in den Kriegen anderer sammeln, bevor Ihr Euren eigenen führt.«

»Aber Ihr haltet mich für reif, in den Krieg zu ziehen?«, fragte Dietmar begierig.

Francine seufzte. »Ich wache über Eure ritterlichen Tugenden, Herr Dietmar, nicht über Eure Kampfkraft. Aber es ist abzusehen, dass es zu Kämpfen kommen wird. Der neue Stauferkönig wird sich gegen den Welfen behaupten müssen, und unser König Philipp wird Stellung beziehen. Wahrscheinlich für den Staufer, er ehrt ihn ja jetzt schon, indem er seinen Sohn zu seiner Krönung schickt. Und dann wird auch Euer Schwert Blut schmecken. Aber vorerst, Herr Dietmar, fordere ich von Euch die Tugend der Maße! Euer Lehen gehört zum Bistum Mainz – Ihr werdet es also sehen.«

»Nur, wenn der Prinz mich freistellt, Herrin«, meinte Dietmar bedauernd. »Lauenstein liegt etliche Tagesritte von Mainz entfernt.«

Francine zuckte die Schultern. »Umso besser, das wird Euch helfen, Euch zu bezähmen. Aber Ihr müsst Euch darauf einstellen, den Usurpator schon in Mainz zu sehen.«

Dietmar fuhr auf. »Roland von Ornemünde? Was meint Ihr? Denkt Ihr, er ... er könnte zur Krönung kommen?«

Francine nickte. »Warum nicht? Er ist Untertan des Bischofs, und er könnte die Vorstellung hegen, dem König sein Anliegen vorzutragen.«

»Das wagt er nicht!« Dietmars Augen blitzten. »Wenn er das wagt, dann ...«

»Dann werdet Ihr Euch in der Tugend der Maße üben!«, befahl Francine. »Ihr werdet den König auf das Höflichste bitten, die Lauensteiner Erbfrage irgendwann zu verhandeln. Aber Ihr seht es natürlich als nicht ziemlich an, ihn jetzt, bei der Feier seiner Krönung, damit zu behelligen. Mit anderen Worten: Ihr zieht Euch zurück, Dietmar von Ornemünde.«

»Das kann ich nicht!«

Der junge Ritter machte empört Anstalten, nach seinem Schwert zu greifen. Er musste es anfassen, spüren, dass es da war, bereit, den Kopf des Erbschleichers vom Körper zu trennen.

»Wollt Ihr meinen Zorn auf Euch ziehen?«, donnerte Francine de Maricours.

Dietmar errötete. »Verzeiht, Herrin. Ich ... ich war aufbrausend, ich ...«

»Ihr geht mir jetzt aus den Augen, Herr Dietmar, und denkt darüber nach, was wir besprochen haben. Ich erwarte, dass Ihr mir Gehorsam leistet!«

Die Herrin des jungen Ritters wandte sich ab, ein deutliches Zeichen: Das Recht auf einen Abschiedskuss – und sei es nur auf ihre Hand – hatte Dietmar für diesen Tag verwirkt.

Und ich hoffe, Euch lebend wiederzusehen, dachte Francine de Maricours, als der junge Ritter mit rotem Gesicht und gebeugtem Rücken davonschlich. Immerhin hatte sie ihre Botschaft vermittelt. Und nun würde sie seinem besorgten Oheim Rüdiger von Falkenberg von seiner Reaktion darauf berichten. Der Ritter hatte Francine gebeten, Dietmar vorzubereiten. Wenn Roland wirklich nach Mainz kommen würde – und Rüdiger hielt das durchaus für möglich –, durfte der junge Mann ihn um Himmels willen nicht fordern!

Kapitel 3

Der Ornemünder? Der Ritter mit seinen zwei Damen?«

Bischof Siegfried von Eppstein hatte es eigentlich schon beim ersten Mal verstanden, aber er sah nur in der Wiederholung eine Möglichkeit, seinem Ärger Ausdruck zu verleihen. Unterhielt er sich doch gerade mit einem der wichtigsten Berater des Königs und schätzte dabei keine Unterbrechung.

Der junge Priester, der die Gäste der Krönungsmesse in Empfang nahm und ihnen Plätze im Dom anwies, nickte. »Wobei die jüngere der Damen sehr ... hm ... ansehnlich ist.«

Das Leuchten in seinen Augen bewies, dass er die Tochter des Ornemünders sehr viel ausführlicher gemustert hatte, als es sich für seinen geistlichen Stand geziemte.

Siegfried von Eppstein seufzte. Das immerhin konnte er später rügen. »Umso weniger sollte man von dem Mädchen sehen, damit es auf keinen Fall die Damen der Königin aussticht«, beschied er den jungen Mann rüde. »Also gebt ihnen Plätze in den hintersten Reihen und haltet ein Auge auf sie.«

»Nicht dass der Kerl den König belästigt!«, zischte er dem eingeschüchtert flüchtenden Priester noch zu, als er sah, dass sich Friedrichs Vertrauter einem anderen Gesprächspartner zuwandte. »Ich will hier keinen Ärger!«

Dem jungen Mann war es erkennbar ein Rätsel, wie er den Ritter im Zweifelsfall im Zaum halten sollte, aber immerhin gefiel ihm die Aufgabe, das junge Mädchen im Auge zu behalten. Sophia von Ornemünde wirkte züchtig und schön – und wenn er nichts anderes tat, als ihr nur auf Geheiß des Bischofs beim Beten zuzusehen, würde er nicht einmal etwas zu beichten haben.

Getröstet geleitete er die Ornemünder zu ihren Plätzen in einer Seitenkapelle – weit ab von allen gekrönten oder noch zu krönenden Häuptern. Der Kronprinz von Frankreich würde zwar auf derselben Seite des Doms platziert werden, aber natürlich im Hauptschiff.

Bischof Siegfried ahnte dagegen weitere Komplikationen – vor allem, als er jetzt Prinz Ludwig in Empfang nahm. Der Prinz und seine Ritter wirkten ausgehungert und abgehetzt. Ganz sicher hätten sie lieber gut gefrühstückt als einer Messe beigewohnt, aber natürlich würden sie Disziplin beweisen und die Krönung mit knurrenden Mägen durchstehen. Tatsächlich waren sie erst vor knapp zwei Stunden im Bischofspalast angekommen – durchnässt und verschmutzt nach einer überaus anstrengenden Reise. Es hatte während des ganzen Weges geregnet, und der üppig beladene Wagen mit den Krönungsgeschenken hatte die Reiter aufgehalten. Nach dem zweiten Achsenbruch hatte Ludwig schließlich am nächsten Marktflecken halten lassen und drei Maultiere erstanden, auf die man die Truhen und Stoffballen umgeladen hatte. Leider nicht unbemerkt vom örtlichen Diebsgesindel, sodass sich die Ritter schließlich auch noch mit Wegelagerern herumschlagen mussten.

Natürlich hatten sie sich ihr Gold nicht abjagen lassen, und es war auch niemand zu Schaden gekommen, aber das Gefecht hatte Pferde und Reiter noch mehr ermüdet, und der Nachtritt, den sie schließlich einschieben mussten, um rechtzeitig zur Krönung in Mainz einzutreffen, hatte allen den Rest gegeben. Immerhin war das Badehaus des Bischofs noch vom Abend zuvor aufgeheizt, der Prinz und seine Eskorte konnten also wenigstens den Reisestaub abwaschen, und ihre Knappen gaben sich alle Mühe, ihre klammen Festkleider noch vor der Messe zu trocknen und zu glätten. Der König hatte alle Ritter für die Reise neu ausstatten lassen. Sie trugen prächtige wollene Tuniken, in denen sie während der langen Messe nicht frieren sollten. Zu einem ausgiebigen Mahl hatte es allerdings nicht gereicht – zumal keiner genau wusste, ob mit der Krönung auch eine Eucharistiefeier verbunden sein würde oder nicht.

»Eher doch«, meinte Rüdiger von Falkenberg mutlos – er hatte lange Gottesdienste nie geschätzt und trauerte der förmlichen Schwertleite nicht nach, die er damals versäumt hatte. Florís de Trillon hatte ihn nach seinem ersten richtigen Kampf noch auf dem Schlachtfeld zum Ritter geschlagen, und Rüdiger war stolz darauf. »Bei einer Krönung lassen sie sicher nichts aus, was Prunk beweist und Zeit kostet. Weck mich, Dietmar, wenn ich einschlafe ...«

Dietmar war viel zu aufgeregt, um schläfrig zu sein. Stand er doch eben zum ersten Mal dem Bischof gegenüber, zu dessen Einflussbereich sein Erbe gehörte – wenn auch nur in der zweiten Reihe hinter dem Kronprinzen. Aber Siegfried von Eppstein in seinem prächtigen Ornat bot einen imponierenden Anblick, und es war zweifellos wichtig für Dietmar, einen guten Eindruck zu machen. Von der Fürsprache des Bischofs konnte letztendlich eine Menge abhängen. Zumindest wäre es gut, den Geistlichen auf seiner Seite zu wissen, wenngleich er ihm sicher keine Truppen stellte ...

Dietmar beugte also mit allen Zeichen der Ehrerbietung den Kopf vor dem Bischof, als Prinz Ludwig seine Ritter jetzt vorstellte. Die Reaktion des Bischofs auf seinen Namen verwunderte ihn etwas. Die Augen des Geistlichen weiteten sich, und er schien fast erschrocken in der Bewegung innezuhalten, als er dem jungen Mann routinemäßig seinen Ring zum Kuss hinhielt.

»Ihr seid ... Ihr seid der Sohn Dietrich von Lauensteins?«, fragte er schließlich.

Dietmar nickte. »Ja, Hochwürdigster Herr«, sagte er mit klangvoller Stimme.

Der Bischof schien ein Seufzen zu unterdrücken. »Aber Ihr seid hier als Ritter König Philipps«, vergewisserte er sich. »Ihr wollt nicht ... Versteht mich richtig, Ihr habt in Eurer Sache durchaus die ... Unterstützung der ... des ... äh ... Gott ist zweifellos auf Eurer Seite! Aber der Zeitpunkt ist ungünstig ...«

»Ich gehöre zur Eskorte des Prinzen«, erklärte Dietmar würdevoll, »und gehorche seinem Befehl. Die ... Sache Lauenstein wird später verhandelt werden.«

Siegfried von Eppstein atmete auf. Der junge Mann war also nicht hier, um mit dem Austragen seiner Fehde zu beginnen. Aber Ärger konnte es trotzdem geben. Schließlich würde es kaum möglich sein, die beiden Ornemünder vollständig aneinander vorbeizulavieren. Sobald einer vom anderen erfuhr, konnte die Situation allen guten Vorsätzen zum Trotz eskalieren. Und dann war da ja auch noch das Turnier ... Der junge Ritter würde sicher mitkämpfen – und der alte?

Roland von Ornemünde hatte lange nicht im ritterlichen Zweikampf gestanden, aber zweifellos maß er sich täglich im spielerischen Streit mit seinen Rittern – die ein wilder Haufen sein sollten, dem Bischof kamen immer wieder Klagen aus der Nachbarschaft von Lauenstein zu Ohren. Kaum mehr also als Abschaum, aber das Schwert wussten diese Leute zu führen. Es war keineswegs ausgeschlossen, dass Roland zum Turnier antreten würde. Er war schließlich hier, um sich die Beachtung zu erzwingen, die seine Nachbarn ihm verweigerten. Ein Turniersieg oder zumindest eine gute Platzierung würde dazu beitragen.

Siegfried von Eppstein rieb sich die Schläfen. Das alles würde schwierig werden. Aber jetzt konnte er sich damit nicht beschäftigen. Er hatte einen König zu krönen!

Der Bischof verabschiedete die letzten Ritter des französischen Prinzen und wandte sich der nächsten Delegation von Würdenträgern zu. Noch ein Franzose, der Graf von Toulouse.

Hatte man den nicht längst exkommuniziert? Wie viele Frauen hatte er inzwischen noch mal verstoßen? Der Bischof seufzte, bevor er dem vierschrötigen Grafen den Ring zum Kuss hinhielt. Ein weiterer Gauner im ritterlichen Gewand. Aber er musste freundlich sein. König Friedrich brauchte jeden Verbündeten, den er finden konnte ...

Rüdiger von Falkenberg nutzte die Zeit zwischen der Vorstellung beim Bischof und dem Beginn der Messe, um sich noch ein wenig auf dem Domplatz umzusehen. Sein Platz wurde schließlich freigehalten, und gleich kniete er noch lange genug bewegungslos auf der harten Kirchenbank. Außerdem ... Rüdiger traute es seinem findigen Knappen Hansi zu, noch rasch etwas zu essen aufzutreiben. Tatsächlich fand er Hansi vor einer Garküche – im Gespräch mit einem höchst seltsam gekleideten Herrn. Dieser trug zu festen Reitstiefeln weite Leinenhosen und darüber ein langes kostbares Gewand aus Brokat, vorn offen und fremdländisch geschnitten. Erst auf den zweiten Blick erkannte man die dezent eingewebten Sternbilder und Sonnen. Den Kopf des Mannes zierte eine Art Kappe, ebenfalls aus Brokatstoff und mit Goldfäden durchwebt. Ein Jude? Aber nein, die würden Reichtum nicht so offen zur Schau tragen!

Aber dann blickte Rüdiger in das helle Gesicht unter dem ungewöhnlichen Kopfschmuck. Runde, wache Augen von unschuldigem Blau, das Gesicht schmal, was ihm einen leicht erstaunten Ausdruck verlieh. Früher hatte dieses Gesicht hager gewirkt, aber jetzt war Abram von Kronach älter und besser genährt.

»Siehst, Herr Rüdiger, wen ich g'funden hab?«, fragte Hansi aufgeregt. Wenn er mit seinem Herrn allein war, legte er weder viel Wert auf Förmlichkeiten noch auf höfische Rede und verfiel in seine süddeutsche Mundart. »Erkennst ihn noch, den Judenburschen?«

»Pssst!«, Abram schüttelte den Kopf und warf Ritter und Knappe einen verschwörerischen Blick zu. »Ich nenne mich hier Abu Hamed al Moxacar, und ich bin Maure...«

Rüdiger grinste. »Der Neffe des Medikus!«, sagte er verblüfft. »Aber du bist nicht wirklich... also du betest nicht wirklich zu dem Mohrengott?«

Abram runzelte die Stirn. »Herr Rüdiger, es gibt nur einen Gott. Und der ist kein Mohr! Der Emir von Granada im Übrigen auch nicht, und er zwingt keinen dazu, seinem Glauben abzuschwören. Es gibt da allerdings Steuervorteile, wenn man... Aber so weit hätte ich mich selbstverständlich nie erniedrigt. Wenngleich es Situationen gibt, im Leben...«

Rüdiger winkte ab. »Geschenkt, Herr Abu Hamed, ich habe dich auch schon als Christ erlebt. Aber was um Himmels willen machst du hier? Ich dachte, du seist sicher in Al Andalus, mit deiner Miriam!«

Abram nickte gewichtig. »Meine Gattin Ayesha Mariam al Moxacar dient auf Geheiß des Emirs als Hofastrologin des Grafen von Toulouse«, erklärte er. »Wobei wir das eigentlich höchstens drei Jahre lang machen wollten. Aber inzwischen... Miri kann da nicht so ohne Weiteres weg. Sie fühlt sich verantwortlich...«

Rüdiger zog die Stirn kraus und nahm verstohlen einen Bissen von dem Bratenstück auf frisch gebackenem Gerstenbrot, das Hansi inzwischen in Empfang genommen hatte. Der Knappe brauchte nicht zur Messe, es gab kaum genug Plätze für all die adligen und geistlichen Würdenträger. Also konnte er sich hier unbesorgt den Bauch vollschlagen. Nun ließ er wachsam den Blick über den Domplatz gleiten und schob Rüdiger sein Frühstück zu, wenn gerade kein Geistlicher oder Ritter hinsah.

»Für den Grafen von Toulouse?«, fragte er dabei mit vollem Mund. »Kann der nicht auf sich selbst aufpassen?«

Raymond de Toulouse war als Haudegen bekannt und hatte schon etliche Kämpfe und Belagerungen für sich entschieden – wobei er tatsächlich bereits zweimal mit einem Kirchenbann belegt worden war.

»Für die Albigenser«, führte Abram aus. »Du weißt schon, diese komischen Christen da im Languedoc. Die alles irgendwie anders machen als die anderen Christen ...«

»Häretiker!«, erklärte Rüdiger streng.

Abram zuckte die Achseln. »Verrückte!«, urteilte er. »Die sind so keusch und friedfertig, dass sie ständig Gefahr laufen, auszusterben oder zu verhungern. Sie essen kein Fleisch und trinken keine Milch, Wein sowieso nicht. Und möglichst liegen sie nicht mal ihren Ehegatten bei. An sich dürfen sie nur beten und arbeiten. Aber sie sind von Grund auf harmlos! Es gibt nicht den geringsten Grund, einen Kreuzzug gegen sie zu führen.«

»Der Papst hat dennoch dazu aufgerufen«, sagte Rüdiger. »Also muss es Gründe geben!«

Abram verdrehte die Augen. »Denk mal nach«, meinte er dann. »Wenn jemand nur betet und arbeitet, aber nie was von dem erwirtschafteten Geld ausgibt ...«

»... dann wird er reich!«, schloss Hansi und schlang den

Rest des Fleischbrotes herunter. Er war nicht von Adel, sondern Sohn eines Räubers und Diebs – der Kirche brachte er keinen besonderen Respekt entgegen. »Auch wenn er nichts davon hat.«

Abram nickte. »Richtig«, erklärte er. »Und was passiert mit dem Geld von Ketzern, wenn man sie erst mal besiegt und verbrannt hat?«

»Das wird konfisziert ...« Rüdiger biss sich auf die Lippen.

»Eben«, meinte Abram. »Das verleibt sich die Kirche ein. Der Kreuzzug gegen die Albigenser ist recht lukrativ für den Papst. Mal ganz abgesehen von den praktischen Nebeneffekten: Die Leute sind leicht umzubringen, sie wehren sich ja kaum. Und die ›Kreuzfahrer‹ werden bekanntlich schon im Vorfeld von all ihren Sünden befreit, sie können hier also beliebig plündern und vergewaltigen. Was ihnen Lust auf weitere Abenteuer macht. Der Papst hofft, dass sie danach gleich ins Heilige Land ziehen und dort weiterwüten. Die Sarazenen sind zwar ein anderes Kaliber als die Albigenser, aber darüber macht sich keiner Gedanken. Die Begeisterung der Christenheit für Kreuzzüge lässt allgemein nach. Die Kerle, die da gegen die ›Ketzer‹ ziehen, sind ziemlicher Abschaum. Und nicht sehr klug.«

Rüdiger nickte. Davon hatte er auch schon gehört, weshalb er selbst darauf verzichtet hatte, sich den letzten Kreuzzügen anzuschließen. Sosehr das Abenteuer lockte.

»Und Miriam beschützt nun die Albigenser gegen den Papst?«, fragte er dennoch ungläubig.

»Meine Gattin Ayesha Mariam macht dem Grafen Raymond seit Jahren erfolgreich klar, dass die Sterne das Geld der Albigenser lieber in seinen eigenen Taschen sehen wollen als in denen der Kirche. Die zahlen nämlich brav ihre Abgaben.«

Abram grinste und fasste sich dabei an die Stirn. »Das Volk ist friedfertig bis zur Selbstaufgabe, aber es finanziert dem Grafen all seine Fehden und Kriegszüge, seine Geliebten und die Abfindungen für sämtliche verstoßenen Ehefrauen und ihre Verwandtschaft, die ihn sonst wahrscheinlich längst in die Hölle geschickt hätte. Ich werde das nie verstehen, aber das muss ich ja auch nicht. Ach ja, und den Juden geht's auch gut in Toulouse. Der Süden Frankreichs – dem Grafen gehören da ja etliche Provinzen, alle durch Heirat erworben – ist insgesamt sehr schön. Das Wetter ist gut, der Wein hervorragend ...«

»Darfst du den denn trinken als Maure?«, erkundigte sich Rüdiger.

Er kannte sich mit der Religion der Sarazenen nicht aus, hatte allerdings mal in einem Turnier gegen einen Adligen aus Alexandria gekämpft. Danach hatte er sich gewundert, dass der beim Bankett nicht mit ihm anstoßen wollte.

Abram hob resignierend die Hände. »Was weiß der Graf von den Geboten meiner Religion?«, fragte er gelassen. »Der kennt ja nicht mal die seiner eigenen. Musst du jetzt nicht weg?«

Die Glocken des Doms hatten zu läuten begonnen. Der Platz leerte sich, und in einer Ecke formierte sich die Gefolgschaft des Königs zum feierlichen Einzug.

Rüdiger nickte. »Aber wir sehen uns noch«, versprach er. »Ich gehöre zur Eskorte des französischen Prinzen. Ich werde für ihn im Turnier kämpfen.«

Abrams Gesicht leuchtete auf. »Sehr schön, das wird Miri freuen! Sie kennt kaum einen der hier kämpfenden Ritter, was das Erstellen des Horoskops ziemlich schwierig macht. Der Graf will doch wissen, ob er antreten soll oder besser nicht. Wenn du uns da ein paar Hilfen an die Hand gäbest ...«

Rüdiger verdrehte die Augen. »War es nicht immer nur die Frage der richtigen Reliquie als Glücksbringer?«, neckte er dann den alten Freund. »Ich erinnere mich an die Lanze des heiligen Georg...«

Der Ritter wandte sich rasch in Richtung Dom, während Abram grinsend zurückblieb. Verwirrt sah der Knappe ihn an.
»Was war mit der Lanze des heiligen Georg?«, erkundigte er sich.
Abram legte dem jungen Mann den Arm um die Schulter. »Gehen wir in eine Schenke und leeren wir einen Becher auf das Wohl des neuen Königs«, meinte er. »Der ja angeblich lesen kann und lieber Gedichte schreibt, als Juden und Mauren zu massakrieren. Und dann erzählst du mir, wer morgen deiner Ansicht nach den Tjost gewinnt, und ich berichte dir von der Lanze des heiligen Georg...«

Kapitel 4

Roland von Ornemünde rutschte unruhig auf seinem Kirchenstuhl hin und her. Vorn stimmte der Bischof eben das fünfte Tedeum an. Oder das sechste? Roland erinnerte sich nicht. Zählen lag ihm nicht, ebenso wenig wie das Studium von Büchern, speziell in Latein. Am Altar sprach man nun allerdings dauernd in der Kirchensprache, statt endlich zur Sache zu kommen. Es mussten schon etwa zwei Stunden vergangen sein, aber Friedrich trug noch immer keine Krone. Roland langweilte sich tödlich und fror auch in seiner Festkleidung, einer dunkelroten Tunika, die sein goldbraunes, noch kaum mit grauen Strähnen durchwirktes Haar und seinen vollen blonden Bart betonte. Roland war von kräftiger Gestalt – und obwohl er Wein und Bier gern zusprach, hatte er sich die Muskeln und das Kampfgeschick früherer Jahre bewahrt. Er konnte es kaum erwarten, am kommenden Tag im Turnier gegen jüngere Ritter anzutreten. Sein Gesicht war kantig, von einigen Falten durchzogen und wies auch die eine oder andere Narbe auf. Aber seine blauen Augen blitzten scharf, und sein Gesicht war nicht aufgedunsen wie das vieler seiner Trinkkumpane. Roland stand in der Blüte seiner Jahre, und er war da, um dies zu zeigen! Lauenstein war in guten Händen – er würde es besser verteidigen können als jeder andere. Auch wenn es der Sohn des früheren Grafen inzwischen zum Ritter gebracht haben sollte.

Roland spielte mit den Ringen an seinen behandschuhten Händen. Luitgart hatte ihn gedrängt, sich zu schmücken, um

Lauensteins Reichtum zu zeigen, aber Roland war da lieber zurückhaltend. Je mehr Geschmeide man dem Bischof zeigte, desto eher wuchsen dessen Begehrlichkeiten. Roland hatte keine Lust, in Zukunft noch mehr Steuern zu entrichten! Also hatte er außer den zwei Ringen nur eine schlichte Kette reinen Goldes angelegt, die über seiner Tunika hing und ihren feinen Seidenstoff betonte. Wenn ihm nur etwas wärmer wäre ...

Roland sehnte sich nach einem heißen Würzwein – und wusste auch schon, mit wem er trinken würde. Er hatte Raymond de Toulouse vor der Krönungsmesse nur kurz gesehen, aber die Ritter waren sich gleich mit dröhnendem Lachen in die Arme gefallen. Es war lange her, dass es Roland als Fahrenden an den Hof von Toulouse verschlagen hatte, wo er dann gemeinsam mit dem Erben Raymond gegen Sancho von Navarra kämpfte. Er hatte sich damals ein Lehen in Südfrankreich erhofft, aber der Versuch, verlorengegangene Provinzen des Grafen zurückzuerobern, schlug fehl. Roland war schließlich weitergezogen – und hatte letztendlich Lauenstein für sich entdeckt und annektiert. Raymond hatte sein Erbe angetreten und focht seine eigenen Schlachten – er würde viel zu erzählen haben! Roland freute sich ehrlich über das Wiedersehen mit dem alten Kampf- und Trinkkumpan. Wenn diese Messe nur endlich vorbei wäre!

Rolands Blick streifte Raymond, den dieser impertinente Bischof ebenso in eine eher abgelegene Kirchenbank verdammt hatte wie ihn selbst, und wanderte dann weiter zu den Würdenträgern im Hauptschiff der Kirche. Der französische Erbe. Ludwig. Viel konnte nicht mit ihm los sein, große Kämpfe hatte er noch nie ausgefochten. Allerdings war er schon als Diplomat aufgetreten, das französisch-staufische Bündnis, das diese Krönung erst möglich machte, war wohl sein Verdienst. Und eine beachtliche Eskorte! Roland kniff die Augen zusammen, als er einen hochgewachsenen blauäugigen jungen Mann mit rotblondem Haar unter den Rittern des Königs entdeckte: Rüdiger von Falkenberg.

Sieh an, dachte Roland, mein ehemaliger Knappe – verräterisch bis ins Mark! Roland hätte den Bruder Gerlin von Lauensteins niemals als Schüler annehmen sollen, aber Rüdiger hatte seine Rolle als sein Freund und Bewunderer gut gespielt. Und war letztendlich mit dafür verantwortlich, dass seine Schwester zusammen mit Dietrichs Erben entwischt war! Roland knirschte mit den Zähnen – es war besser, den Ritter nicht zu fordern, es wäre nicht klug, Aufsehen zu erregen. Aber vielleicht war ihm ja das Losglück hold, und er stand Rüdiger am nächsten Tag beim Turnier gegenüber!

Bei den jüngeren Rittern des Franzosen stand ein junger Mann, der Roland ebenfalls bekannt vorkam. Allerdings verband er nicht gleich einen Namen mit dem schmalen Gesicht und dem blonden Haar. Irgendwie passte dessen Gestalt auch nicht in Rolands Erinnerung ... dies war ein sehniger und muskulöser Jüngling, während sich vor Rolands inneres Auge eher ein schmächtiger, blasser Knabe schob ... Dietrich von Lauenstein ... Roland vertrieb die Erinnerung an seinen entfernten Verwandten. Er musste sich keine Vorwürfe machen, Dietrichs Blut klebte nicht an seinen Händen, der Junge war an einer Krankheit verstorben ... Dieser junge Ritter sah ihm ein wenig ähnlich. Vielleicht war es sogar nur das Schmuckstück um seinen Hals, das Rolands Erinnerung narrte. Er meinte, das Medaillon schon einmal gesehen zu haben. Am Hals einer Frau? Dietrich von Lauenstein hatte es auf jeden Fall nicht gehört, da war er sich sicher.

Roland versuchte, sich auf das Gebet zu konzentrieren, das nun alle sprachen, die der Worte mächtig waren. Ihm selbst kamen sie nicht leicht über die Lippen – Latein eben. Aber die süße Stimme seiner Tochter sprach die Silben ganz selbstverständlich mit. Ein schönes Kind ... nur schade, dass ihm kein männlicher Erbe vergönnt war. Das hätte seinen Anspruch auf Lauenstein untermauert. So würde er Sophia geschickt verheiraten müssen. Roland ergab sich dem Tagtraum von einem passenden Schwiegersohn: Ein Kämpfer, aber auch lustig und trinkfreudig musste er sein, und um Himmels willen keiner dieser Stutzer, die man neuerdings an Minnehöfen heranzog.

Dietmar von Lauenstein konnte die Gebete mitsprechen. Sein Latein war ordentlich, Gerlin hatte ihn schon als kleines Kind von ihrem Hofkaplan unterrichten lassen. Ihr war es da zwar mehr aufs Lesen und Schreiben angekommen als auf die Kirchensprache, aber der Kaplan betrieb den Unterricht lustlos und ließ den Knaben einfach das lesen, was gerade zur Hand war. Meist lateinische Gebete. Der kleine Dietmar ging die Sache dagegen mit Feuereifer an. Hielten ihm seine Mutter und sein Pflegevater doch stets vor, wie klug und lernwillig sein leiblicher Vater Dietrich gewesen war. Dietrich hatte fließend Latein und sogar Griechisch lesen können, und Dietmar wollte es ihm gleichtun. Später fanden sich dann auch Texte, die ihn deutlich mehr interessierten. Er verschlang den *Gallischen Krieg* von Julius Cäsar und andere Werke von Militärstrategen.

Aber auch wenn der Gottesdienst ihn sprachlich nicht überforderte – die Geduld des jungen Ritters stieß doch bald an ihre Grenzen. Wie oft wollte man Gott denn noch loben und um Segen für den König anflehen, bevor man Friedrich nun endlich krönte? Die ersten zwei Stunden hatten der Prunk im Altarraum und die Betrachtung all des Goldes, des bunten Glases und der Heiligenbilder im Mainzer Dom Dietmars

Aufmerksamkeit zwar noch gefesselt, aber jetzt reichte es ihm. Außerdem knurrte sein Magen. Dietmar war gläubig, aber der Kirche nicht so ergeben wie einst sein Vater. Gerlin hatte erzählt, dass Dietrich von Lauenstein wahrscheinlich eine geistliche Laufbahn gewählt hätte, wäre seinem Vater ein weiterer Erbe vergönnt gewesen.

Aber sosehr Dietmar bereit war, das Andenken seines Vaters zu ehren und ihm als tugendhafter Ritter nachzueifern – so weit ging seine Ergebenheit nicht. Dietmar träumte von ein paar guten Kämpfen, der Rückeroberung seines Lehens – und dann der Liebe eines schönen Mädchens. Am besten einer Dunkelhaarigen mit kohlrabenschwarzen Augen, ähnlich seiner Minneherrin, nur nicht gar so streng...

Dietmar wollte sich gerade entsprechenden Tagträumen hingeben, als ihm eine helle Stimme auffiel, die aus einer der Seitenkapellen herüberklang. Eigentlich hätte er da keine Frau vermutet – gewöhnlich saß man in Kirchen nach Geschlechtern getrennt, die Damen im linken Schiff, die Herren im rechten. Nur hochedle Familien, die über eigene Kirchensitze verfügten, blieben zusammen. Heute hatte man diese Regel aber für den Mainzer Dom aufgehoben. Bei der Königskrönung waren nur wenige Damen anwesend – natürlich die Königin mit ihrem Hofstaat und die Frauen der wichtigsten Vertreter des Hochadels. Aber die Mehrzahl der Anwesenden waren junge Ritter, welche die Eskorten der Grafen, Barone, Prinzen und natürlich die Vertreter des Klerus stellten. Es wäre unsinnig gewesen, sie alle ins rechte Kirchenschiff zu pferchen, während das linke halb leer blieb. Aber wen verbannte man da wohl in die äußersten Ecken der Kirche? Ordensfrauen vielleicht? Die Stimme erklang in korrektem Latein. Dietmar spähte in die Seitenkapelle hinüber – und vergaß sofort seinen Traum von der dunkelhaarigen Schönheit.

Keine Nonne, eine junge Frau! Und die schönste, die er je gesehen hatte! Hatte er eben noch das Gold an den Bildnissen der Heiligen bewundert und die Königskrone am Altar? Das alles verblasste gegen die Flut glatten goldenen Haars, die unter dem züchtigen grünen Schleier der Schönheit hervorblitzte. Und dann das Gesicht... Die Kerzen des Marienaltars neben ihrem Platz tauchten es in sanftes Licht – und für Dietmar ließ es das Antlitz der Gottesmutter verblassen. Die langen Wimpern, die feinen Züge, die vollen, geschwungenen Lippen, die ganz ernsthaft das Gebet sprachen... Dietmar konnte die Farbe ihrer Augen nicht erkennen, aber sie mussten grün sein. Bestimmt waren sie grün, sonst hätte das Mädchen nicht das mattgrüne Kleid gewählt.

Es lag enger an als die weit fallenden Gewänder, die Dietmar von den älteren Frauen am Hofe gewöhnt war. Aber doch, jetzt erinnerte er sich, er hatte auch schon junge Mädchen gesehen, die sich an dieser neuen, gewagteren Mode versuchten. Die weiten Ärmel des Kleides fielen sicher über die Hände der jungen Frau, wenn sie die Arme herabhängen ließ, aber jetzt, da sie betete, gaben sie zarte, lange Finger frei – bestimmt vormochten sie die Laute zu schlagen...

Dietmar konnte nicht umhin, sich vorzustellen, dass diese Finger über seine Hand strichen... und seine Lippen ihre Hände berührten... Er errötete – und dann sah das junge Mädchen auf. Einen Herzschlag lang traf ihr Blick den seinen, dann senkte sie die Augen wieder. Aber für Dietmar war es wie ein Blitzschlag, ein lidschlaglanges Eintauchen ins Paradies. Wer konnte das sein? Wie konnte er sich ihr nähern? Ob sie zum Bankett geladen war? Sie musste die Tochter eines der Ritter sein, die mit ihr in der Nische saßen. Oder seine Frau? Dietmar durchfuhr es eisig. Aber sie trug ihr Haar offen unter dem Schleier, ein schlichter Schepel hielt es zurück. Eine verheiratete Frau hätte es aufgesteckt und wahrscheinlich auch ein Gebende getragen. Nein, diese Schönheit musste unvermählt sein!

In die Priester und Würdenträger am Altar kam nun endlich Bewegung. Aber Dietmar bemerkte gar nicht, dass der König niederkniete, um sich salben zu lassen. Er nahm nicht einmal die allgemeine Aufregung wahr, als der Bischof schließlich die Krone auf Friedrichs Haar setzte. Das Einzige, was er sah, war das junge Mädchen, das nun interessiert nach vorn blickte. Es lächelte, als der König sich mit der Krone auf dem Haupt erhob, der Anblick schien ihm zu gefallen. Dietmar wünschte sich zum ersten Mal in seinem Leben an die Stelle des Prinzen Ludwig – oder gleich an die eines Königs. Dann könnte er um die Schöne werben – den Antrag eines Königs konnte ihr Vater nicht ablehnen. Und wahrlich, auf das Haupt dieser Frau gehörte eine Krone!

Der Ritter neben ihm musste Dietmar schließlich anstoßen, als es Zeit wurde, zum Empfang der Hostie nach vorn zu gehen. Das Mädchen hatte sich vorher schon erhoben – es war zierlich, aber hochgewachsen, eine majestätische Erscheinung. Wobei Dietmar nichts anderes erwartet hätte. Er ...

»Bist du hier angewachsen?«, zischte sein Nebenmann ihm zu. »Festgefroren oder gelähmt ob der langen Untätigkeit? Komm jetzt, die Krönung ist vorbei. Wir empfangen die Hostie, und dann können wir endlich raus!«

Dietmar hätte den Rest seines Lebens auf der Kirchenbank verbringen können. Während der Chor der Mönche noch einmal das Lob Gottes anstimmte und der Bischof schließlich den Segen über alle sprach, dachte er darüber nach, ein Lied für dieses Mädchen zu schreiben. Er war kein Troubadour, aber erstmalig wünschte er sich, einer zu sein. Ein Sänger, ein Prinz, ein König – irgendjemand, dem dieses Mädchen mehr Aufmerksamkeit schenken würde als einen flüchtigen Blick.

Am Abend der Krönung wurde natürlich in ganz Mainz gefeiert. Der Saal des Bischofs fasste zwar nur die wichtigsten Gäste, aber ihre Ritter wurden in Seitengebäuden bewirtet, und für die weniger wichtigen Besucher und Turnierteilnehmer gab es Küchen in der Zeltstadt, die rund um den Turnierplatz aufgebaut war. In der Stadt selbst waren Garküchen errichtet, es gab Brei und Brot und vor allem Fleisch für alle Bürger bis hin zum ärmsten Bettelmann. Dazu wurden Bier, Wein und Branntwein ausgeschenkt, so viel man nur fassen konnte. Dietmar konnte das alles jedoch nicht recht genießen. Er nippte nur am Wein und nahm halbherzig von den erlesenen Speisen. In der Stadt und auf dem Turnierplatz war das Essen deftiger, da gab es am Spieß gebratene ganze Ochsen, keine goldgeschmückten Schwäne. Dietmar erhielt letztlich ein Lob von seinem Oheim Rüdiger.

»Das ist vernünftig, dich vor dem Turnier nicht vollzuschlagen! Und erst recht nicht zu betrinken. Maßhalten gehört zu den wichtigsten Tugenden des Ritters...«

Dietmar nickte, das hatte er schon oft gehört – sich bislang aber nicht immer daran gehalten. An diesem Tag jedoch dachte er nur an das junge Mädchen. Er hatte viele Stunden damit verbracht, die Gäste unauffällig zu mustern, die zum König geführt wurden und dem Bankett an seiner Seite beiwohnen durften. Die Schöne war nicht darunter – und auch Ludwig, den er sicherheitshalber noch mal danach fragte, schüttelte den Kopf.

»Wenn sie so eine Lichtgestalt ist, wie Ihr sie schildert, Herr Dietmar, wäre sie mir aufgefallen!« Der Prinz grinste. Er hegte größtes Interesse an schönen Frauen, seine junge Frau, die Prinzessin Blanca, genügte ihm nicht immer. »Aber ein ganz junges Ding mit langem, glattem goldenen Haar ... in Begleitung der Eltern ... Nein, sie war sicher nicht im Saal. Aber das könnt Ihr eigentlich auch nicht geglaubt haben. Sie kann nicht zu den wichtigsten Familien im Reich oder auch nur im Bistum gehören, wenn sie der Messe in der hintersten Marienkapelle beiwohnen musste.«

Dietmar nickte. Der Prinz hatte natürlich Recht, er hätte sich das denken können. Aber das Denken fiel ihm gerade ungewohnt schwer.

»Ich muss sie wiedersehen«, sagte er verzweifelt.

Der Prinz lachte. »Das werdet Ihr schon«, tröstete er. »Morgen beim Turnier. Sie wird nicht gleich beim König sitzen, aber doch in einem der Pavillons, die sie für die Damen aufgestellt haben. So viele können das gar nicht sein, es wimmelt ja nicht gerade von jungen Mädchen bei diesem Fest. Und auf Turnieren schon gar nicht, da sind sie doch froh, wenn ein paar Frauen ausharren und die Sieger küssen.« Ludwig zwinkerte Dietmar zu, der schon wieder errötete.

»Ihr meint ... sie wird ... Ich werde morgen kämpfen!«

»Das werdet Ihr«, meinte der Prinz, und es klang beinahe ein wenig neidisch. Er selbst durfte nicht in die Schranken reiten, sein Vater hatte ihn bei seiner Schwertleite schwören lassen, dass er niemals im Rahmen eines Turniers kämpfen würde. Kriegszüge würden sich auf Dauer nicht vermeiden lassen, aber König Philipp wollte auf keinen Fall riskieren, dass sein Sohn und Erbe bei einem Unfall im Kampfspiel sein Leben ließ. »Ihr könnt sie beeindrucken, Herr Dietmar! Also schärft schon mal Eure Lanze!«

Der Prinz machte eine obszöne Geste und erntete einen wütenden Blick aus Dietmars leuchtend blauen Augen.

»Sire, ich bitte doch um etwas mehr Achtung vor meiner Dame!«

Ludwig wollte sich vor Lachen ausschütten. »Ihr habt noch kein Wort mit ihr gesprochen, aber Ihr würdet schon Euren Prinzen für sie fordern!«, neckte er seinen Waffengefährten. »Wenn's das nicht ist, was man Minne nennt!«

Roland von Ornemünde war regelrecht erbost, als die erhoffte Einladung zum Bankett des Bischofs nicht erfolgte. Jetzt, da man ihn in der Kirche immerhin geduldet hatte – wenngleich die ihm angewiesenen Plätze natürlich einer Beleidigung gleichkamen –, hatte er doch fest damit gerechnet, an die Tafel des Königs gerufen zu werden. Zumal Friedrich wohl gern die Gesichter schöner Frauen sah, wie ihm zugetragen wurde. So gut wie alle anderen Burgherren aus dem Bistum Mainz, die mit Frauen und Töchtern gekommen waren, durften zumindest an weniger wichtigen Tischen im Saal Platz nehmen. Raymond de Toulouse blieb allerdings auch außen vor. Der Bischof hatte sich inzwischen darüber kundig gemacht, dass er gerade wieder mal unter dem Kirchenbann stand. Es traf ihn zum zweiten Mal, beim ersten Mal hatte er die Aufhebung erwirkt, indem er sieben Burgen der Provence auf den Namen der Kirche überschrieb. Dieses Mal traf es ihn wegen der Unterstützung der Albigenser. Der Bischof ärgerte sich maßlos über Raymonds Frechheit, trotzdem zur Krönung zu erscheinen. Nun konnte er ihm die Teilnahme am Turnier nicht verweigern, aber das Bankett fiel für ihn aus.

Roland und Raymond ertränkten ihren gemeinsamen Ärger in einer Schenke im Zeltlager der Ritter. Auch hier waren Wein und Bier frei, und im Grunde amüsierten sich die beiden Haudegen besser als bei der eher förmlichen Veranstaltung im

Bischofspalast. Wenn da nur nicht ihre angeschlagene Ehre gewesen wäre.

»Aber denen zeig ich's morgen!«, wütete Roland. »Wenn ich den Tjost für mich entscheide, können sie nicht einfach weiter über mich hinwegsehen!«

Raymond grinste. »Dann muss dich die Königin mit einem Kuss ehren!«, behauptete er. »Ich werde übrigens nicht kämpfen. Meine Sterne stehen nicht günstig, man sieht's ja jetzt schon an der Einladung. Ich werde mich dem Gefolge des französischen Prinzen anschließen, der bringt mich zum König, ob's dem Fürstbischof passt oder nicht.«

Die Grafen von Toulouse hatten seit Jahren Schwierigkeiten mit der Kirche, aber König Philipp würde es sich nicht mit Raymonds Herrscherhaus verderben wollen. Raymond war nicht immer gehorsam und ganz sicher nicht devot – die Eigenständigkeit von Okzitanien war ihm und vielen anderen südfranzösischen Adelsgeschlechtern heilig. Allerdings hatte er den König im Kampf gegen die Plantagenets schon aus eigensüchtigen Gründen unterstützt – und wehrte sich nicht allzu sehr gegen Abgaben. Auch dank der Albigenser waren seine Besitzungen reich.

Roland warf seinem Freund einen neidischen Blick zu und dachte kurz darüber nach, es ihm irgendwie gleichzutun. Leider hatte er keinerlei Bezugspunkte zum französischen Hof. Im Gegenteil, sein Erzfeind Rüdiger würde für den König in die Schranken reiten! Weshalb Roland auch unbedingt kämpfen wollte – die Sache mit Lauenstein konnte er dem König ebenso gut später vortragen. Roland verdünnte seinen Wein mit Wasser. Er durfte sich nicht zu sehr betrinken, nicht dass er womöglich Rüdiger unterlag!

»Aber wenn du willst, nehm ich deine Weiber mit rauf.«

Raymonds Stimme klang schon etwas nebulös, aber Roland

merkte auf. Er erfasste sofort die Möglichkeiten, die ein Turniertag mit dem König für die Lauensteiner Sache bot. Luitgart könnte der Königin ihre Version der Erbangelegenheit vortragen! Wenn sie sich mit dem Wein zurückhielt, verstand sie durchaus artig zu argumentieren. Und ansonsten: Das halbe Bistum würde Zeuge sein, wie seine verfemte Tochter vor dem König knickste ...

Roland grinste. »Ob ich will, mein Freund? Und ob ich will!« Er schlug dem Grafen auf die Schulter. »Ich besteh allerdings darauf, dass du mir das Mädchen unangetastet zurückbringst! Auch wenn's schwerfällt! Du wirst sie halten, wie ... wie eine eigene Tochter ...« Er hielt Raymond de Toulouse in gespieltem Ernst die Hand hin. Der Okzitanier schlug ein.

»Versprech ich ...«, lallte er. »Aber du verstehst – sollte der König Ansprüche anmelden ... Da gibt's doch so was wie das Recht auf die erste Nacht ...«

Die Männer lachten und hoben noch einmal die Becher. Auf den König, auf ihre Freundschaft – und auf die Unschuld der Sophia von Ornemünde.

Kapitel 5

Anscheinend gehört sie zum Grafen von Toulouse«, meinte Dietmar aufgeregt. Er konnte sich kaum darauf konzentrieren, sein Pferd warm zu reiten, hatte er doch eben die junge Schönheit aus dem Dom wiedergesehen. Diesmal saß sie unter dem Seidenbaldachin, unter dem auch der König auf erhöhtem Sitz Platz genommen hatte. Und ihr Anblick hatte ihm erneut fast die Sinne geraubt. »Seine Tochter vielleicht ...«

»Könnte sein«, meinte Rüdiger beiläufig und ließ seinen Hengst auf der Hinterhand wenden. »Von einer der ersten Frauen vielleicht. Der Graf hatte ja schon etliche ...«

Im Grunde brachte der Ritter der Schwärmerei seines Neffen wenig Interesse entgegen – zumindest nicht jetzt, so kurze Zeit vor dem ersten Tjost in diesem Turnier. Rüdiger brachte für den ritterlichen Frauendienst ohnehin wenig Leidenschaft auf. Es erschien ihm verlorene Zeit, eine Minneherrin jahrelang zu umgarnen, bevor sie ihn vielleicht für eine Nacht erhörte – was obendrein selten der Fall war. Dazu mit Risiken behaftet, die Frauen waren ja meistens vermählt. Und die Werbung um ein Mädchen, das sich zur Herrin von Falkenberg eignete, schob er vorerst auch noch hinaus. Ihm gefiel sein freies Leben – wenn es ihn nach Liebe gelüstete, fanden sich immer hübsche Bauernmädchen oder Marketenderinnen, die ihm für ein Geschenk oder ein paar Pfennige ihre Gunst gewährten.

So ließ Rüdiger sein Pferd auch ziemlich lustlos hinter Dietmar, der seinen Rappen Gawain nun unbedingt in der äußersten Ecke des Abreiteplatzes aufwärmen musste, hersprengen.

Sie bot einen Seitenblick auf die Königsloge, und sein Neffe konnte kaum den Blick davon lassen. Rüdiger hätte lieber den anderen Rittern zugesehen, um ihren Umgang mit den Pferden zu taxieren. Aber ein wenig neugierig machte ihn die Sache doch: Welches Wunderkind mochte Dietmar wohl derart bezaubert haben, dass er fast vergessen hätte, das Zeichen der Madame de Maricours an seiner Lanze zu befestigen? Schließlich erspähte Rüdiger ein zierliches junges Mädchen in dunkelroter Robe, das für ihn allerdings gegen die exotische Edeldame abfiel, die neben ihm saß und eben angeregt mit dem König plauderte.

»Ist sie nicht engelsgleich?«, murmelte Dietmar.

Rüdiger verdrehte die Augen. »Du fällst noch vom Pferd!«, neckte er seinen Neffen. »Und ... ja, sie ist hübsch.« Er runzelte die Stirn. »Wobei sie mir irgendwie bekannt vorkommt ...«

Dietmar setzte seinen etwas kleinen, aber sehr kräftigen und antrittsstarken Rapphengst sofort neben Rüdigers Schimmel. »Du kennst sie? Woher? Warst du in Toulouse? Am Hof des Grafen? Ist sie ...«

Rüdiger fasste sich an die Stirn und warf einen wachsamen Blick auf den Turnierplatz. Einer der Ritter hatte den anderen eben vom Pferd getjostet, und es sah nicht aus, als würde der folgende Schwertkampf lange dauern. Danach war er an der Reihe. Er lenkte seinen Schimmel langsam in Richtung der Schranken. Dietmar folgte ihm.

»Ich kenne sie nicht«, antwortete Rüdiger schließlich. »Sie ... erinnert mich nur an jemanden – soweit ich das aus der Entfernung heraus sagen kann. Aber sie selbst habe ich sicher nie gesehen, und in Toulouse war ich auch nicht. Da bleibt man zurzeit besser weg, man weiß nie, wer sich gerade mit wem schlägt in diesem seltsamen Kreuzzug gegen die Albigenser.«

Dietmar brachte den Albigensern keinen Funken Interesse entgegen. »Und wer ist die Frau neben ihr?«, meinte er dann, obwohl er sich von Rüdiger keinerlei Aufklärung erhoffte. Selbst Dietmar hatte schon erkannt, dass der sich kaum für den Minnedienst erwärmte. »Sie wirkt irgendwie ... sarazenisch ...«

Rüdiger grinste, wählte jetzt aber bereits eine Lanze. Er musste gleich gegen einen Herrn Alarich von Bernau, der allerdings noch mit seinem ungebärdigen Scheckhengst kämpfte, in die Schranken reiten. Ein sehr junger Ritter, es konnte nicht schwer sein, ihn zu schlagen.

»Das«, sagte er nun lächelnd, »ist Miriam. Das heißt, nein, zurzeit ist es die Sayyida Ayesha Mariam al Moxacar, Maurin und Sterndeuterin des Grafen von Toulouse. Wobei ich sie als Miriam von Wien kennenlernte, die angeheiratete Nichte des Medikus.«

»Des jüdischen Medikus?« Jetzt endlich hatte der Oheim Dietmars Aufmerksamkeit. »Der meinen Vater unterrichtet hat?«

Rüdiger nickte, aber nun hatte er wirklich keine Zeit mehr, die Fragen seines Neffen zu beantworten. Nachdem der Herold seinen Namen genannt hatte, sprengte er neben seinem Konkurrenten vor den Baldachin des Königs, um die Hohen Herren und Damen zu grüßen – wobei er Dietmars Schwarm nun kurz, aber von Nahem mustern konnte. Doch, ein wunderschönes junges Mädchen, das ihn ganz klar an jemanden erinnerte. Es saß zwischen Miriam und einer älteren Frau, die sich allerdings eben umwandte und albern kichernd auf den Abtritt verabschiedete. So kurz vor einem Tjost war das unhöflich, und die Königin runzelte die Stirn. Desgleichen das blonde junge Mädchen. Gut erzogen schien es also zu sein.

Rüdiger riss sich los und ritt an sein Ende der Schranken,

um dort auf das Zeichen des Herolds zum Anritt zu warten. Sein Schimmel, ein kampferprobtes Pferd, wartete geduldig ab, bis es so weit war, während sein Gegner seinen Schecken nach wie vor nicht bändigen konnte. Das hinderte ihn natürlich auch daran, ordentlich die Lanze einzulegen oder gar zu zielen. Rüdiger warf ihn gleich mit seinem ersten Stoß vom Pferd.

Hansi zwinkerte seinem Herrn zu, als er ihm danach den Hengst abnahm. »Mit dem Schwert ist der Kerl ein bissel besser«, raunte er ihm dabei zu. »Wenn auch keine Gefahr.« Hansi hatte den jungen Rittern wohl schon beim Üben zugesehen. Er selbst war ein hervorragender Reiter und inzwischen auch guter Schwertkämpfer – um hier mitzukämpfen fehlte ihm allerdings der Ritterschlag.

»Das sollte er, schließlich hat er seine Schwertleite doch wohl schon gefeiert«, brummte Rüdiger.

Er stellte sich dem jungen Ritter zum Kampf entgegen. Gutmütig ließ er ihn zunächst ein paar Punkte machen, bevor er ihm das Holzschwert mit einer raschen Bewegung entwand.

»Zum Sieger dieses Treffens erkläre ich Herrn Rüdiger von Falkenberg«, verkündete der Herold.

Rüdiger verneigte sich noch mal vor dem König. Er würde später gegen weitere Ritter in die Schranken reiten – der Gesamtsieger des Turniers würde erst in zwei Tagen feststehen. Die Regeln waren ein schlichtes Ausschlussverfahren. Die Kampfpaare wurden ausgelost, wer verlor, war aus dem Rennen, der andere eine Runde weiter. Rüdiger nahm allerdings an, dass die Herolde auch in diesem Turnier das Losglück etwas manipuliert hatten. Wie fast immer kämpften an diesem ersten Tag mehr junge Ritter miteinander als erfahrene Kämpen. Damit hatten auch die Anfänger die Chance, sich im

Wettbewerb um den Tagessieger zu platzieren und dafür reich beschenkt zu werden. Für viele Fahrende Ritter hing ihre Existenz von diesen Zuwendungen ab, Rüdiger gönnte sie ihnen von Herzen.

Nun verfolgte er aber erst mal Dietmars ersten Kampf. Der junge Mann hatte bislang nur in einem Turnier gekämpft, dem Wettbewerb anlässlich seiner Schwertleite. Dementsprechend aufgeregt war er.

»Ach, Schmarrn, der hat doch nur das Mädel im Kopf!«, lachte dagegen Hansi, als Rüdiger entsprechende Befürchtungen äußerte. »Heut Morgen trieb er sich vor Tau und Tag auf den Übungsplätzen rum, falls die Schöne vielleicht unter Schlaflosigkeit leidet, oder was ein junges Mädchen sonst bewegen sollte, drei Stunden vor Turnierbeginn seinen Platz unter dem Ehrenbaldachin aufzusuchen. Vielleicht hätte sie ja einen Bruder, dem sie Glück wünschen müsste oder dergleichen, meinte er. Wobei er natürlich an einen Liebsten dachte – anscheinend das Einzige auf der Welt, was Dietmar von Ornemünde zurzeit fürchtet.«

Rüdiger griff sich an die Stirn. »Ein Mädchen von Adel, das unbewacht die Turnierplätze stürmt. Der Junge ist wirklich nicht bei sich. Man kann nur hoffen, dass er seinen Gegner nicht glatt übersieht!«

Damit unterschätzte Rüdiger Dietmar natürlich maßlos. Tatsächlich wirkte der Anblick der Blonden eher beflügelnd auf den jungen Ritter – zumal sie sein Lächeln erwiderte, als er das Visier hob, um zu grüßen. Natürlich hatte sie gerade auch nichts anderes zu tun. Die »Maurin«, die Rüdiger so seltsam beschrieben hatte, war nicht anwesend, sie kümmerte sich wohl um die ältere Frau, der nicht gut zu sein schien – Dietmar sah aus dem Augenwinkel, dass sie sich hinter dem Zelt übergab. Das junge Mädchen saß also allein zwischen zwei leeren Schemeln. Es trug wieder seinen grünen Schleier, aber diesmal ein mit grünen Edelsteinen besticktes dunkelrotes Kleid über einem weißen Unterkleid aus Leinen – und nun erkannte Dietmar auch die Augenfarbe: waldgrün ... oder nein, jetzt, da das Lächeln seine Augen aufleuchten ließ, eher grüngolden ...

»Herr Dietmar ...«

Die Stimme des Herolds klang vorwurfsvoll. Dietmars Gegner hatte sein Pferd längst in Gang gesetzt. Erschrocken trieb der junge Ritter nun auch seinen Hengst an. Gawain war ein Pferd aus der Zucht seines Pflegevaters. Dietmar hatte ihn schon als Fohlen betreut, er vertraute dem vielleicht etwas unscheinbaren, aber äußerst zuverlässigen jungen Rappen. Und nun würde er für seine Dame in die Schranken reiten!

Dietmars Herz klopfte heftig, als er sein Pferd in Position brachte und die Lanze einlegte. Entschlossen stemmte er die Füße in die Steigbügel, ließ Gawain die Zügel schießen und fixierte den angaloppierenden Gegner. Seine Lanze traf genau ...

»Donnerschlag!«, murmelte Hansi am Rand der Bahn seinem Herrn zu. »Wenn die scharf gewesen wäre, der Kerl wär tot!«

Das mochte stimmen. Zum Turnierkampf wurden die Lanzen mit dickem Lederschutz versehen. Wäre das hier nicht der Fall gewesen, hätte Dietmars Stoß den Hals des Gegners durchschlagen. Aber auch so hatte es schon gereicht, um den jungen Herrn Isidor von Radezell kampfunfähig zu machen. Der Ritter keuchte und hustete, sein Knappe musste ihm aufhelfen und ihm den Helm abnehmen, damit er Luft bekam.

Dietmar war dies sichtlich unangenehm. Er ließ sich vom Pferd gleiten und erkundigte sich besorgt nach dem Befinden seines Gegners. Der wehrte jedoch ab. Der Stoß hatte ihm kurz Sprache und Atem verschlagen, aber ernstlich verletzt war er nicht. Dietmar strahlte also wieder, als er vor dem König – und seiner Dame – Aufstellung nahm. Leider nahm das junge Mädchen diesmal wenig Notiz von ihm. Die Maurin kam eben mit der älteren Frau zurück unter den Baldachin, und die Jüngere sprach auf sie ein – dabei wirkte sie unglücklich und beschämt. Auch der Graf schien verstimmt. Prinz Ludwig jedoch applaudierte Dietmar begeistert und wechselte ein paar Worte mit dem König, in dessen Nähe er saß. Friedrich schenkte Dietmar daraufhin ein huldvolles Nicken. Zu anderen Zeiten hätte das den jungen Ritter tagelang mit Stolz erfüllt. Nun hatte er jedoch nur Augen für das junge Mädchen – dem sein Sieg entgangen zu sein schien. Dietmar wirkte niedergeschlagen, als er zurück zu den Ställen ritt.

»Sie sieht dich ja später noch einmal!«, lachte Rüdiger, als er das sauertöpfische Gesicht seines Neffen sah. »Potz Blitz, so wie du über den Platz gefegt bist, sieht sie dich wahrscheinlich noch bis in die letzte Runde! Ich sag nichts mehr gegen das Mädel, Dietmar. Was deine Schlagkraft angeht, verfügt sie wohl wirklich über Zauberkräfte.«

Bis zur Mittagszeit schlugen sich noch um die zwanzig weitere junge Ritter. Rüdiger verfolgte das Geschehen mit Interesse, ihm ging es um die Kampfkraft späterer Gegner. Dietmar dagegen hatte den Baldachin des Königs nicht aus den Augen gelassen in der Hoffnung auf einen Hinweis darauf, dass einer der Herren mit dem Zeichen des Mädchens aus Toulouse in die Schranken ritt. Das geschah jedoch nicht. Schließlich sah Rüdiger, wie Dietmar zu den Zelten ging, in denen zur Mittagsstunde Erfrischungen angeboten wurden, denn seine Herzensdame war im Gefolge des Königs dorthin verschwunden. Als er nach einer Weile, scheinbar erfolglos, zurückkam, schlenderte er in Richtung Pferdemarkt, der gleich nebenan stattfand.

Rüdiger und Hansi traten an einen der Stände, um einen Humpen Bier zu trinken. Am Ausschank trafen sie Abram von Kronach.

»Der verehrte Herr Abu Hamed von Moxacar!«, grüßte Rüdiger mit einer Verbeugung. »Wie ist es, edler Heide, werdet Ihr hier mit Eurem Krummschwert in die Schranken reiten? Furcht und Schrecken würdet Ihr verbreiten unter den christlichen Rittern!«

Es war Neckerei, aber nicht als Schmähung gemeint – Rüdiger hatte gemeinsam mit Abram gekämpft, er wusste, dass der Jude sein Schwert beherrschte. Abram ging allerdings nicht darauf ein, sondern wirkte eher alarmiert.

»Lass jetzt mal den Unsinn, Rüdiger«, meinte er unwillig. »Dem Ew... äh... Allah sei Dank, dass ich dich endlich gefunden habe! Wo hast du den jungen Lauensteiner?«

Rüdiger zuckte die Schultern. »Dietmar wandert auf Freiers Füßen«, lächelte er. »Was liegt so Dringendes an, Abu?«

»Der andere Lauensteiner«, meinte Abram. »Dieser Roland von Ornemünde soll hier sein. Und nicht nur das, er will kämpfen. Heute Nachmittag wird er das erste Mal in die Schranken reiten, und die Kampfkraft seines Gegners ist nicht der Rede wert, sagen die Herolde. Er wird also in die nächste Runde kommen. Und Dietmar und du, ihr seid auch weiter, oder?«

Rüdiger nickte besorgt. »Ich habe so etwas befürchtet. Und wir haben Dietmar vorbereitet, keine Angst. Er wird es nicht zum Eklat kommen lassen...«

»Aber er wird auch nicht gerade die Lanze vor ihm sinken lassen, falls die beiden gegeneinander kämpfen müssen!«

Rüdiger rieb sich die Stirn. »Natürlich nicht. Zumal nicht vor dem jungen Mädchen ... Aber dazu darf es nicht kommen! Ich spreche mit dem Bischof, den Herolden, da lässt sich ja immer etwas machen ...«

Abram nickte. »Solange noch fünfzig Ritter im Wettkampf stehen, ist das sicher nicht schwierig. Aber wenn er in die dritte Runde kommt oder die vierte ... Und du solltest ihn auch sonst nicht allein hier herumlaufen lassen. Nach dem, was ich über ihn gehört habe, ist dieser Roland zu allem fähig.« Abram selbst kannte Roland nicht, aber schon die Auseinandersetzung mit einem seiner Ritter, der weiland versucht hatte, Dietmar zu entführen, hatte ihm gereicht. »Also, wo ist der junge Mann?«

Rüdiger nahm bedauernd einen letzten Schluck von seinem Bier, dann stellte er den Humpen ab. »In der Nähe des Königszeltes auf dem Pferdemarkt«, meinte er. »Auf den Spuren der Comtesse von Toulouse ...«

Abram runzelte die Stirn. »Der Comtesse von Toulouse? Rüdiger, der Graf von Toulouse ist nicht in Begleitung seiner Tochter hier ...«

Miriam hatte sich des jungen Mädchens angenommen, das der Graf von Toulouse an diesem Morgen mit unter den Baldachin des Königs gebracht hatte. Zunächst war sie etwas besorgt gewesen. Ein so hübsches Kind in Begleitung des Grafen konnte Schwierigkeiten bedeuten. Aber immerhin war die Mutter ja auch dabei, und nach dem, was der noch etwas verkaterte Graf vor sich hin murmelte, waren es wohl Frau und Tochter eines alten Waffengefährten. Miriam gefiel die ältere der Damen nicht. Sie grüßte die Maurin kaum, geschweige denn, dass sie sich ihr vorstellte.

Und dann fehlte es ihr auch an der gebührenden Zurückhaltung gegenüber dem Herrscherpaar. Die Frau versuchte, sich bei der Königin einzuschmeicheln, und hatte sich dazu offenbar Mut antrinken müssen. Sie roch bereits am frühen Morgen nach Wein. Miriam, bemüht, ihren Herrn keinen allzu schlechten Eindruck machen zu lassen, kam aus dem Lächeln und artigen Reden gar nicht mehr heraus, um die anderen Edeldamen zu beschäftigen und die Frau in des Grafen Anhang möglichst ruhig zu halten. Sehr schwer fiel ihr das nicht. Tatsächlich brannten die Damen des christlichen Adels meist nur so darauf, die »Heiden« kennenzulernen, die ihre Ritter bei Kreuzzügen abschlachteten, maurische und sarazenische Ritter empfing man auch gern zum Turnier. Miriam wunderte das immer wieder, aber an diesem Tag kam es ihr gelegen.

Schließlich richtete selbst der König das Wort an sie und erwies sich als durchaus gebildet im Bereich der Sternkunde. Miriam hätte sich gern im Gespräch mit ihm verloren, aber dann forderte die trinkfreudige Dame in des Grafen Gesellschaft wieder ihre Aufmerksamkeit. Und das junge Mädchen, das sich verzweifelt bemühte, seine Mutter davon abzuhalten, dem Wein weiter zuzusprechen. Miriam dauerte das hübsche junge Ding, das unter den anderen adligen Mädchen in diesem Bistum keine Freundinnen zu haben schien. Die Hofdamen der Königin kümmerten sich demonstrativ nicht um die Frauen im Gefolge des Grafen, und was den örtlichen Adel anging, so schien da etwas gegen den Gatten und Vater der beiden vorzuliegen. Jedenfalls tuschelte man hinter seinem Rücken.

Zur Mittagszeit gab Miriam es schließlich auf, die Mutter im Zaum halten zu wollen. Sollte sich der Graf um sie kümmern – wenn sie nicht ohnehin bald einschlief. Miriam hatte es jedenfalls gereicht, ihr den Kopf halten zu müssen, während sie einen Teil des genossenen Weines wieder von sich gab. Zur Kräuterfrau oder Ärztin war die Astrologin nicht geschaffen, vor Kot und Erbrochenem ekelte sie sich.

Auch das junge Mädchen hatte sich jetzt von seiner Mutter getrennt. Es versuchte, mit einem der anderen Edelfräulein ein Gespräch zu beginnen – es ging um ein Kloster, wahrscheinlich hatten die beiden dort zusammen die Schule besucht – es wandte sich allerdings gleich ab. Die zierliche Blonde schien den Tränen nahe. Miriam ging zu ihr.

»Kommt«, sagte sie freundlich. »Ihr habt doch noch gar nichts gegessen. Wartet, wir holen uns etwas Braten und Wein. Wie ist es, würde ein Taubenbrüstchen Euch munden?«

Das Mädchen schüttelte den Kopf. »Danke, edle Dame. Aber ich habe keinen Appetit. Hier ... es starren mich alle an. Habt Ihr nicht auch das Gefühl, Herrin, dass mich alle anstarren?«

Miriam schaute um sich. Natürlich folgten dem jungen Mädchen bewundernde Blicke. Es war deutlich die schönste unter den anwesenden Jungfrauen – wobei dem Turnier nicht viele Damen vorsaßen. In Mainz herrschte neben dem Fürstbischof ein Patriziat reicher Kaufleute. Burgen gab es im näheren Umkreis kaum, die meisten Adligen, die zu den Krönungsfeierlichkeiten angereist waren, kamen von weiter her. Nur wenige hatten ihre Frauen und Töchter mitgebracht, der Bischofspalast galt nicht gerade als Heiratsmarkt. Allerdings wäre die hübsche Blonde auch in einer größeren Gruppe Edelfrauen aufgefallen. Sie hätte jede andere ausgestochen, hätte sie nicht gar so unglücklich dreingeschaut.

Miriam lächelte aufmunternd. »Die Herren können sich nicht sattsehen an Euch«, meinte sie dann. »Aber daran müsst Ihr doch gewöhnt sein. Und die Damen ... das ist pure Eifersucht, achtet gar nicht darauf.«

»Aber ich hasse das!«, brach es aus der Jüngeren heraus. »Die einen schauen mich lüstern an und die anderen hämisch. Ich ... ich ... am liebsten wäre ich hässlich wie eine Maus ...«

Miriam legte den Arm um sie. »Kleines, Mäuse sind eigentlich ganz niedlich, die schaut nur keiner an, weil sie grau sind. Und Euch machen wir jetzt auch unsichtbar. Kommt mit, im Stallzelt wartet mein Maultier. Und in den Satteltaschen ruht mein grauer Reiseschleier. In meinem Land ist es Sitte, dass Damen sich gänzlich verschleiern, wenn sie in die Öffentlichkeit treten. Ich finde es ja zur Abwechslung ganz schön, mich zu zeigen, aber wenn es Euch gefällt, Euch zu verhüllen – dann werden sich anschließend die Sayyida Mariam und die Sayyida ... Wie heißt Ihr eigentlich, Kind?«

»Sophia«, murmelte das junge Mädchen.

»... die Sayyida Sophia auf einen Rundgang über den Turnierplatz begeben, die schönsten der Ritter lüstern mustern und sich an den Garküchen die Bäuche vollschlagen.«

Miriam zog Sophia entschlossen aus dem Zelt des Königs. Das Mädchen lächelte schüchtern – und selbst Miriam meinte, die Sonne aufgehen zu sehen. Auf einen jungen Ritter musste dieses Lächeln unwiderstehlich wirken. Obendrein schien Sophia überaus sanft und tugendhaft. Ihr Vater, wer immer es war, musste sich schon einiges an Verfehlungen geleistet haben, wenn die Bewerber um die Tochter nicht vor seiner Burg Schlange standen! Sie musste unbedingt herausfinden, was da vorgefallen war, auch damit die Sterne den Grafen von Toulouse im Zweifelsfall warnen konnten. Er stand ohnehin schon unter Kirchenbann. Die Freundschaft mit einem Raubritter oder was immer sonst Sophias Vater sein mochte, würde ihm da nicht gerade helfen.

Sophia folgte Miriam in den Stall. Unterwegs nahmen sie sich etwas gebratenes Huhn mit, das unter vielem anderen für die Ritter und Turnierbesucher in einer der Garküchen angeboten wurde. Hunderte von Gockeln brieten am Spieß, es gab Fleisch aller Art, frisches Brot und Brei – der Bischof und der König würden das Volk noch tagelang großzügig verköstigen. Sophia knabberte schüchtern an einem Hühnerflügel. Entgegen ihren Behauptungen war sie sichtlich hungrig.

»Wir wohnen in einer schrecklichen Herberge«, gab sie Auskunft, als Miriam sie fragte, ob und wo sie denn gefrühstückt habe. »Dort ist es verlaust und verwanzt – ich mag es gar nicht laut sagen, Herrin, aber ich habe vorhin einen Floh in meinem Ärmel gefunden!«

Miriam lachte. »Ach, wenn's nur einer ist, Kind ...« Ihr war da auf den Reisen mit Martinus Magentius Schlimmeres widerfahren.

Sophia allerdings schüttelte sich. »Es ist grauenvoll. Ich musste mit Mutter und Vater ein Bett teilen – na ja, Vater ist dann ja nicht heimgekommen, der zechte wohl mit Herrn Raymond. Aber es gibt überhaupt nur einen Raum für alle Gäste. Und die Ritter ...«

Miriam konnte es sich denken. Sophia hatte die Nacht zweifellos unter einer Decke versteckt in der äußersten Ecke ihres Alkovens zugebracht. An sich unzumutbar für adlige Frauen, aber es bestärkte Miriam in ihrem ungüten Gefühl. Der Bischof hätte dieser Familie ein Obdach geben können, selbst wenn es nur ein einfaches Gemach gewesen wäre. Aber das Mädchen und seine Eltern wurden gemieden.

Sophia schlang ein weiteres Stück Huhn herunter, während Miriam ihren Reisemantel für sie heraussuchte. Das junge Mädchen nahm ihn etwas misstrauisch in Empfang, aber er roch nicht muffig nach dem Transport auf dem Pferd, sondern duftete nach einem exotischen Parfüm. Sophia hatte so etwas noch nie gerochen, aber es vertrieb aufs Angenehmste die

Erinnerung an die Bier- und Fettdünste und den Gestank der ungewaschenen Leiber in ihrer Herberge. Miriam lächelte ihr verständnisvoll zu.

»Hier, Kleines«, sagte sie, während sie den weiten Umhang um Sophias zierlichen Körper drapierte. Der weite Schleier verdeckte ihr goldblondes Haar vollständig, aber Miriam verzichtete darauf, ihn auch noch um ihre untere Gesichtshälfte zu winden. »Jetzt seid Ihr grau wie ein Mäuschen, und wärmer sollte Euch auch sein. Euer Kleid ist ja wunderschön, aber auch nicht gemacht für einen Tag auf dem Turnierplatz. Habt Ihr denn nichts Wärmeres anzuziehen?«

Miriam, die ein wollenes Kleid und einen ebensolchen Umhang trug, hatte bemerkt, dass ihr Schützling fror.

Sophia zuckte die Schultern. »Doch, natürlich, aber mein Vater hieß mich, mich festlich zu kleiden.«

Miriam lächelte. »Der hat sicher noch nie stundenlang unter einem Ehrenbaldachin gesessen und den Rittern beim Tjost zugeschaut«, meinte sie.

Sophia nickte ganz ernsthaft. »Nein, Herrin, mein Vater reitet mit. Er ist ein starker Ritter, er hofft, sich auszuzeichnen.«

Also war der Vater des jungen Mädchens zumindest seiner Ritterwürde nicht verlustig gegangen. Miriam fiel ein Stein vom Herzen. Kein Kirchenräuber also, kein Vergewaltiger und kein Mörder. Jedenfalls keiner, der sich hatte fangen lassen.

Sophia streichelte Miriams weißes Maultier und wechselte das Thema, bevor sie weitersprechen konnte. »Das ist eine feine Stute. Ich wünschte mir auch ein eigenes Pferd oder Maultier. Aber ich habe niemanden, der mit mir ausreitet.« Wieder wirkte sie traurig.

Miriam beschloss, vorerst nicht weiter nachzuhaken. »Dann mögt Ihr vielleicht einen Gang über den Pferdemarkt machen«, schlug sie vor. »Wir haben noch viel Zeit. Und vielleicht findest sich ja ein Zelter, der Euch gefällt.«

Dietmar hatte einige Pferde gefunden, die ihm gefallen hätten. Die Ritter, die im Turnier verloren, büßten traditionell ihre Pferde und Rüstungen ein – die meisten lösten sie gleich wieder beim Sieger aus, einigen fehlte dafür jedoch das Geld, und dann kamen die Pferde auf den Markt. Was sollte der Sieger schließlich mit einem fremden Streithengst? Schmunzelnd erkannte Dietmar auch den Schecken, dessen Reiter Rüdiger in den Staub gejostet hatte. Sein Oheim hatte ihm das Pferd zwar nicht genommen, sondern sich mit einer kleinen Ablösesumme zufriedengegeben, aber der junge Ritter war wohl doch zu dem Schluss gekommen, dass ihn das ungebärdige Tier überforderte.

Und dann konnte Dietmar sein Glück kaum fassen. An einem Stand mit Maultieren, die ein jüdischer Händler feilhielt, standen die Maurin – und die Comtesse von Toulouse! Das junge Mädchen trug zwar einen grauen Mantel, der seine Gestalt vollständig verhüllte, aber Dietmar hätte es unter Tausenden wiedererkannt. Nun bewunderte es ein geschecktes Maultier – wobei ihm der voluminöse Schleier des Mantels wohl lästig war. Jedenfalls schob es ihn mit der Hand nach hinten und streifte sich damit den goldenen Reif ab, der sein Haar zuvor unter dem grünen Schleier zurückgehalten hatte. Das Mädchen bückte sich sofort danach, aber Dietmar war schneller und hob ihn auf. Ihre Blicke trafen sich, als beide sich wieder aufrichteten.

»Herrin, Ihr . . . Ihr habt das hier verloren!«

Dietmar stammelte die Worte, bevor ihn die Sprache wieder verließ. Sie war so wunderschön, erst recht jetzt, da ihr das

Haar wie ein Schleier ins Gesicht fiel. Sie schob es mit einer raschen Bewegung nach hinten, als schäme sie sich dafür – und ließ auch gleich den Blick wieder sinken. Allerdings schien sie nicht recht zu wissen, was sie jetzt tun sollte. Den Schepel unter den Augen des Ritters wieder aufzusetzen, schien ihr wohl nicht schicklich, aber der Schleier verrutschte unter der Kapuze des seltsamen, wenig kleidsamen Mantels, den sie über ihren Feststaat geworfen hatte.

»D... danke«, murmelte Sophia.

Mehr brachte auch sie nicht heraus, sie hatte noch nie das Wort an einen so freundlichen jungen Ritter gerichtet. Auf Lauenstein hätte sie wahrscheinlich Schepel Schepel sein lassen und wäre geflohen. Und der Ritter hätte ihr zotige Worte nachgerufen, um sich dann damit zu begnügen, das Schmuckstück an sich zu nehmen und zu versetzen. Aber dieser Jüngling hier schaute sie nicht lüstern an, sondern ... Sophia mochte es kaum glauben, aber sein Blick wirkte anbetend. Und er hatte sie schon einmal so angesehen ... richtig, sie erinnerte sich an sein ernstes junges Gesicht vor dem Tjost. Sie hatte nicht anders gekonnt, als ihm zuzulächeln.

Sophia errötete. Hoffentlich erinnerte er sich nicht daran, das war sicher schamlos. Aber ... ja, in der Kirche hatte sie ihn auch gesehen. Ihre Blicke hatten sich einen Herzschlag lang getroffen, und sie hatte sich über das ungewöhnlich intensive Blau seiner Augen gewundert. Himmel, er musste sie für völlig unerzogen halten ...

Dietmar bemühte sich um Worte. Er war an einem Minnehof aufgewachsen! Er durfte der Herrin de Maricours keine Schande machen ... obwohl er ihr andererseits natürlich untreu wurde, indem er ... Der junge Ritter sah die Röte im Gesicht des jungen Mädchens und vergaß Madame de Maricours sofort.

»Ich ... ich muss Euch danken, dass ich Euch ... dass ich Euch einen Dienst gewähren durfte und dass ich ... dass ich die Luft atmen darf, die Ihr atmet und ...«

Eigentlich blieb Dietmar die Luft gerade weg. Aber dann geschah das Wunder. Das Mädchen lächelte.

»Die Luft riecht ganz schön nach Pferd«, bemerkte es.

Dietmar lächelte ebenfalls – wobei er hoffte, dass es nicht wie dümmliches Grinsen aussah.

»Das stimmt nicht«, sagte er. »Um Euch herum duftet sie nach Rosenwasser und Sandelholz ...«

Das Parfüm der Maurin. Sophia errötete wieder. Hoffentlich fand er das jetzt nicht aufdringlich. Wenn einer der Ritter ihres Vaters ... Aber dies hier war keiner der Gauner, die sich auf Burg Lauenstein sammelten. Dies war eher ein Ritter wie in den Geschichten vom Artushof.

Sophia wusste nicht, was sie sagen sollte. Linkisch hielt sie immer noch den Schepel in der Hand. Und konnte nicht verhindern, den Blick zu heben, als der Ritter nicht gleich weitersprach. Das war sicher nicht schicklich. Aber diese Augen ...

Miriam, die sich eben noch für das Maultier interessiert hatte, bemerkte jetzt den Ritter im Gespräch mit ihrem Schützling. Er schwärmte Sophia offensichtlich an. Und über das zarte Gesicht des Mädchens zog sich schon wieder glühende Röte. Miriam hatte selten ein so schüchternes Geschöpf erlebt – zumindest nicht unter den Kaufmannstöchtern, mit denen sie ihre Kindheit verbracht hatte, und erst recht nicht unter den Frauen von Adel am Hof von Toulouse. Natürlich waren die maurischen Frauen zurückhaltend – und die Mädchen der Albigenser. Aber hier in Mainz duldete man sicher keine Ketzer.

Der junge Ritter brachte eben wieder ein Wort heraus.

»Und ... und wie könnte ich überhaupt etwas anderes wahrnehmen als Euren Duft und Euer Strahlen?«, sagte er etwas holprig. »Um Euch herum verliert die Welt an Glanz. Alles Gold und alles Geschmeide verblasst vor Eurer Schönheit...«

Sicher ein artiger Ritter, aber kein Dichter, dachte Miriam. Abram hatte seine Komplimente stets sehr viel geschliffener formuliert. Dem Mädchen dagegen schien es zu gefallen. Es errötete zwar, aber es suchte keine Fluchtmöglichkeit wie zuvor im Zelt des Königs. Im Gegenteil, es zwinkerte sogar unter gesenkten Lidern zu dem Ritter auf. Miriam lächelte, besann sich dann aber auf ihre Pflichten als Beschützerin. Freundlich, aber mit durchaus strenger Stimme, wandte sie sich an den Ritter.

»Salam, Herr Ritter!«, begrüßte sie ihn – schließlich spielte sie ihre Rolle als Maurin. »Das Fräulein ist sicher geschmeichelt. Aber ziemt es sich an einem christlichen Hof, das Wort an eine Dame zu richten, die man auf einem Pferdemarkt zum ersten Mal zu Gesicht bekommt? Und ihr dabei nicht mal den eigenen Namen und Rang zu nennen?«

Nun war es an Dietmar, flammend zu erröten, während Sophia zu seiner Verteidigung ansetzte.

»Herrin, er hat nicht ... er wollte nur ... mein Schepel ...«

Dietmar verbeugte sich tief, vor ihr und vor der Maurin, aber es war nur Sophia, an die er das Wort richtete. »Verzeiht mir, Herrin! Eure Schönheit hat mich geblendet, ich war nicht bei mir, aber natürlich ... natürlich könnt Ihr mir das nie vergeben ... Also falls ... wenn Ihr mir noch einmal ... also falls ich noch einmal ... Mein Name, edle Damen, ist Dietmar von Ornemünde. Ich bin Ritter des französischen Königs.«

Miriam wusste im selben Moment, dass sie einen Fehler

gemacht hatte. Über Sophias Gesicht jedoch huschte erneute Röte und ein sanftes Lächeln.

»Oh, Herr Dietmar! Natürlich verzeihe ich Euch. Und ... und mehr als das, ich ... also ... womöglich können wir einander ... miteinander ganz ... ganz ungezwungen sprechen. Ich meine ... womöglich sind wir sogar verwandt. Auch ich bin eine Ornemünde. Sophia ... von Ornemünde zu Lauenstein.«

Kapitel 6

Verstehst du denn nicht, es ändert die ganze Sache!« Dietmar lief aufgeregt vor seinem Oheim hin und her. Was er eben erfahren – und anschließend überlegt – hatte, ließ ihn nicht mehr zur Ruhe kommen. »Wir brauchen nicht zu kämpfen! Ich werde Sophia einfach heiraten, und wir werden gemeinsam über Lauenstein herrschen! Dies ist eine göttliche Fügung. Ihr Vater wird ...«

Rüdiger fasste sich an die Stirn. »Dietmar, denk einmal nach, bevor du redest ... oder die Hohe Minne aus dir reden lässt, falls man das so ausdrückt unter Troubadouren und Großen Liebenden.«

Letzteres war ein Ehrentitel, den sich Ritter erwarben, die mit besonderer Leidenschaft für ihre Minnedame stritten. Dietmar bemerkte den Spott und blitzte seinen Oheim an, Rüdiger sprach jedoch ungerührt weiter.

»Ihr Vater wird den Teufel tun und seine Sophia ausgerechnet mit dir vermählen! Und dann ...«

»Warum nicht?«, trumpfte Dietmar auf. »Ich bin von edelstem Blut, ich ...«

»Eben«, meinte Rüdiger. »Du bist der wahre Erbe von Lauenstein. Dem dieser Roland das Lehen geraubt hat. Der Kerl wollte dich umbringen, Dietmar! Am Tode deines Vaters war er zwar nicht direkt beteiligt, aber ohne seine Intrigen wäre er vielleicht noch am Leben. Ganz abgesehen von dem Mordversuch bei seiner Schwertleite ... Und nun glaubst du, er gibt dir kampflos den Schlüssel zur Burg?«

»Aber wenn ich doch seine Tochter ... Wenn wir doch gemeinsam über Lauenstein herrschen ...«

Rüdiger seufzte. »Du hast mit seiner Tochter gerade drei Sätze Artigkeiten getauscht. Wer weiß, ob sie dich überhaupt heiraten will. Aber wie auch immer, sie wird sowieso nicht gefragt. Und mit wem gemeinsam willst du über Lauenstein herrschen? Mit ihr oder mit Roland? Wach auf, Dietmar! Der Mann hat zwar eine fast heiratsfähige Tochter, aber er ist keineswegs ein Tattergreis. Du wirst ihn nachher kämpfen sehen, Roland von Ornemünde ist ein Ritter in den besten Jahren. Der kann noch zwanzig Jahre leben. Und das gedenkt er auf Lauenstein zu tun – als Burgherr, nicht auf dem Altenteil.«

»Aber er muss Sophia doch irgendwann verheiraten!«, rief Dietmar und ignorierte Rüdigers mahnende Handbewegung, die Stimme zu senken.

Oheim und Neffe hatten sich vom Turnierplatz in das Quartier der französischen Ritter zurückgezogen – nach seinem Gespräch mit Abram und ein paar wenigen Worten mit der aufgelöst wirkenden Miriam ahnte Rüdiger schließlich, was da auf ihn zukam. Allerdings war die Scheune neben den Stallgebäuden des Bischofspalastes nicht gerade der verschwiegenste Ort der Stadt. Jeden Moment konnte jemand hereinkommen oder auch vom Stall aus mithören, wenn die Sprecher zu laut wurden.

»Und sie ist ... hm ... sozusagen seine Erbin ...«

Rüdiger nickte und bemühte sich um Langmut. »Irgendwann ist noch nicht gleich«, erklärte er dann. »Wie alt ist das Mädchen? Vierzehn? Deine Mutter wurde erst mit vierundzwanzig verheiratet. Sophia hat also Zeit. Und ja, bislang ist sie seine einzige Erbin. Aber das muss ja nicht so bleiben. Herrgott, Dietmar, der Mann hält an dieser Luitgart fest, weil sie ihm einen Anflug an Legitimation für die Besetzung von

Lauenstein gibt. Ich weiß nicht, ob dir das klar ist, aber sie war mit deinem Großvater verheiratet. Mit dessen Tod, der Heirat deines Vaters mit deiner Mutter und erst recht mit deiner Geburt wurden jedoch all ihre Besitzansprüche hinfällig. Sie hat ihrem Gatten ja kein Kind geboren. Also steht die Argumentation Rolands auf tönernen Füßen. Er kann morgen genug davon kriegen und die Dame verstoßen. Oder – die elegantere Lösung – sie fällt im Rausch von den Zinnen ihrer Feste. Mit einem jüngeren Mädchen kann er dann noch drei Söhne zeugen oder mehr. Sophia wird er in einem solchen Fall an sonst wen verheiraten, aber gewiss nicht an dich!«

Dietmar schaute unglücklich auf. »Das weißt du doch gar nicht«, setzte er an, aber es klang nicht mehr gar so siegesgewiss. Eigentlich klang es wie das letzte Aufbegehren eines unglücklichen Kindes. »Wenn ich frage . . .«

»Wenn du fragst, findet er womöglich irgendeinen Grund, dich zu fordern! Auf keinen Fall darfst du dich auf ein persönliches Gespräch mit ihm einlassen! Dietmar, das Mädchen mag das minniglichste Geschöpf unter der Sonne sein, aber sein Vater ist dein ärgster Feind. Bedenke das, bei allem, was du tust und sagst – und mit dem Mädchen anfängst. Es gibt viele Mädchen, Dietmar, du hast jedoch nur ein Leben!«

»Wenn die Herren jetzt kommen mögen?« Hansi schob seinen Kopf von den Ställen aus in die zum Rittersaal umfunktionierte Scheune. »Ich wollt nicht stören, Herr Rüdiger, aber du hast g'sagt, ich soll B'scheid geben, wenn der Ornemünder kämpft.«

Rüdiger nickte seinem Knappen zu – und gleichermaßen Dietmar.

»Danke, Herr«, sagte er förmlich. »Und du kommst jetzt, Dietmar, und schaust sehr genau hin, wen du da aufs Altenteil verbannen willst . . .«

Dietmar und Rüdiger kamen eben zurecht, als Roland von Ornemünde neben einem Ritter aus Thüringen in die Schranken ritt. Er saß auf einem prachtvollen Rappen, bei dessen Anblick Abram, der sich jetzt auch zu ihnen gesellte, mit den Zähnen knirschte.

»Der Gaul stammt doch aus der Zucht meines Oheims, da würde ich einen Knochen der heiligen Perpetua drauf verwetten!«, murmelte er.

Rüdiger nickte. Neben dem Weinbau war Pferdezucht ein Steckenpferd des jüdischen Medikus gewesen, der damals auf Lauenstein als Dietrichs Freund und Berater ein und aus ging. Salomon von Kronach hatte zwar nie mit seinen Tieren geprahlt, um keinen Neid und keine Begehrlichkeiten von christlichen Herren auf sich zu ziehen. Aber er hatte Dietrich zur Schwertleite einen prächtigen Schimmel geschenkt, den Rüdiger nach dessen Tod selbst jahrelang geritten hatte. Sein heutiges Streitross war ein Sohn des legendären Floremon – und der Rappe des Ornemünders mochte wohl nah mit ihm verwandt sein. Nach Herrn Salomons Flucht mit Gerlin und Florís hatte Roland die Pferde des Juden selbstverständlich annektiert.

Rüdiger jedenfalls erkannte einige Eigenheiten seines eigenen Hengstes im Antritt und in der Halshaltung des Rappen. Er würde sich das merken müssen, falls er einmal gegen Roland in die Schranken ritt... Der Gedanke kam dem erfahrenen Turnierkämpfer unvermittelt, aber dann verwarf er ihn sofort. Nein, niemals würde er mit dem Holzschwert gegen Roland von Ornemünde antreten! Diese Fehde verlangte scharfe Waffen!

Dietmar neben ihm wirkte gleich deutlich kleinlauter, nachdem er zugesehen hatte, wie Roland seinen Gegner schon beim ersten Anreiten in den Staub warf. Und der folgende Schwertkampf gestaltete sich nicht weniger furios. Dabei war der Thüringer Ritter kein Anfänger wie Rüdigers erster Gegner. Vor Roland von Ornemündes Schwertarm musste man sich auch als erfahrener Ritter in Acht nehmen.

»Da siehst du es!«, beschied Rüdiger den jungen Ritter noch einmal nachdrücklich. »Du brauchst noch einige Jahre Übung, bevor du dem Mann im Kampf gegenübertreten kannst! Also reiz ihn nicht unnötig mit irgendwelchen Heiratsanträgen. Geh ihm am besten überhaupt aus dem Weg. Deine Zeit wird kommen, aber noch brauchst du Geduld.«

Rüdiger empfand Besorgnis, als Dietmar daraufhin das Gesicht verzog. »Ich werde ihn nicht reizen«, gestand der junge Ritter zu. »Aber ich kann ihm auch nicht aus dem Weg gehen! Wir stehen beide noch im Wettbewerb, Oheim! Dieses Turnier ist längst nicht zu Ende. Und wenn ich gegen ihn kämpfen muss ... Ich werde nicht die Lanze vor ihm senken!«

Rüdiger und Abram sahen sich an – und senkten dann gleichzeitig den Blick. Es durfte nicht sein, dass Dietmar dem Ornemünder gegenübertrat. Auch Holzschwerter konnten töten, und Roland verstand sich auf jede Finte. Sie würden etwas tun müssen, um dieses Treffen zu verhindern!

»Was willst du also machen, wenn es so weit kommt?«

Abram und Rüdiger hatten sich am Abend des ersten Turniertages in einer Schenke getroffen, beide schlicht gekleidet, weder als Ritter noch als Maure auf den ersten Blick zu erkennen. Um Dietmar brauchten sie sich in dieser Nacht nicht zu sorgen. Er hatte sich mit seinem Sieg im zweiten Tjost des Tages einen kleinen Preis im Wettbewerb um den Tagessieger erstritten und durfte in Begleitung seines Prinzen dem Bankett des Königs beiwohnen. Natürlich platzte er vor Stolz, und

Rüdiger gönnte es ihm. Zumal das Fest des Königs ihn zuverlässig von Roland von Ornemünde fernhielt. Sowohl Roland als auch Rüdiger war an diesem ersten Tag kein zweiter Gegner zugewiesen worden. Sie lagen also zwangsläufig hinter Dietmar zurück – und keiner lud sie ehrenhalber an die Tafel des Königs.

»Noch mal geht das nicht, mit der Lanze des heiligen Georg...« Abram nahm einen tiefen Schluck Wein.

Hansi, der Rüdiger kaum einmal von der Seite wich, gluckste. Abram hatte ihm die Geschichte des Treffens zwischen Dietrich von Lauenstein und Roland von Ornemünde erzählt. Der Tjost und der Schwertkampf zwischen den beiden war als Schaukampf anlässlich von Dietrichs Schwertleite deklariert, aber Gerlin, Florís und der Medikus befürchteten, dass Roland vorhatte, den jungen Ritter dabei zu töten. Keinem von ihnen war eine Möglichkeit eingefallen, das abzuwenden, nur Rüdiger, damals Rolands Knappe, hatte Maßnahmen ergriffen. Zunächst jubelte er dem Ritter eine marode Lanze unter, die er Abram – »Die Lanze des heiligen Georg, da klebt noch das Blut des Drachen dran!« – als Reliquie abgekauft hatte. Natürlich zerbarst sie an Dietrichs Rüstung. Das Holzschwert, mit dem Roland in die zweite Runde ging, war ebenfalls präpariert. Einige Wochen neben Rüdigers Herdfeuer hatten es spröde gemacht. Dietrich wurde letztlich zum Sieger des Treffens erklärt, nachdem auch das Schwert seines Gegners im Kampf zerbrach.

»Nein«, meinte Rüdiger bedauernd. »So nah wird er mich nicht wieder an sich heranlassen... Da muss uns was anderes einfallen.«

»Was ist denn, wenn du gegen ihn kämpfen musst?«, fragte Abram. »Trittst du an?«

Rüdiger zuckte die Schultern. »Ich weiß es noch nicht«,

meinte er dann. »Es ist nicht, dass ich um mein Leben fürchte – mit einem Holzschwert wird Roland mich nicht umbringen, das weiß ich abzuwehren. Aber ich gäbe ihm ungern Einblicke in meinen Kampfstil, meine Schwachstellen ...«

»Du würdest deinerseits welche in die seinen gewinnen«, gab Abram zu bedenken.

Rüdiger grinste. »Abram, ich war fast ein Jahr lang sein Knappe. Ich kenne seinen Kampfstil in- und auswendig, und ich habe viel von ihm gelernt. Dem Mann hapert es zwar an jeglicher ritterlicher Tugend und Ehre, aber was Lanze und Schwert angeht, hat er kaum seinesgleichen. Sollte ich ihm mal im ernsthaften Kampf gegenüberstehen, werde ich jede Finte brauchen können, die ich beherrsche. Wenn ich mir also jetzt schon die Blöße gebe ...«

Abram zuckte die Achseln. »Du musst es wissen. Aber was machst du mit dem jungen Mann?«

»Erst mal hoffen, dass er morgen ehrenhaft verliert«, seufzte Rüdiger. »Er wird zwei Kämpfe bestreiten, aber kaum mit Roland oder mir – solange noch so viele Ritter im Turnier sind, legen sie viel Zeit zwischen die einzelnen Treffen. Und Roland und ich haben morgen früh erst mal unsere zweiten Kämpfe – mit jeweils anderen Rittern, die stehen schon fest.«

Abram wollte etwas anmerken, aber Rüdiger schüttelte den Kopf. »Nein, nein, mach dir keine Hoffnungen, gegen Archibald von Kent wird Roland nicht verlieren, der ist mit der Laute weit besser als mit dem Schwert. Und ich denke, ich schlage meinen Gegner auch aus dem Feld. Wir bestreiten übrigens die letzten beiden Kämpfe der zweiten Runde – da lassen sie uns nicht gleich zu Beginn der nächsten Runde noch mal antreten. Zumindest beim ersten Kampf morgen ist Dietmar also nicht in Gefahr und beim zweiten wahrscheinlich auch nicht. Allerdings wird es mit jeder Runde enger ... und Dietmar ... nun, Rolands Tochter beflügelt ihn. Und dann noch dieser Preis heute ... Der junge Mann wird zweifellos alles geben. Und für sein Alter ist er sehr gut!«

Dietmar hatte das Bankett des Königs sehr früh verlassen – überhaupt zechte man nicht endlos lange an der Tafel Friedrichs II. Der König war weltlichen Freuden nicht abgewandt, aber er frönte der Tugend der Mäßigkeit. Der Staufer galt in jeder Beziehung als ein vorbildlicher Ritter, vom Schwertkampf bis zum Frauendienst. Er war großzügig, liebenswürdig und klug, Dietmar war schon nach kurzer Zeit von ihm beeindruckt. Der Prinz hatte den jungen Ritter vorgestellt, und Friedrich hatte ein paar freundliche Worte mit ihm gewechselt. Dietmar war fast geneigt, diesem verständnisvollen Herrscher seine Sorgen anzuvertrauen, aber dann nahm er sich zusammen. Weder seine aufkeimende Liebe zu Sophia noch seine Erbstreitigkeiten gehörten an diese Tafel, aber vielleicht ... Bei seinen ersten beiden Bechern Wein dachte Dietmar noch ernsthaft daran, dem König die Lauensteiner Sache einmal bei anderer Gelegenheit vorzutragen. Beim dritten, als die Tische nach dem Essen bereits beiseitegestellt waren und Gaukler und Sänger die Gesellschaft unterhielten, träumte er bereits von den Liedern, die einst Troubadoure über die tiefe Liebe der beiden Lauensteiner Erben dichten würden.

Nach dem vierten Becher dichtete er selbst ... und sah ein, dass er den fünften besser stehen ließ, wenn er am kommenden Tag zur Ehre seiner Dame erfolgreich kämpfen wollte. Überhaupt wäre es keine schlechte Idee, noch etwas frische Luft zu schnappen ...

Während der Prinz bereits in seine Gemächer ging, wanderte Dietmar also hinaus in die nächtliche Stadt – in der dank der Großzügigkeit des Königs noch Leben herrschte. Es war eisig kalt, aber die Menschen wärmten sich an frei ausgeschenktem Bier und am Wein und sprachen dem Essen aus den Garküchen zu.

Dietmar war nicht mehr hungrig – zumindest gelüstete es ihn nicht nach etwas Essbarem. Aber er lechzte danach, Sophia an diesem Abend noch einmal zu sehen, ihre Stimme zu hören ... sehnte sich nach diesem Rosen- und Sandelholzduft ...

Natürlich war es illusorisch, das Mädchen im nächtlichen Mainz finden zu wollen. Die Stadt hatte sicher fünfzehntausend Einwohner und obendrein die vielen Besucher der Krönung. Aber andererseits gab es natürlich die Helmschau. Ein Ritter pflegte kenntlich zu machen, wo er residierte, entweder baute er Schild und Helmzier vor seinem Zelt auf, oder er hängte Banner und Wappen aus den Fenstern seiner Herberge. Dietmar brauchte also nur nach dem Wappen des Ornemünders Ausschau zu halten – wobei er bedauerte, sich dessen Aussehen nicht gemerkt zu haben. Irgendetwas mit einem Bären ... Aber das sollte sich finden lassen! Frohgemut wanderte der junge Ritter durch die Straßen und blickte hinauf zu den Fenstern der Herbergen. Gleich in der dritten wurde er fündig – ein Schild mit zwei miteinander kämpfenden Bären ... Dietmar postierte sich unter dem Fenster und rief Sophias Namen hinauf.

Ihm antwortete trunkenes Gelächter. »Freund, hier ist nicht der Hurenwirt! Aber wenn du das Mädchen findest, seid ihr noch auf einen Trunk willkommen!«

Vergnügte junge Ritter, die miteinander feierten. Dietmar versagte sich, sie zu fordern, weil sie Sophias Namen schmähten. Er war vielleicht etwas angetrunken, gerade genug, um

Mut für sein Unternehmen zu fassen, aber nicht so bezecht, dass er leicht in Wut ausbrach.

Leider zeigte sich ihm auch der zweite Bär nicht wohlgesonnen. Das Wappen zeigte das Tier beim Ausreißen eines Baumes, und Dietmar war zuerst guten Mutes, weil hinter dem Fenster der Herberge kein Licht mehr brannte. Sophias Vater zechte zweifellos noch irgendwo – der junge Mann hätte sich nie getraut, auf die Suche nach dem Mädchen zu gehen, hätte er es unter der Obhut seines Vaters vermutet. Und damit hätte er ja auch sein Versprechen gebrochen. Dietmar dachte wehmütig an dieses Versprechen. Vielleicht wäre es doch eine bessere Idee gewesen, Roland gleich zu fordern. Vielleicht um den Preis der Hand der schönen Sophia ...

Die Vorstellung seines heldenhaften Kampfes wurde durch einen wütenden Ruf von oben unterbrochen. Dietmar konnte dem Inhalt eines über ihm ausgeleerten Nachttopfs gerade noch ausweichen.

»Verpiss dich, Troubadour!«, brüllte eine tiefe Stimme. »Reicht's nicht, mich auf dem Turnierplatz zu verhauen? Verfluchte Franzosen!«

Dietmar musste grinsen. Anscheinend war dieser Ritter zuvor einem der Großen Liebenden aus der Provence oder dem Languedoc unterlegen gewesen.

Dietmar war schon nahe dran, aufzugeben, als er schließlich das Wappen mit dem Bären entdeckte, der mit einer goldenen Kette gefesselt war. Das, genau das war es, jetzt erinnerte er sich! Und auch an die Farben – Blau und Silber. Dietmar warf einen kurzen Blick in die Ställe der Herberge. Nein, der schwarze Hengst war noch nicht da, der Ritter also sicher unterwegs. Mit klopfendem Herzen postierte sich der junge Mann erneut unter einem der Fenster und rief leise Sophias Namen. Er wappnete sich gegen übelriechende Abwehr, aber statt eines schimpfenden Ritters erschien oben ein blonder Mädchenschopf. Sophia schob den groben Leinenstoff beiseite, mit dem man versuchte, die Fensteröffnung gegen die Kälte abzudichten.

»Wer ist da? Herr ... Herr Dietmar?«

Sophias Stimme klang süß, aber ungläubig. Ihr schönes Gesicht war unverschleiert, es leuchtete im Licht des Mondes, der diese klare, eiskalte Nacht erhellte. Dietmar sehnte sich danach, es einmal zu berühren, zu spüren, wie zart es war und sicher weich und warm ...

»Sophia ...!«

Das Mädchen legte den Finger an die Lippen. »Psst, nicht so laut, Ihr ... Ihr weckt meine Mutter ...«

An sich war das nicht zu befürchten. Luitgart von Ornemünde schlief längst ihren Rausch aus, nicht einmal ein Donnerschlag hätte sie wecken können. Aber Sophia wusste nicht, was sie sonst sagen sollte. Was sagte eine Dame in solch einem Moment? Sophia hatte sich oft einen Ritter erträumt, der vor ihrem Fenster die Laute schlug.

»Sophia ...«

Dieser Ritter schien allerdings nur ihren Namen sagen zu können – wobei er sie wieder mit diesem andächtigen Strahlen ansah. Seine Augen waren freundlich, voller Liebe und Anbetung. Und er war schön und stattlich in seinem wollenen Mantel über der festlichen Tunika. Sophia erinnerte sich daran, dass er einen Preis gewonnen hatte. Die Königin hatte ihre Hofdamen damit geneckt, sie würden sicher nur so darauf brennen, ihn dafür mit einem Kuss zu ehren. Sollte er sich weiter auszeichnen, konnte irgendeine junge Frau dazu bestimmt werden, dies zu tun ... Und nun streckte er Sophia die Arme entgegen, als wollte er sie zu sich herabziehen. Dafür war das Fenster natürlich zu hoch. Und überhaupt ...

»Wollt Ihr ... wollt Ihr nicht singen?«, fragte Sophia.

Dietmar sah verblüfft und peinlich berührt zu ihr auf.

»Herrin ich ... ich kann nicht singen«, gestand er dann. Es klang, als ob er dabei errötete, aber das konnte sie im Schein des Mondes nicht sehen. Sie sah nur sein Gesicht, das jetzt fast zerknirscht wirkte.

»Ich ... ich habe gelernt, die Laute zu schlagen, aber ... aber es wäre kein ... kein ... es wäre kein Ausdruck meiner Liebe zu Euch ...«

Sophia musste lachen. Sie fühlte sich plötzlich leicht und gelöst in Gesellschaft des jungen Ritters. Dietmar von Ornemünde imponierte, wenn er mit einem grimmigen Blick auf seinen Gegner das Visier senkte und dann auf seinem Hengst in den Tjost ritt. Aber hier und jetzt war er genauso schüchtern und befangen wie sie. Und sicher stand er zum ersten Mal unter dem Fenster eines Mädchens. Er war kein Troubadour, der das dauernd tat ...

»Für diesen Ausspruch muss ich Euch tadeln, Herr Ritter!«, sagte Sophia in der Manier der strengen Minneherrin. »Freut sich nicht die Räbin am Gesang des Raben, und wenn sein Krächzen uns noch so garstig klingt? Nicht der Klang Eurer Stimme ist es, der Eure Herrin betört, sondern das Lob der Hohen Minne, das Ihr singt und mit dem Ihr der Schönheit huldigt.«

Dietmar schluckte. Das war etwas viel schöne Rede nach vier Bechern Wein. Aber es bestätigte ihn in seiner Vorstellung von Sophia von Ornemünde. Sie war nicht nur sanft und schön, sie war auch klug. Er suchte nach Worten.

»Der Rabe«, hob er an, aber dann gab er es doch auf. »Ihr wollt wirklich, dass ich singe? Sophia, ich ... also eben habt Ihr noch gesagt, ich soll leise sein.«

Sophia lachte wieder. »Es ist das Vorrecht der Dame, ihre

Meinung zu ändern«, neckte sie ihn, »und die Demut und Ergebung des Herrn zu prüfen. Was ist, beweist Ihr Mut, Herr Dietmar? Oder versagt Ihr schon bei der ersten Aufgabe, die ich Euch stelle?«

Dietmar versuchte verzweifelt, sich an irgendein Lied zu erinnern, das die Troubadoure am Hofe des Königs gesungen hatten. Aber seine Kehle war wie zugeschnürt.

»Könnt Ihr nicht ... also ... gibt es nicht irgendeine andere Aufgabe für mich?«, fragte er. Seine Stimme klang gequält. »Vielleicht ... vielleicht könnte ich ... unter Eurem Zeichen in die Schranken reiten? Ich könnte ein Turnier für Euch gewinnen ... ein ... hm ... Pferd! Ich traf Euch auf dem Markt, Herrin, Ihr mögt Pferde!«

Sophia lächelte zu Dietmar herunter. Sie konnte ihn nicht länger ärgern. Und es war natürlich absolut undenkbar, dass er hier die Stimme erhob, selbst wenn er singen könnte. In der Schenke unterhalb des Schlafraums war noch Betrieb, und auch die Ritter, die schon auf den Strohsäcken lagen, waren sicher nicht so betrunken, dass ein Sänger sie nicht gestört hätte.

»Ein Streitross?«, fragte sie dann aber doch noch und runzelte die Stirn. »Soll ich mit Euch in die Schlacht reiten, Herr Dietmar?«

Sie wunderte sich, dass Dietmar nickte. »Ja, Herrin«, sagte er leise. »Ich fürchte, darauf könnte es hinauslaufen. Aber nicht gleich morgen. Morgen ...«

Bevor er weitersprechen konnte, wandte Sophia sich hastig um. Sie hörte jemanden die Treppe hinaufkommen. Alarmiert richtete sie sich auf. Das Spiel mit dem jungen Ritter wurde zwar immer kurzweiliger und herzerwärmender, aber entdecken durfte man sie nicht! Hastig löste Sophia ein Band aus ihrem Haar. Sie verstand sich selbst nicht mehr, eigentlich sollte sie sich schämen. Aber sie hatte sich nie so aufgeregt und glücklich gefühlt wie jetzt, da sie Dietmar ihr Band herunterwarf.

»Hier habt Ihr mein Zeichen! Aber jetzt muss ich gehen. Und Ihr auch, es kommt jemand!«

Damit entschwand Sophia, während Dietmar mit verklärtem Blick auf das Seidenband zurückblieb. Er hatte es geschafft, er hatte ihr Zeichen. Sie erwiderte seine Gefühle ...

Dietmar schwebte durch die Straßen zurück zum Bischofspalast. Am kommenden Tag würde er kämpfen, wie er nie gekämpft hatte! Für Sophia würde er siegen. Und falls er gegen ihren Vater antreten musste ... wenn sie nur auf seiner Seite war!

Dietmar traute sich zu, mit Sophia an seiner Seite selbst gegen den Erzengel Michael anzutreten. Er war überglücklich!

Kapitel 7

Auch der nächste Tag war klar und kalt, wenngleich es noch nicht gefroren hatte. Ein Glücksfall für die Turnierkämpfer, die sich so weder im Schlamm suhlen noch befürchten mussten, dass ihre Pferde auf dem Eis ausglitten. Für Dezember war in Mainz hervorragendes Wetter, die Regentschaft des neuen Königs stand unter einem guten Omen, wie der Bischof nicht müde wurde zu beteuern.

Roland von Ornemünde gewann seinen ersten Kampf und ebenso Rüdiger von Falkenberg. Die Ritter trafen sich auf dem Abreiteplatz und tauschten so eisige Blicke, dass der kalte Wind über dem Platz dagegen heiß wirkte wie ein Wüstensturm. Das sagte jedenfalls Abram zu Dietmar. Rüdiger hatte seinen jüdischen Freund inzwischen seinem Neffen vorgestellt – und Abram unterhielt den jungen Mann bestens mit Geschichten von der Pilgerfahrt nach Tours, die Gerlin von Lauenstein und Abrams Oheim Salomon damals vorgetäuscht hatten, um Dietmar vor Roland in Sicherheit zu bringen.

»Wir sind als Bader gereist – und Ihr, Herr Dietmar, wart ein rechtes Gauklerkind. Ihr habt an unseren Feuern laufen gelernt, und Ihr habt fast nie geweint, auch wenn es kalt war und nass auf dem Wagen. Aber vor allem wart Ihr ein geborener Reiter. Es konnte Euch nicht schnell genug gehen, wenn man Euch mit aufs Pferd nahm ...«

Natürlich war es Abrams eigentliche Aufgabe, ein Auge auf den jungen Mann zu werfen und möglichst großen Abstand zwischen ihm und Roland von Ornemünde zu wahren, am besten auch eine größere Distanz zu dessen Tochter. Aber Abram befürchtete, dass es schon zu spät war, irgendetwas abzuwenden. Rüdiger hatte am Abend zuvor bemerkt, dass Dietmar säumig war – und wohlweislich keine Fragen gestellt. Auf keinen Fall wollte er einen ernsthaften Streit mit seinem Neffen riskieren, nachdem sich die Wogen ja nun wieder halbwegs geglättet hatten. Rüdiger nahm an, dass Dietmar ein paar Becher mit einem anderen jungen Ritter geteilt und dabei Liebesfreud und -leid ausgetauscht hatte.

Abram, der als Kaufmann weit besser in den Augen seines Gegenübers lesen konnte als sein adliger Freund, ging allerdings von Schlimmerem aus. Am Tag zuvor hatte Dietmar die kleine Ornemünde nur von fern errötend angeschmachtet, jetzt blinzelte sie dem jungen Ritter scheu, aber selig zurück. Und dann das Seidenband, das er um sein Handgelenk geschlungen hatte! Er wollte es sicher gleich zur Hand haben, wenn es galt, es um seine Lanze zu winden. Hatte er bei seinem letzten Tjost nicht noch das Zeichen einer anderen Dame in den Kampf geführt? Abram war sich sicher, dass Dietmar Sophia getroffen hatte. Und nun war Sophia ebenso verliebt wie er. Das Ganze roch nach Schwierigkeiten. Es würde sehr viel List und Geschick fordern, Dietmar heil über die nächsten Tage zu bringen.

Durch die nächsten Kämpfe gelangte Dietmar allerdings erst mal mit Bravour. Beflügelt von Sophias Seidenband, das an seiner Lanze befestigt war, schlug er seine Gegner gekonnt aus dem Feld. Der zweite gab schon nach dem Tjost auf und stellte sich gar nicht erst zum Schwertkampf. Dabei strahlte Dietmar Sophia jetzt ohne Scham an, wenn er vor und nach dem Kampf vor der Ehrentribüne Aufstellung nahm. Seine Freunde und Beschützer konnten nur hoffen, dass Luitgart schon betrunken genug war, um es nicht zu bemerken. Roland von Ornemünde war die Anwesenheit des wahren Lauensteiner Erben jetzt jedenfalls kein Geheimnis mehr. Die Anzahl der Ritter, die noch im Wettbewerb waren, wurde zusehends überschaubar, und bei Dietmars zweitem Kampf an diesem Tag gehörte Roland denn auch zu den Zuschauern.

»Der freut sich schon darauf, ihm den Kopf einzuschlagen«, seufzte Rüdiger. »Eine bessere Gelegenheit als ein ›Unfall‹ bei einem Turnier könnte ihm gar nicht passieren. Und Dietmar fühlt sich völlig unbesiegbar.«

»Das kannst du nun aber ändern«, sagte Abram trocken. Er hatte sich mit einem der Herolde unterhalten und dabei beiläufig die Reihenfolge der Kämpfer für den nächsten Tag erfragt. »Beim vierten Treffen am morgigen Tag werden sich Herr Dietmar von Ornemünde und Herr Rüdiger von Falkenberg gegenüberstehen. Du kannst bis morgen drüber nachdenken, ob du deinen Neffen aus dem Feld schlägst oder gewinnen lässt ...«

Dietmar erfragte gar nicht erst, wer am nächsten Tag seine Gegner sein würden, und er war auch nicht traurig darüber, dass er an diesem Abend nicht unter den ausgezeichneten Rittern war. Inzwischen wurde härter gekämpft, und die gestandenen Kämpen machten die Preise unter sich aus. Der Bischof konnte gerade noch verhindern, dass einer davon an Roland von Ornemünde ging. Wobei er sich kaum Illusionen machte: Wenn der Ritter weiter derart erfolgreich kämpfte, würde er ihn am nächsten Tag an der Tafel des Königs dulden müssen. Es sei denn, er riskierte einen Eklat.

Siegfried von Eppstein trug in diesen Tagen schwer an seinem Amt als Fürstbischof – und Turnierveranstalter. Auch ihm war schließlich bewusst, dass hier zwei Ornemünder im Wettbewerb standen. Dabei rang er mit seinem Gewissen: Sollte er das Losglück manipulieren und die beiden solange wie möglich voneinander fernhalten? Oder ließ er den Dingen seinen Lauf und konnte dann vielleicht irgendwann einen über den Unfalltod seines Verwandten zwar untröstlichen, jetzt aber unangefochtenen Burgherrn von Lauenstein in seinem Amt bestätigen?

Dietmar machte sich über all das keine Sorgen. Am Abend wartete er ungeduldig ab, bis hinter den Fenstern von Sophias Herberge das Licht verlöschte. Dann holte er eine geliehene Laute hervor und spielte ein einfaches Liebeslied. Er hatte nach dem Turnier stundenlang für diesen Auftritt geübt, und Sophia rührte er wie erwartet zu Tränen. Die beiden tauschten weitere Artigkeiten – Sophia rühmte Dietmars Kampfkraft und Dietmar Sophias Schönheit. Dietmar hatte den Troubadouren im Lager der Ritter ein paar schöne Worte abgelauscht und Sophia wiederholte die lobenden Bemerkungen des Königs und des Grafen von Toulouse, die das Geschehen auf dem Turnierplatz beide ständig kommentierten.

Dietmar war überglücklich, als das Mädchen sich schließlich zurückzog, und lenkte den Zorn der anderen Ritter in seiner Unterkunft auf sich, indem er den Rest des Abends damit verbrachte, ein eigenes Liebeslied zu komponieren.

»Wenn du ihr das vorsingst, schickt sie dich zur Hölle!«, bemerkte der Ritter, mit dem Dietmar den Strohsack teilte. »Aber du solltest es vor dem Tjost versuchen. Rüdiger von Falkenberg wird sich schreiend am Boden winden und gar nicht erst anreiten.«

»Rüdiger?«, fragte Dietmar und ließ die Laute sinken. »Gegen den trete ich morgen an?«

Er rollte sich zufrieden in seine Decke, als der Befragte bejahte. Rüdiger würde ihn mit Nachsicht behandeln. Ganz sicher tjostete er ihn vor den Augen seiner Liebsten nicht in den Sand! Nein, Rüdiger von Falkenberg war großmütig. Zweifellos ließ er seinen Neffen gewinnen!

»Und? Was wirst du tun?«, fragte Abram neugierig, als er Rüdiger am nächsten Morgen vor den Ställen traf.

Dietmar war bereits unterwegs und ließ seinen Hengst in Sichtweite Sophias über den Abreiteplatz tänzeln.

»Was uns angeht, so haben wir alles getan, was möglich war, um das Mädchen fernzuhalten«, fuhr Abram fort. »Miriam hat dem Grafen von Toulouse erfolgreich eingeredet, die Sterne verhießen Unheil, wenn er heute auf den Turnierplatz käme. Er bleibt auch ganz gern in seinem Quartier, gestern hat er eifrig dem Wein zugesprochen – gemeinsam mit Freund Roland. Vielleicht ist der ja heute auch angeschlagen. Aber leider hat der König einen Narren an Miri gefressen, und die Königin findet auch Sophia ganz entzückend. Also Einladung von höchster Stelle, da war nichts zu machen. Obwohl der Bischof nicht begeistert ist, weder von der Maurin noch von der Tochter des Usurpators an der Seite des Königs. Aber sonst sind kaum noch Frauen auf der Ehrentribüne – wenn das so weitergeht, wird die Königin den Sieger selbst küssen müssen.«

Tatsächlich fanden täglich mehr Hofdamen der Königin und Gattinnen der Würdenträger Gründe, dem Turnierplatz fernzubleiben. Es war wieder sonnig, aber bitterkalt, und es erforderte ein Übermaß an Pflichtbewusstsein – oder echte Begeisterung für Ritterkämpfe –, den ganzen Tag lang unter dem Ehrenbaldachin auszuharren. Längst zogen die Zuschauer ihre wärmsten Reisemäntel über die Festkleidung – nur der König hielt stoisch in seinen Prunkgewändern Hof. Der Bischof hatte Pelze bringen lassen, um die Sitze abzupolstern, und er ließ schon am Morgen heißen Würzwein reichen. All das half jedoch nur kurzfristig. Spätestens gegen Mittag war jeder durchgefroren bis ins Mark.

»Die kleine Sophia wirkt allerdings noch ganz rosig«, meinte Abram. »Und wenn du mich fragst, so fiebert sie dem Kampf eines ganz bestimmten Ritters entgegen. Also – was wirst du tun, Rüdiger?«

Rüdiger prüfte das Holzschwert, das man ihm zugewiesen hatte – obwohl Hansi eigentlich immer darauf achtete, dass er keine schadhafte oder brüchige Waffe bekam.

»Was schon?«, antwortete er dann unwillig. »Ich werde ihn schlagen, aber möglichst so, dass er gut dabei aussieht. Ein junger Ritter, der dem älteren ehrenhaft und möglichst knapp unterliegt. Das kann ihn in den Augen der Kleinen nicht herabsetzen, und wenn doch, dann umso besser. Diese Liebe ist sowieso eine Katastrophe, zumal, wenn du meinst, dass er sie sich wirklich nicht nur einbildet.«

Abram schüttelte den Kopf. »Mach dir keine Hoffnung, er hat sich gestern eine Laute geliehen. Von einem der Troubadoure aus Toulouse, deshalb haben wir's mitbekommen. Die schlägt er doch nicht für sich im stillen Kämmerlein. Nein, nein, Rüdiger, dein Neffe ist pfiffiger, als du denkst. Oder sagt man in dem Fall ›minniglicher‹?« Er grinste.

»Jedenfalls ist es besser, er ist mir böse, als dass er tot wäre«, brachte Rüdiger seine Absichten auf den Punkt. »Und nun wünsch mir Glück, Abram, ich muss mein Pferd aufwärmen.«

Unglücklicherweise waren es gerade Rüdigers gute Absichten, die Dietmar zum Verhängnis wurden. Der junge Ritter selbst hatte nämlich keineswegs vor, sich im Kampf gegen seinen Oheim zurückzuhalten, er entzog sich Rüdiger auch auf dem Abreiteplatz. Keine Absprachen! Das machte sein Verhalten unmissverständlich deutlich. Niemand sollte glauben, Rüdiger hätte ihn absichtlich gewinnen lassen – auch wenn Dietmar dies natürlich im Stillen hoffte. Insofern war er denn auch ziemlich überrascht, dass Rüdiger heftig parierte, als er mit vollem Schwung auf ihn zupreschte, die Lanze in der Absicht eingelegt, Rüdiger an der Hüfte oder am Bein zu treffen oder damit aus dem Steigbügel und dem Gleichgewicht zu bringen. Bei einem so erfahrenen Kämpfer bot dieses Manöver zwar kaum Aussicht auf Erfolg, aber wenn Rüdiger sich fallen lassen wollte, so würde er sich dabei kaum wehtun.

Rüdiger dachte allerdings nicht daran, sich vom Pferd tjosten zu lassen. Stattdessen visierte er Dietmars Schulter an. Ein Treffer würde ihm Punkte bringen, Dietmar würde auch ein paar einheimsen. Rüdiger gedachte nicht, seinen Neffen vom Pferd zu werfen, sondern den Tjost unentschieden ausgehen zu lassen. Allerdings hatte er die Wucht nicht eingerechnet, mit der Dietmars Hengst auf ihn zustürmte, und er brauchte obendrein mehr Geschick als erwartet, dem Stoß des jungen Mannes auszuweichen. So erfolgte sein eigener Angriff ungeplant heftig. Dietmar wurde schmerzhaft getroffen und schwankte im Sattel, als die Ritter sich trennten. Rüdiger fluchte in sein Visier. Das sollte nicht noch einmal passieren.

Aber dann geschah genau das. Dietmar ritt wieder mit voller Kraft an, obwohl es ihm erkennbar schwerfiel, den Schild zu halten, seine linke Schulter war offensichtlich lädiert. Diesmal richtete er den Stoß gegen Rüdigers Brust, aber Rüdiger verwandte seine eigene Lanze, um ihn abzuwenden. Dabei geriet sein Treffer zu hoch und erwischte Dietmar noch einmal an der schon angeschlagenen linken Schulter. Der junge Ritter verlor den Halt und ging zu Boden. Rüdiger bemerkte besorgt, dass er Schwierigkeiten hatte, sich aufzurichten.

»Tut mir leid!«, wisperte er seinem Neffen zu, als er abstieg, um sich ihm zum Schwertkampf zu stellen. »Das war härter, als ich wollte. Aber willst du wirklich weitermachen? Wenn du Schmerzen hast...«

Dietmar antwortete nicht, sondern blitzte den Oheim nur wütend an. Der junge Ritter war in seiner Ehre gekränkt, er würde jetzt alles tun, um die Scharte auszuwetzen. Rüdiger dachte ernstlich daran, sein Holzschwert an Dietmars Rüstung abrutschen und bersten zu lassen. Vielleicht, nachdem er dem jungen Mann noch ein oder zwei Treffer ermöglicht hätte, ein Sieg durch reines Glück hatte schließlich immer einen bitteren Beigeschmack. Aber dann rief er sich zur Ordnung. Dietmars nächster Gegner mochte der Ornemünder sein. Und der kannte keine Gnade!

Rüdiger wehrte die Angriffe seines Neffen also entschlossen ab, erlaubte ihm aber trotzdem noch ein oder zwei erfolgreiche Vorstöße. Und dann war es wieder diese freundliche Strategie, die Dietmars Niederlage schlimmer machte, als sie hätte sein müssen. Von den Lanzenstößen geschwächt – aber auch ermutigt von den ersten Treffern – vernachlässigte der junge Ritter seine Deckung. Ein Schwertschlag seines Oheims, der eigentlich vom Schild abgefangen werden sollte, traf ihn deshalb schwer. Dietmar fiel zu Boden und ausgerechnet erneut auf die schon angeschlagene Schulter. Diesmal stand er nicht wieder auf, und Rüdiger wurde zum Sieger des Treffens erklärt.

Besorgt lüftete er dann das Visier seines Neffen. Dietmar schien sich beim Fallen auch den Kopf gestoßen zu haben. Blut lief über sein Gesicht. Es kam jedoch nur aus einer Platzwunde, und der junge Ritter war bei Bewusstsein. Aber die Herolde riefen doch nach einer Trage. Dietmar verließ den

Turnierplatz nicht nur als Verlierer, sondern nicht einmal auf eigenen Beinen ...

»Er wird mich sein Leben lang hassen«, seufzte Rüdiger, als er gleich darauf auf Hansi und Abram traf, die ihn gleichermaßen betroffen anblickten. »Aber ich konnte nichts machen, es ging alles schief, was nur eben schiefgehen konnte.«

»Die Sterne«, grinste Abram und hob ergeben die Hände zum Himmel.

»Wenn der Kleine mal der Einzige ist, der dich hasst, Herr Rüdiger«, meinte dagegen Hansi und wies mit dem Kinn auf Roland von Ornemünde. Der Ritter hatte dem Kampf zugesehen und fixierte nun Rüdiger mit blanker Wut. »Dem hast schließlich auch die Pläne vermasselt.«

Rüdiger nickte ergeben. »Tja«, sagte er. »Und ich werde es gleich noch einmal tun. Mein nächster Gegner ist Rungholt von Bayern. Den hab ich schon dreimal vom Pferd geholt. Aber heute wird er zum ersten Mal das Glück haben, mich zu besiegen ... Dies Turnier ist zu Ende, Freunde. Ich geh nicht das Risiko ein, mich mit Roland zu schlagen. Aber das nächste Mal kommt er mir nicht davon. Das nächste Mal treffen wir den Kerl in offener Feldschlacht! Vor seiner eigenen Burg!«

Sophia hatte den Kampf ihres Ritters atemlos verfolgt, ohne jedoch mit einem schlechten Ausgang zu rechnen. Das Mädchen hatte sich nie für Ritterspiele begeistert, es konnte nicht beurteilen, welcher Ritter gut, welcher schlecht, welcher glückbegünstigt und welcher routiniert kämpfte. Dietmar hatte sie bis jetzt für unbesiegbar gehalten und erschrak deshalb zu Tode, als er vom Pferd stürzte. Beinahe hätte sie aufgeschrien, sie konnte sich gerade noch beherrschen. Ihre Mutter schenkte ihr nicht viel Aufmerksamkeit, aber ein Schreckensruf wäre ihr denn doch nicht entgangen. Es reichte schon, dass die Herrin Ayesha Mariam die Stirn runzelte, als sich Sophias Hände im Stoff ihres Mantels verkrampften. Die Maurin schien etwas zu ahnen – ob sie wirklich das Schicksal der Menschen in den Sternen lesen konnte? Die Nonnen im Kloster hatten gesagt, das sei unmöglich ...

Sophia sah jetzt beruhigt, wie kraftvoll Dietmar mit dem Schwert auf Rüdiger einhieb, nachdem er sich wieder aufgerafft hatte, aber dann schrie sie doch auf, als sie ihn fallen sah.

Luitgart wandte ihrer Tochter einen umflorten Blick zu. Sie sah sie schon wieder durch einen Schleier von heißem Würzwein.

»Ist was, Kind?«

Sophia starrte entsetzt auf das Geschehen unterhalb des Podiums. Der Ritter, der zum Sieger des Treffens erklärt wurde, aber noch einmal das Visier seines gefallenen Gegners hob, bevor er vor den König trat ... Dietmars blutüberströmtes Gesicht ...

»Nein ... ich ... doch ... ich ... Ich fühle mich nicht gut, Mutter.« Sophia sprang auf.

Sie wusste, dass es unhöflich war, ohne Entschuldigung zu gehen, aber sie schaffte es einfach nicht, sich jetzt noch ein paar artige Worte an die Königin abzuringen. Schreckensbleich verfolgte sie, wie man Dietmar auf eine Trage hob. Aber er war doch nicht tot? Er durfte nicht tot sein ...

Sophia stürmte an der verblüfften Königin und ihrem Hofstaat vorbei. Sie meinte, die Welt nur noch durch einen Nebelschleier wahrzunehmen. Aber sie musste jetzt stark sein, sie musste zu ihm, sie musste ... Wo um Himmels willen brachte man verletzte Ritter hin? Wer behandelte sie? Und wenn er starb ...

Sophia taumelte in Richtung der Ställe.

»Sophia, Mädchen, nun wartet doch!« Die Stimme der Maurin durchbrach ihre rasenden Überlegungen. »Wo willst du denn hin? Ist dir schlecht geworden?«

Sophia schüttelte wild den Kopf. Miriam sah, dass sie ihren Mantel trug, aber den Schleier nicht über das Haar gezogen hatte. Dabei tat sie das sonst immer, wenn sie die Loge des Königs verließ. Nach wie vor fürchtete die kleine Ornemünde nichts mehr, als aufzufallen, aber jetzt war sie völlig außer sich. Abram musste Recht haben. Sophia hatte ihren Ritter bereits getroffen – und sie empfand mehr für ihn als kindliche Schwärmerei.

»Ich muss zu ihm«, flüsterte sie jetzt. »Zu Dietmar... wenn er stirbt...«

Miriam schüttelte den Kopf. »Ach was, Kind, er stirbt nicht. Rüdiger ist sein Oheim. Der wäre nicht so gelassen vor den König getreten, wenn dem jungen Mann ernstlich was passiert wäre. Vergewissert hat er sich ja noch.«

»Aber das Blut...«, stammelte Sophia. »Er hat geblutet...«

Miriam seufzte. Es war zweifellos nicht ratsam, Sophia jetzt zu Dietmar zu bringen. Wenn ihrem Vater zu Ohren kam, dass der Lauensteiner ihr den Hof machte und sie sich auch noch kompromittierte, indem sie ihn am Krankenlager aufsuchte...

Aber andererseits – wenn der Ornemünder sie in diesem Zustand antraf, würde er auch Lunte riechen. Und Sophia redete ihren kleinen Ritter womöglich noch um Kopf und Kragen, indem sie ihrem Vater ihre Liebe gestand!

Miriam rieb sich die Stirn. »Also schön, Kleines, wir gehen ihn suchen. Aber zieht den Schleier ganz über den Kopf, damit Euch um Himmels willen keiner erkennt. Vor allem Euer Vater nicht. Der darf auf keinen Fall wissen, was Ihr für Herrn Dietmar fühlt.«

Sophia sah Miriam mit großen Augen an. »Aber warum

denn nicht? Natürlich nicht gleich, ich ... ich durfte den Ritter natürlich nicht heimlich sehen. Aber wenn Herr Dietmar ganz offen um mich wirbt ...«

Miriam seufzte wieder. So weit war es also schon. »Eben habt Ihr noch befürchtet, er könnte sterben«, bemerkte sie. »Jetzt macht schnell, ich sehe Euren Vater auf dem Abreiteplatz. Solange der beschäftigt ist, könnt Ihr nach Eurem Ritter schauen. Der ganz sicher noch am Leben ist ...«

Rüdiger hatte keine Eile, sich über Dietmars Zustand zu vergewissern. Er befragte nur kurz einen der Bader, die sich um die verletzten Ritter kümmerten, und hörte, dass sein Neffe wohlauf war. Dann sah er zu, wie Roland von Ornemünde einen weiteren Gegner in Grund und Boden schlug. Der Ritter stand nach dem Schwertkampf nicht mehr auf, und er schien ernster verletzt als Dietmar.

Rüdiger ritt in seinen nächsten Kampf und unterlag wie geplant dem jungen Rungholt von Bayern, der sich darüber unbändig freute – auch wenn er seinem Gegner natürlich ritterlich höflich aufhalf. Und schließlich gab es gar keine Verrichtung mehr, die Rüdiger vorschieben konnte. Er musste sich Dietmars Vorwürfen stellen. Nachdem Hansi ihm aus der Rüstung geholfen hatte, begab er sich in das Zelt der Bader.

Zu seiner Verwunderung hörte er helles Lachen hinter einem der Vorhänge, die schwerer Verletzte von denen, die kleinere Blessuren behandeln ließen, abschirmten. Die Männer blickten Rüdiger feixend an.

»Geht ruhig rein, Herr Rüdiger, dem jungen Mann fehlt nichts«, brummte einer der Bader. Er verließ eben mit blutigen Verbänden in der Hand eins der anderen Abteile, aus dem eher Stöhnen als Lachen drang. Das Opfer des Roland von Ornemünde. »Im Gegensatz zu dem hier, dem hat's ein Auge rausgeschlagen. Aber Euren Neffen hab ich nur separiert, damit er Ruhe hat mit seiner Dame. Das Fräulein war ja völlig aufgelöst, und da meinte die Herrin...« Er wies vielsagend auf Miriam, die Rüdiger erst jetzt bemerkte. Tief verschleiert bewachte sie den Eingang zu Dietmars provisorischem Krankenzimmer.

»Mi... Herrin Ayesha! Was... was führt Euch...« Rüdiger runzelte die Stirn.

Miriam zuckte die Schultern. »Alles andere, als das Mädchen zu ihm zu lassen, erschien mir noch gewagter. Aber die gute Nachricht: Er ist Euch nicht böse.«

Bereitwillig hob sie den Vorhang für Rüdiger und eröffnete ihm damit das Blickfeld auf Dietmar und seine Dame. Die beiden saßen nebeneinander auf dem Bett – viel traulicher, als das in diesem Stadium des Minnedienstes eigentlich sein sollte. Aber Rüdiger konnte ohnehin kaum an Minneherrin und Ritter denken, sondern eher an zwei glückliche Kinder. Dietmar wirkte zwar noch ein wenig angeschlagen – sein Kopf war verbunden, und in seinem blonden Haar klebte Blut, außerdem hielt er den verletzten Arm in einer Schlinge – das Mädchen wirkte jedoch umso gesünder und frischer mit seinem hellen Teint und den vor Aufregung und Seligkeit rosa angehauchten Wangen, den leuchtenden waldgrünen Augen und dem offenen goldblonden Haar, das es nun, da ein fremder Ritter eintrat, wie einen Vorhang über sein Gesicht fallen ließ.

»Oheim!« Dietmar strahlte Rüdiger an. »Eigentlich sollte ich dir ja böse sein! Du hast mich in meiner Ritterehre gekränkt, ich...«

Rüdiger verdrehte die Augen. »Du hast einen Turnierkampf verloren, Dietmar. Wenn das deine Ritterehre schon ankratzt, dann kann es damit nicht weit her sein. Und willst du mich nicht vorstellen?« Er verbeugte sich. »Edle Dame...«

»Das ist Sophia!«, erklärte Dietmar ohne größere Förmlichkeiten. »Und ich habe ihr alles erzählt. Von Lauenstein und dem Erbe. Und wir sind uns einig!«

»Einig?«, fragte Rüdiger entsetzt.

Dietmar und Sophia nickten gleichermaßen.

»Wir gehören zusammen!«, sagte das junge Mädchen im Brustton der Überzeugung. Es hatte eine sanfte, singende Stimme – Rüdiger konnte verstehen, dass es Dietmar faszinierte. »Meine Eltern müssen das einsehen. Das ist doch ein Zeichen, eine göttliche Fügung! Dietmar und Sophia von Ornemünde zu Lauenstein.«

Dietmar nickte. »Schau, ich habe ihr das Medaillon geschenkt!«, erklärte er wichtig. »Stellvertretend für meine Mutter. Auch sie wird Sophia lieben.«

Rüdiger verschlug es die Sprache. Das Medaillon war ein Geschenk der Königin Eleonore für Gerlin gewesen. Sie hatte es stets in Ehren gehalten und bei seiner Schwertleite an Dietmar weitergegeben. Zunächst als Glücksbringer, aber irgendwann sollte es dann der Frau seines Herzens gehören. Und nun lag es in der Hand der Tochter des Usurpators!

Miriam legte Rüdiger die Hand auf den Arm, bevor er auffahren konnte. »Es stand wohl so in den Sternen«, bemerkte sie. »Und nun kommt, lasst uns die beiden hier hinausschaffen. Schimpft nicht mit Dietmar, damit erreicht Ihr vorerst gar nichts. Und das Mädchen überlasst mir, ich werde ihm schon ausreden, gleich zu seinen Eltern zu rennen und von göttlicher Fügung zu reden. Aber jetzt müssen die zwei erst mal weg hier. Nicht auszudenken, wenn der Ornemünder vorbeischaut, um nach dem Ritter zu sehen, den er da vorhin zum Krüppel geschlagen hat!«

Kapitel 8

Roland von Ornemünde gewann auch an diesem Tag all seine Kämpfe – seine Auszeichnung und Berufung an die Tafel des Königs konnte der Bischof jedoch gerade noch abwenden. Es hätte nicht sein müssen, seine Gegner so schwer zu verwunden, argumentierte er vor der Runde der Herolde, die über die Tagessieger entschieden. Neben dem Ritter mit dem ausgeschlagenen Auge hatte sich ein anderer beim Sturz vom Pferd lebensgefährlich verletzt. Gut, Letzteres konnte Zufall gewesen sein, aber Siegfried von Eppstein argumentierte, dass ein so erfahrener Ritter wie Roland seine Stöße einschätzen könne. Es war überflüssig, im Turnier wie ein Berserker auf seine Gegner einzuschlagen.

Roland sah das selbstverständlich völlig anders und brauchte an diesem Abend mehr Wein als üblich, um über die erneute Enttäuschung hinwegzukommen. Raymond de Toulouse hörte ihm bereitwillig und geduldig zu.

»Auf Dauer wirst du diesen Herrn Dietmar fordern müssen«, meinte er schließlich. »Solange der lebt, werden sie dich nie als Burgherrn anerkennen. Und solange du die Burg ohne wirkliche Legitimation besetzt hältst, bleibst du verfemt.«

Roland nickte, hob aber gleichzeitig resigniert die Schultern. »Aber wenn ich den Ritter ohne Grund fordere, bleibe ich auch verfemt«, bemerkte er. »Solange er mich nicht beleidigt oder sonst was, kann ich nichts machen. Und was das angeht: Entweder ist er genauso ein Schaf wie sein Vater, oder er hat hervorragende Berater. Dieser Rüdiger von Falkenberg weicht ihm ja kaum von der Seite. Und der Bischof scheint auch alles zu tun, ihn von mir fernzuhalten. Wenn sich da bis übermorgen nichts tut, sind die Krönungsfeierlichkeiten vorbei. Nach wie vor gibt es keinen Hof, der meine Tochter zur Erziehung aufnimmt, und Luitgart hat die Nähe zur Königin auch nicht genutzt. Wieder hat sich nichts zum Besseren gefügt ...«

Der Graf von Toulouse zuckte die Achseln und schenkte seinem Freund nach. »Aber auch nichts zum Schlechteren«, tröstete er. »Außerdem hast du Zeit. Der Buhurt steht noch an. Wenn der Knabe in der Gruppe gegen dich kämpft, kann immer noch ein Unfall passieren ...«

Der Buhurt, die nachgestellte Feldschlacht, bildete traditionell den Abschluss eines Turniers. Die teilnehmenden Ritter standen sich hier in zwei Heeren gegenüber, und die Kämpfe arteten oft in unübersichtliches wildes Gerangel aus. Aber Roland von Ornemünde machte sich keine Illusionen: Rüdiger von Falkenberg würde alles daransetzen, Dietmar von diesem Kampf fernzuhalten. Und falls das nicht gelang, so müsste Roland erst mal an ihm vorbei.

»Und was das Mädchen angeht«, sprach der Graf weiter. »So nehme ich es gern an meinen Hof. Ist ja ein hübsches, minnigliches Geschöpf, meine Gattin dürfte nichts dagegen haben.«

Roland sah seinen Freund ungläubig an. »Das würdest du tun?«, fragte er. »Ohne ... ohne Gegenleistung? Von mir oder von ... ihr?« Die Blicke, die Raymond dem »hübschen minniglichen Geschöpf« schenkte, waren ihm nicht entgangen.

Raymond wehrte mit einer Handbewegung ab. »Natürlich, mein Freund! Was denkst du? Als ob ich dein Töchterchen anrühren würde. Nein, nein, die kommt unbefleckt in Toulouse an, darauf geb ich dir mein Wort. Was da allerdings passiert ... meine Gattin führt einen Minnehof. Der Palast ist voll von heißblütigen jungen Rittern.«

Roland schüttelte sorglos den Kopf. »Ach, Sophia ist nicht so heißblütig. Die hat noch nie einen Jüngling angeguckt. Und was die Ritter angeht: Die wirst du doch wohl anderweitig beschäftigen können. Auf wessen Seite kämpfst du denn nun in diesem seltsamen Krieg gegen die Albigenser, den der Papst zum Kreuzzug erklärt hat?«

Während Roland und der Graf zechten, machte sich Dietmar erneut zu Sophias Herberge auf. Der junge Ritter ließ es sich nicht nehmen, ihr sein selbst geschriebenes Lied vorzutragen. Sophia empfand es erwartungsgemäß als Krönung der Kunst jeglicher lebender und verstorbener Troubadoure und sparte nicht an Schmeicheleien. Ihre unverhohlene Tändelei sollte sich allerdings dieses Mal rächen. Die jungen Liebenden blieben nicht unbemerkt – der Wirt der Schenke und die anderen Ritter in der Herberge wurden aufmerksam.

Nun hätten sie alle wenig Interesse daran gehabt, Minnedame und -herrn zu verraten. Im Gegenteil, die an Minnehöfen erzogenen jungen Herren fanden Dietmars Tun höchst romantisch und eines Großen Liebenden würdig. Wenn seine Sangeskunst ihren Schlaf störte, so nahmen sie das gutmütig hin. Traditionell erzogene Draufgänger kümmerten sich gar nicht um das einander umwerbende Pärchen – allenfalls drohten sie, ihren Nachttopf über dem unbegabten Sänger auszuleeren, sollte der es mit einem weiteren Lied versuchen. Dem Wirt der Schenke ging es ähnlich, aber immerhin befand er, dass seine Freudenmädchen an diesem Abend mehr Enthusiasmus für ihr Gewerbe aufbrachten als sonst, da der junge Ritter auch an ihr Herz rührte. Und Luitgart von Ornemünde, die das Ganze am ehesten anging, schlief einen weinseligen Schlaf.

So wäre wahrscheinlich nichts geschehen, hätte Roland von Ornemünde am nächsten Nachmittag nicht ausgerechnet einem der Fahrenden Ritter gegenübergestanden, der in der Nacht in jener Schenke gezecht hatte. Der Ornemünder hatte es tatsächlich geschafft, unter die letzten beiden Kämpfer in diesem Turnier zu kommen – und schlug sich nun für seine Ehre, während der andere Streiter hoffte, als Turniersieger vielleicht in das Heer des Königs oder doch zumindest auf der Burg eines der anderen hochrangigen Zuschauer aufgenommen zu werden. Auf jeden Fall winkte ihm ein wertvoller Preis, den er als Fahrender dringend brauchte. Beide Ritter vergaben sich also nichts. Sie schlugen mit der Wucht von Riesen mit ihren Holzschwertern aufeinander ein, nachdem der Tjost schon unentschieden ausgegangen war. Dabei tauschten sie lauthals Schmähungen – auch dies nichts Ungewöhnliches. Aber dann wäre es Herrn Kunibert von Worms tatsächlich fast gelungen, Roland von Ornemünde mit Worten aus dem Konzept zu bringen!

»Bevor Ihr meint, Euch mit Männern schlagen zu können, solltet Ihr erst mal Eure Tochter zur Räson bringen!«, höhnte der Ritter.

Roland ließ einen Herzschlag lang seinen Schild sinken, parierte aber nichtsdestotrotz Kuniberts direkt erfolgten Angriff.

»Was wisst Ihr von meiner Tochter?«, schleuderte er ihm entgegen. »Wagt es und zweifelt ihre Tugend an, dann treffen wir uns morgen mit scharfen Waffen!« Sein Schwert traf wuchtig den Schild des Gegners. Kunibert versuchte es mit einem Schlag von unten.

»Über die Unberührtheit des Körpers Eurer Tochter kann

ich nichts sagen«, grinste er dabei. »Aber an ihr Herz hat der Knabe zweifellos gerührt, der gestern vor Eurer Herberge schaurige Verse grölte.«

»Das denkt Ihr Euch aus!«, brüllte Roland und wehrte Kuniberts Schwert erneut ab.

Kunibert lachte. »Nein, Herr Ritter, derart furchtbar würde ich niemals dichten! Und einen so grauslichen Troubadour könnte ich mir auch nicht ausdenken. Aber von schönem Wuchs war er wohl, der Knabe, und Eure Tochter sprach gar minniglich mit ihm. Fragt den Wirt der Schenke, wenn Ihr mir nicht glaubt!«

»Das werde ich!«, schleuderte ihm Roland entgegen und griff mit neuer Kraft an. »Sobald ich hier mit Euch fertig bin!«

Weitere Worte wurden nicht gewechselt, beide Ritter brauchten ihren Atem jetzt zum Kämpfen. Im Nachhinein erwies sich Herrn Kuniberts Enthüllung als von Nachteil für den Ritter. Roland war jetzt voller Zorn – nicht nur sein direkter Feind, sondern auch seine Tochter bot ihm die Zielscheibe. Aber bevor er sich Sophia widmen konnte, musste er Kunibert erledigen – und da kannte er keine Gnade. Wenige Schwertschläge später lag sein Gegner geschlagen am Boden und ergab sich sofort, um ja keine weiteren Hiebe zu riskieren wie zwei Tage zuvor der halb erblindete Ritter.

»Herr Roland von Ornemünde wird zum Sieger dieses Treffens erklärt!«, verkündete der Herold.

Roland trat, immer noch rasend vor Wut, vor den Ehrenbaldachin. Er musste sich zwingen zu lächeln, als die Königin ihn huldvoll ehrte, indem sie ihm eine Goldkette um den Hals legte. Auch Luitgarts Kuss nahm er stoisch hin, sowie die anerkennenden Worte des Königs. Zweifellos würde man ihn gleich zum Gesamtsieger des Turniers erklären und an die

Tafel des Monarchen laden – jetzt gab es nichts mehr, was der Bischof einwenden könnte.

Aber Roland hatte zunächst noch etwas anderes zu tun.

»Sophia!«, zischte er, »Sophia und Luitgart! Ich will euch beide sprechen!«

»Es ist nicht so, wie du glaubst, Vater!«, verteidigte sich Sophia mit sanfter Stimme und leuchtenden Augen.

Sie hatte das Stelldichein mit dem Ritter vor der Herberge sofort eingestanden, nachdem sie ihren Eltern in eine verlassene Ecke hinter den Ställen gefolgt war. Allerdings rümpfte sie die Nase – der Platz diente als Abtritt für die Ritter, und es stank nach ihren Ausscheidungen. Auch Luitgart hob angewidert die Röcke. Nicht der ideale Platz für eine Aussprache, aber Roland war zu erregt gewesen, um die Frauen in die Herberge zu zitieren.

»Ach ja?«, schnaubte Roland. »Was kann ich denn da missverstehen? Du hast mit einem Ritter getändelt, der sich erdreistete, vor deinem Quartier auf der Straße Artigkeiten mit dir zu tauschen. Auf solche Kerle pisst man, Sophia, da antwortet man nicht!«

»Vater!« Sophia errötete ob seiner derben Ausdrucksweise. »Die Worte und Taten des Herrn Dietmar sind über jeden Zweifel erhaben! Wir ... wir sind einander in reiner Liebe zugetan. Wir werden ...«

»Wie heißt der Kerl?« Roland fuhr auf.

Sophia straffte sich. »Dietmar von Ornemünde, Sohn des Dietrich von Ornemünde zu Lauenstein. Siehst du nun, dass es eine Fügung ist, Vater? Siehst du nun, dass es Gottes Wille ist, unsere Familie wieder zu einen? Dass Dietmar und ich dafür bestimmt sind, über Lauenstein zu herrschen?«

Sie brach ab, als ihr Vater nach dem ersten Erstaunen in lautes Gelächter ausbrach.

»Eine Fügung, Sophia! Luitgart, eine Fügung! So kann man's tatsächlich ausdrücken! Da schleiche ich seit Tagen um den Kerl herum, und er gibt sich keine Blöße. Aber nun! Der Mann hat mich hintergangen, meine Tochter entehrt . . . mehr als gute Gründe für eine Fehde!« Der Ornemünder zog seinen Handschuh schon einmal aus. »Geh jetzt in die Kirche, Sophia, und bereu deine Sünden, oder bete für deinen Liebsten, oder tu sonst was, das ein Mädchen in so einem Fall tut. Und du, Luitgart, passt auf sie auf. Wir sprechen noch über deine Pflichtvergessenheit als ihre Mutter! Ich gehe jetzt und fordere Dietmar von Lauenstein! Da kann nicht mal der Bischof etwas einwenden! In ein paar Stunden wird Lauenstein mit gehören. Mir und nur mir!«

Roland nahm sich gerade noch Zeit, sein Schwert aus den Ställen zu holen – seinem nächsten Gegner würde er schließlich mit scharfen Waffen gegenüberstehen –, dann rannte er aus dem Stallzelt hinaus auf den Turnierplatz, wo sich die Ritter eben sammelten. Die Herolde hatten ihre Besprechung beendet. Die Sieger des Turniers und die Tagessieger standen endgültig fest.

Roland achtete nicht auf sie. »Wo ist Dietmar von Ornemünde?«, wandte er sich streng an den ersten französischen Ritter, der ihm entgegenkam, einer der Herolde und Preisrichter.

Der Mann zuckte die Achseln. »Das weiß ich nicht. Aber wir suchen Euch, Herr Roland. Der König steht bereit, die Turniersieger zu ehren, Ihr werdet an diesem Abend an seiner Seite sitzen. Kommt jetzt, es gibt vieles vorzubereiten. Ihr müsst Euch auch angemessen kleiden ... Vergesst erst mal den Herrn Dietmar, was immer es zu besprechen gibt.«

Roland konnte sich der Ehrung durch den König nicht entziehen. Widerwillig ließ er sich im Triumphzug über den Platz führen. Der Kampf würde warten müssen. Wenn dieser Dietmar nur nicht Lunte roch ...

»Ihr müsst verschwinden, und das schnell!«

Miriam von Wien war seit Langem geübt darin, aus dem Verhalten von Menschen Schlüsse zu ziehen. Und diese Wut Rolands im Anschluss an seinen letzten Kampf, sein Beharren auf ein Gespräch mit seiner Familie statt seinen Sieg über den letzten Gegner auszukosten, das alles verhieß nichts Gutes. Miriam entschuldigte sich also so rasch es möglich war, nachdem Sophia und Luitgart gegangen waren. Das war nicht schwierig, begab sich der Hof jetzt doch ohnehin in eines der durch Kohlebecken geheizten Zelte, in denen Erfrischungen gereicht wurden.

Die Sterndeuterin überlegte kurz, ob sie Roland, Sophia und Luitgart suchen sollte, aber das erschien ihr nicht sehr erfolgversprechend. Es war besser, Dietmar und Rüdiger zu warnen. Wenn es sich dann als falscher Alarm erwies – umso besser. Sie fand die Ritter an einer der Garküchen, wo sie auf die Entscheidung des Herolds warteten. Die beiden trugen keine Rüstung, sondern die Festkleidung der Eskorte des Prinzen. Schließlich kämpften sie an diesem Tag nicht mehr. Dietmar, der noch eine Schlinge trug, um Arm und Schulter zu schonen, hatte jetzt auch eine gute Entschuldigung für den Buhurt am nächsten Tag.

»Dem Ornemünder ist irgendwas zu Ohren gekommen«, erklärte Miriam den beiden hastig. »Er stellt Sophia gerade zur

Rede. Und wie ich sie kenne, wird sie ihm mit glühendem Blick von der göttlichen Fügung erzählen, die das Geschlecht derer von Ornemünde wieder in Liebe zusammenführt – oder etwas in der Art. Ihr solltet das Weite suchen, und das schnell!«

Rüdiger nickte alarmiert, aber Dietmar straffte sich.

»Dann soll es wohl so sein«, sagte er ruhig. »Wir werden uns meinem Verwandten entgegenstellen. Er muss akzeptieren ...«

»Wir?«, höhnte Rüdiger. »Deine Sophia wird er kaum in die Forderung mit einbeziehen. Himmel, Dietmar, wenn sie wirklich gestanden hat, mit dir zu tändeln, dann hat er einen veritablen Grund, dir den Fehdehandschuh hinzuwerfen! Hier vor König und Volk, da braucht er gar keine Finten! Und du kannst nicht gewinnen, du ...«

»Mich erfüllt die Kraft der Hohen Minne«, sagte Dietmar würdevoll.

»Das ist nicht komisch!«, brüllte Rüdiger.

»Dietmar, Ihr müsst ... Ihr müsst fort!«

Die Ritter, die sich um die Garküche gruppiert hatten, machten verwundert Platz für das junge Mädchen, das eben mit wehendem Haar und offenem Mantel auf Dietmar und Rüdiger zugelaufen kam. Sophia von Ornemünde hatte Schleier und Schepel verloren, in ihren aufwändigen seidenen Schnabelschuhen war sie gänzlich undamenhaft vom Dom zum Turnierplatz gerannt. Wer auch immer sie sah, musste einen fürchterlichen Eindruck von ihr bekommen. Sie war ihrer Mutter entflohen, als diese im Dom mit zittrigen Fingern eine Kerze entzündete, und was ihr Vater später mit ihr tun würde, war ihr gänzlich gleichgültig. Es war nur wichtig, Dietmar zu erreichen, bevor Rolands Fehdehandschuh vor ihm in den Staub fiel.

Sophia schaffte es gerade noch, genug Haltung zu bewahren, um ihm nicht um den Hals zu fallen. »Dietmar, Gott sei Dank, ich bin rechtzeitig gekommen. Ihr ... Ihr müsst fliehen, Dietmar, mein Vater sucht Euch. Er will Euch fordern und...«

»Dann werde ich kämpfen wie ein Mann!«, gab der junge Lauensteiner gelassen zurück. Das Mädchen musste an sein Herz rühren, aber jetzt war er ganz Ritter, ganz Kämpfer, Verteidiger seiner und ihrer Ehre. »Auf keinen Fall werde ich feige fliehen! Ich werde für Euch und für Lauenstein in die Schranken reiten, ich...«

»Du wirst in einer eiligen Angelegenheit des Prinzen sofort nach Paris aufbrechen«, unterbrach ihn Rüdiger. »Während Ihr, Herrin... Ihr seid zweifellos nicht bei Euch, irgendetwas muss Euch erschreckt haben. Ein... langer Tag auf dem Turnierplatz... die Kämpfe der Ritter, das... Blut...« An diesem Tag war gar keins geflossen, aber etwas anderes fiel Rüdiger nicht ein. »Das ist zu viel für eine zarte Seele wie Euch, meine Dame. Bitte erlaubt der Herrin Mi... Ayesha, Euch in eines der Zelte zu begleiten, wo Ihr Euch beruhigen und erfrischen könnt.«

»Ich muss mich nicht erfrischen!«, rief Sophia.

»Ich werde mich nicht unmännlich davonschleichen!«, erklärte Dietmar.

Aber dann straffte Sophia sich. Sie schien endlich zu begreifen, dass Dietmar zwar sicher ritterlich handelte, aber damit sein Todesurteil unterschrieb. Entschlossen baute sie sich mit blitzenden Augen vor ihm auf und versuchte, Zorn zu empfinden.

»Ihr werdet Euch dem Willen Eurer Dame unterwerfen!«, sagte sie mit schneidender Stimme. »Im Namen der Hohen Minne fordere ich von Euch den Verzicht auf den Kampf. Ich... ich fordere die ritterliche Tugend der... der Demut... so... so wie einstmals die Herrin Guinevere sie von Lancelot forderte, ich...«

Rüdiger griff sich wieder einmal an die Stirn. Die beiden erinnerten ihn an aufgebrachte Kinder. Inzwischen hatte die Gruppe natürlich die Aufmerksamkeit der halben Ritterschaft. Und es war zweifellos das Beste, das Spiel mitzuspielen, sosehr ihm diese höfische Tändelei auch auf die Nerven ging.

»Du hörst es, Dietmar!«, bemerkte er streng – und versuchte, sich an passende Stellen aus der Artussage zu erinnern. »Deine Dame fordert das höchste Opfer von dir. Maßhalten, Zurückhaltung ... um ihrer Liebe willen. Wirst du dich ihr unterwerfen?«

Ein paar Herzschläge lang herrschte Stille. Dann senkte Dietmar den Kopf und ließ sich vor Sophia auf ein Knie nieder.

»Euch, meine Dame, gehört mein Leben und meine Ehre!«, sagte er dann. »Ich bin Euer Diener. Was befehlt Ihr mir?«

Eine halbe Stunde später ritten Rüdiger, Hansi und der gedemütigt wirkende Dietmar nach Süden. Der Prinz hatte die Dringlichkeit der Lage sofort eingesehen und die Ritter mit einer wichtigen Nachricht für seinen Vater auf die Reise geschickt. Der Ornemünder teilte derweil die Tafel des Königs. Er war nicht dazu gekommen, irgendjemanden zu fordern – aber am Abend nach dem Bankett sangen die Troubadoure die ersten Loblieder auf den jungen Ritter des Königs, der seine Liebe über seine Ehre stellte. Sophia lauschte ihnen mit glühenden Wangen – nicht vorbereitet auf die Ohrfeige, die sie empfing, sobald sie nach dem Bankett mit ihren Eltern allein war.

»Du hast mich entehrt, du hast das Haus Ornemünde zu Lauenstein zum Gespött der Leute gemacht! Aber du wirst nicht mit uns zurück auf die Burg kommen und da dem

Angriff deines Galans entgegenschmachten!« Roland stieß seine Tochter wütend Richtung Herberge vor sich her. »Raymond de Toulouse wird morgen in seine Ländereien aufbrechen. Und du wirst ihn begleiten. Zur Erziehung am Hof der Gräfin ... Da bringt man dir hoffentlich Manieren bei!«

GETRENNTE WEGE

*Montalban – Loches – Bouvines – Toulouse
Winter 1213 bis Sommer 1214*

Kapitel 1

Und ob du gehst! Sosehr ich dein Engagement schätze, Geneviève, und sosehr mir unser Glauben am Herzen liegt. Aber du bist noch keine Parfaite!«

Geneviève de Montalban warf so stürmisch und ärgerlich ihr Haar zurück, wie es ihr fast schon geistlicher Stand eigentlich gar nicht erlaubte. Aber was ihr Vater da von ihr verlangte, war ungeheuerlich. Zumindest für eine Albigenserin, die das Consolamentum anstrebte. Die ersten Schritte dazu hatte Geneviève bereits gemacht. Sie durfte das Vaterunser beten, besaß ein eigenes Exemplar des Johannesevangeliums und lebte längst nach den strengen Regeln der Vollkommenen, der Elite ihrer Glaubensgemeinschaft.

»Ich gehe nicht, Vater! Nicht an diesen verderbten Hof, der die fleischliche Liebe anbetet! An dem Völlerei und Ehebruch an der Tagesordnung sind! Allein dieser Graf Raymond. Die sechste Ehefrau! Und nun soll ich . . .«

Pierre de Montalban hob die Hände, als bete er um Geduld. »Du sollst ja nicht gleich seine siebte werden«, erklärte er seiner Tochter.

Er zweifelte allerdings nicht daran, dass Genevièves Schönheit den Grafen in Versuchung führen würde. Womöglich war der Ruf an den Hof von Toulouse sogar aus eben diesem Grund erfolgt. Pierre de Montalban hatte da seine Vermutungen. Geneviève war äußerst fromm und tugendhaft – aber ihr Anblick konnte einem Mann den Verstand rauben, und ihre Ausstrahlung war zweifellos sinnlich. Der Burgvogt schüttelte den Kopf und schalt sich selbst seiner Gedanken wegen. Auch er sollte versuchen, der Vollkommenheit wenigsten ein bisschen näher zu kommen – und dazu gehörte es, die Schönheit einer Frau möglichst gar nicht erst wahrzunehmen. Nun bewunderte er seine Tochter natürlich in aller Unschuld, aber beim Anblick ihres tiefdunklen lockigen Haars, ihrer kohlschwarzen Augen, hinter denen ein Feuer zu lodern schien, und ihres reinen, hellen Teints dachte er doch an seine verstorbene Frau. Mit der ihn weit mehr als keusche Zuneigung verbunden hatte ...

Aber das musste er nun wirklich vergessen. Geneviève brauchte seine gesamte Aufmerksamkeit, sonst würde sie seinen Wünschen nie entsprechen. So gelassen, wie es ihm nur möglich war, stellte er zwei Becher auf den schlichten, hölzernen Tisch seiner Wachstube im Turm der Burg. Er griff nach einem Weinkrug, überlegte es sich dann aber anders und füllte beide Becher mit Wasser. Schließlich bestand kein Grund, Geneviève durch das Angebot berauschender Getränke noch weiter zu erzürnen.

»Es geht nur darum, eine Zeitlang bei Hofe zu leben«, setzte er erneut an. »Und es ist nicht nur mein Wunsch, Geneviève. Der Bischof selbst befürwortet es. Flambert und du, Geneviève, ihr geht nicht nur als Vertreter von Montalban, sondern auch als solche der Gemeinde.«

»Aber ich verstehe nicht, warum, Vater!«, meinte Geneviève nun ruhiger. »Ich bin eine Initiierte. Ich werde Parfaite sein – du wirst mich also ohnehin nicht verheiraten. Wozu also die Erziehung am Hofe des Grafen? Ich bin längst erzogen, Vater, ich bin ...«

Pierre de Montalban wehrte zum wiederholten Mal ab. Das Letzte, was er brauchte, war ein weiterer Vortrag über Genevièves Berufung, die er natürlich anerkannte. Wenngleich es schade um sie war. Erneut verbot sich der Burgvogt sündige Gedanken. Wenn Geneviève anstrebte, ihre Seele schon früh zu retten, dann hatte er das nicht zu bedauern.

»Kind, das weiß ich alles. Aber es ist nun mal eine Einladung erfolgt. Der Graf will Amis de Dieu an seinem Hof ...« Amis de Dieu, Freunde Gottes, oder Bonhommes, gute Menschen, waren die Bezeichnungen, welche die Albigenser sich selbst gaben. »Und das ist erfreulich. Vielleicht wird er sich ja bald zu unserem Glauben bekennen.«

»Graf Raymond?« Geneviève lachte bitter auf. »Das glaubst du doch selbst nicht! Der brauchte einen eigenen Priester für all die Sünden, die er ständig begeht! Und die Gräfin desgleichen mit ihrem Minnehof. Wobei ich noch einsehe, dass er Amis de Dieu unter seinen Rittern haben will. Irgendjemand muss uns ja verteidigen, Streiter aus unseren eigenen Reihen wechseln wenigstens nicht so schnell die Seiten.«

»Und halten vielleicht auch den Grafen davon ab«, seufzte Pierre de Montalban.

Raymond de Toulouses Wankelmütigkeit beunruhigte die Gemeinden seit Beginn des Kreuzzuges. Man ließ sich seine Treue einiges kosten, aber das verlangte den Albigensern keine sonderlichen Mühen ab, die Gemeinden waren reich.

»Obgleich es natürlich Sünde ist, Menschen zu töten. Auch Feinde ...«

Geneviève biss sich auf die Lippen. Mit diesem Dilemma wurde sie schlecht fertig, und es mochte sein, dass sie das Consolamentum auch deshalb noch nicht erhalten hatte. Aber Geneviève war gerade neunzehn Jahre alt. Sie liebte ihren Glauben, und die Entbehrungen, die man ihr auferlegte, nahm sie mit Freuden auf sich. Sie mochte jedoch noch nicht sterben. Der Gedanke, freudig als Märtyrerin ins Feuer zu gehen, wenn man dem Ritter Simon de Montfort und seinen Kreuzfahrern in die Hände fiel, jagte ihr Schauer über den Rücken. Insofern begrüßte sie es auch, dass ihr Vater und seine Ritter im Auftrag des Grafen die Stadt verteidigten. Und dass ihr Bruder nun zur weiteren Ausbildung als Ritter an den Hof von Toulouse wechseln sollte. Auch wenn das zwangsläufig bedeutete, das Handwerk des Tötens zu erlernen. Geneviève spielte mit einer Strähne ihres dunklen Haars. Es war schwer, perfekt zu sein.

»Ich frage mich nur, was ich dabei soll! Ich bin kein minnigliches Mägdelein, das nur darauf brennt, den Troubadouren zu Füßen zu sitzen und die Kunst der höfischen Rede zu erlernen.« Wütend blitzte sie ihren Vater an.

Pierre seufzte. »Kind, so recht weiß ich das auch nicht. Aber der Graf hat dich gesehen, als er die Festung inspiziert hat, und du hast ihm gefallen.«

»Ich habe ihm ... Du willst nicht sagen, du schickst mich wissentlich als seine Hure nach Toulouse?«

Eben hatte noch Wut in Genevièves Augen gestanden, jetzt war es pures Entsetzen.

Pierre de Montalban schüttelte den Kopf. »Natürlich nicht. Der Graf mag sündige Gedanken hegen. Aber er wird dir nichts tun. Während du ... schau, Geneviève, wir begrüßen deine Entsendung an den Hof doch gerade, weil du so mit ganzem Herzen hinter unserem Glauben stehst! Du wirst unerschütterlich treu bleiben – und du magst Einfluss ausüben.«

»Ich soll nicht wirklich die Gräfin bekehren!«, rief Geneviève. »Oder diese ... diese Maurin, von der man spricht. Das ist ungeheuerlich, Vater! Ich dürfte es nicht einmal. Solange ich keine Parfaite bin, darf ich niemanden weihen, und allein als Frau sowieso nicht, ich ...«

»Du kannst aber Augen und Ohren offen halten«, sagte der Burgvogt streng. »Du wirst erfahren, was vorgeht, wie die Stimmung ist. Geneviève, du kannst in dieser Stellung Leben retten!

Wenn alles zusammenbricht, wenn der Graf überläuft – vielleicht können wir wenigstens die Parfaits in Sicherheit bringen.«

»Ihr braucht mich also als Spitzel?«, fragte Geneviève bitter.

»Wenn du es so nennen willst«, antwortete der Burgvogt steif.

Er kämpfte erneut sündige Gedanken nieder. Geneviève hatte den Grafen beeindruckt – er wollte sie an seinem Hof haben, und er würde um sie werben. Nicht gleich als siebte Gattin, aber doch ... Wenn Geneviève es geschickt anstellte, wenn sie sich ihm am Ende gar hingäbe, die Gemeinden könnten mehr als nur ein bisschen Einfluss gewinnen. Aber das konnte er ihr natürlich nicht vorschlagen. Das wäre wirklich ungeheuerlich. Und dennoch – der Burgvogt dachte an all die Bauern und Handwerker, die Händler und Arbeiter, all die Menschen, die höchstens auf ihrem Sterbebett die Weihe zum Parfait erhalten würden. Wenn die Kreuzfahrer des Papstes sie niedermetzelten, so konnten sie niemals erlöst werden. Würde Gott es wirklich verdammen, wenn ein Mädchen seinen Körper einsetzte, um sie zu retten?

»Was auch immer du sagst, Geneviève, ich kann nur wiederholen: Es ist ein Ruf erfolgt. Vom Grafen – und von unserem Bischof. Beide befehlen dich an den Hof. Betrachte es also als deine Pflicht. Gerade als Initiierte und künftige Parfaite. Du hast keusch zu leben, du hast zu fasten, und du hast zu arbeiten! Dazu verpflichtet dich dein Gelübde. Also versieh deinen Dienst als Hofdame der Gräfin in Würde. In ein paar Jahren kannst du dann zurückkommen, und man wird dir das Consolamentum erteilen. Wenn du dich dem Bischof widersetzt, weiht er dich nie!«

Geneviève senkte den Kopf. »Wie du willst, Vater«, gab sie schließlich nach. »Wie Gott will.«

Nach dem Willen ihres Vaters hätte Geneviève jetzt eigentlich ihre Sachen packen müssen. Aber sie war viel zu aufgewühlt, um sich jetzt schon für die Reise zu rüsten. Zumal es ohnehin nicht viel zu tun gab. Genevièves persönliche Habe beschränkte sich auf ein paar schlichte Kleider und Haarreifen, weitgehend von schwarzer Farbe. Als Parfaite gelobte sie Armut – und ihr augenblicklicher Stand als Initiierte sollte sie auf dieses vollkommen gottgeweihte Leben vorbereiten. Freiwillig hielt sie sich jetzt schon an die Regeln, die sie später niemals mehr brechen durfte. Nun aber streifte sie vermeintlich ziellos durch die Festung – um dann doch vor den Räumen des Medikus stehen zu bleiben und zaghaft zu klopfen.

»Herr Gérôme ...«

»Tritt nur ein, Geneviève ... verzeih, dass ich dir nicht öffne, aber ...«

Geneviève wusste Bescheid. Es war ein kalter, regnerischer Tag, und schon gesunde Männer im Alter des Medikus stöhnten über schmerzende Knochen. Gérôme de Paris setzte das Wetter deutlich mehr zu. Wahrscheinlich dankte er seinem Gott, dass er heute wenigstens nicht zu einem Patienten gerufen worden war, sondern den Tag am Feuer seiner Kemenate verbringen konnte.

Da traf Geneviève ihn denn auch an, wie so oft in seinem Lehnstuhl mit einem Buch in der Hand, das lahme Bein auf einem Hocker hochgebettet. Natürlich legte er das Buch gleich beiseite, als das Mädchen eintrat – aber Geneviève hinderte ihn mit einer ablehnenden Handbewegung daran, sich aufzusetzen und damit eine weniger bequemere, dafür majestätischere Haltung einzunehmen. Manchmal benahm er sich wie ein Ritter...

Geneviève lächelte. »Für mich müsst Ihr nicht aufstehen, Herr Gérôme«, sagte sie und verbeugte sich leicht.

Der Medikus lächelte, was seinem hageren, scharf geschnittenen Gesicht sofort einen einnehmenden, vertrauenerweckenden Ausdruck gab. Aufmerksame, grünbraune Augen blickten das Mädchen unter dichten Brauen an, während der Arzt sein volles dunkelbraunes Haar zurückstrich. Er war jünger, als er auf den ersten Blick wirkte.

»Das sagst du so, Geneviève«, sagte er freundlich. »Aber du solltest auf deinen Privilegien bestehen. Schließlich bist du von Adel. Eine Dame ...«

»Ich werde eine Parfaite sein!«, erklärte Geneviève hoheitsvoll. »Das ist sehr viel mehr als ...«

»Umso mehr Achtung wird die Welt dir erweisen müssen«, lächelte der Medikus. »Es wird mir allerdings schwerfallen, zur Begrüßung gleich dreimal das Knie vor dir zu beugen.« Er wies auf sein steifes Bein.

»Auch das müsst Ihr nicht«, meinte Geneviève und zog sich einen Schemel ans Feuer, sodass sie dem Arzt gegenübersitzen konnte. Das Möbel war fein gedrechselt und kam aus maurischen Landen. Überhaupt war die Kemenate des Medikus weit wohnlicher und luxuriöser eingerichtet als die bescheidene Unterkunft von Genevièves Vater. »Das Melioramentum erweisen uns nur Mitglieder unseres eigenen Glaubens.«

Gérôme de Paris gehörte zu Genevièves Leidwesen nicht dazu. Er hatte das auch nie behauptet, wobei dies kein großes Problem darstellte. Hier in Okzitanien lebten die Albigenser mit den Anhängern des Papstes in Frieden. Mitunter brauchten sie die kriegerischeren römischen Christen sogar – oft oblag ihnen die Verteidigung der Städte, und die Bonhommes zahlten nur ihre Waffen und ihren Sold. Es strebten auch nur wenige Albigenser nach Wissen im Bereich der Medizin, schließlich galt der Körper als sündig. So war ein fähiger Arzt wie Herr Gérôme für jeden Ort ein Gewinn.

Geneviève wusste allerdings nicht, wie ihr Vater und der Rest der Garnison auf die Erkenntnis reagiert hätten, dass Gérôme de Paris Jude war. Bislang hatte ihn niemand danach gefragt, auch Geneviève hatte er es nicht von sich aus verraten. Die junge Initiierte schloss darauf nur aus seiner Bildung, seinem Sprachgebrauch und gelegentlichen Zitaten aus dem Alten Testament. Ein Papstanhänger hätte die kaum gekannt, wenn er nicht gerade Priester war, und ein Albigenser – nun, das einfache Volk las diese verderbten Texte gar nicht erst, und die Parfaits würden sich eher die Zunge abbeißen, als daraus zu zitieren. Besonders die Schöpfungsgeschichte galt ihnen als ein Manifest des Bösen. Hatte der Weltenschöpfer die Seelen der Menschen doch aus der rein geistigen, von Liebe und Licht geprägten Welt des wahren Gottes herausgerissen und in sterbliche, sündige Leiber gesperrt! Schlimm genug, dass die Mehrheit der Christenheit diese Geschichten als Teil ihres Heiligen Buches anerkannten. Aber die Juden, die ausschließlich den Gott des Alten Testaments anbeteten, waren sicher besonders verdammt.

Andererseits wusste Geneviève natürlich nicht, ob es im Bereich der Verdammung Abstufungen gab – was sie dem Medikus gegenüber wieder milder stimmte. Seinem Irrglauben zum Trotz schätzte sie Herrn Gérôme – und ließ nichts unversucht, ihn doch noch zur Erlösung zu führen. Was das anging, so bestand keine Eile. Auch die allermeisten Bonhommes empfingen die Geisttaufe erst auf dem Sterbebett. Und der Medikus war trotz seiner Behinderung noch recht lebendig.

»Nun, vor allem erweist dir das Melioramentum doch Ehre«, meinte der Medikus nun. »Und die verdienst du, wenn du das Leben der Reingläubigen führst – egal von wem. Aber was bringt dich nun her, Geneviève – zumal in diesem aufgelösten Zustand mit wehendem Haar und blitzenden Augen?«

Geneviève errötete. Man sollte ihr ihre Erregung nicht ansehen! Louise de Foix, die Parfaite, die ihre Lehrmeisterin war, wirkte immer kühl und gelassen, egal was gerade passierte. Wahrscheinlich würde sie irgendwann auch mit gleichmütigem Lächeln auf den Scheiterhaufen steigen.

»Mein Vater schickt mich an den Hof von Toulouse«, berichtete Geneviève. »Mit dem Segen des Bischofs. Ich ... ich werde gar nicht gefragt ... Dabei ... oh, Herr Gérôme, ich will da nicht hin! Dieser verderbte Hof, und all diese Sünder!«

Der Medikus nahm einen Schluck aus dem Becher Wein, der neben ihm stand. Geneviève warf ihm einen missbilligenden Blick zu. Jedes vergorene Getränk war dem wahren Gläubigen verboten.

»Wovor hast du denn Angst, Geneviève? Dass die Sünde abfärbt? Das passiert nicht so leicht.«

»Aber ... aber sie sprechen von ... von Erziehung. Ich werde tun müssen, was man verlangt, ich ... Man wird mich zwingen.«

Der Medikus schüttelte den Kopf. »Keiner kann dich zwingen zu sündigen, Kind. Und keiner kann dich gegen deinen festen Willen ändern. Ändern kannst nur du dich selbst. Wenn du das allerdings fürchtest – dann bist du vielleicht nicht so fest im Glauben, wie du meinst. Und es ist besser für dich, wenn du es herausfindest, bevor du dich dem Consolamentum unterwirfst.«

»Aber dann wird meine Seele nicht gerettet!« Geneviève war den Tränen nahe. »Ich will doch ...«

Der Medikus seufzte. »Ihr sprecht immer von eurem guten Gott, aber er ist strenger als jeder andere. Glaubst du wirklich, Kind, Gott könnte nicht in deine Seele sehen? Überlass doch einfach ihm, ob er dich retten will. Ob dir vorher ein Parfait die Hand aufgelegt hat oder nicht.«

»Ihr versteht das nicht!«, klagte Geneviève.

Der Medikus lachte. »Oh, Kleines, ich habe an so vielen Höfen gelebt und mit so vielen Gläubigen zu tun gehabt, vom christlichen Bischof bis zum maurischen Emir. Wobei jeder der Überzeugung war, er und nur er sei im Besitz der absoluten Wahrheit. Ich glaube, wenn Gott eine schlimmste Sünde benennen müsste, so wäre es die der Besserwisserei. Wobei es ja noch lässlich ist, Andersgläubige nur zur Hölle zu verdammen. Leider neigen viele dazu, sie auch selbst dorthin zu befördern, mittels Feuer und Schwert.«

»Ihr nehmt mich nicht ernst!«

Geneviève fuhr auf. Die ständige Beherrschung und Gelassenheit einer Parfaite ließ sie wirklich noch vermissen, was der Medikus mit einer gewissen Belustigung feststellte.

»Du bist eine kluge, willensstarke junge Frau, Geneviève, und ich halte deine unsterbliche Seele nicht für gefährdet am Hof von Toulouse. Eher mache ich mir Sorgen um dein sonstiges Wohlergehen. Der Graf will dich ja nicht als geistige Beraterin, den hat eher deine Schönheit geblendet, also nimm dich in Acht. Nimm dich auch in Acht vor Hofintrigen. Christliche Höfe sind ein gefährliches Pflaster für jeden, der anders ist. Wenn dir ein Ritter schöne Augen macht, der einer anderen gefällt, so denunziert sie dich schnell als Ketzerin und Hexe.«

»Aber der Graf hat sogar eine Maurin am Hof«, wandte Geneviève ein, wobei sie vergaß, dass sie die Dame Ayesha zuvor noch zur Wurzel aller Verderbtheit erklärt hatte. »Wenn er die duldet ...«

»Ich hörte davon«, meinte der Medikus gedankenverloren. »Eine ungewöhnliche Frau – ich beneide dich darum, sie kennenzulernen. Du wirst eine Menge Neues erfahren, Kind, viel erleben – vielleicht sogar die Liebe.«

»Das ist nicht gottwohlgefällig!«, erregte sich Geneviève.

Der Arzt lächelte müde. »Vielleicht sieht Gott das anders ... Wenngleich ... als ich dies das letzte Mal jemandem zu bedenken gab, schlug er gnadenlos zu.« Er rieb seine Schulter. Die Verletzungen hier waren besser verheilt als die am Bein, aber bei diesem Wetter spürte er sie immer noch. Und dachte an jenen Tag in Paris, dem eine Nacht vorausgegangen war, die er damals für gesegnet hielt. »Gott, Geneviève«, sagte der Medikus bitter, »schlägt seine Schlachten selbst. Er trifft seine eigenen Entscheidungen, egal was wir tun. Man hat mich gelehrt, dabei ginge es immer gerecht zu. Aber man hat mich auch angehalten, jede Lehre zu hinterfragen.«

»Gott ist Licht und Liebe!«, verkündete Geneviève.

Der Medikus seufzte. »Ich kann es dir nur wünschen«, sagte er ruhig.

Kapitel 2

Die Gräfin Leonor von Toulouse, geborene Prinzessin von Aragón, musterte das blonde junge Mädchen missmutig, das ihr Gatte da gerade an den Hof gebracht hatte. Natürlich war sie schön, diese Sophia, die eben ehrerbietig vor ihr im Hofknicks versank. Aber das hatte die Gräfin auch nicht anders erwartet. Wann immer Raymond ein Mädchen mitbrachte, war es außergewöhnlich schön. Dieses schien allerdings auch tugendhaft zu sein, zumindest auf den ersten Blick. Es war ordentlich gekleidet und wusste sich zu benehmen, vor allem schlug es die Augen nieder, wenn die Gräfin mit ihm sprach. Da hatte sie schon andere erlebt ... oder war die Schüchternheit nur gespielt?

»Sieh mich einmal an, Mädchen!«, befahl sie streng.

Sophia hob den Blick, und die Gräfin sah in auffallend grüne, etwas ängstliche Augen. Die Kleine schien so unschuldig zu sein, wie sie wirkte – ein Wunder, nach einem mehrtägigen Ritt an der Seite des Grafen von Toulouse. Eine Zofe oder gar Ritter zur Begleitung hatte das Mädchen nicht mitgebracht, allerdings eine Reisetruhe voller Kleidung – es war also nicht mittellos.

»Dein Name ist Sophia?«, fragte die Gräfin. »Und du bist hier auf ... hm ... Wunsch meines Gatten?«

»Sophia von Ornemünde zu Lauenstein«, stellte das Mädchen sich vor. »Und ich bin hier auf Wunsch meines Vaters.«

Die Kleine selbst schien nicht gerade darauf zu brennen, am Hof von Toulouse erzogen zu werden – verständlich, wenn sie die Wahrheit sagte und Raymond trotzdem versucht haben sollte, sich ihr auf der Reise unsittlich zu nähern. Sie war allerdings schon fast zu erwachsen für eine Erziehung an einem fremden Hof. Ob es da einen Skandal gegeben hatte? Manchmal wurden Mädchen fortgeschickt, nachdem sie sich einem jungen Ritter zu »minniglich genähert« hatten. Aber andererseits hätte man Sophia dann auch gleich verheiraten können, gerade wenn der Vater nicht arm war, das Mädchen aber auch nicht von so hohem Adel, dass es für dynastische Verbindungen aufgespart werden musste. Immerhin bestätigte Sophias Antwort das, was Raymond seiner Gattin mitgeteilt hatte: Die Tochter eines alten Freundes, meine Liebe. Bitte tu mir die Güte und finde einen Platz für sie an deinem Hof. Eigentlich klang das harmlos, aber Leonor war wachsam. Sie hasste es, wenn Raymond ihr seine Liebschaften als Hofdamen unterschob – die sie später mitunter sogar trösten und auf jeden Fall verheiraten musste, wenn er sie nach kurzer Zeit wieder fallen ließ.

Was also machte sie mit diesem Mädchen? Und dem anderen, bei dem sie ähnliche Verdachtsmomente hegte? Ein Edelfräulein aus einer Albigenser-Familie – das Letzte, was man an einem christlichen Hof brauchen konnte! Leonor von Aragón war streng religiös erzogen und dem Papst zutiefst ergeben. Aber Raymond hatte Montalban vor Kurzem besucht, und jetzt sollte sie, die Gräfin, diese Geneviève »erziehen« – das Mädchen war mindestens achtzehn, man hätte es ebenso gut verheiraten können! Und es wirkte renitent. Allein wie es herumlief, wie eine schwarze Krähe! Andererseits erschien es Leonor aber ebenso wenig lüstern und verderbt wie diese kleine Fränkin.

Die Gräfin atmete tief durch und überlegte. Schließlich rang sie sich zu einem Entschluss durch. »Du sprichst gut Französisch?«, erkundigte sie sich.

»Ich bemühe mich«, sagte Sophia brav.

Sie hatte die Sprache erlernt, aber vor ihrem Aufenthalt in Mainz nie wirklich gesprochen. Nun hatte sie mit Dietmar, den sie zunächst natürlich für einen französischen Ritter gehalten hatte, jedoch flüssig reden können ... Sophia biss sich auf die Lippen. Sie durfte jetzt nicht an ihren Ritter denken, sonst würde sie womöglich weinen. Aber immerhin war Dietmar der Wut ihres Vaters entgangen. Sophia wusste nicht, ob er sie nach ihrem Auftritt als gestrenge Minnedame noch liebte, aber sie dankte Gott, dass er dadurch wenigstens am Leben war.

»Schön«, meinte Leonor. »Du wirst deine Kemenate mit einem Mädchen aus dieser Gegend teilen, an der kannst du dich weiter vervollkommnen.«

Sophia runzelte die Stirn, was die Gräfin wieder wachsam werden ließ. Wollte das Mädchen ein eigenes Quartier?

Sophia hatte jedoch anderes auf dem Herzen. »Spricht man hier nicht Langue d'oc?«, erkundigte sie sich verwundert. »Die ... die Sprache der Troubadoure?«

Die Gräfin verwünschte sich für ihre Dummheit. Sie war jetzt seit zehn Jahren in Toulouse, tat sich jedoch immer noch schwer mit den verschiedenen, in dieser Gegend gesprochenen Idiomen. Aber Sophia hatte natürlich Recht. Nach den paar Worten, die Leonor bislang mit Geneviève gewechselt hatte, sprach das Mädchen zwar gut Französisch, aber seine Muttersprache war es nicht.

»Ihr werdet euch schon verständigen«, sagte sie jetzt etwas ungehalten. Sophia verbeugte sich schweigend.

Und vor allem werdet ihr einander auf die Finger gucken, dachte Leonor und betrachtete neidisch das seidige blonde Haar des Mädchens und seine elfenhaften Züge. Sie selbst war keine solche Schönheit. Wenn der Graf euch beiden Avancen gemacht hat, könnt ihr euch gegenseitig die Augen auskratzen, ließ sie ihren Gedanken freien Lauf, und bevor eine zur Favoritin aufsteigt, muss sie erst an der anderen vorbei.

»Du kannst dann jetzt gehen«, beschied sie Sophia, die erneut artig knickste. »Ich lasse deine Truhen auf dein Zimmer bringen.«

Leonor hasste sich selbst, als das Mädchen schleppenden Schrittes hinausging. Wahrscheinlich war dies ein ganz normales, nettes junges Ding, ein bisschen entwurzelt und ängstlich an dem neuen Hof und womöglich schon im Vorfeld von ihrem Gatten verschreckt. Es hätte Trost gebraucht statt Strenge, aber die Gräfin konnte nichts empfinden als Besorgnis und Eifersucht. Sie war nun seit über zehn Jahren verheiratet und immer noch nicht guter Hoffnung – und sie wollte auf keinen Fall, dass eines dieser Mädchen ihr zuvorkam!

»Glaubt Ihr, dass ich hier noch irgendetwas zu essen bekommen kann?«

Sophia wandte sich schüchtern an das große, dunkelhaarige Mädchen, das sie bisher kaum eines zweiten Blickes gewürdigt hatte. Eine Magd hatte Sophia in ihre gemeinsame Kemenate geführt, und die Wohnräume ließen nichts zu wünschen übrig. Es gab Teppiche, erhöhte Bettstellen und Truhen, Sessel und Betpulte und vor allem einen Kamin, in dem jetzt auch ein Feuer brannte – obwohl es im südfranzösischen Winter nicht halb so kalt war wie in Mainz oder gar Lauenstein. Sophias neue Mitbewohnerin machte dem Mädchen allerdings Angst – und außerdem verspürte sie Hunger. Seit einem dünnen Brei zum Frühstück auf der Reise hatte sie an diesem Tag noch nichts zu essen bekommen.

Sophia hatte es Überwindung gekostet, das Wort an Geneviève de Montalban zu richten. Die hatte ihren Gruß zwar erwidert und auch ihren Namen genannt, als Sophia sich vorstellte, aber seitdem saß sie still und gefasst wie eine Nonne am Betpult und murmelte das Vaterunser vor sich hin. Schon zum vierten Mal, wenn Sophia richtig gezählt hatte. Kannte sie wohl kein anderes Gebet? Oder arbeitete sie sich hier an einer Buße ab? War sie vielleicht auch verstoßen worden, weil sie einen unpassenden Ritter liebte?

Geneviève hob den Blick von dem schmalen Buch, das sie eben aufgeschlagen hatte.

»Du kannst in die Küche gehen und dir etwas holen«, sagte sie. »Oder dir etwas bringen lassen, wenn du hier irgendwo eine Magd findest.«

Sophia sah sie ängstlich an. »Ich soll selbst ... in die Küche gehen?«, fragte sie.

Die Furcht überwog ihre Erleichterung darüber, dass Geneviève sie duzte.

Geneviève verdrehte die Augen. »Wenn es der Prinzessin genehm ist«, höhnte sie.

Sophia schlug die Augen nieder. »Ich meinte doch nur, ob es ... ob es sicher ist. Die ... die ganze Burg hier ist doch bestimmt voller Ritter, und da ...«

Genevièves Blick wurde etwas gnädiger. »Die werden dir nichts tun«, behauptete sie, überlegte dann aber, dass man von der Burg ihres Vaters vielleicht nicht auf den Haushalt des Grafen schließen konnte. Das katholische Mädchen hatte wohl einschlägige Erfahrungen gemacht, seine Bedenken schienen echt. »Sie sollten dir jedenfalls nichts tun«, schränkte sie ein. »Aber du musst ohnehin nicht über den Hof. Die Küche liegt in diesem Gebäude, du brauchst den Frauentrakt gar nicht zu verlassen.«

Geneviève pflegte die Dienste der Mägde grundsätzlich

nicht in Anspruch zu nehmen, sondern erledigte jede Besorgung selbst. Bislang war sie dabei noch nie belästigt worden, aber ihre schlichte schwarze Kleidung weckte natürlich auch weniger Begehren als Sophias lindgrüne Surcotte über dem heidelbeerfarbenen Unterkleid.

»Vielen Dank«, meinte Sophia. »Möchtet Ihr ... möchtest du ... soll ich dir auch was mitbringen?«

Geneviève schüttelte den Kopf. »Ich hatte bereits etwas Brot, aber es heißt, wir müssten nachher ohnehin noch einmal speisen. Dies ist wohl ein ... nun, ein Minnehof. Die Mädchen nehmen die Mahlzeiten gemeinsam mit den Rittern ein. Jedenfalls die wichtigsten. Man ... man wird uns rufen.«

Sophia errötete bei diesem Gedanken, was ihr weitere Sympathien Genevièves eintrug. Der Fränkin schien das Tafeln im Rittersaal genauso wenig zu gefallen wie ihr. Die ärgste Prüfung – ein dummes, putzsüchtiges Mädchen in ihrer Kemenate – blieb Geneviève also erspart.

Sophia schien etwas sagen zu wollen, hielt sich dann aber zurück. Geneviève sah, dass sie sich in einen unförmigen Mantel hüllte, bevor sie aus dem Zimmer huschte. Kurze Zeit später war sie wieder da – mit Brot, Käse, etwas kaltem Braten und Milch.

»Möchtest du wirklich nichts?«, fragte sie, während sie die Speisen hungrig hinunterschlang.

Geneviève lief das Wasser im Munde zusammen, aber sie schalt sich ihres Begehrens. »Vielleicht einen Kanten Brot«, gab sie schließlich nach. »Alles andere ... alles andere esse ich sowieso nicht.«

Sophia runzelte die Stirn, als sie Geneviève in das Brot beißen sah. Die andere schien nicht minder hungrig zu sein als sie selbst. Aber das passte zu den vielen Vaterunsern.

»Musst du ... musst du irgendwie Buße tun?«, fragte sie

schüchtern. »Fasten und Beten – oder so? Hast du ... irgendwas gemacht?«

Nervös spielte Sophia mit ihren Armreifen. Geneviève trug keinen Schmuck, aber jetzt lächelte die dunkelhaarige junge Frau, und das machte ihr Gesicht endlich weich und freundlich.

»Nein«, sagte Geneviève. »Hat man dir nicht erzählt, dass ich Bonnefemme bin?«

»Was?«, fragte Sophia. Sie hatte den Ausdruck noch nie gehört. »Gute ... Frau ...?«, meinte sie zögernd.

»Sozusagen«, meinte Geneviève. »Verzeih, ich vergaß, dass du nichts von meinem Glauben wissen kannst. Es gibt nur wenige Freunde Gottes in Deutschen Landen.«

»Wir haben eine Menge Mönche und Ordensfrauen!«, verteidigte Sophia die Gottgefälligkeit ihres Landes. »Und Priester.«

Geneviève lachte. »Zweifellos. Aber ich gehöre zu den Gläubigen, die ihr Albigenser nennt. Und Ketzer.«

Sophia bekreuzigte sich. »Du glaubst nicht an Gott und den heiligen Herrn Jesus?«, fragte sie.

Bisher war ihr der Hof von Toulouse noch nicht sonderlich bedrohlich erschienen, selbst die Schmeicheleien und zotigen Scherze des Grafen während der Reise waren nicht vergleichbar mit der Disziplinlosigkeit auf Lauenstein. Aber wenn man hier Ketzer frei herumlaufen ließ ...

Sie atmete auf, als Geneviève den Kopf schüttelte. Und lauschte dann fasziniert ihrer Einführung in den Glauben der Albigenser.

»Es gibt das Gute und das Böse. Deine Seele ist rein, aber dein Körper beschmutzt sie. Die Welt um uns herum ist schlecht, all das, was du siehst, was du berühren kannst ... wir müssen darum kämpfen, uns davon zu befreien ...«

Bis zu einem gewissen Grad konnte Sophia der Dunkelhaarigen mühelos folgen. Auch sie hatte die Welt oft als feindlich, lüstern und verderbt empfunden. Aber dass nun alles Fleischliche schlecht sein sollte ... von einem Glas Milch bis zu Dietmars Küssen ...

»Eine Kuh gibt nur Milch, wenn sie sich fortgepflanzt hat«, erklärte Geneviève, als Sophia zaghaft fragte, was denn zum Beispiel falsch daran sei, seine Kühe zu melken. »Und schon das beschmutzt die Seele ...«

»Die Seele der Kuh?«, fragte Sophia ungläubig.

»Alles Lebendige ist beseelt!«, sagte Geneviève mit leuchtenden Augen. »Die Seele eines Engels kann auch in einem Tier Wohnung nehmen.«

Sophia lauschte mit gerunzelter Stirn. Sie fand das etwas seltsam. Bisher hatte sie sich nie auch nur darüber Gedanken gemacht, ob Engel Seelen hatten. Mal ganz abgesehen von Kühen ... Ein paar Eigenheiten der Albigenser waren sicher befremdlich. Aber sonst erschienen sie ihr nicht bedrohlich. Geneviève glaubte an Jesus und die Evangelien – genau wie Sophia. Stolz zeigte sie dem Mädchen das Johannesevangelium, das man ihr bei ihrer Initiation ausgehändigt hatte.

»Aber das ist gar nicht in Latein«, wunderte sich Sophia.

Geneviève nickte. »Wir lesen es in unserer Sprache«, erklärte sie würdevoll. »Alle Menschen sollen Gott verstehen.«

Ein Klopfen an der Tür ließ sie in ihrer Predigt innehalten. Ein hübsches braunhaariges Mädchen in festlicher Kleidung steckte den Kopf in ihre Kemenate.

»Ich bin Ariane des Landes. Die Herrin Leonor sagt, ich soll euch holen kommen!«, zwitscherte die Kleine. »Die Ritter und Damen versammeln sich zum Bankett.« Sie warf einen missbilligenden Blick auf Sophias zerknitterte Reisekleidung und Genevièves dunkle Gewandung. »Aber ihr seid ja noch gar nicht angezogen!«

»Ich wüsste nicht, inwiefern ich der züchtigen Kleiderordnung nicht entspräche«, bemerkte Geneviève – während Sophia unglücklich an sich heruntersah.

»Soll ich dir gerade helfen?«, fragte Ariane. Sie hatte nussbraune Augen, niedliche Grübchen und wirkte freundlich und arglos. Sophia schätzte sie auf zwölf oder dreizehn Jahre, etwas jünger als sie selbst. »Deine Truhen sind doch schon hier, nicht? Zieh etwas Hübsches an. Sie munkeln, der Graf suche schon nach Gründen, dich an seinen Tisch zu laden – und dich auch!« Das Mädchen wandte sich an Geneviève, allerdings sehr viel reservierter denn an Sophia. Offensichtlich schüchterte die Albigenserin Ariane nicht weniger ein als zuvor Sophia. »Du solltest dich auch ein bisschen bunter ... na ja, wenn du wirklich eine Parfaite bist ...« Arianè schlug die Augen nieder.

Sophia schwirrte der Kopf. Bonnefemme, Albigenser, Parfaite ... Sie kam sich wieder einmal dumm vor. Aber die Grafschaft Landes lag im Zentrum der beim Kreuzzug umkämpften Albigenser-Gebiete. Ariane war wohl mit dem seltsamen Glauben ihrer Landsleute aufgewachsen.

»Ich bin keine Parfaite!«, zischte Geneviève.

Ariane zuckte die Schultern.

Sophia hatte inzwischen ihr grünes Festkleid aus der Truhe genommen. Das hübsche, mit Goldfäden durchwirkte, das sie getragen hatte, als sie Dietmar zum ersten Mal sah ... Über ihr Gesicht zog ein Lächeln.

»Du bist wirklich sehr schön!«, sagte Ariane anerkennend. »Komm, ich helfe dir beim Umkleiden. Und ich kann dein Haar bürsten. Fürs Flechten ist es jetzt leider zu spät.«

Arianes eigenes Haar fiel in kunstvollen Flechten über ihren Rücken, und Sophias goldblonde Haarflut glänzte gleich danach unter ihren gekonnten Bürstenstrichen. Während die Mädchen miteinander besprachen, ob ein Schleier angebracht wäre, worauf Sophia bestand, oder ein emaillierter Schepel genügte – »Du kannst den Rittern doch nicht den Blick auf deinen schönsten Schmuck verwehren!«, argumentierte Ariane –, ließ sich auch Geneviève herab, ihre dunklen Locken zu glätten. Dann legte sie allerdings einen schwarzen Schleier an und verzichtete selbstverständlich auf jeden Schmuck.

»Du siehst wie eine Krähe aus!«, rügte Ariane, durch ihr Gespräch mit Sophia etwas wagemutiger geworden. »Allerdings wie eine schöne Krähe. Nein, Krähe ist nicht richtig. Du siehst aus wie ... wie ... Morgan le Fay in der Artussage. Die dunkle Zauberin hinter dem Thron ...« Sie kicherte.

Geneviève rieb sich die Schläfe.

Sophia dagegen war nun von strahlender Schönheit, und wie sie befürchtet hatte, starrten sämtliche Ritter und Frauen sie an, als sie in den Saal des Grafen trat. Geneviève folgten aber nicht weniger Blicke. Sophia hielt sich ängstlich neben ihr. Der Albigenserin schien die Aufmerksamkeit zwar nicht angenehm, aber sie wirkte auch nicht beunruhigt.

Ariane machte Anstalten, die Mädchen zu einem etwas abseits gelegenen, vom Platz der Gräfin aber dennoch gut einsehbaren Tisch zu führen, an dem die weiblichen Zöglinge des Hofes saßen. Die meisten Mädchen waren noch sehr jung – Leonor stand dem Hof ja auch erst ein Jahr vor – und tändelten nicht offen mit den Rittern. Lediglich ein Mädchen saß neben seinem offensichtlichen Minneherrn und teilte den Teller mit ihm. Sophia ließ das sofort erröten. Hoffentlich erwartete man so etwas nicht auch von ihr!

»Das sind Giselle de Tours – und Roderic de Martin. Sie sind sich versprochen!«, wisperte Ariane zu ihr hinüber und kicherte dabei, als verrate sie ein schlüpfriges Geheimnis. »Und da sind die beiden Mauren ...«

Sophia fühlte sich gleich besser, als sie die Herrin Ayesha

Mariam erkannte. Sie saß mit ihrem Gatten an einem gesonderten Tisch und hatte ihr Gesicht halb unter einem Schleier verborgen. Also war es sicher nicht schlimm, wenn auch sie selbst ihr Haar bedeckte, obwohl all die anderen Mädchen ihre Locken offen oder geflochten aller Welt zur Schau stellten.

Nun trat ein Page an Sophia und Geneviève heran. »Edle Damen . . . ich soll Euch an die Tafel des Grafen geleiten!« Der Junge verbeugte sich formvollendet.

Sophia war glücklich, dass sie nicht nur auf das Anlegen des Schleiers bestanden hatte, sondern auch einen so weiten gewählt hatte, dass sie sich dahinter verstecken konnte. Sonst hätte jetzt jeder gesehen, dass sie schon wieder errötete. Geneviève ging es nicht anders. Sie schien nach Ausflüchten zu suchen, wusste jedoch, dass sie sich dem Wunsch des Grafen nicht entziehen konnte.

Schließlich folgten die Mädchen dem Pagen durch den Saal, für Sophia ein Spießrutenlauf. Wie in jedem Saal eines Fürsten oder Burgherrn waren einfache Holztische aufgestellt, an denen Ritter und Damen tafelten, während der Herr der Gesellschaft an einem erhobenen Tisch vorsaß. Er teilte seine Tafel an Minnehöfen meist mit seiner Frau, aber auch oft genug mit wechselnden Favoritinnen. Dazu kamen verdiente Ritter mit ihren Damen. An weniger freizügigen Höfen tafelten Männer und Frauen getrennt voneinander, allenfalls die Herrin des Hauses war einmal zugelassen. Der Herr umgab sich dann mit bewährten Kampfgefährten und pflegte Ratgeber statt Gespielinnen zu erhöhen.

Raymond de Toulouse, prächtig gekleidet in eine brokatene Tunika, das lange braune Haar zurückgehalten durch einen wertvollen Goldreif, schien prächtiger Laune, als er Sophia und Geneviève links und rechts von seinem eigenen Sitz platzierte. Den jungen Mädchen war das mehr als peinlich – und die Blicke der Gräfin schienen Feuer zu speien. Dem Grafen blieb das nicht verborgen.

»Meine Gattin«, bemerkte er mit so lauter Stimme, dass zumindest die Ritter an den vordersten Tischen mithörten, »missbilligt offensichtlich, dass ich die Neuankömmlinge an unserem Hof nah bei mir willkommen heiße. Ja, ich weiß, meine Liebe, es steht so jungen Dingern wie den Damen Geneviève und Sophia nicht an, an der Seite eines Herrn zu tafeln, so sie nicht verwandt sind. Aber was das angeht ... Der Vater der Herrin Sophia, Graf Roland von Ornemünde, stand mir von jeher nahe wie ein Bruder. Und was die Dame Geneviève angeht, so bestehen tatsächlich verwandtschaftliche Beziehungen über die mütterliche Linie ...«

Die Gräfin runzelte die Stirn. Ihr waren da keinerlei Verbindungen bekannt, aber natürlich hatte das Mädchen im Gespräch mit ihr erwähnt, ihre verstorbene Mutter stamme aus einer hohen Pariser Adelsfamilie. Irgendwie sollte sie sogar mit dem König verwandt sein – und darauf konnten sich zweifellos auch die Grafen von Toulouse berufen. Fast jedes wichtige Adelsgeschlecht eines Landes war irgendwie mit dem anderen verwandt, auch wenn die Zusammenhänge kaum noch erkennbar waren. Es war dreist von ihrem Gatten, daraus das Recht auf einen innigeren Umgang mit der jungen Geneviève abzuleiten.

Die Gräfin selbst hatte man am Rande des Ehrentisches platziert, neben einem dunkel gekleideten, schüchtern wirkenden jungen Ritter mit langen schwarzen Locken. Auch er war neu. Wie hieß er noch? François ... oder Flambert ... Der Mann saß zwischen der Gräfin und Geneviève, die wiederum zur Rechten des Grafen platziert worden war. Sophia saß zu seiner Linken, ihr zweiter Tischherr war ein blonder, kräftiger junger Mann, tatsächlich ein Verwandter des Grafen und als verdienter Ritter hoch geschätzt.

»Mathieu de Merenge«, stellte er sich gleich vor, um sich anschließend in wahren Elegien über Sophias Schönheit zu ergehen.

Das Mädchen schien allerdings kaum willig, seinen Schleier zu lüften. Es fühlte sich erkennbar unbehaglich, was ihm die Sympathien der Gräfin einbrachte.

Geneviève war gegenüber dem dunklen Ritter weit weniger befangen. Sie zog ihn dem Grafen sogar auf eine Art vor, die Leonor bei jedem anderen ihrer Zöglinge als unhöflich getadelt hätte. Während sie die Schmeicheleien des Grafen und seine Versuche, ihr ein Stück besten Fleisches nach dem anderen auf den Teller zu legen, schlichtweg ignorierte, begrüßte sie den Ritter fast enthusiastisch.

»Flambert! Das wird Vater freuen, dass der Graf dich an seinen Tisch berufen hat! Wie kommt das? Konntest du dich auszeichnen?« Geneviève lächelte, als sie das unwillige Stirnrunzeln der Gräfin ob dieser Vertraulichkeiten bemerkte. »Herrin, verzeiht, dass ich Euren Tischherrn mit Beschlag belege«, entschuldigte sie sich aufrichtig. »Hast du dich überhaupt schon vorgestellt, Flambert? Herrin, bitte verzeiht seine ungehobelten Sitten! Flambert de Montalban. Mein Bruder.«

Deshalb also ... die Gräfin überlegte kurz, was es wohl zu bedeuten hatte, dass ihr Gatte die Fränkin links von sich platzierte und ihr einen seiner verdientesten Ritter zugesellte, während er die Albigenserin zu seiner direkten Tischherrin wählte und ihren Bruder auf ihre andere Seite setzte. Zweifellos bestanden für Geneviève augenblicklich die größten Aussichten, die nächste Konkubine zu werden.

Im Laufe der Mahlzeit stellte Leonor allerdings belustigt fest, dass Raymond sich gründlich geirrt hatte. Während Sophia zwar höflich, aber einsilbig auf Mathieu de Merenges

Avancen antwortete, würdigte Geneviève die Bemühungen des Grafen in keiner Weise. Das eine der jungen Mädchen schob nervös die Speisen auf dem Teller herum und fühlte sich erkennbar unwohl an seinem exponierten Platz an der Tafel, das andere rümpfte die Nase über die erlesenen Stücke, die der Graf ihm vorlegte, und bat schließlich einen Diener um eine Schüssel Getreidebrei und einen Becher Wasser. Die karge Mahlzeit löffelte es dann aus, wobei es seinen Bruder einer inquisitorischen Fragerunde unterzog.

»Du hast dich noch nicht an den ritterlichen Übungen beteiligt? Warum nicht? Wobei hast du mitgemacht? Bei einem Wettstreit im Lautenspiel? Du hast Verse geschmiedet? Flambert, das ist eitler Tand, das ist . . .«

Flambert de Montalban schien sein Essen ebenfalls nicht zu schmecken. Dabei hatte er vor dem Eintreffen seiner Schwester mit großem Appetit zugelangt und seine Tischdame auch mit angemessenen Höflichkeiten unterhalten. Die Gräfin beschloss, einzugreifen.

»Das ist etwas, wozu junge Ritter an diesem Hofe angehalten werden, Geneviève«, erklärte sie dem Mädchen streng. »Höfisches Verhalten, gepflegtes Auftreten, Übung in den Künsten, eine Dame zu unterhalten – ich will nicht sagen, dass dies den gleichen Stellenwert hat wie das Geschick, ein Schwert zu führen. Aber auch du wirst es zu schätzen wissen, wenn man dich eines Tages mit einem höfisch erzogenen Ritter und nicht mit einem groben Klotz verheiratet!«

Geneviève blitzte die Gräfin an. »Ich werde nicht verheiratet, Herrin. Ich bin zur Parfaite meiner Kirche bestimmt.«

Leonor seufzte. »Wie eine Nonne kleidest du dich ja tatsächlich schon. Aber das bitte ich dich, fürderhin zu ändern. Wenn du meinst, keine höfische Kleidung besitzen zu dürfen, so leih dir in Gottes Namen etwas von den anderen Mädchen.

Solange du hier bist, wirst du dich gefälligst entsprechend verhalten. Dies ist ein Minnehof, kein Kloster.«

Geneviève richtete sich auf. »Wenn es Euch beliebt, Herrin, so kann ich mich natürlich weltlich kleiden und die Laute spielen. Aber es ist mir keineswegs recht, dass Flambert seine Zeit damit vergeudet! Ihr mögt Euch darum sorgen, ob Eure Ritter mit sanfter Zunge Süßholz raspeln können. Aber bei uns geht es um unser Leben! Montalban ist das Tor nach Toulouse, Euer Hof wird vor unseren Mauern verteidigt. Und Simon de Montfort will nicht den Gesang unserer Troubadoure hören, sondern die Schreie der Gefolterten und das Prasseln der Scheiterhaufen. Deshalb schicken wir Euch unsere Ritter, Herrin. Und von Euch, Herr...«, Geneviève wandte sich an den bestürzten Grafen, »... von Euch hoffe ich, dass Ihr ihnen nicht nur beim Frauendienst ein Vorbild seid, sondern auch im Lanzenstechen und im Schwertkampf. Beim nächsten Mal, Flambert, möchte ich, dass du mir von Auszeichnungen im Waffendienst berichtest. Nicht von feinen Versen!«

Mit blitzenden Augen erhob sich das Mädchen, stieß seinen Teller von sich und stürmte hinaus, bevor Leonor es noch tadeln konnte.

Flambert blickte peinlich berührt und murmelte Entschuldigungen, Sophia blieb fast das Herz stehen. Was für ein Auftritt! Diese junge Albigenserin maßregelte den Grafen und die Gräfin vor ihrem eigenen Hof. Sicher standen darauf drakonische Strafen. Sophia durfte gar nicht daran denken, was ihr Vater mit einem so aufmüpfigen Untertanen gemacht hätte.

Der Graf von Toulouse war jedoch von anderem Gemüt. Lachend stand er auf und hob seinen Becher auf das Wohl der flüchtenden Geneviève.

»Voilà, die Herren Ritter, eine Parfaite! Kein Wunder, dass die Pfaffen in Rom zum Kreuzzug gegen Okzitanien aufrufen.

Sie neiden uns das Temperament unserer perfekten Frauen! Auf die Frauen von Toulouse!« Er leerte zum Beifall der Männer sein Glas.

Mathieu de Merenge erhob sich zum zweiten Trinkspruch. »Ihr habt es gehört, meine Herren! Ich denke, ab morgen zieht Ihr unter dem Zeichen der Parfaite Geneviève in den Kampf! Sie soll sich unserer nicht schämen! Auf die Frauen von Toulouse!«

De Merenge lächelte Sophia triumphierend an, während er trank, aber diese errötete nur wieder. Der schüchterne Flambert war ihr weitaus sympathischer als dieser selbstbewusste Draufgänger. Und die Gräfin tat ihr beinahe leid. Auch sie trug den Eklat mit Fassung, nur ihre schmalen Lippen bewiesen, dass sie in Raymonds Trinkspruch nicht nur eine genial diplomatische Lösung der Spannung sah, sondern auch Ausdruck seiner auflodernden Begeisterung für Geneviève. Nun, die junge Albigenserin würde sich noch einiges anhören müssen. Sophia wusste nicht viel von Minnehöfen, aber hier brauchte man keine genaueren Kenntnisse der höfischen Sitten: Was immer der Graf mit Geneviève plante – noch saß die Gräfin am längeren Hebel!

Kapitel 3

Nun hab dich nicht so, Gerlin, im Grunde hat ihm die Kleine das Leben gerettet! Wenn sie nicht im richtigen Moment die Karte mit der Minneherrin ausgespielt hätte – Roland hätte ihn noch am gleichen Tag gefordert und zweifellos getötet!«

Rüdiger von Falkenberg sprach so gelassen wie möglich auf seine Schwester ein, die äußerst heftig auf seine Schilderungen des Turniers in Mainz reagierte. Rüdiger und Dietmar hatten sich noch einmal eine kurze Erholungszeit in Loches erbeten, bevor sie im Auftrag des Königs nach Boulogne weiterritten. Philipp August sammelte dort ein Heer gegen Johann von England. Der Papst hatte den englischen König seines Amtes enthoben und exkommuniziert, woraufhin sich Philipp sofort bereiterklärte, den Willen des Kirchenfürsten durchzusetzen. Natürlich in der Hoffnung, nicht nur die Plantagenets endgültig zu besiegen, sondern auch eigene Ansprüche auf die Herrschaft über England zu untermauern.

Für Dietmar würde dies der erste wirkliche Kriegszug sein, und der junge Ritter war entsprechend aufgeregt. Mit seinem Pflegevater Florís war er eben auf dem Übungsplatz, um Finten und raffinierte Angriffe und Verteidigungsstrategien zu erproben. Zweifellos auch, um den Kampf gegen Rüdiger noch einmal durchzuspielen. Dietmar war zwar nicht mehr beleidigt, aber doch in seiner Ehre gekränkt. Er hatte nicht gedacht, dass es seinem Oheim so leichtfallen würde, ihn in Grund und Boden zu tjosten.

Rüdiger berichtete Gerlin jetzt ausführlich von Mainz und Dietmars Liebelei mit Sophia von Ornemünde.

»Ohne diese Sophia hätte Roland aber gar keinen Grund gehabt, ihn zu fordern!«, gab sie nun wütend zurück. »Herrgott, Rüdiger, unter allen minniglichen Mädchen in Mainz und dem Erdkreis musste es ausgerechnet dieses sein? Konntest du nicht aufpassen?«

Rüdiger hob Verzeihung heischend die Hände. »Wer konnte das denn ahnen, Gerlin? Die kleine Fränkin tauchte mit dem Grafen von Toulouse auf, ich hielt sie für seine Tochter. Und ansonsten – wie sollte ich ihn hindern? Solche Dinge passieren nun einmal. Junge Ritter verlieben sich . . .«

»Das Mädchen schien aber doch auch angetan«, meinte Gerlin verärgert.

»Sie wussten voneinander nicht, woher sie kamen«, verteidigte Rüdiger die junge Liebe. »Und dann . . . mein Gott, Gerlin, wenn du nicht wolltest, dass er Artusromane liest und Minnesängern lauscht, dann hättest du ihn nicht an den französischen Hof schicken dürfen. Es soll noch ein paar spanische geben, wo man die Mädchen einmauert . . . oder vielleicht ein paar Burgen im tiefsten Bayern. Aber an den großen, wichtigen Höfen fördern sie den Minnedienst. Und wenn's nicht passt, umso besser, dann können sich die zwei auf möglichst weite Entfernung anschmachten. Wenn Roland die Kleine nicht umbringt.«

»Sie umzubringen wäre sehr ungeschickt«, schob Gerlin zwischen zusammengepressten Lippen hervor. »Herrgott, Rüdiger, verstehst du nicht, was das heißt? Roland besitzt jetzt das Faustpfand, das er immer wollte. Hätte er mich gehabt, hätte Florís nicht gegen ihn gekämpft. Hätte er Dietmar gehabt, hätte ich niemals gegen ihn rebelliert. Und nun wird Dietmar zaudern, wenn sein Mädchen in den Mauern der Burg ist.«

Rüdiger biss sich auf die Lippen. »Sie ist Rolands Tochter!«

Gerlin schnaubte. »Also, Familienbande haben ihn bislang nie an seinen Schandtaten gehindert. Der ist imstande und droht, das Mädchen von den Zinnen zu werfen, wenn Dietmar ihn angreift.«

Rüdiger zuckte die Schultern. »Das wird so bald nicht geschehen«, meinte er dann. »Bis dahin ist sie vielleicht längst verheiratet. Und solange ... Gerlin, ich weiß, du magst es nicht hören, aber diese Sophia ist ein ganz bezauberndes Mädchen. Bislang hat sie Dietmar nicht geschadet, im Gegenteil. Seit er ihr Zeichen an der Lanze trug, schlug er sich wie ein Berserker. Und jetzt ... er geht in seinen ersten richtigen Kampf, Gerlin. Gut, Hansi und ich werden bei ihm sein, aber du weißt natürlich: Er kann fallen.«

Gerlin nickte tapfer. Sie hatte ihren Sohn zum Ritter erzogen, sie kannte das Risiko.

Rüdiger nahm ihre Hand. »Lass das Thema ruhen«, sagte er beschwörend. »Halte ihm jetzt nicht vor, was Roland von Ornemünde womöglich in fünf Jahren mit seiner Tochter tut, obwohl ich mich nicht wundern würde, wenn er bereits schon Himmel und Hölle in Bewegung setzt, Sophia zu verheiraten. Lass Dietmar in dem Glauben, dass sie unangetastet auf Lauenstein sitzt und ihn erwartet. Er braucht jetzt einen klaren Kopf. In ein paar Wochen setzen wir nach England über.«

Boulogne-sur-Mer war eine alte Hafen- und Fischereistadt, und das Heer des französischen Königs sammelte sich um die eindrucksvolle Burg mit Blick auf den Leuchtturm, dem Wahrzeichen der Stadt. Natürlich war die Burg auf Dauer zu klein, um alle Ritter und Fußsoldaten zu fassen. Als Rüdiger und Dietmar eintrafen, mussten sie bereits Zelte aufstellen, um einen trockenen Schlafplatz zu finden. Die Stimmung im Lager war nicht die beste. Es war ein kaltes, regnerisches Frühjahr, die Sammlung des Heeres zog sich hin, und unter den Rittern herrschte Langeweile. Für die Fußsoldaten gab es auch kaum ausreichende Unterkünfte, sie froren und versuchten, sich an qualmenden Feuerstellen warm zu trinken. Das Ergebnis waren Schlägereien und Fehden – auch unter den Rittern.

Rüdiger war aus seinen Kriegszügen mit Richard Löwenherz strengere Zucht gewöhnt. Er versuchte, ein bisschen mehr Ordnung zu schaffen, indem er zumindest die ihm unterstellten Ritter zu täglichem Waffenspiel anregte und Streitereien unter Strafe stellte. Viel nützte das allerdings nicht, Ritter ließen sich nicht gern befehlen. Lediglich die Jüngsten folgten ihrem Waffenmeister, den sie glühend verehrten, seit er sich dem Feldzug angeschlossen hatte, statt als Ausbilder des Prinzen in Paris zu bleiben. Dahinter stand natürlich seine Sorge um Dietmar, aber das ließ er nicht durchblicken. Nun exerzierte Rüdiger seine Nachwuchsstreiter, während Hansi unauffällig in den Wäldern des Königs wilderte. Das war streng verboten, aber der Knappe war geschickt mit der Schleuder und wusste im Gegensatz zu den meisten Rittern auch mit Pfeil und Bogen umzugehen. Ein paar Hasen brachte er immer mit, und oft schleppte sein Ross auch ein Reh mit heran. Sein Wallach machte das gutmütig mit. Da Hansi keine Turniere bestritt, brauchte er kein allzu temperamentvolles Pferd und fand seinen kräftigen kleinen Wallach praktischer als einen Streithengst.

Die Ritter begrüßten seine verbotenen Ausflüge sehr – nach zwei Monden in Boulogne konnten sie keinen Fisch mehr sehen. Alle fieberten der Überfahrt entgegen, nur Rüdiger erschien es ganz unwirklich, dass er nun gegen die Männer König Johanns kämpfen sollte – noch vierzehn Jahre zuvor waren sie seine Waffenbrüder gewesen. Rüdiger war bis zu

König Richards Tod in seiner Armee verblieben. Insofern konnte er sich auch nicht unbeschränkt freuen, als sie endlich Kunde erhielten, Kronprinz Ludwig sei auf der Burg eingetroffen.

»Der Prinz?«, fragte Rüdiger verwundert. »Der soll uns allein gegen England führen? Also nicht, dass er es nicht könnte ...«

Rüdiger schätzte den Prinzen als ordentlichen Kämpfer und sehr guten Strategen. Aber bislang wachte König Philipp äußerst besorgt über Leben und Sicherheit seines Erben.

»Es heißt, es ginge nun doch nicht gegen England«, meinte der Ritter, der Rüdiger und Dietmar die Nachricht überbracht hatte. »Aber Ihr werdet es gleich selbst erfahren, Herr Rüdiger. Der Prinz bittet Euch und Eure Ritter um eine Besprechung. Ihr möchtet bitte gleich in den Palast kommen.«

Rüdiger lächelte. Ludwig brauchte das nicht zu präzisieren, es war eindeutig, dass er plante, die Gruppe junger Ritter um sich zu scharen, die auch in Paris zu seinen Vertrauten gehört und seine Eskorte nach Mainz gebildet hatten.

Tatsächlich begrüßte der Prinz sie dann herzlich, fast eher wie Freunde denn wie Kampfgefährten.

»Ich habe Euch vermisst!«, erklärte er lächelnd und ließ Wein ausschenken. »Umso glücklicher bin ich, Euch jetzt bei mir zu haben, wenn es darum geht, mein Erbe zu verteidigen.«

»Euer Erbe, Sire?«, erkundigte sich Rüdiger.

Ludwig nickte strahlend. »Ja. Es wird keinen Feldzug gegen Johann Ohneland geben«, gab er zurück, wohl bewusst den herabsetzenden Spitznamen für König Richards Bruder wählend. »Der Kerl hat mal wieder einen Rückzug gemacht und sein Fähnchen nach dem Wind gehängt. Kurz gesagt, er unterwarf sich mit allem Pomp dem Papst, schwor Reue und erbat Vergebung ... nun ja, jedenfalls darf er sein Land noch ein bisschen behalten. Wir dagegen ziehen nach Flandern. Dieser Ferrand legt schon wieder die Hand auf das Artois, dabei gehört es mir ...«

»Ich dachte, das hättet Ihr dem Herrn bereits eindringlich klargemacht.« Rüdiger zwinkerte Ludwig zu. Zwischen dem Prinzen und Ferrand hatte es im letzten Jahr schon einmal gehörigen Ärger gegeben. Ludwig hatte den Grafen gefangen genommen, als der seine junge Frau nach Flandern bringen wollte. Nach einigem Gerangel hatte Ferrand dann auf das Artois verzichtet, auf das Ludwig als Erbe seiner Mutter, Ferrand als Gatte der Gräfin Johanna Anspruch erhob. Sehr ernst schien er das allerdings nicht gemeint zu haben. Jetzt saß er erneut in Flandern und weigerte sich, den Heerzug nach England zu unterstützen, obwohl er König Philipp waffenpflichtig war. Und der hatte nun dem Drängen seines Sohnes nachgegeben: Ludwig dürfte sein Heer nach Flandern führen, um den aufrührerischen Grafen endgültig in seine Schranken zu verweisen.

Rüdiger empfand das als klugen Entschluss. Dieser Feldzug war nicht übermäßig gefährlich, aber Ludwig würde Erfahrungen sammeln. Und mit ihm Dietmar. Der Falkenberger atmete auf, als er sie gleich darauf gemeinsam den Abzug des Heers aus Boulogne planten.

Der Sommer 1213 verging mit dem Kampf gegen Ferrand, und wie Rüdiger gehofft hatte, schlug Ludwig sich siegreich. Der Prinz erwies sich als besonnener und begabter Schlachtenlenker, der wusste, wo er welche Heeresteile möglichst effektiv und ohne größere Verluste einsetzen konnte. Er machte das besser als sein Vater. Rüdiger dachte oft darüber nach, dass er es Richard Plantagenet schwerer gemacht hätte, seine Ländereien auf dem Kontinent zurückzuerobern und zu halten.

Dietmar von Ornemünde kämpfte tapfer und konnte sich oft auszeichnen. Auch er zeigte sich strategisch gewandt und beherzt, aber nicht fahrlässig, als Ludwig ihm die ersten Kommandos übertrug. Dabei verbrachte er die Nächte nach wie vor damit, Lieder und Gedichte für Sophia von Lauenstein zu schreiben, deren Zeichen er immer noch bei sich trug. Er übte sich auch im Lautenspiel, was ihn manchmal etwas einsam machte.

»Das kann sich nun wirklich niemand anhören«, maulte ein junger Ritter, mit dem er das Zelt teilte, nachdem Rüdiger ihn für den Rauswurf seines Neffen gerügt hatte. »Ich bin geduldig, aber ich bin nicht taub – wobei ich für Herrn Dietmar nur hoffen kann, dass seine Liebste über kein allzu gutes Gehör verfügt. Das wird sonst nie etwas mit seiner Werbung.«

Dietmar übte also außerhalb des Lagers und brachte es zu unstreitigem Ruhm, als er eines Tages über einen Erkundungstrupp des Feindes stolperte und die Ritter im Alleingang niedermachte.

»Wahrscheinlich hat's gereicht, dass er die Laute spielte«, grinste sein Mitbewohner. »Wir sollten ihn demnächst damit dem Heer vorausschreiten lassen wie damals die Trompeter vor Jericho.«

Der Prinz gratulierte Dietmar zu seinem tapferen Kampf – während Rüdiger sich die Haare raufte.

»Allein gegen drei Ritter, das hätte schiefgehen können! Und erzähl mir jetzt nicht, sie hätten ja nur Kettenhemden getragen. Du selbst bist doch wohl auch nicht in voller Rüstung in die Hügel gegangen, um die Laute zu schlagen.«

Im Herbst flüchtete Ferrand, nachdem er seine sämtlichen Ländereien verloren hatte, auf die Insel Walcheren. Er floh von da aus nach England, um sich König Johann zu unterstellen.

»Gauner und Verräter unter sich!«, meinte Prinz Ludwig, den es ärgerte, dass Ferrand ihm entwischt war.

Er sollte allerdings bald erneute Gelegenheit haben, gegen seinen Feind anzutreten. Schon im Frühling des nächsten Jahres landete Ferrand wieder an der Küste Frankreichs an, diesmal unterstützt durch englische Ritter.

»Und die sind nicht ohne!«, warnte Rüdiger seinen Neffen, der sich schon auf neue Kämpfe im Heer des Prinzen freute. »Ihr Führer ist William Longespée, ein Bastard von Heinrich II. Also ein Halbbruder von Johann Ohneland und Richard Löwenherz – und glaub mir, Dietmar, er hat mehr von Richard! Der Kerl weiß das Schwert zu führen, das hat ihm ja auch seinen Namen eingebracht. Richtig heißt er William of Salisbury.«

»Ist das nicht der Mann, der letztes Jahr schon unsere Flotte vernichtet hat?«, fragte Dietmar.

Während die Ritter zu Land in Flandern durchweg siegreich gewesen waren, hatte König Philipp vor der Küste Flanderns eine herbe Niederlage in einer Seeschlacht hinnehmen müssen.

Rüdiger nickte. »Und das Meer ist nicht mal sein bevorzugter Kampfplatz«, meinte er. »Also Vorsicht mit den Engländern ...«

Vorerst war es allerdings nicht William Longespée, gegen den Dietmar und Rüdiger antreten mussten. Tatsächlich überraschte die Franzosen das Eintreffen König Johanns, der mit einem weiteren Heer an der Westküste Frankreichs anlandete. König Philipp erschien diese Bedrohung erst mal wichtiger als die Truppen um Ferrand und William, zumal der Engländer mit Feuer und Schwert durch das Poitou zog und gleich darauf Nantes eroberte. Philipp und Ludwig ritten ihm mit den für England ausgehobenen Rittern und Fußtruppen entgegen. Aber dann erreichte den König eine weitere beunruhigende Nachricht.

Auch der entmachtete deutsch-römische Kaiser Otto hatte seine Getreuen gesammelt, um sich bei den Franzosen für ihre Unterstützung des Staufers Friedrich zu rächen. Er vereinigte sein Heer mit den Männern von Ferrand und William, die dadurch zu einer echten Gefahr wurden.

Rüdiger war überrascht, als Prinz Ludwig ihn noch vor der Feindberührung mit König Johann in sein Zelt rufen ließ. Er wirkte bekümmert.

»Herr Rüdiger, ich wollte es Euch selbst mitteilen«, meinte er. »Aber es wurde entschieden, dass Ihr meinem Heer nicht weiter angehören sollt, ebenso wenig Eure jungen Ritter.«

Rüdiger sah Ludwig verwirrt an. »Aber was ist geschehen, Sire? Was habe ich getan? Gibt es irgendetwas, womit ich Euch verletzt habe?«

Der Prinz nahm einen Schluck Wein. Dann lächelte er. »Nein, nein, verzeiht meine ungeschickte Wortwahl. Für Euch ist es ja eher eine Ehre. Mich schmerzt der Verlust – Herr Dietmar und die anderen jungen Ritter waren für mich schließlich fast so etwas wie Waffenbrüder. Nun, wie auch immer: Mein Vater hat entschieden, dass ein Johann Ohneland auch mit einem weniger starken Heer mühelos zu schlagen sein sollte. Dagegen Kaiser Otto und William of Salisbury ...«

»Otto vereinigt sich mit Salisbury?«, fragte Rüdiger verwundert. »Und Ferrand?«

Der Prinz nickte. »Das Ganze scheint gezielt geplant. Johann sollte uns in den Südwesten locken, und derweil zieht

Otto über Flandern nach Paris! Aber die Suppe wird ihnen mein Vater versalzen. Er wird heute noch nach Paris reiten und dort ein weiteres Heer ausheben. Mit Hilfe der besten seiner Ritter. Er bittet Euch, Herr Rüdiger, sich ihm anzuschließen.«

Rüdiger verbeugte sich. Für ihn war dies tatsächlich eine Ehre. Und für Dietmar eine weitere Bewährungsprobe.

»Auch ich verlasse Euch ungern, Sire«, sagte er dennoch und meinte es ehrlich. Rüdiger machte sich allerdings keinerlei Sorgen um Prinz Ludwig. Der würde mit Johann schon fertig werden. »Und ich wünsche Euch Glück!«

Der Prinz nickte ihm zu. »Desgleichen, Herr Rüdiger. Und bitte bestellt Herrn Dietmar ebenfalls meine besten Wünsche. Er hat bislang überaus tapfer gekämpft – eines Tages wird er auch sein Erbe erstreiten.«

Dietmar war nur wenig begeistert von der Idee, erneut in ein Feldlager zu ziehen und Truppen zu sammeln, statt sich gleich mit Prinz Ludwig in die Schlacht zu stürzen. Statt Ruhm und Ehre zu erringen, verbrachten die Ritter um König Philipp die nächsten Wochen größtenteils im Sattel auf dem Weg nach Paris und dann nach Péronne, wo Philipp sein neues Heer zusammenzog. Ludwig kämpfte dagegen schon mit den Engländern. Anfang Juli erreichte die Ritter die Nachricht, er habe Johann bei Roche-aux-Moines verheerend geschlagen und folge ihm jetzt nach Süden.

»Und wir hocken hier herum und lassen uns von den Mücken auffressen«, nörgelte Dietmar.

Sie lagerten am Ufer der Marque, einem eigentlich recht idyllischen Fluss im Grenzgebiet zu Flandern. Im Laufe des Tages sollte die Brücke bei Bouvines überquert werden, das Fußvolk war bereits übergesetzt. Dietmar haderte mit dem

Befehl des Königs, sich vorerst zurückzuziehen, dabei hatte es in den letzten Tagen erstmalig ein paar Kämpfe gegeben. Die Armee war auf flandrischen Boden vorgestoßen und hatte den Ort Tournai eingenommen, ohne nennenswerte Verluste auf beiden Seiten. Die Stadt hatte sehr schnell die Waffen gestreckt, bot sie doch weder dem aufständischen Grafen von Flandern noch irgendeinem anderen wichtigen Kombattanten Asyl. König Philipp hatte sie dann auch rasch wieder verlassen. Allerdings nicht in Richtung Mortagne, wo Berichten zufolge das gegnerische Heer lagerte, sondern zurück nach Lille!

»Du wirst schon bald mehr Blut sehen, als uns all die Mücken hier in einem Sommer aussaugen können«, meinte Rüdiger, der mal wieder seine Waffen kontrollierte.

Er tat das mehrmals vor jeder Schlacht, als würde es ihm Glück bringen. Denn obwohl der junge Ritter das vielleicht noch nicht so wahrnahm – für Rüdiger lagen Schlachtenlärm und Blutgeruch in der Luft. Er wusste nicht, ob die Entscheidung des Königs richtig war, sich noch einmal zurückzuziehen, um sich einen eventuellen Fluchtweg ins französische Kernland offen zu lassen. Aber so nah, wie sie der gegnerischen Streitmacht zurzeit waren, gab es für jeden erfahrenen Ritter nur zwei Optionen: Entweder man selbst suchte den Feind, oder der Feind fand das eigene Heer. Rüdiger mochte nicht entscheiden, was in dieser Situation klüger war. Aber die Schlacht, das stand fest, war unvermeidlich.

Während er versuchte, Dietmar das zu erklären, trennten sich zwei Ritter mit einer Abteilung leichter Reiterei vom Lager der Ritterschaft: Der Vizegraf von Melun und der sehr streitbare Bischof von Senlis.

»Da siehst du's«, meinte Rüdiger. »Ein paar andere können's auch kaum erwarten. »Womöglich kommt es heute noch zur Schlacht.«

»Heute ist Sonntag«, brummte Dietmar. »Da gilt die Waffenruhe Gottes.«

Rüdiger grinste. »Ich wette, der Bischof handelt einen Dispens für uns aus, und wenn er sich damit an Sankt Georg persönlich wenden muss. Oder ist da eher der Erzengel Michael zuständig? Wer auch immer, wenn der Bischof kämpfen will, kriegt er ihn rum!«

Irgendetwas schien zumindest vorzugehen, denn der erwartete Befehl zum Überschreiten der Brücke erfolgte vorerst nicht. Und dann sahen die aufgeregten Ritter einen Boten ins Lager sprengen und sein Pferd vor dem Zelt des Königs anhalten.

»Das sieht nach einer dringlichen Nachricht aus«, meinte Rüdiger. »Hör zu, Dietmar, lass unsere Ritter schon mal aufmarschieren und bitte sie, den Zugang zur Brücke freizumachen. Wenn da wirklich etwas vorgeht, müssen die Fußsoldaten zurück, und das schnell.«

Der Befehl, die Truppen zurückzuholen, erfolgte nur kurze Zeit später. »Der Graf und der Bischof haben den Kaiser gefunden!«, verriet der Bote Dietmar und seinen Rittern, die ihre Vorbereitungen bereits getroffen hatten, »und sich natürlich sofort in den Kampf gestürzt. Ottos Vormarsch haben sie dabei schon gestoppt, aber zurückziehen wird der sich auch nicht.«

»Das heißt also, wir kämpfen hier?«, fragte Dietmar.

Ideal war das nicht, der Fluss engte die Franzosen ein.

»Der Kaiser bezieht Stellung in der Ebene zwischen Bouvines und Tournai«, gab der Ritter Auskunft. Er hatte zum Stoßtrupp des Grafen von Melun gehört. »Da wird nun auch gekämpft. Sofern sich die Herren noch einigen können, ob sie den Sonntag nun heiligen oder nicht. So richtig will jedenfalls keiner anfangen.«

Ein Bruch der Sonntagsruhe konnte zur Exkommunikation des Aggressors führen.

Dietmar grinste. »Herr Rüdiger vertraut da fest auf unseren Bischof von Senlis ...«

Der Ritter lachte trocken. »Ich würde nicht dagegen wetten. Aber warten wir ab. Schlimmstenfalls stehen wir uns bis morgen tatenlos gegenüber.«

Der Aufmarsch der Heere war dann gegen Mittag beendet – König Philipps Fußvolk war rechtzeitig zurück. Seine Fußtruppen waren denen des Kaisers jedoch zahlenmäßig stark unterlegen, während sich die Zahl der berittenen Kämpfer annähernd ausglich. Etwa viertausend Ritter und berittene Knechte standen einander gegenüber, als die Sonne den Zenit erreichte. Dietmar und Rüdiger befanden sich als Ritter aus dem Haushalt des Königs in Philipps Nähe und damit im Zentrum des Heeres.

»Hoffentlich kommen wir hier wenigstens richtig zum Zuge«, murmelte Dietmar.

Sehr oft blieb der König eher im Hintergrund einer Schlacht, da niemand es wagte, ihn anzugreifen. Und an diesem Tag schien sich die Spannung auch zunächst auf dem rechten Flügel des Heeres zu entladen. Bevor der König noch Befehl zum Angriff gegeben hatte, kam es dort zu einem Ausfall.

Rüdiger erkannte grinsend das Banner des Bischofs von Senlis, das den Reitern voranflatterte, und dann hörte man auch Gefechtslärm. Weitere Ritter stürzten sich in den Kampf.

Der König schaute etwas irritiert auf die kleine Streitmacht seines geistlichen Gefolgsmanns, die eben die ersten Gefangenen machte. Dann hob er den Arm. Der Reiter, dem die Ehre zufiel, die Oriflamme, die Kriegsflagge der Franzosen, in die Schlacht zu tragen, setzte sein Pferd in Galopp.

»Angriff! Für Frankreich, für den König, für die Ehre der Ritterschaft!«

Die Franzosen ritten auf breiter Front an, ebenso das Heer des Kaisers. An diesem Tag sollte jedes Schwert Blut schmecken.

»Für Sophia von Ornemünde!«, brüllte Dietmar den Namen seiner Dame hinaus und tastete noch einmal kurz nach ihrem Zeichen.

Und dann dachte und fühlte er nichts mehr außer den jagenden Hufen seines Pferdes unter ihm und den Aufprall der gegnerischen Lanze.

Kapitel 4

Leonor, die Gräfin von Toulouse, sah von ihrer Stickerei auf, als die Lautenspielerin einen falschen Akkord griff.

»Dies sollte ein C sein, liebes Kind, kein G. Aber sonst sehr schön, versuch es noch einmal.«

Sophia von Ornemünde errötete und murmelte eine Entschuldigung, bevor sie von Neuem begann. Die Gräfin lächelte ihr ermutigend zu.

Leonor hatte sich an diesem Morgen nicht wohlgefühlt und verbrachte den sonnigen Vormittag deshalb lieber in ihrem Rosengarten, als mit ihren Mädchen den Rittern beim Kampfspiel zuzuschauen. Und wie immer, wenn sich diese Möglichkeit bot, hatten sich auch Sophia und Geneviève, ihre neuen Hofdamen, um den Ritt zur Übungsbahn gedrückt – wobei Sophia das Angebot, der Gräfin Gesellschaft zu leisten, wenigstens ernst nahm. Sie bot einen hübschen Anblick, wie sie hier neben Leonor saß und sich im Lautenspiel übte. Überhaupt fand die Gräfin immer mehr Gefallen an dem blonden Burgfräulein aus Franken, das sie zunächst eher widerwillig aufgenommen hatte. Sophia hatte sich gut eingelebt und machte keine Schwierigkeiten. Die meisten der höfischen Vergnügungen, mit denen die Damen hier den Tag verbrachten, schienen ihr Freude zu bereiten. Sophia ritt nicht gut, und die Falknerei war ihr gänzlich neu, aber sie liebte Tiere und widmete sich mit Eifer der Aufgabe, die nötigen Fertigkeiten im Umgang mit ihnen zu erlernen.

Das galt auch für das Lautenspiel und das Schmieden von Versen – in der Heimat hatte das junge Mädchen wohl keine

Lehrer gehabt, die seine hübsche Singstimme formten, aber hier machte es rasche Fortschritte. Sophia verstand sich auch auf alle Obliegenheiten einer Hausfrau. Sie konnte rechnen und nähen, verstand sich auf das Zuschneiden und Fertigen von Kleidern und auch auf dekorative Stickereien. Das alles passte zu dem, was Leonors Gatte über die Herkunft Sophias erzählt hatte – und noch mehr dazu, was Leonor selbst später über die Herren von Lauenstein erfuhr. Eine noble Abstammung, eine schöne Burg in einer reichen Grafschaft – aber ein Leben als Verfemte in einem Haushalt, der nie von Troubadouren besucht wurde und dem man keine Gleichaltrigen zur gemeinsamen Erziehung mit der Erbin schickte. Keine Hofdamen, keine Ausritte und Falkenjagden – und offensichtlich nicht gerade die minniglichste Ritterschaft.

Auf Letzteres schloss Leonor aus Sophias Verhalten – das Mädchen war auffällig scheu und zurückhaltend, es versuchte, sich der Gesellschaft von Rittern so oft wie möglich zu entziehen und deutete selbst die bewunderndsten Blicke der jungen Herren und ihre höflichsten Versuche zur Annäherung als lüstern und zudringlich. Der Minnehof, in dem beide Geschlechter recht frei miteinander umgingen, machte ihm Angst. Sophia war wohl das einzige unter Leonors Mädchen, das man nie auf die Notwendigkeit einer Anstandsdame hinweisen musste. Im Rosengarten oder bei Banketten im großen Saal suchte sie ängstlich die Nähe zu Leonor, zu der Maurin, mit der sie sich wohl schon in Mainz angefreundet hatte – oder doch wenigstens zu Geneviève oder einem der jüngeren Mädchen. Kaum zu glauben, dass es da in Mainz eine Art Skandal um die Kleine gegeben haben sollte. Jedenfalls hatte Raymond etwas von einer unpassenden Liebelei angedeutet, und manchmal starrte Sophia tatsächlich verträumt in die Luft, wenn ein Troubadour die Minne besonders innig besang.

In Toulouse jedenfalls ließ ihr Verhalten keine Wünsche offen – auch was ihren Gatten anbetraf, machte sich Leonor längst keine Sorgen mehr in Bezug auf Sophia. Der Graf sah das Mädchen zwar sicher gern an, aber er schien es wohl wirklich eher um seines Vaters willen aufgenommen zu haben, denn in der Hoffnung auf fleischliche Genüsse in den Armen der zierlichen Schönheit. Und so gesehen war das Arrangement auch durchaus weise: Am Hof von Toulouse hatte man wenig Interesse an Erbstreitigkeiten rund um eine Burg in Franken.

Natürlich wurde ein bisschen über Sophia getuschelt – die Eltern der anderen Mädchen fanden sehr schnell heraus, dass die neue Gespielin ihrer Töchter aus anrüchigen Verhältnissen kam. Aber andererseits setzte sich auch der Graf von Toulouse oft genug über Anordnungen von König und Kirche hinweg, und die Väter der meisten Mädchen am Hof waren seine Vasallen. Keiner von ihnen hätte es sich mit Raymond verderben wollen, indem er Beschwerde über die Aufnahme Sophias erhob. Und den Rittern war die Sache sowieso egal. Sie hofierten Sophia ob ihrer außergewöhnlichen Schönheit willen – ihre Geschichte empfanden die Fahrenden unter ihnen sogar als zusätzlichen Anreiz. Jeder der Männer hätte Roland von Ornemünde sofort seine Kampfkraft zur Verfügung gestellt, hätte er dafür Hoffnung auf die Hand der Erbin und die Aussicht auf das Lehen hegen dürfen. Und die reichen jungen Ritter am Hof, auf die ein mehr oder weniger großes Erbe im Süden Frankreichs wartete, dachten nur an Sophias Schönheit und Tugend. Sofern ihre Väter nicht gerade die Erbin der Nachbarburg als Gattin für sie ins Auge gefasst hatten, würden diese das kluge, bildschöne Mädchen gern als Schwiegertochter willkommen heißen – falls der Graf von Toulouse die Verbindung protegierte.

Leonor dachte vor allem an den jungen Mathieu de Merenge. Der Ritter schien sich an Sophia kaum sattsehen zu können. Er hofierte sie nach allen Regeln der Kunst, und Raymond befürwortete das offenbar. Leonor wäre bereit gewesen, die Werbung des Ritters um ihren Zögling wohlwollend zu betrachten, aber leider schien Sophia Mathieus Zuneigung in keinster Weise zu erwidern. Tatsächlich war sie ständig auf der Flucht vor ihm – Mathieu fing es wohl falsch an. Wenn überhaupt, so würde Sophia nur auf eine sanfte, zurückhaltende Werbung eingehen. Geduld gehörte jedoch nicht zu Mathieus Stärken. Der Ritter strotzte vor Selbstbewusstsein und neigte dazu, Sophia immer wieder mit seinen Avancen zu überfallen. Er begriff nicht, dass er dem Mädchen damit eher Angst machte, als es für sich einzunehmen.

Sophia hatte das Lied inzwischen noch einmal gesungen und diesmal richtig gespielt. Ihr schönes, aristokratisches Gesicht strahlte, als die Gräfin sie dafür lobte.

»Ich darf mich heute Nachmittag keinesfalls verspielen!«, meinte das Mädchen eifrig. »Habe ich doch Herrn Flambert versprochen, es ihm vorzusingen. Er hat das Lied selbst verfasst, wisst Ihr? Für mich, sagt er ...«

Über Sophias Gesicht zog wie so oft leichte Röte, als könne sie gar nicht verstehen, dass sich ein Ritter die Mühe machte, Verse für sie zu schmieden. Flambert de Montalban, der Albigenser-Ritter, schien jedenfalls mehr Chancen bei Sophia zu haben als Herr Mathieu. Wenngleich das Mädchen auch ihn nicht ermutigte – und eine solche Verbindung ganz sicher nicht das wäre, was Raymond und Sophias Vater für sie vorschwebte! Flambert war zweifellos auf dem Weg, ein passabler Ritter zu werden, aber nach Leonors fester Überzeugung war die Sache der Albigenser zum Scheitern verurteilt. Und das nicht nur, weil Gott seine Hand nicht über die Ketzer hielt.

Leonor bekreuzigte sich rasch bei dem Gedanken an ihre Häresie – es war auch militärisch auf Dauer kaum möglich, einem erklärten Kreuzzug des Papstes zu trotzen. Simon de Montfort, der die Kreuzfahrer anführte, hatte zwar sicher nicht die Blüte der abendländischen Ritterschaft um die Fahne des Papstes versammelt, aber sein Heer war groß, seine Männer gänzlich skrupellos, und es kamen ständig weitere nach. Die Albigenser hatten nur wenige eigene Kämpfer, und die Kontingente ihrer Unterstützer waren begrenzt. Leonor befürwortete es nicht, dass ihr Gatte den Ketzern Truppen stellte. Aber so tapfer die auch kämpften – irgendwann würden sie aufgerieben sein. Schon jetzt heuerten die Gemeinden im großen Stil ausländische Söldner an, um ihre Städte zu verteidigen. Wenn auch diese Möglichkeiten ausgeschöpft waren, würden sie fallen.

Der Gedanke an Flambert brachte die Gräfin auf das zweite junge Mädchen an ihrem Hof, das sie der Vermittlung ihres Gatten verdankte. Geneviève de Montalban. Wo war sie überhaupt? Wahrscheinlich wieder irgendwo versteckt – den Kopf über das Johannesevangelium gesenkt, das sie eigentlich schon auswendig können musste, so oft, wie sie es studierte. Manchmal lieh sie sich auch andere hochgeistige Schriften aus der Bibliothek des Grafen. Raymond ermutigte sie dazu. Dies war der einzige Gefallen, den sie von ihm annahm, obwohl er sie – Leonor biss sich auf die Lippen, aber sie konnte sich dem Gedanken nicht verwehren – umwarb wie ein verliebter Gockel. Geneviève verdankte ihren Platz am Hofe unzweifelhaft der Gunst des Grafen, wobei man ihr zugutehalten musste, dass sie ihn dabei nicht im Entferntesten ermutigte. Nach Leonors Ansicht war das im Übrigen das Einzige, was man dem Mädchen zugutehalten konnte.

Geneviève de Montalban war ein Störfaktor an Leonors Hof – und das nicht nur, weil ihr Gatte sich vor ihr zum Nar-

189

ren machte. Der Gräfin gefiel einfach ihr ständiger Unmut nicht, ihr Missfallen an allem, womit sich ihr Hof beschäftigte, und ihre offensichtliche Langeweile. Dabei gab es selten Grund, sie zu schelten. Geneviève tat alles, was man ihr auftrug, wenn es nicht allzu sehr gegen die Regeln ihrer Religion verstieß. Sie wollte nichts lernen, aber wenn Leonor ehrlich sein sollte, so gab es auch kaum etwas, das sie dem Mädchen noch beibringen konnte. Geneviève war hochgebildet, sie konnte lesen und schreiben, sprach Latein und Griechisch wie ein Geistlicher und verstand es, einen Haushalt zu leiten und die Bücher zu führen. Sie hielt Musik und Gesang für weltlich und sündig, aber wenn man es von ihr verlangte, so spielte sie gefällig die Laute und sang mit klangvoller Stimme.

Die Montalban-Kinder mussten gute Lehrer gehabt haben, auch Flambert war ein begabter Troubadour. Überhaupt verfügten sowohl der junge Ritter als auch das Mädchen über eine ordentliche höfische Erziehung. Geneviève konnte reiten – lehnte allerdings die Falknerei ab. Als Parfaite der Bonhommes war es ihr verboten, Tiere zu töten. Sie verstand sich auf Handarbeiten jeder Art – auch wenn sie kein Vergnügen daran zu finden schien. Tanz, schöne Kleidung und gutes Essen waren ihr zuwider, ganz abgesehen von der Tändelei mit jungen Rittern!

Geneviève behandelte die Männer in ihrer Umgebung höflich und zuvorkommend, ließ sich aber auf kein Gespräch ein, das nicht absolut notwendig war. Wenn Leonor sie dazu zwang, ihre Gesellschaften zu besuchen, sprach sie allenfalls mal mit einem Troubadour – und dann stellte sich grundsätzlich irgendwann heraus, dass er ihrem Glauben anhing, und die Unterhaltung sich nur darum gedreht hatte, wie der Ritter mittels seiner Verse hilfreich für die Sache der Amis de Dieu sein konnte. Die Gräfin verstand es nicht ganz, aber trotz der Strenge und

Lebensfeindlichkeit ihres Glaubens fanden sich viele begnadete Sänger und Musiker unter den Häretikern. Vielleicht, weil sie doch in erster Linie lebensfrohe Südfranzosen und dann erst tugendhafte Bonhommes waren. Mit wenigen Ausnahmen – und ausgerechnet eine solche Fanatikerin hatte Raymond an Leonors Hof bringen müssen! Wenn das Mädchen unbedingt eine Art Nonne werden wollte, warum hatte er es nicht in Gottes Namen dabei belassen können?

Leonor rang sich ein weiteres Lob für Sophias Sangeskunst ab, aber das Mädchen ließ jetzt die Laute sinken. Die Gräfin folgte seinem Blick und sah Geneviève und die Maurin über den Hauptweg durch den Rosengarten schreiten. Noch so eine Heidin an ihrem Hof, mit der sie sich abfinden musste! Und die anscheinend die Einzige war, mit der die junge Geneviève ab und zu mehr als drei Worte tauschte. Auch jetzt befanden sich die beiden in regem Streitgespräch.

»Natürlich sind die Sterne schön, aber das ist ja eben das Teuflische!«, erregte sich Geneviève. »Das und vieles andere ist geschaffen worden, um uns zu versuchen, um uns die Seelen zu rauben, denn wir konzentrieren uns nur noch auf das Äußerliche und nicht auf das Gute, Reine und Wahre!«

»Aber ich verstehe nicht, was verderbt und verlogen an den Sternen sein soll«, entgegnete die Maurin nachsichtig, und man hörte ihrer Stimme an, dass sie lächelte. »Für mich sind sie klar und rein, und sie sind ewig. Während mir Euer Himmel recht dunkel erscheint, Geneviève.«

Leonor hätte sich beinahe erlaubt, über diese Bemerkung zu lachen, aber dann fiel ihr ein, dass auch der maurische Himmel ein äußerst sündiger Ort zu sein schien. Wahrscheinlich sogar noch schlimmer als jener der Albigenser.

»Eine gereinigte Seele ist Licht in sich!«, behauptete Geneviève. »Gott ist Licht, die Ewigkeit ist ein Aufgehen im Licht...«

Die Maurin rieb sich die Stirn. »Ihr redet den Scheiterhaufen ja geradezu herbei«, seufzte sie, um sich dann vor der Gräfin zu verbeugen. »Ich hörte, Euch sei nicht wohl, Herrin«, sagte sie freundlich. »Kann ich irgendetwas für Euch tun? Im letzten Monat hat Euch der Tee doch gutgetan, der den Blutfluss anregte. Ich kann ihn anmischen, die Ärzte in meinem Land sind sehr gut, und ich habe mich nach den wichtigsten Kräutern erkundigt, bevor ich dem Ruf an Euren Hof folgte.«

Leonor wehrte ab. »Nein, lasst nur, es ist schon besser. Und solange der Blutfluss nicht eintritt, kann ich immer noch hoffen, dass mein Leib in diesem Monat vielleicht doch gesegnet wurde. Ich bin nun schon so viele Jahre verheiratet und immer noch nicht gesegneten Leibes. Habt Ihr dagegen eine Medizin, Herrin Ayesha?«

Die Maurin schüttelte den Kopf. »Nein, Herrin, aber ich bin auch nicht wirklich heilkundig. Ich könnte jedoch die Sterne befragen ...«

Es klang nicht sehr hoffnungsvoll. Aber Leonor hatte längst bemerkt, dass die Maurin auswich, wenn man genauer nachfragte. Offensichtlich konnten die Sterne wissen, ob es ratsam war, dem Willen des Papstes zu trotzen und ein Nest von Ketzern zu beschützen, aber ob eine Frau guter Hoffnung war, verrieten sie sicher nicht. Wenn es nach der Gräfin gegangen wäre, hätte man die Maurin mitsamt ihres windigen Ehemannes umgehend zurück nach Al Andalus geschickt. Wenngleich ihr die Vermittlung des Herrn Abu Hamed die Verwirklichung ihres Herzenswunsches ermöglicht hatte. Ihre Kapelle zierte ein kleines, rein goldenes Gefäß mit einer Reliquie der heiligen Perpetua.

»Ihr solltet einfach regelmäßig vor Eurem Kleinod in der Kapelle beten«, regte Sophia mit ihrer sanften Stimme an. »Die

Heilige wird Euch irgendwann ein Kind schenken, so fromm und schön und treu wie sie selbst.«

Leonor nickte, erhoffte sich aber nicht allzu viel. Sie konnte die Heilige lediglich um mehr Glauben und mehr Treue von Seiten ihres Ehemannes bitten. Wenn Raymond häufiger in ihr Bett käme, statt Geneviève zu umschwärmen, die jetzt ein spöttisches Lächeln zu verbergen suchte, gäbe es auch größere Hoffnung auf ein Kind – wobei die Angelegenheit dem Grafen selbst nicht sonderlich dringlich erschien. Er hatte bereits Nachkommen aus früheren Ehen, und sein Sohn Raymond – Raymondet genannt – war erwachsen und machte ihn stolz. Leonor konnte sich also ganz ohne schlechtes Gewissen eine Tochter wünschen, wenn Gott ihre Bitten endlich erhörte.

Nun aber stand sie erst einmal auf und tat so, als gedenke sie, sich in die Kapelle zu begeben. Ihr stand weder der Sinn nach einer Unterhaltung mit der Maurin noch mit Geneviève. Ein Besuch bei der heiligen Perpetua war da eine gute Ausrede. Und dann konnte man eine Kleinigkeit essen und überlegen, wie man den Nachmittag verbrachte. Am kommenden Morgen stand eine Falkenjagd an. Leonor seufzte. Wenn sie sich bis dahin nicht besser fühlte, würde sie die Herrin Ayesha vielleicht doch um ihren Tee bitten müssen.

Geneviève schüttelte den Kopf, als die Gräfin gegangen war. »Wie kann sie nur glauben, dass ein Gebet vor einer jahrhundertealten Gallenblase die Fruchtbarkeit ihres Körpers erhöht?«, fragte sie, ohne sich an irgendjemanden im Besonderen zu wenden.

Miriam lächelte. »Nach Eurem Glauben, Geneviève, sind ihr Körper und Perpetuas Gallenblase gleichermaßen sündig, und wenn es dem Teufel, der beides geschaffen hat, gefällt, dann lässt er auch neues Leben in ihr entstehen. Wobei Ihr ja meint, dass da erst mal ein Dämon in ihrem Leib heranwächst, der dann aber doch irgendwie an eine menschliche Seele kommt, die ...«

»Spottet nicht!«, fuhr Geneviève auf, als Sophia auch noch zu kichern begann. Die Glaubensinhalte der Albigenser erschienen ihr deutlich absurder als die Heilkraft der heiligen Perpetua. »Ihr wisst nicht, wovon Ihr sprecht!«

Miriam lachte. »Ich wiederhole nur Eure eigenen Ausführungen, die Predigten Eurer Parfaits zu Schwangerschaft und Geburt. Also ärgert mich nicht, Geneviève, sonst reite ich morgen nicht mit zur Falkenjagd, und dann hält Euch keiner den Grafen vom Leib.«

Geneviève seufzte.

Sophia dagegen wusste nicht recht, ob sie sich auf den Ausflug freuen oder sich davor fürchten sollte. Sie ritt nicht gut, aber gern und besuchte ihr Falkenweibchen jeden Tag. Sie hoffte, bei der nächsten Jagd damit glänzen zu können. Aber andererseits war bei diesen Jagden der halbe Hof zugegen, die Ritter gesellten sich zu den Damen, und es würde kaum möglich sein, dem Herrn Mathieu zu entkommen. Beim letzten Mal hatte Sophia das versucht, indem sie die Gesellschaft von Genevièves Bruder suchte, und tatsächlich hatte Herr Flambert sie in seiner freundlichen Art unbeschadet durch den Tag geleitet. Aber dann hatte Geneviève mit Sophia geschimpft, weil sie ihren Bruder zur Sünde verleitete. Sophia wusste nicht recht, ob die Tötung eines Hasen durch Flamberts Falken oder sein Gespräch mit Sophia von der jungen Albigenserin als schlimmer gewertet wurde.

Ganz entschieden dramatischer gestaltete sich jedoch die Rache des Herrn Mathieu. Er hatte Flambert gleich am nächsten Tag bei den Übungen der Ritter herausgefordert und ihn mit voller Kraft bekämpft. Mit den Übungswaffen konnte er ihn zwar kaum töten, aber Flambert hatte so schwere Prellungen und Platzwunden davongetragen, dass er sich zwei Tage lang nicht von seinem Lager erheben konnte. Geneviève hatte sogar darüber nachgedacht, einen Medikus aus Montalban kommen zu lassen, aber dann hatte er sich doch erholt. Noch einmal wollte Sophia nichts Vergleichbares riskieren. Mathieu war einer der stärksten Ritter des Hofes, und Flambert hatte gerade erst seine Schwertleite gefeiert. Auf keinen Fall wollte sie schuld daran sein, dass er sich womöglich beim Tjost das Genick brach oder dass Mathieus Holzschwert »rein zufällig« in Flamberts Auge drang ... Genevièves Idee, sich hinter einer weiblichen Begleitung zu verstecken, erschien ihr da weniger gefährlich.

»Und womöglich ist auch noch die Gräfin unpässlich und kann morgen nicht mitreiten«, stichelte die Maurin weiter. »Ihr solltet wirklich nett zu mir sein, Geneviève. Dann werde ich dem Grafen obendrein einreden, die Sterne stünden an den Nachmittagen besonders günstig für eine Empfängnis seiner Gattin.«

Am Nachmittag öffnete die Gräfin ihren Garten meist für Besuche der Ritter, und der Graf schaute fast täglich vorbei, um mit Geneviève zu flirten.

»Ihr braucht nicht für mich zu lügen«, sagte die Albigenserin steif und wandte sich ab.

Die Maurin verdrehte die Augen, als sie gegangen war. »Ich fürchte, ich hab's heute zu weit getrieben«, meinte sie dann Sophia gegenüber. »Aber manchmal reizt sie mich einfach bis aufs Blut. Eine so schöne und kluge junge Frau – aber sie schreit danach, irgendwann auf einem Marktplatz verbrannt zu werden. Dabei ist sie gar nicht so ein Lämmchen wie die meisten anderen dieser Parfaits. Geneviève streitet ganz gern, auch wenn sie's nicht zugibt.«

Sophia lächelte, aber Miriam merkte sofort, dass sich dahinter auch Sorgen verbargen.

»Und was ist mit Euch, Kleines?«, fragte sie freundlich. »Immer noch Liebeskummer? Ich hörte, der junge Dietmar streite ganz tapfer im Heer des französischen Königs. Und trüge immer noch Euer Zeichen an der Lanze.«

»Wirklich?« Sophias Augen leuchteten auf. »Woher wisst Ihr das, Herrin? Verraten es Euch die Sterne?«

Miriam verdrehte die Augen. »Das sagte mir ein Fahrender Ritter, der eben vom Hof des Königs kam und den ich nach Herrn Rüdiger und Herrn Dietmar befragte. Das könntet Ihr auch selbst tun, wenn Ihr nicht so schüchtern wäret. Die Ritter hier tun Euch doch nichts, die Herrin Leonor betreut ihren Hof gut. Seit ich hier bin, ist es nie zu irgendwelchen Übergriffen kraftstrotzender Herren gegenüber ihren Mädchen gekommen.«

Sophia errötete. »Ich weiß, Herrin. Aber ich ... ich kann es nicht leiden, wenn sie mich so ansehen ... so als wäre ich ein Schwan, hergerichtet zum Verzehr beim Bankett.«

Miriam lachte. »Kein schlechter Vergleich«, bemerkte sie.

Sophia fand das nicht komisch. »Und dieser Herr Mathieu – er macht mir Angst. Da ist etwas in seinen Augen, das ... Ich glaube nicht, dass er sich auf Dauer damit begnügen wird, mir höfische Lieder zu singen. Er hat keine Geduld, es brennt in seinen Augen ... Herrin, ich kenne diesen Blick. Den haben die Männer, bevor sie eine Magd in die Büsche zerren. Und ich weiß nicht, ob Mathieu de Merenge vor einem Edelfräulein haltmacht.«

Kapitel 5

Wie sich herausstellte, brauchte Geneviève am nächsten Tag keinen Schutz vor den Nachstellungen des Grafen. Am Abend trafen unerwartet Ritter ein, die sich als Eskorte des Königs von Aragón entpuppten. Peter, Leonors Bruder, befand sich auf dem Rückweg aus Carcassonne, eine Stadt, die im Zuge des Albigenser-Kreuzzuges bereits erobert worden war. Sie war von den Kreuzfahrern besetzt und bildete seit über einem Jahr den Stützpunkt der Truppen um Simon de Montfort. Von Carcassonne aus wurden Angriffe auf andere Städte und Festungen in Okzitanien geplant und durchgeführt. Vor allem aber beanspruchte Montfort das Gebiet von Carcassonne und Béziers als sein Lehen – vergeben von einem päpstlichen Legaten. Peter von Aragón war äußerst erbost gewesen, als er davon hörte. Zu Recht gehörten die Ländereien nämlich ihm – das Lehen lag seit Generationen in der Hand einer Familie namens Trencavel, deren Erbe am Hof König Peters aufwuchs. Die Trencavels waren keineswegs Albigenser und hatten sich auch nie auf Seiten der Ketzer gestellt. Montfort und der Papst hatten also weder das Recht gehabt, sie zu vertreiben, noch sich Peters Gebiete anzueignen. Der Kreuzzug, so argumentierte der König, richte sich gegen Ketzer, nicht gegen Okzitanien. Montfort mochte eine gewisse Legitimation haben, Parfaits auf einem Scheiterhaufen brennen zu lassen, aber nicht die Landstriche zu verwüsten, in denen sie wohnten. Von der Enteignung kirchentreuer Monarchen ganz zu schweigen.

Nun mochte Peter es sich natürlich nicht gleich völlig mit

der Kirche verderben – zumal er sich mit dem Papst sehr gut verstand. Er hatte einen anderen Kreuzzug gegen die Mauren in Las Navas de Tolosa erfolgreich beendet. Peter versuchte es also zunächst mit Verhandlungen, wozu er Montfort in Carcassonne aufsuchte; doch Montfort ließ sie scheitern.

So ritt der junge König jetzt wutentbrannt in die Burg seines Schwagers Raymond de Toulouse ein. Bislang hatte er dessen Unterstützung für die Albigenser nicht befürwortet. Aber nun schien er drauf und dran, seinerseits das Schwert zu ergreifen. Die Männer begannen sofort mit den entsprechenden Verhandlungen.

»Ich hätte ja ein bisschen auf Euch aufgepasst«, meinte Miriam bedauernd zu Sophia, als das Mädchen im Hof sein Pferd bestieg, auf dessen Sattelknauf bereits der Falke saß. Der Graf würde die Jagd nicht mitreiten, aber Leonor hatte Miriam erklärt, dass sie keinen Grund sah, darauf zu verzichten. Ihren Bruder wollte sie am Abend beim Bankett ausgiebig sprechen – im Moment musste er ohnehin erst Wut ablassen, und dazu brauchte er nur ihren Mann als gleichgesinnten Zuhörer samt ein paar Bechern guten Weines. »Aber der Graf möchte, dass ich bei der Beratung mit dem König anwesend bin. Ich soll gleich die Sterne befragen, wenn sie zu einer Einigung gelangen. Sie werden wohl gemeinsam gegen Montfort in den Krieg ziehen.«

»Jetzt stehen doch gar keine Sterne am Himmel«, wandte Sophia ein.

Ihr Pferd tänzelte ein bisschen, als sie im Seitsitz auf das Sattelkissen glitt, das einen zwar sehr zierlichen, aber nicht sonderlich sicheren Reitstil erlaubte. Eigentlich sollten nur außerordentlich gelassene Pferde von Damen geritten werden, aber Sophia hatte sich die kleine Stute erbeten, weil sie ihre Sensibilität mochte. Grandezza brauchte man nicht anzutreiben wie manch anderes Pferd aus den Ställen der Gräfin. Es fiel dann nicht so auf, dass Sophia das Reiten noch nicht sonderlich gut beherrschte.

Miriam hob resignierend die Hände zum Himmel. »Das ist den Herren wohl noch nicht aufgefallen«, bemerkte sie. »Wie auch immer, der Graf wünscht es, und ich werde mich nicht widersetzen.«

»Und . . . werden die Sterne gut stehen für einen Kampf?«, fragte Sophia vorsichtig.

Sie hatte längst den Verdacht, dass die Vorschläge der Maurin eher auf deren gesunden Menschenverstand als auf die Wege der Sterne gründeten.

»Sagen wir mal so«, gab Miriam zurück. »Die Sterne stehen allgemein nicht günstig für die Sache unserer Freundin Geneviève.« Sie wies auf die junge Albigenserin, die sich eben widerstrebend von ihrem Bruder in den Sattel helfen ließ. »Aber wenn der Graf keine weiteren Truppen stellt, ist es gänzlich aussichtslos, dann wütet dieser Montfort weiter – und wenn er erst Toulouse ins Visier nimmt, sind wir alle in Gefahr. Du weißt, dass seine Truppen keine Unterschiede machen zwischen Albigensern und papsttreuen Christen – von Mauren und Juden reden wir da noch gar nicht.«

Sophia nickte. Die Kreuzfahrer handelten nach der Anweisung, die angeblich ein Abt von Béziers gegeben hatte: Tötet sie alle – Gott wird die Seinen schon erkennen.

Miriam blickte grimmig unter ihrem Schleier hervor. »Wenn Aragón aber auch noch Truppen sendet, dann gelingt es Okzitanien vielleicht mit vereinten Kräften, den Kerl in die Hölle zu schicken!«

Sophia bekreuzigte sich hastig. »Wie könnt Ihr das sagen, es sind . . . es sind doch Kreuzfahrer, der Papst . . .«

Miriam machte eine abwehrende Handbewegung. »Gott wird die Seinen schon erkennen«, bemerkte sie ironisch.

Flambert, der sein Pferd eben neben Sophia lenkte, lächelte. »Darf ich Euch wieder begleiten, Herrin Sophia?«, fragte er freundlich.

Sophia errötete. Sie hatte genau das befürchtet, aber bei aller Überlegung fand sie keine Worte, den Ritter höflich abzuwehren. Bevor sie überhaupt noch etwas erwidern konnte, schob sich jedoch Mathieu de Merenges großer Schimmelhengst zwischen ihre Stute und Flamberts Braunen.

»Nichts da, Herr Flambert! Heute werde ich die Dame unter meinen persönlichen Schutz nehmen. Es heißt, Ihr habet Euer Falkenweibchen fleißig trainiert, Herrin Sophia. Das ist fein, ein braves Weibchen gefällt jedem ...« Mathieu schenkte Sophia ein triumphierendes Lächeln.

»Es ... sie ... sie ist nicht brav, sie ist ... ziemlich wild ...« Sophia spielte nervös mit den Zügeln, was den Falken verärgert flattern ließ. Sie wusste, dass sie ihre Worte sorgfältig wählen sollte, es gab Regeln für den höflichen Umgang zwischen Damen und Herren – auch für höfliche Ablehnung einer Begleitung. Aber Sophia fiel beim besten Willen nichts ein. Wenn ein Mann sie auf unterschwellig fordernde Art ansprach, vergaß sie alles, was sie gelernt hatte. Entweder sie verstummte, oder sie plapperte irgendetwas vor sich hin. »Ein Falke muss ja auch nicht ... also ... brav sein, er soll doch eher ... er soll auf die Beute einschlagen, er ...«

Mathieu lachte. »Oh, Artigkeit und ein wenig Wildheit schließen einander keineswegs aus«, meinte er dann. »Gerade bei Weibchen jeglicher Art. Seht Euer Pferd an: Es glüht vor Temperament, aber es bleibt brav am Zügel.«

Was Letzteres anging, so konnte Sophia das nur hoffen. Tatsächlich wurde die Stute jetzt unruhig, was zu ihrer zunehmenden Unsicherheit beitrug. Sophia wäre lieber neben der Gräfin oder neben Geneviève geritten. Beide waren erfahren im Umgang mit Pferden und konnten ihr Ratschläge zur Beruhigung ihrer Stute geben, die sich wahrscheinlich ohnehin gelassener gegeben hätte, wenn Mathieu seinen Hengst nicht neben ihr hätte tänzeln und steigen lassen.

Sophia hatte jetzt jedenfalls alle Hände voll mit ihrem Pferd zu tun und gab auf Mathieus weitere Anspielungen keine Antwort. Wenig später schloss dann auch Geneviève zu ihr auf, die ihre Not anscheinend bemerkt hatte.

»Merkt Ihr nicht, dass Ihr das Pferd verrückt macht?«, fuhr sie den Ritter an. »Und das Eure desgleichen. Mich hat man gelehrt, dass ein Ritter ein ruhiges Tier wählen soll, wenn er eine Dame beim Ausritt begleitet. Aber Ihr wollt nur selbstsüchtig zeigen, dass Ihr auch ein wildes Pferd zu beherrschen wisst. Ihr solltet an die ritterliche Tugend der Maße denken!«

Mathieu konterte mit einem Lachen. »Mich hat man gelehrt, dass eine Dame nur auf einem absolut unerschütterlichen Pferdchen Platz nehmen sollte. Wenn überhaupt. Ich werde Euch eine Sänfte stellen, Herrin Sophia, wenn Ihr erst meine Gattin seid!«

»Ich will aber nicht Eure Gattin werden!«, brach es aus Sophia heraus.

Geneviève warf der jungen Fränkin einen Seitenblick zu. Die Albigenserin hätte zweifellos genauso reagiert, aber ein artiges Burgfräulein sollte sich in ihren Augen dennoch höfischer ausdrücken.

Mathieu grinste. »Da hört Ihr's, Herrin Geneviève. Es steht mir wohl an, mich im Beherrschen eigensinniger Pferde zu üben. Umso leichter wird es mir fallen, dann auch mein Frauchen zu zähmen.«

»Hör da gar nicht hin«, wisperte Geneviève Sophia zu, die auf dem besten Weg schien, die Fassung zu verlieren. Ihr zartes Gesicht wechselte ständig zwischen Röte und Blässe, und in ihren Augen stand helle Panik. »Komm, lass Grandezza jetzt ein wenig die Zügel, dann wird sie schneller, und wir schließen zur Spitze auf. Da plauderst du ein wenig mit der Gräfin, in deren Beisein wird Herr Mathieu sich besser benehmen.«

Tatsächlich wandte sich die Gräfin Sophia sehr huldvoll zu, während sie Genevièves dunkles Kleid und ihren leeren Sattelknauf eher missbilligend betrachtete. Sie konnte die junge Frau zwingen, mitzureiten, obwohl Geneviève schon die Teilnahme an einer Jagd als Sünde empfand. Einen Falken auflassen würde sie jedoch nie und nimmer. Bevor sie das tat, würde sie sich um Unterstützung an den Grafen wenden. Was Leonor natürlich auf jeden Fall zu verhindern trachtete. Nun war die Gräfin an diesem Tag allerdings guter Dinge. Sie brauchte ihren Gatten nicht im Auge zu behalten, der saß sicher mit ihrem Bruder in der Halle. Natürlich mochte auch die Maurin eine Versuchung darstellen, aber die brachte zu jeder Beratung ihren Gatten mit, der sein Krummschwert zu führen wusste.

Leonor konnte sich also ganz auf ihre geliebte Falkenjagd konzentrieren, und sie dachte nicht daran, sich dabei durch Geneviève die Laune verderben zu lassen. Statt das Mädchen erneut zu tadeln, plauderte sie lieber noch ein wenig mit der artigen kleinen Sophia und machte ihr Komplimente, wie gut sie das recht schwierige Pferd doch schon beherrschte. Die Gräfin war eine äußerst beherzte Reiterin und wusste Mut auch bei ihren Mädchen zu schätzen.

Geneviève sah es eher mit Unwillen, wenn Sophia sich an Pferde herantraute, denen sie noch nicht wirklich gewachsen war. Für eine Parfaite war Reiten kein Spaß, sondern ausschließlich eine Möglichkeit, von einem Ort zum anderen zu kommen und mit der dortigen Gemeinde zu beten. Es bestand nicht der geringste Grund, sich in Gefahr zu begeben, indem man sich dabei nur um der Herausforderung willen auf junge oder schwierige Pferde wagte.

Die Jagdgesellschaft hatte die Stadt inzwischen verlassen und trabte durch Wiesen und Weinberge auf den Wald zu. Es war ein sonniger Sommertag – hier im Süden Frankreichs schon recht warm, nicht zu vergleichen mit den oft regnerischen, kühlen Maitagen in Lauenstein. Die Wege waren trocken, wenn auch etwas steinig, die Erde rot und fruchtbar. Gelegentlich ritten sie an Bauern vorbei, die ihre Felder bestellten. Sie grüßten, und die Gräfin warf ihren Kindern huldvoll kleine Münzen zu, wenn sie hinter und neben ihrem Zug herliefen und die glänzenden Pferde und die bunten Kleider der Damen bewunderten.

Mathieu hielt sich zwar immer noch in Sophias Nähe, wagte aber nicht, das Wort an sie zu richten, solange sie mit der Gräfin sprach. Flambert hatte sich im Zug zurückfallen lassen, wohl um seiner Schwester zu entkommen, aber da hatte er keine Chance. Geneviève ritt schon wieder neben ihm – und Sophia, die sich immer mal wieder nach ihm umsah, empfand fast etwas Mitleid mit dem jungen Troubadour. Die Gespräche zwischen den Geschwistern sahen schließlich meist so aus, dass Geneviève ihren Bruder zu seinen Fortschritten in der Kriegskunst examinierte, wenn sie ihm nicht gerade Vorwürfe zu seinem weltlichen Leben machte.

Schließlich erreichten die Reiter den Wald, und die ersten ließen ihre Falken auf. Wie immer führte dies dazu, dass sich die Gesellschaft zerstreute. Im Grunde war die Falkenjagd ein einsames Vergnügen, jeder Jäger hatte mit seinem Vogel genug zu tun. Adlige wie die Gräfin führten allerdings eigene Jäger und Falkenmeister mit sich, sodass sie nie ganz von der Jagd getrennt wurden, und die jüngeren Mädchen teilten sich ohnehin zu mehreren einen Falken. Die Ritter führten oft gar keine

Vögel mit sich, sondern beschränkten sich auf die Begleitung der Damen. Aber Sophia setzte heute ihren Ehrgeiz darein, ihr Falkenweibchen allein zu betreuen. Sie hatte das Tier in den letzten Wochen auf sich geprägt und war unbändig stolz, als sie es jetzt losband und die Haube abnahm. Der Vogel schwang sich sofort auf, um brav hoch in der Luft über Sophia zu verharren.

Sophia folgte nun einem der Hunde – die Gräfin hielt sich etliche Vorstehhunde zur Beizjagd, und mit einem Breton hatte Sophia besondere Freundschaft geschlossen. Allerdings brauchte das Tier an diesem Tag etwas länger, um ein Rebhuhn oder einen Fasan zu finden, Sophias Geduld wurde auf die Probe gestellt. Aber dann hob der Hund doch die Pfote und zeigte an, dass sich ein Vogel auf einer Lichtung versteckt hielt. Sophia reagierte blitzschnell. Sie gab dem Hund den Befehl, den Vogel aufzuscheuchen, und im selben Moment stieß der Falke wie ein Pfeil auf das Wild herab. Sophia zückte aufgeregt ihr Federspiel. Jetzt wurde es aufregend! Würde der Falke zu ihr zurückkehren? Nervös beobachtete sie, wie er sich, die Beute im Schnabel, zurück in die Lüfte schwang. Sophia hätte jubeln mögen, als ihr Falkenweibchen kurze Zeit später mit elegantem Schwung Platz auf ihrem Handschuh nahm und freudig abwartete, bis sie es kröpfte. Der Hund hatte sich inzwischen schwanzwedelnd genähert, und Sophia sah nach einem Jagdgehilfen aus, der ihr die Beute abnehmen konnte.

Sie erschrak zu Tode, als sie sich ganz allein auf der Lichtung fand. Und nun wurde auch Grandezza wieder unruhig. Sophia wusste, dass sie es nie schaffen würde, das prächtige Rebhuhn, das ihr Falke geschlagen hatte, vom Pferd aus am Sattel zu befestigen. Allerdings lagen etliche umgestürzte Bäume auf der Lichtung. Sie konnte absteigen, den Hund ein bisschen streicheln und belohnen – und dann einen Baumstamm als Aufstiegshilfe benutzen, um wieder in den Sattel zu kommen. Sophia ließ sich also vom Pferd gleiten – und war eben damit beschäftigt, ihr Rebhuhn am Sattel festzubinden, als sie Hufschläge hörte. Erschrocken sah sie sich um – der Schimmel Mathieus.

Der Ritter applaudierte ihr lachend. »Kompliment, Herrin, eine gute Jagd! Ein trefflicher Falke, eine beherzte Jägerin. Artemis – nannten die Griechen nicht so die Göttin der Jagd?« Mathieu stieg seinerseits ab und näherte sich Sophia.

Das Mädchen erstarrte sofort. »Artemis war ... Jungfrau ...«, stieß sie hervor.

Mathieu nickte. »Nun, das hoffe ich doch auch von Euch, meine Herrin. Die Hohe Minne ... es läge mir fern, Euch vor der Hochzeit zu nahezutreten. Aber ein kleiner Kuss ...«

Er trat zu ihr heran. Sophia wich zurück, ihr Pferd am Zügel. Grandezza folgte ihr willig, ihr schien der Schimmel so wenig geheuer wie Sophia sein Herr.

»Man findet selten eine Schönheit wie Euch, meine Dame«, schmeichelte Mathieu mit heiserer Stimme. »Natürlich preisen wir alle Edelfräulein als schön – aber in Wahrheit ... so mancher von ihnen würde man keinen zweiten Blick gönnen, trüge sie die Tracht einer Bäuerin oder einer Ordensfrau. Ihr dagegen ... Ihr strahlt ein Leuchten aus – um Euch zu erobern würde ich ein Dorf niederbrennen oder ein Kloster schänden.«

Sophia wusste, dass sie Mathieu jetzt vorhalten sollte, die Hohe Minne sähe im Rahmen der Brautwerbung weder Brandschatzung noch Klosterschändung vor, aber sie brachte kein Wort mehr heraus. Ihr Instinkt riet zur Erstarrung, ihr Verstand zur Flucht. Dieser Mann würde sich nicht darauf beschränken, sie zu küssen. Wenn er sie erst gefasst hatte, würden alle Dämme brechen ...

Sophia sah verängstigt um sich. Ihr Pferd war bei ihr – und nur wenige Schritte hinter ihr lag einer der Baumstämme. Wenn sie dort nur kurz verhielt ... Mit einer raschen Bewegung, als schleudere sie das Federspiel, warf sie dem Ritter das tote Rebhuhn ins Gesicht – und löste damit Ungeahntes aus. Der Hund der Gräfin jaulte auf und stürzte sich gleich kläffend auf Mathieu – und das Falkenweibchen, dem Sophia die Haube noch nicht wieder aufgesetzt hatte, stieß erneut vor, um das scheinbar wieder zum Leben erwachte Rebhuhn zu schlagen.

Der Ritter konnte sich der Tiere kaum erwehren – und Sophia nutzte ihre Chance. Sie zerrte Grandezza zu dem Baumstamm, kletterte darauf und schwang sich dann rittlings auf den Rücken ihres Pferdes. Sophia war noch nie im Herrensitz geritten, aber sie wusste, dass sowohl die Gräfin als auch Geneviève es gelegentlich taten – es bot bei schnelleren Gangarten einfach den sichereren Halt, und jetzt lag Sophias einzige Hoffnung in rascher Flucht. In dem sanften Gang, der der Zelterin zu eigen war, würde sie Mathieu nie entkommen.

Die junge Fränkin achtete nicht darauf, dass ihre Röcke hochrutschten, sondern stieß Grandezza die Fersen in die Flanken. Auf die Reaktion der Stute war sie allerdings nicht vorbereitet! Das hochsensible Pferd war offensichtlich weder an den Herrensitz noch an derart rüde Hilfegebung gewöhnt. Grandezza stob davon wie von Furien gehetzt. Sophia klammerte sich verzweifelt an ihre Mähne, aber immerhin schien sie dem Ritter zu entkommen. Oder doch nicht? Entsetzt hörte das junge Mädchen Hufschläge hinter sich, und dann sah es auch den Schimmelhengst – mit verwaistem Sattel. Er musste sich losgerissen haben und setzte jetzt ihrer Stute nach.

Sophia empfand zunächst Erleichterung. Aber dann bemerkte sie, dass Grandezza panisch vor dem Schimmel floh, nur dass die kleine Stute sehr wenig Chancen hatte. Der Hengst holte immer mehr auf. Würde er gleich anfangen, nach Grandezza zu beißen und sie zu treiben? Sophia hatte schon Pferde beim Liebesspiel gesehen. Es konnte Stunden dauern, bis die Stute schließlich für den Hengst stand – oder der Hengst einsah, dass sie einfach noch nicht rossig war und den Deckakt folglich aufschob.

Grandezza wollte erkennbar nichts mit dem Schimmel zu tun haben und rannte in wilder Flucht durch den Wald. Die lichten Wege wichen völliger Wildnis. Es gab nur noch schmale, überwucherte Pfade und irgendwann nicht einmal mehr die. Die Zelterin floh mit großen Sprüngen durchs Unterholz, während Sophia sich verzweifelt an den Zügeln festklammerte. Der Schmerz in seinem Maul schien das Pferd allenfalls noch schneller zu machen. Und dann galoppierte es direkt auf einen Baum zu. Sophia sah einen starken Ast auf sich zukommen, versuchte, sich zu ducken ... aber es war zu spät. Sie spürte einen Aufprall und vage Angst, als sie fiel. Wenn der Hengst sie nun trat ...

Das Letzte, was Sophia erkannte, war der gewaltige Körper des Schimmels, der auf sie zu- und mit einem riesigen Satz über sie hinwegflog. Dann spürte sie nichts mehr.

Kapitel 6

»Gerlin, eben kam ein Bote aus dem Grenzwald.«

Florís de Loches betrat das Torhaus, in dem Gerlin gerade die Eingänge notierte. Schon seit Tagen fuhren schwere Erntewagen auf den Hof der Burg, die Bauern zahlten ihre Abgaben an den Burgherrn, der sie dafür vor Angreifern schützte. In diesem Jahr war es besonders viel, die Ernte war hervorragend ausgefallen, und Gerlin und Florís hatten niemandem die Abgaben stunden oder ganz erlassen müssen. Gerlin lächelte ihrem Mann über den Haushaltsbüchern zu. Ein gutes Jahr... aber Florís wirkte besorgt. Gerlin ließ die Feder sinken.

»Und?«, fragte sie. »Was gibt es?«

»Es sind Ritter im Anmarsch, sagte der Bursche. Und man erkannte die Farben deines Bruders Rüdiger.«

Gerlin strahlte. »Rüdiger! Und Dietmar! Endlich sehe ich ihn wieder! Wir müssen alles vorbereiten, wir...«

»Gerlin...«, Florís schluckte, »sie erkannten nur das Banner deines Bruders. Nicht das deines Sohnes. Dietmar... Dietmar ist nicht bei diesen Rittern.«

Gerlins Miene verdunkelte sich sofort. Sie wusste, was das bedeuten konnte. »Aber... aber... hätte der König... hätte man uns nicht mitgeteilt, wenn...«

Florís legte den Arm um sie. »Vielleicht lässt man es uns hiermit wissen. Es wäre nicht ungewöhnlich, wenn mit Rüdiger ein Mitglied der Familie eine schlechte Nachricht überbrächte.«

Gerlin stand auf. Sie rieb sich die Schläfe. »Er ist noch so jung...«, flüsterte sie. »Kaum älter, als sein Vater war. Er kann nicht...«

»Es ist ja nicht sicher, Gerlin«, sagte Florís sanft. »Ich sage es dir nur, damit du ... damit du darauf vorbereitet bist. Es hat eine Schlacht gegeben dort in Flandern, das weißt du. Und nicht jeder Ritter kehrt siegreich heim.«

»Aber Rüdiger wollte auf ihn aufpassen, er wollte auf ihn achten...« Gerlins Stimme klang tonlos. Sie schwankte und lehnte sich an Florís. Sie wollte ihm jetzt so nahe sein, wie es nur eben möglich war. »Wenn er gefallen ist... Dann war alles umsonst...«

Florís zog sie an sich. »Niemand kann in der Schlacht auf einen anderen aufpassen. Man achtet da auf sich selbst, sonst ist man verloren. Aber nun... Gerlin, wir werden Rüdiger gefasst und stolz entgegentreten. Ich bin sicher, dass dein Bruder sein Bestes getan hat. Und wenn Dietmar gefallen ist – dann sicher tapfer und in erster Reihe seiner Ritter...«

Gerlin löste sich von ihrem Gatten und machte taumelnd ein paar Schritte von ihm fort.

»Hat das einer verlangt?«, fragte sie schrill. »Konnte er nicht in der dritten oder vierten Reihe bleiben?«

Bevor Florís darauf etwas erwidern konnte, erscholl ein Horn von den Zinnen der Burg. Florís strich noch einmal im Vorbeigehen über die Schulter seiner Frau, bevor er auf die Zugbrücke trat und seinen Schwager erwartete. Dabei kämpfte er mit widerstreitenden Gefühlen. Natürlich musste ein Ritter in erster Reihe kämpfen. Aber Gerlin hatte Recht, auch er hätte lieber einen lebendigen Sohn als einen toten Helden in die Arme geschlossen.

Jetzt sprengte Rüdiger von Falkenberg über die Brücke, und Florís erkannte mit einem Blick, dass er zumindest keine Todesnachricht brachte, sein Schild und sein Banner waren nicht schwarz verhängt. Tatsächlich prangten Schild und Helmzier in frischen Farben. Das mit dem Wappen des Ritters bemalte Leinen, mit dem sein Schild bespannt war, musste im Kampf zerrissen und erneuert worden sein. Auch Rüdigers Haltung und sein Gesicht sprachen nicht für Trauer.

Gerlin stürzte sich allerdings auf ihn, bevor Florís auch nur einen Gruß aussprechen konnte. »Rüdiger, was ist mit Dietmar? Wo hast du Dietmar, um Himmels willen? Ist etwas passiert?«

Ihr Gesicht war von wächserner Blässe, und Florís tat es nun leid, sie zuvor mit der Nachricht von Rüdigers Kommen erschreckt zu haben. Gerlin war außer sich, gewöhnlich hätte sie die Zeichen ebenso deuten können wie ihr Gatte.

Rüdiger grinste übers ganze Gesicht und ließ seinen Hengst vor seiner Schwester tänzeln wie vor einem bewaffneten Gegner. »Viel ist passiert!«, erklärte er dann lachend. »Aber willst du mich jetzt vom Pferd zerren oder höflich begrüßen, Schwester? Und wo bleibt der Wein zum Empfang?«

»Ist Dietmar am Leben?«

Gerlin hätte Rüdigers fröhlichem Gruß nun wirklich entnehmen können, dass ihrem Sohn nichts zugestoßen war, aber sie musste es hören. Aus Rüdigers eigenem Mund ... erst jetzt wurde ihr klar, wie sehr sie sich in den letzten Jahren um Dietmar gesorgt hatte.

»Natürlich ist er am Leben. Er ist ...«

»Nun lass Rüdiger doch erst mal absteigen«, begütigte nun Florís. »Dann kann er in Ruhe erzählen. Ihr wart in Bouvines?«

Rüdiger nickte. Er hatte das Burgtor jetzt passiert und stieg ab, während Florís Hansi begrüßte. Der übernahm allerdings nicht wie sonst ganz selbstverständlich Rüdigers Pferd, sondern überreichte die Zügel seines Wallachs in großer Geste einem der zwei noch sehr jungen Knappen, die den beiden folgten.

»Nennt mich nicht mehr Hansi!«, erklärte er dann würdig dem erstaunten Burgherrn. »Nennt mich jetzt Jean de Bouvines, Ritter des Königs. Von König Philipp persönlich zum Ritter geschlagen nach der Schlacht!« Der vormalige Knappe glühte vor Stolz.

»Der König hat dich ... Euch ...« Florís zog die Augenbrauen hoch. Eine solche Geste gegenüber einem Knecht war ungewöhnlich. »Aber nun kommt, Herr Jean, und du, Rüdiger. Ihr müsst uns alles berichten. Wie ...«

»Wie geht es Dietmar?«

Gerlin hielt die Hand ihres Bruders umklammert. Noch immer hatte sie sich nicht von ihrem Schrecken erholt, und noch immer fand sie es befremdlich, dass ihr Sohn ihren Bruder nicht begleitete. Es war lange her, dass er Loches zum letzten Mal besucht hatte. Es wurde Zeit.

»Dietmar ist in Paris geblieben, es gibt noch einiges für ihn zu tun. Vielleicht werden wir uns erst in Mainz wieder mit ihm vereinigen, aber ...«

»Mainz?«, fragte Gerlin. »Wir?«

»Gerlin, nun lass die Männer doch erst mal zur Ruhe kommen!« Florís wurde jetzt energisch. »Folgt mir, Rüdiger und Herr Jean. Und Ihr, Mundschenk, bringt Wein in unsere Räume und etwas zu essen, die Herren sind zweifellos hungrig nach dem Ritt.« Er wandte sich an einen der Ministerialen, der inzwischen mit einem Begrüßungsschluck für die Ritter herbeigeeilt war. Rüdiger und Hansi schütteten den Wein rasch hinunter. »Und am Abend versammeln wir alle Ritter zu einem kleinen Fest in der Halle. Herr Rüdiger wird dann berichten. Vorerst könnt Ihr Gerüchten allerdings vorbeugen. Sagt der Ritterschaft, Herr Dietmar sei wohlauf!«

Gerlin trank ihren ersten Becher Wein fast ebenso schnell wie die Besucher ihren Begrüßungsschluck. Sie brauchte eine Stärkung. Aber dann lauschte sie atemlos der Erzählung Rüdigers.

»Der Bischof begann also die Schlacht, und dann gab König Philipp den Befehl zum Angriff. Zunächst stürmten im Zentrum die Fußsoldaten aufeinander los, wir Ritter kamen kaum durch ihre Reihen, zumindest Dietmar und Han... Herrn Jean ... gelang das nicht sofort. Ich dagegen sah eine Lücke und sprengte hindurch. So entging mir die infame Strategie Kaiser Ottos – der ließ nämlich all seine Knechte voranstürmen, mit ganzer Kraft gegen unseren König. Man rechnet ja eigentlich damit, dass sich den höchsten Herren die ranghöchsten Ritter zum Kampf stellen, aber hier stürmten sächsische Bauern wie die Berserker mit Lanzen und Eisenhaken auf den König ein, während die Ritter noch versuchten, sich zu ihresgleichen vorzukämpfen. Schließlich ist es eines Ritters kaum würdig, fast unbewaffnete Bauernlümmel abzuschlachten. So reagierten alle zu spät, und es gelang den Sachsen, den König vom Pferd zu zerren!«

»Was?«, fragte Gerlin verblüfft.

Rüdiger nickte bestätigend. »Alle waren zu weit weg – Guillaume des Barres hatte mit seinen Rittern einen Schutzwall vor dem König gebildet, aber der richtete sich doch gegen Ritter, nicht gegen diesen Schwarm sächsischen Ungeziefers. Keiner unserer Ritter war in der Nähe des Königs – außer Dietmar und Han... wollte sagen Herr Jean. Verzeih mir, Hansi, aber daran muss ich mich erst gewöhnen.«

Hansi grinste über sein ganzes rundes Gesicht. »Ich nehm's nicht übel, Rüdiger«, meinte er mit vollem Mund. Er war der Einzige, der bislang das Essen anrührte, das der Mundschenk gebracht hatte. »Kannst auch weiter Du zu mir sagen!«

Rüdiger verbeugte sich gespielt. »Welche Gnade, Herr Jean ... Jedenfalls ...«

». . . jedenfalls lag's an den Pferden«, erklärte Hansi prosaisch. »Mein Wastl, der geht ja nicht vorwärts wie ein Depperter, der geht ganz gern zurück, wenn ich's ihm sag. Und der kleine Hengst von dem Herrn Dietmar, der Gawain, der ist auch nicht der Mutigste. Und wie wir gesehn haben, dass der König am Boden lag, da haben wir alle versucht zu wenden. Nur ... die Rösser von dem Herrn Guillaume und den anderen Rittern – die sind ja recht wild in der Schlacht. Umgedreht haben nur der Wastl und der Gawain mit mir und dem Herrn Dietmar. Und wir haben die Kerle dann schnell niedergemacht, die unserm König ans Leder wollten!«

»Dietmar hat den König gerettet?«, fragte Florís, fast ungläubig ob der Möglichkeiten, die sich für einen jungen Ritter aus solch einer Heldentat ergaben.

Rüdiger nickte. »Dietmar und Hansi«, wiederholte er. »Daher der Ritterschlag. Herr Jean de Bouvines verfügt jetzt auch über einen Streithengst, eine treffliche Rüstung und ein Lehen in Flandern. Warum er trotzdem noch auf seinem Wastl hinter mir herreitet, müsst ihr ihn selbst fragen.«

Hansi lachte. »Ich folg dir bis nach Lauenstein, Rüdiger«, erklärte er dann und griff zum zweiten Mal zu Käse und Fleisch. »Wirklich gut, das Essen, Frau Gerlin! Ich hab da noch ein Hühnchen zu rupfen mit diesem Herrn Roland und den anderen Saububen von Steinbach. Mein Bruder ist noch nicht ganz gerächt.«

Hansis Bruder war nach der Übernahme von Lauenstein von einem Gefolgsmann Rolands getötet worden. An Odemar von Steinbach hatte der Knappe damals bereits Rache genommen. Aber Roland von Ornemünde war zweifellos mitschuldig, er hätte den Mord verhindern können. Außerdem hatte Odemar Brüder gehabt, die an der Sache beteiligt waren.

»Nun erzähl aber weiter!«, mahnte Florís. Gerlin schien durch die Nachricht überwältigt. »König Philipp kam also wieder aufs Pferd ...«

Rüdiger nickte. »In der Folge ließ der Kaiser auch seine Ritter direkt auf den König zustürmen – es war ganz klar geplant, die Schlacht durch König Philipps Tod zu entscheiden. Aber wir kämpften tapfer. Wobei Dietmar und ich uns den Grafen von Flandern vornahmen, das waren wir dem Kronprinzen nun wirklich schuldig, wo er schon nicht dabei sein konnte, um seinen Erbfeind selbst zu stellen. Ferrand war schließlich verwundet, und wir konnten ihn gefangen nehmen. Und dann drehten wir den Spieß um und konzentrierten die gesamte Ritterschaft auf den Kaiser. Beinahe hätten wir ihn sogar gekriegt, Pierre de Mauvoisin hatte schon seine Zügel ergriffen, aber letztlich ist er doch entkommen. Seinen goldenen Trosswagen ließ er zurück und die Standarte mit seinem Reichsadler. Wir hatten gewonnen!«

»Der Engländer ist auch gefangen, nicht?«, fragte Florís. »William of Salisbury – William Longespée. Schade um ihn, ein starker Kämpfer.«

Rüdiger zuckte die Achseln. »Nur im falschen Bett gezeugt«, meinte er. »Aber sei's drum, ihm passiert nichts. Der Graf von Dreux tauscht ihn gegen seinen Sohn ein, den Johann von England gefangen hält. Er kann unbeschadet nach Hause zurückkehren. Und der König hat sogar Ferrand begnadigt. Er lässt ihm nicht den Kopf abschlagen, sondern wirft ihn nur auf unbestimmte Zeit in den Kerker.«

»Das mag schlimmer sein«, murmelte Gerlin. Sie erinnerte sich noch sehr genau an die Gefängnisse von Paris.

»Nun ja, wir zogen jedenfalls im Triumphzug zurück nach

Paris, und König Philipp hat seine Retter nicht vergessen. Hansi wurde noch in Bouvines zum Ritter geschlagen, und Dietmar ... Vielleicht ist alles damit gesagt, wenn ich berichte, dass der König ›Herrn Dietmar von Lauenstein‹ zu sich rufen ließ.«

Gerlins Herz schlug heftig, als sie sich vergewisserte. »Bisher führte er ihn als Dietmar von Ornemünde?«

Rüdiger nickte. »Aber nun ist ihm und mir und Herrn Jean und jedem anderen Ritter, der ihm folgen will, ein Urlaub gewährt worden. Zudem sendet er Dietmar zu König Friedrich – mit einem beschädigten Feldzeichen der Deutschen als Zeichen unseres Sieges.«

»Er wird dem König die gute Nachricht persönlich übermitteln?«, fragte Gerlin begeistert.

»Na ja, der mag das wohl schon wissen. Aber Dietmar ist der offizielle Bote. Und er wird die Möglichkeit haben, dem König die Sache Lauenstein vorzutragen. Friedrich wird ihn zweifellos als Erben von Lauenstein bestätigen. Woraufhin der Bischof von Mainz nachziehen muss, da bleibt ihm gar nichts anderes übrig.« Rüdiger nahm sich zufrieden einen weiteren Becher Wein und nun auch Fleisch und Brot, bevor Hansi sich den Rest des Imbisses in den Mund stopfen konnte. »Ihr solltet an Euren Tischsitten arbeiten, Herr Jean«, rügte er ihn im Spaß.

»Und sie alle werden Dietmar Ritter stellen!«, erfasste Florís zufrieden, was all die Anerkennungsschreiben der Könige und Kirchenfürsten für seinen Pflegesohn bedeuten würden. »Er kann dem Lauensteiner die Fehde erklären und seine Sache auskämpfen.«

»Wenn Roland sich nicht von selbst ergibt«, überlegte Gerlin, jedoch mit wenig Hoffnung.

»Das passt nicht zu ihm«, sagte Florís kopfschüttelnd.

»Solange er auch nur die kleinste Chance sieht, Lauenstein zu behalten, wird er kämpfen.«

»Und was ist mit ... mit diesem Mädchen?« Gerlin hatte den Namen Sophia von Ornemünde nicht mehr ausgesprochen, seit ihr Sohn damals nach Paris zurückgekehrt war. Sie hoffte einfach darauf, dass sich Dietmars Schwärmerei von selbst gelegt hatte. »Ist er ...?«

Rüdiger grinste. »... drüber weg, meinst du, Schwesterchen? Nein, da muss ich dich enttäuschen. Dein Sohn hat das Talent zum Großen Liebenden, wenn auch nicht die Stimme und den Sinn für die Dichtkunst. Nach wie vor beschwört er seine Dame vor jedem Kampf, und jetzt will er nicht nur Lauenstein, er will das Mädchen gleich mit erobern.«

Gerlin seufzte. »Dabei dachte ich ... nach so langer Zeit ohne jede Nachricht ... Im Grunde sind wir damit wieder da, wo wir schon nach Mainz waren. Das Mädchen macht Dietmar erpressbar.«

Rüdiger schüttelte den Kopf. »Nein, da hat sich einiges geändert. Roland mag ein paar Drohungen ausstoßen, aber er wird seiner Tochter nie und nimmer ernstlich etwas antun. Dafür ist sie viel zu wertvoll.«

Gerlin runzelte die Stirn. »Was macht sie jetzt wertvoller als damals?«

Florís lächelte. »Die Möglichkeit, sich doch noch friedlich zu einigen, wenn Roland seine Felle schwimmen sieht. Überleg doch, Gerlin: Er hatte die Chance, gegen Dietmar von Ornemünde zu gewinnen. Aber gegen den Bischof, den Kaiser und den König von Frankreich? Nie und nimmer! Anfang letzten Jahres hätte Dietmar einmal ein Heer zusammenbekommen – ein paar Getreue aus Frankreich, ein paar Nachbarn. Damit hätte er Lauenstein belagert, vielleicht erfolgreich, vielleicht nicht. Wenn das Heer aufgebracht worden wäre oder wenn die Ritter nur nach ein paar Monaten genug vom Zeltlager gehabt hätten, dann hätte Dietmar Jahre gebraucht, bevor er einen zweiten Anlauf hätte versuchen können.«

Gerlins Augen leuchteten auf. »Aber am französischen Hof, und an dem König Friedrichs, und dem des Bischofs ... da wachsen jedes Jahr neue Ritter nach, die darauf brennen, sich im Kampf unter der Führung eines verdienten Ritters zu beweisen!«, ergänzte sie. »Und wenn der Herr ihnen dann bereitwillig einen kleinen Urlaub gibt ...«

Florís nickte. »... dann belagern wir Lauenstein bis in alle Ewigkeit. Während sich Roland keine neuen Ritter anschließen – sie kämen ja gar nicht in die Burg.«

Gerlin strahlte ihren Gatten an. »Aber das heißt ... das heißt ... wir werden gewinnen! Wir haben im Grunde schon gewonnen, wir ...«

»Nicht ganz«, sagte Rüdiger hart. »Roland bleibt noch eine Chance. Wenn er Dietmar in der Schlacht um Lauenstein tötet, gibt es keinen weiteren Erben. Also wird er alles daransetzen, deinen Sohn vor sein Schwert zu bekommen. Im Zweikampf kann er ihn durchaus besiegen. Sei dir nicht zu sicher, Gerlin! Ein Spaziergang wird das nicht.«

Kapitel 7

„Wo ist Sophia?"

Bebend vor Wut stellte Geneviève den Ritter Mathieu de Merenge, als er zu Fuß, das Gesicht zerkratzt und ziemlich kleinlaut, den Treffpunkt der Jagdgesellschaft erreichte. Zur Mittagszeit pflegte man gemeinsam zu rasten. Die Gräfin hatte Wein und Speisen in den Wald bringen lassen, und alle saßen zusammen und speisten. An diesem Tag allerdings war die Gesellschaft in gelinder Aufregung. Einer der Falkenmeister hatte Sophias Falken aufgegriffen. Nun war das noch nicht unbedingt ein Grund zur Sorge, es kam durchaus vor, dass eins der Tiere seinem Herrn entflog und sich dann auf dem Handschuh seines gewohnten Pflegers wieder einfand. Aber Sophia war sehr vertraut mit ihrem Vogel gewesen, der Jäger fand es befremdlich, dass sie ihren Falken verloren haben sollte. Als sie dann obendrein nicht am Treffpunkt auftauchte, gab die Gräfin Genevièves Drängen nach und sandte Diener aus, nach der Fränkin zu suchen.

Die meisten Damen und Ritter sahen die Sache zwar nicht als gefährlich an, sondern ergingen sich eher in Vermutungen darüber, was Sophia und der ebenfalls ausbleibende Ritter de Merenge wohl im Wald miteinander taten. Die Gräfin und Geneviève kannten allerdings Sophias Schüchternheit. Und nun, da Mathieu in derangiertem Zustand am Rastplatz auftauchte, sahen sie ihre Ängste bestätigt. Ausnahmsweise schien Leonor sogar Genevièves direktes Vorgehen zu begrüßen. Den Ritter auf höfische Weise auszufragen, bedeutete sicher Zeitverschwendung.

»Ich ... ich weiß nicht ...« Mathieu war die Angelegenheit wohl in erster Hinsicht peinlich. »Ist sie denn nicht hier? Ich dachte ...«

»Und wo ist Euer Pferd, Herr Ritter?«, examinierte Geneviève weiter. »Ich nehme nicht an, dass Ihr es in einem Zweikampf um die Ehre der Dame Sophia verloren habt ... zumindest nicht in einem ritterlichen.«

»Der Hengst ist der Stute nach«, gab Mathieu schließlich zu, »und die Herrin Sophia ...«

»Sagt jetzt nicht, sie saß auf der Stute!«, rief Geneviève. »Gräfin, wir müssen sofort alle verfügbaren Männer auf die Suche schicken. Wahrscheinlich ist sie vom Pferd gefallen und liegt irgendwo verletzt im Wald.«

»Vielleicht wandert sie auch umher«, begütigte die Gräfin. »Sie muss sich ja nicht gleich schwer verletzt haben. Aber sie kann sich leicht verirren in diesem Wald. Wenn also die Herren ...«

Sie sollte nicht dazu kommen, die Ritter auf den Weg zu schicken. Auf dem Pfad zur Lichtung ertönten Hufschläge und aufgeregtes Wiehern. Immer noch in rasendem Galopp, die zerrissenen Zügel hinter sich herschleifend, jagte die Stute Grandezza zwischen den Bäumen hindurch und suchte Schutz bei den anderen Pferden der Gräfin. Einer der Jagdhelfer fing den Hengst ein, der ihr folgte. Grandezza beruhigte sich daraufhin sofort. Keuchend und mit zitternden Flanken ließ sie Geneviève, ohne auszuweichen, an sich heran.

»Ihre Beine sind ganz zerkratzt«, meinte die junge Albigenserin nach kurzer Untersuchung. »Sie muss durchs Unterholz galoppiert sein. Das macht die Sache schwieriger – wir müssen den ganzen Wald durchsuchen.«

Die Gräfin nickte.

Mathieu ergriff die Zügel seines Hengstes und machte

Anstalten, aufzusteigen. »Ich mache mich sofort auf den Weg! Ich finde sie, keine Sorge, ich ...«

»Ihr macht überhaupt nichts!«, fiel ihm die Gräfin ins Wort. Zornbebend blitzte sie ihn an. »Abgesehen davon, dass Ihr auf die Burg reitet und Eure Sachen packt.«

»Aber ich habe nichts getan!«

Mathieu sah Leonor fassungslos an. Er war nicht besitzlos, kein Fahrender Ritter, aber ein Rauswurf von einem großen Hof ... das würde sich herumsprechen, er würde nirgends mehr wohlgelitten sein.

»Wir werden hören, was das Mädchen zu sagen hat«, sagte Leonor würdevoll. »Sofern es noch etwas sagen kann. Betet zu Gott, dass Ihr es nicht in den Tod getrieben habt, Herr Ritter! Und dass es nichts zu berichten gibt, das Euch Eurer Ritterehre verlustig gehen lässt. Ich werde hier keine Milde walten lassen, Herr Mathieu, und ebenso wenig mein Gatte und mein Bruder ...«

Vergewaltigungen führten nach Recht und Gesetz zur Degradierung eines Ritters, auch wenn die Regel in der Praxis fast nie zur Anwendung kam. Im Krieg war die Schändung der Frauen des Feindes gang und gäbe. Und auch, wenn ein Ritter in betrunkenem Zustand über eine Magd herfiel, pflegte sich kaum einer darum zu scheren. Aber wenn es wie hier den Schützling eines Grafen traf, ein Mädchen in der Obhut eines großen Hofes, der ihre Sicherheit gewährleisten sollte ...

Wenn Sophia lebend gefunden wurde, lag Mathieus Ehre in ihrer Hand.

Die Wälder waren riesig, und die Suche nach dem Mädchen gestaltete sich sehr schwierig. Falkner und Jagdgehilfen waren für eine Fährtensuche ebenso wenig ausgebildet wie Ritter.

Dazu glichen sich die Hufspuren der kleinen Zelterinnen der Damen, Sophias Weg auf die Lichtung zu verfolgen, war nahezu unmöglich. Wenn nicht ein Wunder geschah, konnte es dunkel werden, bevor das Mädchen gefunden war – und wenn es verletzt war, mochte es die Nacht nicht überleben.

Es war Flambert, der von allen Suchenden wohl mit dem meisten Herzblut dabei war. Der junge Albigenser liebte Sophia. Er war ihrer Schönheit verfallen, seit er sie zum ersten Mal gesehen hatte – dem Strahlen ihrer Augen, dem vorsichtigen Lächeln auf ihren Lippen, ihrer sanften Stimme –, und er bewunderte ihre Tugend und Zurückhaltung. Nichts machte Flambert glücklicher, als Lieder für Sophia zu dichten, er war bisher jedoch zu scheu gewesen, ihr darin seine Liebe zu gestehen. Lieber schrieb er harmlose Weisen über die Schönheit der Natur, der Sonne und der Sterne, die das Mädchen selbst leicht nachspielen und vortragen konnte. Flambert verging vor Seligkeit und Verlangen, wenn Sophia traulich bei ihm saß und sich die Griffe erklären ließ. Er unterrichtete sie im Lautenspiel und freute sich ehrlich über ihre Fortschritte. Dabei wusste er genau, dass er das Mädchen niemals besitzen würde – es war Flamberts Bestimmung, für seinen Glauben zu kämpfen und zu sterben.

Natürlich bot König Peters mögliche Beteiligung am Abwehrkampf einen kleinen Hoffnungsschimmer. Aber letztlich konnten sich die Albigenser dem Willen des Papstes nicht widersetzen. Sie würden konvertieren müssen – sofern man ihnen die Möglichkeit einräumte, was unter Simon de Montfort nicht die Regel war – oder sterben. Und Flambert wollte Sophia auf keinen Fall da mit hineinziehen. Wäre das Mädchen Albigenserin gewesen, so hätte er um sie geworben, aber sie von seinem Glauben zu überzeugen, wie Geneviève es seit Monaten versuchte, konnte er mit seinem Gewissen nicht vereinbaren. Der Albigenser konnte nicht glauben, dass ein so schöner Körper wie der Sophias nur ein sündiges Gefäß für eine gefangene Seele war. Er wünschte dem Mädchen ein langes Leben, und er konnte sich nicht vorstellen, dass Gott es anschließend auf immer verdammte.

Aber nun bestand die Gefahr, dass Sophias Leben noch kürzer währte als das seine – wollte Gott ihn damit strafen? Wollte er ihm vor Augen führen, wie töricht und sündhaft seine Anbetung gewesen war? Flambert betete mit aller Kraft seiner Seele und allem Feuer seines Herzens. Er musste Sophia finden. Kein Gott konnte so grausam sein.

Die vierte oder fünfte Stunde streifte er nun schon ziellos durch den Wald. Die Dämmerung zog bereits auf, und Flamberts Hoffnung schwand mit jedem Schritt seines Pferdes. Doch dann plötzlich hörte er ein heiseres Kläffen. Der junge Ritter erkannte Lindo, einen der Jagdhunde der Gräfin. Das Tier war Sophias Liebling, seit es einige Wochen zuvor gebissen worden war und eine Kehlkopfverletzung davongetragen hatte. Die Gräfin und Sophia hatten den Hund gesund gepflegt – lediglich seine Stimme hatte gelitten. Man musste Lindo schon recht nahe kommen, um sein Bellen zu hören. War das Tier Sophia nachgelaufen? Einer der Jäger hatte beiläufig erwähnt, dass auch einer der Jagdhunde noch fehle. Flambert hatte an ein junges Tier gedacht, das sich vielleicht verlaufen hatte und dann nach Hause gegangen war. Wenn es jedoch Lindo war ...

Er betete, dass der Hund nicht aufhörte zu kläffen, bis er ihn fand. Der junge Troubadour hatte ein gutes Gehör, es gelang ihm leicht, das Tier nach dem Bellen zu orten. Aber dann blieb sein Herz fast stehen, als er den Hund endlich erreichte: Lindo sprang aufgeregt um Sophia herum – die leblos am Boden lag.

»Sophia!«

Flambert sprang vom Pferd, rannte zu ihr und nahm sie in die Arme. Sophia reagierte nicht, aber ihr Körper war noch warm, und ihr Herz schlug! Aus einer Platzwunde am Kopf lief Blut. Auch Sophias schönes Haar war blutverklebt, aber es gerann bereits, sicher bestand nicht die Gefahr des Verblutens. Flambert wollte das Mädchen am liebsten schütteln, um es aus seiner Bewusstlosigkeit zu holen, entschied dann aber, es nicht zu bewegen. Der Medikus bestand bei Kopfverletzungen immer auf vollkommene Ruhe seines Patienten. Zweifellos war es jetzt das Wichtigste, Sophia warm zu halten. Der junge Ritter wickelte das Mädchen vorsichtig in seinen Mantel, um es zu wärmen. Er musste es irgendwie zum Treffpunkt der Jäger bringen. Zur Burg konnte es von dort aus auf einer Trage gebracht werden.

Von einem Baumstamm aus schwang er sich mit Sophia in den Armen auf sein Pferd, das zum Glück brav und gelassen ausschritt, ohne dass er stark mit den Zügeln einwirken musste. Flambert rief Lindo, der sich dem Reiter gleich anschloss, und sprach dann sanft auf das Mädchen ein, während sein Ross sich seinen Weg suchte. Trotz all seiner Angst um Sophia war er beinahe glücklich. Es war unendlich schön, ihren schlanken, warmen Körper im Arm zu halten. Flambert beugte sich über sie, um ihren Atem zu spüren – und schließlich küsste er ihre blassen Wangen, kurz bevor der Rastplatz der Jäger in Sicht kam.

»Ich liebe dich, Sophia!«, flüsterte er. »Ich würde alles für dich tun!«

Natürlich gab es nichts mehr, was Flambert für das Mädchen tun konnte, nachdem er die Jagdgesellschaft erreicht hatte.

Zwei Ritter nahmen ihm Sophia aus den Armen, und die

Gräfin riss ihre Pflege und Versorgung sogleich an sich. Sie klopfte ihre Wangen und flößte ihr Wein ein, was Geneviève mit Sorge betrachtete. Schließlich wandte sie sich an ihren Bruder.

»Flambert, ich weiß nicht, wie ernst es um Sophia steht, aber ich fürchte, das weiß sonst auch niemand in Toulouse. Wir können nicht viel mehr für sie tun, als sie zu Bett zu bringen und abzuwarten, und das erscheint mir ziemlich wenig. Wenn du jedoch gleich losreitest nach Montalban, dann könnte der Medikus morgen Mittag hier sein. Geht es ihr bis dahin besser, so haben wir ihn umsonst bemüht. Aber wenn wir abwarten, bis es ihr schlechter geht, stirbt sie uns womöglich unter der Hand.«

Flambert nickte ernst. Natürlich verließ er Sophia nur ungern, sein ganzes Sehnen zielte darauf, bei ihr zu sitzen und ihre Hand zu halten. Aber Geneviève hatte natürlich Recht – wie fast immer, sie war erstaunlich vernünftig und geschickt für eine Parfaite. Die meisten Initiierten pflegten nicht viel mehr zu tun, als zu beten und zu fasten.

»Ich müsste erst den Grafen um Erlaubnis bitten«, wandte er ein, aber Geneviève schüttelte den Kopf. »Der wird nicht gleich morgen früh in den Krieg ziehen«, beschied sie ihren Bruder. »Ich regle das mit der Gräfin – und wenn du die Nacht durchreitest, bist du morgen früh schon fast wieder da.«

Flambert warf noch einen letzten sehnsüchtigen Blick auf Sophia, die man auf eine Trage gebettet hatte. Die Gräfin wusch ihr das Blut aus dem Haar – die Wunde sah nicht besorgniserregend aus.

»Ich fliege!«, sagte er dann zu Geneviève und schwang sich erneut auf sein Pferd.

Flambert wollte nur schnell weg, bevor seine Schwester ihn noch darauf ansprach, wie er Sophia angesehen hatte! Er musste sich besser verstellen. Niemand durfte wissen, wie sehr er das Mädchen liebte.

Sophia hatte das Bewusstsein noch nicht wiedererlangt, als die Jagdgesellschaft die Burg erreichte. Geneviève und die Maurin kümmerten sich um sie, während die Gräfin ihrem Mann Bericht erstattete. Graf Raymond war wie erwartet äußerst erbost. Er war ein Frauenheld, und sicher behandelte er seine Liebschaften nicht immer wie ein treusorgender Mann. Aber einem Mädchen gegen seinen Willen zu nahetreten? Noch dazu seinem speziellen Schützling? Dazu kam, dass der Unfall seine Tagesplanung durcheinanderwarf. Am Abend war ein großes Bankett angesagt gewesen, um den Besuch seines königlichen Schwagers zu feiern. Aber nun kehrte seine Frau erst nach dem Dunkelwerden zurück, nichts war richtig vorbereitet. Die Mädchen seines Hofes versammelten sich trübsinnig um Sophias Krankenbett. All das trug nicht dazu bei, ihn Mathieu gegenüber milde zu stimmen.

Raymond befahl den Ritter zu sich, rügte ihn scharf und verwies ihn des Hofes. Mathieu hatte sich inzwischen wieder gefasst, zumal das Mädchen ja am Leben war. So trat er dem Grafen selbstbewusst entgegen wie gewohnt.

»Ihr werdet das bereuen, Herr!«, erklärte er anmaßend. »Wollt Ihr nicht ein Heer aufstellen gegen Simon de Montfort? Aber vorher entlasst Ihr Eure besten Ritter?«

Graf Raymond schnaubte. »Der Hof von Toulouse bringt in jedem Jahr hervorragende Ritter hervor!«, sagte er stolz. »Ebenso wie der Hof von Aragón und die Burgen all unserer Verbündeten. Ganz Okzitanien, Herr Mathieu, ist ein Hort der besten Ritter! Und das auch dank der Tugenden der Maße und Demut, die sie im Dienst an den Frauen erwerben! Einen

Ritter, der nur seinen Leidenschaften folgt, kann ich nicht brauchen. Also sucht Euch einen anderen Wirkungsbereich, Herr Mathieu – bevor das Mädchen aufwacht und Euch womöglich schlimmerer Dinge beschuldigt als nur des Mangels an Höfischkeit!«

Mathieu de Merenge zuckte die Schultern. »Wenn Ihr es so seht, Herr, dann werde ich eben gehen. Aber wer weiß, welche Regeln in ein paar Jahren in Okzitanien herrschen? Vielleicht die der heiligen Kirche: Die Frau sei dem Manne untertan. Womöglich hole ich sie mir dann doch noch, die kleine Sophia von Ornemünde!«

Der Ritter war hinaus, bevor Raymond etwas erwidern oder gar sein Schwert ziehen konnte. Der Graf überlegte kurz, ihm nachzusetzen, befand das dann aber als unter seiner Würde. Er glaubte auch nicht, dass sich Mathieu wirklich dem Kreuzzug anschließen würde. Sein Vater war ein treuer Anhänger des Grafen und sein Lehen voller Albigenser. Mathieu würde mit seiner Familie und seinen Freunden brechen müssen, und womöglich verlor er sein Land. Raymond schüttelte den Kopf. Ein Heißsporn, nichts weiter. Auf Dauer würde er zur Vernunft kommen, und vielleicht focht er schon bald mit der Ritterschaft seines Vaters erneut auf der Seite des Grafen.

»Was ist denn das für ein Medikus, auf den Ihr solch große Hoffnungen setzt? Ein Albigenser?«

Die Maurin wandte sich an Geneviève, nachdem sie zum wiederholten Mal ein Tuch angefeuchtet und auf Sophias Stirn gelegt hatte. Zuerst hatte das Mädchen unterkühlt gewirkt, aber jetzt schien es zu fiebern. Miriams begrenzte Kenntnisse der Medizin waren ausgeschöpft, aber andererseits brachte sie auch christlichen Ärzten kein großes Vertrauen entgegen. Die besten Mediziner ihrer Zeit kamen aus Al Andalus oder dem Land der Sarazenen – und viele jüdische Ärzte pilgerten dorthin, um die Heilkunst zu erlernen. Die Christen dagegen schien das nicht sonderlich zu interessieren. Sie beschränkten sich auf Aderlässe und Gebete – die meisten Kräuterfrauen in den Dörfern verstanden mehr von Medizin als die hochgelehrten Herren, die an den Universitäten studierten.

Geneviève zuckte die Schultern. »Nein, kein Albigenser. Aber wohl auch kein Anhänger des Papstes. Manchmal denke ich, er glaubt an gar nichts. Oder an gar nichts mehr ... Aber er versteht seine Kunst, Herrin! Wenn er sie nicht heilen kann, dann niemand.«

Miriam zog die Augenbrauen hoch. »Dann hoffen wir mal, dass er auch ein schneidiger Reiter ist«, meinte sie. »Nicht dass er zu spät kommt. Es gefällt mir nicht, dass sie so lange schläft. Wenn sie wenigstens mal etwas murmeln würde oder sich irgendwie regen ...«

Als das Fieber im Laufe der Nacht stieg, bestätigte sich zumindest die Hoffnung, dass Sophia nicht gelähmt war. Sie stöhnte jetzt und bewegte sich, aber zu Bewusstsein kam sie nicht. Miriam ließ sie ungern allein, als der Graf und der König sie gegen Morgen rufen ließen, um ihnen eine Sternkonstellation zu deuten.

»Der große Wagen!«, seufzte sie, als sie sich Stunden später zu einem kleinen Frühstück mit ihrem Gatten zurückzog. »Der steht jede Nacht am Himmel. Aber in dieser hat den Herren wohl der Wein den Blick getrübt – oder aufgeklart, wie man's sehen will. Sie haben das Sternbild ganz neu entdeckt ...«

Abram grinste. »Du hast es jedenfalls sehr hübsch ausgedeutet, ein Gefäß voller Schätze und Gnaden, die dem Verteidiger der Armen und Witwen und Waisen zufallen werden. Wahre Ritterlichkeit wird belohnt werden. Wie kommst du bloß immer auf so was? Mir fiel dazu nur der Schinderkarren ein, auf dem Lancelot mitfahren musste, weil Guinevere es als Zeichen der Demut von ihm forderte.«

Diese Ritterlegende war allgemein bekannt und beliebt. Ein Ritter, der sich um seiner Dame willen erniedrigte.

»Auch nicht schlecht«, meinte Miriam und leckte einen Löffel Honig ab. »Gott prüft seine Ritter, indem er sie in einen Kampf für die Verfolgten schickt, wie einst Guinevere Lancelots Treue und Unterwürfigkeit prüfte. Hat der sie eigentlich am Ende gekriegt? Oder blieb sie ihrem Artus treu bis ans Ende ihrer Tage?«

Abram verzog sein Gesicht. »Sie ging ins Kloster«, bemerkte er. »Christliche Romanzen dürfen nicht zu glücklich enden, sonst exkommuniziert der Papst den Dichter. Wozu mir die kleine Sophia einfällt. Ist sie inzwischen aufgewacht?«

Miriam schüttelte besorgt den Kopf. »Nein, und das Fieber steigt. Ich mache mir langsam ernsthafte Sorgen. Hoffentlich taugt dieser Medikus etwas. Wenn er überhaupt kommt ... Ich sollte jetzt auf jeden Fall hingehen und Geneviève ablösen, aber ich bin so müde ... Und sobald der Graf und der König ihren Rausch ausgeschlafen haben, werden sie mich wieder brauchen. Ich wünschte, ich verstünde mehr von Strategie, Abram! Was sie brauchten, wäre ein erfahrener Heerführer, keine Wahrsagerin.«

»Aber der König hat doch die Mauren geschlagen«, wandte Abram ein. »So ein schlechter Stratege sollte er also nicht sein.«

Miriam zuckte die Schultern. »Der Graf hat auch schon

Schlachten gewonnen. Die beiden schlagen aber wohl erst zu, und dann denken sie nach. Ob das allerdings gegen diesen Montfort gelingt? Er muss eiskalt sein und ungeheuer talentiert, was die Heerführung angeht. Und nun der Graf und seine Getreuen – von denen jeder seinen eigenen Kopf hat und sich erst mal niemand anderem unterordnet als seinem ganz speziellen Gott ... Und der König, der sein Heer erst aus Aragón holen muss. Und die Sterne und ich ...« Sie rieb sich die Stirn.

»Du legst dich jetzt erst mal ein paar Stunden schlafen«, bestimmte ihr Gatte. »Ich behalte die kleine Sophia im Auge und wünsche dem Medikus einen Funken des Wissens meines Oheims, der sich im Übrigen auch auf die Wissenschaft vom Krieg verstand. Es ist so eine Verschwendung ...«

Miriam nickte traurig. Das Letzte, was sie von Salomon von Kronach gesehen hatten, war sein Fall unter dem Schwert eines christlichen Ritters. Den Hieb mochte er allerdings überlebt haben. Später hieß es, er sei am Port en Grève verbrannt worden. Der christliche Mob hatte furchtbar gewütet, nachdem das versteckte Leben der Pariser Juden entdeckt worden war.

Geneviève beobachtete das Eintreffen des Medikus vom Fenster ihrer Kemenate aus und dankte ihrem Gott für sein rasches Handeln. Wie immer bewunderte sie seinen sicheren Sitz auf dem Pferd. Er ritt eine Stute aus der Zucht ihres Vaters – wobei man auch sagen konnte, aus seiner eigenen. Pierre de Montalban interessierte sich nicht besonders für Pferde, aber der Medikus umso mehr. Und da der Burgvogt bereitwillig auf ihn hörte, hatte sich die Zucht der Montalbans in den letzten Jahren zu einer der besten des Landes ausgewachsen. Selbst der

Graf von Toulouse ritt einen Hengst aus Montalban, und wie Geneviève sah, führte der übernächtigt wirkende Flambert eben einen prächtigen Rappen mit sich. Zweifellos ein Geschenk ihres Vaters für den König von Aragón.

Wenn der Medikus zu Pferde saß, erkannte man nichts von seiner Behinderung, erst als er nun absaß, sah man, dass er das Bein nachzog. Der Arzt war schlicht, aber kostbar gekleidet, dunkel gewandet, jedoch eher nach Art eines Ritters denn eines Gelehrten.

Geneviève überließ Sophia der Gräfin, die sich kurz zuvor zu ihr gesellt hatte, um sie bei der Pflege zu entlasten, und eilte ihrem Bruder und dem Medikus entgegen. Der Arzt lehnte den Willkommensschluck des Mundschenks eben freundlich ab, als Geneviève zu ihm stieß und ihren Freund und Lehrer ehrerbietig begrüßte.

»Ich bin glücklich und erleichtert, Euch hier zu sehen!«, sagte sie.

Flambert warf ihr einen verzweifelten Blick zu. Er schloss aus ihren Worten, dass Sophias Zustand sich nicht gebessert hatte.

»Sie ist nicht aufgewacht?«, fragte er.

Geneviève schüttelte den Kopf. »Bislang nicht, es tut mir leid. Dazu fiebert sie. Wir sorgen uns ernsthaft um ihr Leben.«

Der Medikus nickte der jungen Frau aufmunternd zu und nahm ihr Angebot, seine Tasche zu tragen, gern an. Er saß gut zu Pferde, aber nach dem Absteigen waren seine Gelenke steif und seine Knochen schmerzten.

»Nun bin ich ja hier«, sagte er freundlich. »Und mit Gottes Hilfe ...«

Geneviève hätte einwenden müssen, dass Gott den Körper nicht heilte, sondern nur der Seele Zuflucht bot, wenn sie ihn in reinem Zustand verlassen hatte, aber sie brachte es nicht über sich. Sophia war ein so liebenswertes Mädchen, immer verständnisvoll und geduldig, wenn Geneviève sich auch noch so schlecht gelaunt und mürrisch zeigte. Und sie war schön, ihr Anblick erfreute das Herz eines jeden, auch wenn dies nicht gottwohlgefällig sein konnte. Außerdem hatte Geneviève sie noch längst nicht bekehrt – und jetzt hätte sie das Consolamentum nicht einmal ablegen können, wenn sie es gewollt hätte. Man musste bei Bewusstsein sein, um allem Irdischen abzuschwören. Wenn Sophia jetzt starb, war also auch ihre Seele verloren. Geneviève seufzte verzweifelt. Sie wollte die Freundin nicht verlieren. Nicht für alle Ewigkeit – und möglichst auch nicht für die nächsten Jahre.

Der Medikus folgte dem Mädchen die Treppen hinauf – nachdem Geneviève ihren Bruder mit scharfen Worten daran gehindert hatte, ihnen ebenfalls hinterherzulaufen.

»Hast du nichts Besseres zu tun?«, fuhr sie ihn an. »Was ist mit dem Pferd? Ein Geschenk? Dann geh und überreich es, dabei wird dich der Graf gleich dem König vorstellen, das ist gut für unsere Sache.«

Der Medikus runzelte die Stirn. »Geneviève, du lässt dich schon wieder gehen!«, tadelte er. »Wie wäre es stattdessen mit ›Danke, Flambert, dass du die Nacht hindurch geritten bist, um meiner Freundin Hilfe zu bringen‹?«

»Ich fürchte, er ist die Nacht hindurchgeritten, um *seiner* Freundin Hilfe zu bringen – oder jedenfalls dem Mädchen, das er gern zur Minneherrin hätte«, stieß Geneviève hervor. »Und das...«

»Wäre das so schlimm?«, fragte der Arzt nachsichtig. »Er muss einmal heiraten, Geneviève, er will doch die Burg erben.«

Geneviève biss sich auf die Lippen. »Glaubt Ihr wirklich, Herr Gérôme, dass es Montalban dann noch gibt? Montfort gewinnt eine Stadt nach der anderen. Und der Graf redet vorerst mehr als zu kämpfen.«

Der Arzt zuckte die Schultern. »Nun soll sich aber auch der Herr von Aragón auf seine Seite schlagen ... Wir müssen es abwarten, Geneviève, verlier nicht die Hoffnung! So, und nun erzähl mir von dem Mädchen, das ich behandeln soll ...«

Ein wenig außer Atem schleppte Gérôme de Paris sich über die langen Korridore zum Frauentrakt der Burg. »Eine Ornemünde, sagt Flambert? Ich habe von der Familie gehört. Wo kommt sie her? Thüringen?«

Geneviève schüttelte den Kopf. »Franken, Herr. Sophia von Ornemünde zu Lauenstein.«

Der Medikus hatte seine Gefühle immer gut verbergen können. Man lernte das als Jude, wenn man in christlichen Gemeinschaften überleben wollte, und an maurischen Höfen war es auch nicht viel anders. Dennoch musste er einen Laut der Verblüffung unterdrücken, als er zunächst den Namen seiner Patientin hörte und sie dann auf dem Bett liegen sah. Die Ähnlichkeit mit Luitgart von Ornemünde war verblüffend – zumal wenn man Luitgart gekannt hatte, bevor sie sich verbittert nach einer kurzen, unglücklichen Ehe in eine aussichtslose, nicht einmal erwiderte Liebschaft mit Roland von Ornemünde gestürzt hatte. Bevor sie Trost im Wein suchte und bevor sie all ihren Hass auf ihren Stiefsohn und seine Frau Gerlin konzentrierte. Als Luitgart viele Jahre zuvor als junges Mädchen an den Hof von Lauenstein gekommen war, hatte sie ebenso süß und unschuldig gewirkt wie diese fiebernde blonde Kleine.

Schließlich gestattete der Arzt sich wenigstens eine Bemerkung. »Sie ist ... sehr schön ...«

Die Gräfin nickte. Sie fand es zweifellos etwas befremdlich, dass der Medikus ihr selbst kaum Beachtung schenkte, sondern gleich seine ganze Konzentration auf die Patientin richtete, aber sie trug das mit Fassung.

»Sie ist auch sehr tugendhaft«, fügte sie allerdings streng hinzu. »Eine Zierde meines Hofes.«

Der Medikus erschrak etwas, fasste sich dann aber rasch und begrüßte Leonor endlich mit der gebührenden Ehrerbietung. »Ich habe Euch nicht erkannt, Gräfin. Bitte verzeiht mein Benehmen.«

Die Gräfin winkte ab. »Seht nur zu, dass Ihr das Mädchen gesund macht, dann könnt Ihr Euch benehmen, wie Ihr wollt«, sagte sie kurz – und sah dann ebenso gebannt wie Geneviève zu, wie der Arzt einige seiner Instrumente auspackte und Sophia mit kundigen Händen untersuchte.

Schließlich fühlte er noch einmal ihren Puls und wandte sich dann an die Gräfin und Geneviève.

»Ich kann nichts Gravierendes feststellen«, meinte er gelassen. »Sie hat sich nichts gebrochen, sie verliert kein Blut, ihre Augen reagieren normal. Die Wunde ist allerdings ein wenig entzündet, und ich sollte sie vielleicht nähen ...«

»Nähen?«, fragte die Gräfin entsetzt.

»Diese Platzwunde würde auch so heilen, aber es geht schneller und besser, wenn sie künstlich verschlossen wird – da bleibt nur eine schmale Narbe zurück. Ich denke, das Mädchen hat einfach einen Schock erlitten, dazu einen sicher schweren Schlag an den Kopf bekommen. Da bleibt man schon mal einige Stunden ohne Bewusstsein. Vielleicht flüchtet es sich geradezu in die Bewusstlosigkeit. Der Ritter hat es ja wohl zu Tode geängstigt, dazu das durchgehende Pferd ... Wir werden die Wunde jetzt verschließen und ordentlich verbinden, dann geben wir dem Mädchen einen Trank gegen das

Fieber und lassen es schlafen. Ach ja, und falls Euch etwas einfällt, Gräfin, oder dir, Geneviève, was Sophia besonders am Herzen liegt ... vielleicht ein Lied, das sie liebt, oder ein Gegenstand, an dem sie hängt, dann solltet Ihr es ihr vorsingen oder ihr in die Hand geben. Es wäre auch nichts gegen den Besuch eines jungen Herrn einzuwenden, wenn es da einen Ritter gäbe, den sie bewundert ...«

»Da gibt es keinen!«

Die Antwort der Gräfin und Genevièves kam wie aus einem Munde. Der Arzt warf ihnen einen halb vorwurfsvollen, halb belustigten Blick zu. Dann packte er Nadel und Faden aus, um die Wunde zu nähen. Die Gräfin ging ihm hochinteressiert zur Hand. Adligen Frauen oblag die Pflege verwundeter Ritter, aber leider stattete man sie mit nur wenig Wissen dazu aus. Die Idee, eine Wunde zu nähen wie den Riss in einem Kleid, faszinierte die Dame.

Geneviève kämpfte derweil mit sich selbst. Sie wusste nichts Genaues über die Liebe zwischen Sophia und Dietmar – ihr Stolz und ihr Glaube verboten ihr das Teilen amouröser Geheimnisse, das junge Mädchen sonst meist verband, wenn sie so eng zusammenlebten wie Sophia und Geneviève. Aber sie wusste, dass Sophia ein kleines Schmuckstück wie ihren Augapfel hütete. Sie trug es nie, vielleicht war es in irgendeiner Hinsicht kompromittierend. Aber es lag mitunter in ihrer Hand, wenn sie einschlief, oder sie spielte damit, wenn sie träumend aus dem Fenster sah. Geneviève wusste, wo Sophia das Medaillon versteckte und holte es.

Ob es wirklich half, wenn sie es jetzt heraussuchte und dem Mädchen um den Hals legte? Schließlich entschied sie, dass es zumindest nicht schaden konnte. Als der Arzt seine Arbeit beendet hatte, hob sie behutsam Sophias nun bandagierten Kopf an und schloss die schmale goldene Kette.

»Was ist das?«, fragte die Gräfin.

Geneviève zuckte die Schultern. »Ein Heiligenbild«, meinte sie. »Ich glaube, ein Geschenk ihrer Mutter. Sie ... liebt es ...«

Das kurze Gespräch machte den Medikus auf das Medaillon aufmerksam. Seine Augen weiteten sich, als er es anhob und betastete. Geneviève hatte Angst, er würde es öffnen und womöglich das Bild eines Ritters darin vorfinden. Aber er legte es nur vorsichtig zurück.

»Ein ... ein schönes Stück ...«, sagte er und erhob sich. »Ich ... ich würde mich jetzt gern ein wenig ausruhen, bevor ich zurückreite. Ich denke, ich muss nicht unbedingt bleiben, bis sie aufwacht. Ich habe keinen Zweifel, dass sie sich erholt.«

Geneviève musterte Gérôme besorgt. »Ihr wirkt tatsächlich etwas blass, Herr. Kann ich irgendetwas für Euch tun?«

Der Arzt schüttelte den Kopf. »Nur ein wenig Ruhe, Kind, und bring mir einen Becher Wein ...«

Die Gräfin erhob sich. »Ich werde Euch einen Raum anweisen und Erfrischungen bringen lassen. Aber wollt Ihr wirklich gleich wieder fort? Mögt Ihr nicht die Abendmesse mit uns besuchen? Wir werden auch ein Bankett haben heute Nacht ...«

Der Medikus schüttelte den Kopf. »Ich danke Euch, Herrin, aber ich habe Verpflichtungen ... Wenn ich nun ... ich würde mich gern von den Überraschungen erholen, die Gott uns immer wieder bereitet ...«

»Er ist ein bisschen seltsam, nicht wahr?«, fragte die Gräfin stirnrunzelnd in Genevièves Richtung. »Aber unzweifelhaft begnadet! Ich habe so etwas nie gesehen. Deutete er nicht auch an, er habe im Heiligen Land gedient? Als Arzt lernt man sicher vieles während eines Kreuzzuges. Ich werde mich jetzt um ihn kümmern. Und du, Geneviève, wenn du es über dich bringst – da ist ihre Laute. Vielleicht spielst du ihr das Lied vor, das dein Bruder für sie gedichtet hat . . .«

Geneviève spielte und hoffte, dass es eher das kühle Metall des Medaillons als die süßliche Melodie ihres Liedes sein würde, die Sophia weckte. Sie musste den Ritter geliebt haben, der ihr das Schmuckstück geschenkt hatte. Und sie empfand hoffentlich nichts Vergleichbares für Flambert!

Was das Mädchen dann tatsächlich aus seiner Bewusstlosigkeit riss, erfuhr Geneviève nie. Zwei Stunden später öffnete Sophia langsam die Augen.

»Habe ich lange geschlafen, Geneviève? Die Sonne steht ja schon hoch am Himmel, warum hast du mich nicht geweckt? Und warum habe ich wohl so fürchterliche Kopfschmerzen?«

Sie schien aus einem langen Schlummer zu erwachen und sich an nichts zu erinnern.

Kapitel 8

Der Medikus atmete auf, als er die Tür der ihm zugewiesenen Kemenate im oberen Stock hinter sich schließen konnte. Bisher hatte er seine Gefühle und seinen Gesichtsausdruck eisern beherrscht – es war ja auch Irrsinn, sich vom Anblick eines kleinen Schmuckstücks derart aus der Fassung bringen zu lassen! Es konnte tausend Gründe dafür geben, dass dieses Medaillon in die Hände der Sophia von Ornemünde gekommen war. Gerlin konnte es in den Kriegswirren verloren haben – oder es war gar kein Unikat. Vielleicht waren mehrere davon angefertigt worden, und wenn man dieses hier öffnete, fand man wirklich das Bild irgendeines christlichen Heiligen statt des Porträts der englischen Königin Eleonore. Womöglich irrte er sich sogar, und es war gar nicht dasselbe Schmuckstück, sondern nur ein ähnliches ... Diese Überlegung hätte sein wild pochendes Herz beruhigen sollen, aber tief im Inneren war ihm klar, dass es nicht sein konnte. Das Bild dieses Medaillons, das Gerlin in jener einen, wunderbaren Nacht um den Hals trug, hatte sich ihm auf ewig eingeprägt.

Während er noch grübelte, klopfte es an die Tür, und eine Magd mit einem Tablett trat ein. Der Medikus dankte, wusste die Mahlzeit aber nicht recht zu würdigen. Er sehnte sich nach seinen Räumen in Montalban und Zeit, um in Ruhe nachzudenken. Sollte er Anstalten machen, herauszufinden, woher Sophia das Schmuckstück hatte, oder ließ er die Vergangenheit – und Zukunft – Lauensteins lieber ruhen?

Die Entscheidung wurde dem Arzt abgenommen, als er den

Ruheraum einige Stunden später verließ. Man hatte ihm gemeldet, seine Patientin sei aufgewacht. Es gab also keinen Grund, länger in Toulouse zu verweilen. Der Medikus dankte Gräfin Leonor für ihre Gastfreundschaft, nahm widerstrebend eine goldene Kette als Dank für seine Bemühungen entgegen und lenkte dann seine Schritte die Stiege hinunter, um seine Stute aus den Ställen zu holen. Und genau dort traf er auf einen Mann, dessen Anblick sein Herz beinahe stehenbleiben ließ.

»Abram! Ist das die Möglichkeit? Wie um des Ewigen Willen kommst denn du hierher?«

Sein Neffe, wieder mal in seinen aufwändigen Brokatmantel mit Sternen und Monden gewandet, schaute nicht minder verwundert. Mehr noch – Abram erblasste und suchte Halt an der Burgmauer.

Der Medikus betrachtete ihn abschätzend. »Ich wähnte dich in Sicherheit in Al Andalus – und nicht hier in der Tracht eines Gauklers!«

»Du kannst es nicht sein«, bemerkte Abram. »Du bist jemand, der dir ähnlich sieht, oder womöglich ein Geist ... wenngleich du für einen Geist recht lebendig wirkst. Jedenfalls bist du nicht Salomon von Kronach.«

Der Medikus schüttelte den Kopf. »Nein«, bestätigte er. »Ich nenne mich Gérôme de Paris. Es wäre freundlich, wenn du das berücksichtigen würdest. Aber du ...«

Abram schluckte. Die Stimme seines Oheims ... das Gesicht seines Oheims ... Dies konnte kein Trugbild sein.

»Ich nenne mich Abu Hamed al Moxacar, wenn du also ... Ich kann es nicht fassen, Oheim! Du bist doch tot!«

Salomon zuckte die Achseln. »Nicht ganz, wie du siehst. Aber wenn du schon hier bist ... ich nehme an, du kennst die Antworten auf ein paar wichtige Fragen ...«

Abram nahm kurz seine reich verzierte Kappe ab und raufte sein Haar. »Ich hätte da eher meinerseits ein paar Fragen...« Der junge Mann fand langsam seine Fassung zurück. »Immerhin bist du der erste Jude seit gut tausend Jahren, der von den Toten auferstanden ist. Wobei der erste Fall meiner Ansicht nach nicht ausreichend belegt ist. Du wirst mir berichten müssen, wie du das gemacht hast.«

Der Medikus sah an Abram vorbei die Stiege hinunter. Über den Burghof näherten sich eben ein paar Ritter. Das abendliche Bankett würde bald beginnen. Wenn er sich nicht in absehbarer Zeit verzog, würde man ihn erneut zur Abendandacht einladen, womöglich rief ihn die Gräfin noch beim Nachtmahl an ihren Tisch... Salomon wünschte kein Aufsehen.

»Hör zu, Abr... Abu Hamed, wir können hier nicht zwischen Tür und Angel reden. Auf der Straße nach Montalban ist ein Gasthaus – vielleicht zehn Meilen von hier. Du hast doch ein Pferd, oder?«

Abram grinste. »Eine Berberstute«, erklärte er. »Wir stehen hoch in der Gunst des Emirs.«

Salomon runzelte die Brauen. »Wie auch immer. Der Gasthof heißt Le Canard, du wirst ihn leicht finden. Ich werde mich jetzt dorthin begeben und auf dich warten. Ich sehe dich noch heute Nacht!«

Abram nickte. »Dein Wunsch ist mir Befehl«, erklärte er vergnügt. »Aber es kann etwas dauern. Bestell schon mal Wein!«

Salomon griff sich an die Stirn. »Du bist Maure, Junge! Berauschende Getränke sind dir verboten!«

Abram zuckte die Schultern. »Ich gehe mal davon aus, dass der Wirt des Le Canard den Heiligen Koran nicht gelesen hat...« Damit schob er sich an Salomon vorbei und strebte den Frauengemächern zu.

Salomon sah ihm ziemlich fassungslos nach. Sein Neffe war der Letzte, mit dessen Auftauchen er hier gerechnet hätte. Aber wenn irgendjemand die Antwort auf die brennende Frage kannte, die ihn seit Stunden bewegte, so war es zweifellos sein ungeratener Verwandter: Wie kam das Medaillon der Gerlin von Lauenstein an den Hals der Sophia von Ornemünde?

»Oh, das ist eine lange Geschichte.« Abram grinste, als sein Oheim ihn gleich nach seinem Eintreffen im Le Canard mit der Frage überfiel. Salomon hatte tatsächlich lange auf ihn warten müssen. Er hatte fast schon aufgeben wollen, als Abram doch noch in die Gaststube trat. »Und verzeiht meine Verspätung, Seigneur de Paris«, sagte er höflich. »Aber der Graf und der König wollten noch nicht auf die Dienste meiner Gattin verzichten, und natürlich konnte ich sie nicht mit den Herren allein lassen.«

»Die Dienste deiner Gattin?«, fragte Salomon streng, aber dann wurde ihm einiges klar. »Die Sterndeuterin! Die Maurin! Sag, dass es nicht wahr ist, Abraham von Kronach! Ihr habt euch hier als Gaukler und Wahrsager eingeschlichen, und Miriam berät den Grafen?«

Abram schürzte die Lippen. »Sozusagen«, gab er dann halbherzig zu. »Es ist eine lange Geschichte ... Aber ...« Über sein langes Gesicht huschte ein verschmitztes Lächeln. »Du kannst nicht sagen, dass sie es schlecht macht! Es gibt auch keine Judenverfolgung in Toulouse, der Graf lässt alle glauben, was sie wollen ...«

»... und stürzt sich demnächst in einen Krieg zum Schutz der Albigenser«, vervollständigte Salomon.

»Das hat er doch schon!«, verteidigte Abram die Beschlüsse des Grafen. »Und er war's nicht, der ihn anfing. Dieser Simon de Montfort ist eine Bestie. Er wütet unter der gesamten Bevölkerung der Orte, die er einnimmt, nicht nur unter den Albigensern. Wobei das friedliche, arbeitsame Leute sind. Ein bisschen verrückt, aber ... Lass uns jetzt nicht über die Albigenser reden, Oheim, und die Politik des Grafen! Ich will wissen, was passiert ist. Was ist damals in Paris geschehen? Wieso bist du am Leben? Wir haben dich zehn Jahre lang betrauert! Gerlin hat dich betrauert!«

Bei dem Gedanken an Gerlin von Lauenstein flog ein Schatten über das Gesicht des Arztes. Er hatte längst mit dieser Liebe abgeschlossen. Er zeigte größtes Verständnis für ihre Entscheidungen, und er wünschte ihr und Florís de Trillon nur das Beste. Aber dennoch ... es schmerzte nach wie vor, sich Gerlin in den Armen eines anderen vorzustellen.

Um abzulenken, fragte Salomon nun endlich nach dem Medaillon der Gerlin von Lauenstein. Abram war allerdings nicht willig zu erzählen. Erst musste Salomon berichten – schließlich war er es, der seine Familie und Freunde seit Jahren über sein Schicksal im Unklaren ließ.

»Ich will erst wissen, Oheim, wie du dem Pogrom in Paris entkommen bist. Und warum hast du nichts von dir hören lassen?«

Salomon seufzte. Er hatte seine Geschichte noch nie jemandem erzählt, aber Abram hatte natürlich Recht, er musste die Wahrheit erfahren.

»Wie sollte ich etwas von mir hören lassen, Neffe, ich konnte mich doch nicht als Jude zu erkennen geben. Ja, ich weiß, inzwischen hat der König sie wieder nach Frankreich geholt, und in Okzitanien hielt sich die Verfolgung ohnehin in Grenzen. Aber anfänglich konnte ich nicht zugeben, wer ich war, und dann ... es hätte meine Freunde und Lebensretter verletzt, wäre ich plötzlich mit der Wahrheit herausgekommen. Wobei mich niemand zwingt, in Montalban als Christ zu leben. Man fragt einfach nicht, und das ist gut so.«

»Aber wie bist du nach Montalban gekommen?«, hakte Abram nach. »Wir sahen dich unter dem Schwert dieses Ritters vor dem jüdischen Badehaus fallen. Man erkannte dich als Juden – wir sahen keine Chance für dich zu entkommen, selbst wenn du nur leicht verletzt gewesen wärest.«

Salomon holte tief Luft. »Ich war recht schwer verletzt.« Er wies auf seine immer noch leicht herabhängende linke Schulter. »Und natürlich voller Blut. Man muss mich für tot gehalten haben. Als ich zu mir kam, lag ich auf der Ladefläche eines stinkenden Karrens – dem des Totengräbers, nehme ich an. Aber er fuhr nicht sofort zum Friedhof. Inzwischen war der Mob von halb Paris auf den Beinen und auf der Jagd nach Juden. Frag mich nicht, wie sich das so schnell herumsprach, und woher man so rasch wusste, wer sich wo versteckt hielt. Jedenfalls zerrte man Männer und Frauen aus ihren Häusern in Richtung des Port en Grève. Viele von ihnen wehrten sich – vielleicht, weil sie wirklich hofften, dem Tod zu entgehen, oder auch nur, weil sie es vorzogen, gleich auf der Straße abgeschlachtet statt verbrannt zu werden. Der Mob machte kurzen Prozess mit ihnen, sehr bald warf man verstümmelte Leichen auf meinen Karren. Dabei machte ich wohl den Fehler, mich zu rühren. Jemand stellte fest, dass ich noch am Leben war, zerrte mich vom Karren ... Als ich dann das nächste Mal erwachte, lag ich mit mörderischen Schmerzen am ganzen Körper inmitten eines Stapels ermordeter Juden. Der Totengräber hatte mich wohl wieder aufgelesen und seine Last dann einfach am Rand des früheren Judenfriedhofs abgeladen. Wahrscheinlich wollte er uns dort später verscharren. Ich musste schleunigst weg, wenn ich nicht auch noch lebendig begraben werden wollte. Also schleppte ich mich zur nächsten Straße. Sie führte nach Süden.«

»Du hast gehofft, dass dich jemand findet?«, fragte Abram. »Aber die meisten Christen hätten dir doch gleich den Rest gegeben.«

Salomon zuckte die Schultern. »Ich habe nicht viel gedacht, ich wollte nur fort von all dem Blut – und eine andere Fluchtmöglichkeit gab es nicht. Ich war schwer verletzt, am ganzen Körper zerschunden, das Bein zerschmettert. Mehr als kriechen konnte ich nicht, und damit kommt man bekanntlich nicht weit.«

Abram verzog ungläubig das Gesicht. »Aber dann geschah ein Wunder?«, fragte er.

Salomon zog die Brauen hoch. »Wenn du es so nennen willst ... Es kam eine Reisegesellschaft vorbei. Eine kleine Gruppe zum Schutz einer adligen Dame: Gabrielle de Montalban.«

»Die Mutter unserer kleinen Geneviève!« Abram verstand die Zusammenhänge.

Salomon nickte. »Genau. Gabrielle stammte aus Paris, sie war sogar aus königlichem Geblüt. Pierre de Montalban kann es bis heute nicht fassen, dass er sie für sich gewinnen konnte, schließlich ist er von eher niederem Adel. Aber Gabrielle war wohl als Mädchen am Hofe des Königs durch einen der Troubadoure an den Glauben der Albigenser geraten, hatte sich dafür begeistert – nun ja, und ihre Eltern standen dann vor dem Problem, eine kleine Häretikerin im Haus zu haben, die mit einem Katholiken nicht zu verheiraten war. Du kennst Geneviève – Gabrielle war genauso. Fanatisch, unerschrocken – bereit, ihr Leben zu riskieren für ihre Religion. Nicht auszudenken, dass sie nach der Zwangsheirat mit einem königstreuen Ritter an katholischen Höfen missioniert hätte. Aber dann kam Pierre de Montalban – nicht von höchstem Adel, aber auch kein vollständiger Missgriff. Gabrielles Glaube war ihm erst egal, später ließ er sich dann sogar überzeugen und ist heute selbst Albigenser. Jedenfalls verheiratete man Gabrielle in Frieden nach Okzitanien – sie hielt jedoch Kontakt zu ihrer Familie. Sie war Geneviève wirklich sehr ähnlich, weißt du.« Salomon lächelte bei dem Gedanken an seine Lebensretterin. »Auch so heißblütig, leidenschaftlich, der kleine Hof von Montalban war ihr immer zu langweilig. Also reiste sie ab und an nach Paris – und auf dem Rückweg nach Toulouse fand sie mich. Blutend und zerschunden auf der Straße.«

»Und wie meinte sie, bist du dorthin gekommen?«, erkundigte sich Abram. »Nach dem Pogrom, unmittelbar neben dem alten Judenfriedhof?«

»So unmittelbar nun auch wieder nicht, ich bin schon ein Stück weit gekommen«, meinte Salomon. »Und sonst ... was weiß denn so ein Burgfräulein, wo vor zehn Jahren mal ein Judenfriedhof war? Gabrielle war der Ansicht, ich sei das Opfer von Straßenräubern – es gibt da eine recht menschenfreundliche Geschichte in ihrem Neuen Testament, weißt du ... *Der barmherzige Samariter*. Daran fühlte sie sich erinnert. Und ich war ja auch nicht wie ein Jude gekleidet, eher wie ein Kaufmann oder Ritter – das passte zu der Geschichte. Ich verlor jedenfalls erneut das Bewusstsein, als man mich aufhob, und diesmal fand ich es nicht so schnell wieder. Ich lag viele Wochen im Fieber.«

»Die Dame Gabrielle hat dich gesund gepflegt?«, fragte Abram.

Salomon nickte mit schmerzlichem Ausdruck. »Man hätte es besser machen können«, sagte er mit Blick auf sein Bein. »Aber ich will mich nicht beklagen, Gabrielle hat ihr Bestes getan. Sie muss auch sehr aufmerksam zugehört haben, als man sie als junges Mädchen in die Grundlagen der Heilkunst und Krankenpflege einführte. Jedenfalls war sie nicht gar so hilflos wie andere Edelfrauen. Und unterwegs fand sich noch irgendwo ein Bader, der das Bein halbwegs richtete ... Wie auch immer, ich habe überlebt und weile seitdem ganz zufrieden in Montalban als eine Art Garnisonsarzt. Ich behandle aber auch Zivilisten ohne Ansehen von Religion oder Geschlecht. Irgendwann erfuhr ich dann von Gerlins Rettung und von ihrer Hochzeit. Möge der Ewige sie segnen und ihr Frieden schenken. Und nun treffe ich hier auf die Tochter unseres alten Feindes – und ein ganz bestimmtes Schmuckstück. Gerlin erhielt es einst als Geschenk der Königin Eleonore. Wie also kommt es jetzt an den Hals von Luitgarts Tochter?«

Abram füllte sich einen Becher Wein. Und dann berichtete er von Dietmar.

Die Fehde

*Lauenstein – Toulouse
Frühjahr 1214 bis Frühjahr 1217*

Kapitel 1

Dietmar von Lauenstein zog im Herbst des Jahres 1214 gegen die okkupierte Burg seiner Väter. Gerlin und Florís, Rüdiger und Hansi waren in Mainz zu ihm gestoßen, und weiterhin befanden sich in seinem Gefolge rund hundert Ritter und ihre Knechte. Ihre Zahl vergrößerte sich ständig, je näher er dem oberen Frankenwald kam. Dietrich von Ornemünde hatte stets Frieden mit seinen Nachbarn gehalten. Sowohl er als auch sein Vater waren bei Gleichgestellten und Lehnsleuten wohlgelitten gewesen. Als Dietrich starb, hatten sich von den fränkischen Rittern lediglich die Herren des Wehrhofes Steinbach auf Seiten des Usurpators Roland geschlagen – eine frühere Gerichtsentscheidung Dietrichs hatte sie beleidigt. Steinbach blieb auch jetzt bestenfalls unbeteiligt, während sich alle anderen Burgherren und Lehnsleute der Gegend sofort bereiterklärten, Dietmar Ritter zu stellen. Sogar jüngere Söhne der Burgherren schlossen sich dem Feldzug an und führten die fünf oder sechs Ritter ihres Vaters in den Kampf.

»Das ist nett gemeint, macht aber die Sache nicht unbedingt einfacher«, seufzte Florís, der neben seinem Pflegesohn die Ritterschaft anführte. Die von König und Bischof gestellten Kämpfer waren ganz klar Dietmar unterstellt, während es bei den winzigen »Unterheeren« zu Kompetenzgerangel kommen konnte.

»Aber sie bieten unzweifelhaft Verstärkung!«, erklärte Dietmar wohlgemut.

Dem jungen Fehdehauptmann konnte in diesen Tagen

nichts die Laune verderben. Schließlich näherte er sich mit jedem Schritt seines Pferdes seiner geliebten Sophia, auch wenn die Reitergruppe nicht allzu schnell vorankam. Auf Florís' Rat hin mieden sie die wenigen, stark befahrenen und berittenen Fernhandelswege. Roland musste nicht früher von der Sache Wind bekommen, als unbedingt nötig. Die Ritter und ihr Tross kämpften sich oft durch unwegsames Gelände – große Teile der Grafschaft Lauenstein waren noch nicht gerodet, und die Landschaft war alles andere als eben. Zwar gab es keine sehr hohen Berge oder gar schroffe Abgründe, aber Hügel folgte auf Tal – man ritt stets bergauf oder bergab. Lange Galopp- oder auch nur Trabstrecken waren selten.

Florís zuckte die Achseln. »Natürlich verbessern viele Ritter das Bild – es wird allein schon abschreckend wirken, wenn sie alle vor Lauenstein Aufstellung nehmen. Aber um sie wirklich sinnvoll einsetzen zu können, müssen sie sich einem Befehl unterstellen und sollten nicht jetzt schon um die Ehre streiten, Roland den Fehdebrief zu überbringen. Dein feiner Verwandter hat sich wohl auch nach der Übernahme von Lauenstein nicht allzu beliebt gemacht. Nahezu jeder in der Umgebung hat ein kleines oder größeres Hühnchen mit ihm zu rupfen.«

»Das können sie ja in ihre persönlichen Briefe schreiben«, meinte Dietmar unverdrossen. Neben dem großen, wichtigen Fehdebrief des Herausforderers sandten auch seine Verbündeten Schreiben mit einer Begründung der Parteinahme. »Und die Briefe überbringt Herr Conrad von Neuenwalde. Der sollte allen genehm sein – als verdienter Ritter des Kaisers und Erbe der Nachbarburg.«

Herr Conrad war weiland unter den Beratern des früheren Kaisers Otto gewesen, jetzt jedoch König Friedrich treu ergeben. Er war in Rüdigers Alter und zweifellos ein Ritter ohne Furcht und Tadel. Gemeinsam mit seinem Vater Laurent hatte er Gerlin schon nach Dietrichs Tod geholfen. Nun stellten die Neuenwalder ihre Burg als Stützpunkt für Dietmars kleine Armee zur Verfügung, solange noch keine Trutzburg erbaut war. Gerlin fand im dortigen Palas Quartier in den Frauengemächern, Conrads Mutter Ethelberta und seine junge Frau Clara nahmen sie gleich freundlich auf. Clara konnte sogar Auskunft über Sophia von Ornemünde geben, was Gerlin begierig annahm. Erhielt sie damit doch zum ersten Mal Informationen aus dem Munde einer Frau!

»Die Männer sagen nur immer, wie überirdisch schön das junge Mädchen ist, wie sanft und tugendhaft. Das passt nur in keiner Weise zu allem, was ich über ihre Eltern weiß!«, erklärte sie den Herrinnen von Neuenwalde. »Wenn Ihr mir da Näheres berichten könnt ...«

Clara zuckte die Schultern. »Also, so gut kenne ich sie nun auch nicht. Ich war nur ein knappes Jahr mit ihr in der Schule bei den Ordensfrauen in Sankt Theodor. Und da fiel sie nicht besonders auf. Höchstens als graues Mäuslein, sie war fürchterlich schüchtern. Was wieder nicht verwunderlich ist, wenn man sich überlegt, wie wir anderen sie behandelten. Sie war verfemt, kaum dass uns die erste Kunde davon erreichte, wie ihr Vater an sein Lehen gekommen ist. Im Nachhinein schäme ich mich richtig für all die Schmähungen und Neckereien. Sophia konnte ja nichts dafür, wie die Ordensfrauen auch nicht müde wurden zu betonen. Die mochten Sophia, sie war brav und lernwillig – nicht so wie manche von uns.« Claras Augen blitzten mutwillig, sie war ein äußerst temperamentvolles Geschöpf.

»Und wenn Ihr Euch mal vor Augen führt, wie sie hausen auf Lauenstein«, fügte Ethelberta hinzu. »Das Mädchen konnte sich nur zur Hure oder zur Nonne entwickeln – verzeiht meine harte Ausdrucksweise. Aber die Kerle, die Roland da als seine

›Ritter‹ sammelt, sind alles andere als minniglich. Ein Mädchen konnte ihnen nachgeben oder vor ihnen fliehen. Die kleine Sophia wird Letzteres gewählt haben. Mir tat sie damals leid, als wir alle Druck auf die Nonnen ausübten, um sie der Schule zu verweisen. Aber wir konnten natürlich nicht dulden, dass sich ein Räuber und Gauner die Privilegien eines Burgherrn herausnimmt. Das wäre auch nicht in Eurem Sinne gewesen, Frau Gerlin.«

Gerlin nickte und dankte der alten und treuen Freundin. Aber das Schicksal des jungen Mädchens Sophia rührte nun erstmalig an ihr Herz. Bisher hatte sie sich die unwillkommene Minneherrin ihres Sohnes als starke, kühle Schönheit vorgestellt. Aber wenn er sich nun tatsächlich in ein schüchternes, unglückliches Mädchen verliebt haben sollte, würden sich ihre Ressentiments gegen Sophia von Ornemünde nicht halten lassen.

»Du solltest Neuenwalde aber auch nicht zu auffällig bevorzugen.«

Während die Pferde der Ritter einen Hang mehr herunterrutschten als -traten, gab Florís seinem unbekümmerten Pflegesohn weiterhin einen Ratschlag nach dem anderen – ein Verhalten, das ihm eigentlich gar nicht ähnlich sah. Im Allgemeinen ließ er den jungen Mann gern selbst entscheiden und freute sich an seinen meist schon recht weisen Überlegungen. Aber jetzt schien der Ritter entschlossen, nichts dem Zufall zu überlassen. Florís de Trillon widmete inzwischen schon sein halbes Leben der Erhaltung der Feste Lauenstein für das Geschlecht des Dietrich von Ornemünde. Wenn es nun endlich zur entscheidenden Schlacht kam, durfte nichts schiefgehen.

Dietmar verdrehte die Augen. »Das werde ich schon nicht. Und ich glaube auch nicht, dass irgendjemand eine Allianz von mir und Herrn Conrad gegen den Rest des fränkischen Adels fürchtet. Da müssten die mehr Angst vor der Unterstützung des Bischofs haben. Der hat sich schließlich so großzügig gezeigt ... man könnte meinen, er bezwecke damit eine Machterweiterung.«

Florís schüttelte den Kopf. »Ach was. Den Bischof von Mainz interessiert die Gegend hier wenig – zumindest, solange man ihre Zugehörigkeit zu seinem Bistum nicht infrage stellt. Das wird er dem Bischof von Bamberg auch in Zukunft nicht raten, und stellt das gleich klar, indem er deinen Feldzug finanziert. Wobei der Entschluss dazu ja ziemlich spät gefallen ist, was wiederum bestimmt in Verbindung mit deinen guten Beziehungen zu König Friedrich steht.«

Dietmar nickte desinteressiert. Im Grunde hatte er genug von all den politischen Ränkeschmieden. Kein Wunder, schließlich hatte er damit die gesamten vergangenen Monate verbracht. Nach der Schlacht bei Bouvines hatten ihn sowohl der König von Frankreich als auch König Friedrich belobigt und ausgezeichnet. Philipp hatte ihm Ritter gestellt, König Friedrich vor allem ein Berechtigungsschreiben, das seine Ansprüche auf Lauenstein unterstützte. Bevor die Sache jedoch vorgetragen und alle Papiere ausgeschrieben waren, hatten unendlich viele Wartestunden auf Audienzen, die Teilnahme an Banketten und Jagden angestanden. König Friedrich lud auch Gerlin und Florís an seinen Hof, stellte ihnen Fragen und forderte Florís zur Teilnahme an den Spielen seiner Ritter auf. Offensichtlich ging es ihm darum, die Ratgeber seines jungen Gefolgsmanns zu prüfen, was klug und huldreich war – aber auch zeitraubend. Und zuletzt war noch ein langer Besuch bei Dietmars eigentlichem Lehnsherrn, dem Bischof von Mainz, unvermeidlich gewesen. Siegfried von Eppstein wollte vor allem klarstellen, dass Roland von Ornemünde keine Chance haben würde, sich womöglich mit seinem Amtsbruder in Bamberg zu verbünden. Lauenstein lag deutlich näher an Bamberg denn an Mainz. Die Gefahr, dass Bischof Eckbert von Andechs die Gelegenheit ergriff, die reiche Grafschaft seinem Bistum einzuverleiben, war nicht von der Hand zu weisen. Insofern war Dietmar schließlich unerwartet reiche Unterstützung durch den Mainzer Kirchenfürsten zuteilgeworden. Der Bischof stellte ein paar Ritter, vor allem aber sehr viel Geld. Dietmars finanzielle Situation überstieg seine kühnsten Träume. Er konnte nicht nur seine Ritter über lange Zeit ernähren, es war sogar eine Blide, ein hölzernes Katapult zur Beschießung belagerter Burgen, in Auftrag gegeben worden. Lauenstein lag angeschmiegt am Berg, nicht auf seiner Spitze. Man konnte also oberhalb der Feste eine sogenannte Trutzburg oder Belagerungsburg errichten und die Anlage von dort aus angreifen. Das war allerdings überaus teuer. Und Gerlin war ebenso wenig wohl dabei wie Dietmar.

»Wir wollen die Burg erobern, nicht zerstören!«, hatte sie ablehnend bemerkt, als Rüdiger den Vorschlag machte, das Geld des Bischofs für den Bau eines solchen Stützpunktes zu verwenden und obendrein ein Geschütz aufzufahren.

»Und es könnte gefährlich für Sophia werden, wenn wir die Burg beschießen!«, wandte auch Dietmar ein.

Rüdiger stimmte nicht mit ihnen überein. »Du glaubst doch wohl nicht, dass sie das Mädchen auf die Zinnen stellen, wenn da Kugeln fliegen!«, meinte er. »Und um die Mauern der Burg mache ich mir auch keine Sorgen. Die müsste man jahrelang mit Steinen bewerfen, um sie zu zerstören. Bei diesen Katapulten geht es mehr darum, den Gegner zu zermürben. Man schießt über seine Mauern, er kann sich niemals sicher fühlen. Man visiert seine bemannten Verteidigungslinien an – wobei man selten trifft. Aber die Wirkung ist meist enorm, die Leute fliehen wie die Hasen.«

»Man muss nicht einmal Steinkugeln verschießen«, begütigte Florís seine aufgebrachte Gattin.

Gerlin schüttelte den Kopf. »Was willst du sonst verschießen? Die Köpfe der Gefallenen? Wie damals die Kreuzritter? Oder Pestleichen, die alles verseuchen? Am harmlosesten sind wohl noch Körbe mit Exkrementen, aber das empfinde ich als eines Ritters nicht würdig!«

Florís lachte. »Womit ich ganz deiner Ansicht bin. Eigentlich sind Belagerungsmaschinen eines Ritters ohnehin nicht würdig. Aber die Erfahrung zeigt, dass sich viele Herren höchst unritterlich in die Hose machen, sobald sie vor ihren Burgen aufgefahren werden, und diese Erfahrung würde ich Herrn Roland gern ermöglichen. Über die Blide und ihren Einsatz können wir aber auch später noch entscheiden. Wichtig ist erst mal die Trutzburg, und die bietet noch andere Vorteile als den Schießstand. Gerlin, Roland wird nicht gleich klein beigeben, nur weil wir uns vor seinen Toren aufbauen! Darauf wartet er seit Jahren, das schreckt ihn nicht so sehr, wie du hoffst. Wir werden auch nicht einmal angreifen und siegen. So laufen Belagerungen nicht, die sind langwierig. Es kann gut und gern ein Jahr oder länger dauern, bis Roland ausreichend zermürbt ist, sich zur Schlacht zu stellen. Bis dahin haben wir vor allem seine Burg zu beobachten und Nachschubwege zu verstellen. Wenn wir das von einem Zeltlager aus machen, zermürben wir unser Heer schneller als ihn. Also beschäftigen wir die Leute jetzt erst mal, indem wir eine Trutzburg bauen. Im Winter bietet die uns dann Schutz vor dem Wetter, Übersicht – einen Stützpunkt eben, von dem aus man den Belagerten auch gern mal ein paar Knochen rüberschießen kann, wenn man wieder mal einen

Ochsen gebraten hat, während sie drinnen von altem Brot und Bohnen leben. Krieg hat nichts mit Artusromanen zu tun, Gerlin. Ich weiß, das ist dir klar, aber in den nächsten Monaten wird es dir noch sehr viel klarer werden.«

Gerlin stimmte dem Bau also zu – und sah die Notwendigkeit auch schon auf dem Ritt nach Lauenstein ein. Die vielen Jahre im südlichen Frankreich hatten sie verwöhnt, sie war schlammige Wege, Dauerregen und Kälte, klamme Decken und Zelte, die nur notdürftig vor dem Wetter schützten, nicht mehr gewöhnt. Widerwillig hüllte Gerlin sich in ihren dicksten Reitmantel, während ihre Stute sich durch den Morast über die Waldwege tastete und der Regen von den Bäumen herab in ihren Nacken tropfte. Auf einem solchen Ritt hatte sich Dietrich weiland den Tod geholt – und Gerlin ertappte sich dabei, ihren Sohn mit Sorge zu beobachten. Aber Dietmar war von blühender Gesundheit und Feldlager obendrein gewöhnt. Dazu fieberte er Lauenstein entgegen – das Wetter nahm er gar nicht wahr.

Am ersten wichtigen Tag des Feldzugs schien dann allerdings die Sonne, und Gerlin war fast glücklich. Genau so hatte sie es sich immer vorgestellt – ihr Sohn an der Spitze einer Streitmacht, fest entschlossen zur Rache. Und sie konnte das nun miterleben. Sie beobachtete, wie die Ritter auf der freien Fläche vor der Burg, die den Wehrbau vom Dorf Lauenstein trennte, aufmarschierten. Alle saßen in voller blank polierter Rüstung auf prachtvollen Pferden, herausgeputzt mit bunten Schabracken in den Farben der Reiter. Die Dörfler, die sich neugierig heranschlichen, konnten sich kaum an dem Anblick sattsehen. Florís dachte daran, sie wegzuschicken, aber dann überlegte er es sich anders. An diesem Tag würde es noch nicht zu Kampfhandlungen kommen, sollten die Leute also teilhaben an dem Schauspiel. Später würde von ihrer Unterstützung einiges abhängen, also war es gut, wenn sie sich jetzt am Anblick ihres jungen Burgherrn und seiner Streitmacht weideten. Nicht zu vergessen an den seiner Mutter – von der Florís selbst den Blick kaum wenden konnte. Gerlin trug ein Gewand aus weißem Brokat und war festlich geschmückt, und ihr züchtiges Gebende zierte ein fein ziselierter goldener Schepel. Florís saß neben ihr auf seinem Schimmel und lächelte ihr zu. Sein Schild – lange nicht im Kampf getragen – war mit bunt bemalter Leinwand neu bespannt. Roland würde von den Zinnen der Burg aus sehen, dass sein alter Widersacher niemals aufgegeben hatte.

Conrad von Neuenwalde trennte sich jetzt von der Gruppe der Ritter und nahm feierlich den Fehdebrief von Dietmar in Empfang. Andere Ritter überreichten ihm ebenfalls ihre Schreiben. Florís sprengte vor, um das seine abzugeben, ebenso Rüdiger, dessen Augen übermütig funkelten. Er freute sich erkennbar auf den Kampf. Gerlin war trotz ihres Hochgefühls ein wenig mulmig zumute, aber die Männer schienen furchtlos und entschlossen.

Jetzt trennte sich Herr Conrad vom Heer und galoppierte auf seinem fuchsfarbenen Hengst auf die Burg zu, die stolz vor der Felsenkulisse und der bewaldeten Kuppe eines Berges prangte. Lauenstein war so schön wie trutzig, Gerlin konnte sich noch gut an das Gefühl erinnern, das sie empfunden hatte, als sie ihre künftige Heimat zum ersten Mal sah. Sie war überaus beeindruckt gewesen und natürlich auch etwas ängstlich. Im Vergleich zu ihrer Heimatburg Falkenberg war Lauenstein ein Schloss. Aber sie hatte Florís und Salomon von Kronach neben sich gehabt, die ihr Halt gegeben hatten – jeder auf seine Art.

Gerlin dachte mit kurzem Schmerz an Salomon. Auch er wäre stolz gewesen, hätte er Dietmar jetzt sehen können. Sie war lange Zeit mit ihm als seine Gattin gereist und hatte Dietmar als seinen Sohn ausgegeben. Gerlin schenkte dem jungen Ritter einen warmen Blick. Er hatte seinen Vater nie gekannt, aber bessere Pflegeväter als Florís und Salomon hätte er sich nicht wünschen können.

Das Burgtor öffnete sich jetzt für Herrn Conrad – und für die Ritter vor der Feste hieß das vorerst warten. Bis die Fehde offiziell eröffnet war, mussten sie ohnehin noch drei Tage ausharren. Aber Dietmar nutzte die Zeit, um vor seinen Rittern Aufstellung zu nehmen. Als er dazu den Helm abnahm, sah er strahlend schön aus mit seinen leuchtenden blauen Augen und dem wehenden blonden Haar. Fast wie ein Held aus einem Märchen. Gerlin fragte sich, ob die junge Sophia diesen Auftritt wohl von ihrer Kemenate aus verfolgte.

»Es ist nun also so weit!«, sagte Dietmar mit klingender Stimme. »Wir sind hier, um mein Erbe zu erstreiten – und so Gott will, auch die Hand meiner Herrin Sophia. Und schon um ihretwillen ist dies keine Fehde, wie andere unter Euch sie vielleicht bereits ausgefochten haben. Wir werden Herrn Roland kein Leid zufügen, wo immer es nur geht – denn wenn wir Dörfer schleifen und Bauern töten und Vieh stehlen, dann schaden wir damit ja nicht ihm, sondern Lauenstein!«

Unter den Bauern und Handwerkern hinter den Rittern kam Zustimmung auf. Dietmar lächelte auch ihnen zu.

»Die Menschen in dieser Grafschaft waren meinem Vater treu ergeben«, führte er weiter aus, »und werden es mir ebenfalls sein. Sie müssen unbedingt verschont bleiben! Und wir werden uns auch sonst an die Regeln halten. Keine Kampfhandlungen während des Gottesfriedens, zu hohen Feiertagen ...«

Dietmar hielt inne, als ihn ein junger Ritter aus einer der ersten Reihen unterbrach. Reimar von Hemmdorf war der jüngere Sohn eines Nachbarn und als Fahrender schon viel herumgekommen.

»Das ist ja schön und gut, Herr Dietmar«, wandte er jetzt ein. »Aber erstens: Wenn ich Euch recht verstehe, sollen wir der Burg die Nachschubwege abschneiden. Wie soll das gehen, wenn wir ständig Gottesfrieden halten? Und als Zweites: Wenn wir nicht plündern und uns an den Dörfern des Frevlers Roland schadlos halten – wo machen wir dann Beute? Wir sind ja nicht rein zum Vergnügen hier, Herr Graf von Lauenstein!«

Die Ritter um ihn herum lachten und klatschten Beifall. Dietmar biss sich auf die Lippen. An die Bedürfnisse der Fahrenden hatte er bislang keinen Gedanken verschwendet. Er dachte wie ein Ritter, nicht wie ein Burgherr.

Gerlin trieb ihre Stute vor, neben das Pferd ihres Sohnes. »Ist es das Anliegen eines Ritters, zu brandschatzen und zu morden oder sich ein Lehen zu erwerben?«, fragte sie streng. »Meines Wissens doch eher Letzteres. Die Grafschaft Lauenstein ist weitläufig und reich, Ihr seid eben hindurchgeritten: All diese Höhenzüge warten darauf, gerodet und besiedelt zu werden. Wer sich im Kampf für meinen Sohn auszeichnet, der wird dafür belohnt werden, wer jedoch nur plündern und rauben will, der setze sich besser gleich ab oder schließe sich Herrn Roland an. Der fragt nicht nach ritterlichen Tugenden. Aber ich sage es Euch gleich: Er wird nicht siegen!«

Gerlins Ansprache rief von jeder Seite her mehr Beifall hervor als alle Worte zuvor. Die Ritter schlugen begeistert auf ihre Schilde, die Bauern jubelten. Neue Rodungen und Siedlungen boten auch ihren Kindern Möglichkeiten zum Landerwerb. Gerlin atmete auf. Blieb noch die Frage des Gottesfriedens. Sie sah Florís hilfesuchend an, aber jetzt hatte sich Dietmar wieder gefasst.

»Wir achten den Gottesfrieden«, erklärte er. »Solange man uns nicht provoziert. Und an den Tagen des Herrn sollte doch wohl auch kein Nachschub in eine belagerte Burg geschafft werden.«

Die Ritter lachten. Florís nickte seiner Gattin und seinem Pflegesohn gleichermaßen zu. Offiziell gab es viele Regeln, deren Einhaltung eine rechte Fehde von einer unrechten unterschied. Aber in der Praxis war es fast unmöglich, sich immer daran zu halten. Es wachte auch niemand darüber – Roland hatte Gerlin Lauenstein unter anderem dadurch entreißen können, dass er jede Regel missachtete.

Inzwischen öffneten sich die Tore der Burg, und Herr Conrad ritt hindurch.

»Meine Herren Ritter«, begann er förmlich. »Herr Roland von Ornemünde hat den Fehdebrief angenommen. Von heute an in drei Tagen herrscht Krieg zwischen ihm und uns.«

Kapitel 2

Er geht nach England, und er will, dass ich mit ihm komme.«

Miriam von Wien war nur schwer aus der Fassung zu bringen, aber jetzt hielt sie sich nicht mit Vorreden auf, als sie zu ihrem Gatten und seinem Oheim stieß. Die beiden erwarteten sie in den Räumen des Medikus vor einem Feuer, es war ein kühler, verregneter Frühlingstag. Abram und Salomon tranken heißen Würzwein, um sich warm zu halten – während Miriam erhitzt genug wirkte, als sie verspätet hereinstürmte.

»Und das trotz deiner katastrophalen letzten Weissagungen?«

Salomon scherzte, aber seine Augen blieben kalt. Die Männer, deren Verletzungen er bis heute versorgte – auch noch ein halbes Jahr nach der Schlacht von Muret eiterten Beinstümpfe und schwärten Wunden –, waren Opfer von Miriams missglückter Sterndeuterei. Und auch das Exil des Hofes von Toulouse in der unbedeutenden Grenzfestung Montalban verdankten alle dem verlorenen Kriegszug des Grafen von Toulouse gegen die Kreuzfahrer unter Simon de Montfort.

Miriam zuckte die Schultern. »Nun gebt mir nicht die Schuld, Herr Gérôme!« Alle drei verwandten möglichst ihre Decknamen, selbst dann, wenn sie unter sich waren. »Wir hatten über zweitausend Berittene und fast zehntausend Mann zu Fuß. Konnte ich ahnen, dass Montfort sie mit einem Heer schlagen würde, das dreimal kleiner ist?«

»Und Miriam hat den Grafen sehr weise beraten!«, unterstützte Abram seine Frau.

Tatsächlich hatte Raymond ganz gegen seine sonstige Art eine eher defensive Taktik im Kampf gegen die Kreuzfahrer um Simon de Montfort vorgeschlagen. Seine Verbündeten, der König von Aragón und der Graf von Foix, hatten ihn allerdings überstimmt. Ihr Angriff auf die von Montfort gehaltene Stadt Muret war dann in einem Blutbad geendet.

»Die Sterne hätten besser den Ratschlag geben sollen, dass man sich auf einen Heerführer einigt, bevor man in den Krieg zieht«, stichelte Salomon weiter. »Und dass man seinen Gegner nicht unterschätzt. Mal ganz abgesehen von der allgemeinen Überbewertung von Ritterlichkeit.«

Abram lachte bitter. »Die kann man Raymond eigentlich nicht vorwerfen.«

»Aber König Peter, was wieder niemand voraussehen konnte!«, trumpfte Miriam erneut auf. Der König hatte Raymonds vorsichtige Strategie mit dem Hinweis auf die ritterlichen Tugenden abgelehnt. Er beharrte auf Frontalangriff, ein Fehler, den er letztlich mit dem Leben bezahlte. Als einer von Simon de Montforts Rittern den Herrscher von Aragón erschlug, war die Schlacht beendet. »Also, wollt ihr jetzt hören, was Graf Raymond plant, oder nicht?«

»Ich kann's mir schon denken«, bemerkte Abram. »Der Kerl hängt sein Mäntelchen nach dem Wind und flieht nach England. Während Montfort sich an den Albigensern schadlos hält.«

»Es sind so ziemlich alle rechtzeitig aus Toulouse herausgekommen«, meinte Miriam. Die Garnison der Stadt hatte Vernunft bewiesen und nicht gegen die Kreuzfahrer gekämpft. Stattdessen hatte man die Zeit zwischen der Schlacht von Muret und Montforts Marsch auf Toulouse genutzt, so viele Albigenser und Juden wie möglich in Sicherheit zu bringen. Die Stadt hatte sich dann ergeben und blieb vom Schlimmsten verschont, während Montfort die Grafschaft Foix verwüstete. Aber nun drängten sich die Flüchtlinge in kleinen Orten wie Montalban und warteten auf die Entscheidung des Grafen. »Raymond bleibt doch gar nichts anderes übrig«, fuhr Miriam fort. »Was soll er machen? Die überlebenden Ritter von Aragón sind nach Hispanien zurückgekehrt, das Heer von Toulouse und Foix aufgerieben. Der Einzige, der ihm jetzt noch Truppen stellen könnte, ist König Johann.«

»Warum sollte er?«, fragte Salomon. »Ja, gut, er ist allgemein schlecht zu sprechen auf die Franzosen und sieht vielleicht eine Chance, die Besitzungen der Plantagenets zurückzuerobern. Aber andererseits ist das schon so oft misslungen – man könnte meinen, es reiche ihm.«

»Auf jeden Fall sind der Graf und die Gräfin Leonor in England sicher«, meinte Miriam. »Und ihr Hof...«

»Den wollen sie mitnehmen?«, fragte Salomon skeptisch. »All die Ritter und Knappen und Pagen und Mädchen?«

»Jedenfalls will Raymond meine Frau mitnehmen«, bemerkte Abram. Das war die Angelegenheit, die ihn am meisten beschäftigte. Er wandte sich an seine Frau. »Du denkst nicht wirklich daran, mitzugehen, oder?«

Miriam rieb sich die Schläfe. »Er braucht vernünftige Ratgeber.«

Abram verdrehte die Augen. »Dann soll er sich welche suchen!«, sagte er hart. »Und möglichst auch auf sie und nicht auf irgendwelche ritterlichen Verbündeten hören. Wir haben jedenfalls genug getan. Der Emir sollte zufrieden mit uns sein, zumal für ihn garantiert keine Gefahr mehr von Raymond de Toulouse ausgeht. Kehren wir heim nach Al Andalus und bauen wir deine Sternwarte. Mein Handelshaus war auch lange genug verwaist.«

Miriam grinste Abram bei dieser Bemerkung spöttisch an, Salomon bedachte ihn mit einem säuerlichen Seitenblick.

»Wenn ihr da noch hinkommt«, bemerkte er dann. »Ich sehe zurzeit keine sichere Reisemöglichkeit durch die iberischen Lande nach Granada. Oder ist euch entgangen, dass König Peter die Mauren schwer geschlagen hat? Da weiß doch gerade keiner, welcher Landstrich wem gehört. Wollt ihr übrigens als Juden oder Mauren reisen?«

Abram lächelte schief. »Ich glaube, Albigenser sind da ziemlich ungefährdet«, bemerkte er müde. »Was sagt denn übrigens eure Freundin Geneviève zu der geplanten Flucht des Grafen? Wissen die Bonhommes das überhaupt schon?«

Geneviève de Montalban erfuhr die Nachricht von Sophia und ihrem Bruder. Sie traf die beiden im Garten der Burg Montalban, der natürlich nicht an die blühenden Rosenbüsche, die Wasserspiele und verschwiegenen Nischen des Schlossgartens in Toulouse herankam. Aber Flambert war Troubadour durch und durch. Er betete seine Dame gern im Grünen an, und Sophia erwärmte sich für die Gartenarbeit. Sie rupfte Unkraut zwischen den Nutzpflanzen, während Flambert mit der Laute auf einer Bank saß. Als Geneviève sich jetzt eifersüchtig näherte, waren die beiden in ein ernstes Gespräch vertieft. Nach wie vor sah sie es nicht gern, wenn Flambert die Tage mit Musik und Frauendienst vertrödelte, statt zu beten oder sich in den Künsten der Ritter zu üben. Dabei hatte der junge Mann trotz einer leichten Verwundung vor Muret gut gekämpft, Geneviève konnte ihn nicht tadeln. Viel Raum für ritterliche Ertüchtigung bot die enge Burg Montalban außerdem nicht, die Kämpfer übten immer nur in kleinen Gruppen.

Geneviève hoffte, dass sie Sophia nicht falsch einschätzte, aber zumindest damals, nach dem Sturz vom Pferd, war sie ihrem fränkischen Minneherrn noch treu ergeben gewesen.

Die junge Albigenserin hatte Sophia nicht nach dem Medaillon gefragt, aber die hatte ihr bereitwillig von ihrer Romanze mit Dietmar von Lauenstein erzählt. Sie war verliebt und auch so etwas wie heimlich versprochen. Geneviève hatte nur halb hingehört, aber immerhin aufgeatmet, weil sie daraus schloss, dass Flamberts Schwärmerei für das Mädchen unerwidert bleiben würde.

In der letzten Zeit hegte sie da allerdings Zweifel. Besonders seit der Flucht nach Montalban steckten Flambert und Sophia für Genevièves Dafürhalten viel zu häufig zusammen, und Flamberts Augen pflegten stets verräterisch zu leuchten. Sophia schien den jungen Albigenser zumindest zu mögen. Und die Geschichte mit ihrem Dietmar war inzwischen über ein Jahr her.

Geneviève wollte eigentlich nicht lauschen, aber als sie Flambert jetzt reden hörte, konnte sie nicht anders. Sie versteckte sich hinter einem Baum und horchte. Flamberts Stimme klang verzweifelt.

»Ich habe tapfer gekämpft, Herrin Sophia, Ihr müsst es mir glauben! Hatte ich doch Hoffnung, dass Ihr ...«

Sophia sah lächelnd von ihrer Arbeit auf und hielt sich den mit Erde verschmutzten Finger an die Lippen. »Psst, Herr Flambert. Ich habe Euch nie Hoffnungen gemacht, das wisst Ihr!«

»Ihr könnt einem Mann nicht das Träumen verbieten, wenn er dadurch Kraft schöpft für einen Kampf«, sagte Flambert und strich über die Saiten der Laute, als inspirierten ihn die Worte zu einem Lied. »Aber nun ist sowieso alles dahin. Ich werde sterben, Sophia, wir alle werden sterben. Und ich wünschte mir ... ich wünschte mir so sehr, ich hätte dabei die Erinnerung an einen Kuss von Euren Lippen.«

Sophia lachte, aber nicht spöttisch, sondern sanft und mitfühlend. »Es ist doch noch gar nicht sicher, dass wir sterben, Herr Flambert. Vielleicht haltet Ihr ja die Feste. Oder dieser Simon de Montfort konzentriert sich auf andere Ziele. Okzitanien ist groß. Und Montalban galt doch nicht als Zentrum der Albigenser, oder?«

Flambert spreizte die Finger und strich damit durch sein weiches, dunkles Haar – eine Geste, die charakteristisch für ihn war. »Hier tummelten sich vor dem Krieg hauptsächlich Valdenser«, erinnerte er sich. »Wobei Montfort und der Papst da sicher keine Unterschiede machen, die gelten ja auch als Häretiker. Und jetzt ... mit den ganzen Flüchtlingen aus Toulouse ... Aber davon ganz abgesehen ...« Der Ritter straffte sich. »Ich kann hier nicht sitzen und warten, ob Montfort kommt oder nicht. Ob hier oder woanders, diese Kreuzfahrer massakrieren unsere Leute, und ich bin ausgebildet worden, sie zu schützen. Ich werde in diesem Krieg sterben, Sophia. Und ich kann den Gedanken kaum ertragen, Euch nie berührt, nie den Duft Eurer Haut geatmet, nie Eure Lippen geküsst zu haben.«

Sophia erhob sich und wischte sich die Finger achtlos an der Schürze ab, die sie über ihr Kleid gezogen hatte. »Wenn es wirklich so ist, wie Ihr sagt«, meinte sie freundlich und setzte sich neben Flambert, »wenn der Graf wirklich geht und Ihr vielleicht auch, dann will ich Euch einen Kuss gewähren. Das ist dann so wie ... wie Euer Consolamentum, ein Abschied ...«

Sophia hob die Hand und strich dem Ritter liebevoll über die Wange. Flambert ergriff ihre Finger und führte sie vorsichtig an seine Lippen.

»Es wird mir süßer sein als die Vergebung meiner Sünden«, flüsterte er. »Was ist ewiges Leben gegen einen Tod im Angesicht Eurer Liebe? Alles, was ich bisher geglaubt habe, war falsch. Nur Ihr könnt meine Seele befreien – nur durch Euch wirkt Gott.«

Geneviève schnappte nach Luft. Ihr Bruder lästerte ihren Glauben! Aber Troubadouren wurden solche Dinge nachgesehen, die schwebten ja immer etwas über den mehr oder weniger irdischen Dingen. Allerdings beschloss Geneviève, sich jetzt zu erkennen zu geben.

»Habt ihr nichts zu tun, dass ihr hier herumsitzt?«, fragte sie scharf und kam aus ihrem Versteck.

Flambert fuhr zusammen, Sophia blickte jedoch nur gelassen auf. Sie war an Genevièves Ruppigkeit gewöhnt und pflegte einfach darüber hinwegzusehen.

»Flambert macht sich Sorgen, weil der Graf wegwill«, sagte sie naiv.

Geneviève runzelte die Stirn. »Wo will er denn hin?«, fragte sie spöttisch.

Sophias Worte besorgten sie jedoch. Wenn das Mädchen nun schon Ausflüchte suchte, um Flamberts Tändelei zu decken, teilte es seine Gefühle womöglich mehr, als bisher zu erkennen gewesen war.

»Nach England«, flüsterte Flambert. »Es ist alles verloren, Geneviève. Raymond setzt sich ab. Natürlich behauptet er, er wolle sich nur wegen weiterer Unterstützung unserer Sache an König Johann wenden, aber dafür würde wohl auch ein Brief genügen. Und wenn der Graf erst weg ist ... Wir werden alle sterben, Geneviève.«

Geneviève vergaß umgehend ihre kleinlichen Sorgen um Flamberts Liebeleien. Raymond de Toulouse wollte nach England ... König Johann würde ihn nicht abweisen. Eine seiner früheren Frauen war Johanns Schwester gewesen. Er hatte sie nicht verstoßen, sondern sie war im Kindbett gestorben – das Verhältnis zu Johann war also ungetrübt. Aber helfen würden die Engländer dem Grafen sicher trotzdem nicht. Und damit starb die letzte Hoffnung der Albigenser in der Grafschaft Toulouse. Ohne Führung Raymonds würde Montfort ihre Festungen überrennen und sie alle töten.

Wie in Trance wandte Geneviève sich um. Sie musste jetzt allein sein, sie konnte diese Nachricht nicht mit einem naiven Mädchen wie Sophia diskutieren. Und auch nicht mit Flambert, der sich offensichtlich bereits aufgegeben hatte.

Geneviève ließ sich durch die Wehrgänge und Korridore der Burg treiben und achtete nicht auf die Ritter und Mädchen, denen sie begegnete. Sie dachte fieberhaft nach. Wenn es nur irgendetwas gäbe, das sie tun könnte! Noch war der Graf nicht fort, und bisher hatte sie auch keinerlei Vorbereitungen für einen raschen Aufbruch des Hofes bemerkt. Vielleicht könnte man Raymond also noch umstimmen. Wenn der Graf auf irgendjemanden hörte ... Vielleicht auf ihren Vater? Ob der es überhaupt schon wusste?

Geneviève fiel ein, dass sie Flambert nicht danach gefragt hatte, woher er seine Informationen hatte. Vielleicht waren die sogar falsch – obwohl es nicht so ausgesehen hatte. Flambert hatte völlig aufgewühlt gewirkt. Aber wenn man sonst auch einiges gegen ihn sagen konnte: Leichtgläubig war er nicht.

Die Albigenserin eilte in den Flügel der Burg, in dem der Kommandant seine Räume hatte. Sie würde jetzt erst einmal mit ihrem Vater sprechen. Vielleicht fiel dem ja etwas ein. Während sie sich dem Palas näherte, drängte sich ihr die Erinnerung an das letzte Gespräch auf, das sie hier mit Pierre de Montalban geführt hatte. Damals, als er ihr befohlen hatte, an den Hof des Grafen zu gehen ...

» ... der Graf hat dich gesehen, als er die Festung inspiziert hat, und du hast ihm gefallen.«

» ... du schickst mich wissentlich als seine Hure nach Toulouse?«

»Du wirst unerschütterlich treu bleiben – und du magst Einfluss ausüben.«

Geneviève verhielt ihren Schritt. Ihrem Vater war bereits etwas eingefallen. Viel früher, als sie je daran gedacht hatte. Geneviève wusste plötzlich, was sie zu tun hatte, auch wenn ihr davor graute. Sie musste Einfluss nehmen, und es musste Gottes Wille sein. Ein Fingerzeig, nur deshalb hatte er bisher verhindert, dass sie das Consolamentum erhielt.

Geneviève hasste ihre Aufgabe. Aber wenn sie die Menschen ihres Glaubens damit retten konnte …

Sie atmete tief durch und wartete, bis es dunkel wurde. Dann begab sie sich zu den Gemächern des Grafen.

Kapitel 3

Bitte, Herr, Ihr könnt das nicht tun!«

Geneviève hatte an Raymonds Tür geklopft und tatsächlich Einlass erhalten. Sie war errötet, als der Herr ihr zwar in züchtiger Tunika öffnete, die Beinkleider aber bereits abgelegt hatte. Energisch rief sie sich dann aber zur Ordnung. Wenn sie tatsächlich tun musste, was sie befürchtete, durfte sie nicht jetzt schon prüde sein. Aber vorerst versuchte sie es mit gutem Zureden.

So sachlich wie sie eben konnte, trug Geneviève ihr Anliegen vor. Der Graf hatte sich in einen Lehnstuhl ans Feuer gesetzt, die nackten Füße dem Kamin entgegengestreckt. Er nippte an einem Becher Wein und schwieg. Geneviève blieb nichts anderes übrig, als ihn anzuflehen.

»Ihr verurteilt uns doch zum sicheren Tod! Der Graf von Foix ist geschlagen, der König gefallen ... niemand sonst kann uns beschützen. Ihr müsst bleiben, Herr, und das Land verteidigen.«

Raymond füllte langsam einen zweiten Becher und hielt ihn ihr hin. »Hier, nimm einen Schluck, Geneviève«, sagte er milde. »Und setz dich. Hier zu mir, ans Feuer, nicht so weit weg...«

Geneviève brauchte eigentlich keine zusätzliche Wärme, sie glühte längst von innen – und den Hocker zu den Füßen des Grafen, den Raymond ihr anwies, fand sie auch nicht gerade einladend. Aber dann dachte sie an ihren göttlichen Auftrag und zwang sich zu lächeln.

»Ihr werdet bleiben, Herr, nicht wahr? Ihr tut uns das nicht an?«

Raymond hob die Schultern. »Ich muss mich dem Papst ergeben, meine Schöne«, meinte er dann. »Nur so besteht die Möglichkeit, meine Besitzungen zurückzubekommen. Montfort beansprucht doch jetzt Toulouse.«

Geneviève konnte nicht glauben, was sie da hörte. Wie konnte es sein, dass er nur an seine Besitzungen dachte? Jetzt, da so viele Menschenleben auf dem Spiel standen? Aber es würde nichts helfen, wenn sie wütend wurde. Widerwillig ließ sie sich neben ihm nieder.

»Aber Herr, was zählt das Land?«, fragte sie und hoffte, dass ihre Stimme nicht schrill klang. »Ihr seid doch immer für uns und unser Recht auf unseren Glauben in den Krieg gezogen. Wenn Ihr uns verteidigt, wenn wir gewinnen ... Ihr habt Toulouse schon einmal verteidigt.«

Der Graf nickte gelassen. »Damals waren die Bedingungen anders. Im Moment ... versteh mich richtig, ich gebe Toulouse auf keinen Fall auf! Ich komme zurück, und dann ...«

»Dann sind wir vielleicht alle tot!«, argumentierte Geneviève verzweifelt. »Herr Raymond ... sind wir Euch denn gar nichts wert? Bin ich Euch nichts wert?«

Geneviève lebte nun seit über einem Jahr am Minnehof der Gräfin. Sie wusste, wie man Männer ansprach, wenn man etwas von ihnen wollte – aber sie hasste sich selbst dafür, diese Taktik anzuwenden.

Der Graf streichelte aufreizend langsam über ihre Schulter.

»Meine süße Geneviève, natürlich bist du mir kostbar«, murmelte er. »Ich habe dich ausgewählt, auch wenn du es damals noch gar nicht wolltest.« Er lachte. »Aber ich wusste, dass du deine Meinung irgendwann änderst.« Seine Hand wanderte in den Ausschnitt ihres Kleides.

Geneviève fühlte sich angewidert, obwohl ihr Körper auf die Berührung reagierte. Etwas in ihr wollte sich ihm ergeben und wünschte sich, dass er sie weiterstreichelte. Sie errötete nicht nur aus Scham. Aber begriff dieser Mann denn nicht, dass sie Verzweiflung, nicht Wollust hergeführt hatte?

»Herr, ich ... ich will gern alles tun, wenn Ihr mir nur versprecht ... wenn Ihr mich nur nicht im Stich lasst ...«

Der Graf beugte sich zu ihr herab und küsste ihren Nacken. »Wie könnte ich dich im Stich lassen, meine schöne Geneviève? Wie könnte ich dulden, dass dieser Körper den Flammen anheimfällt?«

Mit einer geübten Bewegung öffnete Raymond die Bänder ihres Kleides und schob es über Genevièves Schulter. »Die einzige Flamme, die du spüren sollst, ist die Flamme meiner Liebe.«

»Ihr werdet uns also verteidigen? Unser Bollwerk sein?«

Der Graf atmete schneller, während er ihren Brustansatz küsste, dann schob er ihr Kleid ganz herunter.

»Zunächst werde ich dein Bollwerk überwinden«, flüsterte er, »die köstlichste Burg, die ich je erobern durfte. Du hast den Eingang gut gesichert, kleine Geneviève, ihn lange verteidigt ...«

Er hob die junge Frau auf und trug sie zu seinem Bett, einem breiten, mit Fellen gepolsterten Lager.

»Ihr lasst diesen Montfort nicht an uns heran? Ihr haltet Montalban?«

Genevièves Atem ging nun auch schneller, die Berührungen und Küsse des Grafen waren nicht unangenehm, aber sie durfte es nicht zulassen, all das zu genießen. Der Körper war des Teufels, und sie tat das hier nur ... nur um ihr Volk zu retten.

»Nun vergiss doch einmal Montalban, Kleines. Und Montfort, besonders ihn. Wir wollen doch alle hässlichen Gedanken außen vor lassen. Nimm einen Schluck Wein, Geneviève!«

Der Graf stand auf und kredenzte ihr den Pokal wie einen Willkommensschluck. Geneviève überwand sich und nippte daran. Der Wein war gut. Stark und süß. Sie beging heute schwerere Sünden ... Die Albigenserin nahm einen tiefen Zug.

Der Graf lachte. »So ist's gut, Geneviève ... und nun wollen wir dich aus dem Gefängnis dieser Kleidung befreien ...«

»Bitte, Herr, ich will eine Zusage.« Geneviève wand sich protestierend, als der Graf ihr nach und nach aus ihrer Kleidung half. »Schwört mir ... schwört es mir ...«

Sie lag jetzt nackt vor dem Grafen, und ihr Anblick schien ihn völlig zu betören. Er küsste ihren Bauch, ihre Scham ... Geneviève spürte, wie ein angenehmes Kribbeln ihren Körper durchlief. War das Begierde? Aber sie musste sich dem Grafen entziehen, solange sie nicht sicher war.

»Ich schwör dir alles, was du willst, meine Schöne«, flüsterte Raymond heiser. »Du wirst diesem Schinder nicht in die Hände fallen. Aber nun ...«

Raymond de Toulouse war ein geschickter Liebhaber. Er ließ sich alle Zeit der Welt, Geneviève zu erregen, und wenn sie ihm auch nicht gleich zu den Gestaden der Lust folgte wie die anderen Frauen vor ihr, so lehnte sie sich doch auch nicht auf. Sie war willig und wurde feucht – und er würde ihr schon noch beibringen, dass es angenehmer war, nicht einfach nur bewegungslos still zu liegen, sondern das Liebesspiel zu teilen. Zumindest hätte er es ihr beibringen können ...

Der Graf richtete sich bedauernd auf, nachdem er zum Höhepunkt gekommen und über Geneviève zusammengebrochen war.

»Das war überaus schön, meine Kleine. Ich danke dir. Ein großzügiges Geschenk, ich weiß es zu würdigen.«

Er küsste sie erneut, auch wenn seine eigene Lust so schnell nicht wieder zu entfachen war. Aber sie sollte ihn nicht als lieblos in Erinnerung behalten.

»Ihr habt geschworen«, flüsterte Geneviève.

Sie war überwältigt von dem, was gerade passiert war, überwältigt von Scham, aber auch von einer Art Lust, die ihr noch mehr Grund gab, vor Reue im Boden zu versinken. Aber immerhin hatte er geschworen, sie zu beschützen.

»Ja, ja«, meinte er jetzt. »Aber du musst nun gehen, meine Liebe. Ich habe noch Dinge zu erledigen ...«

»Jetzt noch?«, fragte Geneviève verwirrt. »Es ist Nacht, Herr.«

Der Graf lächelte kläglich. »Für einen Ritter meines Ranges sind viele Nächte kurz«, erklärte er. »Es gibt Dinge zu regeln, Entscheidungen zu treffen ...«

Geneviève lächelte ihm zu. »Ihr werdet eine Verteidigung ausarbeiten.«

Der Graf nickte. »Etwas in dieser Art, mein Kind. Aber nun geh. Und pass auf, dass dich niemand sieht.«

Obwohl die Burg überfüllt war, gelangte Geneviève ungesehen in den Frauentrakt. Sie fragte sich, ob der Graf sein Quartier bewusst so gewählt hatte, dass nächtliche Damenbesuche nicht so schnell entdeckt wurden. Aber darüber wollte sie jetzt nicht nachdenken. Sie wollte überhaupt nicht denken. Sie fühlte sich müde und erschöpft – befriedigt und erregt zugleich, voller Schuld und Scham, aber auch voller Triumph.

»Wo kommst du jetzt noch her?«, fragte Sophia.

Sie war die einzige unter Leonors Zöglingen, die noch wach lag, die jüngeren schliefen bereits. In der beengten Burg von Montalban teilten sich fünf Mädchen eine Kemenate.

»Ich musste etwas erledigen«, flüsterte Geneviève. »Ich musste ... Einfluss nehmen.«

»Ja?« Sophia rückte zur Seite und machte ihr Platz in ihrem Bett. Geneviève schlüpfte neben sie. »Auf wen?«, fragte Sophia.

Geneviève lächelte. »Auf einen ganz speziellen Minneherrn!«, scherzte sie. »Schlaf jetzt, morgen gibt es gute Nachrichten. Eine neue Verteidigungsstrategie ...«

»Ja?«, fragte Sophia noch einmal. »Aber ich dachte, der Hof ginge nach England. Nun, Flambert wird's freuen.«

Geneviève legte ihr die Finger auf die Lippen. »Morgen ist alles anders!«, versprach sie. »Glaub mir, wir sind bald wieder in Toulouse.«

Am nächsten Morgen war Ariane, die der Gräfin bei der Morgentoilette half, als Erste wach. Sie zog gähnend eine Tunika über ihr seidenes Hemd.

»Steh auf, Suzette!«, rief sie einem der anderen Mädchen zu, das als Langschläferin bekannt war. »Los, komm und hilf mir heute Morgen. Schau, die Sonne scheint! Kein so grässliches Wetter wie gestern, vielleicht können wir ja endlich mal wieder hinausgehen und den Troubadouren lauschen. Die Trauerstimmung hier muss doch mal ein Ende haben.«

Geneviève und Sophia beachteten die beiden Jüngeren nicht, die sich schließlich hinausschlichen. Kurze Zeit später waren sie wieder da. Diesmal nicht leise, um die anderen nicht zu stören, sondern aufgebracht und verstört.

»Geneviève!«

Die Albigenserin zeigte sich den anderen gegenüber zwar immer verschlossen, aber sie besaß doch eine gewisse Autorität. In Notfällen, wenn die Gräfin nicht verfügbar war, wandten sich Leonors Zöglinge ganz selbstverständlich an die Ältere.

»Geneviève, die Gräfin ist nicht da! Ihre Zofe auch nicht. Und das Zimmer ist fast ausgeräumt. Sie sind ... sie sind weg ... Der Graf und die Gräfin. Und der Mundschenk sagt, sie sind nach England.«

Geneviève sah die Mädchen mit großen Augen an. »Nein«, flüsterte sie. »Nein ...«

Dann begann sie zu schreien.

»Doch, ich wusste, dass der Graf mit seiner Familie nach England wollte.«

Miriam zeigte sich nicht allzu überrascht von Raymonds plötzlichem Aufbruch. In ihrer Not hatten Sophia und Ariane an die Tür der Maurin geklopft, obwohl sie damit rechneten, dass niemand öffnete. Gut möglich, dass der Graf nicht ohne seine Hofastrologin geflohen war. Die Herrin Ayesha war jedoch noch da und ließ die aufgeregten jungen Mädchen ein. Sie hörte sich den Bericht der beiden geduldig an.

»Ich sollte auch mit«, erklärte sie dann. »Aber ich habe den Grafen gestern abschlägig beschieden. Mein Gatte und ich wollen heim nach Al Andalus.«

»Ihr wollt auch weg?«

Ariane brach in Tränen aus. Sie war die Tochter eines Landadligen, der als Raymonds Vasall gegen Montfort gekämpft hatte. Wenn die Kreuzfahrer das Languedoc jetzt überrannten, war ihre Familie ebenso gefährdet wie die Albigenser.

»Beruhigt Euch, mein Kind, wir werden gewiss nicht bei Nacht und Nebel verschwinden«, versicherte die Maurin. »Aber was genau ist mit Geneviève?«

Ohne Atem zu holen, hatten die Mädchen ihre Nachricht

hervorgestoßen. Ariane sprach von ihrer Angst vor Montfort, Sophia sorgte sich um Geneviève mehr als um ihre eigene Sicherheit. Nun konnte der Fränkin natürlich auch nicht viel passieren. Wenn Montforts Männer nicht gänzlich planlos auf den verbleibenden Hof des Grafen losgelassen wurden, dann stellte sich zweifellos schnell heraus, dass Sophia ein braves katholisches Mädchen war. Man würde ihr eine Eskorte stellen und sie nach Hause schicken. Für Geneviève würde es anders ausgehen. Aber andererseits sah es dem Mädchen nicht ähnlich, dass es sich hemmungslos seiner Angst und seinem Kummer hingab.

»Sie weint, Herrin«, gab Sophia Auskunft. »Sie weint und weint, sie kann gar nicht mehr aufhören. Sie hat sich im Bett zusammengerollt, nachdem die Mädchen mit der Nachricht kamen, und will nicht aufstehen.«

»Zuerst hat sie geschrien«, präzisierte Ariane zwischen zwei eigenen Schluchzern. »Sie weint erst, seit der Bote mit dem Beutel kam.«

»Ein Bote mit einem Beutel?«, fragte Sophia. »Davon weiß ich ja gar nichts. Aber vielleicht ... vielleicht, wenn Ihr mitkämet, könntet Ihr sie beruhigen. Und ... und uns sagen, was wir tun sollen.«

Miriam seufzte. »Ihr zwei geht erst mal in die Küche, und lasst Euch ein Frühstück geben, ach ja, und nehmt die anderen Mädchen mit. Anschließend könnt Ihr dann in die Messe gehen, das tut Ihr doch sonst auch jeden Tag.« Die Gräfin hatte ihren Hofkaplan aus Toulouse mitgebracht, der seitdem täglich zwei Messen für die katholischen Mitglieder des Haushaltes las. »Und ich kümmere mich um Geneviève. Ich muss mich nur kurz mit meinem Mann beraten – und mit dem Medikus.«

Salomons Vorschlag, Miriam zu Geneviève zu begleiten, hatte diese abgelehnt. Sie wollte zunächst selbst herausfinden, was geschehen war. Nun fand sie die junge Frau zusammengekrümmt im Bett, wie es die anderen Mädchen geschildert hatten, davor lag ein Samtbeutel, achtlos zu Boden geworfen. Miriam schnappte nach Luft, als sie die Goldmünzen sah, die herausquollen. Was der Bote da gebracht hatte, war ein kleines Vermögen.

»Geneviève, was ist passiert? Und was ist das für ein Beutel? Das Gold könnt Ihr doch nicht einfach so hier herumliegen lassen!«

»Ich will es nicht! Es ist Blutgeld, es ist Hurengeld, es ist . . .« Geneviève schluchzte erstickt, den Kopf zwischen den Kissen vergraben.

»Erst mal ist es Geld«, begütigte Miriam. »Und das sollte man nie leichtfertig ablehnen. Aber nun erzählt. Ist es Euers? Wer hat es Euch bringen lassen?«

»Es ist schmutzig, es ist verderbt, es ist . . . o Herrin, der Graf ist fort! Alles ist vorbei, sie werden uns überrennen, sie werden alle umbringen . . . ich . . . ich hab versagt.«

Miriam runzelte die Stirn. Wie hätte Geneviève die Flucht des Grafen verhindern können?

»Und ich bin sündig, ich bin verdammt . . . es war alles umsonst. Wie konnte . . . konnte er das tun?«

Die junge Frau wandte Miriam jetzt ihr tränenüberströmtes Gesicht zu und hielt ihr ein zerrissenes, zusammengeknülltes Pergament hin. Geneviève wehrte sich nicht, als Miriam es vorsichtig entgegennahm.

»Darf ich?«, fragte Miriam, bevor sie es entfaltete.

Geneviève nickte aufgebracht. »Lest nur, dann wisst Ihr . . . dann wisst Ihr, was ich getan habe . . . Ich bin verflucht . . . aber er ist auch verflucht! Kein Gott kann das verzeihen!«

Miriam konnte sich kaum beherrschen, die Augen zu verdrehen. Sonst hatte Geneviève immer gepredigt, mit dem Consolamentum sei alles verziehen. Aber dann las sie, und wilde Wut loderte in ihr auf.

Geliebte Geneviève,
 ich muss gehen, aber ich werde diese Nacht niemals vergessen. Du bist die Antwort auf die Gebete eines jeden Mannes, ob er sie an seinen Gott oder die Venus richtet. Mein Versprechen werde ich natürlich halten. Dein göttlicher Körper soll niemals den Flammen anheimfallen! Nimm dieses Geld, es ist genug für Dich und Deine Familie, um zu fliehen. Es heißt, es gäbe Albigenser in Italien – ein schönes Land, Du wirst es lieben, so wie ich Dich immer lieben werde.

Dein Raymond

»Geneviève, das darf nicht wahr sein! Du ... du warst seine Geliebte?«

Miriam konnte sich das nicht vorstellen. Sie hätte es doch bemerkt! Aber dann warf sie einen Blick in Genevièves verquollenes, tränenüberströmtes Gesicht und erriet augenblicklich die Wahrheit.

»O mein G... Bei Allah, Geneviève! Ihr habt es erfahren. Ihr habt erfahren, dass er fliehen wollte, und habt Euch ihm hingegeben. Aber wie konntet Ihr nur denken, dass er all seine Pläne für Euch über den Haufen wirft? Sein Leben für Euch riskiert, sein Land?«

Geneviève sah an Miriam vorbei. »Sollte es nicht so sein?«, fragte sie böse. »Predigen sie das nicht an all ihren Minnehöfen?«

Miriam rieb sich die Stirn. »Natürlich sollte das so sein. Aber Kind, der Mann hat die sechste Ehefrau! Und bei den Geliebten zählt er wahrscheinlich gar nicht mehr mit! Wieso sollte er nun gerade Euch mit Haut und Haar verfallen?«

»Er hat den Anschein erweckt«, flüsterte Geneviève.

Miriam seufzte. »Ja, ich bezweifle nicht, dass er sehr überzeugend war ... War es wenigstens ... hm ... schön?«

»Es war abscheu...« Geneviève brach ab, um ihrem Sündenregister nicht auch noch eine Lüge hinzuzufügen. »Es war sündig und verderbt!«

Miriam schmunzelte. »Es hätte also schlimmer kommen können. Ihr seid auch nicht verletzt?«

Geneviève schüttelte den Kopf. »Es hat etwas geblutet, aber es heißt, das sei normal«, erklärte sie.

Miriam nickte.

»Aber was tue ich denn jetzt?«, fragte Geneviève verzweifelt. »Was ... Wie ... Wie kann ich das je büßen, ich ...«

Miriam strich der jungen Frau besänftigend über das Haar. »Ihr zieht Euch jetzt ein anderes Hemd an und ein Kleid über, und dann sehen wir mal, ob das Badehaus beheizt ist. Wenn nicht, gehen wir in eins in der Stadt, keine Widerrede, Ihr müsst Euch waschen. Und Geld ist ja genug da.« Sie wies auf den Samtbeutel.

»Hurenlohn!«, sagte Geneviève verächtlich.

Miriam legte den Beutel auf eine der Truhen neben das Johannesevangelium. »Kind, ich will den Kerl ja nicht in Schutz nehmen, er hätte dieses ›Opfer‹ nicht annehmen dürfen, das Ihr ihm gebracht habt. Aber was das Geld angeht – in gewisser Weise hat er es gut gemeint. Er begreift nicht, dass Ihr es für Eure Glaubensbrüder getan habt.«

»Aber er hat immer für uns gekämpft!«

Miriam bemerkte belustigt, dass nun Geneviève den Grafen

verteidigte. Dann schüttelte sie den Kopf. »Kleines, er hat für Okzitanien gekämpft. Für die Unabhängigkeit vom französischen König. Der wartet doch nur darauf, dass der Kreuzzug vorbei ist, um sich das Land hier einzuverleiben. Es ging nie um die Albigenser. Nur um das Recht des Grafen, über ihre Duldung zu entscheiden.«

»Ist das nicht das Gleiche?«, fragte Geneviève entmutigt.

Miriam nahm sie in den Arm. »Erinnert Ihr Euch noch, als der Kreuzzug begann? Da wollte der Graf im letzten Moment die Seiten wechseln. Er hat das schon mehrmals getan. Der Mann ist von überbordendem Temperament, rasch entschlossen, rasch verärgert, ein großer Kämpfer, ein Großer Liebender – aber nicht verlässlich. In den letzten Jahren haben meine Sterne ihn von so manchem Unsinn abgehalten – nur damit ihm dann dieser Dummkopf von Aragón im entscheidenden Moment seinen Willen aufdrückt. Es war Pech, Kleines, er hätte Montfort schlagen können. Aber so ... für ihn ist die Flucht nach England die einzige Chance.«

»Und für uns?«, flüsterte Geneviève. »Was tun wir? Warten, bis Montfort uns alle umbringt?«

»Vorerst wird uns nicht viel anderes übrig bleiben«, meinte Salomon von Kronach.

Miriam hatte es geschafft, eine Art Konferenz in den Räumen des Burgvogts einzuberufen. Pierre de Montalban stand der Maurin zwar zutiefst skeptisch gegenüber, aber andererseits hatten ihre Ratschläge den Albigensern nie geschadet, und jetzt gehörte sie zu den wenigen Menschen auf der Burg, die nicht vollständig kopflos reagierten. Ein paar seiner Männer hatten bereits Hals über Kopf das Consolamentum genommen und waren jetzt entschlossen, sich zu Tode zu hungern, denn das Leben als Parfait war ihnen nach ihrem früheren sündigen Dasein verwehrt. Die späte Taufe ermöglichte ihnen nur noch einen würdevollen Tod. Noch langsamer als das Sterben in den Flammen. Dabei war von Montforts Truppen bislang nichts zu sehen und nichts zu hören. Die etablierten sich erst mal in Toulouse.

Zu der Gruppe, die sich um Pierre de Montalban versammelt hatte, gehörten Abu Hamed, der Gatte der Maurin, der Arzt Gérôme de Paris, Pierres Sohn Flambert und Geneviève, seine Tochter. Letztere wirkte blass und erschöpft. Sie trug wieder Schwarz, die Kleidervorschriften der Gräfin waren jetzt schließlich hinfällig.

»Wir können hier ja kaum weg«, führte der Medikus weiter aus. »Die Albigenser sowieso nicht – da käme höchstens eine Flucht nach Italien infrage, und darauf wartet Montfort wahrscheinlich nur. An seiner Stelle hielte ich die Grenze bewacht.«

»Ich hörte, Ihr wollt zurück nach Al Andalus«, wandte sich der Burgvogt an die Mauren.

Abram biss sich auf die Lippen, aber Miriam schüttelte entschlossen den Kopf. »Wir überlassen Euch hier nicht Eurem Schicksal!«, sagte Miriam und spielte mit einer Strähne ihres vollen goldbraunen Haars, die sich unter dem Gebende hervorgestohlen hatte. Sie war die Kleidung der höfisch gewandeten Damen nicht mehr gewohnt. Aber an diesem Tag hatte sie demonstrativ auf Pluderhosen, Schleier und wallende Brokatgewänder verzichtet. Mit dem Weggang des Grafen hatte Miriam die Rolle der Sterndeuterin abgestreift. »Ich weiß, dass Ihr mich für die Niederlage bei Muret verantwortlich macht. Das war zwar nicht mein Fehler, aber ich bin nicht feige. Ihr braucht hier jeden Mann.«

Der Burgvogt schmunzelte. »So seht Ihr Euch als Ritter?«, fragte er spöttisch.

Miriam funkelte ihn an – was nur ohne Schleier möglich war. »Auch wir Frauen haben zwei Hände«, bemerkte sie. »Falls Euch das bisher entgangen sein sollte. Damit können wir genauso gut Steine schleppen und die Festungsmauern verstärken wie Ihr. Wir können Pech kochen, und stellt Euch vor, wir wären sogar fähig, es über Euren Angreifern auszuschütten. Wir können Katapulte bedienen ...«

»Wir haben keine Katapulte«, meinte Montalban mürrisch. Bliden und Katapulte galten als Angriffs-, nicht als Verteidigungswaffen.

»Die lassen sich ja bauen!«, beschied ihn Miriam.

»Wir haben auch keine Blidenmeister«, fügte der Burgvogt hinzu.

Miriam spielte mit ihrem Astrolabium. Sie wurde langsam wirklich wütend. »Monsigneur, ich führe Berechnungen mit diesem Gerät durch, seit ich sechzehn Jahre alt bin. Ich zeichne Sternenkarten. Und da glaubt Ihr wirklich, ich könnte nicht die Flugbahn einer Kanonenkugel berechnen und die Wucht und Höhe des zum Abfeuern nötigen Holzgerüstes? Und ein paar Schreiner werden sich ja wohl finden.«

Salomon lächelte. »Ich könnte es auch«, sagte er milde. »Falls Ihr der Herrin Ayesha nicht vertraut ...«

Miriam warf dem Medikus einen erbosten Seitenblick zu.

»Und sonst ...« Geneviève erhob die Stimme. Nicht so laut, wie sie gewöhnlich sprach, und nicht so klangvoll, sondern tonlos, dumpf und abgehoben, als weile sie gar nicht wirklich auf der Erde. »Sonst können wir Blidenmeister herholen. Wir ... wir haben Geld ...«

Wie nebenbei zog Geneviève den Goldbeutel aus der Tasche. Pierre de Montalban warf einen fassungslosen Blick auf die herausquellenden Goldmünzen.

»Geneviève! Das ist ein Vermögen! Woher ...«

»Fragt nicht!« Die Maurin schüttelte den Kopf.

Aber Geneviève antwortete stolz. »Ihr habt mich ausgesandt, Vater, meine Pflicht gegenüber dem Grafen und meinem Volk zu erfüllen, und ich habe mein Bestes getan. Nun ist es an Euch. Verteidigt die Burg!«

Kapitel 4

Ich kann mich noch genau erinnern, wie dieses Dorf gegründet wurde!«, sagte Gerlin huldvoll.

Sie blickte beinahe gerührt auf die schmucken Bauernhäuser und fruchtbaren Felder, denen ein großer Teil der Buchenwälder zwischen Lauenstein und der Grenze zum Bistum Bamberg hatte weichen müssen. Als sie zweiundzwanzig Jahre zuvor nach Lauenstein gekommen war, war hier noch dichter Urwald gewesen, durchzogen von schmalen Pattwegen, die man kaum Straßen nennen konnte. Dietrich, ihr erster Gatte, hatte sie mühsam instand halten lassen, aber der Wald nahm sie schneller wieder in Besitz, als die Arbeiter sie freischneiden konnten. Insofern war der Graf auch nicht abgeneigt gewesen, als ihn eine Gruppe junger Bauern, zweite und dritte Söhne, die in ihren Heimatdörfern nichts zu erben hatten, um Land für ein neues Dorf baten. Anlässlich der Geburt des Erben nannten sie die neue Siedlung Dietmarsdorf. Am Anfang hatte es bezüglich der Gründung etliche Streitigkeiten und Verwirrungen mit dem Bamberger Bischof gegeben. Einmal war das Dorf sogar zerstört worden. Umso glücklicher machte es Gerlin heute, es gedeihen zu sehen. Der Bauer Loisl, Anführer der ersten Siedler und nun stolzer Dorfvorsteher, hatte seine alte Herrin und Dietmar freudig empfangen. Die Bauern von Dietmarsdorf waren allerdings nicht die Einzigen.

Tatsächlich hatten die Belagerer von Lauenstein über mangelnde Beute nicht zu klagen – wobei sie gar nicht zu brandschatzen und zu plündern brauchten, um sich den Zehnten der Landbevölkerung zu holen. Der stand zwar eigentlich dem Herrn der belagerten Burg zu, aber nach Gerlins Rede zu Beginn der Belagerung konnten die Dorfvorsteher gar nicht schnell genug um Audienz bei ihrer alten und rechtmäßigen Gräfin nachfragen. Die Bauern und Handwerker der Grafschaft Lauenstein liefen mit fliegenden Fahnen zu Dietmar und Gerlin über – mit Rolands Herrschaft waren sie nie zufrieden gewesen.

»Die haben uns ausgeblutet, Herrin!«, erzählte Loisl, der schon immer sehr freiheraus gewesen war. »Die fragten nicht nach dem Zehnten und danach, ob einer zahlen konnte oder nicht.« Im Allgemeinen war es üblich, Zahlungen auszusetzen oder ganz darauf zu verzichten, wenn ein Bauer unverschuldet in Not geraten war. »Die nahmen, was sie brauchten, oder besser, was sie wollten. Und wenn wir Pech hatten, dann wollten sie auch noch unsere Frauen und Töchter, wir konnten uns doch nicht wehren. Nein, Herrin, wenn Ihr uns Schutz versprecht, dann zahlen wir von jetzt an lieber an Euch!«

Gerlin begann sofort, ein Hauptbuch zu eröffnen und ritt in Begleitung ihres Gatten von Dorf zu Dorf, um sich die Höfe anzusehen und die Abgaben festzulegen. Gerlin hätte Dietmar dabei gern häufiger an ihrer Seite gehabt.

»Der Junge hat ja bisher nur kämpfen gelernt, es wird Zeit, dass er versteht, wie man eine Grafschaft führt!«, argumentierte sie, »aber da drückt er sich, wo's nur möglich ist.«

Florís sah die Sache nicht gar so streng. »Er kann sich ja nicht zweiteilen«, begütigte er. »Und die Ritter wollen ihren Fehdemeister um sich haben, sonst leidet auch die Disziplin. Die meisten sind ganz schöne Kampfhähne, jemand muss aufpassen, dass sie es nicht übertreiben mit ihrem Privatkrieg.«

Tatsächlich zog sich die Belagerung Lauensteins jetzt schon über fast ein Jahr hin, aber bisher war es nicht zu größeren

Kämpfen gekommen. Roland verschanzte sich auf seiner Burg – er hatte schließlich jahrelang Zeit gehabt, Lebensmittel zu horten, und Wasser gab es auch auf dem Burggelände. Lauenstein hatte zwei eigene Quellen. Natürlich langweilten sich seine Ritter – genau wie Dietmars Streitmacht. Es kam immer wieder zu Ausfällen – die Ritter boten sich hitzige Wortgefechte und fochten dann einen Kampf aus. Strategische Bedeutung hatten diese Streitigkeiten nicht, und es ging auch selten um Leben und Tod. Meist verlief es ähnlich wie im Turnier, nur dass mit scharfen Waffen gefochten wurde. Aber wenn der Gegner verletzt war oder besiegt am Boden lag, versetzte man ihm nicht den Todesstoß, sondern ließ ihn unter Spott und Schmähworten ziehen, ohne ihn zu verfolgen, nachdem man ihn seines Pferdes und seiner Rüstung beraubt hatte. Meist blieb es bei Zweikämpfen oder allenfalls Auseinandersetzungen zwischen kleinen Gruppen. Selbst da kämpfte man jedoch ritterlich. Feigheit galt als arger Verstoß gegen ritterliche Tugenden.

Dietmar duldete die Streitigkeiten und war sich damit einig mit Rüdiger und Florís. Die jungen Ritter brauchten den Kampf, freuten sich über die Beute, und nebenbei gewann die Heerführung Einblick in die Stärken von Rolands Rittern.

»Wie erwartet«, meinte Rüdiger, nachdem er wieder einmal ein Scharmützel beobachtet hatte. Diesmal war es etwas härter hergegangen, da der Streit zwischen den jüngeren Söhnen eines Wehrgutes in der Nähe und ein paar von Rolands Rittern ausgebrochen war, die dort wohl früher geplündert hatten. Zwei von Rolands Männern und einer von Dietmars waren ernstlich verwundet worden, und Dietmar hatte seinen Rittern streng befehlen müssen, die Besiegten schließlich ziehen zu lassen. Sie murrten darüber ein bisschen, trösteten sich aber mit den erbeuteten Rüstungen und Pferden. »Da drin verschanzt sich nicht die Blüte der Ritterschaft, aber tapfer sind sie, und sie kämpfen nicht schlecht.«

»Sie verlieren dauernd«, bemerkte Dietmar und nahm sich einen Becher Wein. Die Männer saßen gegen den Spätsommerregen geschützt in der eben fertig gestellten Trutzburg, eine robuste Anlage aus Blockhäusern und Schießständen. Gerlin bevorzugte zwar ihr Quartier in Neuenwalde, aber die Ritter fanden hier wetterfeste Unterkünfte. »So weit kann's also nicht her sein mit ihrer Schlagkraft.«

»Sie verlieren ritterliche Zweikämpfe«, gab Rüdiger zurück. »Aber warte ab, bis sie aufhören, sich an die Regeln zu halten! Das trauen sie sich bisher noch nicht, weil Roland sie allenfalls in kleinen Gruppen rauslässt. Aber wenn es hier zu einer ernsthaften Schlacht käme, müssten wir mit hohen Verlusten rechnen.«

»Weshalb mir diese Scharmützel auch gar nicht mehr so gefallen«, meinte Florís. »Eine Zeitlang war das ganz akzeptabel, aber auf die Dauer wiegen sie unsere Leute zu sehr in Sicherheit. Die fallen aus allen Wolken, wenn Rolands Raufbolde Ernst machen.«

»Es wird Zeit für eine richtige Schlacht«, seufzte Dietmar. »Wenn wir sie da nur rauskriegten.«

Rüdiger nahm sich ebenfalls Wein. »Wie wär's, wenn wir auf die altbewährten Mittel zurückgriffen?«

Er wies vielsagend auf die mächtige Blide, die im Hof der Trutzburg auf Lauenstein zielte. Es war schwer und langwierig, eine Burg auszuhungern – Roland hielt Lauenstein mit nur drei oder vier Dutzend Rittern, und seine Scheuern waren voll. Bis dort ernsthafte Not herrschte, konnte es Jahre dauern. Insofern griffen die Belagerer letztendlich fast immer auf Kriegsmaschinen oder noch perfidere Methoden zurück, die Verteidiger zum Ausfall zu zwingen. Mitunter heuerte man Bergleute an, die einen Stollen bis unter die Burgmauer trieben und mit einem Holzgerüst abstützten. Brannte man das dann ab, so stürzte die Mauer oft in den so entstandenen Hohlraum. Wurde die Burg gleichzeitig beschossen, war ein solches Vorgehen nahezu immer erfolgreich. Aber es führte natürlich zu Schäden, und es gefährdete auch die nicht kämpfende Bevölkerung der Burg.

Dietmar biss sich auf die Lippen. Er fürchtete um Sophia.

»Vielleicht sollten wir erst mal herausfinden, ob das Mädchen überhaupt da drin ist«, bemerkte Florís, der die zwiespältigen Gefühle seines Pflegesohns besser verstand als sein raubeiniger Schwager. »Ich meine ... bisher hat man nichts von ihr gesehen, und wir beobachten die Burg doch nun schon so lange Zeit.«

»Sie wird ja auch nicht auf den Wehrgängen spazieren gehen!«, empörte sich Dietmar. »Sie ...«

»Was spräche also dagegen, die Wehrgänge zu bombardieren?«, unterbrach ihn Rüdiger.

Der junge Ritter beachtete seinen Oheim gar nicht. »Sie hat mir erzählt, sie ängstige sich vor den Rittern ihres Vaters. Also wird sie ihre Gesellschaft kaum suchen«, sprach er weiter.

Florís nickte. »Trotzdem«, beharrte er. »Die Herrin Luitgart ist manchmal auf dem Söller. Begleitet von Mägden, Hofdamen hat sie wohl nicht. Aber auch die Küchenmädchen und Köchinnen kommen ab und an auf die Zinnen. Die sind doch neugierig, was sich hier tut. Nur Sophia lässt sich Tag und Nacht nicht blicken. Dabei sollte sie begierig sein, dich zu sehen.«

»Bei Nacht?« Dietmar runzelte die Stirn. Er hörte mal wieder nur, was er hören wollte.

Florís lächelte ihm zu. »Oh, deine Mutter hat sich gern mal bei Nacht auf den Turm gestohlen«, bemerkte er. »Aber wie auch immer, es ist seltsam. Wir sollten herausfinden, was mit dem Mädchen los ist.«

Dietmars Miene verdüsterte sich. »Du willst damit nicht sagen, sie wäre womöglich ... sie wäre womöglich gestorben?«, fragte er heiser.

Florís zuckte die Schultern. »Dietmar, du hast sie seit fast drei Jahren nicht gesehen. Es ist möglich, dass sie nicht mehr am Leben ist. Oder verheiratet. Wahrscheinlich hätten wir zwar davon gehört, aber vielleicht auch nicht. Wie gesagt: Wir sollten uns vergewissern.«

»Und wie?«, fragte Dietmar verwirrt.

Rüdiger seufzte. »Wenn das nächste Mal so ein Dummkopf einen Ausfall versucht, weist Ihr die Leute an, ihn nicht so zuzurichten, dass er nicht mehr reden kann. Ihr lasst ihn bringen und befragt ihn.«

»Und wenn er nicht reden will?«, fragte Dietmar.

Rüdiger fasste sich an den Kopf. »Dann hilfst du ein bisschen nach!«, bemerkte er.

Dietmar nickte, widerwillig fasziniert von diesem Einfall. Von selbst wäre er nie darauf gekommen.

Rüdiger seufzte. »Erziehung am Minnehof«, sagte er theatralisch. »Man kann es mit den ritterlichen Tugenden auch übertreiben. Und damit das nicht überhandnimmt, feuere ich morgen erst mal dieses Katapult ab. Nur um auszuprobieren, ob's überhaupt treffsicher ist. Keine Widerrede, Dietmar, da musst du durch! Und Gerlin ist in den Gemarkungen an der Grenze zu Bamberg. Die wird nichts mitkriegen.«

»Was ist das? Das muss aufhören! Das ist schrecklich!«

Luitgart von Ornemünde war nüchtern, wie gezwungenermaßen oft in letzter Zeit – die Weinvorräte von Lauenstein schrumpften zusehends. Allerdings schien sie völlig außer sich, als sie am nächsten Morgen in den Rittersaal ihres Gatten stürmte. Roland beriet sich hier mit einigen seiner Vertrauten. Der Palas erschien ihm sicher – bisher reichte der Beschuss nur bis auf den Burgplatz, und die Halle der Lauensteiner hatte feste Mauern.

»Was soll das sein?«, fragte Luitgarts Gatte jetzt griesgrämig. »Kugeln! Die feuern das Katapult ab!«

»Aber das können wir nicht dulden! Sie zerstören die ganze Burg!«

Luitgart blickte begehrlich auf den Weinkrug, der zwischen den Männern auf einem der Tische stand. Mit zitternden Händen griff sie nach einem Becher.

»So schnell geht eine Burg nicht kaputt, Herrin«, beruhigte sie einer der Ritter, während Roland eher gereizt reagierte.

»Was sollen wir denn deiner Ansicht nach tun? Die Kugeln auffangen und zurückschmeißen? Wobei ich mich frage, warum sie überhaupt so lange gewartet haben mit dem Beschuss. Die Blide steht da schließlich seit einem halben Jahr.«

Luitgart runzelte die Stirn. »Du meinst ... sie haben sich so lange zurückgehalten?«

Roland verdrehte die Augen. Trotz oder gerade wegen der Belagerung sah er gut aus. Der Verzicht auf die übliche Völlerei bekam ihm, er hatte etwas Gewicht verloren, aber nicht an Muskelmasse. Sein Gesicht war weniger rot vom Weingenuss und wirkte kantiger und entschlossener. Jetzt blickte er aber wütend und ungeduldig auf seine Gattin.

»Herrgott, Frau, wenn dir das Holzgestell bis jetzt entgangen ist, musst du wahrhaft blind sein! Und taub, sie haben's ja hörbar zusammengehämmert. Jedenfalls warte ich seit Wochen darauf, dass sie mit dem Beschuss beginnen – und jetzt ist es so weit. Eine von den Latrinen an der Burgwand hat's schon weggehauen. Wenn das so weitergeht, scheißen uns die Ritter demnächst auf den Burgplatz.«

Wie auf vielen belagerten Burgen stellte auch Roland den Leuten hölzerne Gauben als Abtritte zur Verfügung. Sie reichten über die Burgwand hinaus, sodass die Fäkalien nach draußen flossen. Die Ausdünstungen der zwangsläufig auf engem Raum zusammengedrängten Menschen und Tiere waren auch ohne den Gestank ihrer Ausscheidungen schwer genug zu ertragen.

Luitgart nahm einen Schluck Wein und überlegte. »Und was meint Ihr, meine Herren, warum sie jetzt erst anfangen – und nun ... Es fällt gar kein Schuss mehr, hört Ihr? Sieht aus, als hörten sie gleich wieder auf.« Der Wein beruhigte Luitgart sofort. Bis zu einer gewissen Menge half er ihr, klarer zu denken.

Roland zuckte die Schultern. »Was weiß ich?«, brummte er. »Vielleicht fehlt's ihnen an Munition?«

Seine Ritter schüttelten die Köpfe.

»Herr, die sitzen da oben in einem Felsennest«, gab einer zu bedenken. »Da brauchen sie nur einen Meißel und einen Hammer, um sich an einem Tag die Munition für ein halbes Jahr zu schlagen.«

»Die Brocken müssen ja nicht perfekt rund sein«, fügte ein anderer hinzu.

»Oder das Katapult ist kaputt«, überlegte Roland lustlos weiter.

Luitgart runzelte die Stirn. »Gerade hat's noch gut funktioniert. Nein, nein, das hat andere Gründe! Wahrscheinlich hat da jemand ohne Erlaubnis gefeuert ... und jetzt ist der Befehlshaber zurückgekehrt.«

»Aber warum sollte Herr Dietmar Skrupel haben, auf uns zu schießen?«, erkundigte sich einer der älteren Ritter. »Gut, er will seine Burg nicht zerschlagen, aber das geht nicht so leicht, wie ich Euch ja eben schon versichert habe.«

Luitgart überlegte angestrengt, aber dann ging ein Leuchten über ihr immer noch schönes Gesicht. »Kann es sein, Roland, dass der junge Herr Dietmar seine Minnedame in diesen Mauern wähnt?«

Roland schürzte die Lippen. »Sophia ist in Toulouse«, antwortete er dümmlich.

Luitgart nahm sich noch etwas Wein. »Ich weiß das«, bestätigte sie dann geduldig. »Und du weißt das. Aber wissen es Gerlin und Dietmar? Der Süden Frankreichs ist ziemlich abgeschnitten. Da wütet doch dieser Kreuzzug ...«

Luitgart war wenig begeistert davon, ihre Tochter in einem Kriegsgebiet zu wissen, aber andererseits ging es auf Lauenstein zurzeit auch nicht gerade friedlich zu.

Roland sah seine Gattin an. »Du meinst, die schonen uns, weil sie Sophia nicht gefährden wollen? Wenn das wahr wäre ... da gäbe es ja noch ganz andere Möglichkeiten, dem jungen Herrn ein bisschen Angst zu machen ...« Er grinste.

Luitgart lächelte zurück. »Wir sollten das herausfinden. Wähl einen der Ritter aus, möglichst einen, den du nicht dringend brauchst. Er soll rausgehen, sich mit irgendwem duellieren und sich dann gefangen nehmen lassen.«

Conrad von Neuenwalde tjostete den großen, trotz der langen Belagerung noch feisten Gisbert von Kent mühelos im ersten Anlauf aus dem Sattel. Der Neuenwalder hatte einen Patrouillenritt um die Burg unternommen, und der Ausfall des Riesen Gisbert überraschte ihn. Allerdings nicht genug, um seine Kampfkraft zu beeinflussen. Herr Gisbert war stark, aber unbeweglich, Conrad kräftig und geschickt. Es wunderte ihn nicht, dass der gegnerische Ritter sich gleich ergab, als er sein Pferd zweimal um ihn herumtänzeln ließ. Im ernsthaften Kampf stiegen die Ritter nicht ab, nachdem einer von ihnen gestürzt war – und gegen den wendigen Reiter hatte Gisbert keine Chance.

Conrad nahm seine Kapitulation würdevoll entgegen.

»So steigt auf, Herr Gisbert, und begleitet mich in unsere Burg«, forderte er seinen Gefangenen dann höflich auf. »Ich hätte Euch sofort gehen lassen – freilich ohne Pferd und Rüstung. Aber Herr Dietmar bat uns, den nächsten Gefangenen mit in die Trutzburg zu bringen. Ihr werdet uns dort bei einem Becher Wein Gesellschaft leisten und hoffentlich ein paar Fragen beantworten.«

Herr Gisbert schloss sich ihm wortlos an. Conrad führte ihn durch einen der Wirtschaftseingänge in die Trutzburg und ließ ihn wie nebenbei einen Blick auf Katapult und Munition, Waffenkammer und Vorratsspeicher werfen. Wie erwartet blickte der Ritter hungrig, als er eine mit Schinken und Würsten gefüllte Kammer passierte.

»Dergleichen haben wir lange nicht geschmeckt!«, gab er zu.

Herr Conrad lächelte. »So müsst Ihr uns gestatten, Euch zu einer Mahlzeit einzuladen. Aber zunächst das Treffen mit Herrn Dietmar . . .«

Gisbert straffte sich. »Ich werde keine Geheimnisse verraten!«, behauptete er, klang allerdings wenig glaubwürdig.

Conrad schüttelte den Kopf. »Ihr versteht nicht, Herr Gisbert. Für Herrn Florís, Herrn Rüdiger und Frau Gerlin gibt es keine Geheimnisse auf Lauenstein. Die kennen dort jeden Winkel. Den Herrn Dietmar treibt kein Verrat an – sondern einzig und allein die Hohe Minne . . .«

Kapitel 5

Ich werde diesen Herrn Ulrich fordern!«, wütete Dietmar. »Und das wird ein ernsthafter Kampf, ich werde ihm den Kopf abschlagen und dann ...«

»Dann schicken wir ihn mit dem Katapult in die Burg?«, fragte Gerlin scharf. »Damit deine Sophia weiß, was ihr blüht, wenn ihr Keuschheitsgürtel mal ein bisschen locker sitzt? Dietmar, so verhält sich kein Ritter!«

»Und du weißt doch auch gar nicht, ob der Kerl die Wahrheit gesagt hat«, begütigte Florís.

Gisbert von Kent war eine halbe Stunde zuvor abgezogen – ohne Rüstung und Pferd, aber ein weiteres Lösegeld hatte Conrad immerhin nicht gefordert. Obwohl der Ritter eine Börse bei sich getragen hatte. Was wiederum Florís komisch vorkam.

»Was ist daran komisch, der Kerl wollte sich absetzen«, meinte dagegen Rüdiger. »Der war auf dem Weg nach Bamberg, als Conrad ihn stellte. Mit Rüstung, Pferd und seiner gesamten Barschaft. Dem hat's gereicht mit der Belagerung, das hat er doch auch zugegeben. Die Verpflegungslage ist schlecht, Wein gibt's kaum noch ... Und er ist nicht gerade der Ritter ohne Furcht und Tadel, der aus Treue bleibt.«

»Deshalb muss er aber nicht lügen«, meinte Dietmar. »Wenn er sagt, dass Sophia ...«

»Er sagt, dass Sophia dem Herrn Ulrich von Steinbach versprochen ist, und sie sei ihm minniglich zugetan«, wiederholte Florís die Worte des Ritters. »Das kann alles und jedes bedeuten. Ich glaube jedenfalls nicht, dass sie sämtliche Ritter zuschauen lassen, wenn sie miteinander tändeln – und ehrlich gesagt kann ich mir sogar kaum vorstellen, dass Roland sie einem der Kerle verspricht. Das einzige Mädchen in einem Haushalt voller Raubauzen. Das hält man doch verschlossen! Wenn man einem von denen erlaubt, mit ihm auch nur zu reden, provoziert man Eifersüchteleien, und die arten schnell in Schlägereien aus. Gerade auf so engem Raum. Mir erschien das alles seltsam, Dietmar. Versuch einfach, dich nicht aufzuregen! Und lass dich um Himmels willen nicht zu einem Kampf provozieren.«

Dietmar versprach schließlich mürrisch, Ulrich von Steinbach nicht gleich zu fordern.

Rüdiger reichte das jedoch nicht. »Kannst du dich noch unsichtbar machen?«, fragte er etwas später auf einem Erkundungsritt seinen ehemaligen Knappen Hansi.

Der junge Ritter grinste. »Das verlernt sich nicht so schnell. Aber es ist nicht ritterlich!«

Hansi war als Sohn eines Wegelagerers aufgewachsen und verstand es, im Bedarfsfall so gekonnt Deckung zu suchen, dass er geradezu mit der Landschaft zu verschmelzen schien. Rüdiger war das schon bei so manchem Hinterhalt nützlich gewesen, aber seit Hansi in den Ritterstand aufgestiegen war, lehnte er Hinterhalte gekränkt als feige ab. Grundsätzlich vertraute Rüdiger jedoch auf Hansis Überlebensinstinkt.

»In diesem Fall ist das nicht wichtig«, behauptete Rüdiger jetzt. Dann erläuterte er seinen Plan.

Dietmar von Lauenstein stieß schon drei Tage später auf Ulrich von Steinbach. Der Ritter führte einen kleinen Trupp Reiter an, die Lauensteins Nachschubwege kontrollierten. Die

Belagerer hatten an allen wichtigen Zugangswegen Posten bezogen und patrouillierten auch dazwischen – wobei sie selten jemanden erwischten, die Blockade der Nachschubwege funktionierte bei dieser Belagerung weit besser als bei den meisten anderen. Schließlich waren es ja selten der Burgherr oder seine Ritter, die verschwiegene Pfade durch den Wald kannten. Eher waren es Leute aus dem Gesinde, tollkühne Pferdeburschen oder Küchenjungen, die sich selbst hinaus- und dann Essen oder andere Güter hineinschmuggelten. Roland hatte allerdings nur wenig Gesinde auf der Burg, und draußen fand er überhaupt keinen Rückhalt. Die Bewachung der Wege machte also nicht viel Arbeit, und die damit betrauten Ritter vertrieben sich die Zeit mit Kampfspielen oder Geschichtenerzählen. Sie kämpften eher mit Langeweile als mit Schmugglern, weshalb Dietmar darauf achtete, sie häufig zu wechseln. Gerade ritt er mit einer neuen Mannschaft an der Burg vorbei Richtung Bamberg.

Rüdiger, der das vom Ausguck der Trutzburg aus beobachtete, erschrak, als sich plötzlich die Tore der Burg öffneten und einen ähnlich starken Trupp Bewaffneter ausspien. Er veranlasste sofort, dass der nächststehende Wachmann in sein Horn stieß.

»Sie machen einen Ausfall!«, berichtete er den daraufhin hereilenden Männern. »Macht euch gefechtsbereit! Schnell!«

Obwohl die Knappen Brustpanzer und Kettenhemden bereithielten, dauerte es doch seine Zeit, bis ihre Herren dann wirklich auf den ebenfalls gepanzerten Pferden saßen. Rüdiger betrachtete besorgt, dass die Männer vor der Burg derweil auf sich allein gestellt waren. Aber andererseits waren sie alle kampferprobte Ritter, voll gerüstet und die Kräfte verhältnismäßig gleich verteilt. Dietmar sollte den Angriff eigentlich erfolgreich zurückschlagen. Aber dennoch schrillte in Rüdigers

Kopf eine Alarmglocke. Warum dieser Ausfall? Was bezweckte Roland mit dem offenen Gefecht, das er bislang doch vermieden hatte?

Dietmar und seine Männer hatten sich derweil zum Kampf gestellt und ritten gegen die Front der anderen Ritter an. Die Linien stießen hart aufeinander – aber dies waren erkennbar Rolands bessere Ritter. Beim ersten Tjost ging keiner zu Boden. Aber Dietmar horchte auf, als er einen von ihnen rufen hörte.

»Vorsicht, Herr Ulrich!«

»Dort links, Herr Ulrich!« Ein anderer.

Dietmar fixierte den Ritter, von dem sie sprachen. Ein großer, schwerer Mann, was nicht verwunderlich war. Auch die anderen Steinbacher hatte man ihm stets als ungehobelte Kerle, aber starke Männer und gewandte Kämpfer geschildert. Und nun stand er diesem Riesen gegenüber – dem angeblich seine zarte, sanfte und schüchterne Sophia versprochen war. Dietmar sah rot vor Wut. Nein, ganz sicher war sie diesem Kerl nicht minniglich zugetan. Das musste Herr Gisbert erfunden haben. Sicher würde sie sich eher vor solch einem Bräutigam fürchten.

»Herr Ulrich von Steinbach?«, donnerte Dietmar.

Der Ritter nickte.

»Kämpft mit mir!«

Es war nicht so, dass die Kämpfe rund um den Erben von Lauenstein und den vierten Sohn des Burgvogtes von Steinbach völlig eingestellt wurden, nachdem Dietmars Forderung erfolgte. Aber die Ritter schienen doch nicht mehr mit dem gleichen Elan aufeinander loszuschlagen. Sie schufen Platz für Dietmar und Ulrich, die sich jetzt für einen Kampf wappneten. Wobei die Chancen ungleich verteilt waren. Dietmar ritt ein eher kleines, noch junges Pferd – der Erkundungsritt war ihm nicht gefährlich genug erschienen, um sein erfahrenes Streitross aus dem Stall zu holen. Ulrich von Steinbach saß dagegen auf einem gewaltigen Hengst. Dietmar parierte seinen Lanzenstoß äußerst geschickt, aber er brauchte dazu seine ganze Kraft und kam selbst kaum zum Zielen. Beim zweiten Tjost wurde es noch schlimmer. Dietmar parierte mit dem Schild, aber die Wucht des Angriffs war derart groß, dass die Lanze das Holz durchschlug. Dabei verpuffte die Kraft des Angriffs, aber Dietmar blieb nichts anderes übrig, als den Schild wegzuwerfen, schon damit sein Pferd nicht vor der nachschleifenden Lanze scheute. Als Ulrich zum dritten Mal anritt, war er gänzlich ohne Schutz. Zwar gelang es ihm, den Stoß des anderen mit der quer gehaltenen Lanze abzuwehren, aber er wurde dennoch vom Pferd gehebelt. Zum Glück tat er sich nichts und kam schnell wieder auf die Beine. Aber Ulrich von Steinbach lachte und begann nun, ihn mit dem Schwert zu attackieren. Dietmar schlug verzweifelt zurück. Aber ohne Schild war es nicht einfach – er konnte sich vom Boden aus allenfalls verteidigen, nicht seinerseits angreifen. Dietmar wehrte sich tapfer, konnte jedoch absehen, wie lange seine Kraft reichen würde.

»So steigt wenigstens ab!« Der Ruf eines der anderen Ritter.

Die Männer hatten die Kämpfe nun eingestellt, sie bildeten einen Kreis um die wichtigsten Kombattanten. Ein alter Freund des Belagerten – und der Fehdemeister der Belagerer. Dieser Kampf konnte die Schlacht um Lauenstein entscheiden!

»Bietet dem Mann einen gerechten Kampf!«, forderte auch ein anderer.

Dietmar war zu beschäftigt mit seiner Verteidigung, um zu erkennen, ob er ihm oder Ulrich angehörte.

Ulrich lachte nur. »Das zieht die Sache nur in die Länge!«, rief er den anderen zu. »Das Jüngelchen wollte mit mir kämpfen, nun hat er, was er will. Mal schauen, wie lange er durchhält!«

Dietmar stöhnte auf, als Ulrichs nächster Angriff erfolgreich war und sein Schwert zwischen Brustpanzer und Armschiene in seinen Körper eindrang. Nicht in die Nähe des Herzens, aber es schmerzte und blutete und raubte ihm weitere Kraft.

Doch dann schob sich ein Schatten zwischen Dietmar und Ulrich von Steinbach. Ein kräftiges Pferd, wenn auch kein Streithengst. Jean de Bouvines trug keine Rüstung, sondern nur sein Kettenhemd, aber er hielt drohend sein Schwert vor sich und verwehrte Ulrich einen weiteren Angriff auf Dietmar.

»Kämpft mit mir, Herr von Steinbach!«, sagte Hansi mit glasklarer Stimme.

Ulrich lachte. »Stellt Euch in die Reihe!«, grinste er. »Ihr seht, ich bin gleich fertig. Dann will ich mich Euch gern widmen.«

»Ich hab aber ältere Rechte!«, erklärte Hansi ruhig. »Ich fordere Genugtuung für meinen Bruder, den Ihr und Euer Bruder einst gehenkt habt wie einen Verbrecher. Dabei hat Euch der Franz nie was getan ...«

Ulrich von Steinbach runzelte die Stirn. »Der Franz? Sollte ich mich an den erinnern?« Aber dann zog ein Grinsen über sein Gesicht. »Der Sohn vom Galgen-Brandner! Freilich haben wir den gehenkt. Diebsgesindel alles miteinander, der Lauensteiner war da viel zu weichherzig. Wie dieser ja wohl auch ...« Er machte Anstalten, erneut gegen Dietmar anzureiten, aber Hansis gelassenes Pferd stellte sich ihm entschlossen in den Weg. »Was soll das jetzt, Kerl?«, fragte der Steinbacher unwillig. »Wenn der Brandner-Franz dein Bruder war, dann bist du wohl auch ein Gauner. Wie wagst du es, einen Ritter zu fordern?«

Hansi richtete sich im Sattel auf. »Ich bin Jean de Bouvines, zum Ritter geschlagen von König Philipp August nach der gleichnamigen Schlacht. Ich hab das Recht, dich zu fordern, du ... du Saubär!«

Jean de Bouvines war nicht auf Entscheidungskämpfe vorbereitet gewesen, als er Dietmar an diesem Tag, wie schon an den Tagen zuvor, unauffällig folgte. Dafür trug er einen Bogen am Sattel. Hansi war, auch das nicht ritterlich, aber nützlich, ein sicherer Bogenschütze. Er hatte auf Ulrich gezielt, seit dieser Dietmars Schild durchstoßen hatte, wobei er plante, auf Nummer sicher zu gehen. Hansi schoss präzise genug, um ein Auge des Ritters zu treffen, er musste nicht das Risiko eingehen, die Brust anzuvisieren und dann vielleicht doch zusehen zu müssen, wie sein Pfeil an der Rüstung abprallte. Moderne Langbogen konnten Rüstungen durchschlagen, Hansis Bogen war jedoch eher eine Jagdwaffe. Leider hatten die Ritter, die sich um die Kämpfenden geschart hatten, dem Schützen die Sicht genommen, es war gänzlich unmöglich, einen Pfeil durch die Phalanx von Lanzenreitern zu schicken, ohne einen Unbeteiligten zu treffen.

Und jetzt kämpfte Dietmar um sein Leben. Hansi überlegte nicht lange. Er stellte sich zum Kampf. Und er war Ulrich keinesfalls unterlegen – wie damals dessen Bruder, dem der noch kindliche Knappe von hinten die Kehle durchschnitten hatte. Diesem Steinbacher konnte er sich in offenem Kampf stellen, um seine Genugtuung zu erhalten. Hansi war ein schmächtiges Kind gewesen, heute war er ein kleiner, aber drahtiger und ungeheuer kampferfahrener Recke. Ulrich dagegen durfte

Lauenstein seit der Okkupation kaum verlassen haben. Vielleicht hatte die Männergesellschaft auf der Burg dem Ritter einfach gefallen. Viel Erfahrung hatte er jedenfalls nicht – und Hansi glich seine körperliche Unterlegenheit durch List aus. Kraftvoll führte er den ersten Stoß mit seinem Schwert aus.

Die Ritter rund um die Kombattanten verfolgten den Kampf der Männer nicht minder gebannt als vorher den zwischen Ulrich und Dietmar – aber diesmal wurde ihnen das zum Verhängnis. Rolands Anhänger merkten viel zu spät, dass Florís und Rüdiger mit ihrer Streitmacht anrückten, und als sie sie sahen, zeigten sie wenig Bereitschaft zum Kampf gegen die offensichtliche Übermacht. Die Männer von Lauenstein flohen wie die Hasen. Nur Ulrich blieb – und schlug weiter wie ein Berserker auf Hansi ein.

»Ergebt Euch, Herr von Steinbach!«, forderte Florís ihn mit donnernder Stimme auf.

Rüdiger eilte zu Dietmar. Der junge Ritter stand schwankend auf dem Schlachtfeld. Er war nicht schwer verletzt, aber er schien noch nicht recht begreifen zu können, dass er den Zweikampf überlebt hatte.

Ulrich von Steinbach dagegen schien sich seines Sieges sicher. Einen Herzschlag lang hielt er inne, Hansis Schläge zu parieren, um kurz zu Florís herüberzublicken. Ein entschiedener Fehler: Von Steinbach gab einen letzten röchelnden Schrei von sich, als Hansis Klinge seine Kehle durchbohrte, und stürzte von seinem Pferd.

»Von wegen, ergeben!«, sagte der Sohn des Wegelagerers zufrieden und blickte kalt in die brechenden Augen seines Opfers. »Ich hab mir geschworn, dass ihr zwei Saubärn bluten sollt – für den Franz. Noch lieber hätt ich euch ja gehenkt!«

Florís sah zu dem Steinbacher hinunter, der sich in Todesqualen wand. »Näher könnt Ihr dem Aufhängen im ritterlichen

Kampf nicht kommen«, meinte er gelassen. »Habt Dank, Herr Jean de Bouvines, für die Rettung meines Pflegesohnes. Lieber hätte ich den Kerl allerdings lebend gekriegt. Ich hätte ihm gern ein paar Fragen gestellt.«

Hansi wischte sein Schwert ab. »Ihr habt das Leben vom Herrn Dietmar«, erklärte er dann. »Und ich hab das Leben von dem Saubärn. Das nenn ich Gerechtigkeit, Herr Florís.«

Florís lächelte. »Ich wünschte nur«, sagte er, »es wäre immer so einfach. Aber nun kommt, meine Herren, feiern wir unseren Sieg. Ach ja, und sendet jemanden nach Neuenwalde. Meine Frau wird die Wunden ihres Sohnes selbst verbinden wollen. Sie ist lange genug mit einem Medikus gereist.«

Gerlin machte ihrem Sohn heftige Vorwürfe, während die älteren Ritter sich weitgehend darüber einig waren, dass Dietmar in eine Falle getappt war.

»Würde mich nicht wundern, das Mädchen wäre gar nicht auf der Burg«, meinte Florís. »Und wenn, dann lebt sie wie eine Gefangene, damit sie keiner zu sehen bekommt. Wir sollten zusehen, dass wir das beenden, Dietmar. Von morgen an Dauerbeschuss, vielleicht auch mal Bogenschützen, damit sie Angst kriegen, sich auf den Zinnen blicken zu lassen. Zwingen wir sie, noch enger zusammenzurücken.«

»Feuer in die Kornspeicher!«, schlug Gerlin bösartig vor. Sie war bislang dagegen gewesen, irgendetwas auf der Burg zu zerstören, aber als sie ihren Sohn verletzt gesehen hatte, waren bei ihr alle Dämme gebrochen. Sie wollte Rache! Für Dietrich und für jeden Tropfen Blut, den Dietmar bei diesem perfiden Zweikampf verloren hatte. Für Salomon, der letztlich nur gestorben war, weil Roland Lauenstein okkupiert hatte. Für all die Jahre, in denen sie den Frieden in Loches nicht genießen konnte, weil sie den Krieg um Lauenstein plante. Für die Zeit, die sie jetzt von ihren anderen Kindern getrennt war, die am Hof des Königs von Frankreich aufwuchsen. »Man kann doch so genau zielen, oder? Ich werde euch aufzeichnen, wo sie liegen.«

Dietmar schüttelte jedoch entschieden den Kopf. »Nein, Mutter! Auf gar keinen Fall. Ich werde Sophia weder bombardieren noch verbrennen noch länger aushungern, als es unbedingt nötig ist. Wir müssen vorsichtig sein, wir müssen sie schonen. Wenn ihr etwas zustieße ... was wäre mein Leben wert ohne sie?«

Rüdiger und Hansi hatten Mühe, sich ein Grinsen zu verkneifen.

»Also schön«, sagte Florís schließlich, mühsam beherrscht. »Wir denken uns etwas anderes aus. Aber du, Dietmar, wirst dich von jetzt an nicht mehr in Gefahr bringen. Keine Erkundungsritte in Bogenschussweite der Burg – wer weiß, ob da nicht doch einer einen Langbogen bedienen kann. Jeder Ausritt nur voll gerüstet und in Begleitung.«

»Ich bin doch kein Kind mehr!« Dietmar fuhr auf. »Was sollen die anderen Ritter von mir denken?«

Jetzt grinste Florís. »Das ist nicht wichtig«, bemerkte er. »Aber wenn dir etwas zustößt, was wäre denn Sophias Leben wert ohne dich?«

Die neue Strategie der Belagerer zielte allein auf Demoralisierung des Gegners. Da die Ritter von Herrn Gisbert wussten, dass man auf Lauenstein zwar noch nicht hungerte, aber darbte, begannen sie, in Sichtweite der belagerten Feste zu feiern. Sie brieten Ochsen am Spieß, luden Musikanten ein und prosteten Rolands Männern lachend zu, wenn wieder ein Fass

Bier angestochen oder ein Schlauch Wein geöffnet wurde. Mitunter luden sie die Bewohner des Dorfes Lauenstein dazu ein, führten Schaukämpfe vor und bewirteten die Bauern und Handwerker fürstlich. Dietmar, Florís und Gerlin machten ihre regelmäßigen Rundritte durch die Lauensteiner Dörfer, um Gericht zu halten und über die Abgaben zu verhandeln. Rüdiger lud den Hurenwirt eines Gasthauses ein, sie mit seinen Hübschlerinnen zu besuchen.

»Hoffentlich sind sie halbwegs sauber«, seufzte Rüdiger, als sich die Ritter johlend mit den Mädchen vergnügten. »Gerlin bringt uns um, wenn sich die Leute was holen. Aber den Kerlen auf der Burg muss das Wasser im Mund zusammenlaufen!«

Die Zinnen von Lauenstein waren voll bemannt.

Hansi lachte. »Was meinst du, Herr Rüdiger? Teilen wir uns die kleine Rote?«

So ging die Belagerung von Lauenstein in ihr zweites Jahr.

Kapitel 6

Für die Flüchtlinge in Montalban gestalteten sich die Jahre 1214 und 1215 unerwartet ruhig. Weder mussten Stadt und Festung verteidigt werden, noch gab es Anlass für die Ritter, anderen belagerten Orten zu Hilfe zu eilen. Simon de Montfort setzte seinen Kreuzzug vorerst nicht fort – wofür zur allseitigen Verwunderung der Graf von Toulouse verantwortlich war. Der reiste nämlich gemeinsam mit König Johann zum vierten Laterankonzil in Rom, um dem Papst seinen Fall vorzutragen. Er bekannte sich erneut zur römischen Kirche, spielte seine Unterstützung für die Albigenser herunter und forderte seine Güter zurück – woraufhin sich de Montfort umgehend ebenfalls auf den Weg machte, um seine Sicht der Dinge zu vertreten. Der Papst entschied schließlich gegen Raymond – er behielt den Kirchenbann gegen ihn aufrecht und sprach Montfort seine Ländereien zu.

»Das war es dann wohl mit Raymond de Toulouse und seiner Unterstützung«, seufzte Abram, als man in Montalban vom Spruch des Papstes hörte. »Und die sonstigen Beschlüsse des Konzils stimmen auch nicht fröhlicher: Die Lehre der Albigenser wird noch mal ausdrücklich verdammt. Juden und Muslime müssen sich künftig allgemein durch spezielle Tracht kennzeichnen.« Bisher hatten unterschiedliche Grafschaften und Städte das mehr oder weniger streng gehandhabt. »Und Juden werden von Handwerk und Gewerbe ausgeschlossen und dürfen in Zukunft nur noch Geld verleihen.«

»Doch der Klerus soll weniger Unzucht treiben«, fügte Salomon lächelnd hinzu, »das ist ein Fortschritt. Aber im Ernst – was meinst du, Miriam, gibt Raymond de Toulouse, der alte Kämpfer, wirklich auf?«

Miriam, die den temperamentvollen Grafen in den letzten zehn Jahren sehr viel gründlicher kennengelernt hatte, als all seine Ehefrauen zuvor, schüttelte entschieden den Kopf. »Raymond de Toulouse ist jetzt erst mal wütend. Da hat er nun schon vor dem Papst das Knie gebeugt, was ihm bestimmt nicht leichtgefallen ist. Und was macht der? Bestätigt den Kirchenbann! Noch dazu vor dem gesamten Klerus und allen wichtigen Fürsten der Christenheit. Das wird er übel nehmen. Simon de Montfort sollte sich warm anziehen! Einen erbosten Raymond de Toulouse möchte ich nicht zum Feind haben!«

Die Menschen in Toulouse waren denn auch bald bereit, ihrem Grafen seine Flucht nach England zu vergeben. Auch deshalb, weil Montforts Männer in den Städten und Dörfern wüteten, als gäbe es kein Morgen. Entweder verstand sich Montfort einfach nicht auf Verwaltungsaufgaben, oder er ging von vornherein nicht davon aus, Toulouse wirklich halten zu können. Auf jeden Fall ließ er gnadenlos Güter einziehen, wenn jemand auch nur in den Verdacht geriet, mit den Häretikern gemeinsame Sache gemacht zu haben. Er schickte Steuereinnehmer in die entlegensten Winkel und griff nicht ein, wenn seine »Kreuzfahrer« sich ihrerseits schadlos an den Bürgern der Grafschaft hielten. Die Kämpfer – oft der übelste Abschaum, der nur aus Habgier das Kreuz genommen hatte – raubten und vergewaltigten, ohne Rücksicht auf die Glaubenszugehörigkeit ihrer Opfer. Die Bürger von Toulouse stöhnten unter ihrer Knute und sehnten sich zurück nach der gemäßigten Herrschaft ihres Grafen. Sollte er ihr Geld doch weiter für seine aufwändige Hofhaltung, seine Geliebten und militärischen Abenteuer herauswerfen, wenn er sie sonst nur in Ruhe ließ!

Die Menschen in den noch nicht eroberten Städten und Burgen hatten insofern ausreichend Rückhalt im Land und mussten nicht hungern. Reisen waren allerdings nach wie vor gefährlich, man wusste nie, wann man einer entfesselten Horde von Kreuzfahrern in die Arme lief. Miriam und Abram hatten die Pläne zur Rückkehr nach Al Andalus folglich erst mal aufgegeben. Miriam kümmerte sich um den verwaisten Hof der Gräfin, zumal man viele der Mädchen nicht hatte heimschicken können. Sie übernahm mit Hilfe Genevièves ihre Erziehung – wobei sie sehr viel mehr Wert auf Lesen und Schreiben, Mathematik und Astronomie legte als auf Musik, Tanz und schöne Handarbeiten. Statt höfische Rede einzuüben, unterrichtete sie Sprachen. Geneviève lehrte Latein und Griechisch, Miriam war es wichtiger, dass sich die Mädchen auf Italienisch und Deutsch verständigen konnten.

»Aber für ihr Seelenheil ist es besser, sie lesen die Heilige Schrift als das Kriemhildlied!«, argumentierte Geneviève.

»Geneviève, wenn sie Euer geliebtes Johannesevangelium im Original lesen sollen, müsst Ihr ihnen Aramäisch beibringen«, bemerkte Miriam, die keineswegs ihrer Meinung war. »Aber da Ihr es ihnen jeden Tag vorlest, können sie es ohnehin schon auswendig. Ein paar Abenteuergeschichten sind viel kurzweiliger – im Kriemhildlied warten Frauen nicht darauf, dass der Ritter den Drachen tötet, sie greifen selbst zum Schwert. Das ist doch sehr lehrreich, oder? Es erinnert mich an mein Katapult.«

Miriam und Salomon vertrieben sich die Zeit in der engen Burg, indem sie ihr Versprechen wahr machten und Verteidigungsmaschinen ersannen. Zuerst einzeln und in Konkurrenz zueinander, dann gemeinsam, nachdem sie feststellten, dass ihre Streitgespräche über das richtige Verhältnis zwischen Höhe des Achslagers und Länge des Wurfarms einander befruchteten. Schließlich entschieden sie sich für eine Mangonel, eine Torsionswaffe, die ihre Schusskraft durch eine Verdrehung von Seilbündeln im Innern der Maschine bezog. Ihr Bau war komplizierter als die der üblichen Bliden, die schlicht nach dem Hebelarmprinzip funktionierten. Dafür war eine Mangonel aber nicht so groß und leichter zu bedienen. Salomon und Miriam konstruierten schließlich Modelle ihrer Waffen, die der Zeit seines Lebens verspielte Abram vergnügt mit den jüngeren Mädchen ausprobierte. Es war nicht ganz einfach, die Mangonel zu laden, aber sie hatten es schnell heraus.

»Das ist fantastisch, Ariane hat einen Kieselstein sechs Ellen weit geschossen!«, erklärte Abram begeistert und erklärte das Mädchen zur Ersten Blidenmeisterin.

»Die Weite macht's aber nicht allein, man sollte auch zielen können«, meinte Salomon und vertiefte sich erneut in Berechnungen über lange und flache oder kurze und hohe Flugbahnen der Kugel und die Winkelung des Haltezapfens am Wurfarm.

Abram setzte eher aufs Probieren und stellte bald fest, dass die perfekte Ausrichtung des Katapults nicht nur eine Frage der Berechnung, sondern auch des Gefühls war. Manche Schützen hatten mehr, andere weniger Talent – und ausgerechnet Geneviève, die als künftige Parfaite eigentlich zur Friedfertigkeit verpflichtet war, erwies sich als Naturbegabung.

»Da kannst du rechnen, so viel zu willst, Mi... äh ... Ayesha!« Es fiel Abram immer schwerer, an der Tarnung als Maure und Maurin festzuhalten. Miriam jedenfalls hatte ihre orientalische Tracht abgelegt, flocht keine arabischen Brocken mehr in ihre Rede ein und benahm sich ganz, wie sie ursprünglich gewesen war – eine jüdische Kaufmannstochter mit etwas außergewöhnlichen Interessen. »Du kommst nicht an die Trefferzahl der kleinen Parfaite heran.«

Abram zeigte seiner Frau fasziniert das Burgmodell aus leichtem Holz, das er gebaut hatte, um die Zielübungen mit dem Miniaturkatapult interessanter zu gestalten.

»Nenn sie nicht kleine Parfaite, das macht sie wütend«, gab Miriam zurück und studierte ihrerseits die ramponierte Burgfassade. »Sie könnte sich jetzt ja weihen lassen, aber sie meint, sie müsse noch Buße tun.«

»Wie auch immer sie sich nennt, dieser belagerten Burg hier hat sie jedenfalls auf Anhieb vier von fünf Latrinen weggeschossen und zwei Erker. Sie soll das bloß lassen mit dem Consolamentum, wir brauchen sie womöglich als Kanonier.«

Miriam lachte. »Aber vorher müssen wir noch einiges an der Mangonel ändern«, murmelte sie. »Diese Dinger wurden ja alle als Angriffswaffe konzipiert, wir brauchen sie jedoch zur Verteidigung. Sie muss also über unsere eigenen Mauern hinwegschießen oder von den Mauern herunter. Dafür sollte sie kleiner sein, leichter transportabel.«

»Vielleicht auch einfacher zu bedienen«, meinte Abram und dachte an seine weiblichen Kanoniere.

Im Gegensatz zu den Mädchen und ganz jungen Knappen interessierten die Ritter sich kaum für die Kampfmaschine. Die meisten von ihnen schienen sich auch gar nicht vorstellen zu können, dass dieses putzige Spielzeug nur ein Modell für eine sehr große, äußerst leistungsfähige Waffe sein sollte. Überhaupt zeigten sich die Ritter jeder Neuerung gegenüber unwillig. Salomon versuchte auch vergebens, sie zur Übung im Bogenschießen zu bewegen. Er selbst beherrschte die grundlegenden Techniken und konnte Langbögen ebenso entwerfen und von Schreinern nachbauen lassen wie das viel komplizierterer Katapult. Er hätte die Kämpfer also einweisen können, und ein paar Naturtalente hätten sich dann schon gefunden, um die Sache weiterzuentwickeln. Aber die Ritter zierten sich.

Sie mochten von ihrer traditionellen Kampfweise nicht abgehen.

Am ehesten fand sich noch Flambert de Montalban – getriezt von seiner Schwester und ermuntert von Sophia – bereit für Experimente. Um Sophia zu gefallen, hätte Flambert so ziemlich alles getan. Er hatte es aufgegeben, das Spiel mit dem Feuer zu scheuen, und umwarb das Mädchen nach allen Regeln der höfischen Minne. Sophia sperrte sich auch nicht mehr im gleichen Maße wie am Anfang. Flamberts Geduld zahlte sich aus, auf die Dauer konnte Sophia seiner Sanftmut und Freundlichkeit nicht widerstehen, zumal der Ritter gut aussah und die Laute zu spielen verstand wie kein anderer. Und er war da, während Dietmar von Lauenstein für Sophia langsam zu einem Ritter in einem Traum wurde. Ihre kurze Romanze in Mainz war nun fast drei Jahre her. Sie hatte seitdem nichts mehr von ihm gehört, und ihr Bild von ihm verblasste. Waren sie wirklich füreinander bestimmt? Würde sie überhaupt jemals nach Lauenstein zurückkehren?

Auch Sophias Erinnerungen an die Burg ihres Vaters schwanden mit der Zeit – was im Grunde nicht schlecht war, denn es befreite sie von ihrer Schüchternheit und Angst vor jeder Begegnung mit einem männlichen Wesen. Aber strebte sie wirklich noch zurück in dieses feuchte und oft kalte Land, wo sie hier doch die Sonne des Südens wärmte und Flamberts immer wieder beteuerte Liebe?

Der Wermutstropfen dabei war allerdings immer noch seine Religion und die Gefahr, in die sie ihn bringen konnte. Sophia war nicht zu überzeugen vom Glauben der Albigenser, vieles erschien ihr einfach unsinnig. Und genau das ließ sie an ihrer aufkeimenden Liebe zu Flambert zweifeln. Sie wäre vielleicht bereit gewesen, seinen Glauben anzunehmen um der Liebe willen, aber sie liebte ihn nicht genug, um für ihn zu sterben.

Mit Dietmar war das, zumindest in Sophias Erinnerung, anders gewesen. Aber damals war sie auch noch sehr jung gewesen – und dem Tod niemals nah. Heute sah das anders aus. Ihre Flucht aus Toulouse war zwar nicht annähernd so dramatisch gewesen, wie sie hätte sein können. Aber die Ritter und Mädchen hatten doch Brände in der Stadt gesehen, als sie bei Nacht auf Montalban zuritten, und sie hatte nicht gewagt zu fragen, ob dort vielleicht Scheiterhaufen loderten. Sophia jedenfalls graute vor einem Tod in den Flammen oder auch nur unter den Schwertern der Kreuzritter. Wenn sie sich überhaupt irgendwann auf Flambert einlassen würde – dann lediglich, wenn er sie in Sicherheit brachte!

Vorerst ließ sie allerdings zu, dass er sie umgarnte, Lieder für sie schrieb und ihre Schönheit rühmte. Schließlich gab es auch nicht viel anderes zu tun in der überfüllten Festung. Sophia kümmerte sich um den Küchengarten, sie wies die jüngeren Mädchen in die Kunst ein, Kleider zuzuschneiden und zu nähen, und natürlich ging sie auch zur Messe. Zerstreuungen boten sich allerdings nicht in Montalban, und daran war nicht die Religion der Albigenser schuld. Mit der Reisefreiheit im Süden Frankreichs war auch der ständige Informationsfluss durch Troubadoure und Fahrende Ritter versiegt. Sophia hörte also nichts von Lauenstein, obwohl die Langmut des jungen Ritters, der endlos vor der Feste ausharrte, in der seine Liebste gefangen gehalten wurde, und die Mauern der Burg schonte, um das Mädchen ja nicht zu gefährden, längst Eingang in den Minnesang gefunden hatte.

Das Leben in der Feste blieb also ruhig – bis der Graf von Toulouse im Frühjahr 1216 in Marseille eintraf.

»Der Graf ist wieder da!« Sophia jubelte und wunderte sich nur ein wenig, dass Geneviève ihre Begeisterung nur verhalten teilte. Miriam hatte darauf geachtet, dass die Begebenheit mit Geneviève und dem Grafen sich nicht herumsprach. »Gegen den Willen des Papstes, Geneviève, das heißt, er nimmt jetzt ganz ausdrücklich eure Partei!«

»Er hat seine Meinung schon oft gewechselt«, bemerkte Geneviève.

Sie zog instinktiv ihren Schleier tief ins Gesicht, als von Raymond die Rede war. Kein Ausdruck sollte sie verraten.

»Aber jetzt kann er das nicht mehr, das wird der Papst ihm nie vergeben! Und die Leute freuen sich! Du musst diesen Troubadour hören, heute Abend in der Halle deines Vaters! Flambert hat ihn in Empfang genommen, und er hat uns ein paar Verse vorgetragen:

Herbei eilen sie alle. Große und Kleine,
Barone und Damen, Männer und Frauen.
Sie knien vor ihm und bedecken mit Küssen
Seine Kleider und Beine, seine Arme und Hände . . .«

»Das soll ihm wohl gefallen«, meinte Geneviève bissig.

Sophia schüttelte den Kopf. »Nun sei nicht so widerborstig! Ich fand es auch nicht richtig, dass er bei Nacht und Nebel verschwunden ist, aber vielleicht war's ja letztlich ganz gut so. Jetzt weiß hier wenigstens jeder, was er an ihm hat.«

Das war nicht zu leugnen. Der Troubadour, der sich beschwingt von Raymonds Rückkehr todesmutig auf den Weg durch die besetzten und unbesetzten Gebiete Okzitaniens gemacht hatte, berichtete von einem sich rasch bildenden Heer.

Viele südfranzösische Adlige, enteignet und entrechtet wie ihr Graf, fassten neuen Mut und schlossen sich Raymond und seinem Sohn an. Der junge Graf war erst neunzehn Jahre alt, aber genauso ein Haudegen wie sein Vater. Ariane und die anderen Mädchen jubelten, als sie die Namen ihrer Väter und Brüder hörten. Die Ritter kamen in Scharen, um unter dem Banner des Grafen zu kämpfen. Der junge Graf – Raymond VII., den man nach wie vor Raymondet nannte – sammelte das Heer.

»Ich werde mich ihm anschließen«, sagte Flambert zu Sophia, mit der er zusammensaß, während der Troubadour sang und erzählte. »Und sicher werden andere Ritter mit mir kommen.«

Sophia ließ fast ihren Becher mit Wein fallen. »Ihr wollt was? Ihr verlasst Montalban? Aber wer soll uns verteidigen, wenn Montfort angreift? Darauf bereiten wir uns schließlich seit einer Ewigkeit vor. Wir ...«

»Ich bekämpfe Montfort lieber vor Beaucaire oder Toulouse als vor meiner eigenen Haustür«, gab Flambert würdevoll zurück. »Dann kommt er erst gar nicht bis hierher, und Montalban muss nicht verteidigt werden. Versteht Ihr nicht, Sophia, wir dürfen uns nicht verzetteln. Wenn jeder nur seine Feste verteidigt, schlägt Montfort einen nach dem anderen. Die einzig wirkliche Chance besteht darin, ein starkes Gegenheer zu bilden.«

»Das habt Ihr ja wohl schon mal versucht«, meinte Sophia bitter. Ein größeres Heer als die gemeinsame Streitmacht von Aragón, Foix und Toulouse würde sich kaum sammeln lassen.

»Aber da war die Führung schwach. Jetzt liegt alles in den Händen des alten und des jungen Grafen. Und sie ... Herrin Sophia, König Peter hat gekämpft, um seine Rechte durchzusetzen. Aber Raymond ... Raymond kämpft mit Leidenschaft!«

Sophia lächelte bemüht. »Wenn ich Euch so zuhöre, ist er da wohl nicht der Einzige«, murmelte sie.

Flambert nickte mit strahlenden Augen. »Das ist er wahrlich nicht. Wir alle werden mit Leidenschaft, mit Stolz und Entschlossenheit in den Kampf gehen. Für unser Land und unseren Glauben – und für die Damen unserer Herzen.« Flambert griff nach Sophias Hand.

»Herrin! Erlaubt mir, mit Eurem Zeichen in den Kampf zu ziehen!«

Sophia errötete. Sie wollte einwenden, dass ihr Zeichen bereits vergeben sei, aber das war natürlich dumm. Manche Minneherrinnen betreuten Dutzende von Rittern, Sophia brauchte Flambert gegenüber keine Rechenschaft darüber abzulegen, wie viele andere noch unter ihrem Zeichen ins Feld ritten. Aber ihre Gefühle sagten ihr etwas anderes. Verriet sie nicht Dietmar, wenn sie Flambert ihr Zeichen gab?

»Ich werde ... ich werde darüber nachdenken«, sagte sie schließlich. »Ihr ... Ihr werdet ja nicht gleich morgen reiten ...«

Der Ritter verneigte sich demütig, aber er war guten Mutes – ließ ihm Sophia doch ihre Hand.

Tatsächlich sammelte sich eine stattliche Gruppe Ritter unter der Flagge von Montalban, nachdem Flambert am nächsten Tag seine Absichten kundtat. Die Meinung der sonstigen Bevölkerung der Stadt und der Feste war gespalten. Strategen wie Pierre de Montalban und sein »Garnisonsarzt« Salomon befürworteten den Auszug der Ritter.

»Wenn es hier zum Kampf kommt, treten sie sich ohnehin nur auf die Füße«, kommentierte auch Miriam. »Wir können Montalban auch mit nur einem Drittel der Garnison verteidigen – vor allem, wenn wir endlich dieses Katapult bauen. Und am besten gleich zwei oder drei.«

Salomon und Miriam hatten sich inzwischen auf ein Modell geeinigt, aber die Gemeinde der Albigenser mochte sich nicht so recht dazu durchringen, die nötigen Handwerker zu stellen und die Kosten zu tragen. Zumal die Konzeption der Blide allen erfahrenen Kämpfern befremdlich erschien.

»So ein kleines Ding, aber in der Herstellung sicher genauso teuer wie ein großes«, murrte Pierre de Montalban über die Pläne. »Die wirklich guten schießen sechshundert Ellen weit, das schafft dieses Spielzeug doch nie!«

Miriam wollte scharf etwas erwidern, aber Salomon, der weitaus Geduldigere, gebot ihr mit einem Blick Schweigen.

»Monseigneur, wir müssen keine sechshundert Ellen weit schießen«, erklärte er stattdessen gelassen. »Schaut, die üblichen Modelle sind Angriffswaffen, Belagerungswaffen. Da will man nicht auf Pfeilschussweite an die Burg heran, deshalb sind große Reichweiten sinnvoll. Wir dagegen wollen eine Festung verteidigen. Das heißt, die Leute rennen gegen uns an, die laufen und reiten dem Katapult entgegen. Unsere Blide muss also eher hoch als weit schießen, wenn wir sie innerhalb unserer Mauern belassen wollen. Und sie muss sich leicht transportieren lassen – zum Beispiel auf die Zinnen Eurer Burg, auf die Stadtmauer. Deshalb haben wir ein kleines und möglichst leichtes Modell konzipiert, eine Mangonel. Damit schrecken wir sie ab, Monseigneur, wir bringen sie dazu, Abstand zu halten. Das vereinfacht einen Ausfall, wenn wir einen machen wollen – und es sichert den Rückzug, falls er misslingt.«

»Aber man brauchte doch mehrere von den Dingern«, brummte Montalban, »wenn sie die gesamte Stadtmauer abdecken sollen.«

Miriam nickte. »Das wäre sinnvoll«, sagte sie. »Bedenkt,

dass wir diese kleinen Maschinen tarnen können. Der Feind wird nicht wissen, woher er beschossen wird. Und wir können die Mangonels bewegen! Denkt nach, Monseigneur, der Feind wird heute nicht wieder da angreifen, wo ihm gestern die Kugeln um die Ohren geflogen sind. Aber sobald wir sehen, wo er anzugreifen gedenkt, schaffen wir eine Mangonel dorthin und schießen erneut.«

»Wie weit würden die Dinger denn überhaupt schießen?«

Der Burgvogt war nach wie vor nicht bereit, von der Vorstellung abzugehen, die Reichweite der Blide sei entscheidend.

Salomon zuckte die Schultern. »Unser kleines Modell kommt etwa sechs Ellen weit, aber es ist natürlich viel kleiner als die bekannten Belagerungsmaschinen. Unsere Pläne sehen vor, die Mangonel etwa halb so groß zu bauen, wir könnten also von einer Reichweite von um die dreihundert Ellen ausgehen. Immer noch hundert mehr als jeder Pfeil.«

»Und auf diese Entfernung kann man sehr genau zielen!«, fügte Miriam begeistert hinzu. »Das ist auch wichtig.«

»Ich weiß dennoch nicht ...«, brummte Montalban.

Miriam seufzte. »Ich werde Geneviève ansprechen«, sagte sie, als sie schließlich mutlos abwartete, bis Salomon sich die Treppen von Montalbans Räumen in den Burghof heruntergeschleppt hatte. »Sie muss das Geld herausgeben, das der Graf ihr dagelassen hat. Seit sie sich ein bisschen gefangen hat, betrachtet sie es wohl wieder als sündig und hortet es sonst wo, aber jetzt wird es gebraucht. Ob sie es mit ihrem Gewissen vereinbaren kann oder nicht.«

Sophia rang mit ihrem Gewissen, als die Ritter sich zum Abritt im Burghof sammelten. Flambert sah ihr mit geradezu verzweifelt sehnendem Blick entgegen, als sie schließlich zu ihnen trat.

»Meine Dame, wie schön Ihr seid! Wisset, dass sich meinen Augen Euer Anblick einbrennen wird. Sollte ich sterben, so wird der Engel, der mich ins Paradies leitet, Eure Züge tragen.«

Geneviève, die neben Sophia herging, schaute missmutig. Ein Paradies, wie Flambert es sich vorstellte, sah ihr Glaube eigentlich nicht vor, erst recht nicht für Ritter. Der Kampf galt schließlich als sündig. Immerhin sagte sie nichts, und auch Sophia sprach das Thema nicht an, sondern lächelte huldvoll.

»Ihr werdet nicht fallen, Herr Flambert, meine Gebete werden Euch schützen«, erklärte sie ohne Rücksicht darauf, dass Geneviève noch missmutiger guckte. »Und die Eurer gesamten Gemeinde«, beeilte sich Sophia hinzuzufügen. »Und hier«, sie nestelte ein Tuch aus ihrem Ausschnitt, »hier gebe ich Euch mein Zeichen.«

Flambert zog den zarten Seidenstoff an seine Lippen. »Und der Kuss?«, fragte er dann sehr leise.

Sophia war nah an sein Pferd herangetreten, um das Geschenk zu übergeben. Jetzt war ihr erster Impuls zu fliehen. Aber andererseits ... Flamberts sanfte Augen flehten um ihre Liebe, sie rührten an ihr Herz. Tatsächlich wollte sie diesen Ritter umarmen, wollte ihn trösten und schützen – und küssen.

Sophia nickte kaum merklich und hob ihm den Kopf entgegen. Als Flambert sich zu ihr herabneigte, küsste sie ihn leicht auf die Wange, aber der Ritter kannte nun kein Halten mehr. Er glitt noch einmal aus dem Sattel – für den Ritt trug er nur sein Kettenhemd, die Rüstungen der Kämpfer wurden auf Packpferden mitgeführt – und nahm das Mädchen in die Arme, so vorsichtig, als berühre er feinstes Glas. Flambert zog Sophia an sich, und als er spürte, dass sie sich nicht wehrte, suchten und fanden seine Lippen die ihren, und er öffnete sie sanft mit seiner Zunge. Sophia war noch niemals so geküsst worden. Sie sah den Ritter mit großen Augen an, als er sich schließlich von ihr löste.

»Ich liebe Euch, Sophia von Ornemünde«, flüsterte Flambert mit zitternder Stimme.

Sophia sah zu ihm auf, sein Gesicht spiegelte reines Glück, vollkommene Seligkeit. Sophia dagegen wusste nicht, was sie fühlte. Es war etwas Großes, zweifellos. Aber kein Brennen wie damals bei Dietmar. Eher Wärme, Zärtlichkeit – und fast etwas wie Bedauern.

»Ich ... ich liebe Euch auch«, sagte sie schließlich dennoch und hoffte, dass es keine Lüge war.

Flambert nahm ihre Worte wie ein Geschenk. Er zog Sophia noch einmal an sich und küsste ihre Stirn, bevor er sie verließ.

»Ich komme zurück«, versprach er. Dann bestieg er sein Pferd.

Sophia folgte den anderen Frauen wie willenlos auf den Burgfried, um den Rittern nachzuwinken. Die Mädchen neckten sie, Geneviève strafte sie mit Nichtachtung, aber Sophia nahm nichts davon wirklich wahr. Jetzt, da Flambert sie nicht mehr in den Armen hielt, wusste sie genau, was sie fühlte. Schmerz, Schuld – und vage Angst. Sie hatte gegen keine Regel verstoßen, aber irgendwie hatte sie Dietmar dennoch verraten.

Kapitel 7

Es muss etwas geschehen.«

Luitgart von Ornemünde wandte sich entschlossen an ihren Mann. Seit einigen Wochen gab es keinen Wein mehr auf der Burg, und sie war seitdem ausgesprochen reizbar. Allerdings war die Stimmung schon vorher schlecht gewesen. Rolands Ritter murrten, und so mancher setzte sich bei Nacht und Nebel ab, statt auf den Mauern Wache zu halten. Sie hatten ihrem Burgherrn jahrelang die Treue gehalten, schließlich war Lauenstein eine behagliche Burg. Aber bei Wassersuppe und Brei aus uraltem Getreide mochten sie nicht ausharren.

»Wir haben lange genug darauf gewartet, dass diesem Dietmar endlich die Geduld ausgeht.«

»Ihm und seinen Rittern!«, verteidigte sich Roland. »Eineinhalb Jahre ... wie viele der Leute bleiben da bei der Stange?«

Luitgart schnaubte. »Alle, die auf ein gutes Lehen hoffen, wenn wir aufgeben – zumal sich die Belagerung ja sehr angenehm gestaltet. Schau es dir doch an: eine Trutzburg, damit die Herren nicht frieren müssen, Ochsen am Spieß an jedem Feiertag, Kampfspiele, bei denen die Sieger womöglich noch honoriert werden! Sogar für Huren ist gesorgt!«

Seit einigen Monaten kampierten ein paar Marketenderinnen in einem Planwagen im Wald jenseits der Trutzburg.

»Als Alternative winkt ein Kreuzzug in Okzitanien, wo sich raubeinige Grafen mit Zähnen und Klauen an ihre Scholle klammern. Katholische Grafen – der Papst kann den Kirchenbann gegen sie jederzeit aufheben, wenn die Ketzer erst mal ausgemerzt sind. Und dann werfen sie als Erstes die ›Kreuzritter‹ von ihren mühsam erkämpften Burgen. Dietmars Ritter müssten dumm sein, wenn sie das vorzögen!«

Roland rieb sich die Stirn. Er konnte das nicht wirklich abstreiten. Dietmar und seine Leute konnten noch Jahre vor ihren Toren kampieren – während Lauenstein am Ende war. Die Vorräte gingen aus, in spätestens zwei Monaten würde auch das letzte Getreidekorn gegessen sein, sämtliche Nutztiere waren ohnehin längst geschlachtet.

»Was also schlägst du vor?«, fragte er widerwillig. Roland hasste es, Luitgart um Rat zu fragen, aber wenn sie nüchtern war, erwies sie sich oft als überraschend scharfsinnig.

Luitgart zuckte die Schultern. »Na, was wohl? Kämpfen. Mach einen Ausfall. Liefere ihnen ein richtiges Gefecht.«

»Aber das gewinnen wir doch nie«, gab Roland zu bedenken. »Sie sind in der Überzahl.«

»Dann überfall gezielt ihre Patrouillen. Und nicht dann, wenn sie ein Rüdiger von Falkenberg anführt oder ein Florís de Trillon. Konzentrier dich auf schwächere Gegner. Und vergiss all diese ritterlichen Tugenden. Dies ist ein Krieg, kein Turnier! Schick die Kerle in die Hölle, lass endlich mal wirklich Blut fließen.«

»Aber auch damit können wir nicht siegen«, meinte Roland. »Wir machen sie nur wütend, und sie haben immer noch das Katapult.«

»Und wir haben immer noch Sophia. Zumindest scheint Dietmar das anzunehmen. Droh ihm, dass sie die Erste sein wird, die hier hungers stirbt.«

»Aber das glaubt er doch nie!«, wandte Roland ein. »Sie ist unsere Tochter, Luitgart. Wir würden ihr nie etwas antun.«

»Wie auch immer, Roland, wir müssen einen Zweikampf

erzwingen. Das ist unsere einzige Chance. Dietmar muss sich auf einen Entscheidungskampf mit dir einlassen. Wenn du ihn tötest, werden die anderen abziehen.« Luitgarts schöne grüne Augen blitzten hasserfüllt.

»Florís de Trillon wird ihn rächen wollen«, gab Roland zurück.

Luitgart zuckte die Schultern. »Dann schlägst du dich eben auch noch mit Florís de Trillon! Du warst immer ein starker Kämpfer, du kannst beide schlagen und den Falkenberger noch dazu. Wenn es überhaupt nötig ist. Aber auch die zwei geben schnell auf, wenn sie die Burg erst mal allein belagern. Herrgott, Roland, in dem Moment, da der Erbe tot ist und keine Beute und kein Lehen mehr winken, sind die Ritter weg! Und mit zwei Gegnern werden unsere zwanzig Leute doch wohl fertig!«

Am nächsten Tag kehrten zwei junge Ritter des Belagerungstrupps nicht mehr von einem Erkundungsritt zurück. Als auch noch die ebenso jungen Streiter verschwanden, die Dietmar ohne große Sorge hinter ihnen hergeschickt hatte, planten Rüdiger und Hansi, sich auf die Suche zu begeben.

»Ich glaub, die sind jagen gegangen und haben die Zeit vergessen«, meinte Rüdiger zu seinem früheren Knappen.

Die regelmäßigen Patrouillenritte galten als völlig ungefährlich, schon seit Wochen hatte sich kein Lauensteiner Ritter mehr außerhalb der Mauern gezeigt.

»Alle vier?«, fragte Hansi. »Ich weiß nicht ... Ich denk, es wär besser, Rüstungen anzulegen, wenn wir sehen wollen, was da passiert ist.«

Die beiden ritten also voll gerüstet aus – und vielleicht rettete es ihnen das Leben. Die Männer, die den ersten Erkundungstrupp niedergemacht hatten, waren jedenfalls kaltblütig genug gewesen, auch noch den zweiten zu ermorden. Rüdiger und Hansi fanden alle vier Leichen an einem Ort.

»Die ersten sind in einen Hinterhalt geraten«, rekonstruierte Rüdiger den Vorfall später für die erschrockenen Ritter in der Trutzburg. »Da kam jemand aus dem Wald, als sie gerade vom freien Feld aus hineinritten – die ganz alte List. Unsere Leute mussten aus der strahlend hellen Sonne in den Schatten, während sie sich noch orientierten, hatten die Gegner sie schon durchbohrt. Den zweiten Trupp haben sie dann wohl niedergemacht, als die Männer die Toten untersuchten. Wozu sie fahrlässig abgestiegen sein müssen, das waren ja ganz junge Ritter, völlig unerfahren! Der eine hatte nicht mal Zeit, sein Schwert zu ziehen.« Das Schwert des Toten steckte noch in der Scheide.

»Rolands Leute?«, fragte Dietmar heiser, als könnte er sich das nicht denken.

»Also, Wegelagerer halte ich hier für unwahrscheinlich. So nah an Ortschaft, Burg und Trutzburg – hier zieht nicht mal ein Händler durch. Normale Diebe sind doch auf Kaufleute aus, bei einem Überfall auf Ritter ist das Risiko groß und die Beute klein. Nein, nein, da haben sich bei Nacht und Nebel ein paar aus der Burg gestohlen und dort verschanzt.«

Ein junger Ritter, der auf den Zinnen der Trutzburg Nachtwache gehalten hatte, nickte. »Ja, Herr. Vier. Aber Ihr hattet doch Anweisung gegeben, sie durchzulassen. In den letzten Wochen sind schließlich schon fünf geflohen und nie zurückgekehrt.«

Rüdiger knirschte mit den Zähnen. »Geschickter Schachzug!«, brummte er. »Roland wusste genau, dass wir keinen aufhalten, der aus der Burg rauswill. Es schwächt ihn doch, wenn die Ritter gehen. Also hat er jetzt einen Trupp herausgeschickt, um unseren Rittern aufzulauern – und wahrscheinlich hat er da noch weitreichendere Pläne. Die Kerle sitzen doch immer noch irgendwo in den Wäldern und können jederzeit etwas anstellen!«

»Finden wir die Männer?«, fragte Dietmar.

Seine Ritter nickten zuversichtlich. Nach der langen Belagerungszeit kannten sie die Wälder rund um Lauenstein wie ihre Westentasche. Schließlich kontrollierten sie nicht nur die Zufahrtswege zur Burg, sondern jagten auch im Lauensteiner Revier und begleiteten Gerlin und Dietmar durch die Dörfer.

»Da kann sich keiner verstecken!«, behauptete Herr Conrad.

Nur Herr Jean, vormals der Brandner-Hansi, widersprach. »Mein Vater, Herr Conrad, hat sich hier zehn Jahre lang versteckt. Mit meiner Mutter und der ganzen Räuberbande. Wenn die Kerle ein bisschen geschickt sind ...«

Tatsächlich erwiesen sich zwei der Männer als nicht sehr geschickt. Sie liefen nacheinander gleich zwei Suchtrupps in die Arme, wobei es ihnen allerdings gelang, die Männer des ersten zu töten. Herr Waltram von Fürcht und Herr Wolfram von Grennberg waren keine Wegelagerer, aber äußerst starke Kämpfer. Erst Conrad von Neuenwalde und seinen Männern gelang es, sie in hartem Kampf zu besiegen und zu töten. Kein Turnierkampf diesmal, bei dem alle sich an die Regeln hielten, sondern eine blutige Schlacht. Drei von Conrads Männern wurden verwundet, einer so schwer, dass er nie wieder würde kämpfen können.

Die anderen beiden Ritter blieben vorerst verschwunden. Sie konzentrierten sich wohl weniger auf den Kampf gegen Dietmars Mannen, sondern gingen die Fehde so an, wie solche Auseinandersetzungen traditionell geführt wurden: Die Männer unternahmen Überfälle auf Außenhöfe nahe des Dorfes Lauenstein. In den ersten Tagen beschränkten sie sich darauf, Vieh und Vorräte mitzunehmen. Aber dann drangen sie in die Häuser ein, töteten die Männer und vergewaltigten die Frauen.

Natürlich erhob der Dorfvorsteher Klage bei Dietmar.

»Das ist die alte Taktik«, sagte Gerlin verbittert. »Erinnert ihr euch? Das hat Roland schon mal so ähnlich gemacht: Überfälle auf die Untertanen des Bischofs von Bamberg, die er dann Lauenstein in die Schuhe schieben wollte.«

Florís nickte. »Und diesmal geht es darum, die Leute gegen Dietmar aufzubringen. Er sollte seine Fronbauern schützen, die sehen das als ihr Recht an.«

»Aber ich kann doch nicht neben jeden Hof zwei Ritter stellen!«, meinte Dietmar verzweifelt.

Gerlin hob resignierend die Schultern. »Wir standen damals vor dem gleichen Problem. Es ist völlig unmöglich, die ganze Grafschaft ständig zu überwachen. Wie Hansi ... Herr Jean schon sagt: Ein geschickter Wegelagerer versteckt sich hier jahrelang.«

»Wobei es die Leute bei Wegelagerern einsehen«, meinte Florís. »Die jagen sie ja auch selbst und sehen dabei, wie schwierig es ist. Aber wenn es Ritter sind ... Sie scheinen zu meinen, dass der Adel seinesgleichen wittert wie ein Jagdhund die Beute.«

Rüdiger lachte bitter. »Oder eher, dass der Adel sich gegenseitig schützt. Ist doch oft genug so, dass eine Krähe der anderen kein Auge aushackt. Leute wie der Brandner werden irgendwann gefasst und gehenkt. Aber habt ihr schon mal einen Raubritter hängen sehen?«

Dietmar seufzte. »Also gibt es gar nichts, was wir tun können? Außer auf ein Wunder hoffen, dass irgendjemand von uns die Kerle in den nächsten Tagen erwischt?«

Florís nickte grimmig. »Zumindest vorläufig«, meinte er dann. »Auf Dauer müssen wir herausfinden, was Roland wirklich will. Seine neue Taktik ist zwar wirkungsvoller als die alte, aber bis sich das Volk wirklich gegen Dietmar erhebt, vergehen Monate, wenn nicht Jahre. Was auch nicht heißt, dass es dann mit fliegenden Fahnen zu Roland überläuft, die Leute sind doch nicht dumm. Aber wie auch immer, Roland hat diese Zeit nicht. Seine Vorräte müssen zu Ende gehen, ihr habt doch die Ritter gesehen, die Herr Conrad getötet hat. Sie waren längst nicht mehr so feist und wohlgenährt wir ehedem.«

»Du meinst, das ist ein ... letztes Aufbegehren?«, fragte Gerlin hoffnungsvoll.

Florís hob die Schultern. »Ich schätze, Roland hat einen Plan«, meinte er dann. »Vielleicht ist es sein letzter. Aber vom Aufgeben ist der noch weit entfernt!«

Roland ließ seine Gegner in den nächsten Wochen weiter bluten. Natürlich waren all seine Überfälle nicht mehr als Nadelstiche für Dietmars kleine Armee, aber die Belagerer betrauerten die Männer, die bei den Ausfällen der Lauensteiner Ritter fielen. Was dies anging, bewahrheiteten sich Rüdigers düstere Prognosen vom Beginn der Kämpfe: Die Zurückhaltung von Rolands Rittern hatte die Belagerer dazu verführt, sie zu unterschätzen. Sehr bald stellten Dietmar, Florís, Rüdiger und Conrad die Patrouillen nicht mehr einfach danach zusammen, wer gerade Dienst hatte, sondern nach einem ausgeklügelten System, um junge, unerfahrene Kämpfer nicht allein in die Hände von Rolands Schlägertrupps geraten zu lassen. Seitdem hatten sie weniger Tote, aber einige Verletzte unter ihren besten Männern zu beklagen.

»Das geht Roland nicht anders!«, erklärte Herr Conrad und

ließ sich von Gerlin eine Wunde am Schwertarm verbinden. Für eine oder zwei Wochen fiel er damit aus. »Ich hab dem Kerl die Schulter durchbohrt. Wenn er's überhaupt überlebt, wird er wochenlang kampfunfähig sein. Was bezweckt Roland damit, dass er seine Ritter verschleißt?«

Die Antwort darauf erhielten sie vier Wochen später, nachdem weitere drei Ritter auf der einen und vier auf der anderen Seite im Kampf ihr Leben verloren hatten. Die Raubritter im Rücken der Belagerer hatten derweil vier Bauernhöfe niedergebrannt. Bei Dietmar, Florís und Gerlin lagen die Nerven blank. Dann aber öffneten sich die Tore der Burg, und zwei Ritter näherten sich. Die Rüstungen poliert, Helmzier und Wappen gut sichtbar, die Lanzen quer über die Sättel gelegt.

»Unterhändler!«, meldete Hansi aufgeregt. »Der Saubär will verhandeln!«

»Kommt noch besser!«, meinte Rüdiger, als gleich darauf der dritte Ritter das Tor durchmaß. »Das ist Roland selbst. Also rasch, Herr Jean: Dietmar soll sich fertig machen, Florís und ich stellen ihm die Adjutanten. Alle anderen verfügbaren Ritter in einer Reihe dahinter. Und wenn's dir nichts ausmacht – such dir einen gut versteckten Platz und sichere Dietmar mit dem Bogen.«

Hansi war beleidigt – Ritter sicherten einander nicht durch Heckenschützen –, sah dann aber die Notwendigkeit ein. Er verschanzte sich auf den Zinnen der Trutzburg, während die anderen davor aufmarschierten. Gerlin, die Verletzte versorgte, hockte sich aufgeregt neben ihn. Am liebsten wäre sie mit den Rittern hinausgeritten, aber Dietmar hatte seine Mutter mit dem Argument zurückgeschickt, dies würde man unter Männern ausmachen. Gerlin fügte sich mit nachsichtigem Lächeln – und war wieder einmal unsäglich stolz auf ihren Sohn und ihren Gatten, als beide aufrecht und selbstsicher den

Feinden entgegenritten. Auf Dietmars Schild prangte das Wappen von Lauenstein – auf Rolands allerdings auch.

Florís achtete sorglich darauf, dass das Treffen nicht in Pfeilschussreichweite von Lauenstein stattfand. Rüdiger arrangierte unauffällig freie Schussbahn für Hansi.

Schließlich ritt Roland vor, ebenso Dietmar. Die Konkurrenten bauten sich voreinander auf und grüßten einander halbherzig.

»Was wollt Ihr?«, fragte Dietmar kurz.

Roland richtete sich auf. »Dies hier beenden!«, erklärte er und beschrieb mit einer Handbewegung den Auftrieb des Heeres und die Belagerung von Lauenstein.

Dietmar lachte. »Dazu braucht Ihr die Burg nur zu verlassen. Wir lassen Euch ziehen, Herr Roland, auch wenn es noch offene Rechnungen gibt. Freies Geleit für Euch und Eure Familie – und Beilegung der Fehde zwischen uns.«

Er schien noch mehr sagen zu wollen, aber Florís funkelte ihn an. Anscheinend waren die Ritter übereingekommen, das Thema Sophia nicht anzuschneiden. Das Angebot zur Beilegung der Fehde beinhaltete jedoch schon die Möglichkeit, Roland eines Tages als Brautwerber wieder vor Augen zu treten.

Roland lachte jetzt ebenfalls. »Es geht nicht darum, Euch meine Burg zu schenken, mein Herr Dietmar. Denn es ist keineswegs unumstritten, wer hier der rechtmäßige Erbe ist. *Meine* Verwandtschaft mit Dietrich von Lauenstein wurde nie infrage gestellt.«

Er grinste, als Dietmar reflexhaft nach seinem Schwert griff. Nach der Geburt des Jungen waren Stimmen laut geworden, die Gerlin des Ehebruchs mit Florís bezichtigten. Dietrich hatte Dietmars Legitimität allerdings noch auf dem Totenbett bestätigt. Es bestand keinerlei Zweifel an Dietmars Abstammung – wenn man nicht mehr als böswillig argumentierte.

Florís erhob die Stimme, bevor der junge Mann aufbrausen konnte. »Halten wir uns doch nicht mit Mutmaßungen und übler Nachrede auf«, meinte er gelassen. »Herr Dietmar steht mit einem Heer vor seiner Burg. Und Eure Ritter verlassen Euch in Scharen, weil ihr sie nicht füttern könnt. Also sagt, was Ihr wollt, Herr Roland, dann können wir darüber beraten.«

»Ich will ein Gottesurteil!«, sagte Roland feierlich. »Der Allmächtige soll entscheiden, wer der wahre Erbe ist.«

Unter Dietmars Rittern regte sich Gelächter.

»Über die Frage haben der Bischof von Mainz und der König des Heiligen Römischen Reiches bereits entschieden«, meinte Florís gelassen. »Gott ist nicht Euer Lehnsherr.«

»Ist Gott nicht unser aller Lehnsherr?«, fragte Roland salbungsvoll.

Rüdiger holte tief Luft. »Wie soll das Gottesurteil denn aussehen?«, fragte er dann kurz. »Also, wenn es darum geht, dass Ihr in einen Topf kochenden Wassers greift, um das Lauensteiner Siegel herauszuholen, sind wir einverstanden. Wenn Eure Hände unversehrt bleiben, gehört Euch die Burg.«

Jetzt lachten wirklich alle Ritter.

»Ich denke natürlich an einen Zweikampf«, sagte Roland, ohne auf den Spott einzugehen. »Ich kämpfe gegen den angeblichen Erben. Auf Leben und Tod. Dann hat Gott entschieden.«

»Dann hat das Schwert entschieden«, gab Florís zurück. »Nein, Herr Roland, diese Form der Gottesprobe erkennt auch die Kirche nicht mehr an, und ein Heer von Rittern erst recht nicht. Der Kampf zwischen David und Goliath ist lange her – und ich bin überzeugt, wenn Dietmar eine Steinschleuder einsetzt, beklagt Ihr Euch anschließend über unritterliches Verhalten. Wenn es einen Zweikampf gibt, dann zwischen

Rittern, die gleich erfahren, gleich stark und gleich schwer sind. Kämpft gegen mich, Herr Roland!« Florís legte die Hand auf sein Schwert.

»Meine Forderung steht!«, sagte Roland würdevoll. »Und sie richtet sich nicht gegen Euch. Wir waren niemals Feinde, Herr Florís.«

Florís schnaubte. »Da erinnere ich mich aber an anderes. Zum Beispiel an die Schwertwunde, die ich empfing, als ich versuchte, den wahren Erben vor Euren Schergen zu retten. Aber gut, ich trete Euch auch gern als Vertreter der Herrin Gerlin gegenüber, deren Ehre Ihr eben noch beleidigt habt. Überlegt es Euch, Herr Roland. Ein Zweikampf mit mir, oder wir gestalten das Gottesurteil einfach etwas anders. Zum Beispiel mittels offener Feldschlacht: Ihr und Eure Ritterschaft gegen Herrn Dietmar und seine Ritterschaft. Wenn Euch der Schutz des Allmächtigen wirklich so sicher ist ...«

Roland antwortete nicht. Er wendete nur sein Pferd und galoppierte langsam zurück zu seiner Burg.

Rüdiger wusste, dass Hansi jetzt einen schweren Kampf mit sich ausfocht. Er hätte den Ritter mit einem Schuss seines Langbogens zuverlässig töten können. Aber Herr Jean de Bouvines hielt sich zurück.

Gerlin de Loches verlor dagegen sehr schnell die Contenance, als sie von Rolands Vorschlag und seinen Schmähungen ihr gegenüber hörte. Sie hatte von ihrem Ausguck her nicht alles mitbekommen, aber die Auseinandersetzung zwischen Dietmar und Florís drang zu ihr, als sie die Treppen zum Hof der Trutzburg hinuntereilte.

»Ich kann meine Schlachten selbst schlagen, Pflegevater!«, erregte sich Dietmar über die Bevormundung.

»Sicher«, höhnte Florís. »Deshalb bist du Ulrich von Steinbach neulich auch nur wirklich knapp unterlegen. Leider bedeutet knapp hier: tot. Dies ist kein Turnier, in dem ein jüngerer, leichterer Ritter einem alten, gewichtigeren ehrenvoll unterliegt – oder vielleicht auch mal siegt, weil seine Technik überragend ist. Dietmar, du bist ein hervorragender Kämpfer, und du wärest auch nicht gänzlich chancenlos. Aber das Risiko wäre gewaltig. Und es besteht kein Grund, es einzugehen. Wir können Roland genauso gut aushungern.«

»Und warum willst du dann mit ihm kämpfen?«, fragte Dietmar höhnisch. »Du kannst dich doch hinter den Schranken dieser Burg verkriechen.«

Gerlin nickte zustimmend. »Da hat er Recht«, bemerkte sie. »Keiner von euch sollte kämpfen. Wartet ab, bis sich die Sache von selbst erledigt.«

»Aber das ist nicht ritterlich!« Florís und Dietmar waren sich plötzlich wieder einig.

Gerlin seufzte. »Aber Rolands Überfälle auf die Dörfer sind ritterlich, ja? Hört doch auf mit dem Unsinn! Wenn er sich nicht aushungern lassen will, kann er morgen einen Ausfall machen und ehrenvoll unterliegen. Wie ich Dietmar kenne, gibt er ihm noch freies Geleit.«

Dietmar errötete. Schließlich hatte er Roland genau das versprochen.

»Ich kann nicht zulassen, dass Sophia hungert!«, sagte er dann stur. »Was soll sie überhaupt von mir denken, wenn ich die Burg belaure wie die Katze das Mauseloch und nicht wage, mich mit ihrem Vater zu messen?«

»Du kannst sagen, du willst nicht riskieren, dass das Blut ihres Vaters an deinen Händen klebt.«

Gerlin war in höfischer Rede hervorragend geschult. Sie hatte ihre Erziehung am Hof der Eleonore von Aquitanien genossen, wohl der größten Diplomatin und Strategin ihrer Zeit.

Rüdiger grinste.

»Ich habe jedenfalls noch ein gewaltiges Hühnchen mit Roland zu rupfen«, beharrte auch Florís auf seiner Forderung. »Auch ich habe ihm meinen Fehdebrief gesandt. Ich habe das gleiche Recht auf Genugtuung wie Dietmar – und viel bessere Chancen im Kampf.«

»Ihr seid einfach zu dumm!«, sagte Gerlin mit Tränen in den Augen. »Dies alles hier steht vor einem glimpflichen Ende. Aber ihr wollt euch unbedingt auf Tod und Leben schlagen. Was ist, wenn ich euch beide verliere?«

Florís legte den Arm um sie. »Das wird nicht geschehen«, sagte er sanft. »Aber wenn du darauf bestehst, Roland auszuhungern, wird er weitermachen wie in den Wochen zuvor. Sollen wirklich noch mehr Ritter sterben? Sollen noch mehr Höfe abgebrannt und Felder verwüstet werden? So schnell gibt er nicht auf, Gerlin. Und falls dem Mädchen wirklich etwas passiert – Dietmar würde uns auf ewig die Schuld daran geben. Uns und sich selbst. Daran kann ein Mann zugrunde gehen. Lass mich mit Roland kämpfen. Und vertrau auf Gott!«

Gerlin küsste ihren Gatten. »Bislang entscheidet nicht Gott, sondern Roland«, seufzte sie. »Hoffen wir, dass er nicht so todesmutig ist wie du.«

Auch auf Lauenstein fand zur gleichen Zeit eine hitzige Auseinandersetzung statt.

»Dann kämpfst du eben gegen Florís – es ist doch gänzlich gleichgültig, ob du den einen erledigst oder den anderen!«

Luitgart von Ornemünde war alles andere als zufrieden mit dem Ausgang der Verhandlungen.

Roland zuckte die Schultern. »Dietmar wird nicht abziehen, wenn ich Florís töte«, gab er zu bedenken. »Im Gegenteil, dann wird er noch wütender werden.«

»Und davor fürchtest du dich?«, spottete Luitgart. »Wo ist der Haudegen geblieben, der du früher warst? Herrgott, Roland, der Knabe ist doch kein Gegner für dich. Wenn Florís erst tot ist, wird er deine Forderung annehmen. Zwischen uns und dem Erbe stehen zwei Kämpfe, Roland, nicht mehr. Und Florís hätte dich mit Sicherheit auch nach Dietmars Tod gefordert. Also hättest du sowieso gegen ihn kämpfen müssen.«

Roland bemühte sich, Luitgart den Unterschied zu erklären. Tatsächlich traute er sich zu, Dietmar von Ornemünde ohne große Anstrengung zu töten. Er hatte dessen Kampf gegen Ulrich von Steinbach von der Burg aus verfolgt. Ein leichter Gegner. Ein Kampf gegen Florís würde ihn jedoch erschöpfen. Wenn er gleich danach noch einmal kämpfen musste ...

»Dann verschiebst du eben den Entscheidungskampf. Herrgott, Roland, lass dir etwas einfallen! Wir können hier nicht länger ausharren, die Ritter murren, und in der nächsten Woche ist es endgültig aus mit den Vorräten. Dann könnt ihr kämpfen oder die Pferde schlachten. Was wäre denn wohl ritterlicher?«

Roland musste ihr murrend Recht geben. Am nächsten Tag brachte ein Bote eine Nachricht in die Trutzburg: Roland von Ornemünde erklärte sich bereit, die Forderung des Florís de Trillon zu Loches anzunehmen. Der Bote überreichte ihm ein blutiges Schwert. Florís nahm es würdevoll entgegen.

»Hatten die doch noch ein Schwein zum Schlachten?«, scherzte Rüdiger.

»Nun sei mal dankbar, ist doch ein schönes Schwert«, bemerkte Hansi. »Wenn man's sauber macht, kann man's in Kronach auf dem Markt verkaufen.«

»Morgen, nach Sonnenaufgang, auf der Ebene vor der Burg«, beschied Florís inzwischen den Boten. »Wenn Eurem Herrn das recht ist. Und nun kommt und teilt Brot und Fleisch mit uns und einen Willkommenstrunk. Ihr habt uns gute Botschaft gebracht. Morgen wird der Kampf um Lauenstein vorbei sein.«

Kapitel 8

Gerlin blieb in der Nacht vor dem Kampf in der Trutzburg. Sie teilte eine Kammer mit Florís, die eigentlich der Munitionsaufbewahrung diente, denn einen Palas mit beheizbaren Kemenaten wies die provisorische Burg natürlich nicht auf. Gerlin hatte den Raum aber gefegt und aus Fellen und Decken ein behagliches Lager gerichtet. Wärme mussten sich die beiden allerdings gegenseitig spenden – es war eine klare, kühle Frühlingsnacht. Unten in den Gemeinschaftsräumen hatten die Ritter ein kleines Bankett organisiert – sie feierten das bevorstehende Ende der Belagerung. Gerlin und Florís zogen sich früh zurück, doch keiner von ihnen fand gleich Schlaf.

Gerlin fühlte sich an eine andere Nacht vor einem anderen Kampf erinnert, als Florís sich unruhig auf seinem Lager hin und her warf. Damals, am Abend vor Dietrichs Schwertleite hatte sie Florís auf dem Söller der Burg Lauenstein getroffen. Und sie hatte ihn geküsst, obwohl sie am nächsten Tag Dietrich von Lauenstein Eide schwören sollte.

Gerlin tat, als ob sie schliefe, als Florís sich schließlich erhob und eine Tunika über sein Hemd warf. Sie spürte seine Sorge und seine Anspannung. Vielleicht wollte, vielleicht musste er in dieser Nacht allein sein. Sie beschloss zu warten, aber dann hielt sie es doch nicht aus. Sie griff rasch nach einem Umhang gegen die nächtliche Kälte und folgte ihm. Unsicher tappte sie über den improvisierten Wehrgang. Die Burg war ihr nicht vertraut, nach wie vor wohnte sie ja meist in Neuenwalde, sie hatte bislang nur wenige Nächte hier verbracht. Allerdings bestand kaum Gefahr, auf den Verbindungswegen einen Ritter zu treffen. Aus dem ebenerdigen Saal klangen Gesang und vergnügte Stimmen zu ihr hinauf, aber außer Gerlin und Florís schlief niemand im oberen Stockwerk.

Einen kurzen Moment verharrte Gerlin und lauschte dem Lied eines Troubadours. Er besang jetzt schon den Sieg. Niemand schien daran zu zweifeln, wie der Kampf zwischen Roland und Florís ausgehen würde.

Nur Gerlin selbst. Und Florís.

Gerlin stieg auch die letzten Stiegen zum Ausguck der Burg empor – und wie erwartet erkannte sie dort ihren Mann im Licht des Vollmonds. Genau wie vor jenem anderen Schicksalskampf, so viele Jahre zuvor, spähte er hinunter ins Tal. Wobei er in jener Nacht über ein Gewirr bunter Zelte und Garküchen geblickt hatte. Zur Feier von Dietrichs Schwertleite fand auf Lauenstein ein Turnier statt, und Roland hatte Dietrich zum Schaukampf gefordert. Aber Gerlin und Florís hatten gewusst, dass er seinen Tod plante. Und nun, da war Gerlin sich ebenso sicher, plante er den Tod ihres Sohnes – und den ihres Gatten.

Die Szenerie, die sich Florís und Gerlin in dieser Nacht bot, war anders. Die Ortschaft Lauenstein lag tiefdunkel weit unter ihnen. Wahrscheinlich wusste keiner der Bewohner, dass sich am kommenden Tag auch ihr Schicksal entscheiden sollte. Zwischen dem Dorf und der Trutzfeste lag die Burg, auch sie gänzlich unbeleuchtet und still. Rolands Ritter sahen offensichtlich keinen Grund zum Feiern – oder ihnen fehlte einfach nur der Wein. Gerlin blickte auf die majestätisch schöne Festung Lauenstein unter dem Sternenhimmel. Ein prachtvoller Bau voller Türme und Erker. Vom Gipfel des Berges aus gut einzusehen, leicht zu treffen ...

Gerlin haderte mit vielen ihrer Entscheidungen der letzten Jahre. Wenn Dietmar nicht so starrköpfig gewesen wäre – und wenn sie selbst keine derartigen Skrupel gehabt hätte, Lauenstein zu zerstören, hätte das Katapult die Belagerung längst beendet. Oder den Fortgang der Dinge zumindest beschleunigt. Vielleicht wären Dietmar und Florís längst tot.

Gerlin atmete tief durch und trat zu ihrem Gatten, der sicher ähnliche Gedanken hegte.

»Du wirst siegen«, sagte sie ruhig. »Wir haben uns damals unnötige Sorgen gemacht, und jetzt tun wir es wieder.«

Florís wandte sich ohne Überraschung um. Womöglich hatte er auf Gerlin gewartet.

»Wie schön du bist!«, sagte er sanft. »Noch genauso schön wie damals. Du trugst ein weißes Kleid – und einen blauen Mantel. Und dein Haar war offen wie jetzt ...«

Gerlin hatte sich nicht die Mühe gemacht, ihr Haar aufzustecken. Fast verlegen schob sie es aus dem Gesicht.

»Ich war damals ein Mädchen ...«, flüsterte sie.

Florís schüttelte den Kopf. »Du warst eine wunderschöne Frau. Du wusstest, was du wolltest. Was du dir und dem Haus deines Vaters schuldig warst. Und dem Hause Lauenstein. Es war richtig, dass du Dietrich Eide geschworen hast – auch wenn ich dich damals ... nein, ich habe dich nie dafür gehasst ... eher bewundert ... Ich wusste nicht ... Ich wusste nicht, ob ich es schaffen würde, so selbstlos meine Pflicht zu tun. Ich wusste nicht, ob ich es ertragen würde, wenn du Dietrich zum Mann nähmest. Aber du wusstest immer, was richtig war. Du weißt es auch jetzt. Darf ich morgen mit deinem Zeichen in den Kampf ziehen?«

Gerlin lächelte zu Florís auf. Auch er war schön. Und auch sie hatte sein Bild von damals noch genau vor sich. Sein langes blondes Haar, ein bisschen wirr, nachdem der Wind schon einige Zeit damit spielte. Heute trug er nur eine einfache Tunika, aber damals war er festlich gekleidet gewesen. Er hatte einen langen blauen Wappenrock getragen – und einen schlichten Reif, der sein Haar zurückhielt.

»Wie könnte ich Euch das verwehren, mein verschworener Ritter. Denn das seid Ihr doch noch, nicht wahr? Wie Ihr es damals versprochen habt ... Wir haben es mit einem Kuss besiegelt.«

Florís nahm Gerlin in die Arme. »Ich habe deinen ersten Kuss niemals vergessen«, sagte er sanft. »Und wenn ich morgen sterbe, so mit dem Gefühl seiner Süße auf meinen Lippen.«

»Ich will nicht, dass du stirbst!«, flüsterte Gerlin dringlich. »Ich will dich behalten, du sollst leben, unsere Kinder aufwachsen sehen. Sie standen immer im Schatten von Dietmar und Lauenstein.« Florís verschloss ihr die Lippen mit einem Kuss. Dann nickte er.

»Dietmar hatte ältere Rechte. Ich habe seinem Vater auf dem Totenbett versprochen, sein Erbe zu schützen. Aber jetzt wird sich alles ändern. Wir werden nach Loches zurückkehren. Wir werden zusehen, wie Richard sein Erbe antritt. Wir werden Isabelle verheiraten. Vertrau mir ...«

Während er sie hielt, schienen die Sterne über ihnen zu tanzen, und plötzlich ergoss sich ein Regen aus Sternschnuppen über den klaren Himmel. Gerlin und Florís hielten sich an den Händen und blickten verwirrt in den Zauber der Nacht.

»Sieh nur, Geliebte«, sagte Florís zärtlich. »Gott schickt uns seinen Segen. Oder ist Frau Venus für die Sternschnuppen zuständig?«

Er lächelte, während Gerlin sich an dem Naturphänomen nicht sattsehen konnte. Was hätte Miriam von Wien wohl dazu gesagt? Ob die Astronomin wusste, was Sternschnuppen waren oder wer sie wirklich schickte?

»Wer auch immer im Himmel herrscht, Gerlin«, flüsterte Florís. »Heute lächelt er auf uns herab.«

Gerlin schmiegte sich in seine Arme, als gäbe es kein Morgen. Sie hätte ihm gern geglaubt, und sie hätte gern gebetet. Aber sie suchte vergeblich nach den richtigen Worten. Eines wusste sie schließlich seit einer anderen Nacht, der einzigen, die sie jemals mit Salomon von Kronach verbracht hatte: Wenn es ein falsches Lächeln gab, so war es das der Götter.

Gerlin und Florís liebten sich schließlich auf ihrem improvisierten Lager, und danach fand Florís endlich Schlaf. Gerlin lag noch lange neben ihm wach, lauschte auf seine Atemzüge und genoss die Wärme seines Körpers. Würden sie morgen auf Lauenstein das Bett teilen? Oder hielt sie Totenwache in einer kalten Kapelle?

Die jungen Ritter rissen sich am nächsten Morgen geradezu darum, Florís die Dienste eines Knappen zu leisten. Seine Rüstung glänzte, als sie ihm schließlich aufs Pferd halfen. Rüdiger hatte seine Lanze aufs Sorgfältigste überprüft. An diesem Tag durfte der Schaft nicht brüchig sein, die Ritter würden mit aller Härte gegeneinander anreiten. Es durfte nicht sein, dass dann die Lanze brach. Hansi hatte Florís' Schwert geschärft. Stillschweigend leisteten die Ritter all diese Dienste auch noch einmal für Dietmar.

Rüdiger holte schließlich Gerlin aus ihrer improvisierten Kemenate. Sie hatte sich allein festlich hergerichtet, was sie nicht gewohnt war – zumal ohne Spiegel und mit dem Mindestmaß an Kleidern und Schmuck, der sich in der Trutzburg fand. Immerhin war das weiße Kleid noch da, in dem Gerlin zu Beginn der Belagerung aufgetreten war, und sie hatte die Armreifen, die Dietrich ihr so viele Jahre zuvor zum Willkommen auf Lauenstein geschenkt hatte. Gerlin wünschte sich verzweifelt, sie hätte dieses Abenteuer nie begonnen.

»Wird er siegen?«, fragte sie ihren Bruder erstickt.

Rüdiger zuckte die Achseln. »Roland von Ornemünde zu Lauenstein wird heute sterben«, sagte er ruhig. »Das ist sicher. Aber von wessen Hand ... und wen er mit in den Tod reißt ... Florís ist stark, Gerlin, du musst Vertrauen haben.«

Gerlin trat an Florís heran und gab ihm ihr Zeichen, bevor sie ihr eigenes Pferd bestieg. Er küsste sie noch einmal, nachdem er die Bänder von ihrem Kleid an seiner Lanze befestigt hatte – eines schob er unter die Rüstung nah an sein Herz.

»Wir sehen uns nach dem Kampf«, sagte er.

»Ich bin bei dir«, versprach Gerlin. »Auf ewig. Ich werde dir niemals fern sein.«

Auf dem Ausguck der Trutzburg blies nun jemand in sein Horn. Die Wache meldete Roland von Ornemünde und seine Ritter. In feierlichem Zug verließen sie die Burg.

»Ist Luitgart bei ihnen?«, fragte Gerlin, als auch sie sich jetzt in Bewegung setzten.

Hansi, der rasch noch Ausschau gehalten hatte, schüttelte den Kopf. »Nein. Und auch das Mädel nicht. Wenn das mal keine Enttäuschung gibt heut Nacht für den Herrn Dietmar ...«

Rüdiger und Hansi vertraten seit Langem die Ansicht, Sophia von Ornemünde befände sich gar nicht in der belagerten Burg. Gerlin war das zurzeit gänzlich gleichgültig. Wie in Trance ritt sie in zweiter Reihe neben ihrem Sohn und ihrem Bruder. Florís führte das kleine Heer an.

Aber außer den Rittern beider Seiten schien es noch weitere Zuschauer zu geben. Irgendjemand musste Boten nach Neuenwalde gesandt haben, die Nachricht vom bevorstehenden Zweikampf hatte sich wohl in Windeseile verbreitet. Die Burgherren der gesamten Grafschaft und sogar Ritter aus dem Gebiet von Kronach und Bamberg waren – teils gemeinsam mit ihren Damen – angereist, um dem Schauspiel beizuwohnen.

Conrad und sein Vater Laurent von Neuenwalde lächelten Gerlin ermutigend zu. Als die Gruppen der Kämpfer einander erreichten, trat ein Herold zwischen sie.

»Ich verkünde und eröffne hiermit den Zweikampf zwischen Roland von Ornemünde zu Lauenstein und Florís de Trillon zu Loches. Herr Florís stellt sich dem von Herrn Roland erbetenen Gottesurteil: Er kämpft anstelle seines ...«, der Herold machte eine bedeutungsschwere Pause, »... seines Pflegesohnes Dietmar von Ornemünde.«

Aus den Reihen der Zuschauer und Dietmars Ritter drangen Protestlaute. Dietmar selbst wollte vorstürmen, aber Rüdiger und Gerlin ließen ihre Pferde wie verabredet vortreten und schnitten seinem Hengst den Weg ab.

Stattdessen schob sich Conrad von Neuenfelde zwischen die Kämpfer. »Hier wurde offensichtlich etwas falsch verstanden. Ich verkünde hiermit den Zweikampf zwischen Roland von Ornemünde zu Lauenstein und Florís de Trillon zu Loches. Herausforderer ist Herr Florís. Er fordert Genugtuung für mehrfache Beleidigung seiner Gattin. Herr Dietmar wird sich mit dem beschäftigen, was anschließend von Herrn Roland übrig bleibt.«

Die beiden Herolde standen sich zornglühend gegenüber, vor ihnen Florís, der die Lanze noch nicht eingelegt hatte. Anscheinend wollte er das Wortgefecht abwarten. Aber Roland von Ornemünde schien es jetzt zu reichen. Oder war dieser Ablauf geplant?

»Wer gegen wen auch immer und warum. Jetzt kämpf und stirb, du aquitanischer Hund!«

Er brüllte Florís die Worte entgegen und stürmte mit eingelegter Lanze gegen ihn an. Die beiden Herolde hatten kaum

Zeit, den Kampfplatz zu räumen. Und Florís blieb keine andere Wahl als Flucht, er brauchte Zeit, seine Waffen zu ordnen. Zum Glück ließ sich sein Schimmel leicht auf der Hinterhand wenden, als er die Lanze schließlich in Kampfposition gelegt hatte. Natürlich reichte das nur gerade so, um Rolands Angriff abzuwehren, an Schwung für eine eigene Attacke war nicht zu denken. Florís musste einen harten Treffer in die Seite hinnehmen. Er schwankte leicht im Sattel, fiel aber nicht vom Pferd. So blieb ihm immerhin die Chance auf einen zweiten Tjost. Beide Ritter wendeten und stürmten erneut aufeinander zu, diesmal beide mit großer Geschwindigkeit und voller Kraft. Roland visierte erneut Florís' Seite an – und Florís legte alle Kraft und Geschicklichkeit in den Versuch, die Lanze wie einen Hebel zwischen Pferd und Reiter zu platzieren und den Gegner damit aus dem Sattel zu bringen. Beide Stöße trafen – aber Florís fiel weitaus härter als Roland. Er brauchte auch länger, um wieder auf die Beine zu kommen und hielt sich dabei gekrümmt. Rolands Treffer hatte ihn zwar nicht schwer verletzt, aber angeschlagen.

Roland dagegen war geschickt gefallen und richtete sich so rasch wieder auf, wie es ein Ritter in voller Rüstung eben schaffte. Dann griff er Florís, der leicht schwankte, mit dem Schwert an. Es folgte ein erbitterter Kampf. Roland war bei den ersten Schlägen im Vorteil, aber dann fing sich Florís und parierte nicht minder kräftig. Der Kampf war offensichtlich ausgeglichen, und er zog sich hin. Sehr viel länger als in jedem Turnier, dem Gerlin jemals beigewohnt hatte, schlugen die Kämpfer erbittert aufeinander ein. Dabei stieg die Sonne immer höher – unter den Rüstungen musste inzwischen eine nahezu unerträgliche Hitze herrschen, aber die Bewegungen der Streiter wurden kaum langsamer. Irgendwann würde ihre Konzentration jedoch nachlassen.

Gerlin hoffte, dass Florís sich länger hielt als Roland. Der musste schließlich unter der monatelangen Belagerung gelitten haben – er war zweifellos schlechter ernährt und weniger gut trainiert. Die Belagerer ritten täglich und übten sich im Kampfspiel. Innerhalb der Burg war das nur begrenzt möglich. Allerdings hatte niemand mit Rolands Trickreichtum gerechnet. Gerlin und Rüdiger, die gebannt den Schlagabtausch zwischen den Männern verfolgten, sahen viel zu spät, dass Roland seinen Gegner auf einen kleinen Felsen zutrieb, der hier aus dem Gras der Ebene ragte.

»Vorsicht, Florís, der Boden!«

Hansi schrie schließlich eine Warnung, aber Florís reagierte nur verzögert – und obendrein falsch, indem er zu Hansi blickte statt auf seine Beine. Sein Aufblicken gab Roland die Chance für einen weiteren Angriff. Florís wich ihm nach hinten aus – und stolperte über den Felsen. Erschöpft wie der Ritter war, gelang es ihm nicht, sich wieder zu fangen. Florís stürzte zu Boden, und Roland, der genau damit gerechnet hatte, erkannte die Gelegenheit sofort. Florís' instinktive Abwehrbewegung mit erhobenem Arm nutzend, stieß er dem Ritter das Schwert in die ungeschützte Achsel. Florís' Schwertarm erlahmte sofort. Roland trat ihm das Schwert aus der Hand und setzte zu einem weiteren Stoß an, um seine Kehle zu zerschmettern. Aber dann hörte er Hufschlag hinter sich und wandte sich um.

»Nein!«

Dietmar von Ornemünde schrie seine Verzweiflung und seine Wut heraus und ließ sein Pferd auf Roland zugaloppieren. Roland hielt ihm das Schwert entgegen.

Und nun schrien auch Gerlin und andere Ritter. Für die Zuschauer war der Ausgang klar: Roland würde der von oben geführten Lanze mühelos entgehen und Dietmars Pferd sein Schwert in den Leib stoßen. Wenn es dann fiel ...

Im letzten Moment schien dies auch Dietmar aufzugehen. Er ließ den Hengst an Roland vorbeigaloppieren – wobei er sein erstes Ziel aber immerhin erreicht hatte. Der Lauensteiner war von Florís abgelenkt, er konzentrierte sich jetzt auf Dietmar, während die Herolde zu dem gefallenen Ritter eilten. Dietmar hielt den Lauensteiner Herold auf und glitt vom Pferd.

Gerlin stöhnte auf, als er sich Roland zum Schwertkampf stellte. Sie schwankte zwischen den Wünschen, zu ihrem schwer verletzten Mann zu eilen und ihren Sohn kämpfen zu sehen. Aber Rüdiger hätte ihr den Weg auf das Schlachtfeld ohnehin verwehrt. Er hatte seine Lanze jetzt ebenfalls eingelegt. Wenn Roland einen ähnlichen Trick mit Dietmar plante, würde er eingreifen.

Dietmar konnte seinen Kampf jedoch selbst ausfechten – zumal er es mit einem mehr als geschwächten Gegner zu tun hatte. Das fast einstündige Duell war auch an Roland nicht spurlos vorbeigegangen. Er kämpfte zwar nach wie vor mit dem Mut der Verzweiflung und unter Einsatz seiner immer noch beträchtlichen Körperkraft. Aber Dietmars schnellen Finten und Paraden war er nicht mehr gewachsen. Ein kräftiger Hieb des jungen Ritters gegen seinen Brustpanzer, nachdem Dietmar seine Deckung geschickt unterlaufen hatte, brachte ihn zu Fall.

Dietmar hielt Roland das Schwert an die Kehle.

Der hob die Hände. »F... freies Ge... Geleit?«, flüsterte er.

Dietmar zögerte. Dieser Mann war sein Erbfeind. Er hatte seinen Vater bedroht, ihn bestohlen und jetzt wohl seinen Pflegevater umgebracht. Aber er war auch der Vater von Sophia. Dietmar suchte hilfesuchend den Blick Rüdiger von Falkenbergs, aber die Augen des Ritters waren mitleidlos.

»Tust du's jetzt, oder soll ich's tun?«, fragte Rüdiger. »Oder lässt du Hansi den Vortritt? Ohne Roland wäre sein Bruder noch am Leben. Herr Conrad nimmt es dir auch gern ab. Seine Schwester war mit einem der Ritter verlobt, die der Kerl in einen Hinterhalt locken ließ. Oder die da ...« Rüdiger wies auf eine kleine Gruppe, die Dietmar bislang noch nicht bemerkt hatte: Bauern und Handwerker aus der Ortschaft Lauenstein. »Die würden ihn nicht sehr ritterlich erledigen, aber dafür umso genüsslicher.«

»Aber ... aber Sophia ...« Dietmar schwankte nach wie vor.

In diesem Moment ritt Gerlin auf ihren Sohn zu, innerlich immer noch wie erstarrt. Sie ließ ihr Pferd einfach laufen, als sie abstieg, dann griff sie nach Florís' Schwert. Es lag Roland näher als Florís, der Fußtritt des Ritters hatte es weit weggeschleudert. Gerlin dachte an die Heldin einer Dichtung, die sie einige Zeit zuvor mit ihren Freundinnen in Neuenwalde gelesen hatte. Am Ende nahm die Frau darin Rache für ihren Mann.

Gerlin hob das Schwert. »Ich tu's für dich«, sagte sie ruhig und schob Dietmars Klinge beiseite. »Und für Dietrich, für Salomon und für Florís.«

Der junge Mann zog seine Waffe verblüfft zurück, während Roland meinte, seine letzte Chance zu sehen. Er griff nach dem Schwert, um es Gerlin zu entwinden. Aber Gerlin war schneller. Mit einer raschen Bewegung stieß sie zwischen Helm und Brustpanzer zu, die Klinge durchschnitt den Kettenschutz – und ein Schwall von Blut spritzte auf. Gerlin wich ihm nicht aus. Sie starrte Roland in die Augen, sah ihm beim Sterben zu.

»Ich habe Dietrich von Lauenstein nie betrogen«, sagte sie laut. »Ich habe ihn geliebt. Und nun tretet vor Euren Gott, Roland von Ornemünde, auf dass er sein Urteil spreche!«

Kapitel 9

Was ist mit Florís?« Gerlin schien aus ihrer Trance zu erwachen, als der Blutstrom aus Rolands Kehle verebbte. »Ist er...?«

Herr Conrad schüttelte den Kopf. »Noch nicht«, sagte er leise.

Er hatte Florís den Helm abgenommen, und Gerlin sah nun, dass ihr Gatte nach Luft rang. Einer der Knappen hatte Wasser gebracht und wusch ihm den Schweiß vom Gesicht. Florís versuchte zu trinken, als er ihm einen Becher an die Lippen hielt. Gerlin kniete neben ihm nieder und versuchte, seinen Brustpanzer zu lösen. Sie konnte die Wunde sehen. Rolands Klinge war tief in Florís' Körper eingedrungen, in Richtung seines Herzens.

Gerlin schob den Knappen beiseite, als Florís getrunken hatte. Sie zog seinen Kopf in ihren Schoß, strich ihm das verschwitzte Haar aus der Stirn und küsste ihn.

»Wir haben gesiegt, Liebster. Dietmar hat gesiegt!«

Florís lächelte. »Das war ... das war es wert«, flüsterte er. »Das war mein Leben wert ...«

Gerlin schüttelte den Kopf. »Du wirst nicht sterben, Liebster. Wir müssen dich in die Burg bringen, dich verbinden ...«

»Ich glaube doch ...«, flüsterte Florís und schloss die Augen.

Gerlin fühlte nach seinem Puls. Er war schwach, aber das Herz schlug noch. Vorsichtig legte sie den Kopf des Bewusstlosen nieder.

»Holt eine Trage!«, rief sie den umstehenden Rittern zu. »Bringt ihn in die Burg!«

Tatsächlich stand die Trage schon bereit, die Knappen hatten sie geholt, als Florís fiel. Nun hoben sie ihn vorsichtig hinauf und wandten sich mit dem Verletzten in Richtung der Trutzburg.

Dietmar, der eben noch fassungslos auf den toten Roland gestarrt hatte, straffte sich.

»Nicht dahin«, sagte er heiser. »Bringt ihn ... bringt ihn auf meine Burg!« Er wies auf Lauenstein. »Und ihr ...«, er wandte sich an Rolands Ritter, die betroffen in einer Reihe warteten, »... macht Platz. Verschwindet! Ich will nicht ... ich will nicht, dass mir irgendeiner von Euch die Treue schwört!«

Die Männer machten den Weg frei. Gerlin folgte der Trage mit ihrem Mann, Dietmars Ritter reihten sich hinter ihr ein.

»Warte«, sagte Rüdiger, als Dietmar sich ihnen anschließen wollte.

»Zieh erst die Rüstung aus – und dann steig auf dein Pferd. Du wirst nicht zu Fuß und wie ein geschlagener, erschöpfter Krieger in deiner Burg einziehen. Du hast gewonnen, Dietmar! Nimm dein Erbe würdevoll in Besitz!«

Dietmar ließ seine Mutter vorausgehen, setzte sich aber auf Rüdigers Geheiß an die Spitze seiner Ritter. Rolands Männer zerstreuten sich, sie hatten sicher mit einem solchen oder ähnlichen Ausgang gerechnet und ihre Habseligkeiten am Morgen gleich mitgenommen. Ein Fahrender Ritter besaß meist nicht viel mehr als ein Pferd und eine Rüstung. Die Männer würden ihr altes Leben wieder aufnehmen und von Burg zu Burg und Turnier zu Turnier reiten. Oder sie schlossen sich dem Kreuzzug gegen die Albigenser an. Das bot zurzeit die besten Aussichten auf gute Beute und vielleicht ein Lehen.

Luitgart von Ornemünde erwartete die Eroberer im Burghof. Sie trat Gerlin stolz entgegen. Auch sie hatte ihre besten Kleider angelegt. Nach wie vor war sie eine schöne Frau, Rüdiger fand sie weit ansprechender als drei Jahre zuvor in Mainz, da hatte sie schließlich etwas aufgedunsen gewirkt und war stets berauscht gewesen. Jetzt blitzte sie Gerlin aus ihren klaren grünen Augen an. Der Trage mit Florís und der zweiten, auf der man ihren toten Gatten in die Burg brachte, gönnte sie keinen Blick.

»Ich kann Euch keinen Begrüßungsschluck anbieten, Frau Gerlin«, sagte sie kalt. »Unsere Küchen und Keller sind lange schon leer.«

Gerlin wehrte mit einer Handbewegung ab. »Mit der Begrüßung habt Ihr es damals auch nicht eilig gehabt«, bemerkte sie. »Im Gegenteil, Ihr verbessert Euch. Bei meinem ersten Einzug in diese Burg habt Ihr mich erst am nächsten Tag empfangen.«

»Ich bestimme eben gern selbst den Zeitpunkt eines Treffens«, sagte Luitgart. »Zumal mit Menschen, die ich nicht eingeladen habe.«

Gerlin sah sie müde an. Sie wollte sich nicht streiten. Sie hatte keine Zeit dazu.

»Ihr habt hier nichts mehr zu bestimmen«, sagte sie dann jedoch fest. »Wer hier willkommen ist, bestimme ich.«

Luitgart lachte bitter. »Und was gedenkt Ihr mit mir zu tun, Herrin?«, fragte sie höhnisch.

Gerlin seufzte. Sie hatte bislang noch keinen Gedanken an Luitgart verschwendet. Und im Moment wollte sie ohnehin nur an Florís denken, ihn weich und warm betten lassen, sich um seine Wunde kümmern, bei ihm sein. Die Damen von

Neuenwalde wollten nach einem Bader schicken lassen, einen Medikus gab es in der näheren Umgebung nicht. Aber Gerlin bezweifelte ohnehin, dass all diese Leute mehr über Wunden und Krankheiten wussten als sie selbst. Auf der Reise mit Salomon von Kronach hatte sie vieles gelernt und sich immer für Krankenpflege interessiert – wobei es nun gerade dieses Wissen war, das ihr die Hoffnung raubte. Gerlin hatte einen Reiter mit schnellem Pferd zum Kloster Saalfeld gesandt. Lauenstein hatte sicher keinen Hausgeistlichen mehr, aber der Abt konnte ihr einen geeigneten Mann empfehlen. Florís brauchte keinen Arzt mehr, er brauchte einen Priester. Und sie selbst brauchte Florís. Luitgart stand ihr da nur im Wege.

»Ich weiß es nicht, Frau Luitgart, das muss mein Sohn entscheiden«, beschied sie schließlich ihre alte Kontrahentin. »Ihr werdet ihn erkennen, er ist seinem Vater wie aus dem Gesicht geschnitten. Und viel zu gnädig gegenüber Eurer Familie. Also wendet Euch an ihn.«

Damit folgte sie den Männern mit der Trage und wies ihnen den Weg zu ihren alten Kemenaten. Sie wählte eine der nächsten, gleich oberhalb des Palas. Als sie damals nach Lauenstein gekommen war, hatte Luitgart ihr die Räume zuweisen lassen, obwohl die Nähe zum Rittersaal für ein junges Mädchen eher unpassend war. Aber die Zimmer waren komfortabel und leicht zu erreichen. Gerlin hoffte nur, dass sie nicht einer von Rolands Rittern bewohnt hatte. Die Befürchtung erwies sich jedoch als unbegründet. Die Männer hatten wohl gemeinsam im großen Saal kampiert – für diesen Schlag Ritter war es ohnehin normal, sich in den Schlaf zu trinken.

Dietmar wandte sich derweil an Frau Luitgart und grüßte sie höflich.

»Es tut mir leid, dass Ihr darben musstet, und ich bedaure auch den Tod Eures Gatten. Ich hätte Euch freies Geleit gewährt, aber er bevorzugte den ritterlichen Kampf. Das wird Euch stolz machen. Ihr könnt veranlassen, dass er in der Kapelle aufgebahrt wird, das Kloster ist schon verständigt. Von mir aus könnt Ihr die Trauerfeierlichkeiten hier begehen, allerdings hängt das vom Zustand meines Pflegevaters ab. Sollte er sich nicht erholen ... werde ich veranlassen, dass der Leichnam Eures Gatten nach Saalfeld gebracht wird.«

Luitgart schnaubte. Noch immer weinte sie keine Träne. »Ein Florís de Trillon hat ja auch sicher ein größeres Recht auf eine Totenwache auf Lauenstein als ein Roland von Ornemünde«, höhnte sie.

Dietmar sah sie traurig an. »Ja«, sagte er dann schlicht. »Aber mein Pflegevater ist noch am Leben. Vorerst stellt sich die Frage also nicht. Mich bewegt etwas anderes, Frau Luitgart. Ich möchte Eure Tochter sehen.«

Luitgart lachte schrill. »Na, dann sucht sie mal, Herr Ritter!«, sagte sie. »Wie Ihr selbst sagtet: Unsere Burg ist die Eure.«

Rüdiger von Falkenberg schwante bei diesen Worten Schreckliches, und er kam erst etwas zur Ruhe, nachdem er den Burghof auf frische Gräber hin durchsucht hatte. Weder hier noch in der Kapelle fanden sich Spuren einer Beisetzung. Sophia von Ornemünde war also offensichtlich nicht gestorben, zumindest nicht auf Lauenstein. Rüdiger hielt allerdings nichts davon, die Burg einer Durchsuchung zu unterziehen, wie Dietmar das eben tat. Er hätte sich lieber direkt eingehender mit Luitgart beschäftigt. Aber gut, das war Dietmars Problem. Er selbst nahm sich jetzt erst einmal der Unterbringung der Ritter an und organisierte die Verpflegung. Zwar würde die Siegesfeier an diesem Tag sicher etwas gedämpft ausfallen, aber Wein und Bier und zumindest ein paar Ochsen am Spieß musste man den Männern schon bieten, das hatten sie sich verdient.

Inzwischen waren auch die wenigen Hausbediensteten aus ihren Verstecken gekommen und hätten sich wohl gern der neuen Frau des Hauses vorgestellt. Rüdiger sah keinen Grund, die Leute herauszuwerfen. Er wies sie und ein paar Knappen an, Proviant aus der Trutzburg nach Lauenstein zu holen – und freute sich, als gleich darauf auch die Bauern aus dem Dorf eintrafen und Güter vorbeibrachten. Fast noch mehr rührte ihn die Ankunft des Dorfgeistlichen und der örtlichen Kräuterfrau. Er wies beiden den Weg zu Gerlin und Florís und kündigte dem Dorfvorsteher spätere Siegesfeiern an.

»Der Herr Dietmar wird die ganze Grafschaft bewirten. Aber vorerst ... habt Verständnis, dass er Euch heute nicht selbst empfängt. Sein Pflegevater liegt im Sterben ...«

In Wirklichkeit dachte Dietmar vorerst nicht an Florís, sondern nahm seine Burg in fliegender Eile und voller Sorge um Sophia in Besitz. Wie Luitgart ihm gesagt hatte, durchkämmte er den Palas und schließlich sogar die Keller und Verliese der Burg. Womöglich hatte man Sophia ja gefangen gehalten.

Gerlin begrüßte derweil den Priester. Florís war wieder zu Bewusstsein gekommen, aber wie sie vorhergesehen hatte, wurde er schwächer und schwächer. Sie ließ ihn mit dem Dorfpfarrer allein, um zu beichten und die Krankensalbung zu empfangen. Währenddessen sprach Gerlin mit der Kräuterfrau, an die sie sich noch von Dietmars Geburt erinnerte. Damals war sie ein rothaariges Mädchen gewesen, jetzt mischten sich die ersten grauen Strähnen in ihr volles, in Zöpfen aufgestecktes Haar.

»Glaubst du, irgendetwas tun zu können?«, fragte Gerlin.

Die Heilerin hatte Florís kurz untersucht. Jetzt schüttelte sie den Kopf.

»Nein, Herrin. Vielleicht hätte der Medikus helfen können ... der verstand was von diesen Dingen, auch wenn er ein Jud war. Aber ich ... ich hol Kinder und sammle Kräuter gegen Schmerzen. Die Wunde von einem Messer verbind ich auch manchmal. Aber dies ... Es tut mir leid, Herrin, aber ich glaube, Euer Gatte tritt heute noch vor Gottes Angesicht.«

Wie jede Hebamme ließ auch diese keine Gelegenheit aus, sich zu bekreuzigen – und wagte sicher keine ungewöhnliche Behandlung. Zu groß war die Gefahr, irgendwann Hexe genannt zu werden.

Gerlin nickte. Gemeinsam mit der Kräuterfrau trat sie gefasst in Florís' Kammer. Beide beteten mit ihm und dem Kaplan. Dann schickte Gerlin die Besucher freundlich hinaus.

»Ich möchte mit meinem Mann allein sein«, sagte sie schlicht. »Die kurze Zeit, die uns noch bleibt.«

Florís wandte ihr mühsam den Kopf zu. »Das ... das hast du damals auch gesagt«, flüsterte er. »Als ... als Dietrich starb. Was hast du ihm gesagt, was habt ihr getan, als ...«

Gerlin rieb sich die Augen. »Ich will jetzt nicht an Dietrich denken. Und nicht an diese verfluchte Burg, die ihn mir geraubt hat. Und die mir dich jetzt raubt! Ich wünschte, ich hätte Lauenstein nie gesehen, ich ...« Sie brach in Tränen aus.

Florís tastete nach ihrer Hand. »Nicht doch, Gerlin ... die Burg ist nicht verflucht ... denk doch nur ... denk an unseren Kuss ... Hast du dich hier nicht in mich verliebt? Waren wir nicht glücklich ... obwohl du ... weil du Dietrich hattest? Er war ein gutes Kind.«

Gerlin lächelte unter Tränen. Tatsächlich hatte sie für Dietrich mehr mütterliche als minnigliche Gefühle gehegt. Und

Florís hatte Recht. Sie war nicht unglücklich gewesen auf Lauenstein.

»Ich habe ihm Geschichten erzählt...«, sagte sie leise, »Dietrich ... in der Stunde, in der er starb. Ich habe unsere Liebe beschworen ...«

Florís zog mühsam Gerlins Hand an die Lippen. »So tu das auch für mich«, flüsterte er mit ersterbender Stimme. »Nimm mich in den Arm und erzähl mir ... von unserer Liebe. Und öffne die Fenster, Geliebte. Ich möchte ... ich möchte Gottes Lächeln noch einmal sehen ...«

Florís starb gegen Mitternacht, als das Licht des vollen Mondes auf sein Bett fiel. Gerlin hielt ihn in den Armen und drückte ihre Lippen auf seine Stirn, als er schließlich seinen letzten Atemzug tat. Dann stand sie auf, um die hölzernen Läden vor dem Fenster zu schließen. Sie musste jetzt hinausgehen, Florís' Aufbahrung in der Kapelle veranlassen ... sie hoffte, dass der Priester noch da war, sie nahm an, dass Rüdiger ihn gebeten hatte zu bleiben. Im Rittersaal wurde gefeiert. Nicht gar so ausgelassen wie am Tag, aber mit jedem Schluck Wein verließ die Ritter die Hemmung. Sie waren an den Tod gewöhnt. Florís' Verlust bedauerten sie zweifellos, aber keiner würde lange um ihn trauern.

Nicht mal Gerlin sollte Zeit haben, sich wenigstens kurz allein ihrem Kummer hinzugeben. Als sie eben die Tür der Kemenate hinter sich schloss, stürmte Dietmar über den Wehrgang auf sie zu.

»Mutter ... Mutter, ich wusste nicht, dass ihr hier seid, ich habe euch zuerst nicht gefunden. Wie geht es ihm, Mutter? Wie geht es Florís?«

Gerlin sah mit einem Blick in Dietmars verstörtes Gesicht,

dass Florís nicht der Grund war, aus dem er sie aufsuchte. Und dass er sicher nicht nur Gerlin vergebens gesucht hatte.

»Sie ist nicht hier, Mutter! Ich habe die ganze Burg durchsucht. Aber ich kann sie nicht finden. Wenn sie tot ist, Mutter ... wenn sie nun irgendwann während dieser drei Jahre gestorben ist?«

Gerlin schüttelte den Kopf und nahm ihren Sohn in den Arm. Sie musste ihm sagen, dass sein Pflegevater gestorben war. Das würde ihn ablenken. Aber sie musste ihn auch von seiner Seelenpein erlösen.

»Komm«, sagte sie müde. »Wir wecken jetzt diese Luitgart von Ornemünde. Und wenn sie nicht gleich damit herauskommt, wo Sophia ist, dann vergesse ich mich! Ich bin gerade in genau der richtigen Stimmung, sie zu ihrem Gemahl in die Hölle zu schicken!«

»Oh, warum habt Ihr denn nicht gleich nachgefragt?«

Luitgart war wach und saß vor ihrem Kamin – der Krug Wein vor ihr war halb geleert. »Meine Tochter weilt am Hofe des Grafen von Toulouse, sie ist Hofdame der Herrin Leonor.«

»In Toulouse?«, rief Dietmar aufgeregt. »Aber da herrscht Krieg!«

Luitgart lachte. »Hier hat auch bis heute Krieg geherrscht, Herr Dietmar. Oder habt Ihr das vergessen?«

Gerlin fühlte sich in die Zeit vor Dietrichs Tod versetzt. Auch damals hatte sie mitunter den brennenden Wunsch verspürt, Luitgart zu schlagen.

»Es hätte Euch sehr viel härter getroffen, hätte Dietmar gewusst, dass Sophia nicht in diesen Mauern ist!«, stieß sie hervor.

Luitgart lächelte höhnisch. »Das war uns klar. Aber ein paar kleine Listen werden doch wohl erlaubt sein . . .«

Gerlin musste sich erneut zusammenreißen. Eine dieser kleinen Listen hatte ihren Mann das Leben gekostet. Sie wandte sich zum Gehen.

»Seht zu, dass Ihr den Kadaver Eures Gatten aus meiner Kapelle entfernt!«, brach es aus ihr heraus. »Was einfacher wäre, wenn Ihr Euren Kopf klarhieltet.« Sie griff nach dem Weinkrug und leerte ihn ins Feuer. Eine kleine billige Rache, aber sie fühlte sich besser. »Ihr werdet ihn auch begleiten wollen. Ich bin sicher, das Kloster Saalfeld nimmt Euch auf. Wir entscheiden dann später, was mit Euch geschehen soll.«

Kapitel 10

Ich werde sie holen. Ich werde nach Toulouse reiten und sie zurückholen!«

Gerlin hatte die Nacht in der Kapelle verbracht und den Mönchen aus dem Kloster Saalfeld geholfen, Florís aufzubahren. Der Bote nach Saalfeld war wohl gut instruiert gewesen, auch die Frauen von Neuenwalde hatten keine Hoffnung auf Florís' Überleben gehegt. So erschien der Abt noch am späten Abend mit dem Bruder Krankenpfleger und anderen Mönchen, die im Kloster für die Aufbahrung der Toten zuständig waren. Er veranlasste auch die Überführung Rolands von Ornemünde nach Saalfeld und hatte nichts dagegen, dass der Usurpator von Lauenstein seine letzte Ruhe auf dem Klosterfriedhof finden sollte. Zweifellos hatte ihm die Herrin von Neuenwalde dafür eine großzügige Spende versprochen, aber Gerlin war ihm trotzdem dankbar, dass Roland damit für immer und Luitgart zumindest vorläufig aus ihrem Leben entschwand.

Der Abt hatte abwechselnd mit dem Dorfkaplan Totenmessen gelesen, und Gerlin hatte ihnen bis zum Morgen beigewohnt. Dann war sie zusammengebrochen. Ethelberta und Clara von Neuenwalde hatten sie in eine der Kemenaten im Frauentrakt der Burg geleitet. Hier würde sie es ruhiger haben. Allerdings stürmte nun Dietmar herein, und sie verstand nicht, was er meinte, als er sie mit seinem Beschluss konfrontierte.

Rüdiger, der ihn offensichtlich daran hindern wollte, seine

Mutter zu stören, war ihm gefolgt. »Das ist völliger Unsinn, und du weißt das!«, konterte er auch jetzt gleich auf Dietmars Eröffnung. »In Südfrankreich herrscht völliges Chaos. Niemand hat eine Ahnung, wo das Mädchen ist. Der Graf ist nach England geflohen ...«

»Aber doch vor Kurzem zurückgekehrt!«, trumpfte Dietmar auf. »Ist er nicht auf dem Weg nach Aragón wegen weiterer Truppen, während sein Sohn ein Heer in Okzitanien sammelt?«

Rüdiger nickte. »Mit ungeheurem Erfolg, wie man hört. Dieser Simon de Montfort muss ein reizender Mensch sein. Nach nur einem Jahr Herrschaft über Toulouse haben die Leute schon derart genug von ihm, dass sie Raymond all seine Seitenwechsel der letzten Jahre vergeben ... Aber du glaubst jetzt nicht wirklich, der Graf habe Sophia von Ornemünde dabei, während er Heere aushebt und Kriegszüge organisiert?«

»Der Hof der Herrin Leonor muss irgendwo sein«, erklärte Dietmar.

Rüdiger stöhnte. »Richtig. Irgendwo. In London vielleicht? Möglich, dass die Gräfin ihre Hofdamen mitgenommen hat. Aber vielleicht hatte sie auch keine große Lust, bei Nacht und Nebel einen Minnehof zu sammeln und mit all den Knaben und Mädchen zu flüchten. Dann kann deine Sophia sonst wo sein.«

»Eben, sie kann in Gefahr sein! Ich muss sie holen!«

Dietmar nahm sich von dem stark verdünnten Wein, den die Frauen für Gerlin gebracht hatten. Gerlin selbst hatte nur daran genippt, so wie sie nichts von dem Brei mit Honigmilch hatte essen können, der ebenfalls zum Frühstück bereitstand.

»Ich glaube nicht, dass sie in Gefahr ist«, mischte sie sich jetzt in die hitzige Auseinandersetzung. Sie hatte in ihrer Trauer keinen Sinn für Dietmars Liebelei, aber anscheinend kam sie nicht darum herum. Natürlich war es völlig unmöglich, dass ihr Sohn sein Lehen jetzt gleich wieder verließ, um sich in ein fragwürdiges Abenteuer zu stürzen. »Du sagtest doch, Miriam und Abram seien in Toulouse, nicht wahr, Rüdiger? Und beide wissen, dass sie sich Dietmar versprochen hat. Also werden sie auf sie aufpassen. Miriam hatte doch wohl eine wichtige Position am Hofe.«

Rüdiger wandte den Blick gen Himmel. »Sterndeuterin«, bemerkte er. »Wahrscheinlich hat man sie spätestens nach dem Debakel bei Muret zur Hölle geschickt.«

Gerlin lächelte schwach. »Unwahrscheinlich«, meinte sie. »Abram hat sich schon aus ganz anderen misslichen Lagen herausgeredet.«

»Ich werde jedenfalls gehen! Gleich mor... gleich nach den Begräbnisfeierlichkeiten...« Dietmar verbesserte sich und wurde merklich verlegen.

Gerlin winkte ab. »Dietmar, Florís wäre es egal, ob du an seinem Grab stündest oder nicht. Aber es wäre ihm nicht egal, wenn du dein Leben wegwerfen würdest. Diese Kreuzfahrer, die in Okzitanien wüten, sind ein wilder Haufen. Montfort soll sie wohl bändigen, aber die meisten bleiben gerade die vierzig Tage, die laut Papst nötig sind, um sich mittels Kreuzfahrt zu läutern. Danach sammeln sie neue Sünden, indem sie herumvagabundieren und plündern. Und dazwischen ist noch irgendwo das französische Heer und das des jungen Grafen und demnächst kommt noch das des alten... Es ist selbstmörderisch, sich ohne Ziel in dieses Getümmel zu stürzen. Außerdem hast du Pflichten hier, Dietmar von Lauenstein. Du bist nicht mehr der designierte Erbe, du hast dein Erbe angetreten. Die Menschen in der Grafschaft erwarten, dass du dich ihrer annimmst. Deine Ritter, die dir eineinhalb Jahre lang treu zur Seite standen, erwarten jetzt ihr Lehen. Wobei nur ein einziger

Wehrhof enteignet wird, Dietrichs sämtliche Lehnsleute außer den Steinbachern waren auf deiner Seite. Es müssen neue Wehrgüter gegründet werden – möglichst ohne den Herren der alten etwas wegzunehmen. Du wirst hier gebraucht, Dietmar. Abgesehen davon, dass du auch nicht einfach nach Toulouse gehen und das Mündel des Grafen entführen kannst. Werde erwachsen, Dietmar! Und lerne, dass dazu mehr gehört, als ein Schwert zu schwingen.«

Gerlin wandte sich erschöpft ab. Dietmar verzog jedoch das Gesicht. Er schien eine scharfe Erwiderung zu erwägen.

»Damit wäre alles gesagt«, bemerkte Rüdiger jetzt allerdings. »Lass deine Mutter ausruhen, die nächsten Tage werden noch schwer genug für sie.«

»Aber irgendwas müssen wir doch tun!«, rief Dietmar verzweifelt. »Ich kann Sophia nicht ihrem Schicksal überlassen, ich muss ...«

Gerlin seufzte. Es reichte nicht, Dietmar abzukanzeln, er war kein Kind mehr. Sie mussten eine Lösung finden.

»Du musst als Erstes herausfinden, wo sie ist. Wir werden also Erkundigungen einziehen. Wir könnten einen Brautwerber aussenden und den Grafen von Toulouse um ihre Hand bitten. Der sollte ihr augenblicklicher Vormund sein, und mit ein bisschen Glück spielt er mit. Wenn nicht, wirst du dich auf die Vormundschaft berufen, irgendwie bist du ja mit Roland verwandt.«

»Ich?«, fragte Dietmar ungläubig.

Gerlin rieb sich die Stirn. »Sehr, sehr weitläufig, der gemeinsame Name ist ja kein Zufall. Und ich glaube nicht, dass sich irgendjemand aus der Thüringer Linie, aus der Roland kam, um die Munt für die kleine Sophia bewirbt. Du kannst dich also zu ihrem Vormund erklären und damit ihren Aufenthaltsort bestimmen. Aber wie gesagt, ich glaube, der Graf von Toulouse gibt sie ganz freiwillig heraus. Der hat nun wirklich andere Sorgen als zwei verliebte junge Leute. Und ich auch, Dietmar. Also bitte geh jetzt und lass mich schlafen, wenn ich es denn kann.«

In den nächsten Monaten ordnete Dietmar brav wie befohlen sein Erbe auf Lauenstein. Er beriet sich mit Dorfvorstehern und Adligen über Standorte für neue Wehrhöfe und Burgen. Er empfing Glückwünsche vom König und vom Bischof von Mainz – und machte einen langen, nervenaufreibenden Antrittsbesuch beim Bischof von Bamberg, mit dem die Grenzen erneut abgestimmt werden mussten. Gerlin hielt es für eine gute Idee, Dietmarsdorf aufzuwerten, indem man dort Land für eine kleine Festung rodete.

»Die Bauern da sind schon so oft angegriffen worden, die freuen sich, wenn wir ein paar Ritter zu ihrem Schutz ansiedeln«, meinte sie. »Ob sie deinem Lehnsmann oder dir direkt Frondienste leisten, ist ihnen wahrscheinlich egal. Allerdings sollte es schon ein Ritter sein, der zu ihnen passt. Der Loisl, ihr Dorfvorsteher, ist ganz schön selbstständig.«

Dietmar – und bald auch seine jungen Ritter – lernten, dass ein Schwert vielleicht genügte, um eine Burg zu erobern, dass man aber eine Menge Diplomatie brauchte, um sein Lehen zu halten. Der Abt von Saalfeld vermittelte junge Priester, um den neuen Lehnsherren beim Führen ihrer Bücher zu helfen.

»Die Hälfte von denen kann immer noch nicht lesen und schreiben!«, erregte sich Gerlin. »Sollte sich das nicht ändern, nun, da immer mehr der jungen Herren an Minnehöfen erzogen werden? Mit dem Rechnen sieht es auch nicht besser aus. Hoffentlich sind diese Geistlichen ehrlich, sonst sind die Kirchen hier bald prächtiger eingerichtet als die Ritterhöfe.«

Conrad von Neuenwalde sah die Sache rational und machte sich daran, Ehen zu stiften. Die Töchter der meisten fränkischen Adligen verstanden sich auf Haushaltsführung, egal ob sie von der eigenen Mutter oder einer anderen Burgherrin erzogen worden waren. Und die jungen, schneidigen Ritter aus Dietmars Gefolge waren bei den Mädchen gleich begehrte Partien. Die Väter beruhigte ihr Lehen. Insofern traten in dem Jahr nach der Rückeroberung von Lauenstein viele glückliche Paare in den Kreis der Ritter und schworen einander Eide. Gerlin befriedigte das, während Dietmar immer ungeduldiger wurde.

»Einer nach dem anderen heiratet«, klagte er Rüdiger sein Leid, als er wieder einer Hochzeitsfeier vorstand. Da das Gut der Hochzeiter noch nicht fertig erbaut war, fand sie auf Lauenstein statt, dessen Rittersaal in neuem Glanz erstrahlte, seit Gerlin dem Haushalt wieder vorstand. Das Kreuzgewölbe war instand gesetzt und frisch gestrichen, die Wände zierten wieder die Schilde und Wappen von Dietmars Ahnen – Dietrichs Schwert und Schild hatten einen Ehrenplatz. »Aber bis ich einmal mit Sophia vereinigt werde, kann es Jahre dauern.«

Rüdiger lächelte ihm beruhigend zu. »Wir rufen jetzt erst einmal den Seigneur André de Saint-Félix an deinen Tisch«, meinte er. »Der ist Troubadour und wird uns nachher noch mit seinen Liedern erfreuen. Vor allem aber kommt er direkt aus Okzitanien. Auf mich wirkt er ziemlich weichlich – er schlägt wohl lieber die Laute, als sich einem Heer anzuschließen. Aber egal, wovor der Mann auf der Flucht ist, er sollte wissen, was los ist in der Grafschaft Toulouse.«

André de Saint-Félix machte tatsächlich einen sehr weiblichen Eindruck mit seinem langen braunen Haar, seinem runden Gesicht und seinen sanften Augen. Aber er hatte eine schöne Stimme, und irgendwie musste er sich wohl durch seine Schwertleite gemogelt haben. Er reiste gemeinsam mit einem Fiedler, der auch nicht sehr streitsüchtig wirkte, die Gesellschaft aber gut mit seiner Musik unterhielt, während Rüdiger und Dietmar mit seinem Freund sprachen.

Herr André bedankte sich freundlich für den Ruf an den Tisch des Grafen und hob geziert seinen Becher, bevor er einen artigen Trinkspruch auf die Damen im Saal anbrachte.

»Dabei weiß er die wahrscheinlich gar nicht zu schätzen«, raunte Rüdiger Hansi zu, während Dietmar den Sänger begierig befragte.

André gab erschöpfend Auskunft. »Im letzten Frühjahr landeten Graf Raymond und sein Sohn an heimischen Gestaden an, in Marseille, im Süden Frankreichs. Die Gräfin ist in England verblieben, was sollte sie auch auf einem Kriegszug?«

Rüdiger warf Dietmar vielsagende Blicke zu. Das hatte er schließlich gleich vermutet, obwohl es natürlich immer wieder Frauen gab, die Männer und Söhne auf ihre Feldzüge begleiteten wie Eleonore von Aquitanien Richard Löwenherz.

»Der junge Graf sammelte ein Heer aus Okzitanien, und alle, alle strömten herbei.«

Dietmar hob die Hand. »Bitte keine Lieder, Herr André, wenn Ihr uns Balladen dazu vortragen wollt, hören wir sie später gern. Aber jetzt möchte ich pure Fakten.«

Der Troubadour nickte ein wenig beleidigt. »Das Heer zog dann gen Beaucaire und konnte die Stadt im Sommer befreien. Das war ein Jubel, als sie die Besatzer hinauswarfen!«

»Montfort war aber nicht da, oder?«, fragte Rüdiger.

Der Troubadour schüttelte den Kopf. »Nein, er sandte Truppen, um Beaucaire zu entsetzen, aber der junge Graf blieb Sieger. Und Montfort zog dann auch schnell nach Toulouse – die Stadt stand vor dem Aufstand, seit die Bewohner von Raymonds Rückkehr hörten.«

»Dieser Montfort ist ja wahrhaft beliebt«, bemerkte Rüdiger.

Herr André sah ihn ernst an. »Dieser Montfort, Monseigneur, ist ein Ungeheuer! Ihr seht es vielleicht anders, Ihr seid zweifellos gläubig und Anhänger des Papstes. Auch ich bin ein guter Katholik...«

Das klang nicht sehr überzeugt. Herr André musste wissen, dass die Kirche für Männer wie ihn wenig übrighatte. Seine Verdammung Montforts hatte er aber mit Leidenschaft ausgesprochen. Weit mehr Parteinahme, als Fahrende Sänger sonst zeigten, fiel Rüdiger auf. Gewöhnlich hingen Troubadoure ihr Mäntelchen gern nach dem Wind, schließlich waren sie darauf angewiesen, dass die Burgherren sie verpflegten.

»Montfort lebt sehr bescheiden, kleidet sich schlicht – und immer ein Bekenntnis zu Gott auf den Lippen«, sprach der Sänger mit kaum verhohlener Abscheu weiter. »Aber in Wahrheit... ich habe ihn in Béziers wüten sehen und in Bram. Immer gegen Wehrlose, Albigenser, Gefangene, Männer, Frauen und Kinder. Das soll wohl der Abschreckung dienen – viele Ritter sind da ja nicht zimperlich.« Der Sänger nahm einen Schluck Wein. Er selbst hatte wahrscheinlich noch nie jemandem etwas zuleide getan. »Aber glaubt mir, es ist eine Sache, ein paar Ritter hinrichten zu lassen und ihre Köpfe über die Mauern einer belagerten Burg zu schleudern, doch es ist eine andere, Frauen und Kinder zusammenzutreiben, Hunderte, Tausende von weinenden, um Gnade bittenden Menschen, einen Scheiterhaufen zu entzünden und sie ins Feuer zu stoßen, sie in Stücke zu schlagen, falls sie versuchen zu fliehen. Wenn Montfort eine Stadt erobert, dann schwimmt sie in Blut. Er ist ein Monstrum, Messeigneurs.«

Rüdiger zuckte die Achseln. »Aber sehr erfolgreich«, meinte er. »Und wohl auch recht geschäftstüchtig. Zu einem derart gläubigen und schlichten Ritter ohne Furcht und Tadel passt es kaum, dass er sich inzwischen fast sämtliche Besitzungen Raymonds einverleibt hat.«

Der Troubadour nickte. »Wie ich schon sagte. Den Mann mag der Papst schicken. Gott schickt ihn nicht.« Dietmar, Rüdiger und die anderen ließen diese blasphemische Bemerkung unkommentiert. »Der Graf zieht nun jedenfalls nach Toulouse. Er wird die Stadt wieder einnehmen, daran besteht kaum Zweifel. Fragt sich, wie groß die Anstrengungen sind, die Montfort zur Verteidigung unternehmen wird. Wenn Ihr mich fragt, nicht sehr groß.«

»Nicht?«, wunderte sich Dietmar.

Der Troubadour schnaubte. »Montfort wird Raymonds Ländereien nie halten. Er und seine Ritter nehmen sich jetzt, was sie kriegen können, und irgendwann ziehen sie beleidigt ab. Was dies angeht, so ist in Toulouse nichts mehr zu holen. Die Stadt ist ausgeplündert bis zum letzten Goldstück. Was läge also näher, als sie dem Grafen kampflos zu überlassen und sich dafür auf andere Burgen zu konzentrieren? Montalban zum Beispiel – da sitzt ein großer Teil des Hofes des Grafen.«

Ein paar Worte später wussten Dietmar und die anderen alles über die hastige Flucht des Grafen – unter Zurücklassung der meisten Mitglieder seines Haushalts.

Dietmar räusperte sich. Er war der Antwort auf seine Fragen nie so nahe gewesen. »Und . . . wart Ihr . . . wart Ihr da?«, fragte er heiser.

Herr André nickte. »Natürlich. Aber die Burg braucht keine weiteren Kämpfer. Sie ist eher überbesetzt.«

Dietmar lächelte. Anscheinend meinte der Sänger, sich rechtfertigen zu müssen, weil er versäumt hatte, sich den Verteidigern seiner Heimat anzuschließen.

»Ich frage nur, weil ich wissen will, ob Ihr dort ein Mädchen gesehen habt. Ein blondes, zartes, schön wie der junge Morgen ... Keine kommt ihr gleich, sie ...«

Rüdiger rieb sich die Stirn. »Kennt Ihr zufällig eine Sophia von Ornemünde?«

»Ich tu's ja nicht gern, aber ich muss mich Dietmars Meinung anschließen«, sagte Rüdiger von Falkenberg später in der Kemenate seiner Schwester. Dietmar war wieder einmal in heller Aufregung, und Gerlin hatte sich mit ihm und ihren wichtigsten Ratgebern zurückgezogen. Neben Rüdiger und Hansi lauschte Conrad von Neuenwalde den Neuigkeiten aus Toulouse.

»Wenn es denn so dringend dieses Mädel sein muss und kein anderes ...«, fügte Hansi hinzu. »Hast den Sänger nicht gehört, Dietmar? Sie ist sehr vertraut mit einem Ritter des Grafen.«

»Und die Troubadoure freuen sich schon auf die hochdramatischen Wendungen, die das nehmen wird«, seufzte Rüdiger. »Denn der Ritter ist obendrein Albigenser. Womöglich ist sie bereits übergetreten, Dietmar, und ganz wild darauf, sich demnächst in Simon de Montforts Feuer zu stürzen. Ich bin der Meinung, du solltest dir diese Werbung noch einmal überlegen. Aber wenn er darauf besteht, Gerlin, dann sollte er wirklich selbst hinreiten und sich darum kümmern. Einen Brautwerber hinzuschicken ist aussichtslos, sie hat nicht mal einen Vormund auf der Burg, mit dem man verhandeln kann. Und der Ort ist gefährdet – man mag ja ein bisschen lächeln über unseren Herrn André, aber abgesehen von seinen seltsamen Neigungen scheint er scharfsinnig. Montfort hatte Montalban bisher nicht im Visier, und die Begründung leuchtet mir auch ein. Da gab es wohl noch eine andere Sorte Ketzer – Waldenser oder wie sie heißen. Im Gegensatz zu den Albigensern bettelarm. In dem Ort war also nie viel zu holen. Aber wenn sich da jetzt der Hof des Grafen versteckt ... vielleicht erhofft sich Montfort sogar, Raymond mit einem Angriff abzulenken. Kann ja sein, dass dem ein paar der Mädchen am Herzen liegen.«

»Aber das sind doch alles Spekulationen!«, unterbrach ihn Gerlin verzweifelt. »Dafür soll Dietmar sich in Gefahr begeben?«

Rüdiger hob die Schultern. »Er ist ein Ritter, Gerlin. Und wie er gern betont, muss er seine Kämpfe selbst ausfechten. Ich jedenfalls reite da nicht für ihn hin und entreiße seine blonde Schönheit einem genauso blind verliebten Albigenser-Ritter. Lass ihn gehen, Gerlin. Du kommst hier ein paar Monate ohne ihn aus.«

Dietmar nickte eifrig. Er war ohnehin fest entschlossen.

»Aber ich möchte auch irgendwann zurück nach Loches«, wandte Gerlin ein. »Unsere Kinder ... Ich habe sie so lange nicht gesehen. Richard ist beim König.«

»Und Isabelle wird am Hof seiner Frau erzogen. Willst du sie da wegholen, damit sie in Loches mit dir Trübsal bläst?«, fragte Rüdiger hart. »Bring das hier erst zu Ende. Wenn Dietmar seine Sophia geheiratet hat, kannst du gehen. Solange spielst du die Herrin auf Lauenstein. Du willst das doch wohl nicht Luitgart überlassen?«

Luitgart erwies sich als schwieriger Fall. Ein paar Tage zuvor hatte sie unter Gerlins wachenden Augen ihren Witwensitz in einem Nebengebäude der Burg, einem Torhaus, genommen. Der Abt von Saalfeld hatte sie zwar freundlich aufgenommen und mehrere Monate in seinem Gästehaus beherbergt, aber das war keine Dauerlösung.

»Tja, jetzt rächt es sich, dass du damals trotz Anregung der Bischöfe kein Frauenkloster gegründet hast«, hatte Rüdiger seine Schwester Gerlin geneckt, als sich Luitgarts Einzug ankündigte. »Eine Äbtissin hättest du jetzt zwingen können, sie aufzunehmen. Aber so ...«

Tatsächlich mussten zwei Bedingungen erfüllt sein, um eine Witwe gegen ihren Willen in ein Kloster zu schicken: Einmal musste der Vormund der Frau dies beschließen, wobei eine Äbtissin, zu der jemand wie Gerlin wirklich gute Beziehungen hegte, hier auch mal ein Auge zudrückte. Dann wollte das Kloster eine Mitgift, und meist eine hohe. Luitgart hatte allerdings vorgesorgt. Von Saalfeld aus bat sie ihren ältesten Bruder, inzwischen Herr ihrer Heimatburg bei Nürnberg, die Munt über sie zu übernehmen. Ludwig von Nürnberg war ihr herzlich zugetan – zumindest solange sie ihm nicht zu nahe kam. Er gedachte nicht, seine Schwester in seinem Haushalt aufzunehmen, aber gegen ihren Willen in ein Kloster sperren würde er sie auch nicht. Von der Entrichtung einer Mitgift gar nicht zu reden.

Luitgart blieb also nur Lauenstein als Witwensitz, und sie schickte den Abt vor, um artig darum zu bitten. Auch den Bischof von Mainz zog sie auf ihre Seite – der kannte sie schließlich kaum und ließ sich leicht dazu bewegen, mittels eines freundlichen Empfehlungsschreibens an Gerlins Gnade und Großmut zu appellieren. Gerlin schwante, dass ihr mit Luitgart nichts als Ärger bevorstand, aber sie brachte es nicht übers Herz, sie abschlägig zu bescheiden. Und auch Dietmar sprach sich für ihre Aufnahme aus. Schließlich war sie Sophias Mutter! Er konnte sie nicht auf die Straße schicken!

Der Krieg der Frauen

*Toulouse
Herbst 1217 bis Herbst 1218*

Kapitel 1

Seid Ihr die Herrin Ay... Aya... Die Dame, die man die Maurin nennt?«

Der junge Ritter verhielt sein Pferd vor Miriam und verbeugte sich ehrfürchtig. Er trug Waffenrock und Kettenhemd und wirkte ein wenig verschwitzt, ebenso wie sein Pferd. Die beiden schienen einen längeren Ritt hinter sich zu haben.

»Ja«, antwortete Miriam kurz und verstimmt.

Sie war eben dabei, die dritte der kleinen Mangonels zu inspizieren, die Geneviève hatte bauen lassen, und sie war keineswegs zufrieden. Wieder einmal hatten die Handwerker all ihre Anweisungen missachtet. Weder war der Wurfarm verstärkt worden, noch genügte die Stärke der Holzringe, die als Anlaufscheiben gegen die Achslager der Räder gezogen werden sollten. Und es würde nicht einmal etwas nützen, die Männer gleich zusammenzustauchen, die provokant grinsend neben ihrem Machwerk hockten und eine Zwischenmahlzeit verzehrten. Sie würden sich alles anhören, aber keine einzige Veränderung vornehmen. Von einer Frau nahmen sie einfach keine Anweisungen entgegen. Also würde Miriam erst Salomon ansprechen müssen, der hatte sich von den Mängeln zu überzeugen, und erst dann würde hoffentlich etwas getan. Und in der Zwischenzeit belagerte Montfort eine Burg nach der anderen, und Montalban konnte die nächste sein!

Miriam prüfte schlecht gelaunt die Verspannung der Seile. Die war auch nicht tadellos ... Es gab reichlich zu tun. Da fehlte ihr nun gerade noch dieser Ritter, der ihren Namen nicht aussprechen konnte!

Der Bote schien aufzuatmen. Offensichtlich hätte er in Miriam keine Maurin vermutet – seit dem Weggang des Grafen kleidete die junge Frau sich schließlich nicht anders als eine Kaufmannsfrau oder eine Dame von minderem Adel in Toulouse.

»Der Graf befiehlt Euch zu sich«, erklärte er jetzt mit sicherer Stimme sein Anliegen.

»Welcher Graf?«, fragte Miriam mürrisch und besah sich den Prellbalken. Wenigstens der war in Ordnung.

Der junge Ritter straffte sich. »Unser aller Herr Graf Raymond de Toulouse!«, sagte er stolz. »Er ist soeben in seiner Hauptstadt eingetroffen. Die Gegenwehr der Besatzer war verschwindend gering – und nun gehört Toulouse wieder uns! Die Menschen singen und tanzen auf den Straßen, Herrin, die Freude ist groß!«

Miriams Freude hielt sich in Grenzen. Natürlich begrüßte sie den Sieg des Grafen – sofern man es einen Sieg nennen konnte. Montfort hatte die Hauptstadt schließlich mehr oder weniger kampflos geräumt und eroberte derweil andere Orte – in denen er viel mehr anstellen konnte als in Toulouse, die Albigenser hatten die Stadt längst verlassen. Während der Graf sich erneut in seinem Palast einrichtete, brannten anderswo Scheiterhaufen.

»Der Weg von Montalban nach Toulouse ist zurzeit auch nicht sonderlich gefährdet«, meinte der Bote, womit er Miriam nichts Neues erzählte. Montalban schickte Patrouillenreiter aus. »Also solltet Ihr mir möglichst heute noch folgen.«

Miriam zog ihr Interesse endlich von der Kampfmaschine ab. »Noch mal, der Graf richtet erneut seinen Hof ein? Oder ist das nur eine Art Heerlager da in Toulouse?«

»Wo der Graf ist«, erläuterte der Bote würdevoll, »befindet sich selbstverständlich auch der Hof von Toulouse. Neben dem Ruf an Euch ergeht im Übrigen auch einer an die Herrin Geneviève de Montalban.«

Miriam zog die Augenbrauen hoch. »Na, die wird sich freuen«, bemerkte sie. »Hört, Monseigneur, wir werden uns natürlich dem Willen des Grafen unterwerfen. Aber dass wir heute noch aufbrechen, ist unmöglich. Und es geht auch nicht, dass der Graf lediglich meinen Mann und mich sowie Geneviève zu sich ruft. Er muss schon den ganzen Hof nehmen, den seine Gattin zurückgelassen hat. Die Mädchen können nicht ohne weibliche Aufsicht hierbleiben. Bisher habe ich den Hof der Herrin Leonor weitergeführt, also werde ich die Mädchen jetzt davon in Kenntnis setzen. Wir werden packen, und ich denke, morgen gegen Mittag wären wir aufbruchbereit. Bis dahin solltet Ihr Euch frisch machen und Euer Pferd versorgen. Es wirkt ja ganz erschöpft.«

»Verzeiht, Herrin, aber es ist ein dringlicher Auftrag, den ich da zu erledigen habe!«, wandte der Ritter ein. »Der Graf erwartet Euch!«

Miriam seufzte. Sie schlüpfte nur ungern wieder in die Rolle der allwissenden Sterndeuterin. Es war zu schwierig, Montforts Handlungen vorauszusehen, und obendrein sah sie, was den Ausgang dieses Krieges anging, ziemlich schwarz. Das konnte sie dem Grafen gegenüber natürlich nicht zugeben. Ein Sterndeuter wandelte immer auf einem schmalen Grat: Er sollte die Zukunft einerseits richtig vorhersagen, andererseits aber nichts Unangenehmes verkünden.

»Monseigneur, was heute in den Sternen steht, das steht morgen auch noch in den Sternen«, beschied sie den Ritter. »Auf einen Tag wird es nicht ankommen. Aber wenn der Graf so dringlich darauf wartet, kann ich heute Nacht schon ein

Horoskop erstellen und ihm dann gleich morgen vorlegen. Wenn ich die halbe Nacht im Sattel sitze, kann ich das nicht. Also bezähmt Eure Ungeduld, ich werde dem Grafen alles erklären.«

Damit ließ Miriam den Ritter stehen, grüßte knapp und feindselig zu den Handwerkern hinüber und machte sich auf den Weg in die Unterkunft des Medikus. Abram erwartete sie dort schon. Er hatte von der Ankunft des Boten gehört und konnte sich vorstellen, worum es ging.

»Also, wenn du mich fragst, sollten wir noch heute Nacht nach Al Andalus aufbrechen«, bemerkte er und gab seiner Frau einen Becher Wein. »Der Boden hier ist heiß, aber der in Toulouse wird noch heißer werden. Dafür scheinen die Grenzen nach Aragón frei zu sein, da ist unser Graf ja gerade mit einem Heer durchgezogen. Wir spielen einfach ein paar Tage lang brave, spanische Christen . . .« Salomon warf ihm einen vielsagenden Seitenblick zu. Besonders Miriam war es früher nicht so leichtgefallen, die Christin zu spielen. »Na gut, von mir aus auch jüdische Händler. Wir haben ja die Pässe des Emirs. Und in drei oder vier Wochen sind wir in Granada. Der Emir wird sein Versprechen halten, Miri! Die besten Lehrer der Sternkunde warten auf dich. Die modernsten Instrumente! Da willst du doch nicht weiter für den Grafen die Wahrsagerin spielen!«

Miriam wand sich. »Aber die Mädchen«, sagte sie dann. »Und Geneviève . . . ich kann sie doch nicht einfach dem Grafen ausliefern.«

»Geneviève kann ja bleiben, wo sie ist«, meinte Abram unbekümmert. »Pierre de Montalban ist ihr Vater, der Graf kann ihr gar nichts befehlen.«

»Und Sophia . . .« Miriam verließ ihre Schützlinge nur ungern. »Und unsere Katapulte . . .«

Abram fasste sich an den Kopf. »Du willst nicht wirklich auf einen Angriff warten, nur damit du diese Dinger mal abfeuern kannst! Komm, Miriam, ich kaufe dir ein Kätzchen. Oder einen Windhund ... dann hast du was ganz Ungefährliches zum Bemuttern.«

»Ich gehe nicht nach Toulouse, wenn Ihr nicht geht!« Das war Geneviève. Sie hatte die Kemenate betreten und die letzten Worte mitbekommen. »Und Ihr müsst nach Toulouse. Ihr könnt uns nicht allein lassen! Der Graf ... Ihr wisst doch, wie er ist, Herrin Ayesha! Er braucht besonnene Berater. Dies ist sein letztes Aufgebot, Herrin. Wenn er Montfort jetzt nicht schlägt ...«

»Das haben wir beim letzten und vorletzten Mal auch gesagt«, bemerkte Abram.

Salomon warf derweil einen Blick aus dem Fenster. »Da draußen«, sagte er dann gelassen, »werden gerade die Ausgänge mehrfach bemannt. Es sieht fast aus, als habe der Graf deine mangelnde Begeisterung vorausgesehen, und der Bote hat entsprechende Anweisungen gegeben. Sehr unwahrscheinlich, dass du heute Nacht dorthinaus kommst, Ayesha.«

Miriam warf wütend den Kopf zurück. »Ich bin nicht seine Gefangene!«

Abram seufzte. »Aber du könntest es werden. Verdammt sollen sie sein, all diese hohen Herren! Wir hätten uns viel früher absetzen sollen!«

»Das geht vielleicht auch gegen mich«, murmelte Geneviève. »Ich hab wohl ein bisschen heftig reagiert, als der Bote mich zum Grafen befahl. Wie auch immer – ich nehme heute noch das Consolamentum. Dann kann er mich nicht anrühren.« Das Mädchen senkte den Kopf.

Miriam blickte alarmiert auf. Genevièves Stimme klang ganz anders als früher, wenn sie von ihrer geplanten Weihe zur

Parfaite sprach. Nicht erfüllt von freudiger Erwartung, sondern eher, als sei dies ein Zeichen der Resignation. Auch Salomon fuhr hoch.

»Das kommt gar nicht infrage!«, erklärte er resolut. »Oder giltst du als ausreichend vorbereitet auf ein Leben als Parfaite?« Er betonte das Wort Leben.

Geneviève errötete. »Nein«, gab sie dann zu. »Ich ... ich habe meine Verfehlung gebeichtet. Aber es ist natürlich ... es war damit natürlich vorerst aus mit meinem Leben als Initiierte. Wenn ich jetzt das Consolamentum nehme ...«

»... erwartet man von dir, dass du dich anschließend zu Tode hungerst!«, rief Salomon empört. »Oder ins Feuer stürzt, oder was auch immer. Kind, Gott will das nicht! Es mag ein letzter Ausweg sein, wenn deine Burg morgen gestürmt wird.« Wenn eine Burg kurz vor der Eroberung stand, nahmen oft alle Bewohner das Consolamentum und gingen bereitwillig als Parfaits in den Tod. »Aber doch nicht, um dich einem Mann zu entziehen, der bisher meines Wissens noch nie Gewalt angewandt hat, um ein Mädchen in sein Bett zu zwingen. Und selbst wenn. Das überlebst du. Gott will, dass du lebst, Geneviève!«

»Gott will meine Seele befreien!«, gab Geneviève zurück.

Abram stöhnte. »Dies ist genau der richtige Moment für theologische Auseinandersetzungen. Also schön, Miri, wir gehen nach Toulouse und deuten noch ein paar Sterne. Vielleicht kommst du irgendwann nach, Oheim ... äh ... Herr Gérôme. Mit Miris geliebten Katapulten.«

»Dazu muss ich dir noch einiges sagen!« Miriam schien den Grafen umgehend zu vergessen und griff nach den Plänen im Ärmel ihres Kleides. »Es müssen unbedingt Nachbesserungen ausgeführt werden, es ...«

Abram reichte Geneviève einen Becher Wein und bestand darauf, dass sie trank.

»Wir beide«, sagte er dann, »rufen jetzt die Mädchen und die Knappen des Herrn Raymond zusammen und verkünden ihnen die Neuigkeit. Und morgen reiten wir nach Toulouse und trotzen allen Feinden unseres Lebens und unseres Glaubens. Ob sie Raymond heißen oder Simon! Du bist so jung, Geneviève. Es ist noch nicht die Zeit zu sterben!«

Sophia von Ornemünde nahm die Nachricht bezüglich des Umzugs mit gemischten Gefühlen entgegen. Einerseits freute sie sich, Montalban verlassen zu können. Die Enge in der übervölkerten Burg erdrückte sie, und auch wenn sie ihre Furcht vor der Begegnung mit Rittern inzwischen weitgehend abgebaut hatte, fühlte sie sich doch unwohl. In Toulouse gab es reine Frauentrakte, da würde sie sich sicherer fühlen. Aber andererseits war Flambert in Toulouse – jedenfalls nahm sie das an. Sie würde ihn wiedersehen, und er würde sie erneut bedrängen. Und dabei wusste sie immer noch nicht, was genau sie für den jungen Ritter empfand. Im letzten Jahr hatte sie um ihn gebangt, als er mit dem Heer des jungen Grafen kämpfte. Genauso ängstlich wie Geneviève hatte sie den Nachrichten vom Ausgang der Schlachten entgegengefiebert. Aber wenn er ihr nun wieder seine Liebe erklärte, wenn sie ihn wieder küssen sollte ... Dabei war der letzte Kuss ja eigentlich schön gewesen ... Sophia spielte nervös mit Dietmars Medaillon, das sie in Montalban fast immer trug. Die anderen Mädchen hatten längst aufgehört, sie damit zu necken. Bei Dietmar hatte sie nie auch nur den geringsten Zweifel gehegt. Aber es war so lange her ...

Wie sich herausstellte, hatte der Graf bei Nacht noch eine Eskorte für Geneviève und die Maurin geschickt – wie Salomon schon angemerkt hatte, war ihm wohl aufgegangen, dass die beiden Frauen sich einem einzigen Ritter zu leicht widersetzen konnten. Nun brachen sie am nächsten Tag in einer großen Reisegesellschaft auf. Miriam bestand darauf, dass die Mädchen ihrem Stand entsprechend reisten und nicht wie Flüchtlinge nur mit dem Nötigsten. Die Frauen ritten auf ihren Zeltern, auf zwei Wagen wurden Truhen mitgeführt. Miriam hatte sich wieder in ihre orientalische Reisekleidung gehüllt und wirkte sehr geheimnisvoll. Für das Verladen der Katapulte hatte zu ihrem Bedauern die Zeit nicht gereicht. Dabei hätten die paar Lasten die Reise auch nicht langsamer gemacht. Die Gesellschaft brauchte ohnehin fast zwei Tage für die wenigen Meilen nach Toulouse.

Abram und Miriam verließen ihr Zelt während der Nacht und schauten in den klaren Sternenhimmel. Miriam holte ihr Astrolabium heraus und begann mit der Sternbeobachtung.

»Und?«, fragte Abram. »Was siehst du?«

»Eine Belagerung«, bemerkte Miriam. »Ich muss mir nur noch die richtigen Sternkonstellationen dazu ausdenken. Aber ich hab's gestern noch mit deinem Oheim besprochen – es wird zu einer dritten Belagerung von Toulouse kommen.«

Abram runzelte die Stirn. »Aber warum sollte Montfort erst aufgeben und dann wieder zurückkommen?«

»Um sein Gesicht zu wahren. Das Volk wollte partout seinen Grafen zurück – und die Niederschlagung eines Aufstands hat sich Montfort wohl nicht zugetraut. Stattdessen verursacht er jetzt erst mal wieder ein bisschen verbrannte Erde – und schürt damit Unmut gegen den Grafen. Die Bevölkerung hat doch gedacht, der würde sie jetzt wieder beschützen. Aber was macht er? Hält Hof in Toulouse. Die Begeisterung ob seiner Rückkehr wird bald abnehmen. Dann greift Montfort wieder an. Am besten während der junge Graf mit seinem Heer woanders kämpft. Jedenfalls sollte Raymond sich nicht zu häuslich einrichten, und mir wäre wohler, wir hätten unsere Katapulte bei uns ...«

Der Graf empfing seine Sterndeuterin gleich nach ihrem Einritt in die Burg, Miriam kam kaum dazu, sich frisch zu machen. Die Mädchen lud er zum abendlichen Bankett im Rittersaal – was nicht ganz der Etikette entsprach, da die Aufsicht der Herrin über den Minnehof fehlte. Die Gräfin Leonor weilte immer noch am Hof König Johanns. Aber Raymond sah das nicht zu verbissen. Anscheinend ging er davon aus, dass die Maurin seine Gattin bislang exzellent vertreten hatte, was die Erziehung ihrer Zöglinge anging. Da konnte sie ihnen und den jungen Rittern jetzt auch beim Bankett auf die Finger schauen.

Ariane und die anderen jüngeren Mädchen waren ganz aufgeregt. In Montalban hatten sie nie mit den Rittern speisen dürfen. Natürlich hatte man sie in der drangvollen Enge der dortigen Burg auch nicht wie in einem Harem halten können, aber Miriam und Geneviève hatten zumindest ihr Bestes getan, ihre Tugend zu wahren. Jetzt, da sich die Vorschriften lockerten, überboten sich die Mädchen im Austausch von Schmuck- und Kleidungsstücken und wurden nicht müde, sich gegenseitig die Haare zu ölen, mit Eiweiß zu spülen und mit Silber- und Goldbändern zu durchflechten. Die etwas Älteren bettelten die Maurin um Harz- und Pflanzenfarben an, um ihre Lippen zu schminken und ihre Augen zu umranden.

Nur Sophia und Geneviève spielten das Spiel nicht mit. Sie kleideten sich schlicht für den Abend und traten mit Herzklopfen in den großen Saal, in dem der Graf schon bereitstand, sie zu begrüßen.

Sophia knickste vor ihm und erntete trotz ihres unauffälligen dunkelgrünen Samtkleides und der schmucklosen, etwas helleren Tunika, die weit darüberfiel, anerkennende Blicke.

»Du wirst immer hübscher, mein Kind!«, lachte der Graf. »Dein Vater wird dich einmal gut verheiraten können. Wozu es Zeit wird! Aber Herr Roland wird ja wohl belagert, da unten in Lauenstein.«

Sophia wurde erst rot und dann blass. Sie hatte seit Jahren nichts von ihren Eltern gehört. Von der Belagerung wusste sie nichts.

»Und ... und wie steht es?«, fragte sie ängstlich.

Der Graf zuckte die Schultern. »Kind, ich hab meine eigenen Schlachten zu schlagen«, beschied er sie. »Aber dein Vater wird es richten, da mach dir mal keine Sorgen. Roland ist schon mit anderen Dingen fertig geworden als mit einem übermütig gewordenen Jüngelchen, das sein ›Erbe‹ fordert ...« Damit ließ er Sophia stehen und wandte sich Geneviève zu.

Die junge Frau knickste nur andeutungsweise. Geneviève hatte jede Achtung vor ihrem Landesherrn verloren. Sie trug ein schwarzes Kleid und hatte ihr prächtiges Haar straff nach hinten gekämmt und zu einem Zopf geflochten. Dennoch gelang es ihr nicht, ihre Reize zu verbergen. Im Gegenteil, ihr klar geschnittenes, edles Gesicht kam durch die strenge Frisur noch besser zur Geltung, und die unterdrückte Wut in ihrem Blick ließ ihre Augen blitzen.

Der Graf sah sie bewundernd an. »Ich wähnte Euch fort von Okzitanien, Herrin Geneviève«, sagte er höflich. »Aber wie es aussieht, seid Ihr nicht gegangen.«

Geneviève verzog die Lippen. »Und ich ging davon aus, dass Ihr bleibt, Herr, um Eure Pflicht zu tun. Aber wie ich feststellen musste, habt Ihr die nächstbeste Gelegenheit genutzt, Euch abzusetzen.«

Der Graf lachte. Er war nicht verärgert. »Nun, jetzt bin ich ja wieder da!«, bemerkte er vergnügt. »Ich bin wieder da, und du bist gar nicht weit weg gewesen. Es fügt sich also aufs Schönste. Wie ist es, mein Engel, besuchst du mich heute Nacht?«

Geneviève konnte sich nicht beherrschen. Sie vergaß, dass dieser Mann ihr Landesherr war und dass sie und die ihren von ihm abhingen. Sie vergaß, wo sie war und wie viele Menschen ihr zusahen. Geneviève hob die Hand und versetzte dem Grafen eine schallende Ohrfeige. Dann blitzte sie ihn noch einmal an und verließ den Saal.

Sophia war aufgewühlt, als sie den Palas betrat. Sie wollte mit den anderen jungen Mädchen zu einem Tisch gehen, den die Maurin ihnen vorher angewiesen hatte – etwas abseits von den Rittern und vom erhöhten Tisch des Grafen gut einzusehen. Dort würde auch Miriam sitzen und die Mädchen im Auge behalten. Sophia wäre das recht gewesen, aber Flambert fing sie ab, bevor sie die Tafel erreichte. Sophia sah überrascht zu ihm auf, dabei hatte sie der Begegnung den ganzen Tag lang entgegengefiebert. Aber jetzt wurden all ihre sonstigen Gedanken überschattet durch die Nachricht aus Lauenstein. Die Burg wurde belagert – Dietmar hatte sein Ansinnen also wahr gemacht. Ob er sie in der Burg vermutete? Ob er auch um sie kämpfte? Eines war jedoch sicher: Vergessen hatte ihr Ritter sie nicht.

Flambert war edel gekleidet und strahlte über sein ganzes offenes Gesicht. Der junge Ritter ähnelte Geneviève, aber ihm fehlte das innere Glühen, die Leidenschaft, die in seiner Schwester oft wie Lava kochte. Flambert war eher sanft und geduldig. Wenn er sein Ziel erreicht hatte, ging von seinen dunklen Augen ein zufriedenes Leuchten aus. So war es auch jetzt, als Sophia nach so langer Zeit wieder vor ihm stand.

»Herrin Sophia, meine Dame! Das Dunkel, in dem ich mich in den letzten Monaten bewegte, wird zum Licht! Eure Schönheit blendet mich beinahe, ich dachte, Euer Anblick habe sich mir eingebrannt, ich träumte jede Nacht von Euch, aber keine Vorstellung kann so schön sein wie die Wirklichkeit.«

Sophia rang sich ein Lächeln ab. »Auch ich bin froh, Euch wohlbehalten wiederzusehen, Herr Flambert«, sagte sie freundlich.

»Was nur Euch und Eurem Zeichen zu verdanken ist, das mich schützte und beflügelte, wo immer ich kämpfte.« Flambert verbeugte sich und griff nach Sophias Hand. »Bitte, kommt mit mir, meine Herrin, teilt den Teller mit mir. Lasst mich die Taten vor Euch ausbreiten, die ich zu Eurem Ruhme ausführte.«

Sophia folgte ihm widerstrebend. Sie konnte die Einladung kaum ablehnen, und sie wollte den jungen Ritter auch nicht enttäuschen. Es war nicht so, dass sie nichts für Flambert empfand, seine weiche, dunkle Stimme schlug Saiten in ihr an, die Dietmar nicht berührt hatte. Aber andererseits – das Echo von Dietmars Liebesschwüren klang noch immer in ihr nach, Flambert dagegen musste ihr nahe sein, um an ihr Herz zu rühren.

Nun, heute war er es, und sie lauschte freundlich seinen Berichten von der Belagerung und Befreiung von Beaucaire im Jahr zuvor und all den Siegen, an denen er in den letzten Monaten beteiligt gewesen war. Flambert hatte unter Raymonds Sohn gedient, und das Heer des jungen Grafen war wie ein Sturmwind durch Okzitanien gerauscht. Auf Simon de Montfort war er allerdings nicht direkt gestoßen.

»Und warum seid Ihr nun hier?«, fragte Sophia und versuchte, die gestrenge Minneherrin herauszukehren.

In Wahrheit interessierten sie Flamberts Erzählungen nur

begrenzt, ihre Gedanken waren immer noch bei Lauenstein. Woher Dietmar wohl die Mittel hatte, ihren Vater zu belagern? Wie hatte er Ritter sammeln können, die ihn unterstützten? Sophia wusste natürlich, dass ihre Eltern im Landkreis nicht sonderlich beliebt waren. Aber würden die paar Ritter aus Franken ausreichen, um längere Zeit vor Lauenstein auszuharren? Sophia fragte sich, wem sie den Sieg wünschte ...

»Oh, ich musste eine kleine Verletzung auskurieren«, antwortete Flambert. »Nichts Schlimmes, aber ...«

Er wies auf seinen rechten Arm. Sophia fiel jetzt erst auf, dass er schon die ganze Zeit die linke Hand benutzte, um ihren Becher mit Wein zu füllen und ihr die besten Bissen zuzuschieben. Sie hatte ohnehin nur der Höflichkeit halber von den Speisen gekostet, obwohl sie vorzüglich waren. In Montalban war sehr viel spartanischer aufgetischt worden.

»Das tut mir leid«, sagte sie jetzt ehrlich. »Ich ... ich hoffe, Ihr habt keine zu starken Schmerzen erleiden müssen, und dass es ... dass es jetzt gut heilt. Ihr ... Ihr könnt es mir auch gern zeigen, ich ... ich würde Euch wohl verbinden und ...«

Flambert lächelte Sophia zu. »Euer Anblick allein reicht, um mich zu heilen! Und es ist fast vorbei, ich werde bald wieder das Schwert führen können. Leider ist Euer Zeichen ein wenig ... ich hätte besser aufpassen müssen ...«

Er zog das ehemals grüne Tuch hervor, das er nach wie vor über seinem Herzen trug. Es war blutverschmiert. Sophia empfand Schmerz, Mitleid – und wieder einmal hatte sie ein schlechtes Gewissen.

»Ich kann Euch gern ein neues geben«, sagte sie und suchte im Ausschnitt ihres Kleides.

Aber Überkleid und Tunika waren weder mit Bändern noch mit Fibeln oder seidenen Schlingen verziert. Und als einzigen Schmuck trug sie Dietmars Medaillon. Sophia hätte sich jetzt dafür ohrfeigen können, sie fühlte sich jedoch immer besser, wenn das Gold auf ihrer Haut lag.

»Morgen«, vertröstete sie den Ritter, dessen Gesicht einen enttäuschten Ausdruck annahm.

Sophia empfand plötzlich vage Zärtlichkeit. Ohne zu überlegen, wo sie war und wie viele Menschen ihr dabei zusahen, hob sie die Hand und strich leicht über Flamberts Wange. Und sie ließ zu, dass er ihre Finger dann an seine Lippen zog.

Kapitel 2

Auf Gerlins Bitten hin – aber auch, weil die Ritter das Abenteuer lockte – begleiteten Rüdiger und Hansi Dietmar nach Toulouse. Dabei war es für Dietmar zunächst wie ein Ritt nach Hause, auch Loches lag schließlich im Süden Frankreichs. Der junge Ritter war angespannt. Er war kaum dazu zu bringen, ein ruhiges Reisetempo zu halten, sondern ließ seinen Hengst immer wieder vorsprengen und neben Rüdigers und Hansis ruhigen Reittieren hertänzeln.

»Und das noch nach fast acht Wochen Ritt«, meinte Rüdiger bewundernd zu seinem früheren Knappen. »Die Flügel der Liebe ... Aber ist es nicht schön, mal aus dem Regen herauszukommen?«

Im fränkischen Land war der Frühling meist feucht, und die ersten Tage der Reise waren die Ritter über aufgeweichte Wege geritten und hatten nachts ihre klammen Zelte aufgestellt, um sich dann unter nicht minder feuchten Decken zusammenzurollen. Auch in den Bergen war es kalt und regnerisch gewesen, dazu hielten die Steigungen und schlechten Straßen die Reiter auf. Je weiter sie nun jedoch nach Süden kamen, desto besser wurde das Wetter. Die Felslandschaften wichen zunächst dichten Wäldern, und schließlich immer häufiger Dörfern und Weinbergen. Der Süden Frankreichs war relativ dicht besiedelt.

»Bleibt nur zu hoffen, dass uns demnächst nicht Katapultgeschosse um die Ohren fliegen«, bemerkte Hansi. »Da sind mir Regentropfen doch noch lieber.«

Rüdiger grinste. »Du bist undankbar! Da kannst du dich einmal wirklich als Ritter beweisen: Rettung der Dame Sophia vor dem Monstrum Montfort. Aber du fürchtest dich vor ein paar Steinkugeln!«

»Wenn ich dem Papst glaube, gefährde ich meine unsterbliche Seele, indem ich auf Seiten der Albigenser kämpfe«, meinte Hansi. »Dann katapultieren mich Montforts Steinkugeln direkt in die Hölle. Verrückter Krieg.«

Die Ritter befanden sich bereits in einer Gegend, die zu Montforts neuen Besitzungen gehörte, umritten die von seinen Truppen besetzten Städte aber weitläufig. Sie hofften, Toulouse in spätestens zwei Tagen zu erreichen, waren allerdings noch uneins, ob sie in die Stadt reiten wollten oder gleich weiter nach Montalban. Sie waren einige Zeit nicht auf Fahrende Ritter gestoßen, und die Angaben der Landbevölkerung zur Lage in Toulouse schwankten. Einige behaupteten, der Graf hielte die Stadt wieder besetzt, andere meinten, es wären noch Kämpfe im Gange. Wieder andere vermuteten Montfort eher in der Gegend von Albi.

»Wir können im nächsten Dorf noch mal fragen«, meinte Rüdiger, als sie wieder ein Waldstück hinter sich ließen und über gepflegte Wege zwischen Wiesen und Weizenfeldern herritten. »Wir brauchen sowieso Proviant.«

Die drei bogen also vom Weg ab, als sie die Umfriedung des Dorfes von Weitem erkannten. Allerdings lag die Ansiedlung keineswegs friedlich unter dem leuchtend blauen Himmel dieses Herbsttages. Stattdessen hörte man Waffengeklirr und Schreie, der leichte Zaun schien an mehreren Stellen umgestürzt und von einigen Gebäuden stieg Rauch auf.

Dietmar setzte sein Pferd spontan in Galopp, als er die Anzeichen des Kampfes sah. Rüdiger und Hansi hätten sich darüber wahrscheinlich erst beraten, sprengten ihrem Freund nun jedoch nach. Zumal ihnen jetzt auch jemand entgegenkam. Ein junges Mädchen mit wehendem blondem Haar kletterte behände über den umgerissenen Zaun und warf sich vor den Rittern auf die Knie.

»Ihr Herren ... Ihr Herren, Ihr seid doch Ritter! Helft uns, bitte! Sie wollen uns verbrennen!«

»Ein Albigenser-Dorf?«, fragte Rüdiger.

Das Mädchen schüttelte heftig den Kopf. »Nein, Herr, ich schwöre ... ich schwöre auf ... auf Jesus Christus und auf ... auf die Propheten und die ganze Bibel und ... Wir sind keine Ketzer ... niemand hier. Die ... die Ketzer haben sie doch schon vor drei Jahren verbrannt!«

Bei den letzten Worten klang ihre Stimme erstickt, sie schien sich noch gut daran erinnern zu können. Die Ritter betrachteten das Mädchen jetzt genauer. Ein Bauernmädchen, dessen schlichter, leinener Leibrock ihm nur bis zu den Knien reichte. Es war klein und seine Haut sehr dunkel, fast nussbraun, was reizvoll von dem weizenblonden Haar abstach. Seine Augen waren von hellem Blau, sonst sicher sehr schön, aber jetzt von Panik erfüllt.

»Bitte helft uns, bitte!«, rief die Kleine jetzt noch einmal.

Dietmar brauchte keine weiteren Bitten. Fest entschlossen, der Gerechtigkeit zum Sieg zu verhelfen, ließ er sein Pferd über den zerstörten Zaun setzen. Rüdiger und Hansi blieb wieder nicht viel anderes übrig, als ihm zu folgen.

»Na, hoffentlich ist die Übermacht nicht erdrückend«, rief Rüdiger seinem Freund zu, als ihre Pferde nebeneinander über den Zaun sprangen.

Das Bild, das sich ihnen bot, passte zu ihren Erwartungen: Eine Gruppe Reiter schleifte ein Dorf nach allen Regeln der Barbarei. Es mochten etwa fünfzehn Männer auf Pferden sein, die hier Häuser in Brand setzten, Vieh aus den Ställen trieben und Schuppen und Zäune dem Erdboden gleichmachten. Vor allem aber trieben sie johlend die bäuerliche Bevölkerung zusammen, ohne Rücksicht darauf, dass die Menschen weinten, beteten und flehten. Ziel des Auftriebs war die schlichte Holzkirche im Zentrum des Dorfes. Ein kleiner, rundlicher Pfarrer stand davor und hielt den Eindringlingen mutig ein Kreuz entgegen.

»Wir sind keine Ketzer! Bei Gott und allen Heiligen, so hört doch zu!«

Eben das schienen die Männer absolut nicht vorzuhaben. Stattdessen freuten sie sich wohl schon auf das Massaker. An allen vier Enden der kleinen Kirche waren Männer mit Fackeln postiert.

Dietmar, Rüdiger und Hansi erkannten mit einem Blick, dass es sich hier nicht um Ritter handelte – was auch das Mädchen gewusst zu haben schien. Rüdiger fragte sich kurz, woher sie ihr Wissen schöpfte. Für Adlige war der Unterschied leicht zu erkennen, da die Männer weder Wappen noch Helmzier trugen und auch nicht voll gerüstet waren. Die Leute, die hier wüteten, nannte man Edelknechte – Abkömmlinge adliger Familien, die zwar eigentlich das Anrecht auf einen Ritterschlag besaßen, deren Väter sich aber weder eine Feier zur Schwertleite noch ihre Ausstattung mit Streitross und Rüstung leisten konnten. Zumindest nicht für den zweiten und dritten Sohn, für den Erben kratzte man das Geld meist gerade noch zusammen. Die jüngeren verdingten sich dann als berittene Kämpfer, sofern sie irgendwie an ein Pferd kamen – wozu ein Kreuzzug wie der gegen die Albigenser natürlich ideale Bedingungen bot. Die meisten von ihnen waren verbittert und wütend auf Gott und die Welt und bereit, diese Wut auf jeden zu richten, der ihnen im Weg stand. Gräueltaten wie die hier geplante gingen sehr oft auf ihre Kappe. In der Regel waren sie jedoch keine starken und mutigen Kämpfer. Rüdiger schätzte kühl die Chancen der drei Ritter gegen die etwa fünfzehn Knechte ab, während Dietmar sich bereits dem Anführer entgegenstellte.

»Was gibt Euch das Recht, dieses Dorf zu zerstören und diese Leute umzubringen?«, fragte er aufgebracht. »Sie behaupten, sie seien keine Ketzer!«

Der Mann, ein kräftiger Bursche in Dietmars Alter, lachte. »Sagen können die vieles. Aber hier sind alle Ketzer und Verräter. Und was die Unterscheidung angeht: Da hat sich Abt Arnaud Amaury doch wohl klar ausgedrückt: Tötet sie alle – Gott wird die Seinen schon erkennen.«

»Das tut er zweifellos!«, mischte Rüdiger sich ein. »Aber ich bezweifle, dass er sie vor ihrer Zeit vor seinem Thron sehen will. Wo kommt ihr überhaupt her? Wer ist euer Befehlshaber?«

Dem Edelknecht passte es offensichtlich nicht, dass der Ritter ihn verächtlich duzte. Er richtete sich im Sattel auf und warf den Eindringlingen einen bösen Blick zu.

»Wir sind Kreuzfahrer und stehen unter dem Befehl des Grafen Simon de Montfort. Es ist unsere edelste Pflicht, die Welt von Heiden und Ketzern zu befreien. Das haben wir geschworen, und das werden wir tun. Also verschwindet jetzt, und lasst uns unsere Arbeit machen!«

Rüdiger schüttelte den Kopf. »Und ich habe geschworen, die Schwachen zu beschützen. Speziell Frauen und Kinder und die Priester der heiligen Mutter Kirche. Dafür wurden meine Waffen geweiht. Und heute werde ich nicht eidbrüchig werden, damit du und deine Kumpane sich erst am Tod der Leute verlustieren und dann ihr Geld und Gut rauben. Diese Menschen stehen von jetzt an unter dem Schutz der Ritterschaft. Zu der auch Simon de Montfort gehört. Wenn er etwas dagegen haben sollte, muss er es mir selbst sagen.«

Der Anführer der Knechte zückte sofort sein Schwert und

sprengte auf Rüdiger zu. Während Rüdiger den Angriff abwehrte, schoben sich Dietmar und Hansi zwischen die verängstigten Bauern und die anderen Kreuzfahrer. Binnen kürzester Zeit war ein Kampf im Gange, in dem die beherzteren Dorfbewohner den Rittern rasch mit Dreschflegeln und Knüppeln zu Hilfe kamen. Einigen von ihnen wurde das schnell zum Verhängnis. Die Knechte kämpften wütend, aber mit wenig Geschick, und sie waren leicht zu verletzen. Die wenigsten von ihnen besaßen auch nur ein Kettenhemd, geschweige denn eine vollständige Rüstung.

»Versucht, sie zu verprügeln, aber nicht umzubringen!«, rief Rüdiger seinen Mitstreitern zu, als Dietmar einem der Männer mit einem einzigen Hieb den Arm vom Körper trennte. »Wir wollen keine Schwierigkeiten...«

»Es scheint aber, als habet Ihr die schon!«

Als die herrische Stimme erklang, ließen die Edelknechte sofort die Waffen sinken. Ein großer, schlanker Ritter auf einem weißen Pferd, dessen Schild ein aufrecht gehender Löwe mit zwei gezackten Schwänzen zierte. Der Wappenrock des Ritters war weiß, nur geziert von einem großen Kreuz, das ihn als Streiter für seinen Glauben auswies.

»Wer seid Ihr, und warum hindert Ihr meine Männer, zu tun, was sie geschworen haben?«

»Hier stehen wohl verschiedene Eide gegeneinander, Herr!«, sagte Rüdiger kühl. »Mein Name ist Rüdiger von Falkenberg. Und wer seid Ihr?«

Der Ritter runzelte die Stirn. Er war im Gegensatz zu Rüdiger, Dietmar und Hansi voll gerüstet, hatte aber sein Visier geöffnet. Hinter ihm postierten sich vier voll bewaffnete Ritter.

»Mein Name ist Simon de Montfort – neben diversen anderen Titeln Vizegraf von Carcassonne und Béziers, Graf von Toulouse und Herzog von Narbonne.«

Rüdiger und die anderen verneigten sich – wenn auch nicht zu unterwürfig.

»So seid Ihr der Richtige, um hier zu schlichten«, führte Dietmar die Verhandlungen unbeeindruckt weiter. »Eure Männer wollten die gesamte Bevölkerung dieses Dorfes als Ketzer hinrichten, aber die Bauern und ihr Pfarrer behaupten, keine Albigenser zu sein.«

»Das stimmt, Herr!« Der kleine, aber offensichtlich mutige Priester schob sich mit seinem Kreuz zwischen die Ritter. »In diesem Dorf gab es nur drei Albigenser-Familien, aber die habt Ihr dem Feuer überantwortet, als Ihr uns schon einmal überfallen ... als Ihr schon einmal eine Säuberung dieser Region vorgenommen habt. Wir hatten das Dorf gerade wieder aufgebaut. Jetzt gibt es hier nur Katholiken, der Bischof wird das bestätigen.«

Man brauchte dem Priester nur in das jetzt angstschweißbedeckte runde Gesicht zu blicken, um zu wissen, dass er die Wahrheit sprach. Ein Parfait der Katharer, der strengsten Fastenregeln unterworfen war, hätte es niemals zu einem Bauch bringen können, der unter einem Priesterrock spannte. Der kleine Priester zeigte auch keinerlei Neigung, sich aufzuopfern. Er war mutig, aber er hing doch zweifellos am Leben. Eher wäre da noch Simon de Montfort mit seinem strengen, hageren Gesicht und seinen kalten stahlblauen Augen als Asket und Märtyrer durchgegangen.

Jetzt schaute er zunächst den Priester, dann die drei Ritter böse an. »Und wer seid Ihr?«, fragte er Dietmar, »um Euch zu erdreisten, über meine Bauern zu richten?«

»Eure Bauern?« Dietmar runzelte die Stirn. »Gehören die nicht eher seiner Majestät, dem König von Frankreich? Die Grafen von Toulouse sind dem doch lehnspflichtig, oder?«

Rüdiger grinste. Eine geschickte Frage. Es war immer strittig, ob der stolze Adel Okzitaniens sich dem König unterordnete oder nicht. Aber Montfort konnte sich kaum leisten, dem König die Abgaben zu verweigern.

»Der Sohn des Königs begab sich erst vor Kurzem als Kreuzritter unter meinen Befehl!«, trumpfte Montfort auf.

Das stimmte. Und diente aus Sicht der Krone zweifellos dazu, den neuen Grafen von Toulouse im Auge zu behalten.

Dietmar lächelte. »Ja, Prinz Ludwig. Ich hatte die Freude, mit ihm am Hofe des Königs meine Schwertleite zu feiern. Der Prinz ist ein Ritter ohne Furcht und Tadel und ein sehr gerechter Mann. Ich glaube nicht, dass er es gutheißen würde, rechtgläubige Bauern abzuschlachten. Unser Freund Jean de Bouvines hier wurde übrigens persönlich von König zum Ritter geschlagen. Er steht ihm sehr nahe.«

Hansi versuchte, so würdig dreinzuschauen, als träfe er sich allwöchentlich mit dem König zum Schachspiel. Montfort blickte unwillig, aber ihm war anzusehen, dass er nachgab.

»Du kannst beweisen, dass du rechten Glaubens bist?«, wandte er sich an den Priester.

Der kleine Mann nickte eifrig. »Aber ja, Herr, der Bischof kennt mich, er hat mich ja selbst hierhergesandt. Und seht ...«

Er rannte ächzend in die Kirche und schleppte ein schweres Buch heraus – die Bibel, und offenbar der ganze Schatz dieser kleinen Gemeinde. Der Pfarrer schlug sie auf und begann, aus der Genesis vorzulesen. Die Dorfbewohner fielen derweil auf die Knie und versuchten sich in einem gemeinsamen Ave-Maria.

Montfort schien Latein zu verstehen. Und natürlich wiesen den Priester nicht nur sein Bauch, sondern auch seine Mönchskutte als Katholiken aus.

»Na schön ...« Montforts Lippen waren schmal wie ein Strich, und die Augen in seinem bleichen Gesicht sprühten

Funken. Aber er kam um eine Entschuldigung nicht herum. »Wie es aussieht, meine Herren, habt Ihr meine Männer hier vor einer unglückseligen Fehleinschätzung bewahrt. Gott hätte die Seinen zwar zweifellos erkannt – der himmlischen Gerechtigkeit kann niemand entkommen –, aber zu der irdischen habt Ihr beigetragen. Bitte macht mir die Freude, uns zu unserem Feldlager zu begleiten, wir sind auf dem Weg nach Toulouse, die Stadt muss zurückerobert werden. Vielleicht möchtet Ihr Euch uns überhaupt anschließen? Das Heer des Papstes braucht furchtlose, gerechte Streiter!«

»Die fehlen hier ganz sicher«, murmelte Rüdiger, als die Ritter sich schließlich tatsächlich dem Heerführer, seiner Eskorte und den geschlagenen fünfzehn Edelknechten anschlossen, von denen vier sich kaum noch auf den Pferden hielten. »Aber ich habe da keinerlei Ambitionen. Was für ein kaltschnäuziger Kerl, dieser Montfort! Seine Mordburschen haben vier Bauern auf dem Gewissen – und wer weiß wie viele Mädchen noch missbraucht und tot hinter den Häusern liegen. Aber nicht das geringste Angebot, den Leuten Wergeld zu zahlen oder sich auch nur zu entschuldigen. Kein Wunder, dass das Volk nicht hinter ihm steht.«

»Und dieser Auftritt eben ...« Hansi grinste. »Das war doch kein Zufall, dass der gerade mit ein paar Rittern vorbeikam, um die Saubären zur Räson zu bringen. Der hat denen schön Zeit gegeben, die Bauern zu massakrieren, sich an den Weibern schadlos zu halten – nur die Beute, die wollte er einstreichen! Und wenn sich später doch rausgestellt hätte, dass es keine Ketzer waren ... na ja, die Schuld lag nicht bei ihm ...«

»Was machen wir denn jetzt?«, fragte Dietmar. »Wir begleiten die nicht wirklich nach Toulouse, oder?«

Rüdiger schüttelte den Kopf. »Es sei denn, du wolltest deine Liebste belagern. Könnte sein, dass sie das nicht sehr freundlich aufnimmt. Und Montfort wird vor den Toren von Toulouse nicht die Laute spielen.«

»Aber wir essen uns heute noch satt bei den Kerlen«, meinte der immer zweckmäßig denkende Hansi. »Auch wenn da wohl weniger Ochsen am Spieß braten werden als geplant. Die haben sich doch schon auf das Vieh der armen Bauern gefreut.«

»Mir reicht auch Brot und Käse, wenn ich dafür die Ritter etwas aushorchen kann«, fügte Rüdiger hinzu. »Und vor allem schlafen wir da ungefährdet. Wir haben Montfort verärgert, Freunde – das nimmt er hin, solange er noch hofft, dass er damit vielleicht drei Lanzenreiter gewinnt. Aber wenn wir uns gleich absetzen ... Die Nacht ist dunkel.«

Die Verpflegung im Lager der Kreuzritter war nicht schlecht. Zwar gab es keine Ochsen, aber der Eintopf, der in großen Kesseln kochte, enthielt ausreichend Fleisch, dazu gab es Brot und Brei aus Getreide. Alle Kämpfer wirkten gut genährt und stark – allerdings waren nur wenige Ritter unter ihnen. Den Großteil der Armee stellten Edelknechte und Fußvolk.

»Imponierend, dass Montfort damit so viele Schlachten gewonnen hat«, sagte Dietmar.

Rüdiger, Hansi und er hatten sich ausgiebig gestärkt und tranken nun Wein mit den Männern aus der Eskorte Montforts. Die vier hatten die Neuankömmlinge eingeladen, ihre Zelte neben den ihren aufzustellen. Hier trank die Elite des Heeres, bestehend aus Männern, die ihre Schwertleite gefeiert hatten. Auch sie waren jedoch größtenteils keine Erben, sondern jüngere Söhne großer Familien. Eine Ausnahme bildete ein blonder Hüne namens Mathieu de Merenge. Er war nicht nur der Erbe eines Gutes bei Béziers, sondern auch der einzige Okzitanier unter den Männern. Die anderen drei stammten aus den nördlicheren Teilen Frankreichs oder auch aus anderen Ländern.

Rüdiger merkte schnell, dass sich Mathieu auch noch in anderer Hinsicht von seinen Trinkkumpanen unterschied. Er war offensichtlich nicht hier, um Beute zu machen oder um der Vergebung seiner Sünden willen – er schien mit Herzblut dabei zu sein und die Albigenser und den Grafen von Toulouse glühend zu hassen.

»An Mathieu müsst Ihr Euch halten, wenn wir Toulouse einnehmen!«, meinte denn auch einer. »Der hat dem Grafen als Knappe gedient und dann auch als Ritter. Wenn einer weiß, wo in dem Palast noch was zu holen ist, dann er!«

»Zu holen wäre vor allem der Kopf des Grafen!«, rief Mathieu leidenschaftlich. »Dieser Verräter und Ketzerfreund, Weiberheld und Feigling!«

»Na, na, feige würde ich den Grafen aber doch nicht nennen!«, begütigte Rüdiger. »Hat er nicht etliche Schlachten geschlagen und gewonnen?«

»Und ob ich den feige nenne, Monseigneur!«, beharrte Mathieu wütend. »Kuscht vor den Worten einer Frau, flieht nach England, statt sich der Entscheidungsschlacht zu stellen.«

»Er ist ja jetzt wieder da«, meinte Hansi.

Dietmar beschäftigten andere Dinge. »Ihr habt wirklich am Hofe von Toulouse gelebt, Herr Mathieu?«, fragte er. »Am Minnehof der Herrin Leonor?«

Mathieu schnaubte. »Eine Lasterhöhle!«, behauptete er. »Wo man Ketzer empfing, Juden – und Mauren. Der Graf hielt sich eine arabische Hexe. Angeblich nur zum Sterndeuten.«

Die anderen lachten.

»War sie wenigstens schön?«, erkundigte sich einer seiner

Mitstreiter anzüglich. »Lohnt es sich, ihr den Schleier abzureißen, wenn wir den Palast erobern? Man weiß ja nie, was sich bei den Sarazenenweibern darunter versteckt ...« Der Mann war nicht mehr ganz jung und hatte offensichtlich Kreuzzugerfahrung im Heiligen Land.

»Die Hexen da sind alle schön!«, gab Mathieu zurück und füllte noch mal seinen Becher. »Da lohnt sich der Blick unter jeden Rock ...«

Dietmar biss sich auf die Lippen. Man hatte ihn gelehrt, solch zotiges Gerede sei nicht ritterlich. Dieser Mann zog obendrein über den Hof einer spanischen Prinzessin her und mit der Schmähung der Maurin über eine enge Freundin seiner Mutter! Dietmar merkte, wie es in ihm kochte. Er hätte sich zurückziehen sollen. Aber andererseits – wenn Mathieu am Hof von Toulouse gedient hatte, musste er Sophia kennen.

»Da wir eben von Damen reden, Herr Mathieu«, sagte er steif. »Habt Ihr am Hof der Herrin Leonor ein Mädchen namens Sophia kennengelernt? Sophia von Ornemünde – goldblond und schön wie der Morgen ...«

Mathieu unterbrach ihn lachend, bevor er mit der Beschreibung seiner Minneherrin fortfahren konnte.

»Die Ketzerhure? Freilich kenn ich die Herrin Sophia. Wenngleich sie sich jedem christlichen Ritter gegenüber spröde gibt. Der haben's die Albigenser angetan.« Er grinste und machte eine eindeutige Geste.

Dietmar fuhr auf. »Dafür werdet Ihr mir Genugtuung leisten!«, sagte er wütend. »Sophia von Ornemünde ist meine Minneherrin. Ihre Tugend ist über jeden Zweifel erhaben, ebenso wie ihr Glaube. Das beweist auch, dass sie sich Euch gegenüber spröde zeigte!«

Mathieu grinste herablassend. »Ach was, Eure Minnedame? In Toulouse hatte sie nur Augen für Flambert de Montalban.

Ein hübscher junger Mann, unbestritten. Ein Troubadour. Aber verderbt von der abscheulichen Lehre der Albigenser bis ins Mark.« Er erhob sich, als Dietmar keine Anstalten machte, sich wieder zu setzen. »Du willst dich nicht wirklich für sie prügeln?«, lachte er. »Glaub's mir, sie ist es nicht wert, sie ...«

Dietmar versetzte Mathieu einen Faustschlag, der ihn taumeln ließ. Die anderen Ritter zogen beide zurück, als sie nach ihren Schwertern griffen.

»Ich denke, hier haben alle ein bisschen viel getrunken«, begütigte einer der älteren – obwohl Dietmar vollkommen nüchtern war. »Ihr solltet erst mal darüber schlafen, bevor Ihr Euch gegenseitig fordert, um eines Mädchens willen, das den einen wohl verschmäht und dem anderen Hörner aufgesetzt hat.«

»Sophia hat ...« Dietmar wand sich, aber Rüdiger und Hansi hielten ihn zwischen sich wie in einem Schraubstock.

»Du kommst jetzt mit!«, befahl Rüdiger. »Die Herren werden uns entschuldigen. Meinen jungen Freund hier tragen die Schwingen der Liebe – aber das soll ja das beste Stärkungsmittel sein, wenn man eine Stadt erobern will.«

Damit grüßte er lächelnd in Richtung der Ritter, die den nicht minder wütenden Mathieu im Klammergriff hielten. Die Nase des jungen Mannes blutete, und er lechzte sichtbar nach Genugtuung.

»Bist du nicht bei Sinnen?«, blaffte Dietmar Rüdiger an, nachdem die anderen ihn in ihr Zelt gestoßen hatten. Rüdiger passte auf, dass er nicht gleich wieder herausrannte, während Hansi bereits begann, Sachen zusammenzupacken. »Willst du jetzt doch mit den Kerlen nach Toulouse ziehen?«

Rüdiger schüttelte den Kopf. »Natürlich nicht. Das habe ich nur gesagt, um diesen Mathieu in Sicherheit zu wiegen. Damit er nicht heute noch zu Montfort rennt.«

»Zu Montfort?«, fragte Dietmar.

»Darauf würd ich meinen Arsch verwetten«, sagte Hansi. »Äh ... Verzeihung, meine Ritterehre. Aber vorher hauen wir ab. Siehst du doch auch so, Rüdiger, oder?«

Rüdiger nickte. »So schnell es eben geht. Aber wir werden warten müssen, bis alle betrunken sind und schlafen. Das Zelt lassen wir stehen und das Packtier im Stall. Ist zwar schade drum, aber wenn alles gut geht, sind wir ja bald in einer Stadt. Und wir gehen auf keinen Fall ein Risiko ein. Wir umgehen Toulouse und versuchen es erst in Montalban.«

Dietmar runzelte die Stirn. »Und das nur, damit ich mich nicht mit diesem Mistkerl schlage? Da hab ich doch wirklich schon andere besiegt! Ihr braucht nicht auf mich aufzupassen!«

Rüdiger seufzte. »Ich glaub dir ja, dass du mit dem Großmaul fertig würdest«, sagte er. »Aber ich habe keine Lust, diesem Montfort morgen mein Leben zu verpfänden, indem ich das Kreuz nehme.«

Dietmar schüttelte den Kopf. »Aber dazu kann er uns nicht zwingen!«, meinte er.

»Na«, sagte Hansi. »Aber er kann's uns dringend nahelegen ...«

»Zum Beweis dafür, dass wir keine getarnten Ketzer sind, auf dem Weg nach Toulouse, um die Stadt zu verteidigen und ein Albigenser-Mädchen zu freien!«, zischte Rüdiger. »Herrgott, Dietmar, wenn der Kerl Montfort morgen die gleiche Geschichte erzählt, die er uns heute aufgetischt hat, und du nimmst für Sophia Partei, dann rettet dich nur die ganz schnelle Verpflichtung, erst die Albigenser zu verbrennen und dann Jerusalem zu befreien. Wach auf, Dietmar! Hier reicht es, einen Ketzer zu kennen, damit sie dir den Hals durchschneiden. Oder Schlimmeres ... du könntest auf dem nächsten

Scheiterhaufen landen, den sie entzünden. Morgen wahrscheinlich, im nächsten Dorf. Wir haben uns doch heute schon verdächtig gemacht. Jetzt leg dich noch eine Stunde aufs Ohr, und dann brechen wir auf. Hoffentlich bewachen die ihr Lager nicht. Aber es wird sich ja wohl selten einer nachts davonstehlen.«

Tatsächlich gelang es Rüdiger, Dietmar und Hansi, ungestört das Feldlager Montforts zu verlassen. Zwar gab es zwei verschlafene Wachleute, aber die wagten es nicht, die abreitenden Ritter auch nur anzusprechen. Rüdiger und die anderen passierten sie im Schritt mit knappem Gruß. Sie hatten volle Rüstungen angelegt – wahrscheinlich vermuteten die Wachen, dass die Ritter im Auftrag Montforts irgendwohin unterwegs waren. Die Freunde setzten ihre Pferde in Galopp, sobald sie außer Sicht waren.

»Und nun schleunigst weg vom direkten Weg nach Toulouse. Damit wir denen auf keinen Fall wieder in die Hände fallen!«, sagte Hansi befriedigt.

»Glaubt ihr, Sophia ist noch in Montalban, wenn der Graf schon in Toulouse ist?«, zweifelte Dietmar.

»Das sehen wir ja dann«, beschied ihn Rüdiger. »Auf jeden Fall erfahren wir es in Montalban. In Toulouse natürlich auch, aber falls sie da nicht ist, sitzen wir womöglich fest in einer belagerten Stadt.«

Der Weg führte die Ritter zunächst ein Stück zurück, in Richtung des am Vortag überfallenen Dorfes. Als sie von dort aus auf schmale Wald- und Wiesenwege in die Richtung Montalban auswichen, trafen sie im Morgengrauen auf eine kleine, erschöpft wirkende Gestalt.

»Ich werd narrisch, das Mädel aus dem Dorf!« Übermüdung und Aufregung ließen Hansi immer sofort in seine heimische Mundart zurückfallen.

Aber er irrte sich nicht. Das junge Mädchen trug das gleiche Kleid wie am Vortag, sein helles Haar hing nachlässig mit einem Lederband zusammengefasst über den Rücken. Es hatte ein Bündel geschultert und wirkte todmüde. Als es Hufschlag hörte, versuchte es trotzdem, sich rasch in die Büsche am Wegrand zurückzuziehen.

»Brauchst keine Angst zu haben. Wir sind's bloß«, sprach Hansi sie beruhigend an.

Das Mädchen sah zu den Rittern auf, dann versank es in einem tiefen Knicks. »Ich dank Euch, Messeigneurs, dass Ihr mein Dorf gerettet habt«, sagte es höflich. »Ihr ... Ihr werdet mir auch jetzt nichts tun?« Es klang zweifelnd.

»Wo willst du denn überhaupt hin?«, fragte Rüdiger. »Dies ist der Weg nach Montalban.«

Das Mädchen zuckte die Schultern. »Hierhin oder dorthin, es ist gleich. Die Leute aus dem Dorf haben mich rausgeworfen. Der Pfarrer war gnädig, die anderen wollten mich fast verbrennen. Sie sagten, die Kerle gestern wären nur meinetwegen gekommen.«

»Aber warum denn?« Dietmar schüttelte den Kopf. »Du bist doch keine Ketzerin, oder?«

Das Mädchen senkte den Kopf. »Aber ich war eine«, gab sie dann zu. »Die Männer von Montfort haben meine Eltern verbrannt. Und unsere Freunde. Aber ich war noch so jung, da haben sie mich verschont. Und es war auch noch am Anfang, als so viele Bischöfe und Prioren und so mit den Kreuzfahrern ritten. Der eine, Dominikus, hat in Prouille ein Kloster gegründet. Für Albigenserinnen, die mit ihrem Glauben brachen. Da haben sie mich hingeschickt, und ich wurde dort erzogen. Aber ich wollte keine Nonne werden. Deshalb bin ich zurück in mein Dorf.«

»Und nun machen sie dich für den erneuten Überfall verantwortlich. Was für ein Unsinn!«, erregte sich Hansi.

»Was machen wir denn jetzt mit ihr?«

»Wir?«, fragte Rüdiger belustigt.

»Na, ihr wollt sie doch nicht hier auf der Straße lassen? Ganz allein. Wir ...«

»Wir sollten sie wenigstens mitnehmen nach Montalban«, stimmte Dietmar zu.

Rüdiger warf einen Blick von einem zum anderen. Hansi schaute mit heiligem Ernst auf das Mädchen, Dietmar schien dagegen nichts Besonderes für sie zu empfinden. Sein Gesicht zeigte nur seinen üblichen beflissenen Ausdruck der Ritterlichkeit.

»Aber du nimmst sie aufs Pferd«, wies Rüdiger Hansi an, bemüht, ein Grinsen zu verbergen. »Dein Wastl ist das ruhigste ...«

Dietmar wollte eben empört anmerken, dass auch sein Hengst nicht aufbegehren würde, wenn er das Mädchen auf seine Kruppe setzte, aber dann sah er Hansis verklärten Blick und hielt den Mund.

»Wie heißt du eigentlich?«, fragte er das Mädchen stattdessen.

»Esclarmonde«, antwortete sie mit klangvoller Stimme. »Wie die Schwester des Grafen von Foix, die berühmte Parfaite. Aber die Leute im Dorf haben Claire zu mir gesagt.«

»Klärchen ...«, murmelte Hansi und hob das Mädchen selig auf sein Pferd.

Kapitel 3

Salomon von Kronach alias Gérôme de Paris war in den Burghof hinabgestiegen, um sich nach dem Fortgang der Arbeiten an den Mangonels zu erkundigen. Nach wie vor waren nicht alle Veränderungen vorgenommen worden, die Miriam angemahnt hatte – und selbst der langmütige Medikus wurde langsam wütend. Die Handwerker, die Pierre de Montalban ihnen gestellt hatte, waren ebenso dumm wie faul. Weder schienen sie zu verstehen, was von ihnen erwartet wurde, noch interessierte es sie.

Auch an diesem Tag war kein Arbeiter in Sicht, geschweige denn der Meister. Dafür umrundete ein junger blonder Ritter die Katapulte und schien jede Kleinigkeit in der Kombination von Seilwinde, Wurfarm und Standrahmen genauestens zu analysieren. Als er mit langen, schlanken Fingern die Geschossschale entlangfuhr, meinte Salomon, einem Trugbild aufzusitzen. Das Bild erinnerte ihn zu sehr an einen anderen jungen Mann, mit dem er einst Modelle gebaut und die Statik von Kathedralbauten berechnet hatte. Auch der hatte so eifrig und hoch konzentriert versucht, die Bauten mit allen Sinnen zu erfassen.

Salomon suchte Halt an der Burgmauer, als der Ritter jetzt aufsah. Das konnte nicht ...

»Bonjour, Monsieur! Seid Ihr der Blidenmeister? Aber was habt Ihr denn, Ihr seid ja ganz blass?«

Die gleiche helle Tenorstimme, freundlich, anteilnehmend.

Salomon rang um Fassung. Aber natürlich war dies kein

Gespenst. Und nun sah er auch die strahlend blauen Augen, die sich deutlich von den nebelgrauen seines damaligen Zöglings unterschieden. Es war ... es musste ...

»Dietmar!«, stieß der Medikus hervor. »Du bist Dietmar!«

Der junge Ritter runzelte die Stirn. Offensichtlich befremdete ihn die allzu vertraute Anrede, aber er brauste nicht auf wie viele andere, schnell beleidigte Männer seines Standes.

»Dietmar von Ornemünde zu Lauenstein«, stellte er sich vor. »Und wer seid ... Ihr?«

Salomon trug schlichte Arbeitskleidung, eine kurze braune Tunika über schwarzen Beinlingen. Kein Wunder, dass ihn der junge Mann für einen Handwerker hielt, bestenfalls wäre er als Kaufmann durchgegangen. Aber der Medikus war jetzt viel zu aufgewühlt für höfliche Entgegnungen.

»Dietmar! Oder besser Herr Ritter – verzeiht die wenig korrekte Anrede, aber ... als ich Euch das letzte Mal sah, war Eure Mutter eben dabei, Euch zu wickeln. So rasch wie möglich, damit die jüdische Herbergswirtin nicht sah, dass Ihr nicht beschnitten wart. Obwohl wir Euch doch Baruch nannten ...«

Salomon lächelte Verständnis heischend. Und der junge Mann erwiderte sein Lächeln. Etwas verwirrt – aber genau so, wie Gerlin gelächelt hatte. Salomon fragte sich, wieso er eben nur Dietrich in seinen Zügen gesehen hatte. Dietmar hatte doch Gerlins Augen, ihre vollen Lippen – und die mitreißende Art, die dem ruhigen Dietrich eher abgegangen war.

»Dann müsst Ihr ... mit meiner Mutter gereist sein«, meinte Dietmar unsicher. »Aber ... aber ... wenn Ihr einer der Ritter wart, die sie begleitet haben ... Wie konntet Ihr wissen ...?«

Salomon hatte sich auf der Reise mit Gerlin als christlicher Bader ausgegeben, sein Judentum aber in der Pariser Herberge nicht mehr geleugnet. Von diesem Wechsel wussten eigentlich nur Gerlin, Abram, Miriam und ...

Salomon sah entzückt, wie es in Dietmars Gesicht arbeitete. Auch Dietrich hatte so angestrengt nachdenken können.

»Aber Ihr könnt nicht der Medikus sein. Meine Mutter sagte mir, er habe in Paris den Tod gefunden.«

Salomon schüttelte den Kopf. »Ich wurde gerettet, Dietmar, aber ich ließ Gerlin in dem Glauben. Sie hatte ihr Glück mit Florís gefunden, wer war ich, um ...«

Dietmar sah ihn stirnrunzelnd an, und Salomon biss sich auf die Lippen. Natürlich, der junge Mann wusste nichts von dem, was zwischen ihm und seiner Mutter gewesen war.

»Es ist eine lange Geschichte«, meinte Salomon. »Aber ja, ich bin Salomon von Kronach, und ich bin Jude. Das weiß hier allerdings niemand. In Montalban nennt man mich Gérôme de Paris.« Er verbeugte sich leicht.

Dietmar lächelte verschwörerisch. »Dann werde ich Euch auch so nennen. Aber Ihr müsst mir die Geschichte erzählen. Können wir uns irgendwohin zurückziehen?«

Salomon nickte. »Gleich. Sobald ich diese Mangonels inspiziert habe. Sie ...«

»Mangonels?«, fragte Dietmar. »So nennt Ihr die Maschinchen hier? Lustige kleine Katapulte. Aber was wollt Ihr damit? Sie sind zu klein, Ihr kommt damit kaum über Pfeilflugweite. Die Leute in der Burg werden die Kanoniere unter Beschuss nehmen.«

Salomon schüttelte den Kopf. »Wenn unsere Berechnungen stimmen, schießen sie gut zweihundert Ellen weiter, als ein Pfeil fliegt«, erklärte er. »Das liegt an den verdrehten Seilen im unteren Bereich, die viel weniger Platz und Höhe brauchen als ein Hebel. Schaut's Euch nur genau an. Das Wirbeln der Seile, wenn sie sich aufdrehen, erzeugt die Kraft, die den Wurfarm dann hochschleudert. Und die Kanoniere sind in diesem Fall nicht gefährdet – die befinden sich innerhalb der Mauern.«

Dietmar pfiff durch die Zähne. »Eine Blide zur Verteidigung! Oder gleich drei. Klein und leicht zu bewegen! Die Belagerer müssen denken, die ganze Mauer sei damit bestückt!«

Salomon lächelte. »Ihr habt das Lachen Eurer Mutter und den Verstand Eures Vaters.«

»Aber die Position der Achse...« Dietmar hörte die Schmeichelei gar nicht. »Hier ist einiges nicht sauber gearbeitet.«

Salomon seufzte. »Deshalb kann ich jetzt auch nicht mit Euch reden, sondern muss diesen Schreiner aufsuchen, der die Dinger für uns gefertigt hat. Und den Schmied wegen der Bandeisen, wir wollen den Wurfarm verstärken... Das dürfte sich äußerst mühsam gestalten. Der Burgherr zeigt nämlich leider nicht Euren Weitblick. Er hält die Mangonels für Spielerei und unterstützt uns nicht. Die Handwerker wissen das und arbeiten schlecht – obwohl nicht er es ist, der sie bezahlt. Aber wenn es Euch nicht zu langsam geht...«, Salomon wies auf sein steifes Bein, »... könnt Ihr mich gern begleiten. Vielleicht ein bisschen mit dem Schwert herumfuchteln, dann kriegen die Kerle Angst!« Er lachte. »Und vor allem will ich wissen, was Euch herführt. Ihr kommt doch nicht als Fahrender, um für Raymond zu kämpfen?« Der Medikus sah seinen früheren Ziehsohn prüfend an. »Solltet Ihr nicht Lauenstein zurückerobern?«

Dietmar straffte sich und sah Salomon stolz in die Augen. »Das ist bereits geschehen, Herr Salomon! Der Usurpator ist tot, meine Mutter sitzt auf Lauenstein und verwaltet es für mich. Bis ich mit meiner Frau zurückkehre.«

Salomon lachte, glücklich und erleichtert. »Ihr seid auf Freiers Füßen? Wer ist die Glückliche? Der Graf hat keine passenden Töchter.«

Dietmar biss sich auf die Lippen. »Auch das«, meinte er, »ist eine lange Geschichte ...«

Einen Tag später brach eine kleine Karawane auf nach Toulouse. Dietmar, Rüdiger und Hansi ritten voll gerüstet, und auch der Medikus hatte sich in ein Kettenhemd gehüllt. Das würde den Ritt beschwerlicher machen, aber der Burgvogt hatte sich geweigert, zusätzliche Ritter für die Bewachung der drei Katapulte zur Verfügung zu stellen. Die waren immer noch nicht fertig gestellt, aber Dietmar wollte natürlich so schnell wie möglich nach Toulouse, als er von Sophias Aufenthalt in der Hauptstadt hörte.

»Und die Mangonels nehmen wir mit!«, entschied Rüdiger, als Dietmar ihm die kleinen Waffen gezeigt hatte. »Die Idee, sie von den Zinnen der Stadt abzufeuern, ist hervorragend, und Handwerker finden sich wohl auch in Toulouse. Eher bessere, und vielleicht ist der Graf ja aufgeschlossener als der Herr de Montalban.«

»Im Zweifelsfall werden ihn die Sterne erleuchten«, lachte Salomon. »Seine Maurin macht ihm das schon schmackhaft, da habe ich keine Angst. Und sie wird entzückt sein, sie brannte ja schon hier darauf, die Dinger endlich auszuprobieren.«

»Sie sollten nur nicht noch in die Finger dieses Montfort fallen«, meinte Dietmar und rüstete sich bereitwillig. »Haben wir denn Fahrer für die Wagen?«

Jedes der drei Katapulte war auf einen leichten Wagen gepackt worden, den zwei Maultiere zogen. Wie ihre großen Pendants waren sie in Teile zerlegt, aber es dauerte nicht Tage, sondern allenfalls ein oder zwei Stunden, sie herunterzuheben und zusammenzusetzen.

»Zwei«, sagte Rüdiger. »Und ...«

»Einen lenke ich!«, sagte das Mädchen Esclarmonde. Die Albigenser in Montalban hatten sie freundlich aufgenommen. Für sie schien klar zu sein, dass sie wieder zu ihrem alten Glauben zurückkehren wollte. Das Mädchen war jedoch unentschlossen und nutzte nun die Gelegenheit, den eifrigen Missionaren zu entfliehen. »Ich kann Wagen lenken, das habe ich auch im Dorf schon getan. Unser Hof war ja verwaist.«

Rüdiger und Dietmar blickten sie anerkennend an, Hansi mit unverhohlener Bewunderung. Die Kleine war also nicht nur in ihr Dorf zurückgekehrt, sondern hatte auch Anspruch auf den Hof ihres Vaters erhoben. Sicher ein weiterer Grund dafür, dass die Dörfler sie loswerden wollten.

»Na, dann macht mal!«, meinte Rüdiger schließlich. »Wir müssen uns beeilen, damit wir vor Montfort in der Stadt sind. Wenn wir das überhaupt noch schaffen!«

»Das hängt davon ab, wie viele Dörfer noch auf dessen Weg nach Toulouse lagen«, meinte Hansi. »So eilig hatten die's nicht, dass sie sich eine Plünderung entgehen ließen ...«

Als die Reiter und Fahrer Toulouse einen knappen Tag später erreichten, herrschte an der Stadtmauer reges Treiben, und auch an die Befestigung des Château Narbonnais, der Burg des Grafen im Westen der Stadt, legten die Bürger gerade letzte Hand an. Männer, Frauen und sogar kleine Kinder arbeiteten fieberhaft, um die Mauer vor Montforts Eintreffen zu erneuern.

»Montfort hat sie zerstören lassen, als er die Stadt das letzte Mal erobert hat«, erklärte der Medikus den Rittern. »Um künftige Verteidigung unmöglich zu machen. Aber seit der Graf zurück ist, wird hier mit aller Kraft gebaut. Unglaublich, was die Leute in der kurzen Zeit geleistet haben!«

»Aber ob das hält?«, fragte Rüdiger skeptisch.

Nicht überall war die Mauer mit Steinen ausgebessert, oft hatte man Erde, Balken und sogar die rosafarbenen Ziegel, für die Toulouse bekannt war, zu Hilfe genommen. Die Wachtürme waren aus Holz errichtet. Ihre Erbauer umkleideten sie gerade mit frischen Tierhäuten, um es den Belagerern zu erschweren, sie in Brand zu setzen.

»Besser als nichts«, meinte Dietmar. »Und die Leute sind doch ganz pfiffig. Guckt mal, die Barrieren und Gräben, die sie davor aufgebaut haben. Das sind Stolperfallen für Pferde, und schwere Kriegsmaschinerie kriegt man gar nicht drüber. Pass bloß auf, Esclarmonde, dass die Achse des Wagens nicht bricht!«

Dietmars strahlende Laune war an diesem Tag durch nichts zu trüben, während der Medikus umso besorgter wirkte. Bevor sie die Mauer noch ganz erreichten, lenkte Salomon sein Pferd neben den jungen Ritter. Dietmar hielt sich zielstrebig Richtung Palast und wirkte so beseelt, als brauche er nur dort hineinzusprengen, um Sophia sofort in die Arme zu schließen.

»Dietmar, ich weiß nicht, ob Rüdiger schon mit Euch darüber gesprochen hat. Aber ... Ihr seid Euch im Klaren, dass Eure Stellung in Toulouse ein ... wenig delikat werden dürfte?«

»Delikat?«, fragte Dietmar verwirrt. »Wieso das denn? Ich bin ein Ritter wie alle anderen auch. Der Graf sollte sich über jeden freuen, der ihm zuläuft.«

Der Medikus nickte. »Sicher. Aber Ihr ... nun ja, wenn ich Abram und Miriam richtig verstanden habe, dann ist Sophia am Hofe des Grafen, weil Raymond und Roland enge Freunde waren.«

»Stimmt, sie steckten schon in Mainz dauernd zusammen«, bestätigte Dietmar. »Und?«

»Na ja, Ihr habt Roland besiegt. Und die Nachricht ist bis hierher sicher noch nicht gedrungen, der Graf wird es also von uns erfahren.«

»Ihr meint, er wird erbost sein«, meinte Dietmar. »Da kann ich ihm nicht helfen, ich besiegte Roland in ritterlichem Kampf. Daran war nichts Unehrenhaftes und nichts Geheimes. Der Graf wird das doch nicht persönlich nehmen.«

»Aber er wird auch nicht gerade darauf brennen, Euch mit seinem Mündel zu verheiraten – zumal er davon ausgehen wird, dass Ihr es wart, der Roland tötete. Und denkt auch einmal an Sophia. Gehen wir mal davon aus, sie freut sich, Euch wiederzusehen. Aber Ihr seid nicht mehr einfach der Ritter, in den sie sich verliebt hat. Sie wird glauben, Ihr wäret der Mann, der ihren Vater auf dem Gewissen hat.«

»Nachdem er den meinen erstochen hat!«, fuhr Dietmar auf.

Salomon schüttelte verwundert den Kopf. »Wer hat Euch denn das erzählt? Dietmar, Roland hat Euren Vater nicht getötet. Er hatte daran natürlich Anteil, aber Dietrich starb am Lungenbrand.«

»Nicht Dietrich«, mischte sich Rüdiger ein. »Florís. Dietmar spricht von seinem Pflegevater. Florís de Trillon starb durch Rolands Hand.«

Salomon spürte, dass alle Farbe aus seinem Gesicht wich. Er schwankte im Sattel und hoffte, dass es keinem der jungen Ritter auffiel. »Florís ... Florís ist tot?«

Rüdiger beachtete ihn jedoch kaum, sondern wandte sich seinem Neffen zu. »Dietmar«, führte er die Rede des Medikus weiter aus. »Was Herr ... Gérôme meint, ist, dass du dich etwas zurückhalten solltest auf der Burg von Toulouse. Kümmere dich um die Katapulte, halte dich an Miriam und Herrn Salomon. Mit dem Grafen rede ich – und vielleicht auch mit

Sophia. Sie wird etwas Zeit brauchen, um über die Sache mit Lauenstein hinwegzukommen. Die sollten wir ihr geben.«

Dietmar nickte, wenn auch unwillig. »Aber nicht zu viel!«, meinte er. »Alles in mir brennt darauf, sie zu sehen. Und sie ... egal was die Leute sagen. Ich bin überzeugt, es geht ihr genauso.«

Sophia war überrascht und ängstlich, als der Graf von Toulouse sie einige Tage nach ihrer Ankunft zu sich rufen ließ. Inzwischen redete der gesamte Palast über Raymond und Geneviève, und obwohl Geneviève selbst nichts erzählt hatte, reimte Sophia sich die Geschichte doch in groben Zügen zusammen. Irgendetwas war gewesen zwischen ihrer Freundin und dem Grafen – und es schien nicht ganz mit Genevièves Zustimmung passiert zu sein. Was, wenn Raymond sich jetzt für Sophia interessierte? Der Graf war als Weiberheld bekannt, und solange seine Frau noch in England war, gab es niemanden, der die Mädchen vor ihm schützen konnte. Sophia kleidete sich also so schlicht wie möglich in eine braune Surcotte, die sie sonst nur zur Gartenarbeit trug, und überlegte sich schon mal, wie sie den Grafen möglichst diplomatisch abweisen konnte.

Als sie dann Raymonds Räume betrat, war sie überrascht. Auf einer schlichten Bank, eine der wenigen Sitzgelegenheiten, hatten bereits die Maurin und ihr Ehemann Platz genommen. Die Herrin Ayesha legte stets größten Wert darauf, nicht mit dem Grafen allein zu sein.

»Komm herein, Sophia, Kind, setz dich.«

Der Graf hatte Sophia persönlich geöffnet und wies ihr nun einen harten Schemel an. Das Château hatte unter der Eroberung gelitten, ebenso die Einrichtung der gräflichen Kemenate. Simon de Montfort hatte nach der Schlacht von Muret an Geldmangel gelitten und Toulouse rücksichtslos geplündert. Die behaglichen Möbel und Teppiche aus dem Palast hatte er entwendet – zweifellos auch die aus den Häusern der vermögenden Bürger. Monfort hatte Toulouse zu einer Ausgleichszahlung von dreißigtausend Goldstücken verurteilt und das Geld mit aller Härte eingetrieben.

Sophia nahm befangen Platz, während der Graf unruhig im Raum umherging.

»Sophia, ich muss dir eine betrübliche Mitteilung machen«, sagte er schließlich – nachdem die Maurin dem Mädchen einen Becher Würzwein gereicht hatte. »Vielleicht trinkst du zuerst einen Schluck, das wird ... vielleicht wird es dich stärken.«

Sophia griff unsicher zum Becher.

»Nun spannt das Kind nicht auf die Folter«, mahnte die Maurin den zaudernden Grafen. »Ich weiß, es ist Euch auch leid, aber sie muss es doch erfahren.«

Der Graf straffte sich und nahm seinerseits einen raschen Schluck. »Sophia, die Burg deiner Eltern wurde erobert«, eröffnete er ihr dann kurz. »Dietmar von Ornemünde hat sie eineinhalb Jahre lang belagert, dein Vater fiel von seiner Hand. Die Lauensteiner Ornemünder haben die Burg wieder in Besitz genommen.«

Sophia erblasste. »Vater ist ... Dietmar hat ... Dietmar? Dietmar hat meinen Vater getötet?«

»Im ritterlichen Kampf«, erklärte die Maurin.

Der Graf nickte widerwillig. Er schien sich das kaum vorstellen zu können. »Angeblich hat dein Vater ihn herausgefordert«, präzisierte er.

Sophia atmete schwer. »Aber Dietmar ...«, flüsterte sie.

»Es war naheliegend, dass es sich irgendwann durch einen

Zweikampf entscheidet«, meinte der Graf. »Ich hätte nur nicht gedacht, dass es so ... dass es so ausgeht.« Er wischte sich kurz mit seiner behandschuhten Hand über die Augen.

Sophia schluckte. Dann nahm sie sich zusammen.

»Was ist mit meiner Mutter?«, erkundigte sie sich.

Der Graf zuckte die Achseln. »Nach Angaben des Herrn von Falkenberg hat sie zumindest vorläufig ihren Witwensitz auf Lauenstein genommen«, sagte er. »Was ungewöhnlich ist, und sehr ... nun ja, sehr huldreich von Seiten des Herrn Dietmar. Es ist nicht gerade üblich, dass man ...«

»Ich bin sicher, Herr Dietmar hätte sich einen unblutigen Ausgang der Angelegenheit gewünscht«, meinte Miriam.

Sie sah forschend und mitleidig in Sophias blasses Gesicht, das ihre Empfindungen nur zu genau widerspiegelte. Das junge Mädchen hatte Dietmar mit seinem Zeichen in den Kampf geschickt. Und nun war sein Vater gestorben.

»Das war uns ... ihm ... wohl nicht vergönnt«, flüsterte Sophia und blickte auf ihre Hände, die sie inzwischen in ihren Schoß hatte sinken lassen. »Ich ... ich danke Euch für die Nachricht, Herr Raymond. Was ... was wird nun aus mir?«

Der Graf biss sich auf die Lippen und nahm seine Wanderung durch den Raum wieder auf.

»Kind ... ich denke, es wäre das Beste, dich bald zu verheiraten«, meinte er unglücklich. »Alt genug bist du ja. Wobei es mit einer Mitgift eher hapern dürfte. Aber ich denke ... wenn ich mich nicht irre, ist der Herr Flambert de Montalban doch ganz vernarrt in dich.«

Sophia errötete jetzt. »Aber Herr Flambert ...«

Sie wusste nicht, was sie sagen und was sie denken sollte. Vor ihrem inneren Auge stand nur Dietmar. Sie sah die Kämpfe in Mainz, bei denen sie aufgeregt mitgefiebert hatte, den triumphierenden Blick des jungen Ritters, wenn sein Gegner vor ihm im Staub gelegen hatte. Hatte er auch so ausgesehen, als er mit blutigem Schwert über dem Leichnam ihres Vaters stand?

»Flambert ist Albigenser, natürlich. Ich verstehe, was du meinst«, nickte der Graf. »Aber ich würde natürlich zur Bedingung machen, dass er zum wahren Glauben zurückfindet. Damit käme auch die Festung Montalban wieder in rechtgläubige Hände, was mir mehr als lieb wäre, sosehr ich Herrn Pierre schätze. Wie ist es, Sophia? Soll ich mit dem Ritter sprechen?«

Sophia hatte das Gefühl, den Boden unter den Füßen zu verlieren.

»Nun lasst das Mädchen doch erst mal zur Ruhe kommen«, begütigte die Maurin. Sophia warf ihr einen dankbaren Blick zu. »Sie hat ihren Vater und ihr Zuhause verloren, und jetzt soll sie sich von einem Herzschlag zum anderen für einen Gatten entscheiden? Das geht zu schnell.«

Miriam stand auf, ging zu Sophia und legte den Arm um sie. »Braucht Ihr mich noch, Herr?«, fragte sie den Grafen. »Sonst bringe ich sie in ihre Kemenate und bereite ihr einen Schlaftrunk. Morgen kann sie dann über Euer großmütiges Angebot mit Herrn Flambert nachdenken.«

»Und der Graf sollte noch mal darüber nachdenken, ob er Flambert wirklich die Konvertierung nahelegen will«, meinte Abram, als sie schließlich mit Sophia auf den Wehrgang traten. »Ich schätze, Geneviève kann gefährlicher werden als alle Montalbans vor unseren Pforten.«

Die Menschen in Toulouse hatten soeben erfahren, dass Guy de Montfort, Simons Bruder, sich der Stadt mit einigen Rittern näherte. Der Graf von Foix, ein alter Waffengefährte

Raymonds, sammelte eben Verteidiger an den noch nicht ausreichend wieder aufgebauten Mauerstücken. Besonders das Stadttor von Montoulieu schien gefährdet.

Geneviève war kampfbereit, als der Graf sie im Anschluss an Sophia rufen ließ. Sie wusste, dass sie sich dem Ruf nicht entziehen konnte. Sie hatte sich bei jenem Bankett unmöglich benommen, und sie konnte dem Grafen nicht ewig aus dem Weg gehen, wie sie es seither tat. Immerhin war er diesmal voll bekleidet, als sie vor ihn trat. Auch sie bemerkte die Leere der Räume.

»Seigneur de Montfort hat wohl ein Faible für schlichte Einrichtung«, spottete sie.

Raymond verzog das Gesicht. »Man sagt ihm eine gewisse, asketische Gesinnung nach«, bemerkte er. »Womit er gut zu euren Parfaits passen würde.«

Geneviève wollte auffahren, aber Raymond gebot ihr Schweigen. »Keine weiteren Tätlichkeiten, bitte, meine Liebe. Das war neulich schon peinlich genug. Aber ich bin bereit, dir zu vergeben.« Er lächelte. »Ich habe mich nicht in dir getäuscht, Geneviève. Du bist eine heißblütige Frau ... und ich schätze das durchaus. Allerdings schätze ich auch eine gewisse Diskretion in der Öffentlichkeit. Haben wir uns verstanden?«

»Nein«, sagte Geneviève knapp. »Weder bin ich leidenschaftlich noch still. Ich ...«

Der Graf lachte. »Leidenschaftslos, aber wortgewaltig! Herrgott, Geneviève, ich liebe dich! Was könnten wir für Spaß miteinander haben. Wenn du dir nur nicht ständig selbst im Weg stündest!«

Geneviève warf so heftig den Kopf zurück, dass ihr schwarzer Schleier verrutschte. »Nun, ich liebe Euch nicht, Graf!«, sagte sie fest. »Ich liebe überhaupt niemanden und werde es auch nie tun. Ihr habt mich verführt, und dafür büße ich jetzt – schwer. Es wird dauern, bis man mich für würdig hält, bis ich mich selbst für ausreichend geläutert halten werde, um das zu tun, was ich wirklich möchte.«

»Und was möchtest du, Geneviève?«, fragte der Graf. »Ja, ja, ich hörte von dem Consolamentum. Aber du bist doch keine von diesen schwarzen Krähen, die in ihrer eigenen Welt gefangen sind und schließlich meinen, ins Feuer der Inquisition flüchten zu müssen. Das ist eine dumme Idee, Mädchen. Du bist keine Esclarmonde de Foix. Du bist . . . du bist geschaffen für die Liebe!«

Der Graf wollte nach ihr greifen, aber Geneviève entzog sich ihm.

»Ihr mögt meinen sündigen Körper begehren!«, schleuderte sie ihm entgegen und riss die Tür auf, um zu fliehen. »Aber mich . . . mich kennt Ihr nicht. Ihr habt keinen Einblick in meine Seele, Herr Graf, die nach Rettung schreit! Und ich werde sie retten! Das Feuer macht mir keine Angst! Es verbrennt nur meinen Körper!«

Damit stürmte sie hinaus, stolperte über die Türschwelle – und stürzte in die Arme Rüdiger von Falkenbergs. Der Ritter fing sie auf, ließ sie aber gleich los, als sie wilde Versuche machte, sich freizukämpfen. Erschrocken, aber mit vor Wut blitzenden Augen stand sie vor dem Fremden – und sah in lachende saphirblaue Augen unter einem wilden rotbraunen Haarschopf. Rüdiger hatte seinen Helm eben erst abgesetzt. Nach seiner Unterredung mit dem Grafen hatte er gemeinsam mit Hansi die Verteidigungsanlagen von Toulouse abgeritten. Nun hoffte er, den Grafen sprechen zu können, um sich ihm zu unterstellen. Wenn Guy de Montfort am kommenden Tag wirklich angriff, konnte Raymond jede Lanze brauchen.

Dass ihm nun aus der Tür des Grafen eine junge Frau in die Arme lief, überraschte und amüsierte ihn. Sie war ausgesprochen hübsch – aber so trist gekleidet.

»Kann ich Euch helfen, Herrin?«, fragte er. »Ihr hattet scheinbar eine Auseinandersetzung mit dem Grafen. Dabei ist er doch als Großer Liebender bekannt – bislang immerhin fünf Ehefrauen ... oder waren es sechs?«

»Und ich gedenke keineswegs, die nächste zu werden!«, schnaubte Geneviève mit Blick auf den Grafen, der betroffen in der Tür stand.

Jetzt fing er sich jedoch. »Mademoiselle Geneviève, lasst diesen Unsinn! Ich habe nie eine Frau zu irgendetwas gezwungen, und ich werde bei Euch nicht damit anfangen – obwohl ich nicht übel Lust hätte, Euch zu Eurem eigenen Besten in ein Kloster zu sperren! Was kann ich für Euch tun, Herr Rüdiger?« Er wandte sich dem Ritter zu.

Der hatte jedoch nur Augen für Geneviève. »Das wäre aber schade«, meinte er und ließ den Blick bewundernd über ihr glänzend schwarzes Haar gleiten, ihr vor Ärger leicht gerötetes Gesicht und ihre kirschroten Lippen. »Obwohl Ihr Euch ja schon kleidet wie ... Ihr seid aber doch keine entlaufene Nonne, oder?«

Rüdiger blickte Geneviève skeptisch an. Das schwarze Kleid hätte durchaus Teil eines Habits sein können, aber eine so strahlend lebendige und wutsprühende Ordensfrau hätte er auch unter den temperamentvollen Südfranzosen nicht vermutet.

Geneviève blitzte die Männer nun beide an. »Ich bin eine Initiierte. Ich werde Parfaite sein, ich ...«

Rüdiger sah zu ihr herab und konnte nicht verhindern, dass auf seinem Gesicht ein Lächeln aufging. Jene Art von Lächeln, die Hansi neuerdings auf den Lippen hatte, sobald er Esclarmonde ansah, und das Dietmar auch noch nach fast fünf Jahren bei jedem Gedanken an Sophia zeigte.

»Ihr *seid* schon perfekt, meine Herrin!«, sagte er sanft. »Und wenn Ihr mir erlaubt, Euch wiederzusehen, so will ich Euch gern davon überzeugen.«

Kapitel 4

Im Burghof des Château Narbonnais herrschte reges Treiben. Der Graf von Foix sammelte ein Kontingent junger Ritter, um das Tor von Montoulieu gegen den anrückenden Guy de Montfort zu sichern. Trotz aller Bemühungen der Bevölkerung war die Stadtmauer hier noch nicht vollständig wiederhergestellt, und es galt nun, zunächst einen Einbruch der Kreuzfahrer zu verhindern und danach die Arbeiter zu schützen, die das Tor erneuerten.

Dietmar ließ sich eben von zwei Knappen auf sein Pferd helfen und beobachtete dann belustigt, wie Hansi mit hochrotem Kopf einen schlichten Strickgürtel von der kleinen Esclarmonde als Zeichen entgegennahm. Das Mädchen errötete dabei noch mehr und schien nicht zu wissen, wo es hinsehen sollte.

»Warum wollt Ihr es denn gerade von mir?«, fragte Esclarmonde unsicher. »Und geht das überhaupt? Es ist doch nur ein alter Strick, müsste ein Zeichen ... müsste eine Dame nicht Seidenhemden tragen und Wollkleider, und das Tüchlein, das sie Euch gibt, müsste nach Rosen duften?«

Hansi schenkte dem jungen Mädchen einen Blick voller Liebe und Bewunderung.

»Meine ... hm ... Herrin ...«

Dietmar musste sich das Lachen verkneifen. Hansi hatte sich noch nie in der Kunst der höfischen Rede versucht, und allzu leicht schien es ihm nicht zu fallen.

»Wenn Ihr es am ... Körper getragen habt, so wird das

gröbste ... Leinen zu Seide und Samt. Für den tumben Tor mag dies nur ein alter Strick sein, aber für mich ist es das ... äh ... die ... süßeste Fessel.«

Esclarmonde strahlte über ihr ganzes kleines gebräuntes Gesicht. Sie trug inzwischen kein Bauerngewand mehr, Miriam hatte dafür gesorgt, dass eins der jüngeren Mädchen ihr ein schlichtes Hauskleid überließ. Esclarmonde war sicher sechzehn oder siebzehn Jahre alt, aber klein und zierlich wie eine Fee.

»Sie ist ein Dschinn ...«, grinste Abram, der Hansis Werbungsversuche ebenfalls fasziniert beobachtete, »... wie die Mauren sagen würden.«

Auch er würde sich den Rittern als Kämpfer anschließen, wobei er in seiner maurischen Verkleidung und mit dem Krummschwert exotisch wirkte. Im Kampf war er allerdings nicht zu unterschätzen. Der Kaufmannssohn war schon während seiner Kindheit an der Waffe ausgebildet worden – für Juden war dies zwar illegal, aber Fernhandelskaufleute hielten sich nicht daran. Schließlich waren sie auf ihren Reisen allen möglichen Gefahren ausgesetzt und dachten gar nicht daran, sich dem ungeschützt zu stellen. Während sich die meisten allerdings nur ungern dem Schwertkampf widmeten, hatte der abenteuerlustige Abram immer mehr Gefallen am Reiten und Fechten gefunden denn am Rechnen und Fremdsprachenstudium. Er sprach nur jämmerlich schlecht Hebräisch – aber dafür beherrschte er sein Pferd und alle möglichen Waffenvarianten, vom schweren Beidhänder bis hin zum eleganten Krummschwert.

»Und wie ein Dschinn hat sie wohl auch deinen Ritter Jean verzaubert.« Abram hielt seine wendige Stute neben Rüdigers Streithengst. »Weiß er, dass er seiner Titel und seines Ranges verlustig gehen kann, wenn er ein Mädchen aus dem Volk heiratet?«

Rüdiger zuckte die Achseln. Er zeigte wenig Interesse an seinem alten Waffengefährten, da er seinerseits eine junge Frau mit den Augen verfolgte. Die schwarzhaarige, glutäugige Geneviève beaufsichtigte ein paar aufgeregte junge Burgfräulein, die eben mit hochroten Köpfen ihre Lieblinge unter den Rittern verabschiedeten.

»Eher nicht«, antwortete Rüdiger dann aber doch. »Wobei's ihm wahrscheinlich egal wäre. So wie er sie anschaut ... Aber ich sehe da auch gar nicht so schwarz. Der König von Frankreich verdankt dem Mann sein Leben. So schnell nimmt der ihm seine Titel und Lehen nicht wieder ab.« Hansi verstaute gerade Esclarmondes seltsames Zeichen unter dem Harnisch über seinem Herzen, aber Rüdiger konnte den Blick nicht von Geneviève losreißen. Sie schien mit keinem der Ritter vertraut zu sein. Mit einem gut aussehenden dunklen wechselte sie ein paar Worte, aber er schien darunter zusammenzuzucken. War sie womöglich doch eine Art ... Nonne? »Abram, sag ... diese schwarzhaarige junge Frau ist nicht wirklich eine Priesterin der Albigenser?«

Abram folgte seinem Blick. Dann lachte er. »Noch nicht«, bemerkte er. »Aber wenn du's verhindern willst, dann schärf du erst mal dein Schwert und dann deinen Charme. Wenn Toulouse eingenommen wird, ist Geneviève sicher die Erste, die sich ins Feuer stürzt. Und wenn nicht ... nun, sofern da nicht ein Ritter auftaucht, der auf wundersame Art die Leidenschaft in ihr erweckt, dann nimmt sie das Consolamentum nächstes Jahr und widmet sich nur noch dem Fasten und Beten. Oder sie erzieht junge Mädchen in einer Felsenfestung wie Esclarmonde de Foix, was ich mir eher vorstellen könnte. Sie ist viel zu wild für die reine Askese.«

Rüdiger runzelte die Stirn. »Spricht ein Ritter so von einer Dame?«, rügte er.

Abram fiel vor Lachen fast vom Pferd. »Ich bin kein Ritter, Herr Rüdiger, ich tue nur so. Aber bitte, ich sehe, Ihr seid gewillt, alles zu tun, um der Hübschen näherzukommen. Aber passt bloß auf! Die Dame beißt!«

Auch Dietmar wollte seinen Gawain eben neben Rüdigers Hengst lenken, als er etwas sah, das ihn ganz gefangen nahm. Vom Wehrgang herunter kam Sophia von Ornemünde. Dietmar erkannte sie sofort, jede ihrer Bewegungen hatte er sich damals eingeprägt. Ihren leichten tänzerischen Gang, ihre aufrechte Kopfhaltung, die aufmerksame, aber auch stets etwas besorgte und argwöhnische Art, ihre Umgebung im Auge zu behalten ... Sophia hielt den Blick gesenkt, wie sie es immer tat, wenn Männer zugegen waren. Ob sie sich noch derart überwinden musste wie einst, sich unter die Ritter zu begeben? Dietmar konnte sich nicht sattsehen an der Flut ihres goldblonden Haars, das noch länger gewachsen war und nun bis zur Hüfte herabfiel. Sie trug es offen unter einem Schleier, der ihr Gesicht vor allzu neugierigen Blicken verbarg. Und sie hatte die Angewohnheit beibehalten, ihre schlanke Figur unter voluminösen Umhängen zu verbergen. Der Mantel, der sie heute vor den ersten, leichten Herbstwinden schützte, war schwarz – und auch der Schleier dunkel. Sie wirkte fast wie eine Schwester Genevièves. Kleideten sich die Mädchen hier wohl alle so?

Aber dann erinnerte Dietmar sich daran, dass Sophia inzwischen vom Tod ihres Vaters erfahren haben musste. Er biss sich auf die Lippen. Ob es richtig war, sich ihr vorerst nicht zu nähern? Oder sollte er eher mit ihr reden? Ihr sagen, dass er Roland von Ornemünde nicht getötet hatte, weil ... Aber würde sie verstehen, dass er ihn um ihretwillen schonen wollte? Oder würde sie ihn als Zauderer sehen wie die anderen Ritter? Dietmar wusste, dass sein Ansehen in der Ritterschaft durch sein Zögern gelitten hatte – und dass seine Freunde ihn schützten, indem sie stets vorsichtige Formulierungen wählten, wenn sie den Kampf mit Roland schilderten. Rüdiger zum Beispiel sagte stets, Dietmar habe den Ritter besiegt, womit er natürlich nicht log. Aber sein Gegenüber nahm selbstverständlich an, Roland sei dann auch durch Dietmars Hand gestorben. Sophia würde das auch glauben. Sie ...

Dietmars Gedanken arbeiteten fieberhaft, während Sophia langsam, den Mantel eng um sich gezogen, durch die Reihen der Ritter schritt. Sie konnte ihn nicht erkennen, sein Visier war schon geschlossen, aber natürlich hätte sie das Wappen Lauensteins erkannt, hätte sie sich die Schilde der Ritter genauer angesehen. Sophia tat das allerdings nicht. Sie tändelte nicht wie die anderen Mädchen, sondern ging zielstrebig auf einen jungen, dunkelhaarigen Ritter zu, der ganz in Dietmars Nähe mit dem Befehlshaber der Truppe redete.

»Herr Flambert ...«

Der Klang ihrer Stimme drang Dietmar durch Mark und Bein. Er hätte sie unter Tausenden wiedererkannt. Aber auch den anderen Ritter schienen ihre Worte derart anzurühren, dass er den Grafen von Foix sofort vergaß. Der Graf schaute verwirrt auf seinen Untergebenen, der eben noch Bericht erstattet hatte, jetzt aber nur noch Augen für das Mädchen hatte.

»Meine Herrin! Wie sehr sehnte ich mich nach einem Wort von Euch, wie wärmt mich der Klang Eurer Stimme. Er wird mich mit Feuer erfüllen, das die Männer verbrennen soll, die diese Stadt bedrohen.«

Dietmar konnte Sophias Gesicht nicht sehen, aber er wusste noch genau, wie schnell sie errötete und wie ihre helle Haut dann von innen heraus leuchtete.

»Sprecht nicht so, mein Ritter«, sagte sie nun sanft. »Ich wünschte, es gäbe keine Feuer, die irgendjemanden verbrennen. Und Euch will ich mir auch gar nicht als das Flammenschwert des Glaubens vorstellen. Lieber denke ich an die Lieder, die mir von Euren Lippen geschenkt wurden, und an den Frieden, den ich fand, wenn Ihr bei mir saßt.«

Dietmars Hände verkrampften sich um die Zügel seines Pferdes. O Gott, es stimmte! Sie nannte diesen Ritter den ihren, sie sprach freundlich mit ihm ... womöglich würde sie ihn küssen ...

Dietmar hatte das Gefühl, als stürbe etwas in ihm – und gleichzeitig verspürte er den dringenden Wunsch, es am Leben zu halten, darum zu kämpfen, wenn es sein musste. Aber es würde kaum etwas nutzen, diesen Ritter zu fordern, nachdem er schon Schuld am Tod ihres Vaters trug.

»Denkt Ihr nicht auch an den Kuss von meinen Lippen, Herrin?« Flamberts nächste Worte machten es noch schlimmer. »Werdet Ihr mich noch einmal mit Eurem Segen in den Kampf schicken?«

Sophia schien gleichzeitig zu nicken und den Kopf zu schütteln. Dietmar erinnerte sich auch an diese Geste. Das Mädchen kämpfte mit sich. Weil es sich seiner Liebe nicht sicher war oder weil es seine Zuneigung nur nicht in aller Öffentlichkeit zeigen wollte?

»Ich versprach Euch mein Zeichen, Herr Flambert«, sagte Sophia, ohne auf die Bitte des Ritters einzugehen. »Ein neues Zeichen ...« Sie nestelte ein Band aus ihrem Ausschnitt, und Dietmar erhaschte einen Blick auf ihren schlanken weißen Hals. Er hätte sich gewünscht, dort das Medaillon zu sehen, das er ihr einst geschenkt hatte, aber Sophia trug es nicht.

»Hier.« Sie reichte dem fremden Ritter das Seidenband, und Dietmar dachte schmerzlich an das Band aus ihrem Hemd, das auch er seit Jahren über dem Herzen trug. Es war nicht richtig, dass sie auch noch einen anderen auszeichnete, es ...

Dietmar rief sich energisch zur Ordnung. Unter dem Zeichen seiner ersten Minneherrin, Madame de Maricours, waren Dutzende von Rittern in den Kampf gezogen.

Flambert nahm das Band entgegen und zog es ehrfurchtsvoll an seine Lippen. Sophia ging einen Schritt zurück.

»Ich . . . ich wünsche Euch Glück, Herr Flambert«, flüsterte sie.

Und dann wandte sie sich um. Dietmar dachte, dass sie sein Wappen jetzt sehen müsste, aber Sophia war wie blind, als sie sich erneut ihren Weg durch die Männer suchte und schließlich die Stiege hinauffloh. Dietmar, aber auch Flambert sahen ihr nach wie einer Erscheinung.

»Könnt Ihr jetzt diesen Kampftrupp führen, Herr Flambert, oder gedenkt Ihr, nur auf den Flügeln der Liebe über uns zu schweben?«, fragte Graf von Foix sarkastisch. »Ihr wisst, dass Ihr das Mädchen nicht haben könnt – sie ist nicht Eures Glaubens.«

Flambert sah seinen Befehlshaber mit flammendem Blick an. »Aber wenn sie mich wirklich liebt . . .«, sagte er leise.

Der Graf rieb sich die Schläfe. »Kämpft tapfer, Herr Flambert!«, sagte er dann nur, bevor er sein Visier schloss. »Wenn ich die Herren, die bereits zu Pferde sitzen, bitten dürfte, sich dem Herrn de Montalban anzuschließen . . . Wir werden frontal angreifen und auf die Ebene hinausreiten, während die Fußtruppen die Pforte praktisch schließen. Lasst Euch nicht in die Stadt hineindrängen, in den engen Straßen ist kein Kampf zu Pferde möglich.«

Dietmar folgte Flambert de Montalban eher unwillig, aber er war lange genug Soldat, um sich von seinen Ressentiments gegen den Ritter nicht beherrschen zu lassen. Ein Angriff brauchte einen Anführer, und wenn der Graf von Foix den jungen Ritter dazu ernannte, dann sollte er wissen, warum. Obgleich Flambert eher wie ein Troubadour aussah als wie ein kampferprobter Ritter – aber Dietmar war natürlich voreingenommen. Auf jeden Fall würde er den Mann im Auge behalten – er konnte nicht wirklich würdig sein, Sophia zu freien! Dietmar dachte an die Bemerkung des Grafen von Foix. Mathieu de Merenge hatte die Wahrheit gesagt, Sophias Ritter war Albigenser. Wer immer ihr Vormund war oder wurde – er würde niemals zulassen, dass sie einem Ketzer Eide schwor.

Die Ritter sprengten durch die breiteren Straßen von Toulouse, aber der Vorort Montoulieu war eher ländlich und eng besiedelt. Ursprünglich hatten hier vielleicht Bauernhäuser gestanden, aber dann hatte man die Stadtmauer hochgezogen, und auch Knechte und Landarbeiter hatten ihre Hütten entlang der engen Wege gebaut. Vor der Mauer erstreckten sich Äcker und Gemüsegärten – die würden den Kämpfen jetzt jedoch sicher zum Opfer fallen.

Und sie kamen keine Stunde zu spät! Die Arbeiter, die fieberhaft mit der Rekonstruktion der Mauer beschäftigt waren, wiesen aufgeregt auf eine Staubwolke. Guy de Montfort näherte sich mit seinen Rittern von den Bergen her.

»Lasst sie noch ein bisschen näher heran!«, befahl Flambert, während die Ritter eine Linie bildeten. »Der Graf von Foix muss gleich mit den anderen Reitern und den Fußsoldaten da sein. Wir brauchen sie im Hintergrund – und sie sollten nicht zu weit aus der Stadt herausmüssen, um uns zu unterstützen.«

Die Strategie war durchdacht, das musste Dietmar zugeben. Die Phalanx der Ritter würde gegen eine ebenso oder ähnlich aufgestellte Reihe von anderen Kämpfern zu Pferde anreiten und versuchen, so viele wie möglich gleich zu Boden zu bringen. Nach diesem ersten Lanzenangriff war es allerdings nicht leicht möglich, die Pferde anzuhalten und zu wenden, die meisten Streithengste waren wie im Rausch, wenn sie auf den Gegner zugaloppierten. Nach Flamberts Plan würden Montforts auf dem Pferd verbliebene Streiter von der zweiten Welle Ritter und einer Vielzahl von Fußsoldaten aufgefangen werden, während die erste Angriffswelle viel Platz hatte, die Pferde zu wenden und den Angreifern dann in den Rücken zu fallen.

Kaltblütig warteten die Ritter, bis Flambert den Befehl zum Angriff gab – und dann fand sich Dietmar unversehens neben seinem Rivalen wieder. Flamberts Brauner jagte wie von Furien gehetzt neben seinem Gawain her. Dietmar revidierte seinen Eindruck. Der Mann mochte ein Schönling sein, aber er war auch ein starker Kämpfer. Sein hochbeiniger Hengst schob sich jetzt vor Gawain, und Flambert fixierte seinen ersten Gegner. Dietmar sah aus dem Augenwinkel, wie seine Lanze traf – und gleich darauf am Brustpanzer des Gegners zerschellte! Nun kam so etwas vor, mitunter barst der Schaft einer Lanze beim Aufprall, das war pures Pech. Aber in diesem Fall sah es besonders schlimm für Flambert aus. Sein Gegner war ein kleiner Mann, der die Lanze weiter vorn am Schaft führte, um mit mehr Kraft zustoßen zu können. Er erreichte Flambert also später und hatte vor dem Aufprall Zeit, sich nach dessen Stoß wieder zu fangen und sehr viel besser zu zielen als zuvor, Flambert war schließlich nahezu hilflos.

Dietmar überlegte nicht lange. Instinktiv verlagerte er sein Gewicht, Gawain ließ seinen eigenen Gegner vorbeigehen und schwenkte auf Flamberts Gegenüber zu. Der Ritter, der nur Flambert fixierte, wusste kaum, wie ihm geschah, als Dietmar seine Lanze wie einen Hebel ansetzte und ihn damit vom Pferd hob. Er stürzte zu Boden.

Flambert warf Dietmar einen dankbaren Blick zu, als sie beide ihre Pferde nebeneinander wendeten und dabei die Schwerter zogen. Gemeinsam mit den Fußtruppen machten sie sich daran, die gestürzten Ritter niederzumachen oder gefangen zu nehmen. Es war bereits abzusehen, dass ihr Ausfall erfolgreich gewesen war. Montforts erster Angriff war abgeschlagen.

Schließlich sammelten sich die Ritter und erfassten ihre Verluste. Gefallen waren nur einige der Fußsoldaten, Verletzte gab es kaum. Dagegen lagen von den feindlichen Kämpfern einige am Boden, tot, verwundet oder einfach nur resigniert wartend auf ihre Gefangennahme. Die Unverletzten hatten sich zurückgezogen.

Auf dem Rückweg in die Stadt, bejubelt von den begeisterten Bürgern, setzte Flambert seinen Braunen neben Gawain. »Ich danke Euch«, sagte Flambert schlicht. »Ich schulde Euch etwas.«

Mehr als du glaubst, dachte Dietmar, aber er nickte seinem Kampfgefährten nur gelassen zu. »Ihr hättet das auch für mich getan.«

Einen Tag später sollte Flamberts Dankbarkeit Dietmar allerdings in eine schwierige Lage bringen. Guy de Montfort hatte kein zweites Mal angegriffen, anscheinend wartete er auf seinen Bruder. Solange hatte Toulouse jedoch Zeit, seine Mauer weiter instand zu bringen und seinen ersten Sieg zu feiern. Graf Raymond lud zum Bankett und bat Miriam, auch die Mädchen dazuzuholen. Miriam stand wieder mal hoch in seiner Gunst, nachdem sie den Angriff Montforts und den Erfolg der abwehrenden Ritter richtig vorausgesagt hatte. Nun war das nicht schwierig gewesen, aber die junge Frau erhoffte sich demnächst noch viel spektakulärere Erfolge.

Abram hatte beim Gefecht am Vortag einen gegnerischen Ritter verwundet und in die Enge getrieben. Wie sich herausstellte, ein enger Vertrauter des Kardinals Bertrand, Legat des Papstes und ebenfalls Geistlicher. Der weichliche Mann wäre beinahe vor Angst gestorben, die Albigenser in Toulouse könnten den Spieß umdrehen und ihn als Kirchenvertreter dem Feuertod ausliefern, wenn sie ihn gefangen nahmen. Anscheinend gingen solche Gerüchte im Heer Montforts um, und Abram hielt es nicht für nötig, dem Herrn Alain die Sorge zu nehmen. Stattdessen heizte er dessen Furcht noch an, schenkte ihm dann aber mit großer Geste sein Leben, unter der Bedingung, dass er künftig mit einigen Informationen über Montforts Vorhaben aushalf. Der Mann erklärte sich weinend vor Dankbarkeit dazu bereit, und Abram ließ ihn ziehen, merkte sich jedoch sein Pferd und sein Wappen genau. Mit dem Spion in Montforts Heer würde Miriams Sterndeuterei sicherer werden. Und wenn er nachließ ... Abram würde es ein Vergnügen sein, ihn bei einer der nächsten Schlachten erneut vom Pferd zu tjosten.

Beim Bankett nutzte die »Maurin« nun erst noch die Gunst der Stunde, dem Grafen die Vorteile ihrer Kampfmaschinen vor Augen zu führen. Die kleinen Waffen waren wohlbehalten angekommen, aber noch immer nicht fertig gestellt, wobei Miriam einsah, dass Toulouses Handwerker beim Mauerbau dringend gebraucht wurden. Trotzdem redete sie noch einmal eindringlich auf den Grafen ein und lenkte ihn damit erfolgreich von Geneviève ab, die ihre Mädchen schweigend an ihm vorbei zu ihren Plätzen führte.

»Und der Medikus hat diese Dinger entworfen?«, fragte der Graf unwillig. Er hätte sich deutlich lieber seinen Gästen gewidmet, als über Mangonels zu reden. Vor allem suchte sein Blick Geneviève. So schnell gab Raymond de Toulouse nicht auf. Miriam befürchtete, dass er die junge Frau erneut an seinen Tisch bitten würde. »Wo steckt er jetzt eigentlich, der Herr Gérôme? Ich hatte ihn eingeladen.«

»Bei den Verletzten der Schlacht von gestern«, gab Miriam Auskunft.

Allerdings hatte auch sie den Medikus seit seiner Ankunft in Toulouse kaum zu Gesicht bekommen. Abram war schon besorgt darüber, dass er sich stundenlang in die Räume zurückzog, die der Graf ihm angewiesen hatte.

»Aber ich kann Euch die Mangonels auch erklären. Die Technik ist revolutionär, wenn auch nicht ganz neuartig, Ähnliches wurde bereits von griechischen Rittern entwickelt ...«

Der Graf hörte kaum zu. Er entdeckte Rüdiger von Falkenberg und damit eine Möglichkeit, Miriam zu entkommen. Der Graf von Foix hatte ihm erzählt, dass sich sämtliche Ritter aus Franken bei dem gestrigen Gefecht ausgezeichnet hatten, woraufhin Raymond sich entschied, ihren offensichtlichen Anführer an diesem Abend an seinen Tisch zu bitten. Vielleicht erfuhr er dann ja noch ein paar Einzelheiten bezüglich des Kampfes um Lauenstein. Was dies anging, so hatte Dietmar natürlich Recht behalten: Graf Raymond nahm Rolands Tod absolut nicht persönlich, auch wenn er ihn bedauerte. Im Kampf zu fallen gehörte nun einmal zu den Risiken im Leben eines Ritters – und bei aller Sympathie für seinen alten Mitstreiter: Raymond war selbst Erbe großer Güter und brachte für Usurpatoren kein großes Verständnis auf. Tatsächlich empfand er sogar Hochachtung vor dem jungen Herrn von Lauenstein, der sein Erbe gegen einen starken Gegner zurückgewonnen hatte.

Rüdiger nahm die Einladung natürlich gern an – während Geneviève heftig abwehrte, als ein Page an den Tisch der Mädchen trat und sie zu Raymond bat.

»Du kannst dich ihm nicht widersetzen«, meinte dagegen Sophia. »Sei vernünftig, Geneviève, mach ihn nicht ernstlich wütend. Es redet doch sowieso der ganze Hof über diese unselige Ohrfeige. Du musst dich mal mit ihm zeigen, damit alle wissen, dass ihr euch wieder vertragt.«

»Dass wir uns wieder vertragen?«, schnaubte Geneviève. »Sie werden denken, ich sei seine Geliebte und hätte ihn jetzt in Gnaden wieder aufgenommen!«

Sophia seufzte. Damit hatte Geneviève natürlich Recht, aber die Einladung des Grafen an den Ehrentisch konnte sie trotzdem nicht ablehnen. Sie selbst würde aufatmen, wenn Geneviève ging und die Mädchen allein ließ. Vielleicht würde Flambert dann darauf verzichten, Sophia an seinen Tisch zu bitten.

Hier hatte sie allerdings die Rechnung ohne den Grafen gemacht. Nachdem Geneviève sich widerwillig in Bewegung gesetzt hatte, kam die Maurin an den Tisch der Mädchen.

»Der Graf hätte nichts dagegen, wenn Ihr Euch zu Flambert gesellen würdet«, bestellte sie Sophia. »Er könnte Euch vielleicht trösten in Eurem großen Schmerz, meint er. Die Mädchen beaufsichtige ich solange. Da oben am Ehrentisch reden sie heute sowieso nur über die gestrige Schlacht. Dabei wär's besser, sie würden sich für künftige wappnen.«

Flambert erschien etwas später, ging dann aber gleich auf Sophia zu. »Meine Herrin, darf ich neben Euch Platz nehmen? Denkt Euch, der Graf selbst ermutigte mich, mit Euch die Tafel zu teilen. Nicht, dass ich eine Ermutigung bräuchte, schmeckt mir doch jede Speise fahl, wenn ich sie fern von Euch genieße, während mir selbst trockenes Brot wie Ambrosia scheint, wenn nur Eure Finger es gebrochen haben.«

Der Ritter lächelte Sophia zu, die bereitwillig für ihn Platz machte. Sie versuchte, eine Konversation in Gang zu bringen, während der Mundschenk Wein reichte und die ersten Platten mit Essen hereingetragen wurden. Aber dann trat eine Gruppe Ritter ein, deren Anblick Flambert ablenkte.

Er winkte den Männern erfreut zu – und Sophia sah, wie einer von ihnen erstarrte. Ein blonder Ritter, groß, muskulös, aber eher schlaksig als kräftig. Eine dunkelrote Tunika, die in seinen Satteltaschen wohl etwas zerdrückt worden war, blaue Beinlinge und Lederstiefel, schmale, aber starke Hände, die nicht in Handschuhen steckten. Und überwältigend blaue Augen, ein Lächeln, das sich für ewig in Sophias Herz eingebrannt hatte ...

Sophia erhob sich. »Ihr?«, fragte sie tonlos.

Dietmar machte ein paar Schritte auf sie zu, dann standen sie einander gegenüber. Dietmars Augen strahlten, während aus Sophias Gesicht jede Farbe schwand.

»Meine Herrin Sophia ... darf ich vorstellen ... diesem Herrn verdanke ich mein Leben! In der gestrigen Schlacht ...«

Sophia hörte nicht, was Flambert sprach. Sie sah Dietmar nur an, blickte endlich wieder in sein schmales, sensibles, nun sehr viel männlicher wirkendes Gesicht. Ihr junger Geliebter war zweifellos erwachsen geworden, aber seine Lippen waren noch die gleichen. Voll, weich und geschnitten, als stünde stets ein Lächeln in seinem Gesicht. Sie erinnerte sich daran, dass er Grübchen hatte, wenn er wirklich lächelte. Er war nicht so schön wie Flambert, nicht klassisch schön wie ein Gott. Dietmar wirkte eher jungenhaft, eifrig, bemüht ... aber er war sanft und freundlich gewesen, er ...

»Sophia ...«, sagte Dietmar.

Sophia wusste nicht, was sie erwidern sollte.

»Ihr kennt Euch?«, fragte Flambert erstaunt. »Dann habt Ihr mir etwas voraus, meine Herrin. Ich kenne den Herrn nur beim Vornamen. Herr Dietmar, nicht wahr? Aus Franken. Natürlich, Ihr mögt Euch aus Eurer Heimat kennen.« Flambert sah die beiden freundlich fragend an.

Sophia holte tief Luft. Dann schluckte sie. »Sein Name ist Dietmar von Ornemünde zu Lauenstein«, sagte sie. »Und er hat meinen Vater getötet.«

Kapitel 5

Rüdiger war freudig überrascht, als Geneviève den Platz zu seiner Linken am Ehrentisch des Grafen einnahm. Zunächst glaubte er, der Graf habe dies um seinetwillen arrangiert – schließlich waren Raymond und die junge Frau bei ihrer letzten Begegnung nicht gerade als Freunde geschieden. Aber andererseits konnte der Graf kaum wissen, dass Rüdigers Gedanken seitdem intensiver um die schwarzhaarige Schönheit kreisten als je zuvor um eine andere Frau. Und als das Mahl erst serviert war, erkannte Rüdiger auch schnell, dass Raymond offensichtlich vorhatte, selbst den Teller mit dem Mädchen zu teilen. Die Schöne nahm allerdings nichts von den erlesenen Fleisch- und Geflügelstücken, die der Graf ihr zuschob, und beteiligte sich auch nicht an der Unterhaltung, sondern blickte nur mürrisch vor sich hin. Nun mochte es sie auch nur begrenzt interessieren, wie genau die Schlacht gegen Guy de Montfort verlaufen war. Rüdiger bot ihr jetzt Wein an und beschloss, es mit einem anderen Gesprächsthema zu versuchen. Doch Geneviève lehnte den Wein ebenso ab wie die Leckereien, mit denen Raymond versuchte, sie zu verwöhnen.

Rüdiger lächelte ihr zu. »Ihr mögt keinen Wein?«, fragte er freundlich. »Kann ich Euch Bier oder Most bringen lassen?«

Geneviève schüttelte gereizt den Kopf. »Ich weiß nicht, wie oft ich es noch sagen soll«, bemerkte sie bitter. »Ich trinke das alles nicht. Ich bin eine Initiierte ...«

Rüdiger runzelte die Stirn. »Eine Eingeweihte also. Aber

worin hat man Euch eingeweiht? In die Gefahren des übermäßigen Weingenusses? Das ist doch eigentlich kein Geheimnis. Mit ein wenig Mäßigkeit...«

Geneviève schaute ihn wütend an. Als sie jedoch nur Fragen und keinen Anflug von bösartigem Spott in seinen Augen sah, beruhigte sie sich.

»Die Initiation steht vor dem Consolamentum«, klärte sie den Ritter auf. »Man lebt ein Jahr lang wie ein Parfait, um zu sehen, ob man es schafft, die Gebote zu halten. Erst dann verpflichtet man sich auf Lebenszeit. Ihr seid hier, um für uns zu kämpfen, Herr Ritter. Aber Ihr wisst überhaupt nichts über die Bonhommes?«

Rüdiger lachte. »Herrin, wenn jeder Ritter, der sich irgendwo verdingt, alles über die Sache wissen müsste, für die er da kämpft, gäbe es wahrscheinlich weniger Kriege. Erst recht, wenn er auch noch daran glauben müsste. Ich weiß, das widerspricht ein wenig unserem Eid, aber ein Fahrender Ritter hat da wenig Entscheidungsfreiheit. Es mag paradox sein, er kämpft jedoch, um zu leben. Umso glücklicher kann er sich schätzen, wenn damit einmal der Kampf für ein so vollkommenes Geschöpf wie Euch verbunden ist.«

»Ich bin nicht vollkommen«, wehrte sich Geneviève.

Rüdiger suchte ihren Blick. »Für mich seid Ihr es! Und da braucht ihr gar kein Con... oder was nicht alles abzulegen... Was ist das überhaupt?«

Rüdiger hörte nicht, dass der Graf an Genevièves anderer Seite aufseufzte. Er wusste nur, dass er endlich ein Thema gefunden hatte, über das Geneviève reden wollte. Sie hörte gar nicht mehr auf zu erzählen. Fasziniert lauschte der Ritter ihrem Vortrag über die Religion der Bonhommes, über das Leben der Parfaits – und den Tod, der sie erwarten mochte. Er ließ ihre klare, melodische Stimme auf sich wirken und nahm die Inhalte der Rede kaum wahr. Erst das, was sie über den Tod sagte, rüttelte ihn wach.

»Ihr gedenkt, in völliger Askese zu leben – kargeste Kost, kein Wein ... keine Liebe ... und am Ende stürzt Ihr Euch in die Feuer Eurer Feinde? Und das soll Eure Seele reinigen? Wobei es übrigens genau das Gleiche ist, was Eure Feinde behaupten, nicht wahr? Die verbrennen Ketzer doch mit der Begründung, ihre Seele dadurch zu läutern. Wenn Ihr über diese Dinge eigentlich einer Meinung seid – warum kämpft Ihr dann zuerst?«

Rüdiger stellte diese Frage spontan, er merkte nicht, dass er den Rest der Tischgesellschaft damit erheiterte. Erschrocken sah er sich um, als der Graf und die anderen Ehrengäste in Gelächter ausbrachen. Geneviève, die vorher mit vor Eifer und Mitteilungsfreude leuchtenden Augen referiert hatte, verschloss sich sofort wieder.

»Wenn Ihr mich nur verspotten wollt, Herr Ritter ...«

Rüdiger biss sich auf die Lippen. »Das wollte ich nicht, Herrin. Nichts läge mir ferner, als Euch zu verletzen. Im Gegenteil, seit ich Euch zum ersten Mal sah, regt sich in mir nur der Wunsch, Euch vor jeder Verletzung zu bewahren. Vielleicht auch vor solchen, die Ihr Euch selbst zufügt ... Bitte verzeiht mir, Herrin, wenn ich dabei die falschen Fragen stelle.«

Er griff spontan nach Genevièves Hand, die sie eben auf den Tisch hatte sinken lassen, nachdem sie vorher eifrig gestikulierte. Wenn Geneviève predigte, so tat sie das mit leuchtenden Augen und sprechenden Händen. Rüdiger freute sich daran – wenn er ihre Leidenschaft nur auf etwas anderes lenken könnte als die Hingabe an ihren seltsamen Gott.

»Sophia...«

Dietmar fand sich plötzlich im Mittelpunkt der Aufmerksamkeit – zumindest an diesem Tisch, seitlich der erhöhten Tafel des Grafen, an dem die Mädchen und etliche junge Ritter Platz genommen hatten. Er hob wie abwehrend die Hände, unsicher und erschrocken ob Sophias kalter Stimme.

»Sophia, so war es doch gar nicht. Wenn Ihr mich erklären ließet ... seht, ich trage immer noch Euer Zeichen ...« Er suchte ungeschickt in seiner Kleidung nach ihrem Band.

Sophias Blick wurde ungläubig und anklagend. »Ihr habt mein Zeichen über dem Herzen getragen, während Ihr mit meinem Vater gefochten und ihn getötet habt?«

»Ja ... nein ... Sophia, ich ...« Dietmar antwortete rasch, verhaspelte sich – und brach ab, als er die Trauer in ihrem Gesicht und die Tränen in ihren wunderschönen Augen sah. Er wollte zu ihr gehen, sie in die Arme nehmen, sie trösten.

»Ich will es zurück!«, sagte Sophia. Ihre Stimme klang heiser, und ein erster Schluchzer schwang darin mit, aber sie hielt Dietmar fordernd die Hand entgegen. »Gebt es mir zurück, ich ...«

Flambert de Montalban räusperte sich. »Herr Dietmar, ich will Euch nicht zu nahe treten. Was auch immer da geschehen ist, ich ... ich bin sicher, Ihr habt nicht unehrenhaft gehandelt. Aber meine Dame hat gerade einen großen Verlust erlitten. Und Eure Anwesenheit schreckt sie und regt sie auf. Also bitte, gewährt ihr, worum immer sie bittet, und dann verlasst uns.«

Dietmar wollte den Kopf senken und nicken, aber er brachte es nicht über sich. »Ihr wart einmal meine Dame«, sagte er flehend und suchte Sophias Blick. »Ihr wolltet ...«

»Ich will mein Zeichen zurück!« Sophia stieß die Worte hilflos wütend aus, dann begann sie zu weinen.

Dietmar zog das verschlissene grüne Band aus seinem Wams. Seine Finger berührten Sophias kleine, kalte Hand, als er es ihr zurückgab, und beide fuhren darüber zusammen, als hätte sie ein Blitzschlag getroffen.

Sophia schloss die Finger um das Band. Es war noch warm von seinem Körper. Als sie aufsah, traf ihr Blick den seinen – einen Herzschlag lang versanken sie ineinander. Dann wandte Dietmar sich ab.

Blind vor Tränen verließ er die Halle des Grafen, er sah nicht zurück.

Salomon von Kronach starrte aus dem Fenster seiner Kemenate. Die Räume des Medikus lagen inmitten der Burganlage, er konnte kaum über die Mauern hinausschauen, aber er sah doch die Spitzen der Berge, und seine Sehnsucht flog darüber hinaus. Irgendwo dort war Lauenstein, irgendwo dort war Gerlin. Salomon hatte sich so viele Jahre nicht gestattet, an sie zu denken, dass es ihm jetzt schwerfiel, ihr Gesicht vor seinem inneren Auge zum Leben zu erwecken. Aber er brauchte natürlich nur Dietmar anzusehen, um sie fast leibhaftig wieder vor sich zu haben. Ihr Lächeln, ihr Stirnrunzeln, ihre Augen.

Salomon hatte nie daran gedacht, Gerlin zu suchen und von Florís zurückzufordern. Florís war der Erste gewesen, sie hatte sich in ihn verliebt, lange, bevor sie ihre Gefühle für Salomon entdeckte. Und er passte zu ihr, Gerlin war das geworden, wofür man sie geboren und erzogen hatte: Sie stand einer Burg vor, erzog eigene und fremde Kinder, herrschte gerecht über ihre Ländereien und Dörfer. Die Menschen in Lauenstein hatten sie geliebt, in Loches war es sicher nicht anders. Was dagegen hätte er ihr bieten können? Eine Ehe mit einem Juden war nicht möglich, also hätten er oder sie ihr Leben lang lügen müssen über Herkunft und Glauben. Gerlin und Salomon, das war eine verzauberte, wundersame Nacht gewesen, aber mehr hatte es niemals sein dürfen. Sie war glücklich mit Florís geworden.

Und jetzt war sie allein.

Seit Salomon von Florís' Tod gehört hatte, konnte er an nichts anderes mehr denken. Natürlich lenkte es ihn ab, wenn es Verletzte oder Kranke zu versorgen gab, aber nicht mal die Arbeiten an den Mangonels vermochten ihn mehr zu fesseln. Was, wenn er Dietmar und Rüdiger auf dem Rückweg nach Lauenstein begleitete? Ihn hielt nichts in Toulouse. Aber dort? Er würde nur Unruhe in ihr Leben bringen, er würde nur Wunden wieder aufreißen ...

Salomon wandte sich um, als er ein Klopfen hörte. Das musste der Page mit dem Wein sein, er hatte einen der kleinen Diener gebeten, ihm einen Krug heraufzubringen. Es war ein feuchter Septembertag, sein Bein schmerzte wieder. Noch ein Grund zu bleiben, wo er war. Die Reise würde mehr als beschwerlich werden. Und was sollte Gerlin mit einem Invaliden?

»Komm herein, Junge!«, rief er dem Pagen zu.

Vielleicht brauchte er gar nicht aufzustehen – vielleicht konnte er einfach den Rest seines Lebens damit verbringen, auf die Berge hinauszuschauen und zu träumen.

»Ich hoffe, ich störe nicht, Herr!«

Salomon erhob sich nun doch verwundert. Nicht die Kinderstimme des Dieners, sondern der weiche Tenor, den er seit so vielen Jahren zu kennen meinte. Dietmar hatte die Augen seiner Mutter, aber die Stimme seines Vaters.

Jetzt trat der junge Ritter ein, den Weinkrug in der Hand.

»Ich traf den Pagen auf der Treppe, als ich ... so herumlief. Und da dachte ich ... ich ... Ihr wolltet mir vielleicht von meinem Vater erzählen ...«

Die Stimme des jungen Mannes klang erstickt. Salomon sah verblüfft, dass ihm Tränen die Wangen herabliefen. Er seufzte.

»Komm, hol zwei Becher und dann setz dich zu mir«, sagte er sanft und verfiel unvermittelt in das vertrautere Du. »Und dann erzählst du mir, was geschehen ist. Es geht um dieses Mädchen, nicht wahr? Aber ich dachte, sie liebte dich. Als ich sie das letzte Mal sah, trug sie das Medaillon deiner Mutter.«

Während Salomon Dietmar Mut machte, Rüdiger sich nicht sattsehen konnte an Genevièves Augen und Hansi verklärt mit Esclarmonde durch den verwaisten Rosengarten der Gräfin streifte und versuchte, ihr die Sterne zu deuten, lag Sophia schluchzend in ihrem Bett. Auch sie hatte nicht auf dem Bankett bleiben wollen. Die Finger um Dietmars verlorenes Zeichen verkrampft, hatte sie sich von Miriam hinausführen lassen. Sie ließ sich wie eine Puppe auskleiden und trank brav den heißen Würzwein, den die Maurin ihr bringen ließ – aber sie vermochte die Hand nicht zu öffnen. Erst als Miriam ging und sich Dunkelheit über die Kemenate legte, lösten sich Sophias Finger. Sollte sie das Band fortwerfen? Schließlich gab sie dem Drang nach und drückte das verschlissene Stück Stoff, das noch Dietmars Wärme, seinen Geruch ... und seine Liebe auszustrahlen schien, an ihr Herz.

Sophia war fest davon überzeugt, dass es richtig gewesen war, Dietmar zu verstoßen. Dennoch weinte sie sich in den Schlaf.

Kapitel 6

Die nächsten Tage verbrachte Salomon damit, Dietmar die Mangonels zu erklären – was den jungen Mann ablenkte und von den anderen Rittern und erst recht von den Mädchen fernhielt. Auch hier zeigte der kämpfende Adel wenig Interesse an Waffen, die nicht für den Nahkampf bestimmt waren – abendländische Ritter lehnten auch Bogenschießen als feige ab. Dietmar teilte jedoch die Begeisterung seines Vaters für Mechanik und Baukunst. Bislang waren diese Neigungen bei ihm nur nie gefördert worden. Gerlin interessierte Mathematik nur im Bereich der Führung von Haushaltsbüchern, und Florís plante und baute allenfalls Verteidigungsanlagen. Am Hofe des Königs hatte man sich dann ganz auf Dietmars Erziehung zum Ritter konzentriert, Salomon wunderte sich, dass der junge Mann überhaupt lesen und schreiben konnte.

Nun, im Gespräch mit Salomon, der von seinem Vater und dessen vielfältigen Interessen an Kunst und Wissenschaft berichtete, erwachte allerdings schnell Dietmars Ehrgeiz. Die gemeinsame Beschäftigung mit Statik und Arithmetik lenkte beide Männer von ihren Sorgen ab.

Geneviève erklärte derweil dem weniger begeisterten Rüdiger das Johannesevangelium. Das Wetter war wieder besser geworden, und der Ritter ging einer Beschäftigung nach, über die er sonst stets gespottet hatte. Er saß traulich mit seiner Dame im Rosengarten und ließ zu, dass sie ihm vorlas. Nun hätte er sich interessantere Lektüren denken können, aber er war fest entschlossen, dieses Mädchen zu erobern und wenn schon nicht von der Ketzerei abzubringen, so doch wenigstens von den Selbstmordabsichten. Rüdiger war es egal, was Geneviève glaubte – er hatte auch mit zu vielen alten Kreuzrittern gesprochen, um dem Papst seine Sorge um das Seelenheil der Albigenser abzunehmen. Nach seiner Überzeugung ging es in jedem Krieg um Land und Beute. Und seine Interpretation der bei Gemetzeln gern vorgetragenen Worte »Gott wird die Seinen schon erkennen« war eine weitaus freundlichere denn die des Simon de Montforts. Gott würde nach dem Tode richten, und er hatte alle Zeit der Welt. Wozu also die Sache beschleunigen? Rüdiger genoss einen guten Kampf, aber er zog das Turnier dem Krieg vor, und wenn es sein musste, so tötete er seine Gegner schnell. Niemals hätte er jemanden verbrannt oder zu Tode gefoltert. Erst recht keine Frauen und Kinder.

Aber wenn er Geneviève von irgendetwas abbringen wollte, so musste er erst mal verstehen, worum es überhaupt ging, und er musste auch ihre Gunst erringen. Also hörte er ihren Vorträgen zu und berauschte sich am Anblick ihres beseelten, ausdrucksstarken Gesichts und ihrer klingenden Stimme.

Geneviève ihrerseits bemühte sich, ihre wachsende Sympathie für den jungen Ritter zu leugnen. Sie sprach mit ihrem Diakon über ihren »Schüler« – in der Hoffnung, Rüdigers Missionierung wäre eine Entschuldigung für ihr häufiges Beisammensein. Der Parfait rügte sie allerdings streng. Frauen durften in der Kirche der Albigenser zwar das Consolamentum nehmen und auch geben. Aber predigen und missionieren durften sie nicht.

In ihrer Enttäuschung darüber unterlief Geneviève dann eine weitere und sehr viel weniger lässliche Sünde: Sie erkundigte sich bei Sophia nach Abstammung und Vorgeschichte des Rüdiger von Falkenberg. Dabei hatte Sophia mit sich selbst genug zu tun. Seit dem Bankett mied auch sie jede Ansammlung von Menschen und vor allem die Gesellschaft von Flambert. Geneviève war das recht. Sie billigte nicht, dass ein Ritter ihres Glaubens seine Zeit mit Frauen vertändelte – zumal solchen, die für eine Eheschließung ohnehin nicht infrage kamen. Flambert war zwar nicht zum Leben eines Parfait bestimmt, Montalban brauchte ja auch einen Erben. Sophia jedoch, so gern Geneviève das Mädchen mochte, sah sie nicht an Flamberts Seite. Trotz all ihrer verbotenen Bemühungen, sie zu missionieren, zeigte Sophia auch noch nach fast fünf Jahren keinen Funken Interesse am Glauben der Albigenser. Und auch ihre Liebe zu Flambert sah Geneviève recht realistisch: Sophia schätzte den Ritter, und er mochte an ihr Herz rühren, aber damals hatte Dietmars Medaillon sie ins Leben zurückgeholt, nicht Flamberts Gesang.

Über Rüdiger von Falkenberg hatte Sophia allerdings auch nicht viel zu berichten. Sie kannte ihn nur als Dietmars Oheim.

»Und er ist wohl ein Fahrender. Obwohl er ein Lehen besitzt. Das sagte jedenfalls Dietmar.«

Sophia musste schon wieder ein Schluchzen unterdrücken. Dabei war sie Geneviève an diesem Tag recht gefestigt vorgekommen – sofern man es als normal ansehen wollte, dass eine junge Frau den ganzen Tag damit verbrachte, aus dem Fenster ihrer Kemenate über die Berge zu starren. Geneviève stellte fest, dass sie sich offenbar jedes Wort gemerkt hatte, das Dietmar von Lauenstein je zu ihr gesagt hatte.

»Falkenberg ist eine kleine Burg irgendwo in deutschen Landen. Die Anlage ernährt ihren Herrn und ein paar Ritter – nicht üppig, aber ausreichend, und die Gegend ist wohl sehr friedlich«, wusste Sophia zu berichten.

Das bedeutete, dass die Verteidigungsausgaben gering waren, der Lehnsherr wahrscheinlich ein Bischof, der keine Kriege führte.

Geneviève ertappte sich dabei, an ein Leben auf einer solchen Burg zu denken. Keine Belagerungen, keine Schlachten, niemanden, der Gebietsansprüche stellte. Keine Scheiterhaufen, keine Verfolgungen, keine Angst ...

Nach Toulouse dagegen kam die Angst bald zurück. Schon Anfang Oktober sammelte der Graf von Comminges die Ritter, um einen Angriff Montforts zurückzuschlagen.

Dietmar und Rüdiger befanden sich natürlich unter den Kämpfern. Dietmar war bemüht, Flambert aus dem Weg zu gehen, und auch Genevièves Bruder schien eine Begegnung peinlich zu sein. Dieses Mal verabschiedete Sophia sich wohlweislich nicht vor dem Aufbruch der Ritter von ihrem Minneherrn. Die jüngeren Mädchen waren jedoch da – wieder unter der Aufsicht Genevièves. Sie übte sie diesmal allerdings nicht so streng aus wie sonst, sondern sorgte für eine kleine Irritation, indem sie ein paar Worte mit Rüdiger von Falkenberg wechselte.

»Gebt Ihr mir ein Zeichen, meine Dame?«, wagte Rüdiger ermutigt zu fragen, »oder wenigstens Euren Segen?«

Geneviève errötete. »Ich darf keinen Segen spenden, ich bin ...«

Rüdiger seufzte. »Ich brauche nicht den Segen einer Parfaite, ich ziehe zu Ehren meiner Dame ins Feld. Geneviève ...«

Geneviève schluckte. Dann suchte sie in ihrem Ärmel.

»Ich habe das schon vorausgesehen«, bemerkte sie – und schob ein kleines Stück Pergament in seine Hand.

Rüdiger entfaltete es und las – eine Bibelstelle, wie erwartet. *Ich bin das Licht der Welt, wer mir nachfolgt, der wird nicht wandeln in der Finsternis, sondern wird das Licht des Lebens haben.*

Rüdiger lächelte. »Ein schöner Spruch, meine Herrin, aber

verzeiht, wenn ich darin nicht den Herrn Jesus beschrieben sehe, sondern das strahlend helle Licht, das Ihr für mich seid. Es wird mich wärmen und erleuchten, ich danke Euch für Euer Zeichen!«

Geneviève errötete wieder, als er das Pergament an seine Lippen führte und dann sein Pferd antreten ließ. Dabei hätte sie entrüstet sein müssen, seine Worte waren blasphemisch. Gott würde ihn strafen ... Aber irgendwo in sich fühlte sie die Gewissheit, dass Gott eher lächelte.

Die Maurin hatte die Ankunft des Kreuzfahrerheers vorausgesagt und behielt Recht. Montfort hoffte wohl auf einen Überraschungserfolg und griff die Stadt frontal an, die heftige Gegenwehr verblüffte ihn völlig. Die Kämpfer aus Toulouse schlugen Simon de Montforts Angriff furios zurück, aber der erwies sich als anderes Kaliber als sein Bruder. Gleich am Abend des ersten Angriffs enthüllten die Sterne, dass Montfort einen Angriff auf Saint-Cyprien plante, einem ländlichen Vorort der Stadt am anderen Ufer der Garonne. Saint-Cyprien war wichtig für die Stadt, es versorgte die Bürger mit Gütern wie Getreide und Fleisch.

»Wie hat Eure Gattin das bloß vorausgesehen?«, fragte Flambert Abram, als sie nebeneinander hinausritten, um die Verteidigung des Örtchens zu verstärken. »Ich meine ... wir wissen, dass sie sich auf Sterndeutung versteht, aber an einem so wolkigen Tag ...« Tatsächlich war es grau und regnerisch gewesen, und jetzt, bei Nacht, stand kein Stern am Himmel.

Abram, der am Rande der Scharmützel den Priester Alain getroffen und gründlich ausgehorcht hatte, zuckte die Achseln. »Sie liest wohl auch aus Wolkenformationen«, bemerkte er. »Ach ja, Montfort erwartete übrigens Verstärkung aus dem

Languedoc. Der päpstliche Legat hat dort Truppen ausgehoben. Aber er war nicht sehr erfolgreich.«

»Die Sterne scheinen erstaunlich präzise«, meinte Flambert misstrauisch.

Abram gab nichts zurück. Er hob nur dankbar die Hände gen Himmel.

Montfort erhielt seine Verstärkung tatsächlich und konnte zunächst sogar in Saint-Cyprien eindringen. Aber dann standen die Sterne wirklich und ganz ohne Miriams Zutun sehr gut für die Bürger von Toulouse. Katalonien und Aragón sandten dem Grafen Truppen – der Sohn des gefallenen Königs von Aragón sann auf Rache an Montfort. Mit Hilfe der neuen Kämpfer gelang es Raymond und seinen Leuten mühelos, die Kreuzfahrer aus dem Vorort zu vertreiben, bevor sie dort irgendwelchen Schaden anrichten konnten. Saint-Cyprien feierte, und die Angreifer richteten sich auf eine längere Belagerungszeit ein.

»Aber die Herrin Miriam sollte dem Grafen sagen, dass Saint-Cyprien keineswegs sicher ist«, wandte Dietmar sich besorgt an Abram. Er hatte sich die Verteidigungsanlagen des Örtchens angesehen und war entsetzt. Seitdem er sich vermehrt für Strategie interessierte, fielen ihm Fehler sofort ins Auge. »Es sollten Barrikaden errichtet werden. Und eine der Mangonels sollte hergebracht werden, möglichst gleich jetzt, bevor Montfort sich vor Toulouse so häuslich einrichtet, dass man mit größeren Wagen nicht mehr durchkommt. Dort könnten wir die Dinger auch gut erproben. Was meint Ihr?«

Abram sah das genauso, und gleich am nächsten Tag brachten Dietmar und Salomon die erste der inzwischen fertig gestellten Waffen in Stellung. Montfort baute ebenfalls Katapulte sowie eine Zeltstadt für seine Truppen auf. Er konzentrierte sich auf die Gegend um Montoulieu, um dessen schwache Verteidigungsmauern er zweifellos wusste.

»Raffiniert, er weiß, dass wir von dort aus kaum einen Ausfall machen werden«, meinte Salomon. »Die Gefahr wäre zu groß, dass sie uns zurücktreiben und dabei gleich die marode Mauer stürmen. So ist er verhältnismäßig sicher und wir auch. Die Erträge ihrer Gärten außerhalb der Mauern können die Bürger allerdings vergessen.«

Graf Raymond hatte eigentlich mit erneuten Angriffen gerechnet, obwohl Miriam wenig Grund zur Sorge sah. Aber tatsächlich blieb der gesamte Winter ruhig.

»Er wartet auf Verstärkung, sagen mir die Sterne«, behauptete Miriam. »Aber hütet Euch, der Bischof von Toulouse, dieser Verräter...« Folquet de Marseille, ursprünglich ein sittenfroher Troubadour, der sich sehr gut mit Raymond verstanden hatte, bevor er seinen Sinn für die Kirche entdeckt und sich zum Bischof von Toulouse hatte weihen lassen, hatte sich auf die Seite von Montfort geschlagen. Jetzt unterstützte er die Belagerer. »Der hochwürdige Herr reist in ganz Frankreich herum und wirbt für den Kreuzzug. Er wird im Frühling mit diesen Männern zurückkehren. Ihr solltet dann gewappnet sein.«

An Männern zumindest litt der Graf keinen Mangel, die neuen Garnisonen aus Hispanien drängten sich in der Stadt. Der Graf hatte sie im Bischofspalast, dem Kloster Saint Étienne und dem Kloster Saint Sernin untergebracht, weil das Château Narbonnais aus allen Nähten platzte. Die Versorgung der Kämpfer war zum Glück kein Problem – das Leben in Toulouse ging im Grunde weiter wie bisher. Die Handwerker gingen ihrer Arbeit nach – sie verdienten mit der weiteren

Befestigung der Stadtmauern gutes Geld, das wiederum die Albigenser-Gemeinden von ganz Okzitanien dem Grafen zur Verfügung stellten. Die Kaufleute trieben Handel mit aller Welt und erhöhten ihre Preise kräftig. Sie rechtfertigten das mit den größeren Risiken durch die Blockade der Belagerer, was jedoch nur ein Vorwand war. Montfort hatte nicht annähernd genug Männer, um eine große Stadt wie Toulouse gänzlich von der Außenwelt abzuschließen. Natürlich kam es vor, dass er einen Gütertransport abfing, aber mit Wegelagerern musste ja auch sonst gerechnet werden. Die Wagenkolonnen wurden immer von Rittern begleitet, die den Angreifern Gefechte lieferten und dabei sehr oft siegreich waren.

So kamen Luxusgüter in die Stadt, und der Graf fand Gefallen daran, das Leben an seinem Hof so normal wie nur möglich zu gestalten. Der Winter verging mit Banketten und kleinen Festen, Ritter und Mädchen trafen sich zum gemeinsamen Plaudern und Musizieren. Die Maurin hatte damit zu tun, dem Grafen die Sterne zu deuten und zeigte ohnehin wenig Interesse daran, die Tugend ihrer weiblichen Schutzbefohlenen zu bewahren. Sofern die nur regelmäßig zu ihren Unterrichtsstunden in Literatur, Arithmetik und Astronomie erschienen, konnten sie machen, was sie wollten.

Und Geneviève, die die Vertretung der abwesenden Herrin des Hofes übernommen hatte und sehr viel strenger war, verlor sich in diesen Monaten in eigenen Tändeleien. Natürlich hätte sie ihre ernsthaften Gespräche mit Rüdiger von Falkenberg, die langsam über religiöse Themen hinauswuchsen und allgemeinwissenschaftlich wurden, nie Tändelei genannt, und wenn sie ihm auf der Laute vorspielte, so auch nur, um gewisse Musiktheorien zu bestätigen oder ad absurdum zu führen.

»Das Mädel wär eher was für den Medikus!«, neckte Hansi.

»Wie gut, dass sie nie nach deiner Meinung fragt, sie würde schnell feststellen, dass du keine hast.«

Rüdiger ließ den Spott an sich ablaufen, lauschte Geneviève mit heiligem Ernst und freute sich daran, dass sie weicher wurde und ihm langsam zu vertrauen schien. Weniger erfreut darüber war der Graf, der die junge Frau nach wie vor zu umwerben versuchte. Das führte auf die Dauer zu einer regelrechten Rivalität zwischen dem Herrn der Burg und dem einfachen Ritter – für Rüdiger keine leichte Situation. Mehr als einmal forderte ihn der Graf bei den täglichen Wehrübungen der Ritter, und Rüdiger übte sich in der Tugend der Demut, indem er sich von Raymond vom Pferd werfen ließ.

»Du brichst dir noch mal den Hals!«, schimpfte Hansi, als er Rüdiger den Rücken mit Kampfersalbe einrieb, nachdem der Ritter böse gefallen war. »Sieh wenigstens zu, dass du geschickter fällst, auch wenn es dann nicht so echt aussieht.«

Hansi seinerseits erlernte im Handumdrehen die Kunst der höfischen Rede, was an Esclarmonde eher verschwendet war. Das junge Mädchen war leicht zufriedenzustellen. Es freute sich über Hansis kleine Aufmerksamkeiten, lauschte mit Hingabe dem Gesang der Troubadoure bei Hofe und gewährte ihrem Ritter auch bald den ersten Kuss. Hansi schien ernstlich an ein Eheversprechen zu denken, aber das ließ sich nicht organisieren. Esclarmonde war nicht adlig – wenn Hansi sich mit ihr verband, wurde es kompliziert.

Rüdiger vertrat die Ansicht, das Mädchen nach Ende der Kämpfe mitzunehmen und den Fall dem französischen König vorzutragen. Dem würde dazu sicher etwas einfallen. Abram präsentierte dann jedoch eine einfachere Lösung.

»Nimm sie mit auf deine Güter – lade all deine Nachbarn ein und stell sie als Esclarmonde von Foix vor. Den Namen hat jeder schon mal gehört, aber wetten, dass damit keiner diese Parfaite mit ihrem Mädchenkloster verbindet? Und aus Foix kommt dein Klärchen doch auch. Oder jedenfalls fast. Dann heiratest du sie, und niemand wird je eine Frage stellen. Im Gegensatz zum französischen König. Dem passt es bestimmt nicht, dass sein Günstling hier auf Seiten der Albigenser kämpft.«

Philipp August von Frankreich stand klar auf der Seite Montforts – er plante schon längst, seine Hand auf die Güter der Grafen von Toulouse zu legen und sah in Montforts Kreuzzug eine probable Möglichkeit dazu.

Sophia von Ornemünde hielt sich vom Leben am Hofe weitgehend fern. Vor allem in den ersten Wochen nach der Nachricht vom Tod ihres Vaters und dem Eklat mit Dietmar saß sie meist unglücklich und trauernd in ihrer Kemenate. Allzu lange ging das jedoch nicht, wie Sophia sehr wohl wusste. Es war schon ein Privileg, dass die anderen Frauen sie noch in Ruhe ließen – die wirkliche Herrin des Minnehofs hätte sie schon nach wenigen Tagen gezwungen, wieder am Alltagsleben teilzunehmen. Nicht nur Rittern wurde wenig Zeit zum Trauern gelassen, auch Freifrauen hatten Tod und Veränderung möglichst stoisch zu respektieren. Sophia hatte ihren Vater und ihr Erbe verloren, aber das Leben ging weiter. Und über zerbrochene Liebesbeziehungen weinte man erst recht nicht, die fanden offiziell schließlich gar nicht statt.

Sophia wusste, dass sie bezüglich Flambert de Montalban eine Entscheidung treffen musste – zumindest vorerst. Letztendlich würde es darauf hinauslaufen, dass der Graf dem jungen Ritter ein Ultimatum stellte. Wenn Flambert dann konvertierte, konnte er Sophia haben, wenn nicht, würde Raymond sich nach einem anderen Ehemann für sie umsehen. Ganz leicht würde das nicht werden bei einem Mädchen ohne

Mitgift, und Sophia fürchtete panisch, irgendeinem Mann angetraut zu werden, den sie kaum oder gar nicht kannte. Womöglich einem alten oder hässlichen, jähzornigen und gewalttätigen. Flambert dagegen, das wusste Sophia, mochte sie – und wenn er wirklich ihretwegen konvertierte, so war dies ein gewaltiger Liebesbeweis. Als Katholik würde er auch mit ziemlicher Sicherheit den Titel des Vogtes von Montalban erben, egal ob unter Montfort oder Raymond de Toulouse – die Festung musste bemannt bleiben. Darüber hinaus standen Konvertiten hoch in der Gunst aller päpstlichen Legaten, Montfort würde keine Unterstützung dafür finden, das Lehen Montalban anderweitig zu vergeben. Vor Sophia läge ein ruhiges Leben auf einer eigenen Burg, mit einem freundlichen Gatten, der ihr überaus zugetan war. Sie musste von Sinnen sein, wenn sie das ablehnte!

Die junge Frau begann also wieder, sich mit Flambert zu treffen, zu reden und zu musizieren. Sie erlaubte ihm kleine Freiheiten, wie ihre Hand zu halten, und bei der einzigen, etwas größeren Kampfhandlung dieses Winters verabschiedete sie ihn auch mit einem Kuss auf die Wange, bevor er ausritt, um sich dem Angriff entgegenzuwerfen. Dietmar von Ornemünde beobachtete das mit brennenden Augen und wandte sich so schnell ab, dass er nicht einmal sah, wie tief Sophia gleich darauf errötete. Sie winkte Flambert lächelnd nach, nahm jedoch Dietmars Enttäuschung wahr, und sie empfand tiefen Schmerz und einen Anflug von Reue und Schuld bei seinem Anblick.

Und dann, eines Tages, stürzte Ariane in den Rosengarten, wo Sophia sich müßig damit beschäftigte, alte Blüten und Blätter von den Zweigen zu rupfen.

»Sophia, du musst kommen! Dein Ritter schlägt sich mit diesem Franken, diesem hübschen, blonden, mit dem du diesen Streit hattest ...«

Sophia erschrak zu Tode und erbleichte. »Sie ... schlagen sich? Aber ... aber warum? Sie hatten doch keine Händel miteinander ...«

Ariane schüttelte den Kopf. »Es ist kein echter Kampf, nur eine Übung.«

Der Graf und die anderen Befehlshaber der Truppe achteten streng darauf, dass die Ritter ihre Fertigkeiten nicht verloren. Meist übten sie an Übungsgeräten wie dem Rolandsgalgen oder wiederholten bestimmte Schläge mit Schwert oder Lanze immer wieder. Alle paar Tage ließen die Waffenmeister auch Paare im Tjost gegeneinander antreten. Das glich dann Turnierkämpfen und machte die Sache spannender für die beteiligten Ritter. Man kämpfte allerdings mit scharfen Waffen, hier waren schließlich keine Knappen am Werk, die man noch vor sich selbst schützen musste. Die Kämpfer durften mit ihren eigenen Schwertern antreten, ein erwachsener, erfahrener Ritter hatte zu wissen, wie man sie führte, ohne den anderen zu verletzen.

Diesmal hatte das Los Dietmar und Flambert zusammengeführt – ein fast unglaublicher Zufall bei der großen Schar von Kämpfern, aber die beiden drückten sich nicht. Und der Hof erwartete gespannt das Duell der Kontrahenten um die Gunst der Sophia von Ornemünde.

Sophia eilte Ariane nach. Sie war für die Gartenarbeit schlicht gekleidet, selbst Esclarmonde in ihrer von Ariane geerbten dunkelroten Tunika wirkte festlicher als die blonde junge Frau in ihrem grauen Kleid und den von der Gartenarbeit verschmutzten Händen. Dennoch machten ihr all die Knappen und Mädchen Platz, die sich auf dem Wehrgang der Burg versammelt hatten, um dem Kampf beizuwohnen. Sophia kam gerade recht, um mitanzusehen, wie die Ritter gegeneinander in die Schranken ritten und einander höflich grüßten, bevor sie die Visiere der Helme zuklappten. Ihre Gesichter zeigten keine Regung – dabei neigten sonst beide zu ausgeprägter Mimik.

Sophia zitterte, während die Männer auf das Zeichen des Waffenmeisters zum Anreiten warteten. Sie hatte keine Ahnung, welcher der zwei als stärkerer Ritter galt, aber Dietmar hatte immerhin ihren Vater getötet, und der war ein hervorragender Kämpfer gewesen. Über die näheren Umstände wusste sie immer noch nichts.

Dann begann der Kampf – verlief jedoch enttäuschend für die Zuschauer. Die Ritter sprengten verhalten aufeinander zu, als wollten sie die Stärken und Schwächen des anderen erst mal ausloten. Endlich traf Dietmars Lanze Flamberts Harnisch, rutschte daran aber sofort ab, und es gelang Flambert sichtlich mühelos, Dietmar aus dem Sattel zu heben. Der Ritter schien verblüfft darüber, stieg jedoch sofort ab und stellte sich zum Schwertkampf, als Dietmar sich aufraffte. Er hatte sich nicht verletzt, trotzdem war die Art, wie er jetzt sein Schwert führte, träge und ungeschickt. Flambert brauchte nur wenige Schläge, um ihn zu entwaffnen, und unter seinem halbherzigen nächsten Schlag – zu dem er schon angesetzt hatte, als Dietmar die Waffe verlor – ging der Franke zu Boden. Flambert hielt Dietmar kurz das Schwert an die Kehle, um den Kampf zu beenden, dann ließ er die Waffe sinken und machte Anstalten, seinem Kontrahenten aufzuhelfen.

Er war so verwundert über seinen raschen Sieg, dass er nicht mal zu den Zuschauern hinaufsah – wo Sophia eben aufsprang, sich den Weg durch die Ritter und Mädchen bahnte und die Treppe zum Kampfplatz hinunterhastete.

»Ihr habt nicht wirklich gekämpft«, sagte Flambert vorwurfsvoll zu Dietmar, sobald beide das Visier gelüftet hatten. »Ihr habt mich gewinnen lassen. Das ist schändlich, ich sollte Genugtuung fordern!«

Dietmar seufzte. Er lag immer noch am Boden und schien sich nicht recht entscheiden zu können, die helfende Hand des Gegners zu ergreifen.

»Wolltet Ihr den Geiern da oben wirklich dieses Schauspiel bieten?«, fragte er. »Womöglich gar ernsthaft kämpfen auf Leben und Tod? Wolltet Ihr riskieren, dass Ihr durch meine Hand zu Schaden kommt? Dass ich Sophia nach ihrem Vater auch noch den Liebsten nehme?«

Flambert schüttelte den Kopf. »Natürlich nicht. Ich hege Euch gegenüber keinen Groll. Was zwischen Euch und Sophia war, war ... früher«, schloss er mit unsicherer Stimme.

»Dietmar! Was hat er, Flambert? Ist er verletzt? Ist er ... ist er ...«

Sophia von Ornemünde richtete das Wort an Flambert, aber sie gönnte ihrem Ritter keinen Blick. Stattdessen kniete sie sich in den Staub neben Dietmar und beruhigte sich erst, als sie dessen offene Augen und gesunde Gesichtsfarbe sah.

»Es ist nichts passiert«, sagte Flambert.

Seine Stimme klang erstickt und holte Sophia zurück in die Wirklichkeit. Ihr musste jetzt klar werden, wie unmöglich sie sich aufführte. Über ihr bleiches, zartes Gesicht zog tiefe Röte.

»Und ich dachte ... ich dachte ...« Sie straffte sich – und schaffte es, Flambert ein Lächeln zu schenken. »Ich bin gekommen, um meinen Ritter zu ehren«, sagte sie, hörbar bemüht.

Während Dietmar sich allein wieder auf die Beine kämpfte, küsste sie Flambert. Die Zuschauer auf dem Wehrgang jubelten dem Paar zu. Aber Flambert lächelte nicht, und er machte auch keine Anstalten, ihre Lippen mit seiner Zunge zu öffnen. Ihr Blick ging ihm nicht aus dem Kopf. Der Blick, mit dem sie Dietmar von Lauenstein bedacht hatte.

Kapitel 7

Der Frühling brachte dann endlich wieder Bewegung in den Krieg um Toulouse. Miriam las in den Sternen, dass Montfort Verstärkung erwartete, und der Graf entschied sich zu einem Ausfall. Zu Ostern, während die Christen ihre Messen feierten, versammelte er die Ritter zum Angriff auf die Belagerer. Sie fochten durchweg tapfer, die Schlacht tobte während eines ganzen Tages, und zum ersten Mal in diesem Krieg wurde es wirklich blutig. Viele Ritter und Fußsoldaten beider Seiten blieben tot oder verwundet auf dem Schlachtfeld zurück. Die Verluste bewirkten jedoch nichts. Weder konnten die Kämpfer aus Toulouse die Streitmacht der Belagerer zerschlagen, noch gelang es Montfort, in die Stadt einzudringen.

»Alles für nichts!«, wütete der Graf am Abend und leerte verärgert den dritten Becher Wein. »Konntet Ihr das nicht voraussehen, Herrin Ayesha?«

Miriam zuckte die Schultern. Auch sie verlangte es nach Wein, aber einige der spanischen Ritter, die neuerdings zu des Grafen engsten Beratern zählten, kannten sich mit der Religion der Mauren besser aus als Raymond. Sowohl Abram als auch Salomon hatten Miriam gewarnt, in ihrer Gesellschaft Wein zu trinken oder auch nur ihr Gesicht zu zeigen.

»Die Sterne enthüllen, was sie enthüllen wollen. Ich bin nur der Vermittler. Als solcher sah ich Verstärkung für Montfort voraus, und glaubt mir, sie wird kommen!«

Von Letzterem war Miriam überzeugt. Abrams Informant, der verängstigte Priester, hatte sie noch nie enttäuscht.

»Ihr solltet Boten zu Eurem Sohn schicken, vielleicht kann er uns entsetzen ...«

Raymondet, der Erbe des Grafen, focht irgendwo in Okzitanien gegen Splittergruppen von Kreuzrittern. Miriam hatte keine Ahnung, wie groß das Heer war, das er führte, und mochte deshalb nicht zu einem Frontalangriff auf die anrückenden Verstärkungstruppen für Montfort raten.

»Ich löse jetzt erst mal das Problem mit der kleinen Ornemünde!«, erklärte der Graf überraschend. »Ruft mir Flambert de Montalban!«

Miriam nickte resigniert und verließ aufatmend die Räume des Grafen. Raymond musste schon recht trunken sein, wenn er so unwesentliche Entscheidungen ausgerechnet direkt nach einer Schlacht treffen wollte. Aber die Kunde darüber, welche Ritter sich an diesem Tag ausgezeichnet hatten, hatte ihn bereits erreicht, und Flambert de Montalban stand ganz oben auf der Liste. Der Ritter hatte eine Belohnung verdient – wobei Miriam sich nicht sicher war, ob er Raymonds Vorstoß wirklich als solche empfinden würde. Flambert liebte Sophia zweifellos, für Miriam stand jedoch seit seinem Zweikampf mit Dietmar fest, dass diese Sache noch längst nicht entschieden war. Sie hatte der Auseinandersetzung nicht beigewohnt, nur den Klatsch darüber gehört. Dietmar, den sie in den Räumen des Medikus getroffen hatte, wollte sich nicht näher zu der Sache äußern, sie erinnerte sich aber noch gut an sein verklärtes Gesicht und seine leise, sanfte Stimme.

Sie hat mich angesehen ...

Der junge Ritter hatte die Worte bestimmt drei Mal wiederholt, und Miriam hatte Augen selten so strahlen sehen.

Flambert dagegen schien seit jenem Vorfall verändert. Natürlich hofierte er Sophia weiterhin, aber es war nicht mehr ganz das Gleiche. Flamberts Werben war verhaltener, Sophia wirkte verschämt und zurückhaltender. Die aufmerksame Miriam bemerkte, dass ihr Blick immer wieder Dietmar folgte, wenn sie mit den Rittern zusammenkam.

Und vor dieser Schlacht hatte sie Flambert nicht geküsst.

Miriam behielt die Kemenate des Grafen im Auge, nachdem sie Flambert dessen Einladung überbracht hatte. Es war pure Neugier, aber sie wollte einfach wissen, wie er das Ultimatum des Grafen aufnahm. Der junge Mann wirkte denn auch äußerst aufgewühlt, als er Raymonds Räume verließ. Er hastete so blind durch die Gänge, dass er beinahe mit Miriam zusammengestoßen wäre.

»Verzeiht, Sayyida«, murmelte er, als er sich wieder fasste. »Ich ... war unaufmerksam. Aber der Graf hat mich da eben in eine Zwangslage gebracht ... Sagt, lest Ihr auch die Sterne für einen Einzelnen?«

Miriam lächelte unter ihrem Schleier. »Braucht Ihr denn so dringend die Sterne? Reicht nicht einfach der Rat einer Freundin oder der eines Freundes? Wenn Ihr mögt, begleitet mich doch zu Seigneur de Paris.«

Noch während sie die Worte aussprach, schoss ihr durch den Kopf, dass er dort womöglich Dietmar treffen könnte. Aber der verbrachte den Abend nach der Schlacht sicher nicht bei seinem Lehrer, sondern im großen Saal mit den anderen Rittern.

Flambert schien ähnliche Überlegungen zu hegen, aber dann nickte er. Kurze Zeit später klopfte Miriam an die Tür des Medikus.

»Herein.«

Salomon antwortete sofort, aber er wirkte abgekämpft. Nach der Schlacht hatte er stundenlang die Verwundeten versorgt und sich dabei sicher mit mehr als nur einem der sonst zuständigen Bader gestritten. Wahrscheinlich verdankten etliche der Verletzten den Erhalt ihrer Arme oder Beine seiner Behandlung, die eher auf orientalischen Erkenntnissen beruhte denn auf der Überlegung, dass Amputation die sicherste Lösung zur Vorbeugung von Wundbrand darstellte. Jetzt saß er erschöpft auf seinem Lieblingsplatz und nippte an heißem Würzwein.

Miriam bediente auch sich und den jungen Ritter, der jetzt wieder einmal skeptisch guckte. »Manchmal glaube ich, Ihr seid gar keine Maurin«, murmelte er, was Miriam mit einem strengen Blick ahndete.

»Der eine ist dies, der andere ist das«, sagte sie schließlich. »Und manchem würde es besser bekommen, nicht alle Welt wissen zu lassen, was er ist.«

»Ihr meint, ich sollte mich nach außen hin zum Papst bekennen, aber innerlich dem wahren Glauben treu bleiben, damit ich Sophia heiraten kann?«, fragte Flambert und nahm einen Schluck Wein.

Auch er wirkte erschöpft nach dem Kampf, seine Wangen waren eingefallen und über einer der Augenbrauen beeinträchtigte eine Platzwunde die Ebenmäßigkeit seiner Züge. Miriam und der Arzt erkannten Ringe unter seinen dunklen Augen – womöglich nicht nur Zeichen der heutigen Anstrengung. Flambert mochte schon länger über der Frage grübeln, die ihm der Graf an diesem Tag endgültig gestellt hatte.

»Willst du sie denn heiraten?«, fragte der Medikus. Wie Geneviève kannte er auch Flambert seit dessen Kindertagen.

Flambert nickte. »Es wäre mein ganzes Glück«, sagte er schlicht.

Miriam zuckte die Schultern. »Dann solltet Ihr Euch den

Wünschen des Grafen fügen«, meinte sie. »Ob mit dem Herzen oder nur mit Worten, müsst Ihr mit Euch selbst ausmachen. Sophia ist eine schöne und kluge Frau. Wenn sie Euch erwählt, wird sie Euch sicher glücklich machen. Und obendrein rettet Ihr Euer Leben und Euer Erbe.«

»Ich fürchte den Tod für meinen Glauben nicht!« Flambert fuhr auf. »Dagegen die Konvertierung ... wie soll ich das Geneviève beibringen?«

Der Medikus lachte. »Also hast du jetzt Angst vor deinem Gott oder vor deiner Schwester?«

Flambert senkte den Kopf. »Ich fürchte die Frage an Sophia«, flüsterte er. »Mich verfolgt die Angst, dass sie mich nicht wirklich liebt.«

Miriam hob die Hände. »Herr Flambert, sie hat Glück, dass sie überhaupt gefragt wird. Der Graf könnte sie mit irgendjemandem verheiraten, und so wie es um ihre Herkunft und ihre Mitgift steht, hätte sie kaum die Möglichkeit, Nein zu sagen. Sophia weiß, was von ihr erwartet wird. Sollte sie also keine unüberwindliche Abneigung Euch gegenüber hegen, dann wird sie zustimmen und Euch eine gute Frau sein. Und von unüberwindlicher Abneigung habe ich bisher nichts bemerkt, eher das Gegenteil.«

Flambert wagte ein schwaches Lächeln. »So ratet Ihr mir zu?«, fragte er. »Ich will sie nicht unglücklich machen. Ich liebe sie von ganzem Herzen – meine Liebe ist so groß wie die Welt ... Es sollte für uns beide reichen.«

Miriam lächelte. »Dann sollten wohl auch die Sterne günstig stehen«, bemerkte sie.

Salomon richtete sich in seinem Sessel auf, nachdem der Ritter seine Räume verlassen hatte.

»Warum, Miriam?«, fragte er leise. »Du zerstörst Dietmars Hoffnung auf ein Glück mit der Frau seines Herzens.«

»Glück?« Miriam nahm sich noch einen Becher Wein. »Also, wenn das Glück ist, was da in den Gesichtern von Dietmar und Sophia steht, dann haben wir da gänzlich unterschiedliche Vorstellungen.«

»Der junge Mann quält sich, und die kleine Ornemünde auch«, sagte Salomon – er konnte die Gefühle der beiden sehr gut nachvollziehen.

Miriam nickte. »Eben. Und deshalb bringen wir jetzt etwas Bewegung in das Ganze. Wenn Flambert Sophia fragt, muss sie sich entscheiden.«

Vorerst kam Flambert aber gar nicht dazu, Sophia die entscheidende Frage zu stellen, und auch Salomon sah seinen Schüler Dietmar kaum. Die Verstärkung für Simon de Montfort war eingetroffen, und die Kreuzfahrer konzentrierten sich sofort auf die erneute Eroberung des Vororts Saint-Cyprien. Nun hatte auch das schon im Vorfeld in den Sternen gestanden – Abrams Spion in den Reihen der Belagerer arbeitete hervorragend. So ließen die Verteidiger von Toulouse Montfort zunächst an den Barrikaden rund um die Stadt ablaufen. Die Brücken über die Garonne wurden von Lanzenreitern verteidigt, und Bogenschützen bemühten sich, die Aufstellung von Belagerungsmaschinen zu verhindern. Miriam und Salomon frohlockten über den ersten Einsatz ihrer Mangonels, die sich recht gut bewährten.

»Nur das Zielen müssen die Leute noch üben«, meinte Abram. »Mit dem kleinen Modell haben die Mädchen auf acht Ellen Länge präzise getroffen – vor Saint-Cyprien schlagen die Kugeln eher zufällig richtig ein. Zur Abschreckung reicht das, aber man könnte es besser machen.«

Die Kämpfe um den Vorort zogen sich während des gesamten Frühjahrs hin – und dann geschah etwas, das kein Astrologe, sondern höchstens ein wirklich kundiger Wetterbeobachter hätte voraussehen können. Über Toulouse entlud sich ein Gewitter mit sintflutartigen Regenfällen. Die Garonne schwoll binnen kürzester Zeit an, überschwemmte Saint-Cyprien und riss sämtliche Brücken und Barrikaden mit sich fort. Die Ritter des Grafen konnten gerade noch zurück in die Stadt entkommen, bevor die Wege gänzlich unpassierbar waren. Montfort verfolgte sie nicht, auch er scheute die Schlacht im Morast. Allerdings ließ er seine Kontrahenten auch nicht wieder aus Toulouse heraus, als es aufklarte und trocknete. Die Kreuzfahrer übernahmen Saint-Cyprien ohne große Gegenwehr.

»Immerhin gibt es keine Scheiterhaufen«, meinte Miriam.

Die Albigenser waren mit den Rittern geflohen – und auch die Mangonels waren auf Dietmars Geheiß in Sicherheit gebracht worden.

»Aber auch kein Nachschub mehr ohne größere Risiken«, beschwerte sich der Graf. »Von Saint-Cyprien aus blockieren sie die Zufahrtswege.«

Montfort schien wild entschlossen, die Kämpfe um Toulouse zu einem Ende zu führen. Anfang Juni griff er die Stadt an. Nun war Raymond auf bewährte Weise gewarnt, schon am Tag zuvor wappneten sich Ritter und Fußtruppen für einen Ausfall. Flambert de Montalban nutzte die Nacht vor der Schlacht, um seine Angelegenheiten zu ordnen. Er bat zunächst den Grafen um Sophias Hand und versicherte ihm, zum katholischen Glauben überzutreten, bevor er ihr Eide schwor. Danach sprach er mit Sophia.

Am Morgen vor der Schlacht überraschte die junge Frau dann alle. Sie kam gemeinsam mit den anderen Frauen in den Burghof, um die Ritter zu verabschieden. Sophia wirkte totenbleich und übernächtigt, aber sie schritt sicher auf Flambert de Montfort zu und küsste ihn ohne Scham.

»Ihr versprochener Gatte ...«, wisperten die Mädchen.

Geneviève fuhr auf. Aber bevor sie sich ihrem Bruder nähern konnte, trat Sophia von Ornemünde zu Dietmar von Lauenstein. Sie verbeugte sich leicht und reichte ihm ein Schmuckstück.

»Hier ... ich ... ich dachte, Ihr ... Ihr solltet es zurückhaben«, sagte sie leise und stockend. Sie hielt die Augen gesenkt, aber sie hatte ihr Gesicht nicht verschleiert. »Ich ... ich bin Flambert de Montalban versprochen ... und da ...« Dietmar öffnete seine Hand, und beide fuhren zusammen, als sie sich kurz berührten. Einen Herzschlag lang sah Sophia auf. Ihre umflorten, dunkel umrahmten Augen blickten herzzerreißend. »Und da dachte ich ...« Sie wollte eigentlich sagen, dass sie es nicht für schicklich hielte, das sehr persönliche Geschenk eines anderen zu behalten, brachte die Worte jedoch nicht über die Lippen. »Da dachte ich, Ihr ... Ihr brauchtet doch auch ein bisschen Glück ...«

Sophia wandte sich ab und rannte davon, bevor Dietmar irgendetwas erwidern konnte.

»Da hat er sein Zeichen«, bemerkte Miriam ihrem Mann gegenüber. »Pass auf dich auf, Abram. Es gefällt mir gar nicht, dass du heute kämpfst. Der Tag scheint mir unter einem schlechten Stern zu stehen.«

Miriam hatte nicht Unrecht, es war ein kühler, diesiger Tag, ganz untypisch für einen Frühsommermorgen in Toulouse. Montfort stand angriffsbereit mit einer Vielzahl neuer Kämpfer da, während die Ritterschaft der Stadt nach Monaten der Kämpfe um Saint-Cyprien müde und ausgebrannt war. Inzwischen wurden auch längst keine ritterlichen Zweikämpfe mehr geführt. Oft standen drei oder vier gepanzerte Männer einem Ritter aus Toulouse gegenüber, und Montforts Fußtruppen übernahmen das Abschlachten der Kämpfer, wenn sie erst mal vom Pferd gefallen waren. Es war nicht mehr so einfach für die Bischöfe und päpstlichen Legaten, Ritter als Kreuzfahrer zu rekrutieren, aber einfaches Volk, das die Vergebung seiner Sünden ebenso dringend nötig hatte wie fette Beute aus den Kassen der Albigenser, fand sich reichlich. Es war der Abschaum der Städte, Räuber und Meuchelmörder. Sie besaßen zwar weder Schwerter noch Rüstungen, aber ihre Messer und Schlagstöcke wussten sie zu gebrauchen. Wenn sie zu fünft oder sechst auf einen gestürzten Ritter losgingen, hatte der nur noch eine Chance, wenn ihm andere zu Hilfe kamen.

Immerhin führte Flamberts Kampfgruppe, zu der auch wieder Dietmar und Rüdiger gehörten – Hansi nutzte sein Talent widerwillig unter den Bogenschützen, an denen es Toulouse massiv mangelte –, den ersten Angriff beim Ausfall der Toulouser Truppen. Sie stellten sich damit auf ganz konventionelle Weise der Phalanx der gegnerischen Ritter entgegen. Dietmar tjostete gleich zwei von ihnen aus dem Sattel und wurde danach in Schwertkämpfe verwickelt. Und dann stand ihm unversehens ein Ritter gegenüber, dessen Wappen und Helmzier er kannte.

Mathieu de Merenge grinste ihn unter seinem Visier an.

»Schau an, der kleine Franke, der nicht schnell genug das Kreuz nehmen konnte – oder doch zumindest so tat. Und nun kämpft er auf Seiten der Ketzer und Aufrührer! Mal schauen, ob wir den nicht vom Pferd holen!«

Als hätten sie auf den Ruf gewartet, kamen zwei weitere Ritter, um dem Franzosen beizustehen.

»Ich kämpfe gegen Euch, Herr Mathieu!«, rief Dietmar ihm

zu. »Aber nicht gleichzeitig gegen Eure Kumpane. Ein aufrechter Kreuzfahrer sollte auch keine Verstärkung brauchen. Führt nicht Gott Euer Schwert, Herr Mathieu?«

»Auch noch blasphemisch! Man sollte darüber nachdenken, Euch gefangen zu nehmen und den Scheiterhaufen schmecken zu lassen. Ihr seid nicht gar selbst Albigenser?«

Dietmar antwortete nicht, sondern ritt gegen Mathieu de Merenge an. Und wie er fast schon erwartet hatte, folgten ihm die anderen Ritter auf dem Fuß. Dietmar traf Mathieu mit der Lanze, konnte ihn aber nur kurz ins Schwanken bringen. Durch einen raschen Seitensprung seines Pferdes entging er selbst einem Treffer. Den zweiten Ritter brachte er sogar aus dem Sattel, aber der dritte erwischte ihn, als er noch seinen Sitz ordnete. Dietmar stürzte – zum Glück nicht schwer. Er kam sofort wieder auf die Beine, sah sich aber auch gleich dem Ritter gegenüber, den er eben vom Pferd getjostet hatte. Der Mann griff ihn mit dem Schwert an, Dietmar parierte die Stöße, aber jetzt galoppierten zu seinem Entsetzen auch Mathieu und der dritte Ritter auf ihn zu. Dietmar focht mit dem Mut der Verzweiflung, aber gegen zwei Schwertkämpfer zu Pferde und einem zu Fuß hatte er keine Chance. Wenn ihm jetzt niemand zu Hilfe kam ... Aber dann hörte er Flamberts Stimme.

»Kämpft mit mir, Monseigneur de Merenge. Es gibt da ohnehin noch eine Rechnung, die wir offen haben!«

Der junge Ritter kam heran, die Lanze stoßbereit eingelegt. Dietmar atmete auf, als Mathieu sich ihm zuwandte – und auch der andere Ritter sein Pferd wendete. Wieder zwei gegen einen also – und diesmal in noch perfiderer Technik. Der zweite Ritter, der schneller war als Mathieu und offensichtlich auch der bessere Lanzenreiter, attackierte Flambert. Flambert konterte geschickt, aber die Lanze traf ihn trotzdem in der

Seite und ließ ihn im Sattel schwanken. Dietmar hatte mit seinem eigenen Gegner genug zu tun, aber er hörte dann doch gleich danach den hellen Klang von Metall auf Metall.

Mathieu ging Flambert mit dem Schwert an und hieb mit voller Kraft auf ihn ein. Er war deutlich größer und stärker als Genevièves Bruder, der seine Kämpfe durch Geschicklichkeit zu gewinnen pflegte, nicht durch Kraft. Er war schon Mathieu unterlegen, aber als der zweite Reiter nun auch noch angriff, unterlief ihm nach wenigen Schwerthieben ein Fehler. Er hob seinen Schild, um den seitlichen Schlag eines der Gegner abzuwehren, und stieß gleichzeitig mit dem Schwert nach dessen Hals. Er traf, der Ritter fiel, Flambert gab damit jedoch seine Deckung auf. Mathieu stieß ihm sein Schwert unterhalb des Brustpanzers in den Leib.

Im gleichen Moment gelang es Dietmar, seinen Gegner niederzumachen. Er sah Flambert fallen und stellte sich ihm zur Seite. Erneut stand er Mathieu auf seinem Hengst gegenüber, aber jetzt sah Dietmar weitere Ritter aus Toulouse in der Nähe kämpfen. Verzweifelt rief er um Hilfe, während Mathieu nur lachte. Aber der junge Lauensteiner hatte Glück. Unter den Rittern waren Rüdiger und der Graf von Foix, Befehlshaber dieses Ausfalls und ein äußerst starker Ritter. Beide erkannten Dietmars Lage sofort und sprengten auf ihn zu. Rüdiger holte Mathieu mit einem gezielten Lanzenstoß vom Pferd und verschaffte Dietmar damit wieder gleiche Bedingungen. Die beiden begannen sofort, mit ihren Schwertern aufeinander einzuschlagen, während die anderen Ritter einen Ring um Flambert bildeten. Der Ritter regte sich, es gab Hoffnung, dass er nicht schwer getroffen war.

Dietmar war bereits erschöpft, aber die Wut auf seinen Gegner gab ihm neue Kraft. Und Mathieu war ungeschickt gefallen. Er glich das zwar durch seine Kraft aus, aber technisch war ihm Dietmar überlegen. Schließlich stieß dieser ihm das Schwert unter der Achsel durch ins Herz.

»Wenn du jetzt wirklich ins Paradies eingehst, zweifle ich an meinem Glauben!«, brüllte er dem Sterbenden zu und lief zu Flambert.

Der Ritter lebte noch, aber er war schwer getroffen und litt offensichtlich große Schmerzen. Trotzdem schaffte er ein schwaches Lächeln, als Dietmar sich neben ihn kniete und ihm den Helm abnahm.

»Der ... der beleidigt meine Dame nie wieder.«

Dietmar bemühte sich, das Lächeln zu erwidern. »Nein. Ihr ... Ihr habt tapfer für sie gekämpft, sie wird Euch loben. Und sie wird Eure Frau werden. Ich ... ich wünsche Euch Glück.«

Flambert schüttelte den Kopf. »Nein ... Nein. Und das ist ... das ist auch besser. Euch hat ihr Zeichen Glück gebracht. Nicht mir ...« Er stöhnte. »Wenn ich nur ... ich hätte meinen Glauben für sie aufgegeben, doch auch das ... war nicht recht. Ich werde ... meine Seele wird nicht erlöst werden.«

Flamberts Kopf sank zur Seite. Dietmar fühlte seinen Puls und stellte fest, dass sein Herz noch schlug. Aber die Wunde im Unterleib ... er glaubte nicht, dass Flambert dies überleben konnte. Allenfalls konnte man seine Seele retten ...

»Rüdiger, die Albigenser haben doch Priester. Können wir einen herholen? Da gibt es sicher so etwas wie die Letzte Ölung, oder? Er fürchtet um seine Seele ...«

Dietmar wandte sich hilflos an seinen Oheim. Der Graf von Foix und seine Ritter hielten die Feinde auf Abstand, Rüdiger hatte Zeit, nach dem Befinden des Verletzten zu sehen.

»Du meinst, er stirbt?«

Dietmar nickte. »Und er wünscht sich einen Priester. Was können wir tun?«

Für Katholiken war die Sache einfach. Meist gab ihnen irgendein mitkämpfender Bischof schon vor der Schlacht die Absolution.

Rüdiger schüttelte den Kopf. »Auf dem Schlachtfeld gibt es keine Parfaits – sie kämpfen nicht«, schöpfte er aus dem geballten Wissen über die Religion der Albigenser, mit dem Geneviève ihn seit Monaten versorgte. »Eigentlich sollten Bonhommes überhaupt nicht kämpfen, also ist an geistliche Betreuung von Kriegern nicht gedacht.«

»Aber es gibt so was, nicht? Wir müssen Flambert nur in die Stadt bringen.«

Rüdiger nickte. »Wenn wir das schaffen und er noch mal zu Bewusstsein kommt, kann er auf dem Sterbebett das Consolamentum nehmen. Das macht ihn zum Parfait, er geht dann mit reiner Seele in den Tod.«

Dietmar seufzte. »Dann lass es uns versuchen. Bitte fang mein Pferd ein, ich nehme ihm die Rüstung ab.«

»Du willst ihn aufs Pferd nehmen?«, fragte Rüdiger. »Mitten in der Schlacht?«

»Wenn ihr mir Deckung gebt ... Frag den Grafen, ob er es tut. Bitte. Er ... er ... Ich könnte an seiner Stelle sein.« Dietmar senkte den Blick.

Rüdiger sprengte davon, um gleich darauf mit Gawain wiederzukommen. Der Schlachtenlärm um sie herum war abgeebbt, wie es aussah, zogen sich die Heere zurück – wieder einmal, ohne irgendetwas ausgerichtet zu haben. Dietmar überlegte bitter, dass all die Männer für nichts gestorben waren. Aber für sein Vorhaben waren die Bedingungen gut. Sein Hengst blieb ruhig, als Rüdiger ihm den Sterbenden über den Sattel legte. Flambert stöhnte schwach, aber er blieb ohne Bewusstsein. Der Graf von Foix, Rüdiger und ein paar andere Ritter gruppierten sich zum Schutz um Dietmars Pferd.

Flambert war beliebt im Heer von Toulouse. Jeder war willig, ihm diesen letzten Dienst zu leisten, und offensichtlich machte sich auch keiner Gedanken darüber, dass sie ihm damit zur Krönung seines Ketzertums verhalfen: der Weihe zum Parfait.

Geneviève und Sophia hatten die Kämpfe vom Söller des Château Narbonnais verfolgt – was nicht ganz ungefährlich war. Montfort benutzte Katapulte, die manchmal Stücke der Stadtmauer oder Burgbefestigung herausrissen, und Menschen kamen um. Aber die beiden jungen Frauen nahmen das Risiko auf sich – obwohl es zuvor zu scharfen Wortgefechten zwischen ihnen gekommen war. Geneviève stellte Sophia wegen des Eheversprechens mit ihrem Bruder zur Rede – und natürlich ging es darum, wer nun für wen konvertierte. Geneviève war entsetzt darüber gewesen, dass es Flambert sein sollte und machte Sophia heftige Vorwürfe. Aber all das war vergessen, als sie den Ritter fallen sahen. Nun liefen sie herunter zum nächstgelegenen Stadttor, um Dietmar und die anderen in Empfang zu nehmen. Da Flambert nicht der einzige Verwundete war, standen etliche Männer mit Tragen bereit, um die Kämpfer zu versorgen. Nach der Schlacht würden sie ausschwärmen und auf dem Feld nach schwerer Verletzten suchen. Zwei Helfer hoben Flambert vom Pferd, Dietmar glitt nach ihm herunter – und fand sich direkt Sophia gegenüber.

»Ich habe ihn Euch zurückgebracht«, sagte er leise. »Ich will nicht, dass Ihr denkt, ich ... ich töte all die Männer, die Euch lieben. Ich müsste mich dann auch zuerst selbst töten. Denn niemand liebt Euch so wie ich ...«

Und dieses Mal war er es, der sich abwandte, bevor Sophia etwas erwidern konnte.

Kapitel 8

»Wir brauchen einen Parfait!«, erklärte Rüdiger den Umstehenden, noch während Flambert auf die Trage gebettet wurde. »Der Ritter möchte das Consolamentum nehmen.«

Geneviève schüttelte den Kopf. »Nein. Wir brauchen zuerst einen Arzt. Wenn es noch Hoffnung für ihn gibt ...«

Rüdiger sah das Mädchen verwundert an. Natürlich wusste er von den Tücken des Consolamentum auf dem Krankenbett. Wer es nahm, durfte danach nicht mehr essen und trinken. Starb er nicht an seiner Krankheit oder seinen Wunden, so musste er elend verhungern und verdursten. Vor einigen Monaten hatte Geneviève das noch auf sich nehmen wollen, nur um den Nachstellungen des Grafen zu entkommen. Und nun riskierte sie die Seele ihres Bruders, um vielleicht seinen Körper zu retten?

»Der Medikus ist im Château«, sagte einer der Träger. »Und fünf oder sechs Bader. Wir bringen ihn hin.«

Plötzlich regte sich Flambert auf der Trage. Sophia nahm seine Hand.

»Der Medikus wird Euch helfen«, flüsterte sie. »Ganz bestimmt. Er hat mir damals auch geholfen. Ihr werdet gesund, ganz sicher, wir ...«

Flambert öffnete die Augen und sah zu ihr auf. »Meine Dame ... Sophia, ich hätte nicht geglaubt, dass ich Euch noch einmal sehe ...«

Sophia zwang sich zu einem Lächeln. »Ich bin da. Ich werde immer da sein.«

Der Weg zum Château war nicht weit, aber Flambert stöhnte vor Schmerzen, wenn ihn die Träger über eine unebene Stelle hoben. Sophia atmete auf, als sie den Palast endlich erreichten. Der Rittersaal war zum Feldlazarett umfunktioniert worden. Die Helfer betteten Flambert auf eine Liege. Das war ein privilegierter, abgeschiedener Platz – Sophia und Geneviève bemerkten dankbar, dass der Graf von Foix den Trägern Anweisungen gab. Sie brachten umgehend Wasser und Tücher, mit denen die Frauen den Verletzten reinigen konnten. Sophia wusch Flambert Blut und Schweiß vom Gesicht. Sie fühlte sich schuldig, weil sie an Dietmar dachte, aber ihr Lächeln war ehrlich, als Flambert erneut die Augen aufschlug, und sie musste sich auch nicht verstellen, um den Kranken zu küssen. Vielleicht war es keine Liebe, die sie für ihn empfand, aber doch tiefe, ehrliche Zuneigung. Sophia wünschte sich von ganzem Herzen, dass Flambert am Leben blieb. An die Hochzeit dachte sie dabei vorerst nicht.

Der Medikus erschien sehr bald an Flamberts Lager – auch dies ein Privileg, um die meisten der Männer kümmerten sich nur die Bader. Salomon wirkte zu Tode erschöpft, sein Gewand war blutbefleckt, und er hinkte stärker als gewöhnlich. Auf Flamberts Wunde warf er nur einen Blick.

»Da kann ich nichts tun«, sagte er sanft. »Aber du wirst noch etwas Zeit haben, Flambert. Es wurde nach dem Diakon geschickt, du wirst das Consolamentum erhalten.«

Flambert nickte dankbar. Der Medikus gab Geneviève eine Phiole mit einer klaren Flüssigkeit. »Hier, misch das mit Wein, und gib es ihm. Es wird ihm die Schmerzen erleichtern.«

Geneviève biss sich auf die Lippen. »Seigneur Gérôme ... Wein ...«

Salomon rieb sich die Stirn. »Tu, was du für richtig hältst!«, beschied er die junge Frau scharf. »Andere hier würden sich glücklich schätzen ...«

Er wies auf den Hauptraum, der erfüllt war vom Stöhnen und den Schmerzensschreien der Verletzten.

Sophia griff nach einem Becher. »Ich gebe ihm den Wein und das Mittel«, sagte sie kurz. »Wenn ihm das den Weg in den Himmel versperrt – nun, dann treffe ich ihn irgendwann in der Hölle wieder.«

Flambert tastete nach ihrer Hand. »Diese Hölle ...«, flüsterte er, »... wird ein Paradies für mich sein.«

Sophia wunderte sich, dass Geneviève nichts erwiderte. Sie machte auch keine Einwände, als Sophia den Becher füllte und an Flamberts Lippen führte. Die junge Frau nahm ihn in die Arme, nachdem er getrunken hatte. Sie hielt ihn und flüsterte sanfte, zärtliche, tröstende Worte, während die Schmerzen etwas nachzulassen schienen. Dann traf der Diakon ein.

»Du musst jetzt gehen«, beschied Geneviève Sophia, als der hochgewachsene, knochenmagere Mann in seiner schwarzen Tunika an Flamberts Bett trat.

Sophia erschien er bleich und ernst wie der Tod persönlich, und die Blicke, mit denen er sie bedachte, waren kaum freundlich zu nennen. Die junge Frau hasste den Gedanken, diesem Mann den Ritter auszuliefern.

»Kann ich nicht bei ihm bleiben?«, fragte sie zaghaft. »Oder gleich zurückkommen, wenn er ... wenn er die Beichte abgelegt hat oder was man so tut? Es kann ... der Medikus sagte, es könne noch Stunden dauern, bis er ...«

Der Diakon und Geneviève schüttelten gleichermaßen den Kopf, Geneviève mitleidig, der Parfait eher unwillig.

»Er wird das Consolamentum nehmen«, sagte der Mann schließlich streng. »Damit schwört er fleischlichen Freuden auf immer ab. Und Ihr, Fräulein, gehört doch wohl sicher zu den verbotenen Früchten, die sein bisheriges Leben mit Sünde erfüllten.«

Sophia blitzte ihn an. »Wir haben nie etwas Verbotenes getan!«, erklärte sie. »Und ich bin ... ich bin ihm versprochen ...«

»Auch das ist Sünde. Wäre die Welt vollkommen, so ließen wir davon ab, uns zu paaren und Nachkommen zu zeugen. Jedes neue Wesen trägt schließlich wieder eine unerlöste Seele in sich.«

Sophia sah den Diakon ungläubig an. Sie hatte Genevièves Ausführungen über ihren Glauben immer nur mit halbem Ohr zugehört. Parfaits waren für sie ein Pendant zu einem katholischen Priester oder einer Ordensfrau. Dass ihre Askese das Ideal für alle sein sollte, erschien ihr völlig absurd.

Flambert tastete nach ihrer Hand, bevor sie etwas erwidern konnte. »Lass ... lass, meine Liebste, meine Dame ... es ist Zeit zu gehen, Zeit, die Seele zu befreien. Auch von den süßesten aller Fesseln ...«

»Aber Flambert ...« Sophia zog seine Hand an ihre Lippen.

»Also wollt Ihr jetzt das Consolamentum oder nicht?«, fragte der Diakon gereizt. »Wenn ja, muss das Mädchen gehen. Und was ist das hier? Wein?«

Geneviève drückte der Freundin den Weinkrug in die Hand und schob sie hastig hinaus. Der Diakon packte derweil sein Evangelium aus und begann zu beten. Sophia fühlte sich kalt, leer und geschlagen, zu Tode erschöpft, aber auch zornig auf Gott und die Welt. War Flamberts seltsamer Glaube es wert, dafür zu sterben? War überhaupt irgendein Glaube das wert? Oder eine Burg? Oder ein Erbe?

Inzwischen war es dunkel geworden, und Sophia tastete sich die steilen Stiegen vom Küchenausgang des Rittersaales zum Burghof herab. Sie hoffte, hier niemanden zu treffen – am allerwenigsten einen nach der Schlacht betrunkenen Ritter. Nervös schaute sie über den Hof – und wäre dabei fast über die in sich zusammengesunkene Gestalt gestolpert, die auf der untersten Stufe hockte.

Dietmar.

Im schwachen Mondlicht wirkte er verloren, fast kindlich. Ein Junge, den man ausgesperrt hatte. Bestraft für irgendeinen dummen Fehler, den er vielleicht nicht einmal einsah. Sophia fühlte, wie ihre Wut und das Gefühl von Hilflosigkeit schwanden. Wärme breitete sich in ihr aus. Sie setzte sich neben Dietmar.

»Ist er tot?«, fragte der junge Ritter tonlos.

Sophia schüttelte den Kopf. »Nein. Noch nicht. Aber sie taufen ihn jetzt und befreien seine Seele – von mir.« Sie rieb sich die Stirn.

Dietmar sah sie an. »Ich würde mich niemals von Euch befreien lassen«, sagte er leise.

»Das ginge auch gar nicht«, flüsterte sie mit gesenktem Kopf und fröstelte.

Dietmar legte ihr seinen Mantel um. »Euer schönes Kleid... es ist ganz voll Blut...«

Sophia nickte und blickte auf. »Euer Wappenrock auch«, sagte sie. »Ich wünschte, ich müsste kein Blut mehr sehen.«

Dietmar kämpfte den Drang nieder, die junge Frau in die Arme zu nehmen. »Es tut mir leid... das mit Flambert«, murmelte er.

»Es war nicht Eure Schuld.« Sophia stützte den Kopf in ihre Hände. »Und es war auch nicht richtig...«

»Das hat er auch gesagt«, meinte Dietmar. »Aber deshalb hätte er nicht gleich sterben müssen. Und es *war* meine Schuld. Er forderte diesen Mathieu, um mir zu helfen.«

»Mathieu de Merenge? Der hat ihn getötet? Er ist ein schrecklicher Mensch!«

Sophia blickte Dietmar zum ersten Mal an, und er erkannte

den Ausdruck in ihrem zarten Gesicht fast schmerzlich wieder. Sie wirkte so viel jünger, so kindlich und verschreckt wie damals in Mainz ...

»Er war ein schrecklicher Mensch«, korrigierte Dietmar. »Ihr braucht Euch nicht mehr vor ihm zu fürchten. Ich habe ihn erschlagen.«

Sophia seufzte. »Ich weiß, das gehört dazu«, flüsterte sie. »Ritter müssen ... das Böse bekämpfen. Das macht sie zu Rittern. So sollte es zumindest sein. Aber mein Vater ...«

Dietmar rückte näher an sie heran. »Ich war Eures Vaters Feind. Und es gab einiges, das man gegen Roland von Ornemünde sagen konnte«, sagte er ehrlich. »Aber er war nicht feige wie Mathieu, er hat tapfer gekämpft. Und er war stark. Ich konnte ihn nur besiegen, weil er vom Kampf mit meinem Pflegevater erschöpft war.«

»Es ist egal«, sagte Sophia leise. »Bitte, Ihr müsst es mir nicht erzählen. Ich ... ich verzeihe Euch.«

Dietmar schüttelte den Kopf. »Sophia, ich habe Euren Vater besiegt, aber ich habe ihn nicht getötet. Ich konnte es nicht ... ich hätte Euch nie wieder in die Augen sehen können ...«

Dietmar erzählte ihr alles, und Sophia lauschte gebannt seinen Worten. Sie erwiderte nichts, lehnte nur den Kopf an seine Schulter. Sie beide hatten in dieser Nacht keinen Sinn für Tändeleien und höfische Rede. Hier auf der Küchentreppe waren sie keine Liebenden, sondern Freunde, sie teilten etwas, das sie nie mit anderen Männern oder Frauen geteilt hatten, und beide wussten, dass es sie tiefer verband als jeder Kuss.

Schließlich zog Dietmar das Medaillon aus seinem blutigen Wams. »Wollt Ihr ... willst du ... es jetzt wieder tragen?«, fragte er leise.

Sophia schüttelte den Kopf. »Nein. Es gehört ... deiner

Mutter. Und es würde mich immer daran erinnern, dass sie ... sie wird nicht mit uns in Lauenstein leben, nicht wahr?«

Dietmar verneinte. »Sie muss zurück nach Loches. Ich habe zwei jüngere Geschwister.«

»Dann ist es gut«, sagte Sophia. »Du kannst mir irgendwann etwas anderes schenken. Aber du ... du musst das hier wieder nehmen.« Sophia suchte in ihren Kleidern und fand schließlich das verschlissene grüne Band. Ihr Zeichen. »Es hat dir doch Glück gebracht ...«

Salomon von Kronach fand die beiden Stunden später, eng aneinandergeschmiegt und in tiefem Schlaf. Ihr Anblick rührte ihn, sie wirkten so jung, wie Kinder, die sich verirrt und wiedergefunden hatten. Es tat ihm leid, sie zu wecken, aber irgendjemand musste sich um Geneviève kümmern, und jetzt, da die Sterne hell über der Burg und dem blutigen Schlachtfeld standen, war Miriam beim Grafen unabkömmlich. Also berührte er sanft Sophias Schulter.

Die junge Frau verstand sofort.

»Flambert ist tot?«, fragte sie, während Dietmar noch Schwierigkeiten zu haben schien, in die Wirklichkeit zurückzufinden.

Der Medikus nickte. »Und es war nicht leicht. Er nahm das sehr ernst mit dem Consolamentum, er hat keinen Schluck Wasser mehr zu sich genommen. Als das Mittel dann aufhörte zu wirken ... Er war sehr tapfer, Sophia. Aber Ihr solltet jetzt nach Geneviève sehen. Sie war bis zuletzt bei ihm. Und ich glaube, sie zweifelt nun an ihrem Glauben.«

Kapitel 9

Es gab auch nach dieser Schlacht kaum Zeit, die Toten zu betrauern. Simon de Montfort schien nach wie vor fest entschlossen, die Belagerung von Toulouse zu einem Ende zu bringen, und ließ schwere Kampfmaschinen anfahren, doch mit Miriams Hilfe gelang es den Verteidigern von Toulouse, den Aufbau der Katapulte zu verzögern. Die Ritter waren allerdings fast ununterbrochen im Einsatz, und natürlich gab es weitere Verluste.

Sophia kümmerte sich um Geneviève, die seit Flamberts Tod völlig verstummt war. Sie sprach nicht über die letzten Stunden ihres Bruders – nur als eine Nachricht von ihrem Vater eintraf, der bei aller Trauer doch Freude darüber äußerte, dass Flamberts Seele Befreiung gefunden hatte, reagierte sie mit einem hysterischen Anfall. Rüdiger bat, Geneviève sehen zu dürfen, aber sie wollte mit niemandem Kontakt und verkroch sich in ihrer Kemenate.

Dietmar und Sophia liefen mit verklärten Gesichtern umher, kamen sich aber nicht näher. Es schien, als hätte ihre verzauberte Nacht nur in ihren Träumen stattgefunden, und nun hatte einer Angst, den anderen daran zu erinnern. Wenn sie einander zufällig trafen, lächelten sie sich zu, aber sie berührten sich nicht.

»Folgt sie ihm denn jetzt nach Lauenstein oder nicht?«, fragte Rüdiger übel gelaunt.

Er war in den letzten Tagen ständig schlechter Stimmung, Geneviève fehlte ihm, und die Unsicherheit über ihre Gefühle machte ihn fahrig und unaufmerksam. Rüdiger erwartete ein baldiges Ende der Belagerung, dann würde sich auch Geneviève entscheiden müssen. Für ihn oder für das Consolamentum. Für das Leben oder für den Tod.

Salomon zuckte die Achseln. Er hatte die Mangonels noch einmal inspiziert, in deren Anwendung Rüdiger und Hansi jetzt junge Toulouser schulten. Beide kannten sich ein wenig mit Belagerungsmaschinen aus, sie waren weiland im Heer Richard Löwenherz' für die deutschen Söldner verantwortlich gewesen, welche die Katapulte bedienten. Jetzt hatten Miriam und Salomon sie in die etwas andersartige Technik der Mangonels eingewiesen – aber die Konstrukteure der Maschinen und vor allem Abram, der die Möglichkeiten der kleinen Geschütze am Modell erprobt hatte, waren immer noch unzufrieden mit der Zielgenauigkeit.

»In jener Nacht schienen sie einander einig«, kommentierte Salomon schließlich die Beziehung zwischen Sophia und Dietmar. »Aber es ist natürlich schwierig. Sie kann dem Hof nicht drei Tage nach Flamberts Tod einen neuen zukünftigen Ehegatten präsentieren. Was ist nun mit den Belagerungsmaschinen, Herr Abu Hamed? Können wir irgendwas verbessern?«

Abram zog die Augenbrauen hoch. »Sehhilfen für die Schützen? Die Mangonels sind perfekt – Herr Gérôme de Paris. Aber die Leute geben sich wenig Mühe. Zurzeit reicht es noch, einfach in die Menge zu schießen, wenn Montfort jedoch dieses Katapult da unten endlich aufgebaut kriegte...«, er wies auf eine gewaltige Belagerungsmaschine, groß wie ein Kirchturm, »... dann wäre es sehr gut, es mit ein paar Schüssen gezielt zu erledigen.«

Hansi nickte. »Das sieht bloß keiner ein«, meinte er. »Sie üben auch einfach nicht. Wir haben jetzt eine der Mangonels am Tor von Montoulieu postiert. Von da aus kann man auf Montforts Zelte schießen, ein paar Treffer würden das ganze Heer in Aufruhr bringen, gerade die Befehlshaber mit ihren Luxusbehausungen. Aber nein, da zielen meine Herren Ritter gar nicht erst hin. Das wäre ja ›unritterlich‹. Und wenn sie's doch versuchen, treffen sie daneben. Neulich in einen Pferdepferch – was nun wirklich unritterlich ist, es tat mir auch sehr leid ...«

Abram seufzte. »Dann können wir nur auf ein Wunder hoffen ...«

»Aber immerhin kriegen wir Verstärkung!«

Hansi blieb halbwegs optimistisch. Und tatsächlich marschierte Raymondet, der Sohn des Grafen, mit seinem Heer auf die Stadt zu. Er würde sich durch die Belagerungslinie kämpfen und in Toulouse einziehen.

Abram nickte. »Die anderen leider auch. Der Graf von Soissons nähert sich mit neuen Truppen – Miriam enthüllt das gerade Raymond, trotz des wolkenverhangenen Himmels gestern ... Dem Himmel sei Dank für meinen ängstlichen Priester im Tross von Montfort. Ich fürchte ja jeden Tag, der Kerl könnte fallen, schließlich hätte ich ihn schon bei seinem ersten Kampf fast umgebracht, aber jetzt ist er wohl vorsichtig.«

»Und wenn der Graf klug ist, schickt er gleich einen Boten zu seinem Sohn. Der soll die nachrückenden Truppen angreifen und möglichst aufreiben. Dann haben wir die nicht mehr am Hals.« Rüdiger streichelte fahrig über das Holz der Mangonel. Im Gegensatz zu Hansi schätzte er die Kriegsmaschinen nicht – er bewährte sich lieber Mann gegen Mann. Aber das turmhohe Katapult Montforts machte ihm himmelangst.

»Wir werden das Ding zerstören!«, verkündete Graf Raymond ein paar Tage später, am 24. Juni, seiner im großen Saal des Château Narbonnais versammelten Ritterschaft. Sein Sohn war eingetroffen, und die beiden hatten Kriegsrat gehalten. »Daran geht kein Weg vorbei. Wenn sie diese Maschine in Gang setzen, zerschießen sie uns die Mauern. Und nicht nur das, der Turm gibt ihnen obendrein Deckung. Sie können ihn immer näher an die Stadt heranschieben und das ganze Viertel zerstören.«

»Also ein Ausfall?«, fragte Rüdiger.

Der Graf nickte. »Gleich morgen. Wir greifen sie an und legen Feuer an das Ding. Ja, ich weiß, Herr Rüdiger, Ihr würdet es lieber in Stücke schießen. Aber sehen wir den Tatsachen ins Gesicht: Eure Verteidigungsmaschinerie trifft nicht. Und sie schießt nicht weit genug, woran immer das nun liegt. Meine Sterndeuterin liegt mir damit auch in den Ohren, aber ich kann mich nicht darauf verlassen, dass Ihr das Problem löst, bevor Montfort seinerseits schießt. Er ist kurz davor. Morgen machen wir der Sache ein Ende.«

Sophia wartete auf der untersten Stufe der Küchentreppe. Sie hatte sich in den dunklen Mantel der Maurin gehüllt, aber sie zitterte trotzdem vor Angst und Erregung. Die Stimmung auf der Burg war angespannt wie immer vor einer Schlacht. Die Ritter tranken – oft zu viel, und die Küchenmägde waren vor ihren Nachstellungen nicht sicher. Die Maurin hatte den Mädchen streng verboten, ihre Kemenaten zu verlassen. An einem solchen Abend vergaßen viele Männer ihre höfischen Manieren zugunsten ungezügelter Lust. Es mochte schließlich ihre letzte Nacht auf dieser Welt sein. Wer wollte da noch Balladen vor dem Fenster seiner Liebsten singen?

Sophia hatte sich trotzdem heimlich aus ihrem gemeinsamen Zimmer mit Geneviève geschlichen – der das gar nicht aufgefallen zu sein schien. Sophia machte sich inzwischen ernsthafte Sorgen um die Freundin. Und natürlich fürchtete sie sich um Dietmar. Er würde am kommenden Tag kämpfen. Was war, wenn man ihn so zurückbrächte wie Flambert? Sophia wünschte sich nichts sehnlicher, als ihn vor der Schlacht wenigstens noch einmal zu sehen. Aber vor allen anderen Rittern und Mädchen konnte sie ihn nicht verabschieden. Ihre Liebe gehörte ihr, nur ihr allein, sie wollte nicht, dass die anderen Mädchen darüber kicherten und die Männer zotige Bemerkungen machten. Sophia hoffte nur, dass es Dietmar genau so ging.

Sie versuchte, ihn mit der Kraft ihrer Gedanken zu rufen – und war nicht überrascht, als er keine Stunde später als sie auf die Treppe trat. Und wieder wirkte der Zauber. Die beiden brauchten keine Worte. Dietmar ging auf Sophia zu und küsste sie, und sie erwiderte den Kuss mit ruhiger Selbstverständlichkeit. Sein Kuss nahm ihr die Angst. Wenn sie sich an ihn schmiegte, ging es ihr gut. Und in dieser Nacht roch er nicht nach Blut und getrocknetem Schweiß. Er hatte die Bäder besucht. Sophia meinte, den besonderen Duft seines Körpers wiederzuerkennen, und Dietmar vergrub sein Gesicht in ihrem weichen, glatten Haar.

»Ich wünschte, du könntest mir ganz gehören«, flüsterte er. »Wen werde ich fragen müssen? Den Grafen?«

Sophia seufzte. »Du brauchst niemanden zu fragen, ich gehöre dir schon. Ich gehöre dir seit Anbeginn der Zeit... Ich meine... wenn Geneviève meint, dass sich in einem Tier die Seele eines Engels manifestieren kann... Vielleicht warst du ja mal Adam und ich war Eva?«

Dietmar lachte. »Aber wir lassen uns nicht aus dem Paradies

vertreiben!«, erklärte er. »Wir zerstören morgen dieses Katapult von Montfort und halten die Stadt.«

»Ist sie das Paradies?«, fragte Sophia zweifelnd.

»Das Paradies ist der Boden, auf dem du stehst«, sagte Dietmar zärtlich. »Und ich werde ihn mit meinem Leben verteidigen.«

Sophia schüttelte heftig den Kopf. »Bitte nicht mit deinem Leben, Liebster. Bitte nicht mit deinem Leben!«

Am nächsten Tag stand eine strahlende Sonne am Himmel – ein Wetter, das für einen Ausritt wie gemacht schien oder eine Falkenjagd. Oder eine Brautfahrt? Sophia verlor sich kurz in einem Tagtraum, als sie aus dem Fenster zu den fernen Bergen hinübersah. Sie dachte sich statt des Schlachtfelds vor der Stadt eine grasbewachsene, von Feldern durchzogene Ebene. Ihr Pferd tänzelte zwischen den Wiesen und Äckern hindurch, Dietmar an ihrer Seite trug keine Rüstung, sondern eine bunte Tunika, und er musste nicht wachsam sein, sondern konnte ihr zulächeln. Sie meinte, sein blondes Haar im warmen Wind fliegen zu sehen, der auch ihren Schleier aufbauschte. Als sie die Hand zu ihm hinüberstreckte, nahm er sie, und sie hielten auf die Wälder und dann auf die Berge zu, und Sophia freute sich auf die schattigen Waldpfade ebenso wie auf die rauen Gebirgspässe. Sie würde sich bei Nacht an Dietmar schmiegen und Liebesschwüre tauschen. Und in ein paar Wochen wären sie in Lauenstein ...

Sophia schreckte aus ihren Gedanken auf. Dies war kein Tag zum Träumen. Sie wurde anderswo gebraucht und sollte nicht müßig am Fenster stehen. Entschlossen wandte sie sich Geneviève zu.

»Du kommst jetzt mit!«, sagte sie hart. »Schlimm genug,

dass du nicht mit den anderen Mädchen hinausgegangen bist, um die Ritter auszusenden. Rüdiger hat dich sicher schmerzlich vermisst!«

Sophia selbst war auch nicht im Burghof gewesen, aber das hatte Dietmar gewusst. Die jungen Liebenden hatten sich schon in der Nacht zuvor verabschiedet. Und Sophia hatte Pläne geschmiedet, ihren Liebsten nicht aus den Augen zu verlieren.

Ich werde auf jeden Fall bei dir sein! Ich werde der Schlacht zusehen, hatte sie Dietmar versprochen, und den Schwur wollte sie halten. Energisch schüttelte sie Geneviève, die wieder nur grübelnd vor ihrem Betpult hockte. Dabei betete sie gar nicht mehr, zumindest las sie nicht mehr ständig im Johannesevangelium und verschonte Sophia mit den ewigen Wiederholungen des Vaterunsers. Genevièves Schweigen verunsicherte sie jedoch zusehends.

»Ich gehe zur Mauer um Montoulieu und steige auf den Wehrturm. Und du kommst mit! Los, zieh dich an, die Ritter sind bereits unterwegs.«

Geneviève schien wie aus einem Traum zu erwachen. »Da lassen sie uns gar nicht rauf«, wandte sie ein, aber Sophia winkte ab. »Die Herrin Ayesha will auch dorthin. Und ihr Gatte ist bereits dort. Er wird nicht mit den Rittern kämpfen, er will es noch mal mit diesen kleinen Kampfmaschinen versuchen. Die Herrin wird uns mitnehmen, aber ganz sicher nicht, wenn du noch lange zögerst.«

»Ich bin des Kämpfens müde«, sagte Geneviève leise.

Sophia zuckte die Schultern. »Das sind wir alle. Wobei ihr ja die Macht habt, das Ganze schnell zu beenden. Eure Parfaits brauchten nur ihrem Glauben abzuschwören, und schon wäre der Kreuzzug vorbei. Montfort müsste abziehen – und würde sich schwarzärgern.«

Seit Flamberts Tod schwand Sophias Verständnis für die Albigenser zusehends. Aber jetzt zog sie schon mal im Vorfeld den Kopf ein, in Erwartung einer scharfen Entgegnung von Geneviève. Ihre Freundin blieb jedoch still und verblüffte Sophia endgültig, indem sie kein schwarzes, sondern ein zwar sehr schlichtes, aber doch dunkelblaues Gewand wählte.

Sophia war zu schüchtern, sie darauf anzusprechen, allerdings machte die Maurin sofort eine Bemerkung. Sie hatte Pferde für die Mädchen satteln lassen und wartete selbst mit ihrem Maultier.

»Wie hübsch Ihr seid, Geneviève! Ihr solltet viel öfter Farbe tragen. Schade, dass Herr Rüdiger Euch so nicht gesehen hat. Aber nach der Schlacht wird es ihm Freude machen. Und Eurem Bruder hätte es auch gefallen.« Die Maurin schaute die junge Frau freundlich tröstend, aber auch forschend an.

Geneviève sah zu Boden. »Mein Bruder starb als Parfait«, sagte sie leise. »Ich werde niemals perfekt sein.«

Ariane, die ebenfalls gerade ihr Pferd erkletterte, griff sich an die Stirn. »Also, andere Leute würden sehr gern mit dir tauschen«, bemerkte sie spitz. »Wenn ich so wundervolles Haar hätte . . .«

Ariane widmete ihrer Schönheitspflege neuerdings Stunden. Sie war verliebt in einen Ritter des Grafen von Foix und erging sich in endlosen Befürchtungen, in seinen Augen zu jung, zu klein, zu dünn oder anderweitig unvollkommen zu sein.

»Ihr hättet die Kleine dalassen sollen«, meinte Sophia nach dem Abritt und lenkte ihr Pferd neben die Maurin. Geneviève war nach Arianes kindischer Bemerkung nur schweigend in sich zusammengesunken. »Sie glaubt, sie hätte eine Art Turnier vor sich. Und dabei könnte sie ihren Bernard heute sterben sehen.«

Für die junge Ariane war dies die erste Schlacht. Bislang hatte man die Mädchen nur beim Ausreiten der Ritter zusehen lassen, nicht bei dem blutigen Gemetzel vor der Stadt und nicht beim Sterben in den Feldlazaretten.

»Man kann sie nicht vor allem beschützen«, sagte Miriam. »Und sie wollte unbedingt mit. Hoffen wir also, dass der Graf von Foix auf seine jungen Ritter aufpasst.«

Bernard war nicht viel älter als Ariane, er hatte erst ein Jahr zuvor seine Schwertleite gefeiert.

Die Schlacht war bereits im Gange, als die Frauen und Mädchen den hölzernen Wehrturm erkletterten. Der Gestank in der Anlage war bestialisch – die Verteidiger bespannten das Äußere des Gebäudes nach wie vor regelmäßig mit frischen Tierhäuten, um es weniger leicht entzündbar zu machen. Natürlich blieben die im südfranzösischen Sommer nicht lange frisch ...

Ariane wirkte denn auch, als müsse sie sich übergeben, während Sophia und Geneviève viel zu ängstlich nach Dietmar und Rüdiger ausschauten, um zu viel von ihrer Umwelt wahrzunehmen. Miriam gesellte sich gleich zu Abram und der Mangonel. Das Geschütz bewährte sich gut, die Schützen schickten den Angreifern eine Steinkugel nach der anderen entgegen. Die Treffsicherheit war allerdings nach wie vor katastrophal.

»Ich lasse sie so weit schießen wie möglich, damit sie nicht aus Versehen unsere eigenen Leute umbringen«, raunte Abram seiner Gattin zu. »Aber bei den Mengen an Fußsoldaten, die Montfort anführt, können sie eigentlich schießen, wohin sie wollen. Irgendwen treffen sie immer.«

Das stimmte. Die Verstärkung der Kreuzfahrer hatte nur

aus sehr wenigen Rittern, aber Hunderten von nicht berittenen Kämpfern bestanden. Sie wuselten nun überall herum und wirkten auf den ersten Blick eher hinderlich für den Kampf als nützlich. Tatsächlich stellten sie allerdings eine durchaus ernst zu nehmende Bedrohung dar. Mit ihren Spießen, einer Art mit Haken und Spitzen versehenen Speeren, holten sie so manchen Ritter vom Pferd, der zum Beispiel durch den Nahkampf mit einem anderen abgelenkt war. Und vor allem machten sie jeden, der fiel, mit Knüppeln und Messern gnadenlos nieder. Bevor er nach einem Sturz nicht wieder aufgestanden war, half einem Ritter sein Schwert schließlich wenig.

Geneviève und Sophia suchten nach Rüdigers und Dietmars Wappen, und auch Hansi, der einen Pfeil nach dem anderen verschoss, behielt seine Freunde im Auge. Hinter ihm entdeckten sie zu ihrer Verwunderung Esclarmonde. Und das Bauernmädchen beschränkte sich nicht auf das Zuschauen beim Kampf – tatkräftig füllte es die Köcher der Schützen, erhitzte Pech, um die Pfeile hineinzutauchen und dann zu entzünden und wirkte schon genauso verschwitzt und schmutzig wie die Kämpfer. Esclarmondes elfenhafter Schönheit tat dies jedoch keinen Abbruch. Ihr feines blondes Haar wehte im Wind, und ihr kleines gebräuntes Gesicht wirkte rührend in seinem Eifer.

Auf dem Schlachtfeld versuchten es die Ritter zunächst wie immer mit dem frontalen Angriff mit der Lanze, gingen dann aber schnell zum Schwertkampf zu Pferde über. Es ging schließlich darum, sich gezielt zu Montforts Kriegsmaschine vorzukämpfen, die natürlich erbittert verteidigt wurde. Rüdiger arbeitete sich schnell weit vor – und war verblüfft, als er sich plötzlich einem der Würdenträger des gegnerischen Heers gegenüberfand. Guy de Montfort, Simons Bruder, kreuzte die Klinge mit ihm. Rüdiger ließ sich dadurch nicht einschüchtern, aber natürlich war die Gefahr hier größer als bei anderen Gegnern. Montfort focht nicht unfair, wie Mathieu de Merenge es gegen Dietmar getan hatte, aber er hatte doch stets eine Anzahl von Rittern bei sich, die ihm den Rücken freihielten. Rüdiger hätte sich lieber mit anderen Gegnern auseinandergesetzt und versuchte, sich zurückfallen zu lassen. Aber dann bäumte sich das Pferd des Guy de Montfort plötzlich auf. Bedauernd sah Rüdiger einen Pfeil in der Brust des prächtigen Schimmels und verpasste die Gelegenheit, den unsicheren Sitz seines Gegners zu nutzen, um ihn zu töten oder zu verletzen. So stürzte Guy de Montfort gemeinsam mit seinem Pferd, und seine Ritter sprengten sofort vor, um ihn abzuschirmen. Ihre Phalanx trieb Rüdiger zunächst weiter zurück, er hoffte verzweifelt, dass er langsam wieder in die Nähe der Kämpfer seines eigenen Heeres kam.

Aber dann begann einer von ihnen, ihn mit dem Schwert zu attackieren. Rüdiger schlug zurück, sein Gegner erwies sich jedoch als ebenso stark wie erfahren. Natürlich, die Leibgarde eines Montfort bestand nicht aus Anfängern. Rüdiger blieb dem Mann dennoch nichts schuldig. Er musste sich zumindest so lange halten, bis andere sich zu ihm durchgekämpft hatten. Dann würde der Kämpfer sich wahrscheinlich zurückziehen, um seinen Herrn zu verteidigen. Guy de Montfort war ziemlich hilflos, bis ein Ersatzpferd eintraf.

Im Eifer des Gefechtes merkte Rüdiger nicht, dass er in eine Fußtruppe hineingeriet. Er erkannte seinen Fehler erst, als sie ihn mit Spießen attackierten – und entblößte seine seitliche Deckung, als er versuchte, sie abzuwehren. Einer der Ritter Montforts traf ihn mit der Breitseite seines Schwerts, was reichte, ihn aus dem Sattel zu werfen. Mitten hinein in einen Hexenkessel aus Spießen, Knüppeln und Messern ...

Sophia schrie auf, als sie Rüdiger fallen sah, Geneviève fuhr zusammen, als hätte es sie selbst getroffen.

»Ihm muss einer helfen, warum hilft ihm denn keiner?«, rief Ariane.

Sie sah erschrocken zu Hansi auf, der einen Pfeil nach dem anderen in die Menge des Fußvolkes verschoss. Er traf zweifellos, richtete aber kaum etwas aus. Hier hätten nur zwei oder drei Panzerreiter helfen können, die das Fußvolk auseinandertrieben. Dietmar und einige andere kämpften sich auch schon vor, aber sie waren zu weit entfernt. Sie würden es nie schaffen.

Geneviève hatte bis jetzt keinen Ton von sich gegeben. Mit schneeweißem Gesicht, aber zielsicheren Bewegungen näherte sie sich der Mangonel.

»Ablenkung«, sagte sie dann. »Eine Kugel mitten ins Geschehen.«

»Aber wir könnten unsere eigenen Leute...« Der Kanonier zauderte.

»Lasst mich!« Geneviève trat an das schon geladene Katapult. Sie brauchte nur wenige Augenblicke, um sich zu orientieren und ihre Erinnerung an das kleine Modell auf die große Mangonel zu übertragen. »Ariane, hilf mir!«

Das jüngere Mädchen war an dem Miniaturkatapult eine gute Schützin gewesen. Jetzt half es Geneviève, die schwere Kriegsmaschine zu justieren. Miriam und Sophia hasteten zu ihnen und unterstützten die beiden, dann betätigte Geneviève mit Abrams und Esclarmondes Hilfe die Winde, die den Hebel zurückzog. Damit würde sie die Flugweite des Geschosses beeinflussen. Geneviève brauchte nur Minuten, um ihre Berechnungen anzustellen, aber für Rüdiger mussten sie sich zu Stunden dehnen. Mehr als einen Schuss hatte sie sicher nicht, um ihn zu retten.

Geneviève atmete tief durch und fixierte noch einmal das Geschehen auf dem Schlachtfeld. Neben dem Katapult erkannte sie das Wappen des Simon de Montfort. Er beugte sich eben zu seinem Bruder, dem die Ritter aufgeholfen hatten. Geneviève kämpfte jeden Skrupel nieder. Egal, was man sie gelehrt hatte, in den Körpern dieser Männer verbarg sich ganz sicher nicht die Seele eines Engels ...

»Jetzt!«, sagte sie kurz.

Die Mädchen zogen sich zurück, Abram und Geneviève ließen die Winde los. Und dann sahen sie alle die Steinkugel fliegen, mit der die Mangonel geladen gewesen war. Sie bewegte sich zielsicher in Richtung des Katapults – aber die Flugbahn war zu kurz. Die Kanoniere stöhnten, aber Geneviève verfolgte die Bahn der Kugel mit kühlem Blick, ebenso Miriam. Die Astrologin hatte diese Mangonel gebaut, im Gegensatz zu den Männern wusste sie sehr genau, wohin Geneviève und Ariane sie ausgerichtet hatten.

Die Kugel traf mitten in das Getümmel um Guy und Simon de Montfort. Die Verteidiger konnten nicht genau sehen, wer getroffen war, aber Genevièves Ziel war auf jeden Fall erreicht. Gleich nach dem Einschlag wurden Schreie laut, die Männer, die Rüdiger traktiert hatten, ließen von ihm ab, und auch alle anderen Ritter Montforts wandten den Blick entsetzt in Richtung ihrer Heeresführung. Das gab Dietmar und den Rittern aus Toulouse Zeit, sich zu Rüdiger durchzukämpfen.

»Er lebt, er bewegt sich ...« Sophia jubelte, als Dietmar seinen Oheim aufs Pferd zog.

Fußsoldaten aus Toulouse hatten ihm aufgeholfen, trugen ihn aber mehr, als sie ihn stützten. Immerhin schien er sich an Dietmar festzuhalten. Der junge Ritter versuchte, sein Pferd in Galopp zu setzen, aber Rüdiger schwankte schwer. Schließlich ritten sie in leichtem Trab auf die Stadtmauern zu. Die Kreuzfahrer behelligten sie dabei nicht.

Geneviève und Sophia warteten nicht länger. Sie eilten die Stiegen herunter, um Dietmar und Rüdiger am Tor von Montoulieu in Empfang zu nehmen. Wenn Geneviève und Sophia an die gleiche Situation zwei Wochen zuvor zurückdachten, so beherrschten sie sich jedenfalls eisern. Die Männer, die mit Tragen bereitstanden, warfen mitleidige Blicke auf die jungen Frauen.

»Erst der Bruder, jetzt der Liebste«, hörte Sophia einen von ihnen wispern. Sie wusste nicht, ob Geneviève es auch vernahm, aber sie entgegnete jedenfalls nichts darauf.

Rüdiger fiel mehr vom Pferd, als abzusteigen, als Dietmar seinen Hengst verhielt. Die Rüstung hatten ihm die Feinde geraubt, sein Kettenhemd war an etlichen Stellen von Messern durchstoßen. Rüdiger war blutüberströmt, sein Gesicht völlig zerschlagen.

Der Versuch, Geneviève zuzulächeln, geriet zu einer blutigen Grimasse. »Du bist doch gekommen ...«, flüsterte er.

Geneviève nickte.

»Und wie schön du bist ...« Rüdiger sank erschöpft auf die Trage.

Sophia sah zu Dietmar auf, während Geneviève den Trägern folgte. »Ist er schwer verletzt?«, fragte sie angstvoll.

Dietmar zuckte die Schultern. »Frag den Medikus. Aber er konnte sich immerhin noch auf dem Pferd halten, und bei Bewusstsein ist er auch. Liebste ... dies ist die härteste Schlacht bisher. Wünsch mir Glück ...«

Er wirkte erschöpft, und sein Gesicht war schweißnass. An diesem Sommertag musste die Hitze unter der Rüstung kaum erträglich sein. Dennoch schloss er eben wieder sein Visier, um sich erneut in den Kampf zu stürzen. Ein paar andere Ritter kamen dagegen gerade zurück.

»Da passiert nicht mehr viel«, gab der junge Bernard Auskunft. »Irgendwas ist mit Montfort, sein Bruder soll ja wohl verletzt sein. Jedenfalls übernahm das Kommando eben Amaury, Ihr wisst schon, der Sohn des alten Simon. Aber sie scheinen alle etwas demoralisiert zu sein. Wenn Ihr mich fragt: Für heute ist die Schlacht beendet. Reitet ruhig zum Schloss, und seht nach Eurem Oheim.«

Sophia stieg noch einmal auf den Turm, um der Maurin Bericht zu erstatten. Miriam und Abram justierten die Mangonel eben neu, wieder mit der Hilfe von Ariane, der das Ganze sichtlich Spaß machte.

»Wir zerschießen ihnen noch ihre Blide!«, vermeldete sie vergnügt. »Schade, dass Geneviève wegmusste. Ist ihr Ritter wohlauf?«

Sophia verdrehte erneut die Augen ob der Naivität der Jüngeren. »Er lebt«, sagte sie kurz. »Und ebenso dein Bernard . . .«

Die Bogenschützen auf den Zinnen bestätigten soeben Bernards Eindruck vom Ende der Schlacht.

»Die Kugel der Mädchen hat irgendjemand Wichtiges getroffen«, mutmaßte Hansi.

Er war äußerst besorgt um Rüdiger, würde aber die Stellung halten. Die Bogenschützen gaben den wieder in die Stadt strömenden Kämpfern Rückendeckung.

»Doch wohl nicht Montfort?«, fragte einer der Kanoniere.

Die anderen lachten nur.

Kapitel 10

Dietmar und Sophia ritten gemeinsam zurück zum Château Narbonnais.

»Es war heute knapp«, sagte der junge Lauensteiner schließlich. »Nicht nur für Rüdiger, für jeden von uns. Es ... es wird Zeit, heimzukehren.«

Sophia senkte den Blick. »Die Stadt ist doch belagert ...«

Dietmar runzelte die Stirn. »Du weißt, dass man herauskommt, wenn man will.«

Sophia wollte fragen, ob dies nicht feige sei, aber dann fasste sie doch ihre wahren Gefühle in Worte. »Ich möchte ja weg. Aber ich hab auch ein bisschen Angst vor Lauenstein«, gestand sie. »Deine Mutter ... meine Mutter ... Die Ritter ...«

Dietmar lächelte, als er ihr vor der Burg vom Pferd half.

»Meine Mutter kann endlich zurück nach Loches«, meinte er. »Und zu deiner wird uns noch etwas einfallen. Es wird ganz anders sein, als du es gewohnt warst mit den Rittern und der Burg. Lauenstein wird uns gehören, Sophia. Dir und mir. Du ... du hast doch keine Angst vor mir, oder?«

Sophia schüttelte den Kopf und schmiegte sich in seine Arme.

»Ich habe keine Angst mehr«, sagte sie.

Abram und Miriam verließen den Gefechtsstand erst, als sich das Schlachtfeld wirklich geleert hatte.

»Der Graf sollte halbwegs zufrieden sein«, meinte Miriam

und warf einen letzten Blick auf den zumindest angeschlagenen Turm der Belagerungsmaschine. Ariane war nicht so begabt wie Geneviève, aber die Kanoniere hatte sie dennoch übertrumpft. »Ich hoffe nur, dass Rüdiger am Leben ist.«

Abram nickte. »Aber lange hält Toulouse das nicht mehr aus. Miriam, Liebste ... meinst du nicht, es wäre langsam Zeit, heimzukehren?«

Miriam nickte.

Abram blickte verwirrt zu ihr auf. Er hatte ihr eben auf ihr Maultier geholfen. »Kein Widerspruch?«, fragte er verwundert.

Miriam schüttelte den Kopf.

»Du meinst nicht, dass der Graf dich noch braucht? Du fühlst dich nicht mehr für einen Schwarm verwaister Burgfräulein verantwortlich?«

Miriam lächelte ihrem Gatten geheimnisvoll zu. »Ich bin zurzeit für jemand ganz anderen verantwortlich«, sagte sie. »Ich hab's schon länger geahnt, aber der Medikus hat es gestern bestätigt.« Sie legte sanft die Hand auf ihren Leib.

Abram schaute völlig verblüfft, sein Gesicht verzog sich dabei auf so seltsame Art, dass Miriam sich das Lachen kaum verkneifen konnte.

»Ich weiß«, nahm sie ihm das Wort aus dem Mund, »ich bin fast vierzig Jahre alt, und ich habe noch nie empfangen. Wir dachten, ich bekäme keine Kinder. Aber nun ... wer kennt die Wege des Ewigen? Jedenfalls würde ich es gern in Granada bekommen. Da sind die Hebammen besser – und es braucht nicht zu verbergen, dass es jüdisch ist.«

Geneviève bemühte sich, nicht voller Beklemmung an den Tag zurückzudenken, als man Flambert in den Rittersaal der

Festung trug. Aber es war nicht zu leugnen, dass sie erneut einer Trage folgte, auf dem ein Mensch lag, den sie liebte. Und sie hatte sich nicht einmal die Zeit genommen, es ihm zu sagen.

Rüdiger von Falkenberg wurde von den Trägern auf dem nächstbesten freien Feldbett niedergelegt, und ein Bader kam, um sich um ihn zu bemühen.

»Den haben sie bös zerschlagen, Mademoiselle«, meinte der Mann. »Und die Messerstiche ... da kann man nicht viel tun. Bleibt bei ihm, wascht ihn vielleicht ein bisschen, obwohl das natürlich umstritten ist. Und betet für ihn.«

Damit machte sich der Mann auf den Weg zum nächsten Patienten. Rüdiger stöhnte. Er war bei Bewusstsein, aber zu schwach, um mit Geneviève zu tändeln. Geneviève überlegte, ob er gern ihre Hand gehalten hätte. Sie hatte bislang nie einen Mann berührt – abgesehen von jener unseligen Nacht mit dem Grafen. Einer Parfaite war es verboten. Aber das war ohnehin vorbei.

Dann stand sie entschlossen auf und suchte den Medikus. Sie konnte Rüdigers Hand noch lange halten, aber seine Wunden mussten versorgt werden. Geneviève fand Salomon in einer seiner üblichen erbitterten Diskussionen mit einem der Bader. Seine Kleidung war wieder blutverschmiert, er wirkte erneut übermüdet und ausgebrannt.

»Ich wünschte, dies hätte ein Ende«, sagte er leise, als er Geneviève an Rüdigers Lager folgte. »Ich wünschte, ich könnte einmal Bauchschmerzen kurieren oder Erkältungen. Kinder behandeln oder auf die Welt holen. All dieses Blut, ich habe genug davon ...«

Aber dann beugte er sich doch voller Konzentration und Mitgefühl über Rüdiger. Der Ritter stöhnte, als Salomon seine Brust abtastete und seinen Schwertarm anhob.

»Dies ist nicht das Ergebnis ritterlichen Kampfes«, sagte er schließlich. »Was habt Ihr gemacht, Rüdiger? Habt Ihr Euch geprügelt?«

Rüdiger versuchte zu sprechen, aber seine Lippen waren zu angeschwollen und aufgeplatzt.

Schließlich erzählte Geneviève.

Der Medikus nickte. »Die Kerle haben Euch die Rippen gebrochen und den Arm. Ich hoffe, keine der Rippen ist in die Lunge eingedrungen. Ihr müsst nun ganz ruhig liegen, damit das nicht noch passiert. Ich mache Euch einen Stützverband. Außerdem seid Ihr übersät mit Blutergüssen, und es gibt ein paar Stichwunden. Aber keine dieser Verletzungen ist tödlich. Wir müssen nur aufpassen, dass sich die Wunden nicht entzünden. Ihr braucht Ruhe und Wärme. Den Arm werde ich schienen, aber ich sage Euch gleich, Rüdiger – Eure große Zeit als Ritter ist vorbei. Vielleicht werdet Ihr wieder ein Schwert führen können, aber niemals mehr so geschickt wie bisher.«

»Er wird nicht sterben?«, fragte Geneviève.

»Ich hoffe nicht. Aber wer kennt die Wege des Ewigen? Ein Gebet wird sicher nicht schaden.« Der Medikus lächelte müde.

Geneviève senkte die Augen. »Gott wird auf mich nicht hören«, flüsterte sie.

Der Arzt seufzte. »Gott ist mitunter sehr langmütig, nur leider nicht immer. Vorerst hast du sowieso anderes zu tun. Wir werden seine Wunden mit Wein auswaschen. Ich werde eine Salbe auftragen, die hoffentlich verhindert, dass Wundbrand ausbricht, dann legen wir einen Verband an. Das alles muss von nun an täglich geschehen. Ganz sicher ist man nie, Geneviève. Aber ich tue, was ich kann, und du wirst mir helfen, nicht wahr?« Geneviève nickte tapfer. »Du wirst ihn dazu allerdings anfassen müssen«, bemerkte der Arzt, als sie ihm ungeschickt die Schüssel mit warmer Seifenlauge hinhielt, die eines der Mädchen gebracht hatte. »Heb seinen Arm an, vorsichtig, tu ihm nicht weh ... jetzt reinige seine Brust.«

Geneviève zuckte zurück, als sie Rüdigers Körper berührte. Man hatte ihr so lange eingebläut, dass dies falsch war. Überrascht stellte sie fest, dass seine Haut sich warm anfühlte und fest.

»Nun mach schon, er ist nicht aus Zucker!«, mahnte der Medikus. »Du musst mir gleich auch helfen, ihn zu verbinden. Oder soll ich einen der Bader holen? Rüdiger lässt es sich sicher lieber von dir gefallen ...«

Rüdiger versuchte, unter Schmerzen zu lächeln, als Geneviève den Anweisungen des Medikus zaghaft nachkam.

»Sie wird es schon noch lernen«, sagte Salomon leise zu seinem Patienten, als er sein Werk endlich beendet hatte – und so tat, als sähe er nicht, dass Geneviève sehr schüchtern mit dem Finger über eine der wenigen unverletzten Stellen an Rüdigers Wange strich. »Sie hat immer schnell gelernt. Und ich kann Euch nur beglückwünschen. Und Euch danken. Ich hatte schon fast die Hoffnung aufgegeben, dass irgendjemand sie auf die Erde zurückholt.«

Geneviève saß bei Rüdiger, als Dietmar und Sophia in den Rittersaal kamen. Der junge Ritter schlief, erschöpft von der Tortur der Behandlung.

»Wie kann er hier schlafen?«, fragte Dietmar. Nach der Schlacht herrschte das übliche Durcheinander. Die Verwundeten stöhnten und schrien, die Bader nahmen Amputationen vor, es stank nach Blut und Schweiß. »Gibt es keinen Platz, wo er es ruhiger hat?«

Bisher hatten Dietmar und Rüdiger in den Gemeinschaftsunterkünften der Ritter geschlafen, aber da würde der Kranke auch kaum Ruhe finden.

»Frag Abram«, meinte Salomon erschöpft. »Und Miriam, die haben große Räume. Was meine angeht – sei mir nicht böse, Dietmar, aber wenn ich das hier geschafft habe, brauche ich ein bisschen Abgeschiedenheit. Ich bin all dessen hier so müde . . .«

»Abram und Miriam?«, fragte Geneviève misstrauisch.

Salomon rieb sich die Stirn. »Ayesha Mariam und Abu Hamed. Verzeih, dass mir zurzeit auch sämtliche maurischen Namen entfallen sind. Ich wate seit zehn Stunden im Blut, mir ist es heute egal, ob einer Jude ist oder Muselmann oder Christ oder Albigenser – ich danke nur dem Ewigen, dass mir wenigstens euer Diakon erspart blieb.«

Dietmar und die von den neuen Namen ebenfalls verwirrte Sophia machten sich auf den Weg zu den Kemenaten.

»Der Medikus scheint mir sehr müde«, sagte Sophia mit ihrer sanften Stimme. »Er hat genug von all den Kämpfen. Wenn nur . . .«

»*Tolosa, viva Tolosa!*« Aus dem Burghof erklangen plötzlich jubelnde Stimmen. »Es lebe Toulouse! Sieg! Es lebe der Graf! *Viva Tolosa!*«

Die ganze Stadt schien innerhalb weniger Momente von Glück und Begeisterung widerzuhallen.

Dietmar beugte sich über die Brüstung des Wehrgangs. »Was ist los?«, rief er herunter. »Ihr führt euch ja auf, als zögen Montforts Truppen ab!«

Einer der Ritter, die eben frohlockend mit ihren Pferden auf den Burghof sprengten, wollte antworten, aber in dem Moment kam schon Miriam mit wehenden Gewändern aus den Räumen des Grafen.

»Dietmar, Sophia! Wisst ihr es schon?«

»Montfort ist tot!« Die Ritter auf dem Hof galoppierten ausgelassen um die Runde. »Montfort ist gefallen!«

»Simon?«, fragte Dietmar. »Simon de Montfort?«

Miriam nickte lachend. »Und wir haben's geschafft! Unsere Mangonel, Sophia! Geneviève, Ariane, die Kleine von Hansi. Und wir zwei! Wir haben den obersten Kreuzritter vernichtet!«

Abram kam hinter seiner Gattin her und umarmte Dietmar, der Graf erschien ebenfalls auf der Empore und küsste Sophia.

»Nicht zu fassen!«, jubelte er. »Der Kerl besiegt drei Armeen, bringt Könige um und brennt Städte ab. Aber kaum stellen sich ihm die Frauen von Toulouse entgegen, da fällt er um und ist tot!«

»Wir mussten ihm dazu schon eine Steinkugel an den Kopf werfen«, meinte Miriam beleidigt. »Unser einfacher Anblick hätte nicht genügt.«

Der Graf lachte. »*Viva Tolosa!* Es leben Okzitanien und seine Frauen! Habe ich doch immer gesagt! Wo sind die anderen? Die kleine Ariane? Und Geneviève ... Und die Fremde? Das Bauernmädchen ...«

»Esclarmonde«, ergänzte Miriam.

Es war ihr äußerst wichtig, Esclarmondes Beteiligung in Raymonds Gedächtnis zu verankern. Um Hansi heiraten zu können, brauchte das Mädchen unbedingt einen Adelstitel.

Der Graf lachte noch ausgelassener. »Eine kleine Esclarmonde de Foix!« Er hob seinen Becher, inzwischen wurde überall Wein ausgeschenkt. »Auf unsere Parfaites! Mit Weihe und ohne Weihe: Auf die perfekten Frauen des Languedoc!«

»Aber ist denn jetzt wirklich alles vorbei?«, fragte Sophia unsicher, als sie Dietmar und Abram die Treppe hinunter folgte.

Die beiden hatten eine Trage organisiert und beabsichtigten, Rüdiger in Abrams und Miriams Räume zu bringen.

»Da können wir gleich auch noch in Ruhe einen Becher Wein trinken – beim Grafen müsste ich mit Wasser anstoßen«, meinte Abram mit einem Seitenblick auf die spanischen Berater des Grafen, die dessen sonderbare Mauren stets mit Skepsis betrachteten. »Werde ich froh sein, wenn ich die los bin.«

Dietmar antwortete auf Sophias ängstliche Frage. »Eigentlich sollte es nicht vorbei sein. Bernard sagte vorher, Amaury de Montfort habe das Heer übernommen.«

Abram grinste und machte eine wegwerfende Handbewegung. »Wer ist Amaury de Montfort?«, fragte er abfällig. »Den kennt keiner im Heer, und niemand nimmt ihn ernst. Abgesehen davon: Du machst dir doch keine Illusionen über dieses Heer! Raubritter und Gauner. Die wurden nur durch Simon de Montfort zusammengehalten. Mit eiserner Hand. Wartet mal ab, wie schnell alles auseinanderläuft!«

Auf dem Burghof und in der Stadt wurde jedenfalls jetzt schon ausgelassen gefeiert, selbst aus dem improvisierten Feldlazarett im Rittersaal drangen Freudenschreie. Dietmar führte Abram an Rüdigers Lager. Sie fanden dort auch den Medikus. Aber weder der Verletzte noch der Arzt konnten den Jubel um sie herum teilen. Beide blickten fassungslos auf Geneviève. Sie saß zusammengekauert am Fußende von Rüdigers Bett, hatte seine Hand längst losgelassen und weinte haltlos.

Es war noch einmal eine Tortur, Rüdiger hinauf in die Kemenate der Mauren zu bringen. Die engen Wehrgänge und Treppen waren nicht für Krankentragen gebaut. Aber Rüdiger schien weniger unter seinen eigenen Schmerzen zu leiden, als sich um Geneviève zu sorgen. Sie folgte den Männern willenlos, geführt von Miriam und Sophia, und ließ sich sofort wieder weinend fallen, als sich die Tür der luxuriösen Wohnung hinter ihr schloss. Die einzige Regung, die sie darüber hinaus zeigte, war ein Zusammenzucken, als Rüdiger beim Umbetten aufstöhnte. Der Verletzte entspannte sich dann aber schnell, als er erst bequem auf Miriams und Abrams weichem Bett ruhte. Sophia flößte ihm mit Wasser verdünnten Wein ein, und er trank wie ein Verdurstender. Die junge Frau dachte mit Schaudern an Flamberts letzte, schmerzerfüllte Stunden, in denen der Priester Geneviève nicht einmal erlaubt hatte, ihm die Lippen mit Wasser zu befeuchten.

Miriam versuchte, Geneviève zu beruhigen. Sie meinte, sie ablenken zu können, indem sie ihr ihre wahre Identität enthüllte – und die Ursprünge ihrer Sterndeuterei. Aber nur Sophia lauschte gebannt. Geneviève schien gar nicht hinzuhören. Sie schluchzte immer noch, als Hansi und Esclarmonde erschienen. Die beiden waren nicht mehr ganz nüchtern, was Esclarmondes Elfengesichtchen glühen und ihre Augen strahlen ließ. Aber vielleicht war es auch nur die Freude, die sie und Hansi jetzt mit ihren Freunden teilen wollten.

»Sie darf sich von nun an Esclarmonde de Mangoneau nennen!« Hansi lachte. »Der Graf hat sie geadelt. Und wir dürfen uns in seinem Saal Eide schwören! Aber erst, wenn Rüdiger wieder gesund ist, habe ich gesagt.«

Abram, Miriam, Dietmar und Sophia mussten lachen. Mangoneau war das französische Wort für Mangonel.

Rüdiger regte sich schwach auf seinem Bett. »Das passt ... zu ... Johann vom ... Galgenhügel ...« Er stieß die Worte nur mühsam zwischen den zerschlagenen Lippen hervor, aber seine Augen blitzten schon wieder schalkhaft. Johann vom Galgenhügel war Hansis Spitzname gewesen, als Rüdiger den Stalljungen viele Jahre zuvor zu seinem Knappen erhoben hatte. Obwohl er als Sohn eines Wegelagerers nie mit einem Ritterschlag rechnen konnte.

Hansi runzelte gespielt empört die Stirn, aber die Erleichterung darüber, dass sein früherer Herr schon wieder scherzen konnte, stand ihm im Gesicht geschrieben.

»Der Graf war sehr gnädig«, fügte Esclarmonde mit ihrer süßen Stimme hinzu. »Er hat mit uns Wein getrunken und war überhaupt sehr ... sehr ...«

»Anschmiegsam«, brummte Hansi. »Er konnte die Finger kaum mehr von meinem Klärchen lassen. Lässt aber auch fragen, wo Geneviève ist ... Ja, wo ist sie denn?«

In diesem Augenblick entdeckte Esclarmonde das weinende Bündel auf Miriams Teppich. »Was hat sie?«, fragte sie mitfühlend.

Rüdiger warf ihr einen dankbaren Blick zu. Er hatte diese Frage stellen wollen, seit Geneviève so plötzlich zusammengebrochen war, aber seine Lippen schwollen immer noch weiter an, und sein Kiefer schmerzte bei jeder Bewegung.

Miriam seufzte. »Das solltest du dir doch denken können«, beschied sie Esclarmonde. »Du warst schließlich auch mal Albigenserin.« Dann wandte sie sich an Rüdiger. »Sie hat das Katapult ausgerichtet und abgefeuert, das Montfort getötet hat. Und jetzt fühlt sie sich schuldig.«

»Aber das hat sie doch für ihn getan ...« Verständnislos warf Esclarmonde einen Blick auf Rüdiger.

»Die Kerle hätten sonst kaum von dir abgelassen, Rüdiger«, ergänzte Hansi. »Der Schuss mit der Mangonel war ein Ablenkungsmanöver. Wobei die Frauen allerdings treffsicherer als Raymonds Kanoniere sind. Ich verstehe nur nicht, warum das ein Grund zum Heulen ist.« Er fixierte Geneviève ungnädig.

Rüdiger verstand es umso besser. All die Wochen, die Geneviève ihm von ihrem Glauben erzählt hatte, all ihre Träume vom reinen Leben einer Parfaite ... Er konnte sich nicht aufrichten und kaum sprechen, aber in seinen Augen stand alle Liebe und Wärme und alles Mitleid der Welt für Genevièves geschundene Seele.

»Meine Liebste ...«, flüsterte er. »Komm zu mir!«

Es war kaum zu verstehen, aber zu Miriams Überraschung reagierte Geneviève. Sie schob sich zitternd an ihn heran, wie ein geprügelter Hund, der keine Hoffnung auf Vergebung seines Herrn mehr hegt, aber dennoch die Nähe irgendeines freundlichen Wesens sucht. Neben seinem Bett krümmte sie sich erneut zusammen – aber sie ließ zu, dass Rüdiger seine halbwegs gesunde, linke Hand mühsam in ihre Richtung bewegte, nach ihr tastete und schließlich vorsichtig ihr Haar streichelte.

Es war nicht das Auflegen der Hand des Priesters bei der Geisttaufe, wie Geneviève ihr Leben lang gehofft hatte. Aber unendlich zärtlich – und ebenfalls ein Neubeginn.

Wenig später, als die anderen noch die Lage besprachen, klopfte es erneut an der Tür, und Abram öffnete dem Medikus. Er erschrak bei seinem Anblick, Salomon wirkte so entkräftet und alt, wie sein Neffe ihn nie gesehen hatte.

»Ich ... wollte nach Rüdiger sehen«, sagte er müde. »Und nach Geneviève ...«

Und er hatte nicht allein sein wollen. Salomon brachte es nicht über sich, seine Schwäche einzugestehen, aber er warf nur einen flüchtigen Blick auf seinen Patienten, bevor er Miriams Einladung, sich zu setzen und etwas zu trinken, dankbar annahm. Sophia brachte ihm einen Becher Wein, Miriam schob einen Schemel heran, auf den er sein Bein betten konnte. Er hatte Schmerzen, aber das war kein Wunder – er war seit Beginn der Schlacht auf den Beinen.

»Sie feiern da unten den Sieg, und mir sind fünfzig Ritter und bestimmt hundert Fußsoldaten unter der Hand gestorben«, sagte er leise und trank den Wein in tiefen Zügen. »Ich will nicht mehr. Genug Schlachten für ein Leben ...«

Sophia schaute schüchtern von ihm zu Dietmar. »Dietmar«, sagte sie vorsichtig. »Wenn der Herr Gérôme nicht mehr hierbleiben will ... Also falls deine Mutter nichts dagegen hat ... vielleicht möchte er ja mit uns kommen nach Lauenstein.«

Sie lächelte die beiden Männer wie um Verzeihung bittend an. Über das Gesicht des Medikus flog ein sonderbarer Ausdruck. War es Sehnsucht ... oder Besorgnis?

Dietmar biss sich auf die Lippen. »Der Herr ... der Medikus ist mir selbstverständlich willkommen«, antwortete er. »Und sicher auch meiner Mutter, sie sprach immer voller Anerkennung und Wärme von ihm ...«

»Deine Mutter kennt ihn?«, erkundigte sich Sophia.

Salomon nickte müde. »Allerdings nicht unter dem Namen Gérôme de Paris. Ich heiße Salomon von Kronach, Kind, und ich war der Mentor des Herrn Dietrich, des Vaters Eures Liebsten. Aber wenn ... wenn es irgendeinen Zweifel gibt ... wenn ich Gerlin von Lauenstein nicht willkommen bin ... Dann möchte ich lieber sterben.«

Kapitel 11

In den nächsten Tagen ruhten die Kämpfe – und Abram erfuhr von seinem Informanten im feindlichen Lager, dass Amaury de Montfort heftig mit seinem Oheim Guy sowie dem Grafen von Soissons über den Fortgang der Belagerung stritt.

»Der kleine Montfort möchte wohl weitermachen«, erklärte Abram seinen Freunden, »aber die Truppe meutert. Ich weiß nicht genau, was vorgeht – mein geistlicher Informant ist schon zweimal nicht zum Treffen gekommen. Jetzt, da er keine Angst mehr haben muss, dass ich ihn in der Schlacht erwische, zieht er sich zurück. Verständlich, aber ärgerlich. Immerhin hat er noch enthüllt, dass der Graf von Soissons überlegt, mitsamt seinen Leuten abzuziehen – das wäre ein ziemlicher Schlag für Montfort.«

In der Truppe des Grafen von Toulouse hatte die Disziplin zum Glück nicht nachgelassen. Nach den ersten stürmischen Feiern sahen alle Ritter und Bürger ein, dass die Schlacht noch nicht gänzlich gewonnen war. Die Handwerker ließen also nicht nach in ihren Bemühungen, die Stadtmauer zu befestigen, und die Ritter übten sich im Kampf.

Sechs Tage nach Simon de Montforts Tod bestätigte sich diese Umsicht. Der junge Heerführer versuchte einen letzten Angriff – und Toulouse wehrte ihn mühelos ab. Dietmar, Abram und Hansi machten allerdings eher halbherzig mit. Jeder von ihnen plante den Abzug mit seiner Frau oder Angelobten, aber keiner wagte einen Zeitpunkt festzulegen. Schuld daran war natürlich die noch unsichere Lage in der Stadt, aber auch die Sorge um Rüdigers Zustand. Er lag nach wie vor krank in Miriams Kemenate – trotz der guten Versorgung hatten sich einige der Messerstiche entzündet, und das Fieber wollte nicht sinken. Vor allem eine Verletzung an der rechten Schulter eiterte und schmerzte, eine Komplikation, die der Medikus zwar nicht für lebensbedrohend hielt, die aber das endgültige Aus für Rüdiger als Schwertkämpfer darstellte.

»Ihr werdet den Arm gebrauchen können, so Gott will«, beschied Salomon seinen Patienten bedauernd. »Aber wirklich erstarken wird er nicht mehr. Also richtet Euch darauf ein, auf Euer Lehen zurückzukehren und es zu verwalten. Ich hoffe, das wird kein zu harter Schlag für Euren Bruder.«

Bisher verwaltete der jüngere Wolfgang von Falkenberg den Besitz. Er war seit Jahren verheiratet und hatte drei Kinder.

»Du kannst ja den Waffenmeister für die Knappen spielen«, tröstete ihn Dietmar. »Die Ritter würden darauf brennen, dir ihre Söhne zu schicken. Unsere kommen bestimmt!« Er lächelte Sophia verschwörerisch zu, die den Blick strahlend erwiderte.

Für Rüdiger war die Prognose ein herber Schlag, und es mochte sein, dass auch der Kummer seine Genesung verzögerte. Als Amaury de Montfort die Belagerung am 25. Juli, genau einen Monat nach dem Tod seines Vaters, aufhob und die Kreuzfahrer abzogen, lag er immer noch matt und fiebrig auf seinem Lager.

Auch Geneviève tanzte nicht mit auf den Straßen wie die anderen Bewohner von Toulouse, Katholiken wie Albigenser. Sie hatte sich wieder gefangen, aber sie war nach wie vor still und rührte sich nicht von Rüdigers Lager. Immerhin baute sie ihre Berührungsängste schnell ab. Sie pflegte ihren Ritter mit sanften Händen, und sie wagte kleine Zärtlichkeiten und Küsse.

Graf Raymond reagierte zunächst mit einer gewissen Eifersucht auf ihre Zuwendungen Rüdiger gegenüber. Er befahl sie mehrmals zu sich, aber sie beschied ihn stets mit ihren Verpflichtungen zur Krankenpflege. Schließlich tat der Graf Rüdiger die Ehre und stellte sich zu einem Krankenbesuch ein. Die Kreuzritter zogen seit drei Tagen ab, und Raymond hatte seinen Dauerrausch ausgeschlafen. Lächelnd begrüßte er Geneviève, die ihm die Tür öffnete.

»Und? Seid Ihr nun mit mir zufrieden, meine liebe Geneviève?«, fragte er stolz. »Habe ich Euch nicht versprochen, die Kreuzfahrer zu verjagen?«

Geneviève wandte ihr blasses Gesicht zu ihm auf. »Wir haben sie aus Toulouse vertrieben«, antwortete sie. »Anderswo werden sie weiter wüten...«

Der Graf verzog missbilligend das Gesicht. »Sie kriegt nie genug! Habt Ihr das auch schon herausgefunden, Herr Rüdiger?«

Er trat an das Lager des Ritters und war erschrocken, ihn tatsächlich immer noch so schwach und in Verbände gehüllt vorzufinden. Raymond hatte seine Unfähigkeit, das Bett zu verlassen, eher auf Genevièves neu erwachte Leidenschaftlichkeit zurückgeführt.

»Ich werde ihr alles schenken, was sie begehrt«, sagte Rüdiger und bedachte die junge Frau mit liebevollen Blicken. Viel mehr konnte er ihr immer noch nicht bieten, seine Rippen heilten langsam, aber sein Arm war noch zu schwach, um sie zu umfangen.

»Dann schaut schon mal aus, wo Ihr ein Heer auftreibt, um Okzitanien Frieden zu bringen«, höhnte der Graf. »Eure Dame fühlt sich nämlich verantwortlich für jeden einzelnen Ketzer, den wir hier aufbieten können.«

Rüdiger sah Raymond ruhig an. »In Falkenberg herrscht

Frieden«, sagte er würdevoll. »Und Geneviève wird für alle Menschen in unseren Dörfern und auf unseren Höfen verantwortlich sein. Das sollte ihr genügen. Ich fürchte allerdings, darunter sind sehr wenige Ketzer. Sie wird also auch etwas predigen müssen.«

Er lächelte Geneviève zu, aber die nahm die Neckerei schlecht auf. Sie errötete zutiefst und wandte sich ab.

»Ich hoffe, ich habe dich nicht verletzt, meine Liebste...«, rief Rüdiger ihr besorgt nach.

Geneviève schüttelte den Kopf, kam zurück und küsste ihn auf die Stirn. »Ich predige nicht«, sagte sie leise. »Es wäre mir ohnehin verboten gewesen, ich war ... hoffärtig. Aber mein Gatte wird mich auch nicht hindern, meinen Gott anzubeten ...«

Der Graf schwieg. Er wusste, wann er verloren hatte, und dieses Paar, das war nicht zu übersehen, hatte nur Augen füreinander. Raymond war zwar ein Draufgänger und Weiberheld, aber er hatte auch eine großherzige Seite. Der geschlagene, für immer geschädigte Mann auf dem Bett dauerte ihn – ebenso wie das Mädchen, das am Sterbebett seines Bruders und im Kampf um Toulouse seinen Glauben verloren hatte. Wenn Rüdiger das genügte, was von Geneviève übrig war, und wenn sie den Kranken seiner eigenen lebenssprühenden Männlichkeit vorzog – sollten sie einander haben!

»Ich würde mich freuen, wenn Ihr Euch noch hier, im Kreise meiner Ritter Eide schwören würdet!«, lud der Graf das Paar freundlich ein. »Gemeinsam mit Seigneur Jean und seiner streitbaren kleinen Esclarmonde ...« Er lachte beim Gedanken an seinen gelungenen Coup mit dem Adelstitel für das Bauernmädchen. »Ich werde ein Bankett für sie ausrichten, sobald sie bereit sind – aber sie warten auf Euch, Herr Rüdiger. Also werdet gesund!«

»Und das bitte schnell!«, meinte Hansi, der gleich am Abend neugierig nachfragen kam, was der Graf denn wohl gewollt hatte. »Der Allergnädigste kriegt nämlich gar nicht mehr genug davon, mein Klärchen mit Gunstbeweisen zu überhäufen. Wobei ich nichts dagegen habe, dass er ihr Schmuck und Kleider schenkt. Sie ist ja nun wirklich nicht höfisch ausgestattet, und ich habe kein Geld. Aber seine Finger soll er doch bitte schön bei sich lassen ...«

Geneviève zuckte die Schultern. »Darauf wird die Herrin Leonor wohl bald ein Auge haben«, meinte sie. »Sie ist ja unterwegs, wie ich hörte, ebenso wie Prinzessin Sancha, die Gemahlin Raymondets. Die Mädchen von Toulouse werden aufatmen, wenn die beiden wieder ihre Hand auf ihre Gatten halten.«

Es dauerte dann aber noch fast zwei Wochen, bis Rüdiger kräftig genug war, seine Braut in den Kreis der Ritter zu führen. Man feierte die Doppelhochzeit gleichzeitig mit der Rückkehr der Gräfin. Die Herrin Leonor segnete die Verbindungen zwischen Rüdiger und Geneviève sowie Dietmar und Sophia unbeschränkt – war sie doch hocherfreut, sich gleich zweier Favoritinnen ihres Gatten entledigen zu können und noch einer möglichen dritten mit Esclarmonde. Sie beschenkte denn auch beide Bräute reich und ebenso Sophia. Auch Letztere hätte Leonor gern gleich in Toulouse verheiratet, verstand aber, dass sie und Dietmar die Ehe lieber auf Lauenstein schließen wollten.

»Wie schön, ihr werdet beide eure Mütter dabeihaben!«, freute sie sich für Dietmar und Sophia, die diesem Umstand eher mit gemischten Gefühlen entgegenblickten. »Und die Verbindung wird Frieden stiften zwischen den beiden Zweigen der Familie Ornemünde. Ein wirkliches Glück, Sophia, Herr Dietmar ...«

Leonor bestand auch darauf, die Brautpaare einzukleiden, was Hansi gern annahm. Wenn er sein Lehen erst mal in Besitz nahm, würde auch er zu Geld kommen, vorerst hätte er Esclarmonde allerdings niemals das reinseidene lichtblaue Unterkleid mit blumenbesticktem Saum und die azurblaue Surcotte aus sündhaft teurem Brüsseler Tuch kaufen können. Die Mädchen brachten Stunden damit zu, Esclarmondes feines blondes Haar mit Ei zu waschen und mit Rosenwasser zu spülen, bevor sie es bürsteten und mit einem Kranz aus frischen Blüten, den Ariane geflochten hatte, schmückten. Die Locken umgaben das kleine Gesicht des Bauernmädchens wie ein Heiligenschein, und in ihrem Festtagsstaat sah sie wirklich aus wie eine auf einer Blüte tanzende Elfe. Hansi, der eine Tunika aus dem gleichen Stoff trug sowie einen pfauenfedergeschmückten Hut, schaute völlig verklärt auf seine wunderschöne Braut.

Geneviève dagegen sorgte für einen Eklat, indem sie sich weigern wollte, das karminrote Kleid zu tragen, das die Gräfin für sie ausgewählt hatte. Sie wollte in einem schwarzen Gewand in den Kreis der Ritter treten – schließlich trauerte sie noch um ihren Bruder.

»Diese junge Frau trauert ständig um irgendwas!«, erregte sich die Gräfin, als Sophia vorsichtig versuchte, ihr Genevièves Haltung verständlich zu machen. »Aber nicht am Tag ihrer Hochzeit – da wird sie ihre Schönheit zeigen. Sie sollte sich ja wohl auch freuen an ihrem Fest und ihrem Ritter – den hat sie sich schließlich selbst ausgesucht, also wird sie nun gefälligst glücklich sein!«

Die spanische Prinzessin sah aus, als neide sie der jungen Frau dieses Privileg. Ihr Raymond hatte wohl schon am Tag der Hochzeit nach anderen Frauen ausgeschaut.

Rüdiger tat das natürlich nicht, er hatte nur Augen für seine wunderschöne Braut – auch wenn Geneviève nicht strahlte wie Esclarmonde und ihre Brautjungfern, sondern ernst und gefasst dreinsah. In ihrem Gesicht stand die Sorge um Rüdiger, der blass und mitgenommen wirkte und den Arm auch noch in einer Schlinge trug. Der junge Ritter hatte sich ihren Wünschen so weit als möglich gefügt und sich festlich, aber bescheiden gekleidet. Er trug ein dunkelblaues Gewand und hielt sein Haar mit einem schlichten Goldreif über einer ebenfalls blauen Kappe zurück. Auch Geneviève hatte aufwändigen Kopfschmuck abgelehnt. In ihrem prächtigen schwarzen Haar leuchtete nur ein schmaler goldener Schepel.

»Dabei hätte man so wunderschön Perlenschnüre hineinflechten können«, meinte Ariane bedauernd zu Miriam, schien aber nicht zu unglücklich darüber zu sein.

Je unscheinbarer die Mädchen um sie herum waren, desto strahlendere Blicke schenkte ihr schließlich ihr junger Ritter Bernard. Ariane mochte die nächste Braut im Kreis dieses Hofes werden, Bernards Vater und der ihre standen in entsprechenden Verhandlungen.

Miriam nickte unkonzentriert. Sie hatte gründlich genug davon, die Maurin zu spielen, aber das würde nun ja auch bald ein Ende haben. Der Graf ließ sie zwar ungern ziehen, aber er ergab sich in sein Schicksal und hatte seine Sterndeuterin bereits reich beschenkt. Abram hatte die Preziosen umgehend zu Geld gemacht, und sie warteten jetzt nur noch auf die Fertigstellung ihres bunt bemalten Gauklerkarrens und ihrer Kostüme – prächtiger Roben, bestickt mit Sonnen, Monden und Sternen.

»Schon wieder eine Gauklerverkleidung?«, hatte Salomon ungnädig gefragt – musste Abram aber letztlich Recht geben.

Um nach Granada zu kommen, mussten die beiden durch

mehrere hispanische Königreiche. Als Mauren konnten sie auf keinen Fall reisen, als Juden würde es beschwerlich. Christliche Sterndeuter, die von einem Markt zum anderen zogen, kontrollierte dagegen niemand.

Hansi küsste seine Esclarmonde schließlich herzlich zum Beweis ihrer Eheschließung im Kreis der Ritter, Rüdiger und Geneviève streiften einander nur leicht mit den Lippen. Sie hatten auch vorher beim Bankett wenig gegessen und dem Wein kaum zugesprochen.

»Sie hat ihn doch jetzt nicht womöglich bekehrt?«, fragte die misstrauische Gräfin ihren Mann – aber die Brautleute fieberten sichtlich dem Alleinsein nach der Feier entgegen. Der Medikus hatte schließlich ein Einsehen und bat das Grafenpaar, Rüdiger früh zu entschuldigen, der Zustand seines Patienten erlaube noch keine langen Festivitäten.

»Sie ist von Sinnen«, seufzte der Graf und sah Geneviève bedauernd nach, als die Brautleute aufstanden. »Ein solches Vollblutweib, aber erst hat sie nichts im Kopf als zu predigen, und dann sucht sie sich einen Mann, der sich keine zwei Stunden auf den Beinen halten kann. Wahrscheinlich findet sie Vergnügen daran, ihn ins Bett zu bringen und zu pflegen ...«

»Das glaube ich nicht«, lächelte die Gräfin mit einem Blick auf die ineinander verschränkten Finger des jungen Paares. »Zumindest nicht so, wie du es dir vorstellst. Ins Bett bringen wird sie ihn schon ...«

Rüdiger wirkte denn auch keineswegs ausgeruht, sondern eher noch ziemlich ermüdet, als die Freunde sich am nächsten Tag vor Tau und Tag trafen, um Miriam und Abram auf den Weg zu bringen. Er stieg zum ersten Mal wieder auf ein Pferd – der Medikus, die Ritter und die Mädchen begleiteten die »Mauren«

zu einem Wagenbauer am Stadtrand. Natürlich hätten sie sich ihr exotisches Gefährt auch ins Château liefern lassen können, aber Miriam wollte nicht, dass das Grafenpaar sich unnötige Gedanken machte. Vergnügt inspizierte sie die beiden gescheckten Maultiere, die den Karren ziehen sollten.

»Ihr wollt den guten Raymond also wirklich seinem Schicksal überlassen«, scherzte Rüdiger – schon um davon abzulenken, wie sehr ihn der nur kurze Ritt noch angestrengt hatte. »Habt Ihr wenigstens noch die Enthüllung vom Himmel fallen lassen, dass man am ehesten etwas über Feindbewegungen erfährt, indem man Spione anheuert?«

Miriam lachte. »Das hättet Ihr mir gestern sagen sollen. Aber was auch immer – der Graf frohlockt, er hat sein Ziel ja auch erreicht. Ich glaube nicht, dass ihm noch mal jemand Toulouse wegnimmt. Aber der Krieg als solcher wird weitergehen. Und bei aller Liebe für den Grafen und die Menschen hier: Uns wird da einfach der Boden zu heiß.«

»Im wahrsten Sinne des Wortes«, fügte Abram hinzu. »Die Scheiterhaufen brennen doch weiter – spätestens in ein paar Monaten haben sich die Kreuzfahrer wieder gefangen, und dann werden sie nicht ruhen, bis sie den letzten Albigenser vom Erdboden getilgt haben.«

»Das schaffen sie nicht!«, behauptete Geneviève. »Der wahre Glaube der Bonhommes wird sich durchsetzen!« Sie wirkte an diesem Tag gelöster denn seit Wochen, und sie verteidigte zum ersten Mal wieder ihren Glauben. Abram lachte bitter und auch die anderen blickten skeptisch. »Sie haben auch euch nicht vom Erdboden getilgt«, argumentierte Geneviève in Richtung der Juden. »So viele Jahre Verfolgung, und es gibt immer noch Hebräer.«

Abram stöhnte. »Das Judentum vertritt aber nicht die Ansicht, es sei Gottes Gebot, die körperliche Liebe zu meiden und kinderlos zu sterben«, meinte er dann und blinzelte Miriam zu. »Insofern wachsen wir nach ...« Miriam streichelte vielsagend über ihren noch flachen Bauch. »Und davon abgesehen, Herrin Geneviève ... nehmt es mir nicht übel, aber wir beweisen auch in anderer Hinsicht deutlich mehr Stehvermögen.« Abram grinste. »Wir fallen zum Beispiel nicht gleich beim Blick auf den nächsten schönen Ritter von unserem Glauben ab.«

Geneviève war nicht konvertiert, aber als der Hofkaplan die Paare nach der Eheschließung segnete, hatte sie auch nicht protestiert. Jetzt errötete sie.

Rüdiger legte ihr behutsam die Hand auf den Arm. »Ein paar Gebete hier oder ein Segen dort«, meinte er tröstend, »wird Gott dir schon nicht übel nehmen.«

»Außerdem bin ich ohnehin verdammt«, sagte Geneviève leise, und ihre Augen wurden wieder feucht. »Ich habe Simon de Montfort getötet ...«

»Aber das haben wir doch gemeinsam getan!«, tröstete Sophia. »Das fällt nicht auf dich zurück. Und überhaupt: Er war eine Ratte ...« Ihre Augen blitzten – Sophia kämpfte ebenso wenig mit Schuldgefühlen wie Miriam und Esclarmonde.

Geneviève lächelte unter Tränen. »Einer Parfaite ist es auch verboten, eine Ratte zu töten.«

Rüdiger holte tief Luft. »Liebste«, sagte er dann. »Falkenberg ist voll von Mäusen und Ratten. Von mir aus kannst du die alle füttern und den Katzen predigen, der Jagd zu entsagen. Du kannst gern all deine Gebote einhalten. Nur nicht das mit der fleischlichen Liebe ... Aber das hat sich ja wohl ohnehin erledigt.«

Miriam lachte und küsste die junge Frau zum Abschied. »Der Ewige wird Euch verzeihen!«, erklärte sie fest. »Nach dem, was er uns schon alles verziehen hat ...«

Salomon blickte seinem Neffen und dessen Gattin nach, als sie ihren bunten Planwagen aus der Festung herauslenkten. »Irgendwann«, der Medikus seufzte, »werden sie seine Geduld überspannen ...«

Das Lächeln Gottes

*Lauenstein
Winter 1218 bis Frühling 1219*

Kapitel 1

Gerlin von Lauenstein konnte sich nicht helfen, aber langsam entwickelte sie einen Hass auf Sophia von Ornemünde. Nun war das natürlich ungerecht, die junge Frau war sicher das tugendhafte, minnigliche Geschöpf, als das es ihr jeder schilderte, der Sophia je getroffen hatte. Aber diese unselige Brautfahrt hielt Dietmar nun seit drei Jahren von seinem endlich rückeroberten Lehen fern – und Gerlin von ihrem eigenen Heim in Loches. Letzteres hätte sie natürlich verkraftet. Ihre jüngeren Kinder waren beide am Hof des Königs von Frankreich und schrieben fröhliche Briefe. Es ging sowohl Richard als auch Isabelle gut. Und auch die Verwaltung der Güter fiel Gerlin leicht, denn die Bauern und Lehnsleute waren ihr durchweg freundlich gesinnt. Auf der Burg selbst jedoch fand sie keinen Frieden – und das verdankte sie Sophia, oder besser gesagt deren Mutter, die sie nur um Sophias willen duldete.

Luitgart genoss ihren Witwensitz auf der Burg – Gerlin hatte fast das Gefühl, ihre alte Feindin lebe auf, jetzt, da sie wieder Intrigen spinnen konnte. Wie erwartet hatte Rolands Witwe sich unter die Munt ihres Bruders gestellt, der keinerlei Interesse hatte, Einfluss auszuüben. Luitgart machte also, was sie wollte. Sie hielt Hof in ihrem kleinen Haus, als handle es sich um einen Palast, und es war erstaunlich, wie viele Ritter sich noch am Hof der Frau einfanden, die doch keinerlei Mitgift mehr in eine eventuelle Ehe bringen konnte. Nun war Luitgart immer noch schön, aber das allein reichte eigentlich nicht, um Fahrende Ritter für sich zu interessieren. Gerlin argwöhnte also, dass sie den Männern mehr versprach als nur Liebe – sie war schließlich immer noch die Witwe des früheren Burgherrn. Zweier früherer Burgherren sogar, Gerlin war sich nicht ganz klar, auf welche ihrer früheren Ehen sich die möglichen Hoffnungen der Ritter bezogen. Wobei Luitgarts Ansprüche als Hinterbliebene von Dietmars Großvater ja noch einen Hauch von Legitimität aufwiesen, während Roland nur ein Usurpator gewesen war.

Wie auch immer: Dietmar war fern, und er lebte in Okzitanien nicht gerade ungefährlich. Wer wusste, was Luitgart sich ausrechnete, wenn er womöglich im Heer des Grafen von Toulouse fiel?

Sehr bald wurde Gerlin dann allerdings klar, dass ihre alte Feindin noch viel perfidere Pläne hegte. Luitgart war natürlich zu Ohren gekommen, dass Dietmar für Toulouse kämpfte – und sie hatte nichts Besseres zu tun, als dies unter all seinen bisherigen Gönnern zu verbreiten. Wie erwartet waren weder der französische noch der deutsche König begeistert davon, dass sich der Lauensteiner auf die Seite der Albigenser schlug! Besonders Philipp August war in den Kreuzzug involviert und schickte Montfort Truppen. Dass die sich nun mit einem Ritter herumschlagen sollten, den der König ausgebildet und ausgezeichnet hatte, gefiel ihm keinesfalls. Fahrenden Rittern sah man solche Seitenwechsel zwar nach – die mussten sich schließlich verdingen, wo immer man sie aufnahm –, aber ein Dietmar von Ornemünde? Die Bischöfe von Mainz und Bamberg nahmen die Nachricht noch viel ungnädiger auf, und Gerlin stand immer wieder vor dem Problem, irgendeinen Würdenträger beschwichtigen zu müssen.

»Diese Schlange!«, erregte sich Gerlin gegenüber Laurent

von Neuenwalde. »Und dabei verteidigt er ihre eigene Tochter! Was würde denn aus Sophia, wenn die Kreuzfahrer dieses Château Narbonnais schleiften?«

Ihr alter Freund zuckte die Schultern. »Es gefällt wohl niemandem, dass Herr Dietmar in diesem Ketzernest hockt, statt sich hier um seine Angelegenheiten zu kümmern«, formulierte er seine eigenen Ressentiments eher vorsichtig. »Ist ja gut und schön mit der jungen Frau, aber meint Ihr nicht, er verrennt sich da in etwas? Während Euer Stand hier schwierig wird, falls ihm etwas passiert – oder wenn sich auch nur der König gegen ihn richtet!«

Gerlin dankte jetzt schon dem Himmel, dass für Lauenstein eher Friedrich zuständig war, dem der Kreuzzug ziemlich gleichgültig war, und nicht König Philipp. Der konnte Dietmar sein Lehen nicht wegnehmen – sondern höchstens ihren Sohn Richard für die Taten seines Halbbruders abstrafen. Sie hoffte, dass er darauf verzichtete, aber es wäre ihr doch lieber gewesen, Dietmar hätte sich nicht in Toulouse engagiert.

»Ihr solltet Euch absichern ...«

Gerlin seufzte. Noch etwas, das sie belastete. Herrn Laurents Frau war im letzten Frühjahr verschieden, und der Witwer warb nun gezielt um Gerlin. Womit er nicht der Einzige war. Auch zwei andere Witwer aus der weiteren Umgebung suchten sie neuerdings bei jeder Gelegenheit auf, um irgendwelche, meist unwichtigen, Dinge zu bereden. Denen ging es dabei sicher auch um Lauenstein, als Stiefväter des Grafen erhofften sie sich Vorteile. Herr Laurent mochte dagegen echte Sympathien für sie hegen – aber das Letzte, was Gerlin wünschte, war ein neuer Ehemann, und dann auch noch fern von Loches. Sie sehnte sich nach ihrer Burg in Südfrankreich, in der keine Luitgart hockte wie eine Spinne im Netz. Sie vermisste die Sonne, die Leichtigkeit des Lebens, den Wein aus ihren Gütern. Zu Hause in Loches konnte sie ungestört um Florís trauern – und irgendwann über den Verlust hinwegkommen, der ihr Leben immer noch verdunkelte.

Gerlin tastete auch jetzt noch jeden Morgen neben sich und versuchte bei Nacht, sich an den Mann zu schmiegen, der nicht mehr das Bett mit ihr teilen konnte. Ihr erster und letzter Gedanke an jedem Tag galt Florís – und das würde so bleiben, solange sie jeden Tag auf die Ebene hinaussah, auf der er sein Blut vergossen hatte, und solange sie an dem Raum vorbeimusste, in dem er gestorben war. Sie konnte sein Grab besuchen, ohne dass es zu sehr schmerzte, aber wenn sie die Kemenate betrat, in die man ihn damals gebettet hatte, sah sie immer noch sein bleiches, blutiges Gesicht.

In Loches würde all das besser werden – aber statt heimzureiten, fand sie sich in einem ständigen Abwehrkampf mit Luitgarts Intrigen, den Avancen der unwillkommenen Brautwerber und dem andauernden Regenwetter, das zusätzlich an ihren Nerven zerrte. Als junge Frau hatte sie das nicht so empfunden, im Gegenteil, in ihrer Erinnerung schien ständig die Sonne auf Lauenstein. Salomon kredenzte ihr Wein aus seinem Gut, Florís scherzte mit ihr, und Dietrich lag im Gras neben ihr und horchte ehrfurchtsvoll auf das werdende Leben in ihrem Leib. Jetzt aber reihte sich ein grauer Tag an den anderen – und Gerlin begann, die ganz unschuldige Verursacherin all dieser Qualen zu hassen.

Dann aber erreichte sie ein Brief aus Toulouse.

Dietmar berichtete von seiner Verlobung mit Sophia, dem Sieg über Montfort – aber auch von Rüdigers schwerer Verwundung.

So bald werden wir also nicht reiten können, aber wisse, dass sich unser Aufenthalt in Toulouse dem Ende zuneigt. Bitte be-

stelle auch der Herrin Luitgart unsere Grüße und berichte ihr von unserer Verbindung. Wir hoffen, dass sie sich mit uns freut, wenn wir letztlich auf Lauenstein in den Kreis der Ritter treten. Wir können es kaum erwarten, Euch beide wiederzusehen.

Es grüßen Dich Dein liebender Sohn Dietmar und bald auch Deine Tochter Sophia.

Gerlin las den Brief mit gemischten Gefühlen und machte sich dann auf, der Mutter ihrer künftigen Schwiegertochter die Nachricht zu bringen. Hoffentlich war sie noch nicht zu betrunken. Gerlin hasste es, wenn Luitgart ausfällig wurde, und sie konnte sich kaum vorstellen, dass ihre Feindin sich wirklich über Dietmars und Sophias Liebe freuen würde.

Aber wenigstens konnte Gerlin den Bischof und alle anderen Würdenträger beschwichtigen: Ihre endlos wiederholte Behauptung, Dietmar befände sich nicht im Krieg, sondern auf Brautwerbung, hatte sich endlich bestätigt. Man würde den jungen Burgherrn in Gnaden wieder aufnehmen.

Schließlich doch lächelnd begab sich Gerlin zu Luitgarts Kemenate.

Kapitel 2

Hansi und Esclarmonde machten sich nur kurze Zeit nach Miriam und Abram auf den Weg in seine Besitztümer bei Bouvines. Wobei es Hansi nicht leichtfiel, seinen langjährigen Freund und Waffengefährten Rüdiger zu verlassen.

»Ich komm mir ganz treulos vor«, gestand er dem Medikus. »Gerade jetzt, wo es ihm nicht gut geht ...«

Für Rüdiger war an den wochenlangen Heimritt ins Frankenland noch nicht zu denken – und so hingen auch Dietmar und Sophia in Toulouse fest. Der Falkenberger verkraftete das nicht allzu leicht, zumal die Option, seinem Neffen einfach ein paar Wochen später zu folgen, nicht mehr bestand. Ein Mann, der kein Schwert führen konnte, brauchte den Schutz einer Gruppe.

»Wie wollt Ihr ihm denn helfen?«, fragte Salomon den früheren Knappen. »Ihr wart Freunde und Kampfgefährten – und rechte Haudegen! Denkt Ihr wirklich, er wollte Euch jetzt als Leibwache oder gar Kammerdiener, der ihm in seine Beinlinge hilft? Im Übrigen wird er sich ja erholen. Wartet ab: Wenn Ihr Eure Söhne einst als Knappen nach Falkenberg schickt, tjostet sie Herr Rüdiger mit links vom Pferd!«

Hansi und Esclarmonde reisten also im September ab – während die anderen notgedrungen auch noch das Weihnachtsfest in Toulouse verbrachten. Für Geneviève war das nicht einfach – im Gefolge der Herrin Leonor kam sie nicht um den Besuch der katholischen Weihnachtsmessen herum.

»Ich bleibe auf keinen Fall bis Ostern!«, erklärte sie denn

auch, als der Medikus vorschlug, die Reise noch ein paar weitere Wochen zu verschieben, bis es wärmer würde.

Nun war der Winter in Okzitanien erträglich – aber in den Bergen und auch am Ziel der Reise musste mit schlechtem Wetter gerechnet werden. Für Rüdiger mit seinen eben verheilten Knochen würde das nicht leicht werden – und auch Salomon selbst graute es vor den Nächten in klammen Zelten und Decken. Davon abgesehen stand sein Entschluss jedoch fest – er würde sich das Drama der Albigenser in Okzitanien nicht bis zum Ende anschauen. Und er wollte Gerlin von Lauenstein wiedersehen, egal, was es ihn kostete – körperlich wie seelisch.

Rüdiger hielt sich schließlich im Januar für reisefähig, und auch Dietmar wollte nicht länger warten. Salomon regte an, wenigstens einen Wagen mitzunehmen – die Frauen würden doch ihre Kleider und ihren Schmuck bei sich haben wollen ...

Rüdiger erkannte die Finte sofort. »Ich mag kein Schwert mehr schwingen können, aber das heißt noch nicht, dass ich auch gefahren werden müsste wie ein altes Weib!«, beschied er den Arzt. »Ein Wagen würde uns nur aufhalten, gerade im Winter. Die Truhen der Frauen wird die Gräfin im Sommer nachschicken. Darum brauchen wir uns nicht zu kümmern.«

Salomon fügte sich also und bestieg seufzend die weiße Maultierstute Sirene. Sie hatte ihm vor vielen Jahren schon einmal gehört, und Miriam hatte sie ihm nun wieder überlassen. Salomon hatte zunächst wenig begeistert darauf reagiert.

»Das Tier sieht ja noch gut aus, aber es muss über dreißig Jahre alt sein!«, wandte er ein. »Und ich bin gewöhnt an meine Stute.«

Miriam lächelte sardonisch. »Dann gewöhn dich um«, beschied sie ihn. »Oder glaubst du wirklich, du kämest in Lauenstein als Gérôme de Paris durch, christlicher Heiler mit Studium im braven Salamanca? Du wirst wieder als Jude leben müssen!«

»Und dafür danke ich Gott«, sagte Salomon würdevoll.

Aber dann wurde ihm schnell klar, was sie meinte. Viele christliche Gegenden verboten Juden den Besitz von Pferden. Wenn sie reiten wollten, waren sie auf Esel oder Maultiere beschränkt. Nun war Sirene noch gut zu Fuß und ein äußerst angenehmes Reittier. Auf den felsigen Wegen durchs Gebirge und den langen Trabstrecken in den Wäldern ruhten Rüdigers Blicke mitunter fast neidvoll auf der mühelos neben den Zeltern der Frauen dahinschwebenden Stute. Allerdings entfuhr dem Ritter kein Laut der Klage, selbst nicht, als Salomon zugab, dass ihn nach einer Nacht im schneebedeckten Zelt alle Knochen schmerzten. Rüdiger ritt seinen Hengst schon fast wieder mit der gewohnten Geschicklichkeit, einhändiges Lenken waren Schlachtrosse überdies gewöhnt.

Vom kalten, teils regnerischen Wetter abgesehen, gestaltete sich die Reise auch ohne jegliche Komplikationen. Anscheinend scheuten selbst Wegelagerer die vom Regen aufgeweichten Fernstraßen. Die Reisenden kamen gut voran, zumal die Ritter Herbergen mieden und keine Umwege in Kauf nahmen, um die Nacht unter festen Dächern zu verbringen.

»Ich habe das Gefühl, mir würde nie wieder warm«, seufzte Sophia irgendwann, »oder meine Kleidung würde nie wieder trocken. Warum können wir uns nicht ein Gasthaus suchen, und einmal eine Nacht am Feuer verbringen?«

Salomon lächelte. »Weil wir hinterher voller Läuse und Flöhe wären«, bemerkte er. »Dietmar wird sich nicht mehr daran erinnern, aber ich sehr wohl. Nach unserem letzten Aufenthalt in einer Herberge brauchte seine Mutter drei Tage, um ihn wieder von den Biestern zu befreien. Die ganze Zeit hast du geschrien wie am Spieß, Herr Ritter! Das möchte ich nicht noch mal erleben.«

»Ich kann mich heute durchaus beherrschen«, bemerkte Dietmar, woraufhin alle lachten.

Aber letztendlich sprach niemand den wirklichen Grund an, warum sie keine Gasthäuser betraten: Salomon wäre dort unerwünscht gewesen und je nach der Klientel des Wirtes auch seines Lebens nicht sicher. Ein Jude, sofern er nicht gerade unter dem Schutz eines Burgherrn stand und zu dessen Festlichkeiten eingeladen war, begab sich besser nicht in die Umgebung betrunkener Christen. So fanden die Reisenden nur gelegentlich einmal Aufnahme in einer am Wege liegenden Burg. Der Adel bot seinesgleichen stets Unterkunft und sah über Salomons Herkunft hinweg, wenn er als Medikus vorgestellt wurde. Man konfrontierte ihn oft gleich mit diversen Patienten, sodass er arbeitete, während die anderen in den Badehäusern entspannten und sich endlich einmal wärmten.

Salomon war am Ende seiner Kräfte, als sie nach mehr als zweimonatiger Reise endlich Lauenstein erreichten.

In Franken war endlich der Frühling eingezogen – zumindest an diesem Tag Ende März, als Gerlin wieder einmal vor Luitgart auf den Söller der Burg floh. Nach der Nachricht von Dietmars Verlobung webte diese zwar keine Intrigen mehr, schien aber die Suche nach einem neuen Gatten zu intensivieren. Vielleicht erhoffte sie sich ja doch noch eine Mitgift von ihrem neuen Verwandten – und Gerlin war bereit, Dietmar zuzureden. Lauensteins Wirtschaft hatte sich nach Rolands Herrschaft und der Belagerung endlich erholt. Sie konnten hoffnungsvoll in die Zukunft blicken und würden bei den Juden von Kronach sicher einen Kredit erhalten, mit dessen

Hilfe sie sich Luitgarts auf freundschaftliche Weise entledigen konnten. Natürlich musste das letztlich Sophia entscheiden, aber Gerlin konnte sich nicht vorstellen, dass die junge Frau auf Dauer dulden würde, dass Luitgart ihren Hof beherrschte.

An diesem Tag würde sich das Problem jedoch nicht lösen lassen, und Gerlin dachte jetzt schon mit Grausen daran, die Burg tagelang mit dem Ritter teilen zu müssen, der eben mit einem Gefolge rotgesichtiger pöbelnder Gauner eingetroffen war. Zweifellos einer der früheren Kumpane Rolands, den Luitgart nun freudig in ihrer »Halle« begrüßte. Leider reichte der Saal des Nebengebäudes auf keinen Fall für die Unterbringung all der Männer, und es wäre auch unschicklich gewesen, hätten sie das Haus mit Luitgart geteilt. Also würden sie sich auf dem Burghof verteilen, Schlafgelegenheiten in den Ställen oder im Rittersaal erbitten – und Gerlin würde um jedes Küchenmädchen bangen müssen, das nach Einbruch der Dunkelheit noch auf dem Hof herumlief. Beim Blick über das Anwesen revidierte sie diesen Gedanken. Die Mädchen waren auch vor Anbruch der Dunkelheit gefährdet ... und Gerlin selbst kaum minder. Wer wusste, was diesen Rabauken einfiel, wenn sie erst betrunken waren? Gerlin hielt die Burg mit nur wenigen und obendrein sehr jungen Rittern. Sie beschloss, einen Boten nach Neuenwalde zu schicken und um Verstärkung durch Herrn Laurents und Herrn Conrads Männer zu bitten. Auch wenn das zwangsläufig erneute Bemerkungen des Herrn Laurent nach sich ziehen würde: Würdet Ihr meine Werbung in Erwägung ziehen, so brauchtet Ihr Euch nicht zu ängstigen. Als Euer Gatte sorgte ich ständig für Euren Schutz ...

Aber sie musste die Neuenwalder ohnehin einladen – für den nächsten Tag hatte sich der Bischof von Mainz angemeldet. Siegfried von Eppstein war auf der Durchreise, anscheinend standen Besprechungen mit seinem Amtsbruder in

Bamberg an. Gerlin befürchtete allerdings, dass es ihm nicht nur um eine Unterkunft auf ihrer Burg ging, sondern auch um eine unauffällige Kontrolle. Hoffentlich reisten Luitgarts Ritter vorher ab!

Gerlin spähte müßig hinaus über die Zinnen des Söllers. Weit unterhalb der Burg erkannte sie das Dorf Lauenstein, rechts und links des Berges, an dessen Seite die Burg sich schmiegte, erstreckten sich Wälder – zunächst lichte Schonungen, auf denen Pferde weideten und Holz für die Burg und das Dorf geschlagen wurde, weiter entfernt Gebiete mit dichtem Baumbewuchs, nur durchzogen von wenigen, nicht befestigten Straßen und Wegen, die nach Kronach oder Bamberg führten. Ein paar Siedlungen wie Dietmarsdorf lagen noch zwischen Lauenstein und Bamberg – vielleicht kamen daher die Reiter, deren Pferde eben aus dem Wald traten. Gerlin schaute neugierig nach ihnen aus. Die Tiere waren unterschiedlich groß, und sie sah keine Rüstungen in der Sonne blitzen. Also sicher keine weiteren Brautwerber für Frau Luitgart – die pflegten ihre Brustpanzer zu polieren, bevor sie sich in angeberischer Manier der Burg näherten. Bei einem Teil der Pferde schien es sich auch um Zelter zu handeln ...

Gerlin zwinkerte in den sonnigen Tag. Ihre Augen waren nicht mehr so gut wie damals, als sie von hier aus den Spielen der Ritter zugesehen und jedes Blitzen in Dietrichs Augen erkannt hatte. Aber die Gruppe kam näher. Ein paar Wegkehren noch, und man würde sie gut erkennen können. Gerlin rieb sich die Augen und wartete, bis die Reiter deutlich in Sicht kamen.

Und dann meinte sie, ihr Herz bliebe stehen. Es konnte nicht sein, dass an der Spitze der Reiter eine weiße Maultierstute lief, geritten von einem dunkel gekleideten hochgewachsenen Mann. Und der blonde Ritter neben ihm ... es war nicht möglich, dass er in der gleichen lässigen Manier auf dem Pferd saß wie damals Florís...

Gerlin konnte auf diese Entfernung noch nicht erkennen, ob der Reiter einen Schild mit seinen Farben bei sich hatte, einen Wappenrock trug er sowieso nicht, höchstens ein Kettenhemd. Aber es musste eine Sinnestäuschung sein. Es war nicht möglich, dass sich Salomon von Kronach und Florís de Trillon der Burg näherten wie so oft, als sie hier noch mit Dietrich gelebt hatte!

Gerlin versuchte, sich zu beruhigen. Sie schien im Begriff, die Fassung zu verlieren, das wollte sie jedoch nicht zulassen!

Zitternd löste sie sich von den Zinnen der Burg. Sie würde jetzt hinuntergehen und den Mundschenk anweisen, einen Begrüßungstrunk bereitzuhalten. Wenn die Besucher dann einträfen, würde sie gleich sehen, wen sie da mit den beiden Männern aus ihrer Vergangenheit verwechselt hatte, und sie würde darüber lachen. Oder nein, besser begab sie sich selbst in den Keller. Vielleicht bildete sie sich ja die ganze Reitergruppe nur ein: Die Lage auf der Burg zerrte an ihren Nerven, und sie beschwor tröstende Bilder hinauf. So musste es sein. Aber es war auf jeden Fall richtig, Wein bereitzuhalten. Wenn dann niemand kam... wenn dann niemand kam, konnte sie ihn einfach selbst trinken...

Gerlin verwehrte sich einen weiteren Blick über die Brüstung. Mit klopfendem Herzen eilte sie die Stufen hinunter und lief über den Hof – wo ihr gleich zwei der fremden Ritter mit lüsternen Blicken nachsahen. Sie durfte nicht den Boten nach Neuenwalde vergessen! Bemüht ruhig begab sie sich in den Keller und zapfte einen Krug des besten Roten, den die Burg zu bieten hatte. Das hatte sie damals auch getan, als Salomon nach Falkenberg kam... Nein, sie war verrückt, sie durfte an so etwas gar nicht denken!

Und dann hörte sie das Burgtor, das sich quietschend öffnete, um die Reiter einzulassen, und sah einen kleinen schwarzen Hengst hindurchpreschen, noch bevor es sich gänzlich gehoben hatte. Der Reiter duckte sich dazu tief über seinen Hals – und diesmal war es ganz sicher keine Täuschung! Auf so halsbrecherische Weise pflegte nur Dietmar auf die Burg zu stürmen, und nun hörte sie auch seine helle Stimme.

»Mutter!«

Gerlin hätte den Krug fast fallen lassen, zwang sich aber, ihn abzustellen, bevor sie ihren Sohn in die Arme nahm. Sie war unendlich erleichtert. Nicht nur, weil Dietmar endlich wieder da war, sondern auch, weil sich die Sinnestäuschung so einfach erklärte: Natürlich saß Dietmar in gleicher Manier zu Pferde wie sein Lehrer Florís. Und natürlich flatterte auch sein blondes Haar dabei im Wind. Gerlin überließ sich überglücklich seiner Umarmung, aber Dietmar hielt sich nicht lange mit der Begrüßung auf. Die anderen Reiter waren inzwischen im Burghof, und Dietmar brannte darauf, Sophia vorzustellen.

»Ich bin so glücklich, wieder hier zu sein!«, jubelte er. »Und nun sieh, Mutter, hier ist Sophia!«

Er gab die Sicht auf die anderen frei – aber Gerlin hatte keinen Blick für das blonde Mädchen auf der kleinen grauen Stute. Sie schwankte, als sie Salomon von Kronach erblickte ... und Sirene ... Dabei musste das Tier längst tot sein – oder doch mit Miriam in Granada.

»Du bist nicht wirklich ...«, sagte sie tonlos zu dem Mann, der eben mühsam aus dem Sattel glitt, »... du bist doch in Paris gestorben.«

Salomon schüttelte den Kopf. »Gerlin ...«

Er wollte sie bitten, sich zu fassen, wollte erklären ... aber der sonst so wortgewandte Medikus brachte keinen Ton heraus. Er konnte die Frau nur anschauen ... ihr schönes, edles

Gesicht, die klaren sommerhimmelblauen Augen, in denen sich jetzt ihre ganze Verwirrung widerspiegelte. Ihre hohe Stirn – noch fast ohne Falten, nur rund um ihren vollen, weichen Mund hatten sich ein paar feine Linien eingegraben. Salomon fragte sich, ob ihr Haar ergraut war – erkennen konnte er es nicht, Gerlin versteckte es unter einem züchtigen Gebende.

Dietmar lachte. »Da staunst du, Mutter, was? Ich hab's gleich gesagt, der Herr Salomon soll sofort mitkommen. Er wollte ja erst mal im Dorf Quartier machen, damit wir dich vorbereiten können, aber ich habe gesagt: Sie freut sich.«

Weder Salomon noch Gerlin beachteten ihn. Sie sahen einander nur an – und Gerlin kam schnell zu der Erkenntnis, dass sie keinen Geist vor sich hatte. Geister alterten nicht, und sie ermüdeten nicht. Salomon dagegen sah erschöpft aus. Sein früher schmales Gesicht war heute hager, von tiefen Falten durchzogen. Sein dunkles Haar war immer noch voll, aber durchwirkt von grauen Strähnen, und er hielt sich zwar aufrecht wie früher, aber er stützte sich am Sattel seiner Stute, als fiele ihm das Stehen schwer. Nur seine warmen grünbraunen Augen schienen sich nicht verändert zu haben. Gerlin sah darin Liebe – und Angst.

»Freust du dich?«, fragte er heiser.

Gerlin zitterte.

»Sie muss doch erst mal zu sich kommen ... Seht ihr denn nicht, dass sie sich kaum fassen kann?« Eine süße, singende Stimme in leicht tadelndem Tonfall. »Wie konntet ihr sie nur so überfallen? Wenn sie doch dachte, er sei tot. Als ob es nicht reicht, dass ich ...«

Eine zierliche junge Frau schob sich zwischen Gerlin und Salomon. Sie trug ein dunkelgrünes Reitkleid, darüber einen unförmigen Mantel, den sie schutzsuchend um sich zog, als sie der Blicke der Ritter auf dem Hof gewahr wurde. Vor Gerlin sank sie in einen tiefen Hofknicks.

»Ich bin Sophia von Ornemünde«, stellte sie sich vor. Ihre Stimme brach. Eben hatte Gerlin ihr leidgetan, aber jetzt dachte sie wieder daran, dass diese Frau ihren Vater getötet hatte. »Ich ...«

Gerlin besann sich auf ihre Pflichten. Es war wichtig, die junge Frau willkommen zu heißen – sie durfte keinen so kühlen Empfang auf Lauenstein haben wie sie selbst viele Jahre zuvor. Sie reichte Sophia die Hand, zog sie aus dem Knicks und in ihre Arme. Sanft erbot sie ihr den Kuss der Verwandten.

»Sophia, ich bin glücklich, dass Dietmar dich gefunden hat und dass du ihm auf seine Burg gefolgt bist. Trotz allem, was zwischen unseren Familien geschehen ist. Ich wünsche mir mehr als alles andere, dich hier glücklich zu sehen. Ich selbst war es jedenfalls. Mein Gatte Dietrich war ein wunderbarer Mensch, und ich hoffe, mein Sohn schlägt ihm nach. Möge Euer Bund von Gott gesegnet und mit vielen Kindern beschenkt werden.«

Sophia bedankte sich errötend. Sie hatte befürchtet, diese Frau hassen zu müssen, aber der freundliche Empfang nahm sie sogleich für Gerlin ein.

»Erst müssen sie den Bund ja mal schließen!«, lachte Rüdiger. »Du glaubst nicht, wie züchtig sie bislang nebeneinanderher leben, nur um sich die Eide auf Lauenstein schwören zu können! Und nun komm in meine Arme, Schwesterchen! Und hör endlich auf zu gucken, als hättest du ein Gespenst gesehen!«

Gerlin fand sich unversehens in der nächsten Umarmung wieder, wobei sie ein bisschen erschrak, als Rüdiger nur den linken Arm um sie legte, während der rechte kraftlos in einer

Schlinge lag. Dazu war er mager ... sie würde ihn aufpäppeln müssen, bevor sie ihn nach Falkenberg weiterschicken konnte.

»Und meine Gemahlin Geneviève von Falkenberg!«

Rüdiger schob Geneviève vor, und Gerlin rang sich ein Enchanté ab. Sie wechselte auch gleich ins Französische, um die junge Frau nicht auszuschließen. Eigentlich fiel ihr das nicht schwer, sie beherrschte die Sprache fließend, aber an diesem Tag wurde es ihr langsam zu viel mit den Vorstellungen und Überraschungen.

Immerhin fiel Gerlin jetzt der Weinkrug wieder ein. »Ich bin eine schlechte Gastgeberin«, bemerkte sie. »Wollt ihr einen Begrüßungsschluck?«

Die Ritter wirkten nicht abgeneigt, während die jungen Frauen sich auf dem Burghof eher unwohl zu fühlen schienen. Vor allem Sophia warf den herumlungernden Rittern nervöse Blicke zu. Dietmar hatte gesagt, auf Lauenstein habe sich alles geändert, aber dies sah nicht danach aus. Nervös zog sie ihren Mantel enger um sich.

Der Mundschenk hatte sich inzwischen zu ihnen gesellt, wie es seine Pflicht war, und reichte Dietmar und Rüdiger je einen Becher. Den Juden würde er als Letzten bedienen ... aber Gerlin füllte persönlich einen Becher für Salomon. Sie fuhr zusammen, als seine Hand ihre streifte, als er ihn nahm. Und er schwankte erneut. Es fiel ihm anscheinend schwer, das linke Bein zu belasten.

»Ihr solltet Euch setzen, Herr Ger... Herr Salomon!« Der fürsorglichen Sophia fiel seine Unsicherheit auf – allerdings hatte sie immer noch Schwierigkeiten, ihn bei seinem richtigen Namen zu nennen. »Ihr seid erschöpft von dem langen Ritt.«

Salomon lächelte schwach. »Kein Ritt kann zu lang und zu beschwerlich sein, um zu der Dame seines Herzens zu gelangen«, flüsterte er – so leise und heiser, dass nur Gerlin ihn verstand. »Aber nein, das hätte Florís gesagt, nicht wahr? Oder Dietrich ...«

»Es ist mir egal, was Ihr heute sagt!«, beschied ihn Gerlin unerwartet brüsk. »Ihr hättet früher etwas sagen können! Florís und ich haben gedacht, Ihr wäret tot. Ich habe um Euch getrauert, bis ...« Bis heute, wollte sie sagen, aber sie beherrschte sich.

Salomons Blick umwölkte sich, als Gerlin die höflich distanzierte Anrede wählte, und noch mehr, als sie vom Ende ihrer Trauer sprach.

»Erst ergab es sich nicht«, sagte er leise. »Und dann ... als ich hörte, dass Ihr ... dass Ihr Florís wiedergefunden habt ...«

»Aber der hätte sich doch auch gefreut, Euch zu sehen!«, meinte Dietmar arglos. »Das ist ein guter Wein, Mutter. Wir werden ihn trinken, wenn ich mit Sophia in den Kreis der Ritter trete, nicht wahr? Aber was um Himmels willen machen die hier?« Er wies auf die Ritter auf dem Burghof, deren Blicke auf die Frauen inzwischen auch ihm aufgefallen waren. Der junge Mann wandte sich an die Männer, als sie auf seine Frage hin anzüglich grinsten. »Wer seid Ihr? Ich kann mich nicht erinnern, Euch je auf dieser Burg willkommen geheißen zu haben. Gehört Ihr zu einer Eskorte? Zu irgendeinem Besucher? Dann solltet Ihr Euch vielleicht um die Pferde Eures Herrn kümmern oder seine Rüstung polieren oder warum auch immer er Euch mitgeschleppt hat. Jedenfalls bestimmt nicht, um auf meinem Burghof herumzulungern und Mädchen anzustarren.«

»Auf Eurem Hof?«, fragte einer von ihnen grinsend. »Wir gehören zu Herrn Leopold von Straubing, und wir sind Gäste der Herrin Luitgart zu Lauenstein. Ist sie nicht die Herrin dieser Burg?«

Dietmar blitzte die Männer an. »Nein, ist sie nicht«, sagte er kurz. »Ich bin der Herr dieser Burg. Und die Dame, die Ihr mit Euren Blicken beleidigt, ist meine versprochene Gattin. Wenn Ihr also nicht möchtet, dass ich Euch mit Waffengewalt entferne, so nehmt nun Eure Pferde und verzieht Euch. Euer Herr Leopold wird Euch alsbald folgen. Frau Luitgart hat heute anderes zu tun, als mit ihm zu plaudern – worum es dabei auch gehen mag.«

Dietmar sah die Männer herausfordernd an, und Gerlin bemerkte mit einem Stich des Bedauerns, dass Rüdiger und Salomon reflexhaft nach ihren Schwertern griffen. Bei Rüdiger blieb die Bewegung allerdings kraftlos, und Salomon führte kein Schwert. Ein Umstand, den er offenbar nicht mehr gewöhnt war. Er musste in Toulouse als Christ gelebt haben.

Inzwischen hatten sich einige der wenigen Ritter Lauensteins eingefunden, und auch der Mundschenk hatte die Hand auf seine Waffe gelegt. Die fremden Ritter sahen sich einer Übermacht gegenüber – zumal einer, die ihrem Gegner treu ergeben schien. Sie zweifelten nicht mehr an seiner Herrschaft über Lauenstein. Dietmar verfolgte triumphierend, Sophia ungläubig ihren Rückzug.

Gerlins Blick fiel auf die Reisenden. Sie konnte sich jetzt nicht weiter mit Salomon auseinandersetzen. Salomon, Rüdiger und die jungen Frauen sahen erschöpft aus. Nur Dietmar schien vor Tatendrang kaum zu halten. Gerlin musste lächeln, als ihr einfiel, wie sie den in rechte Bahnen lenken konnte.

»Dietmar, ich denke, ich werde euch jetzt allen Quartiere anweisen und das Badehaus anheizen lassen, damit ihr euch später erfrischen könnt. Vielleicht begibst du dich vorher noch rasch in die Räume der Frau Luitgart und bittest sie förmlich um die Hand ihrer Tochter. Rüdiger möchte dich vielleicht begleiten ...«

Rüdiger grinste und zwinkerte seiner Schwester zu. Gerlin fühlte sich erleichtert. So verändert er war, seinen Humor hatte er nicht verloren.

»Wir verabschieden dann auch gleich auf würdige Weise den Herrn Leopold«, bemerkte er.

Gerlin lachte und fühlte sich so frei und beschwingt wie seit Jahren nicht mehr, als sie die jungen Frauen und den Medikus die Stiegen hinauf zu den Wohnräumen führte. Salomon fiel es schwer, die Treppen hinaufzusteigen, aber er wehrte ab, als Geneviève anbot, ihn zu stützen. Er war stolz, er wollte keinen siechen Eindruck auf sie machen. Und sie selbst …

»Ich freue mich«, sagte sie leise, als sie ihm die Tür zu den komfortabelsten Gemächern öffnete, die Lauenstein zu bieten hatte. »Ja, ich freue mich.«

Kapitel 3

Sophia machte sich schön, soweit es die spärliche Ausstattung zuließ, die sie in den Satteltaschen mitgeführt hatte. Gerlin hatte dafür gesorgt, dass ihr dunkelgrünes Unterkleid und die mattgrüne Surcotte wenigstens gelüftet und geplättet worden waren, als Sophia aus dem Badehaus kam. Die junge Frau bürstete sich das Haar vor dem wunderschönen venezianischen Spiegel, den sie in ihrer Kemenate vorfand. Gerlin hatte sich ungern davon getrennt – schließlich war es das letzte Geschenk ihrer Ziehmutter Eleonore gewesen. Aber ein Spiegel verlangte nach dem Bild einer schönen Frau, einer jüngeren – ihre zukünftige Schwiegertochter hätte der Königin Eleonore gefallen. Das Medaillon, das Dietmar Sophia damals in Mainz geschenkt hatte, war Gerlin viel wichtiger. Er hatte es ihr bei seiner Heimkehr zurückgegeben, und sie würde es wie einen Schatz hüten.

Sophia wirkte beschwingt und glücklich, als sie mit wehendem Haar und vom Bad leicht gerötetem Gesicht die Stiegen hinuntertanzte. Miriams Mantel brauchte sie nicht mehr – niemand lauerte ihr im Burghof auf.

Luitgart verdarb ihr die gute Stimmung allerdings rasch. Sie warf nur einen kurzen Blick auf ihre Tochter, als diese eintrat. Sophia, die eigentlich eine Umarmung erwartet hatte, knickste verunsichert.

»Du hängst also dein Mäntelchen nach dem Wind?«, fragte Luitgart hämisch.

Sophia errötete. »Ich verstehe nicht...«, sagte sie leise. »Aber ich... ich bin froh, wieder hier zu sein...«

Luitgart schnaubte. »Natürlich. Darauf zielte doch alles. Sehr elegant eingefädelt, junge Dame! So viel Raffinesse hätte ich dir gar nicht zugetraut.«

Sie goss sich Wein ein, ohne Sophia welchen anzubieten. Dabei ertappte sich ihre Tochter gerade bei der seltenen Überlegung, dringend eine Stärkung zu brauchen.

»Ich hab nichts eingefädelt«, verteidigte sich Sophia. »Was denn auch und warum? Ich ...«

»Du hast dein Erbe verteidigt«, sagte Luitgart mit müdem Lachen. »Ob dein Vater und ich dabei auf der Strecke blieben, hat dich nicht gekümmert. Aber jetzt hast du ja, was du willst – du wirst Herrin auf Lauenstein.«

Sophia sah sie hilflos an. »Aber ich wollte Lauenstein doch gar nicht. Lauenstein war mir ganz egal, ich ... ich wollte nur ihn ... nur Dietmar.«

Luitgart lachte jetzt schallend. »Dann warten wir mal ab, wie lange er dich will! Dem passtest du nämlich auch sehr gut in den Kram. Der Erbe und die Erbin ... niemand wird irgendetwas anfechten ...«

Sophia hätte anführen können, dass Dietmar sie nicht heiraten musste. Sein Anrecht auf Lauenstein war völlig unumstritten. Aber Luitgart lebte in ihrer eigenen Welt.

Die junge Frau wandte sich ab, eingeschüchtert und traurig. Sie wünschte sich Trost, aber dann wagte sie es kaum, an die Tür von Dietmars Kemenate zu klopfen. Von drinnen war angeregtes Geplauder zu hören, Sophia erkannte die Stimmen von Rüdiger, Dietmar und Gerlin. Gerlin, die freundlich gewesen war, aber sie eigentlich trotzdem hassen musste. Die Feindin ihrer Mutter – die Frau, die ihren Vater getötet hatte ...

Sophia wollte gehen, aber dann straffte sie sich. Sie musste, sie wollte auf Burg Lauenstein leben. Also musste sie sich mit Dietmars Familie arrangieren.

Geneviève öffnete ihr, als sie schüchtern an die Tür klopfte. Die Albigenserin wirkte fast etwas erleichtert, die Freundin zu sehen, auch sie musste sich in dieser Familie einsam fühlen. Und Sophia fühlte sich gleich besser, als Dietmar ihr einladend zulächelte.

»Komm herein, Liebste! Wir erzählen meiner Mutter gerade von Toulouse. Und von Herrn Salomon ...«

Sophia nickte unsicher. »Wo ... wo ist denn Herr Gérôme?«

Gleich darauf kam sie sich dumm vor. Sie wusste doch, dass der Medikus eigentlich Salomon war und Jude, und ...

Dietmar legte den Arm um sie. »Der hat sich entschuldigt. Er wollte die Familienzusammenführung nicht stören.« Dietmar schaute in Sophias verstörtes Gesicht. »Die deine ist ... nicht harmonisch verlaufen?«, fragte er sanft.

Sophia schüttelte den Kopf. Aber sie konnte jetzt nicht reden.

Gerlin warf ihr einen mitfühlenden Blick zu. »Ist schon gut, Kind«, sagte sie sanft. »Versuch es morgen noch einmal. Frau Luitgart ... manchmal ist es nur der Wein, der aus ihr spricht.«

Sophia rieb sich über die Augen. Gerlin lächelte ermutigend. »Du siehst entzückend aus, Sophia!«, wechselte sie dann das Thema. »Ein sehr schönes Kleid. Aber morgen werden wir uns etwas zu deiner Kleidung einfallen lassen müssen, nicht wahr? Du willst doch mit Dietmar in den Kreis der Ritter treten.«

Sophia errötete. »Morgen schon?«, fragte sie ängstlich – noch ein paar Stunden zuvor hatte sie die Hochzeit kaum erwarten können.

»Na, wir warten doch wohl lange genug!«, lachte Dietmar. »Und morgen kommt der Bischof, der kann die Ehe gleich segnen, das wird ihm gefallen. Für das Bankett ist also sowieso alles vorbereitet, da können wir gleich auch unsere Eide schwören. Oder willst du mich nicht mehr heiraten?«

Sophia biss sich auf die Lippen – und vergaß Luitgart, als sie Dietmar in die Augen sah. »Doch!«, sagte sie fest. »Doch, ich will!«

Ein Kleid für Sophia, weinrot und mit Juwelen besetzt, fand sich in den Truhen der jungen Frau von Neuenwalde. Es war Frau Claras eigenes Hochzeitskleid, und sie lieh es Sophia gern.

»Möge es Euch genauso glücklich machen wie mich!«, erklärte sie, als sie am frühen Nachmittag eintraf, um bei der Vorbereitung der Braut für die Feier zu helfen.

Geneviève fand daraufhin, dass sie nicht mehr benötigt wurde. Sie konnte einfach keine Freude an Schönheitspflege, Schmuck und feinen Kleidern finden. So entfloh sie mit Rüdiger dem Trubel auf der Burg, in der Dietmar schon am Morgen die ersten Besucher in Empfang nahm. Die beiden erkundeten die alte Trutzburg, die immer noch auf der Spitze des Berges über Lauenstein thronte.

»Ein schönes großes Katapult«, grinste Rüdiger, als er seine Frau über den Burghof führte. »Und wir haben es nur einmal abgefeuert. Schade drum!«

Geneviève interessierte sich allerdings nicht sehr für die Kriegsmaschine. Nach wie vor dachte sie mit Schuldgefühlen an Simon de Montfort – und auch der angekündigte Besuch des Bischofs an diesem Abend bereitete ihr Kopfzerbrechen.

»Sicher wird er Fragen stellen«, klagte sie, »wenn er hört, dass ich aus Montalban komme. Und wenn ich ihm dann sage, dass ich Bonnefemme bin ...«

Rüdiger verkniff sich den Rat, es ihm einfach nicht zu sagen. »Wahrscheinlich spricht er die Sache gar nicht an«, beruhigte er sie stattdessen. »Ich an seiner Stelle wollte jedenfalls nicht so genau wissen, was mein Lehnsmann da im Land der Ketzer getrieben hat. Allenfalls wird er Sophia hochnotpeinlich befragen. Du interessierst ihn gar nicht. Falkenberg gehört nicht zu seinem Bistum.«

Geneviève wollte das gern glauben und bemühte sich, nicht mehr darüber nachzudenken, bevor sie mit dem Bischof konfrontiert wurde. Sie folgte Rüdiger auch ohne weitere Fragen in die spartanischen Wohnräume der Burg.

»Schau, von hier aus hat man einen fantastischen Ausblick!«, erklärte er ihr. »Man kann über das ganze Tal hinwegsehen. Die Räume hat Gerlin am letzten Tag wohnlich gemacht, als ihr Gatte noch gelebt hat . . .«

Davon zeugte das recht bequeme Lager, mit dem die behelfsmäßige Kemenate ausgestattet war. Eine Feuerstelle gab es nicht, das wäre in dem Holzbau zu gefährlich gewesen. Aber im Sommer, stellte Geneviève sich vor, musste es schön sein, in der Trutzburg zu nächtigen und auf die Landschaft im Mondschein herabzublicken.

Rüdiger schien ähnliche Gedanken zu hegen. Er zog Geneviève zu sich auf die Bettstatt und küsste sie im Angesicht des weiten Himmels. Geneviève gab ihm bereitwillig nach, auch als er dann die Bänder ihres Kleides löste. Sie hatte sehr bald gelernt, die körperliche Liebe zu schätzen – wieder etwas, wofür sie sich schuldig fühlte. Der Graf von Toulouse hatte sich nicht getäuscht: Geneviève de Montalban war eine leidenschaftliche Frau. Und sie hatte am Minnehof der Herrin Leonor einiges darüber erfahren, wie man seinen Gatten glücklich machte. Nur zufällig natürlich und äußerst missbilligend. Aber jetzt erinnerte sie sich und teilte mit Rüdiger, der ihren Körper mit Küssen bedeckte, ungeahnte Wonnen.

Diesmal riss die beiden jedoch ein Kichern aus ihrer Zweisamkeit. Der Ritter mit seinen seit Jahrzehnten geschulten Reflexen reagierte sofort und griff nach seinem Schwert. Rüdiger hatte während der Reise verbissen trainiert, die Waffe mit seiner gesunden Hand zu führen. Dabei sprang er auf und gab Geneviève den Blick auf einen Spalt in der Holzwand der Kemenate frei – und auf ein rundes, grinsendes Bubengesicht. Der Kleine schrie erschrocken auf, als er Rüdigers Schwert sah, und verschwand.

Auch Geneviève erschrak zu Tode. Hoffentlich war das Kind nicht gefallen, die Kemenate musste doch hoch über der Erde liegen... Sie erreichte den Durchgang fast gleichzeitig mit Rüdiger – und beide sahen gerade noch zwei kleine Jungen, die sich blitzschnell über eine behelfsmäßige Strickleiter nach unten hangelten und dann über die Wiese davonrannten. Das Gemach lag auch längst nicht so hoch über dem Erdboden, wie Geneviève geglaubt hatte – kaum mehr als vier Ellen. Der fantastische Blick ergab sich aus der allgemein hohen Lage der Burg.

»Was ist das denn?«, fragte Geneviève belustigt, als sie den ersten Schrecken überwunden hatten. Rüdiger inspizierte den Durchgang jetzt genauer: Offensichtlich hatte jemand ein paar Nägel entfernt und damit die Möglichkeit geschaffen, die Wandbretter zur Seite zu schieben. Zumindest ein schlanker Mensch konnte leicht hindurchschlüpfen. »Ein Fluchtweg?«

Rüdiger lachte. »Wohl eher ein Einstieg! Die Jungen waren doch nicht zum ersten Mal da, wahrscheinlich spielen sie hier regelmäßig ›Belagerte Burg‹.«

»Oder ›Befreiung der Prinzessin‹«, meinte Geneviève. »Das sieht mir mehr nach dem Werk eines Erwachsenen aus. Oder eines Halbwüchsigen, der mit seiner ›Dame‹ allein sein will.«

Rüdiger grinste. »Ich kann's den Leuten nicht verdenken«, bemerkte er. »Die Bauernhäuser haben meist nur eine Stube, und die teilt man sich mit der ganzen Familie und den Hühnern.«

Geneviève lächelte verschwörerisch. »Also wirst du's nicht Frau Gerlin sagen und veranlassen, dass der Durchgang geschlossen wird?«

Rüdiger schüttelte den Kopf. »Ach was! Dietmar wird die Burg sowieso in absehbarer Zeit abreißen – sie ist ja ein Schandfleck für Lauenstein, wenn sie hier verrottet. Und so lange sollen sie sich hier ruhig amüsieren – samt ihrer frechen kleinen Zuschauer!« Er wies auf die flüchtenden Kinder.

»Wobei ich allerdings wirklich geschlossene Kemenaten bevorzuge«, meinte Geneviève. »Komm, gehen wir hinunter. Lass uns sagen, du müsstest vor der Feier am Abend noch etwas ruhen ...«

Rüdiger runzelte die Stirn. »Du willst mich wohl den Rest meines Lebens als Invaliden vorführen!«, rügte er sie. »Immer dann, wenn es dir gerade passt. Aber warte nur ab, ich räche mich! In ein paar Monaten wird dein Bauch so dick sein, dass du es bist, die Ruhe braucht!«

Am Nachmittag wurde in der Burg der Bischof erwartet. Sein Gefolge würde sämtliche freien Kemenaten belegen. Salomon machte Gerlin förmlich seine Aufwartung und bot an, seine Wohnung dem Bischof zur Verfügung zu stellen.

»Seine Exzellenz hat früher schon hier geweilt, noch zu Lebzeiten von Dietrichs Vater«, erklärte er. »Er wird erbost sein, wenn ihm die besten Gemächer verwehrt werden – und wenn er obendrein hört, dass Ihr sie einem Juden zur Verfügung gestellt habt ...«

Gerlin rieb sich die Stirn. »Aber Ihr braucht eine komfortable Unterkunft«, wandte sie ein, »die obendrein nicht zu hoch liegt ... Ihr müsst Euch von der Reise erholen.«

Sie bemühte sich, nicht zu mitleidig auf das steife Bein des Medikus zu starren.

Salomon winkte ab. »Ich kann mich in jedem Bett ausstrecken.« Er senkte den Blick. »Und die schönsten Nächte meines Lebens verbrachte ich ohnehin in einem Gauklerkarren. Nicht immer braucht man weiche Kissen, um zufrieden zu sein. Ich schätze allerdings, Seine Exzellenz der Bischof wird das anders sehen. Erzürnen wir ihn nicht, Frau Gerlin ...«

Gerlins Herz klopfte schneller, als er »wir« sagte. So war es früher immer gewesen, eine verschworene Gemeinschaft zwischen Florís und Salomon und später Gerlin – damals mit dem Wunsch, den jungen Dietrich zu schützen. Aber Salomon schien sich auch heute noch für sie und Lauenstein verantwortlich zu fühlen. Sie lächelte ihn an.

»Dann bitte ich einen Pagen, Euch beim Umzug zu helfen«, gab sie nach. »Und ich danke Euch für Euer Verständnis. Ihr werdet heute Abend doch an meinem und Dietmars Tisch sitzen, nicht wahr?«

Salomon wollte schon ablehnen, aber dann verbeugte er sich doch. »Es wird mich freuen«, sagte er zu.

Kapitel 4

Der Bischof traf am Nachmittag ein und zeigte sich sehr leutselig. Dietmars und Gerlins Befürchtungen bewahrheiteten sich nicht – Siegfried von Eppstein fragte nicht, was sein Lehnsmann Dietmar von Lauenstein in Toulouse getrieben hatte. Hauptsache, er war jetzt wieder da und die Burg in festen Händen. Der Bischof von Mainz war von jeher eher Politiker als Kirchenmann – die Wahrung seiner Pfründe interessierte ihn weit mehr als jede Ketzerei. Allerdings schien es ihm etwas leidzutun, dass er nie aktiv in irgendeinen Krieg verwickelt gewesen war. Er war ein begeisterter und kundiger Zuschauer bei Ritterspielen und wollte nun alles über die Belagerung von Lauenstein wissen. Vor allem die Trutzburg interessierte ihn.

»Beeindruckend, wirklich beeindruckend! Das ist also eine Trutzburg – ganz aus Holz, Herr Dietmar, ja? Wirkt erstaunlich robust! Und der Ausblick von da oben muss ja unglaublich sein ... Was meint Ihr, wäre es wohl möglich, den Bau morgen mal zu besichtigen?«

»Noch jemand, der gern Belagerung spielt«, scherzte Rüdiger gegenüber Geneviève – und wusste nicht, wie Recht er damit behalten sollte.

Vorerst aber entwickelte sich das Fest auf Burg Lauenstein nicht anders als vergleichbare Veranstaltungen auf jeder Feste im Abendland. Die Gastgeber hießen die Gäste willkommen, und die anwesenden Frauen ehrten sie je nach Verwandtschaft, Rang und Einfluss mit einem Kuss. Dann traf man sich im großen Saal, wobei die Gäste nach strengen Regeln an verschiedene Tische gebeten wurden. Den erhöhten Ehrentisch teilten sich an diesem Abend Dietmar und Gerlin, der Bischof und Sophia, die tief errötete, als sie sich als seine Tischdame wiederfand, sowie Rüdiger und Geneviève. Der Medikus gesellte sich bescheiden dazu – und Luitgart von Ornemünde lud sich schließlich selbst ein. Sie hatte den Bischof am Nachmittag empfangen – er konnte ihre Einladung kaum abweisen – und schon einige Becher Wein mit ihm geleert. Gerlin bezweifelte allerdings, dass sie ihn in irgendeiner Weise gegen die Lauensteiner beeinflussen konnte. Siegfried von Eppstein mochte sich ihre Klagen geduldig angehört haben, aber die Erbfolge stand für ihn längst fest.

»Wobei Gott der Herr es aufs Schönste fügte, dass sich die ehemals streitenden Parteien hier nun minniglich verbinden!«, freute sich der Bischof und prostete Sophia zu.

Er fand die junge Frau erkennbar entzückend. Und auch Geneviève hätte sich keine Sorgen machen müssen. Siegfried von Eppstein sprach das Thema Albigenser nicht an – oder beschränkte sich doch zumindest auf etwas, das er für eine harmlose Neckerei hielt.

»Ihr habt Euch wirklich auf das Angenehmste entwickelt, Herrin Sophia!«, schmeichelte er der jungen Braut, die höfisch mit ihm plauderte und ihm zwischendurch beflissen Fleisch und Soße auf seinen Teller füllte. »Natürlich seid Ihr mir auch damals in Mainz schon aufgefallen, aber da wart Ihr doch noch ein ... hm ... etwas ungeschliffener Diamant. Jetzt dagegen ... die Herrin Leonor hat Euch trefflich erzogen – und das mitten in einem Nest von Ketzern!« Er lachte, als Sophia sich auf die Lippen biss. »Ihr habt doch nicht selbst mit dem verwerflichen Irrglauben der Albigenser geliebäugelt?«

Sophia schlug brav ein Kreuzzeichen – was die Angelegenheit gewöhnlich erledigt hätte. Allerdings mischte sich jetzt Luitgart mit schrillem Lachen in die Unterhaltung.

»Sophia ist fest im Glauben!«, behauptete sie. »Aber vielleicht seht Ihr Euch die schwarze Hexe, die uns der Bruder der Herrin Gerlin ins Haus gebracht hat, mal näher an. Wart Ihr nicht Albigenserin, Frau Geneviève?«

Gerlin fragte sich, woher sie das wusste.

Geneviève wurde blass und suchte sichtlich nach einer Entgegnung – während der Bischof das Ganze mit einem Lächeln abtat.

»Nun, nun, Frau Luitgart, wo seht Ihr hier denn Hexenkunst? Wobei ich zugeben muss: In einer solchen Schönheit wie der der Herrin Geneviève mögen bösartige Neider die versuchende Hand des Teufels vermuten.« Er zwinkerte Geneviève zu. »Aber ich sehe sie lieber als das Geschenk unseres gnädigen Gottes zur Freude unser aller Augen und bestimmt zur tugendhaften Gattin eines christlichen Ritters.«

Der Bischof hob das Glas auf Rüdiger und seine junge Frau – wobei Rüdiger ihm freundlich Genüge tat. Niemandem fiel auf, dass Geneviève ihren Becher nur mit Wasser füllte.

Das Bankett zog sich einige Zeit hin – Gerlin hatte auffahren lassen, was Küche und Keller hergaben, und der Bischof sprach dem Wein freudig zu. Dabei plauderte er charmant mit den Damen, kam aber mit zunehmender Trunkenheit auch immer wieder auf das Thema Belagerung von Lauenstein zurück.

»Wie lebt es sich denn in einer solchen Trutzburg? Dort auf dem Berg wie ein Adler in seinem Horst. Beseelt einen da nicht die Macht und Stärke eines Raubvogels? Schaut man bei Nacht nicht stolz über sein Reich?«

Rüdiger unterdrückte ein Stöhnen. Er hatte die Nächte in

den Gemeinschaftsunterkünften unbequem und die Wachdienste ermüdend gefunden. Ganz abgesehen davon, dass man natürlich nicht über sein Reich blickte, sondern höchstens über eine Region, die man zu erobern gedachte. Dietmar ging es ähnlich, aber immerhin hatte er von Sophia träumen können, die er nah bei sich in der Burg wähnte.

So blieb die Antwort letztendlich an Gerlin hängen. »Es gab wundervolle Nächte«, bestätigte sie den Bischof. »Sternklare Nächte, in denen man sich dem Himmel nah fühlte ... einmal regneten Sternschnuppen auf uns herab, als wolle Gott uns zeigen, dass er bei uns ist. Vollmondnächte wie diese ...«

»Ja, tatsächlich ...« Der Bischof leerte seinen Becher. »Heute ist eine solche Nacht.« Er freute sich wie ein kleiner Junge. »Herr Dietmar, ich hätte nicht übel Lust, diese Trutzburg jetzt noch zu inspizieren. Was meint Ihr? Erleben wir ein Abenteuer? Lassen wir doch ein paar Pferde satteln, reiten wir hinüber, und spielen wir Belagerung!«

Sophia runzelte die Stirn und wechselte Blicke mit ihrem Verlobten und Gerlin. Eigentlich hatte Dietmar die Tafel gleich aufheben und ihre Hochzeit ankündigen wollen. Jetzt verzogen die beiden Lauensteiner unglücklich das Gesicht. Es war gänzlich unmöglich, dem Bischof seinen Wunsch abzuschlagen!

»Es dauert ja nicht länger als eine Stunde«, raunte Dietmar ihr tröstend zu. »Dann können wir immer noch die Ritter zusammenrufen. Ich zeige ihm jetzt schnell diesen Holzkasten ...«

»Oh, Herr Dietmar, es lag natürlich nicht in meiner Absicht, Euch von Eurer Dame zu trennen«, lachte der Bischof jovial. »Ich dachte doch, die Damen begleiten uns! Eine Vollmondnacht mit einer so schönen Frau an meiner Seite ...«

Er schien nicht zu wissen, ob er Geneviève oder Sophia

dabei verheißungsvoll zuzwinkern sollte, traf dann aber nur die Blicke von Gerlin und Luitgart.

Dietmar sah die Hoffnung auf baldige Rückkehr schwinden, wies den Mundschenk aber nichtsdestotrotz an, auch die Zelter der Frauen satteln zu lassen.

»Und Ihr, Medikus?«, fragte er kurz.

Salomon hatte während des gesamten Abends geschwiegen und nur wenig gegessen und getrunken. Er schien jedoch zufrieden zu sein, hier mit den Lauensteinern zu tafeln, vielleicht hing er auch den Gedanken an andere Festessen viele Jahre zuvor nach. Gelegentlich traf Gerlin ein Blick seiner grünbraunen Augen, sanft und bewundernd, aber es geschah so dezent, dass es niemandem auffiel. Lediglich sie schien ihn zu spüren wie eine Berührung. Auch jetzt trafen sich ihre Blicke.

»Ich will dich gern begleiten, Dietmar«, sagte Salomon freundlich gelassen. »Sofern die Herrin Gerlin mich dazu einlädt.«

Gerlin antwortete zögernd. »Hier hättet Ihr es bequemer«, wandte sie ein.

Sie sorgte sich um ihn, seit sie seiner Behinderung gewahr geworden war. Ein nächtlicher Ritt durch die kühle Frühlingsnacht würde ihm weder guttun noch gefallen.

Salomon deutete eine Verbeugung an. »Ich sagte Euch bereits«, erklärte er. »Mir steht nicht der Sinn nach Bequemlichkeit. Und ich ziehe meine Kraft aus Eurem Anblick . . .«

Gerlin seufzte. »Ihr seid immer willkommen«, bemerkte sie.

Kurze Zeit später hüllte sich der Bischof im Burghof in einen schweren, warmen Reisemantel. Wie Gerlin erwartet hatte, war es empfindlich kalt, und Sophia dankte Miriam im Stillen zum hundertsten Mal für den dicken Tuchmantel, der nicht nur ihre Formen verhüllte, sondern sie obendrein warm hielt.

Luitgart besaß keinen warmen Mantel – sie ritt fast nie aus, und Gerlin wunderte sich, warum sie sich jetzt der Gesellschaft anschloss. Aber andererseits hätte sie kaum allein im Saal mit den verbleibenden Rittern zechen können. Conrad von Neuenwalde und seine junge Frau erstiegen schließlich auch ihre Pferde – wobei Clara die Einzige außer dem Bischof war, die wirklich Enthusiasmus zeigte. Wahrscheinlich wollte sie sich längst die Burg ansehen, in der ihr Mann so lange mit seinen Rittern verharrt hatte, statt ihr Bett zu teilen.

Der Bischof, nur von zweien seiner Ritter begleitet, ließ während des kurzen Rittes vergnügt eine Branntweinkaraffe kreisen.

»Hab ich selbst erobert!« Er lachte. »Euer Mundschenk hatte mir nichts entgegenzusetzen.«

»Wenn er so weitermacht, fällt er auf dem Rückweg vom Pferd«, wisperte Gerlin ihrem Sohn zu. »Sieh bloß zu, dass wir das schnell hinter uns bringen.«

Der Ritt hinauf zur Trutzburg dauerte nur wenige Minuten – selbst, wenn man es nicht eilig hatte. Rüdiger erklärte dem Bischof, dass sich die Entfernung zur belagerten Burg nach der Reichweite des Katapults richte.

»Ihr werdet unseres gleich sehen, es ist ein sehr hohes – auch dank Eurer großzügigen Unterstützung, Hochwürdigster Herr! So gewaltige Kriegsmaschinen schleudern die Geschosse über drei Pfeilschussweiten. Wir selbst waren also weit außerhalb der Gefahrenzone, die Verteidiger konnten uns mit ihren Pfeilen nicht erreichen.«

Der Bischof lauschte interessiert.

»Hoffentlich will er das Ding nicht gleich noch abschießen«, raunte Gerlin. Sie hatte ihre Stute zurückfallen lassen und ritt neben Sirene. Dabei hätte sie den Ausflug fast genießen können. Die Nacht war wirklich mondhell und sternenklar ... ihr Herz klopfte heftig, als sie an eine ähnliche in Paris dachte. Damals, als Salomon gemeint hatte, Gottes Lächeln zu spüren.

Gerlin spürte in dieser Nacht Salomons Lächeln. Es fiel ihr immer schwerer, ihm böse zu sein, obwohl sie ihm kaum verzeihen konnte, sie und Florís so viele Jahre in Unwissenheit über sein Schicksal gelassen zu haben, und dann auch noch wie ein Geist auf Lauenstein erschienen zu sein.

»Wenn die Herren uns das Tor öffnen würden«, wandte sich Dietmar schließlich an die Eskorte des Bischofs.

Man brauchte zwei, besser drei kräftige Männer, um den Zugmechanismus zu betätigen, Rüdigers linke Hand mochte noch nicht stark genug dazu sein. Conrad von Neuenwalde ließ es sich allerdings nicht nehmen, abzusteigen und die Ritter einzuweisen. Galant führte er dann das Pferd seiner Gattin auf den Burghof.

Nachdem alle abgestiegen waren, verlief sich die Gesellschaft rasch. Der Bischof wollte das Katapult sehen, Clara ließ sich die Schlafräume der Ritter zeigen – und Sophia übernahm Hausfrauenpflichten und wies den Mundschenk und ein paar Knechte ein, die Gerlin mit einem Sortiment von wärmenden Getränken, Fackeln und Brennholz mit auf die Burg befohlen hatte. Die Männer entzündeten im etwas abseits gelegenen Küchenhaus ein Feuer, auf dem sie Wein erhitzten sowie eine stärkende Suppe.

»Wir haben zwar alle genug gegessen, aber dem Bischof und noch ein paar anderen Freunden des Weins sollte es helfen, vor dem Heimritt wieder nüchtern zu werden«, meinte Gerlin mit einem Seitenblick auf Luitgart, die gleich den ersten Becher Würzwein in Empfang nahm.

Und dann hörte man plötzlich Schwerterrasseln und Gelächter. Die Ritter des Bischofs trieben feixend zwei schreiende junge Männer und Frauen über den Wehrgang der Burg. Alle vier waren nackt und versuchten verzweifelt, sich auf der Flucht rasch zu bedecken.

»Unsere romantisch gestimmten Einbrecher...«, bemerkte Rüdiger zu Geneviève und rieb sich die Stirn. »Bei Vollmond war das wohl zu erwarten. Ich muss mich da mal einmischen, Liebste, nicht dass die Ritter sie umbringen.«

Er lief den flüchtenden Eindringlingen rasch entgegen, die nun allerdings auch schon von Dietmar und Herrn Conrad gestellt wurden. Die jungen Männer blickten völlig verängstigt, die Mädchen weinten und klammerten sich unter den amüsiert lüsternen Blicken der bischöflichen Eskorte aneinander.

»Was um Himmels willen macht ihr hier? Und bedeckt euch erst mal, ihr müsst euch ja zu Tode frieren, von der Schande ganz abgesehen.« Dietmar übernahm sofort die Befragungen.

»Ich denke, bis jetzt war denen warm genug«, lachte Rüdiger und setzte zu einer Erklärung an.

Die Bauernjungen wimmerten um Gnade, die Mädchen waren vor lauter Angst kaum fähig, sich anzukleiden. Sophia versuchte zu trösten und zu vermitteln.

»Was geht denn da vor?«, wandte der Bischof sich vergnügt an Geneviève.

Er hatte nach der Besichtigung des Katapults noch den Abtritt benutzt und freute sich nun wohl auf den nächsten Schluck Wein. Geneviève informierte ihn in knappen Worten.

»Macht Euch keine Gedanken, mein Gatte wird das aufklären. Es sind ja nur ein paar dumme Kinder...«

»Die hier aber immerhin Unzucht treiben auf der Burg ihres Herrn!«, meinte der Bischof streng.

Geneviève fand, es sei Zeit, ihn abzulenken. »Exzellenz, Ihr spracht doch vorhin von dem wundervollen Ausblick, den man von hier aus haben sollte. Was meint Ihr, soll ich Euch einen besonders reizvollen Ausguck zeigen? Mein Gatte hat mich heute dorthin geführt, und Ihr habt Recht, man fühlt sich wirklich frei wie ein Vogel, wenn man von dort aus über das Land blickt.«

Sie sah sich kurz nach einer weiblichen Begleitung um. Aber andererseits sollte ein Priester ja keine Gefahr für ihre Tugend darstellen. Vor einem Parfait hätte sich eine Bonnefemme niemals fürchten müssen, und es hätte sich auch keiner etwas gedacht, wenn sie mit ihm allein zusammen gewesen wäre. So tat Geneviève die Sache ab, als sie nicht gleich einer anderen Frau ansichtig wurde. Unter freundlichem Geplauder und im Licht eines Kienspans, den sie am Feuer entzündet hatte, wies sie dem Bischof den Weg zu den Kemenaten.

Luitgart von Ornemünde fand sich plötzlich allein im Küchenhaus. Die Ritter kümmerten sich um die ertappten Eindringlinge, und die Knechte hatten sich ihnen angeschlossen, um zu gaffen. Sophia beruhigte die Bauernmädchen. Gerlin war irgendwohin verschwunden, ebenso der Jude. Hatte sie dem Bischof erzählt, dass dieser Medikus ein Jude war? Luitgart erinnerte sich nicht mehr genau, seit der nachmittäglichen Unterredung mit dem Kirchenfürsten hatte sie schon etliche Becher Roten geleert ... Und wo war diese Geneviève, die Ketzerin?

Luitgart war etwas taumelig zumute, und so nutzte sie die Chance des Alleinseins, um einen stärkenden Schluck Branntwein zu nehmen. Der Schnaps war gut – am besten nahm sie einen kleinen Krug davon mit, wenn sie sich jetzt auf die Suche nach dem Bischof machte. Sie musste ihm das mit dem Juden mitteilen. Vielleicht würde er dann ja endlich Nägel mit Köpfen machen und dieses Schlangennest ausräuchern ...

Luitgart torkelte die Stiege zu den Kemenaten empor und stieß auf dem Wehrgang unversehens auf Geneviève und den Bischof. Die beiden traten in lebhaftem Gespräch aus einem der Räume.

»Möchtet Ihr den Söller auch noch sehen?«, fragte Geneviève gerade.

Luitgart sah rot. Der Söller! Auf dem Söller von Lauenstein hatten sich all diese konspirativen Gespräche zugetragen. Zwischen Gerlin und Florís ... Intrigen gegen ihren Gatten. Und Hurerei.

»Schämst du dich nicht, du Kebse?«, schleuderte sie Geneviève entgegen. »Kommst aus dem Bett deiner Schwägerin mit dem Fürstbischof von Mainz? Und nun willst du es noch unter den Sternen mit ihm treiben, wie es damals die ›Herrin Gerlin‹ mit ihrem Ritter Florís getan hat ... O ja, ich weiß alles ... ich weiß alles, über dich und sie und ... und Ketzerei und ...«

Geneviève war so erschrocken, dass sie spontan den Arm des Bischofs ergriff. Sie ließ gleich wieder los, aber Luitgart wurde in ihren wahnsinnigen Verdächtigungen bestätigt.

»Und Ihr ... Herr ... Herr Bischof, schämt Euch auch nicht! Sie hat Euch verhext, wisst Ihr. Wie damals diese Hure, die uns die englische Königin geschickt hat ... Gerlindis von Falkenberg, erzogen am Hof dieses liederlichen Weibsstücks Eleonore ...«

Der Bischof hatte sich inzwischen gefasst und wollte Luitgart entgegengehen. Auf der engen Stiege war das jedoch nicht einfach. Und Luitgart hob jetzt triumphierend ihre Fackel und ihre Branntweinkaraffe.

»Aber nicht noch mal, Hexe, nicht noch mal! Diesmal verhindere ich es. Diesmal lass ich alle, alle Hexen brennen!«

Im gleichen Moment schleuderte sie den Krug mit dem starken Schnaps auf die Stiege unterhalb des Bischofs – und hielt die Fackel daran. Der Alkohol entzündete sich sofort. Beherzt versuchte der Bischof, das Feuer auszutreten, aber ein paar Spritzer des Branntweins hatten seine Gewänder benetzt. Zu seinem Entsetzen sah er Flammen an seinem Mantel auflodern.

»Ausziehen, zieht ihn schnell aus!«, schrie Geneviève.

Der Bischof schälte sich rasch und in Anbetracht seines Rausches erstaunlich geschickt aus dem Kleidungsstück. Der Mantel fiel daraufhin ins Feuer – und nährte es weiter. Blitzschnell stand die Treppe in Flammen. Luitgart wich mit großen, entsetzten Augen nach unten aus. Geneviève und der Bischof flohen nach oben.

»Gibt's keine zweite Treppe?«, fragte der Bischof, noch nicht allzu besorgt. »Meistens gibt es doch mehrere . . .«

Und meistens sind Burgen erheblich größer als diese, dachte Geneviève – dazu in aller Regel aus Stein! Dennoch folgte sie dem Bischof, der jetzt über die Wehrgänge eilte. Sie wusste nicht, ob es eine weitere Stiege gab. Sie konnte nur hoffen, dass er Recht hatte.

Kapitel 5

Gerlin trat hinaus auf den Söller in die Nacht. Sie hatte es nicht wirklich gewollt, herzukommen, es war zu schmerzlich, sie würde nur an die letzte Nacht mit Florís erinnert, in der sie sich hier geküsst hatten. Aber dennoch konnte sie sich des Drangs nicht erwehren.

Als sie aus dem Dunkel des Treppenhauses kam und in die Mondnacht zwinkerte, erkannte sie den Medikus an den Zinnen des Ausgucks. Er stand ruhig da und ließ den Blick über das weite Land unter ihnen schweifen.

Gerlin trat neben ihn. »Da seid Ihr ja. Ich war schon beunruhigt...«

Salomon lächelte. »Wo hätte ich denn hingehen sollen? Es ist schön hier, nicht wahr?«

Gerlin nickte. Das Mondlicht tauchte die weißen Gebäude von Lauenstein in silbrigen Schein, die Burg sah aus wie ein Schloss aus einem Märchen, das weit über der Wirklichkeit schwebte.

»Aber Loches ist schöner«, sagte sie dann. »Die Landschaft ist lieblicher, die Nächte wärmer. Natürlich leuchten die Sterne auch hier, es ist jedoch ein kaltes Licht. Auch Ihr müsst frieren.«

»Wo immer du bist, ist es warm«, flüsterte Salomon. »Ich bin glücklich ... Aber du ... Ihr ... Ihr werdet nach Loches zurückgehen?«

Gerlin nickte erneut. Sie wollte nicht reden, am liebsten wäre sie nur schweigend neben Salomon stehen geblieben und hätte in die Weite gesehen.

»Ja«, meinte sie dann. »Mein jüngerer Sohn wird bald zurückkehren und das Erbe übernehmen.« Sie lächelte. »Und er weiß nicht ein bisschen von Haushaltsführung. Ich fürchte, er kann auch kaum lesen und schreiben. Um Dietmars Erziehung in jeder anderen Kunst als der des Krieges hat man sich an Philipps Hof jedenfalls nicht sehr gekümmert.«

»Und Ihr habt eine Tochter ...«, sagte Salomon.

»Isabelle«, bestätigte Gerlin. »Sie muss irgendwann verheiratet werden. Ich hoffe, wir finden einen Gatten für sie, der nicht zu weit weg wohnt. Ich habe schon ihre halbe Jugend verpasst, wenigstens ihre Kinder würde ich gern aufwachsen sehen.«

Ein paar Augenblicke lang starrten beide schweigend ins Mondlicht.

»Und was sind Eure Pläne, Salomon?«, fragte Gerlin schließlich. »Wollt Ihr ... willst du ... in Lauenstein bleiben? Dietmar wird dir gern deine Güter zurückerstatten ...«

Salomon wandte sich ihr zu. »Ich habe keine Pläne mehr, Gerlin«, gestand er. »Mein einziger Wunsch war, dich noch einmal zu sehen. So viele Jahre ... glaub mir, es ist mir nicht leichtgefallen, mich einfach tot zu stellen. Du warst mit Florís zusammen. Und ich gönnte dir dein Glück. Auch ihm. Und Dietmar. Alles ist so gekommen, wie es kommen musste, wie es richtig war. Aber verzeih mir, ich konnte mir das nicht ansehen. Hätte ich dich mit ihm gesehen, ich wäre zerbrochen. Deshalb ... bitte glaub nicht, ich hätte mir seinen Tod gewünscht. Er war mein Freund. Aber da der Ewige es nun so gefügt hat ... da es mir vergönnt ist, wieder bei dir zu sein. Ich kann nicht über diese Nacht hinausdenken, Gerlin.«

Gerlin sah zu Salomon auf. Sie erkannte seine Züge nur schemenhaft im Mondschein, aber sie meinte, den Widerschein von Gottes Lächeln zu erkennen.

»Dann denken wir einfach nicht«, flüsterte sie und bot ihm die Lippen zum Kuss.

Salomon zog sie zaghaft in seine Arme.

»Feuer!« Der Schrei aus dem Burghof erreichte sie, als ihre Lippen einander berührten. »Die Treppen brennen!«

Gerlin rannte zum Treppenhaus und sah einen schwachen Feuerschein von unten.

»Wir müssen runter, Salomon! Schnell!« Hastig nahm sie seine Hand. »Wir kommen da noch durch ...«

Salomon schüttelte den Kopf. »Ich kann das nicht schnell«, sagte er ruhig. »Ich habe lange gebraucht, um hier heraufzukommen. Herunter ist es noch schwerer. Ich schaffe das nicht. Geh allein!«

Gerlin sah ihn entsetzt an. »Aber dann ... dann kommst du hier doch nicht mehr weg! Salomon, ich helfe dir, ich ...«

»Lauf!«, befahl Salomon.

Aber Gerlin stürzte sich in seine Umarmung und küsste ihn wild. Als er sie endlich abwehrte, wandte sie sich widerstrebend zum Ausgang – und schreckte zurück, als sie die Tür zum Turm öffnete. Das halbe Treppenhaus stand bereits in Flammen.

Geneviève und der Bischof hasteten über die Wehrgänge, bis sie die kleine Burganlage einmal ganz umrundet hatten. Aber die Hoffnungen des Bischofs erfüllten sich nicht. Es gab nur einen Aufstieg auf die provisorische Burgmauer und Wehr – an Fluchtwege hatte beim Bau keiner gedacht. Die Trutzburg war auf Angriff ausgelegt, nicht auf Verteidigung oder Beschuss. Dazu gab es nur ein Haupthaus und wenige niedrige

Nebengebäude. Der Bischof sah verzweifelt an der Außenwand herab. Sie war viel zu hoch, um zu springen ...

Geneviève rannte wieder in Richtung ihres Ausgangspunktes. »Kommt, Exzellenz, hier entlang!«

»Ins Feuer?«

Der Bischof hustete. Und tatsächlich stieg aus den Gemeinschaftsräumen im Untergeschoss bereits Rauch auf. Die Treppe stand lichterloh in Flammen, und zu Genevièves Entsetzen waren sie eben im Begriff, auf Gerlins alte Kemenate überzugreifen.

»In den Raum von eben! Nun macht schon!« Geneviève rannte zurück zu ihrem zögernden Anhang und nahm seine Hand. »Folgt mir!«

Die beiden erreichten die Kemenate, einen Lidschlag bevor der Wehrgang davor zusammenbrach. Der Bischof stöhnte auf. Jetzt waren sie gefangen.

»Was habt Ihr Euch nur dabei gedacht, wir ...«

Geneviève beachtete ihn gar nicht, sondern suchte fieberhaft im Dunkeln die Außenwand ab. Sie hatte ihren Kienspan auf der Flucht vor dem Feuer verloren. Aber jetzt warfen die draußen tobenden Flammen gespenstisches Licht hinein.

»Hier!« Aufatmend fand Geneviève die losen Bretter und schob sie beiseite. »Hier, Exzellenz, hier müsst Ihr hindurch!«

Der Bischof steckte ungläubig den Kopf durch die Öffnung. »Aber das ist zu klein, das ...«

»Wenn Ihr stecken bleibt, verbrennen wir beide!«, schrie Geneviève ihn an. »Also strengt Euch an! Ich schiebe Euch ...«

»Und dann? Wenn wir herunterfallen, brechen wir uns alle Knochen ...«

»Es gibt eine Strickleiter. Fragt nicht, geht! Bevor die auch noch Feuer fängt. Und geht mit den Beinen zuerst!«

Geneviève zitterte vor Angst und Ungeduld, während sich

der Bischof mühsam durch die Öffnung kämpfte. Es musste passen, die Bauernjungen, die Dietmar unten erwischt hatte, waren schließlich auch nicht von elfenhafter Gestalt gewesen. Wenn der Mann sich nur etwas geschickter anstellen würde! Und warum mussten Priester eigentlich diese unpraktischen Kleider tragen? Inzwischen drangen Rauch und Flammen ein, Geneviève musste husten. Aber nun verschwand das schweißüberströmte und rauchgeschwärzte Gesicht des Bischofs endlich durch den Spalt in der Wand. Geneviève beeilte sich, ihm hinterherzuklettern. Sie hörte einen Schrei, als sie sich ins Freie schob. Der Bischof war die letzten Sprossen der Leiter herabgesprungen und hielt sich den Knöchel.

Geneviève kam neben ihm auf und ließ sich keuchend zu Boden fallen. Gerettet, sie waren gerettet! Geneviève beschloss, die liebestollen Bauernpärchen nicht mit Stockschlägen, sondern mit Goldmünzen zu belohnen.

Neben ihr regte sich der Bischof.

»Seid Ihr wohlauf?«, fragte Geneviève.

Siegfried von Eppstein nickte. »Mein Knöchel ... Euer Medikus muss ihn nachher ansehen. Aber sonst ... Gott hat uns gerettet, Kind! Lasst uns ihm gemeinsam dafür danken.«

Geneviève kniete folgsam nieder. Es war jetzt keine Zeit, auf ihrem Glauben zu beharren. Und überhaupt erschien es ihr plötzlich ganz gleichgültig, nach welchem Ritus der Priester da eben betete. Gott würde sich seine Wege sowieso nicht vorschreiben lassen.

Geneviève kam jäh ein Gedanke. Sie hatte Simon de Montfort getötet und jetzt Siegfried von Eppstein das Leben gerettet – ohne Zutun höherer Mächte. Ob eines das andere ausglich im Angesicht Gottes? Oder war das eine so sündig wie das andere? Doch Geneviève fühlte die Schuldgefühle schwinden.

»Kommt jetzt, Kind, Ihr müsst mich stützen.«

Der Bischof beendete sein Gebet und strebte wieder ins Zentrum des Geschehens. Man musste dazu die halbe Mauer umrunden, es gab keine weiteren Öffnungen als das Haupttor. Geneviève wappnete sich für einen langen beschwerlichen Marsch. Der Untergrund war felsig und uneben, und es war ziemlich dunkel. Zwar sah man hinter der Barrikade die Flammen auflodern, aber der Wall schirmte sie ab, sie beleuchteten den Außenbereich noch nicht.

Geneviève atmete tief durch, als sie das Gewicht des schweren Mannes auf ihrer Schulter spürte, und sie musste husten. Aber dann wurde ihr auch das gleichgültig. Sie lebte – und sie wollte leben. In diesem Körper, bei all seiner Vergänglichkeit. Umso besser musste sie auf ihn aufpassen ... Lächelnd machte sie sich auf den Weg.

»Dieser verdammte Kasten brennt wie Zunder!«

Dietmar schüttete frustriert einen weiteren Eimer Wasser in die Flammen. Als das Feuer auflodern, hatten die Männer das improvisierte Tribunal sofort aufgelöst und sich ans Löschen gemacht. Ritter und Bauern, die Mädchen und die Männer bildeten eine Reihe vom Brunnen zum Brandherd und arbeiteten in fieberhafter Eile. Lediglich Luitgart beteiligte sich nicht, fassungslos starrte sie in die Flammen.

Dietmar und die anderen mussten allerdings schnell feststellen, dass sie auf aussichtslosem Posten kämpften. Die Burgmauer war zwar durch Erde und ein paar Steine verstärkt, aber ansonsten bestand die gesamte Trutzburg aus Holz. Billigem Holz, das für eine zwei- oder dreijährige Belagerung zusammengehämmert worden war, nicht für die Ewigkeit. Nach vier Jahren war es morsch und brannte wie Zunder.

»Lass sie doch einfach abbrennen!«, meinte Rüdiger. »Wenn alle draußen sind . . .«

Erst jetzt kamen die Ritter auf den Gedanken, ihre Reihen auf fehlende Männer und Frauen zu durchforsten.

Conrad von Neuenwalde entdeckte aufatmend seine Gattin am Brunnen, Dietmar und Sophia hatten die ganze Zeit Hand in Hand gearbeitet. Aber Geneviève fehlte. Und Gerlin und Salomon. Und der Bischof.

»Wo um Himmels willen können sie sein?«, fragte Rüdiger beunruhigt. »Und sie sind wohl kaum zusammen. Geneviève und der Bischof . . .«

»Die Kebse und ihr Buhle brennen!« Luitgart von Ornemünde stieß ein hysterisches Lachen aus. »O ja, Herr Rüdiger, ich traf Eure Ketzergattin in den Armen des Kirchenfürsten . . . und nun trifft sie die gerechte Strafe! Zweimal gleich: eine Ketzerin und Hexe!«

Rüdiger warf Sophias Mutter einen entsetzten Blick zu, während Dietmar bereits verstand.

»Ihr habt das gemacht?«, schrie er sie an. »Ihr habt das Feuer gelegt? Wo? Wo genau? Wo waren der Bischof und Geneviève?«

»Auf dem Wehrgang wahrscheinlich«, rief Sophia. »Muss ja, wenn das Feuer auf der Treppe begonnen hat, wie der Mundschenk sagt. Und meine Mutter ist hier, also legte sie das Feuer zwischen uns und dem Wehrgang!«

Rüdiger rannte zu dem nächstbesten Pferd und schwang sich hinauf. Das Tier gehörte dem Mundschenk, und es war nicht sonderlich gut geritten, aber Rüdiger griff die Zügel mit beiden Händen. Es ging. Das Pferd folgte. Rüdiger galoppierte an der Burgmauer entlang und blickte hinauf zu den Wehrgängen. Zum Teil loderten auch da schon die ersten Flammen. Aber Geneviève und den Bischof sah er nicht. Dafür ein anderes Paar – und der Anblick ließ ihm das Blut in den Adern gefrieren.

Gerlin und Salomon standen auf dem First des Söllers und hielten einander in den Armen. Um sie herum loderten noch keine Flammen auf, aber das Treppenhaus musste unpassierbar sein, das gesamte Haupthaus, zu dem der Turm gehörte, brannte bereits. Die beiden Menschen auf dem Dach waren hoffnungslos eingeschlossen. In kurzer Zeit musste der Söller einstürzen, und sie würden in den Flammen umkommen.

»Rüdiger!«

Während Rüdiger noch wie gelähmt vor Entsetzen zu seiner Schwester und dem Medikus hinaufsah, hörte er Genevièves Ruf. Gleich darauf entdeckte er seine Frau. Geneviève schwankte auf ihn zu, tatsächlich Arm in Arm mit dem Bischof.

»Rüdiger, wir sind hier. Wir sind durch den Spalt in der Wand heraus. Aber Seine Exzellenz ist verletzt. Kannst du Hilfe holen?«

Hilfe holen ... Rüdiger fand wieder zu sich. »Nicht jetzt ...«, beschied er Geneviève und wies wortlos auf den Söller, bevor er sein Pferd wieder in Galopp setzte.

Geneviève und der Bischof blickten genauso fassungslos auf die Menschen auf dem Turm wie Rüdiger zuvor.

»O mein Gott«, flüsterte von Eppstein. »Ich ... wir ... Lasst uns beten.« Der Bischof fiel erneut auf die Knie.

Geneviève wusste, dass Gebete keine Scheiterhaufen löschten. Fieberhaft dachte sie über Rettungsmöglichkeiten nach. Leitern mochte es auf der Burg geben, aber sie reichten sicher nicht bis hinauf zum Söller. Und abseilen? Dazu fehlte es wahrscheinlich schon an Tauen – und an Bogenschützen, die das Seil hinaufschicken konnten. Aber dann flackerten die Flammen in Teilen des Gebäudes so hoch auf, dass sie die Burganlage erhellten. Und Geneviève erkannte ein dunkles, haushohes Gerüst im Widerschein der Glut. Stabil, riesig – und bislang völlig unbeschädigt.

»Das Katapult! Wartet hier, Exzellenz, ich muss zu den Männern!«

Geneviève ließ den verwirrten Bischof mitten in seinem Gebet stehen und rannte stolpernd um die Mauern herum zum Burgtor. Das Katapult war die einzige Lösung. Aber es stand bestimmt fünfzig Ellen vom Turm entfernt – alles würde davon abhängen, ob es sich bewegen ließ.

Als Geneviève keuchend den Burghof erreichte, sah sie die Männer mit Leitern hantieren. Sie hatten die Burgmauer erstiegen und versuchten nun, die Leitern hochzuziehen und an den Turm zu lehnen. Geneviève erkannte auf den ersten Blick, dass sie trotzdem zu kurz sein würden. Der Großteil der Leute war weiterhin mit Löschversuchen beschäftigt. Geneviève rief Conrad von Neuenwalde und seine Frau an, die die Eimerkette befehligten.

»Zieht die Leute hier ab, das hat keinen Zweck. Wir müssen das Katapult an den Turm fahren und den Wurfarm herüberführen. Hat das Ding Räder?«

Die Kampfmaschine hatte Räder – mannshohe Holzkonstruktionen, die Felgen metallbeschlagen. Geneviève hatte keine Ahnung, wo man ansetzen müsste, um sie zu bewegen, aber die Ritter des Bischofs griffen sofort zu. Sie hatten Erfahrungen mit Katapulten, und auch die Bauernburschen und die Knechte, durchweg kräftige Kerle, verstanden gleich, worum es ging. Die Männer hatten blitzschnell Seile um die richtigen Teile der Maschine gelegt und zerrten und schoben sie vorwärts. Geneviève zögerte nicht, sich zu beteiligen – und auch die Ritter auf der Burgmauer mussten inzwischen begriffen haben, dass hier eine wirkliche Rettungsmöglichkeit nahte. Rüdiger war gleich da und stemmte seine gesunde Schulter gegen das Katapult, um zu schieben, die anderen eilten die Leitern hinunter und halfen beim Ziehen.

»Wenn wir bloß nicht zu spät kommen«, keuchte Geneviève.

Herr Conrad warf einen skeptischen Blick auf die Kampfmaschine. »Hoffentlich können wir den Wurfarm so handhaben, dass er den Turm nicht zerschlägt, sondern eine Brücke bildet«, meinte er. »Ganz nah an den Turm ranfahren können wir die Blide nicht, dann fängt sie auch Feuer. Aber damit sich der Arm zum Söller herübersenkt, müssten wir sie eigentlich abfeuern ...«

Genevièves Blick traf Sophias, die eben die Seilwinde taxierte.

»Da macht Euch keine Gedanken«, sagte sie mit ihrer sanften Stimme. »Das überlasst einfach uns ...«

Die Mädchen brauchten natürlich Hilfe, um die Winde zu betätigen. Sie allein hätten das Abschnellen des Schussmechanismus nicht stoppen können, das sie auslösten, indem sie die Sperren lösten.

»Ihr müsst es bremsen, ganz langsam eine Umdrehung nach der anderen zulassen!«, befahl Rüdiger den kräftigsten Männern, die Geneviève an der Winde platziert hatte.

Mit seiner geschwächten Hand war der Ritter selbst nicht sehr nützlich, konnte aber sicherstellen, dass die Männer den weiblichen Kanonieren wirklich gehorchten.

Und dann, als die Flammen längst aus dem zweiten Stock des Turmes loderten, senkte sich der Wurfarm der riesigen Blide sanft und langsam auf die Zinnen des Söllers.

Die Winde kam zum Stillstand.

»Arretieren!«, befahl Geneviève. »Nicht dass noch etwas schiefgeht. Sie müssten jetzt rüberklettern können ...«

Tatsächlich lösten sich Gerlin und Salomon auf dem Söller aus ihrer Starre. Die vorherigen Bemühungen der Retter hatten sie kaum beachtet, sondern sich nur aneinander festgehalten und den Tod erwartet.

»Ich helf ihnen!«, bot einer der Bauernjungen an.

Wieselflink band er sich ein paar Stricke um die Taille und kletterte am Katapult hoch wie ein Eichhörnchen. Oben nahm er Gerlin in Empfang, die rasch auf die Wurfschale geklettert war, sich aber nicht recht traute, an dem gewaltigen Wurfarm herunterzurutschen. Der junge Mann sicherte sie mit einem Seil, was ihr Mut machte. Gerlin schob sich abwärts, während der Bursche Salomon auf die Wurfschale zog und ihm half, trotz des steifen Beins und der schwachen Schulter den Wurfarm herunterklettern zu können. Als er eben sicher auf mittlerer Höhe des Katapults war, brach der Söller in sich zusammen. Durch das Katapult ging ein Schauer – ohne die Arretierung wäre es jetzt abgeschnellt. Aber das Seil hielt – und gleich darauf erreichten Salomon und der junge Mann das Untergestell der Kampfmaschine. Gerlin ließ sich bereits von Dietmar herunterhelfen.

»Was für ein Glück, dass wir das Ding damals gekauft haben«, bemerkte Rüdiger, bevor er seine Schwester in die Arme schloss.

Geneviève und Sophia sahen sich an.

»Hören wir diesmal kein ›*Viva* den Frauen von Toulouse?‹«, fragte Geneviève.

Sophia stieß sie an. »Du machst dich der Sünde der Hoffart schuldig«, neckte sie. »Wo bleibt die vielbeschworene Demut? Eine Parfaite der Bonhommes ...«

»... hätte sich längst in die Flammen gestürzt«, meinte Dietmar. »Zum Glück hat sich Geneviève das inzwischen anders überlegt. *Viva*, Bonfemme! Aber jetzt kommt, wir sammeln alle ein und lassen den Rest dieser Ruine ausbrennen. Die Leute aus Lauenstein können aufpassen, dass das Feuer nicht auf die Burg und den Wald übergreift.« Vom Tal her sah man schon seit einiger Zeit Fackeln näher kommen. Die Menschen auf der Burg und im Dorf hatten die Flammen gesehen und eilten zu Hilfe. »Und im Übrigen haben wir auf Lauenstein noch etwas zu erledigen. Komm, Sophia, ich will endlich heiraten!«

Kapitel 6

Dietmar sammelte seinen angeschlagenen Trupp, nachdem er den Lauensteinern gedankt und sie mit der Brandwache betraut hatte.

»Morgen wird das gefeiert«, stellte er ihnen in Aussicht. »Niemand braucht zu arbeiten, und heute Nacht wird für Verpflegung gesorgt.«

Der Medikus, totenbleich nach dem Abstieg, aber ebenso beherrscht wie Gerlin, untersuchte den Knöchel des jammernden Bischofs und erklärte ihn als lediglich verstaucht.

»Auf der Burg machen wir Euch einen Umschlag, und gegen die Schmerzen trinkt Ihr einfach noch ein paar Becher Wein«, wies er ihn an.

Dietmar half dem Bischof auf sein Pferd und wies die Ritter an, beim Rückritt ein ruhiges Tempo vorzulegen – obwohl alle Pferde und Maultiere vom Feuer weg und den Ställen zustrebten. Er selbst ritt neben Sophia und hielt, ebenso wie Rüdiger, ein wachsames Auge auf Luitgart. In dieser Nacht würde er sie in ihren Räumen inhaftieren – mit ausreichend Wachpersonal und ganz sicher ohne Kaminfeuer oder Kerzen. Am nächsten Tag musste dann über sie bestimmt werden. Der Bischof kannte bestimmt ein Kloster mit strengen Regeln, das sie umgehend aufnahm.

Gerlin fühlte sich seltsam leicht und leer. Weder sie noch Salomon hatten an Rettung geglaubt, aber sie waren nicht verzweifelt gewesen. Sie waren zusammen, und nur das zählte – ob einige Herzschläge oder einige Jahre.

»Ich werde dich lieben, solange ich lebe«, sagte Salomon, als er ihr Pferd beim Aufsteigen hielt. »Mein Gott und deiner werden es verstehen – auch wenn sein Lächeln manchmal etwas schief ausfällt.«

Die meisten Ritter dachten wohl nur an einen letzten Schluck nach ihrem Abenteuer – und waren auch nicht abgeneigt, sich nach den Strapazen noch einmal zu stärken. Gerlin organisierte das rasch. Sie befahl der Küche, auch zu essen und ein Fass Bier hinauf zur Brandwache zu schicken.

Dietmar unterbrach dann die aufgeregten Gespräche und das Klirren der Becher, sobald alle den Saal betreten hatten.

»Es ist etwas spät geworden. Aber so lichterloh wie diese Burg dort oben brennt schon lange die Liebe zwischen mir und der Herrin Sophia von Ornemünde. Heute wollten wir uns nun endlich Eide schwören – und ich will verdammt sein, wenn wir uns nach allem, was bereits hinter uns liegt, von einem kleinen Feuer davon abhalten lassen! Darf ich die hier anwesenden Ritter bitten, einen Kreis zu bilden?«

Gerlin verfolgte mit Tränen in den Augen, wie die Männer sich lachend um ihren Sohn formierten, während Geneviève und Clara versuchten, Sophias Kleidung, so gut es ging, in Ordnung zu bringen. Das war natürlich hoffnungslos, ihr hübsches Gewand war verschmutzt, sie stank nach Rauch, und ihr blondes Haar war wie das Dietmars schwarz vom Ruß.

Sophias Strahlen glich das jedoch aus. Sie schritt aufrecht wie eine Prinzessin in den Kreis der Ritter und schaute glücklich auf zu ihrem versprochenen Gatten. Der jedoch zögerte. Er ließ den Blick über die Köpfe der Männer schweifen und schob dann Rüdiger und Herrn Conrad noch einmal auseinander.

»Es fehlt jemand. Herr Gérôme! Wollt Ihr unseren Bund nicht bezeugen?«

Salomon von Kronach hatte sich im Hintergrund gehalten, auch fern von Gerlin, die mit dem Bischof sprach. Der Kirchenmann musste ihre Umarmung auf dem Söller gesehen haben. Vielleicht waren sie schon wieder in Gefahr. Und nun rief ihn Dietmar in den Kreis der Ritter ... Salomon fragte sich, ob das ein genialer diplomatischer Schachzug war oder einfach nur jugendlicher Leichtsinn ...

Der Bischof hob fragend den Kopf. »Herr Gérôme?«, fragte er. »Die ... Frau Luitgart sagte vorhin etwas von einem Juden ...«

Geneviève mischte sich ein. »Die Frau Luitgart«, bemerkte sie spitz, »sprach vorhin auch von Ketzern, Huren und ihren Buhlen ...«

Rüdiger machte bereitwillig Platz für Salomon. »Ich jedenfalls«, beschied er den Bischof und alle anderen in der Runde, die skeptisch schauten, »sah diesen Mann vor Jahren in der Rüstung eines Ritters. Und ich versichere Euch, er wusste sein Schwert zu führen!«

Salomon musste trotz seiner Sorge lächeln. Ein Ritter war zur Wahrhaftigkeit verpflichtet – und Rüdiger sprach auch keine Lüge aus. Schließlich hatte Salomon damals, auf der Flucht aus dem usurpierten Lauenstein, die Rüstung eines besiegten Ritters getragen. Eines von ihm selbst mit dem Schwert besiegten Ritters.

»Die Frau Luitgart ist dann wohl scheinbar nicht bei sich«, entschied der Bischof.

Dietmar warf Herrn Conrad und Herrn Laurent einen beschwörenden Blick zu. Sie waren die einzigen außer Rüdiger, die Salomon von damals kannten. Aber beide Ritter bewiesen Größe. Sie schwiegen.

Jetzt nahm Dietmar Sophia endlich in die Arme. »Mit diesem Kuss nehme ich dich zur Frau«, sagte er, und seine Stimme klang heiser.

Sophia aber sang die rituellen Worte: »Mit diesem Kuss nehme ich dich zum Mann.«

Sie küssten einander inniglich, und die Ritter und Frauen jubelten ihnen zu.

Salomon umarmte seinen früheren Pflegesohn. »Ich kann mich hier nicht als Ritter ausgeben, es würde auf Dauer nicht gut gehen«, wisperte er ihm zu. »Aber für heute hast du Gerlin und mich gerettet. Du bist deinem Vater ein würdiger Sohn, Dietmar. Auch er war ein hervorragender Diplomat. Du wirst in seinem Sinne über Lauenstein herrschen.«

Clara und Gerlin trieben andere Gedanken um, als sie Dietmars und Sophias verschmierte Gesichter sahen.

»Euer Badehaus sollte eigentlich noch ziemlich warm sein«, bemerkte die Frau des Neuenwalders.

Gerlin lächelte und griff nach einem Krug Wein. »Eine hervorragende Idee, Frau Clara. Ich gehe es den beiden sagen – und Ihr kümmert Euch um den Bischof!«

Der ziemlich verkaterte und schwer hinkende Bischof segnete Dietmars und Sophias Ehe am nächsten Tag vor der Kirche von Lauenstein, bejubelt vom Volk und von der Ritterschaft. Als Dank für seine wundersame Rettung stiftete er dem Dorf einen Marienaltar. Gerlin und Dietmar dankten den Bauernburschen mit der Erlaubnis, ein Stück Land nahe dem Dorf zu roden und sich darauf Häuser zu bauen. Sie beschenkten sie außerdem mit Vieh und Hausrat. Für die jungen Männer, die sonst als Knechte auf dem Hof ihrer erbenden Brüder geendet wären, war das gleichzeitig die Erlaubnis zur Hochzeit. Ihre Mädchen fielen ihnen erleichtert um den Hals.

»Womit dann langfristig auch der Vorwurf der Unzucht aus der Welt geschafft wäre«, meinte Gerlin zufrieden.

Der Bischof hatte den Paaren Vorwürfe gemacht, aber jetzt hatte er sein Pferd erstiegen, und Gerlin und die anderen sahen ihm aufatmend nach, als er inmitten seiner Eskorte im Wald Richtung Bamberg verschwand.

»Und was wird mit euch?«, wagte Rüdiger die Frage auszusprechen, die auch Dietmar und die Frauen beschäftigte. »Du willst doch Herrn Salomon heiraten, oder, Gerlin? Wie soll das gehen?«

Salomon schlug die Augen nieder. »Eigentlich geht das gar nicht«, meinte er. »Die Ehe zwischen einem Juden und einer Christin ist verboten. Gerlin kann nicht konvertieren – und ich auch nicht, Gott helfe mir. Ich liebe Gerlin, aber ich will meinem Glauben treu bleiben. Ich kann mich nicht gemein machen mit Männern wie Montfort.«

»Na, der ist ja nun in der Hölle«, setzte Rüdiger an, aber Gerlin gebot ihm Schweigen.

»Und wenn Ihr sie einfach als Gérôme de Paris heiratet, Herr Salomon?«, fragte Dietmar. »Ihr wollt doch zurück nach Loches. Da kennt Euch kein Mensch.«

Gerlin unterbrach auch ihn. »Ich könnte den Herrn Gérôme ebenfalls nicht heiraten«, erklärte sie kurz. »Ich bin nicht mehr die Witwe des Dietrich von Lauenstein, falls Ihr das alle vergessen habt. Ich bin die Witwe des Florís de Loches, und ich habe die Festung für meine Kinder zu halten. Wie würde das aussehen, wenn ich dem König und unseren Lehnsleuten einen zweiten Gatten präsentierte? Das wären Verhältnisse wie sie hier mit Luitgart und Roland geherrscht haben! Bevor Richard sein Erbe nicht angetreten hat, kommt eine weitere Ehe für mich nicht infrage. Und auch danach wäre mir ein hübscher Witwensitz in Südfrankreich lieber als eine weitere

Flucht wohin auch immer.« Sie ließ ihren Blick zwischen ihrem Sohn, ihrem Bruder und ihrem Geliebten hin und her wandern. »Allerdings könnte ich einen Freund brauchen«, fügte sie hinzu. »Jetzt und später ...«

Salomon sah sie verunsichert an, aber dann lächelte er. »Und dein Hof wird sich nicht daran stoßen? Der König? Die Nachbarn?«

Gerlin zwinkerte ihm zu. »Daran, dass ich die Heilkunst studiere? Bei einem Arzt, der vormals Richard Löwenherz auf dem Kreuzzug begleitet hat? Das glaube ich nicht. Und sonst ... Ich ... also, ich könnte mir auch eine chronische Krankheit vorstellen ... Wer sollte Schlechtes von mir denken, wenn ich siech daniederliege?« Sie zwinkerte verschwörerisch.

Salomon seufzte. »Gerlin, dein Bruder und du ... Ihr erinnert mich immer mehr an meinen Neffen Abram und dessen nicht minder missratene Gattin.« Seine Worte klangen streng, aber seine Augen blitzten schalkhaft.

Gerlin zuckte die Schultern. »Gott«, bemerkte sie dann, »schuf uns alle nach seinem Bilde ...«

Sie schmiegte sich in Salomons Arme und wurde an seiner Brust ein bisschen durchgeschüttelt, als ihr Freund und Geliebter dröhnend zu lachen begann.

Nachwort

Der vorliegende Roman spielt vor dem Hintergrund des Albigenser-Kreuzzugs – sicher eines der dunkelsten Kapitel der Kirchengeschichte. Wobei eher unwahrscheinlich ist, dass es tatsächlich allein die Glaubensinhalte der Katharer waren, die Papst Innozenz II. so gnadenlos gegen sie vorgehen ließen. Eher ging es hier um die Bestrebung, das Erstarken einer Gegenkirche im Keim zu ersticken. Im Gegensatz zu anderen Splittergruppen von Gläubigen, die stets unter dem Verdacht der Ketzerei standen, waren die Albigenser oder Katharer (beides übrigens Namen, die der Religionsgemeinschaft von außen gegeben wurden – sie selbst nannten sich Wahre Christen oder Bonhommes, gute Menschen) gut organisiert. Es gab Bischöfe und Diakone, Kirchen, Konzile und Konvente. Besonders in Okzitanien, aber auch in Deutschland und Italien strömten ihnen Gläubige zu – warum, kann nur vermutet werden. Die einfachen Credentes werden kaum bis ins Letzte verstanden haben, worin sich die Lehre der Bonhommes von der katholischen unterschied. Wichtiger dürfte eine gewisse Kirchenverdrossenheit gewesen sein, vielleicht vergleichbar mit der Parteienverdrossenheit der heutigen Zeit, die ja auch oft zu absonderlichem Wahlverhalten führt.

Die Kirche der Bonhommes vertrat einige heute abenteuerlich anmutende Ansichten – so etwa die Idee, die Seele einer Frau wäre ursprünglich männlich und erlebe nach ihrer Befreiung erst eine Art Geschlechtsumwandlung, bevor sie im Licht Gottes aufginge. Allerdings holte sie die Menschen dort ab, wo sie waren: Die Parfaits predigten in der Landessprache, und auch das Johannesevangelium lag in Übersetzungen vor. Zudem lebten die Priester meist unter den Gläubigen – und jeder konnte sich davon überzeugen, dass sie die strenge Askese, zu denen ihr Rang sie zwang, auch einhielten, während sich die katholischen Würdenträger gelegentlich als rauflustig, bestechlich und raffgierig erwiesen, von ihrer mangelnden Keuschheit ganz abgesehen.

Den Papst jedenfalls durfte der wachsende Zustrom zur Religion der Albigenser nervös gemacht haben. Hinzu kam, dass die okzitanischen Bonhommes sich an der Unterstützung durch ihre Landesherren freuen konnten, was in Deutschland und Italien nicht der Fall war, weshalb die Bewegung dort auch nie wirklich Fuß fasste. Dies kam einmal daher, dass sich auch viele Adlige – wie etwa die berühmte Esclarmonde de Foix – zum Glauben der Bonhommes bekannten, und lag zum Zweiten an der beständigen Opposition des Languedoc zu den Machthabern in Paris. Männer wie die Grafen von Toulouse und Foix bestanden auf ihrer Unabhängigkeit. Wo der König Ja sagte, sagten sie Nein und umgekehrt. Wenn der König den Papst gegen die Katharer unterstützte, nahmen sie Partei für die Bonhommes. So kam es hier zu einem regelrechten Krieg, in den ich denn auch meine Protagonisten verwickelt habe.

Die Schlachten und Kampfverläufe habe ich so authentisch wie möglich geschildert – und danke in diesem Zusammenhang Klara Decker für Internetlinks auf Englisch (wer hätte gedacht, dass die Belagerung von Toulouse gerade in dieser Sprache verhältnismäßig genau dokumentiert ist?) und vor allem für ihre Übersetzungen aus dem Französischen. Zum Teil widersprechen sich allerdings verschiedene Quellen in Einzelheiten – und ich hoffe, niemand ist mir böse, wenn ich hier einfach die Version gewählt habe, die am besten in meine Geschichte passte.

Simon de Montfort wurde übrigens tatsächlich von dem Geschoss einer Kampfmaschine getötet, und die Mangonel (oder Trébuchet, hier widersprechen sich die Angaben) soll wirklich von Toulouser Frauen abgefeuert worden sein. Noch heute zeugt ein Denkmal in der Stadt vom Erfolg der streitbaren Damen.

Was Ritus und Glaubensinhalte der Albigenser angeht, so ist wenig genau belegt, wobei erschwerend hinzukommt, dass es praktisch keine Informationen aus erster Hand, also direkt von Katharern, gibt. Die erhaltenen Schriften stammen von Chronisten, die der Gemeinschaft bestenfalls neutral, oft feindlich gegenüberstanden, die Aufzeichnungen der Katharer wurden vernichtet. Die schlechte Quellenlage und dazu der moderne Hang zu alternativen Religionen mit möglichst konspirativem Charakter führt heute oft zur Idealisierung der Katharer. Man feiert sie als »Kirche von Unten« und Vorläufer der Frauenemanzipation in der Geistlichkeit, die ganz Fantasievollen vermuten in ihnen gar die »Hüter des Grals«.

Realistisch gesehen ist das alles nicht haltbar. Innerhalb der Katharergesellschaft herrschten strenge Hierarchien, der einfache Gläubige hatte ebenso wenig zu sagen wie im Katholizismus. Die Weihe von Frauen zu Parfaites wirkt auf den ersten Blick zwar revolutionär, schaut man aber genauer hin, so war den weiblichen Priestern praktisch alles verboten, was echte Priesterschaft ausmacht. Weder konnten sie Kirchenämter bekleiden, noch durften sie predigen. Während sie in puncto Enthaltsamkeit, Speisevorschriften und Ähnlichem das Gleiche leisteten wie die Männer, war ihr einziges Privileg die

Erlaubnis zum Spenden des Consolamentum, der Geisttaufe. Zu taufen ist Frauen allerdings auch im Katholizismus nicht verboten. Die Taufe ist ein Sakrament, das hier jeder spenden darf, ganz ohne Priesterweihe, Beichte oder gar Askese. Im Mittelalter waren sogar jüdische Hebammen und Ärzte verpflichtet, kränkliche christliche Säuglinge zu taufen, bevor sie womöglich die Erbsünde mit ins Jenseits nahmen. Das Recht zu taufen ist also keine Errungenschaft der Emanzipation.

Und selbst was die Anerkennung der weiblichen Priester durch die Männer anging, so war die Parfaite zwar hoch geachtet, aber auch dazu gab es Pendants im katholischen Glauben, gerade im Mittelalter. Äbtissinnen zum Beispiel hatten oft großen Einfluss, man denke nur an Hildegard von Bingen. Die erhob ihre Stimme sehr viel lauter als die einzige über ihre Zeit hinaus bekannte Albigenserin Esclarmonde.

Was die Verbindung der Katharer mit dem Gral angeht, so sind die Ursprünge der Geschichte zwar unbekannt, aber sie hält sich hartnäckig und findet die absonderlichsten Ausdeutungen. Meist ist noch die Burg Montségur beteiligt, die oft als Burg der Katharer bezeichnet wird. Tatsächlich war sie eine unter vielen, wie gesagt – die Albigenser waren eng mit dem Adel verbunden und reich. Fluchtburgen zu bauen und zu unterhalten fiel ihnen folglich leicht. Der Mythos um ihre Festungen hatte also nichts mit der Burg an sich zu tun, sondern eher damit, dass die Besatzungen ihren katholischen Verfolgern mit ihrem Mut imponierten, für ihren Glauben in den Tod zu gehen. Drohte eine Burg zu fallen, nahmen mitunter alle das Consolamentum und stürzten sich am nächsten Tag als Parfaits in den Flammentod. Grauenvoll in der Realität, romantisch, wenn es erst zum Mythos verklärt ist.

Die Albigenser versteckten auf ihren Burgen aber weder Nachkommen Jesu Christi noch den Abendmahlskelch. Der

Abendmahlskelch spielt nur im Lukas- und Matthäusevangelium eine Rolle, nicht in dem von den Katharern favorisierten Johannesevangelium. Außerdem galt den Parfaits jedes Teil der sündigen, stofflichen Welt als verabscheuungswürdig. Warum also hätten sie einen Weinpokal anbeten sollen?

Einfacher als die Einzelheiten rund um den Glauben der Albigenser waren andere Dinge zu recherchieren. König Friedrich zum Beispiel wurde tatsächlich im Dezember 1212 von Siegfried von Eppstein in Mainz zum König gekrönt. Zweifellos fand zur Feier des Ereignisses ein Turnier statt. Der französische Kronprinz war bei der Krönung allerdings nicht zugegen, er spielte nur bei ihrer Vorbereitung eine entscheidende Rolle. Aber um Dietmar in seinem Gefolge nach Mainz zu schicken, musste ich die Geschichte ein wenig verändern.

Dafür habe ich die Schlacht von Bouvines umso authentischer geschildert – obwohl es natürlich nicht Dietmar und Hansi waren, die den König im entscheidenden Moment vor dem Angriff der Fußsoldaten seiner Feinde retteten und dann Ferrand von Flandern festsetzten, sondern andere Ritter. Die Kampfhandlungen haben sich allerdings Chronisten zufolge genau so zugetragen. Auch die im Text genannten Namen der kämpfenden Ritter sind korrekt.

Die Fehde, die Dietmar gegen seinen Verwandten Roland führt, ist echten Auseinandersetzungen der damaligen Zeit möglichst authentisch nachempfunden. Privatkriege dieser Art waren durchaus üblich, und lediglich Dietmars Hemmung, seine Kampfmaschine abzufeuern, fällt aus dem Rahmen. Gewöhnlich wurden Fehden mit aller Härte geführt und endeten oft damit, den Gegner und seine Familie hemmungslos abzuschlachten.

Was den Bau der Mangonels angeht, so war ich mit ihrer Konstruktion vor eine schwierige Aufgabe gestellt. Ich habe zwar durchaus Sinn für Strategie, weshalb mir schnell klar wurde, dass für die Verteidigung von Toulouse eine kleinere und wendigere Kampfmaschine gebraucht wurde als die üblichen turmhohen Katapulte. Wie man so etwas allerdings baut – und dass eine Torsionswaffe hier sinnvoller ist als die nach dem Hebelarmprinzip funktionierende Blide – war mir ein Buch mit sieben Siegeln. Wenn ich es trotzdem halbwegs korrekt geschafft habe, so verdanke ich das den vielen Hobby-Katapultbauern, die ihre Arbeit im Internet vorstellen. Alle Fehler gehen natürlich auf mich zurück.

Zuletzt noch eine Anmerkung zum Emir von Granada. Mein Buch spielt ausgerechnet in der wirren Zeit des Übergangs von der Almohaden- zur Nasridenherrschaft. Wer in den fraglichen Jahren genau über Granada herrschte, ließ sich ohne intensivstes Quellenstudium vor Ort nicht herausfinden. Für ein einziges Kapitel erschien mir das zu aufwändig, und folglich gestehe ich, dass ich mich darum herumgewunden habe, indem ich den Namen des Herrschers einfach nicht erwähnte. Die Schilderung von Granada zu seiner Zeit dürfte allerdings zutreffend sein. Ich habe die Lebensbedingungen im Emirat für andere Bücher intensiv recherchiert, und durch die dynastischen Konflikte wurden sie sicher nicht sehr beeinflusst.

Wie immer möchte ich mich an dieser Stelle für die viele Hilfe bedanken, die mir von Seiten meiner Freunde und Testleser, meiner Lektorin und meiner Textredakteurin zuteilwurde. Wieder lieferten alle wertvolle Anregungen – und wieder meisterte Margit von Cossart die schwierige Aufgabe, meine diversen Rechenfehler von den Jahreszahlen bis zur Reichweite von Minikatapulten zu korrigieren. Vielen Dank für Ihre Geduld! Meiner Lektorin Melanie Blank-Schröder gebührt der Dank dafür, dieses Buch überhaupt initiiert zu haben, weil sie gern eine Fortsetzung zum *Geheimnis der Pilgerin* wollte – und natürlich war auch mein wundertätiger Agent Bastian Schlück wieder beteiligt, indem er die besten Bedingungen für mich aushandelte. Außerdem lässt sich natürlich kein Buch gestalten und erst recht nicht verkaufen, wenn nicht jede Abteilung des Verlages – von der Umschlaggestaltung bis zum Vertrieb – daran mitarbeitet. Ich danke hiermit jedem, der sich um speziell dieses Buch verdient gemacht hat!

Ricarda Jordan